CHARLOTTE ROTH

DIE WINTERGARTEN-FRAUEN

Der Traum beginnt

Roman

Originalausgabe November 2022
Droemer Hardcover
© 2022 Droemer Verlag
Ein Imprint der Verlagsgruppe
Droemer Knaur GmbH & Co. KG, München
Alle Rechte vorbehalten. Das Werk darf – auch teilweise – nur
mit Genehmigung des Verlags wiedergegeben werden.
Ein Projekt der AVA International
Autoren- und Verlagsagentur
www.ava-international.de
Redaktion: Silvia Kuttny-Walser
Covergestaltung: ZERO Werbeagentur, München
Coverabbildung: Collage Zero Werbeagentur, München
unter Verwendung von Motiven von
© ILINA SIMEONOVA / Trevillion Images und Shutterstock.com
Illustration im Innenteil: Roberto Castillo/Shutterstock.com
Satz: Adobe InDesign im Verlag
Druck und Bindung: GGP Media GmbH, Pößneck
ISBN 978-3-426-30884-4

2   4   5   3

Für Lucy

›Willkommen, bienvenue, welcome …‹

Ich möchte schlafen, aber du musst tanzen.

Theodor Storm

M eine geschätzten Damen und Herren, hochverehrtes Publikum – willkommen in meinem Varieté!

Was ein Varieté ist, kann ich Ihnen nicht erklären, denn das eben ist das Besondere am Varieté: Es ist Mannigfaltigkeit, es erfindet sich Abend für Abend neu, und als Regel gilt einzig: Unmöglich ist nichts. So wie für den *Wintergarten,* den Lustgarten der Sensationen im Herzen Berlins, ganz speziell: Vom Guten nur das Beste.

Kommen Sie mit?

Lassen Sie sich eine Nacht lang aus Ihrem Alltag entführen – bei uns ist nichts wirklich, aber alles echt, nichts gelogen, aber alles erfunden, nichts unschätzbar, aber alles unwiederbringlich.

Wer im Spiel zwischen Wirklichkeit und Illusion historisch verbürgt ist und wen sich meine Fantasie hinzugedacht hat, möchte ich Sie gern selbst herausfinden lassen – nur in drei Fällen ist es mir wichtig, die Fakten klarzustellen:

Zum Ersten: Einen Direktor Ernst-Egon Neugebauer hat es im *Wintergarten* nie gegeben. Da ich eine Figur brauchte, die im Zuge meiner Geschichten eine ganze Menge mitmachen muss, habe ich mich entschieden, keinem Verstorbenen, der sich nicht mehr wehren kann, diesen Packen aufzuladen, sondern einen ins Bild zu stellen, der seine Existenz allein mir verdankt und sich somit nicht zu wehren hat, und basta. Seine Marotten – unter anderem das Drehen an Knöpfen – habe ich mir jedoch von den verschiedenen Direktoren, die den *Wintergarten* im Laufe der Jahre begleiteten, für meinen Ernst-Egon geborgt.

Zum Zweiten: Den Regisseur Leopold Jessner hingegen hat es gegeben. Er gehörte zu den unzähligen großen Begabungen, die der faschistische Wahnsinn Deutschland geraubt hat, und starb in Hollywood. Sein 1922 gedrehter Wedekind-Film hieß jedoch *Erdgeist,* nicht *Frühlings Erwachen.* Um ihn ohne Bedenken an meine Bedürfnisse anpassen zu können, habe ich mich hier für eine Erfindung entschieden.

Und zum Dritten: Den Van-Kater Ypsilantis hat es ohne jeden Zweifel gegeben. Er hieß Joschi-Oschi, gehörte meiner Freundin Corinna und ist mir in seiner majestätischen Selbstgenügsamkeit unvergesslich.

Ich hoffe, Sie amüsieren sich – denn wozu wären wir sonst hier?

Charlotte Roth
London, Frühling 2022

AUFTAKT

am Tag des Programmwechsels

Gut Neu-Mahlen bei
Templin, Uckermark
März 1917

1

Lass mich vorbei, Carlo!«

Wieder einmal hatte sich Ninas Bruder, das Faultier, auf der untersten Stufe der Hintertreppe breitgemacht, weil er zu bequem war, sich seine Reitstiefel im Stehen auszuziehen.

»Weshalb hast du's denn so eilig?«, fragte er in dem verschlafenen Tonfall, der Nina zuverlässig auf die Palme brachte. Mit seinen sechzehn Jahren war Carlo bei Weitem schwerfälliger als Oma Hulda mit irgendetwas zwischen sechzig und siebzig.

»Hast du vergessen, was heute für ein Tag ist?« Ruppig drängte sie ihn zur Seite und sprang schon mit einem Satz zwei Stufen hinauf.

»Heute kommt er nach Hause!«

»Und was macht dich so sicher?« Mit dem Fingernagel kratzte Carlo eine Art Muster in die Schlammkruste auf seinem Stiefelschaft.

»Auf den Tag genau kann das doch keiner wissen.«

»Das Telegramm steht auf dem Sims im Salon!«, konterte Nina triumphierend. »Da heißt es *Ankunft 6. März* – und er ist keiner, der zu spät kommt. Er ist wie ich.«

Sie drehte sich nicht noch einmal um, sondern eilte durch den Korridor bis zur Tür ihres Zimmers, riss sie auf und lief ans Fenster. Das riss sie ebenfalls auf. Beide Flügel zugleich. Die eisige Luft, die ihr entgegenströmte, fand sie nicht schneidend, sondern belebend. Obwohl der Frühling so nah war, lagen der Vorhof, die von Kastanien gesäumte Allee und der Flickenteppich der Felder noch in diesiges Weiß getaucht, und der Tag, den kein Vogel begrüßt hatte, schien sich schon wieder verkriechen zu wollen. Für Nina aber hätte ihre Welt schöner nicht sein können, nicht einmal am Weihnachtsabend, wenn die Lichter aus allen Fenstern den Schneedecken Glanzpunkte aufsetzten, als hätte jemand im All eine Kiste ausgekippt und sämtliche Sterne verstreut.

Er kommt nach Hause, er kommt heute nach Hause!

Von ihrem Fenster aus würde sie ihn schon von weit her sich nähern sehen – zuerst als weiße Staubwolke inmitten von aufgewirbeltem Schnee, aus dem sich mit jedem Galoppsprung klarer die dunkle Silhouette von Pferd und Reiter schälen würde. Nina hatte sich eigens ein Zimmer im Haupthaus ausbedungen, weil man aus den Fenstern der beiden Seitenflügel einen Ankömmling erst sehen konnte, wenn er bereits auf dem Vorhof war.

Das war nichts für sie. Sie wollte alles, was auf sie zukam, im Voraus sehen und darauf vorbereitet sein. Dass heute ihr Vater auf eine Woche Urlaub nach Hause kommen würde, wusste sie, seit letzten Freitag sein Telegramm eingetroffen war. Daran, dass er pünktlich wie angekündigt eintreffen würde, bestand für sie kein Zweifel, denn so kannte sie ihn: verlässlich wie das Amen in der Kirche, in die sie allerdings schon ewig nicht mehr gegangen war. Dann eben verlässlich wie die Heuernte, wie das Blühen der Luzerne, die Heimkehr der Kraniche, die bald wieder in ihrem weiten Delta über den Himmel ziehen würden, und die Storchennester auf den Dachfirsten.

Verlässlich wie Nina selbst.

»Mein Sohn und seine Tochter sind wie zwei Erbsen in derselben Schote«, pflegte Oma Hulda zu sagen, und Tante Sperling, Vaters Schwester, hatte schon vor Jahren angesichts einer Kinderfotografie von Nina erklärt: »Hätte mein Bruder je Zöpfe getragen, ich würde Stein und Bein schwören, dass er das Kind auf diesem Bild ist. Und wie merkwürdig – der kleine Carlo hat in den Zügen gar keine Ähnlichkeit mit ihm.«

Carlo und Nina waren Zwillinge, aber unterschiedlicher als sie beide konnten zwei Menschen kaum sein. Wann immer Carlo sich noch halb in Träumen aus dem Bett kämpfte, war Nina längst unterwegs. *Hase und Igel*, das war eines der ersten Schauspiele gewesen, die sie im Dachboden des Herrenhauses aufgeführt hatte. Carlo hatte in einer Doppelrolle den Igel sowie dessen Frau gegeben und Nina mangels weiterer Schauspieler den Hasen. Da Carlo aber viel zu langsam von einer Rolle in die nächste schlüpfte, war es am Ende nicht der behäbige Igel, sondern sie selbst als Hase gewesen, die über die Bühne geflitzt war und verkündet hatte: »Ich bin schon da!«

So war es zwischen Nina und Carlo geblieben. Wer sie nicht kannte, hielt sie nicht einmal für Geschwister, und die Zwillinge im Geiste waren Nina und ihr Vater. Pippa und Pappi. Vor drei Jahren, bevor er so plötzlich aus ihrem Leben verschwunden war, hatte sie zu ihm gesagt, er solle aufhören, sie Pippa zu nennen, das sei kindisch und sie mit dreizehn dafür viel zu groß. Jetzt war sie sechzehn, und auf nichts freute sie sich so sehr wie auf den Augenblick, in dem er aus dem Sattel glitt, ihr Gesicht in seine behandschuhten Hände nahm und »Da ist ja meine Pippa« zu ihr sagte.

Der Spitzname stammte aus einem Stück von Gerhart Hauptmann, das er in einem Berliner Theater gesehen hatte, als Nina vier Jahre alt gewesen war. »Sämtliche Kritiker haben es verrissen, und ich glaube ja selbst, dass es ein ziemlicher Käse war«, hatte er zu Ninas Mutter gesagt. »Aber ich habe nur dieses glaszarte Püppchen gesehen, das nicht aufhören konnte, von einem Ende der Bühne zum andern zu tanzen. Wie unser Ninchen. Unser *Perpetuum mobile*.«

Wie es bei Zwillingen häufig der Fall ist, war Nina – die kleinere, zweitgeborene der beiden – tatsächlich in ihrer Kinderzeit glaszart und zerbrechlich gewesen, und über die schmächtige Statur, die sie mittlerweile erreicht hatte, würde sie wohl nicht mehr hinauswachsen. Dennoch fühlte sie sich wie aus Eisen. Als kleines Mädchen hatte sie nicht nur einmal einen Bühnenraum für sich erobert, indem sie so lange darüber hinweggetanzt war, bis sie ohnmächtig wurde.

Inzwischen erschuf sie ihre Tänze im Kopf, doch für ihren Vater blieb sie seine Pippa, und für ihn wollte sie es nun auch immer bleiben. Er war es, der all ihre Komödien und Tragödien, ihre Inszenierungen und Choreografien begleitet hatte, seit sie mit Kastanienmännchen und Kasperlefiguren angefangen hatte. Als Nächstes hatten die Stallkaninchen als Schauspieler herhalten müssen, die sich immerhin besser schlugen als die Hühner, und danach war es Carlo gewesen, der in sämtliche Rollen gezwängt wurde und eine jede in den Sand setzte.

Nach einem kurzen erfolglosen Gastspiel an einem Züricher Lyzeum war Nina schließlich zu Festspielen übergegangen: Weihnachten, Ostern, Jubiläen, Erntedank – jeder Anlass wurde mit einer Inszenierung im Dachboden begangen, zu der sie die Kinder von den Nachbargütern als Ensemble zusammentrommelte.

Ohne Publikum spielten sie nie. Still und leise sorgte ihr Vater dafür, dass die Erwachsenen sich als Zuschauer einfanden und am Ende gebührend applaudierten.

»Ich bin stolz auf dich, meine Pippaloni Tagliazzoni«, hatte er gesagt – so häufig, dass es Nina peinlich war und sie ihm kein Wort mehr glaubte. »Er lobt mich nur, weil er mein Vater ist«, hatte sie sich bitter bei Tante Sperling beklagt. »Ob ich wirklich gut bin, interessiert ihn gar nicht. Er würde auch klatschen, wenn ich wie ein Kleinkind Purzelbäume schlage oder in der Nase bohre.«

»Über das Nasebohren bin ich mir nicht so sicher«, hatte Tante Sperling erwidert. »Aber für deinen Vater ist eben alles, was sein Töchterchen zustande bringt, großartig und könnte besser nicht sein.«

Und was nützt er mir dann als Kritiker?, hatte Nina gedacht. Es machte sie wütend, dass Erwachsene Kinder nie ernst nahmen und ihr Vater in ihr nur seine Tochter und keine künftige Künstlerin sah.

Dann war ihr Vater fortgegangen, war von einem Tag zum andern nicht mehr da. »Wir werden uns wehren bis zum letzten Mann und Ross«, hatte der Kaiser den Zeitungen zufolge verkündet, und Ninas Vater hatte sich von seinem Leibdiener in seine Majorsuniform helfen lassen und war auf *Pierrot*, seinem geliebten Pferd, nach Templin geritten, um sich seinem Regiment der *Garde du Corps* anzuschließen. Die nächste Aufführung auf Gut Neu-Mahlens Dachboden hatte vor ausschließlich weiblichem Publikum stattfinden müssen. Als der Vorhang fiel, waren Mütter, Großmütter und Tanten mit sorgenvollen Mienen zurück in den Salon gezogen, und über Ninas Feuerwerk von einer Inszenierung hatte niemand mehr ein Wort verloren.

Der Vater begann ihr zu fehlen. Er kämpfte an einem Fluss namens Marne und schien endlos weit weg. Was Krieg war, konnte sich Nina nicht vorstellen, denn hier gab es ja keinen. Hier wucherte Futterklee, keimte Hafer, steckte Spargel seine Köpfe aus Erdhügeln, peitschte Wind das Land und kündigte die Zeit der Ernte an. Fohlen wurden geboren, Stuten gedeckt und Jährlinge an Sättel gewöhnt, und während alledem sollte ihr Vater irgendwo in der Fremde in einem Graben hausen, der mit Minen und Granaten beschossen wurde? Es ging nicht in ihren Kopf. Nina erkannte, wie viel Sicherheit es ihr verliehen hatte, dass er immer da gewesen war – mit seiner Stille, mit seinem

Lächeln, über das sie sich ärgerte, das ihr aber beständig vermittelt hatte: Ich stehe hinter dir, ich unterstütze dich in allem, was du tust.

Sie hatte begonnen, auf die Tage hinzuleben, an denen er auf Urlaub nach Hause kam. Seltene Gelegenheiten. Zweimal zu Weihnachten, einmal zur Ernte und einmal im vergangenen Frühling, um sein jüngstes Kind willkommen zu heißen, die überraschend geborene kleine Otta, die inzwischen bereits ›Mama‹ rief und laufen lernte. Und heute. Nina blickte über die verschneiten, sich in Abendnebel hüllenden Felder hinweg und entdeckte die Wolke, auf die sie gewartet hatte.

Anfangs hob sie sich kaum gegen die verschwommene Umgebung ab, doch mit jedem zurückgelegten Wegstück wurde sie größer und klarer. Nina konnte nun den Schnee aufspritzen sehen und erahnte darin den dunklen Leib des Pferdes.

Pierrot, der Bruder ihres eigenen Pferdes, war ein Dunkelfuchs, während ihr *Palü* bis auf die Mondsichel auf seiner Stirn schwarz war. Auch der Waffenrock des Vaters war dunkel, ganz anders als die weiße Galauniform, die vor dem Krieg in seinem Schrank gehangen hatte. Im Schneegewirbel wirkten Pferd und Reiter wie miteinander verwachsen, wie aus einem einzigen dunklen Guss. Sie kamen näher. Pierrots edler Kopf war schon erkennbar, auch der Helm des Vaters und die typische Haltung des Kavalleristen, leicht vorgebeugt in den Steigbügeln aufgerichtet.

Jetzt sprengten sie die Kastanienallee entlang, und die Schatten der kahlen Kronen raubten Nina die Sicht. Sie sprang von der Fensterbank. Zeit, dem Vater entgegenzulaufen, wie sie es jedes Mal tat. Auch diesmal würde sie stehen bleiben, sobald er Pierrot aus dem wilden Jagdgalopp in den Trab zügelte, sie würde ihn lachen sehen und dem Pferd, das er vor ihr zum Stehen brachte, in die Zügel greifen.

»Da ist sie ja«, würde er rufen. »Meine Pippaloni Tagliazzoni.«

»Und da ist mein Pappi Pappinsky«, gäbe sie zur Antwort, »mit der eisernen Butterglocke auf dem Kopf!«

Er würde abspringen, sie in die Arme nehmen und im Kreis herumwirbeln, wobei sie seinen Duft nach Pferd und Tabak und warm gerittener Wolle auffing. Dann würde er fragen: »Und? Was bekommen wir vor dem Abendessen geboten? Eine Neufassung von *Emilia Galotti*?«

Das hatte sie inszeniert, als er das letzte Mal auf Urlaub gekommen war – ihre eigene Fassung natürlich, nicht den öden Schinken, den sie bei Hauslehrer Habicht hatte durchackern müssen. Leider war es ziemlich misslungen, weil Carlo den Odoardo gespielt und eine schauderhafte Pleite hingelegt hatte. Er war einfach unbegabt und außerdem für die Rolle zu unreif, doch alle älteren Jungen standen jetzt an den Fronten in Frankreich, Belgien oder im Osmanischen Reich und hatten keine Zeit mehr, Theater zu spielen.

»Das, was es heute zu sehen gibt, ist nur für dich«, würde sie zu ihrem Vater sagen.

»Nur für mich?«, glaubte sie ihn zu hören. »Jetzt machst du mich aber neugierig und musst mir sofort verraten, was es ist.«

»Und Pippa tanzt.« Nina rannte durch den Korridor und flüsterte die drei Worte vor sich hin. Sie hatte das Stück, das unmöglich zu verstehen war, von Grund auf abgewandelt, hatte es ganz auf die Beziehung zwischen Pippa, der Tänzerin, und ihrem Vater, dem Glasmacher, konzentriert. Auf die Bühne bringen wollte sie, wie der Vater sich die erträumte Tochter aus Glas blies, wie sie ihm davontanzte, leicht wie Funke, Vogel und Schmetterling, und doch an einem dünnen gläsernen Faden seiner Glasmacherpfeife hängen blieb.

Er würde verstehen, was sie ihm damit sagen wollte: Ich bin deine Pippa, und die werde ich bleiben. Auch wenn ich jetzt so gut wie erwachsen bin und herausfinden muss, was ich selbst aus mir machen will – mein Anfang bist immer du.

Er würde den Arm um sie legen, Pierrot dem Knecht übergeben, und sie würden Seite an Seite nach Hause gehen. Vielleicht würde er ihr diesmal sagen, dass der Krieg nicht mehr lange dauerte, dass er bald nie wieder von ihnen fortmusste und dass das Leben wieder so sein würde, wie es immer gewesen war.

Statt wie vorhin die hintere Stiege zu wählen, stürmte sie jetzt die breite Treppe hinunter in die Halle. Im Laufen hatte sie sich nur ihre nachthimmelblaue, mit Gold bestickte Lieblingsstola übergeworfen, denn einen Wintermantel, der ihr passte, besaß sie nicht mehr. Aus den Ärmeln ihres Mantels ragten die Handgelenke wie Stöcke an einer Vogelscheuche, doch die Marken auf der Kleiderkarte reichten nicht für einen neuen. »Man muss sich eben nach der Decke strecken«, sagte Oma Hulda. »Andere Leute nähen sich ihre Kleidung aus Tischwäsche, Betttüchern, Vorhängen und brechen sich dabei nichts ab.«

In Ninas Familie gab es zwar reichlich Wäsche und Vorhänge, aber niemanden, der daraus etwas hätte nähen können. Nina machte es nichts aus. Sie rannte in ihre Stola gehüllt ins Freie und spürte die Kälte kaum. Ihr Vater kam in großen Sprüngen in den Hof geritten, ein wenig ungelenk, so schien es ihr, ohne rechte Harmonie, als wäre das Pferd nicht Pierrot. Aber es musste ja Pierrot sein, denn von seinem Pferd, das er gezüchtet und ausgebildet hatte, war ihr Vater nicht zu trennen. Nina war von klein auf an seiner Seite geritten und wusste, was für ein vortrefflicher Reiter er war. Heute aber schien er nervös und abgelenkt. Zum ersten Mal sah sie, wie er Mühe hatte, Pierrot zu zügeln, wie der Wallach sich leicht bäumte, den Kopf warf und seinem Reiter alle Hände voll zu tun gab.

Und noch etwas sah sie. Das Fell des Tieres war zwar dunkel vor Nässe, aber es war nicht das Fell eines Dunkelfuchses. Das Pferd stand nicht wie Pierrot an ihres Vaters Hilfen, weil es nicht Pierrot war.

»Pappi!«, rief Nina und klang wie ein verzweifeltes kleines Kind.

Der Reiter hatte es endlich geschafft, sein Pferd zum Stehen zu bringen, auch wenn es noch immer unwillig tänzelte. Er trug die Uniform der *Garde du Corps* und den Offiziershelm mit der Spitze, den Nina *eiserne Butterglocke* getauft hatte. Ihr Vater hatte darüber gelacht und beteuert: »Dass einem in dem Ding das Hirn zu Butter schmilzt, ist keineswegs auszuschließen.«

Der Mann zog den Helm vom Kopf und blickte zu Nina hinunter. Sein Gesicht war von dem scharfen Ritt gerötet und sah so jung aus, dass sie erschrak.

»Ulrike Freifrau von Veltheim?«, fragte er.

Vielleicht brauchte er eine Brille. Eine starke. Jeder halbwegs des Sehens Mächtige hätte erkannt, dass es sich bei Nina um keine vierzigjährige Freifrau handelte.

»Ich bin Nina von Veltheim«, antwortete sie schließlich.

Mit einem zackigen Nicken verbeugte er sich. »Ich bin Hauptmann Bertram von Brink, aus der Kompanie Ihres ...«

»Vaters«, half Nina ihm aus.

»Ihres Herrn Vaters, ja. Ich stamme auch von hier. Aus Zichow. Keine Stunde entfernt.« Seine Augen waren geweitet, und die Traurigkeit, die darin stand, brannte sich ihr ein. Sie wusste in diesem Moment, sie würde diesen Blick nicht vergessen, und während ihre Hände sich in den Wollstoff der Stola krallten, wusste sie auch: Sie würde diese weiche, wärmende Stola in ihren Lieblingsfarben Nachtblau und Gold nie wieder tragen können, weil sie unweigerlich diesen Blick in ihr wachgerufen hätte.

»Auf Heiratsurlaub bin ich.« Der Hauptmann aus Zichow nuschelte jetzt, als hätte er Angst vor der Klarheit der Worte. »Habe mich bereit erklärt, die Familie des Herrn Major persönlich aufzusuchen, denn eine solche Nachricht, die kann man doch nicht in einem seelenlosen Telegramm übermitteln.«

»Was für eine Nachricht?« Ninas Körper zog sich zusammen. Die Kälte, die sie bis eben nicht gespürt hatte, vereiste ihr nun die Glieder, und die blau-goldene Stola glitt zu Boden.

Der Hauptmann auf Heiratsurlaub riss das Pferd im Maul und straffte den Rücken. Sein Blick war unverändert und verlor sich in der Weite. »Mein aufrichtiges, tief empfundenes Beileid, gnädiges Fräulein. Ihr hochverehrter Herr Vater, Major von Veltheim, hat im heldenhaften Einsatz für Kaiser und Vaterland das höchste Opfer erbracht und sein Leben gelassen.«

Er zuckte zusammen. Nachdem er diesen Wortschwall, den er auf dem Weg wohl eingeübt hatte, losgeworden war, hielt er inne und sah Nina wie in plötzlichem Erkennen an. »Sie sind Pippa, nicht wahr? Die, die Tänze erfindet? Von seiner Pippa hat der Herr Major ja immer erzählt.«

Um Nina drehte sich die Welt, drehten sich Haus und Weg und Bäume und Felder, doch in ihr selbst, in ihrem Kopf blieb alles klar und still.

»Nein, ich bin's nicht«, sagte sie. »Pippa ist meine Schwester. Nicht ich.«

»Verstehe.« Der Hauptmann aus Zichow nickte. »Ich bitte um Verzeihung. Von einer Schwester wusste ich nichts. Beim Herrn Major ging's ja immer nur um seine Pippa.«

ERSTE NUMMER

*in der einer Jongleuse zwar
sämtliche Bälle herunterfallen,
jedoch keineswegs die Felle davonschwimmen*

*Gut Neu-Mahlen und Berlin,
Hauptstadt der
brandneuen Republik
Januar 1921*

2

CARLO

Irgendeine der uralten Freundinnen, die von Zeit zu Zeit auftauchten, um Carlos Großmutter zu besuchen, hatte sie einmal gefragt, was für ein Gefühl es sei, eine Freifrau von Veltheim zu sein. »Woher soll ich das wissen?«, hatte Carlos Großmutter zurückgeschnauzt. »Jedes Mal, wenn ich mir vornehme, über diese weltbewegende Frage nachzudenken, stehe ich bis über die Stiefelschäfte in Pferdemist.«

Im Übrigen insistierte Oma Hulda, diese zuweilen auftauchenden Besucherinnen seien keineswegs Freundinnen von ihr, sondern Schmarotzerinnen. »Freundinnen habe ich nie gehabt. Wer braucht so was schon? Wenn ich gesteigerten Wert darauf lege, mich ausnehmen zu lassen, melde ich mich als Weihnachtsgans.«

Bei der Erinnerung musste Carlo grinsen. Ehe er versucht hätte, Oma Hulda auszunehmen, wäre er lieber in die Bank von England eingebrochen. Dass sie die meiste Zeit des Tages bis zu den Knien in Pferdemist stand, stimmte ebenfalls. So kannte er sie, so sah er sie vor sich, wenn er an sie dachte. Sie war eine gewiefte, mit allen Wassern gewaschene Geschäftsfrau, der selbst sein Vater die entscheidenden Verhandlungen mit Freuden überlassen hatte, doch wer mit ihr sprechen wollte, der brauchte sie hinter keinem zierlichen Damenschreibtisch zu suchen, sondern fand sie im Pferdestall.

»Ich habe nun einmal einen Pferdezüchter geheiratet«, hatte sie Carlo vor Jahren auf eine entsprechende Frage erwidert. »Also kümmere ich mich um das Wohl und Wehe von Pferden. Hätte ich Brotteig kneten wollen, hätte ich meine Eltern anbetteln müssen, sich nach einem Bäcker für mich umzusehen. Auch wenn ich dazusagen muss, dass zu meiner Zeit Eltern auf die Bettelein ihrer Töchter herzlich wenig gaben.«

Carlo liebte sie, und wenn er sich der Existenz eines Gottes sicher gewesen wäre, hätte er diesem dafür gedankt, dass er Menschen wie Oma Hulda schuf. Menschen, die man wie einen Pfahl irgendwo in den Boden rammen konnte und die dort stehen blieben, einerlei welche Stürme über sie hinwegtobten. Menschen, die schon wissen würden, was zu tun war, selbst wenn niemand sonst einen Schimmer hatte. Genau deshalb machte sich Carlo an diesem Januarvormittag auf den Weg zu ihr, ehe er mit jemand anderem sprach. Wenn ein Mensch in der Lage war, aus seinen vagen Ideen einen Plan zu formen, der sich in die Tat umsetzen ließ, dann war es Oma Hulda.

Sie stand in der Box des dreijährigen Hengstes *Sternenbanner*, der am Sonntag in Berlin-Mariendorf seinen Vorlauf für das deutsche Traberderby absolvieren sollte. Wie nicht anders erwartet, trug sie einen Stallmantel aus grobem Leinen, ausgebeulte Reithosen und Stiefel, deren Schäfte ihr bis weit über die Knie reichten. Auf einem Knie balancierte sie den linken Hinterhuf des einschüchternd breit gebauten Pferdes, den sie mit einem metallenen Hufkratzer von eingetrockneten Erdkrumen befreite. Ihr zu sagen, dass dies die Aufgabe von Ferdi, dem Stallknecht, war, wäre vergebliche Liebesmüh gewesen. Carlo versuchte es gar nicht erst, sondern fand Oma Huldas Haltung nicht wenig sympathisch. Was immer ihr in Haus und Hof nicht gut genug gemacht erschien, nahm sie selbst in die Hand:

»Glaubst du etwa, die Leute ändern sich davon, dass du dich über sie ärgerst? Damit kannst du deine Zeit verschwenden, nicht ich.«

Jetzt drehte sie den Kopf nach ihm, ohne den Huf des Pferdes zu bewegen. »Carlo«, stellte sie fest. »Dem Himmel sei Dank.«

»Und warum das?«, fragte Carlo.

»Weil du weder zum Trampeln noch zum Kreischen neigst«, bekundete Oma Hulda. »Auf beides lege ich keinen gesteigerten Wert – schon gar nicht mit dem Huf eines hysterischen Trabers auf dem Schoß.«

»Kann ich dir nicht verdenken«, erwiderte Carlo. Die Begeisterung seiner Familie für Pferde hatte er nicht geerbt. Dabei war es nicht etwa so, dass er gegen die Tiere etwas hatte – sie waren ihm nur zu groß. Hätte er wählen können, hätte er seinen Lebensunterhalt bevorzugt mit der Zucht von Stallkaninchen oder Pfingstrosen verdient. Oma

Hulda behauptete, ihr sei das alles Jacke wie Hose. »Was gemacht werden muss, wird eben gemacht.«

Genauso war ihre Reaktion ausgefallen, als im November 1918 der Kaiser abgedankt hatte und damit die Welt des preußischen Adels, wie sie sie kannte, in den Trümmern des verheerenden Krieges versunken war. Mit den Worten »das Alte, Morsche ist zerfallen« hatte der Sozialdemokrat Philipp Scheidemann von einem Fenster des Reichstags aus begeistert die Republik ausgerufen, doch für Unzählige war dieses Alte, Morsche das einzig Vertraute. Eine der sogenannten Freundinnen hatte sich mit Arsen vergiftet, weil sie sich »der kalten neuen Welt« nicht gewachsen fühlte. Oma Hulda hingegen, die ihren einzigen Sohn verloren hatte, hatte einfach weitergemacht.

»Ich weiß nicht, wie du das schaffst«, hatte eine andere der Freundinnen mit einem Seufzen erklärt. »Du bist doch auch nicht jünger als ich.«

»Ich kenne das Geheimnis ewiger Jugend«, hatte Oma Hulda gekontert. »Meine Schwiegertochter ist ein Prinzesschen und meine Tochter ein Sperling – beide entzückend, aber ganz und gar lebensunfähig. Ich kann es mir schlicht nicht leisten, alt zu werden.«

Sie hatte sich darauf eingestellt, künftig das Steuer des Familienschiffs allein in den Händen zu halten und es obendrein durch eine Zeit zu manövrieren, in der es keine Kavallerie mehr geben würde und auch keine begüterten Adelsfamilien, in denen es zum guten Ton gehörte, edle, auf Gut Neu-Mahlen gezüchtete Reitpferde zu halten. Der Besitz, auf dem Carlo und Nina ohne jede Sorge aufgewachsen waren, war verschuldet, die Preise für landwirtschaftliche Erzeugnisse sanken, und der blühende Handel mit dem Osten kam zum Erliegen. Oma Hulda aber hatte sich geweigert, aufzugeben. »Irgendwie wird es schon weitergehen«, hatte sie gesagt. »Etwas anderes kann ich für meinen Sohn ja nicht mehr tun, als seinem Sohn den Besitz zu erhalten.«

Zu ihrer Verblüffung hatte sie das jedoch nicht allein tun müssen. Eines Tages hatte ihre Schwiegertochter, Carlos Mutter, die verwöhnte Freifrau Ulrike, in der Sattelkammer gestanden, hatte sich ebenfalls hohe Stiefel und einen Mantel aus Ölzeug übergestreift und verkündet: »Das Prinzesschen meldet sich zum Arbeitsdienst. Lebensunfähig war ich lange genug, und die Familie, die es zu erhalten gilt, ist auch meine. Im Übrigen bin ich der Meinung, wir sollten auf Traber umsatteln. Mit Pferden für Offiziere ist kein Geld mehr zu machen, aber wo jetzt so vielen von ihnen der Absturz droht, wird jegliches Geschäft mit dem Glücksspiel – legal oder illegal – blühen.«

Die Logik leuchtete Oma Hulda ein, und ohne Federlesens packte sie an. Sie gaben ein Vermögen, das sie nicht besaßen, für den Ausbau einer Trainingsbahn, zwei gedeckte Stuten und zwei vielversprechende Fohlen aus und vermieden es fortan, das Thema Geld auch nur zu erwähnen. Ihr Möglichstes taten sie alle – selbst Tante Sperling, die dünn wie ein Bleistift war und ständig kränkelte. Sie versuchte, die Bücher zu führen, wofür sie leider kein sonderliches Talent mitbrachte. Weit besser war sie darin, der kleinen Otta, die Oma Hulda »das Mühlrad« nannte, weil sie fortwährend plapperte, Geschichten vorzulesen, wenn sie auch zur praktischen Kinderpflege völlig ungeeignet war. Diese übernahm die Haushälterin Fritzi, wann immer Mutter Ulrike auf Auktionen und Rennplätzen von Mariendorf bis Daglfing unterwegs war.

Eine teure Kinderfrau konnten sie sich sparen, ebenso weiteres Personal bis auf Ferdi, den Stallknecht, und Max, Vaters alten Leibdiener, dem niemand den Laufpass geben mochte und der sich seither als »Männchen für alles« bezeichnete. Niemals hätte Carlo erwartet, dass ein so großer Besitz wie Gut Neu-Mahlen sich mit so wenigen fest angestellten Bediensteten betreiben ließe, aber die patenten Frauen seiner Familie übertrafen sich selbst. Oma Hulda verschloss kurzerhand sämtliche Räume, die sie nicht unbedingt brauchten, und ließ die Möbel abdecken. »Wenn wir uns in dem einen Salon, den wir heizen, alle auf der Pelle sitzen, wird's obendrein wärmer«, sagte sie.

Statt der Hausangestellten bezahlten sie nun Harro Wackermann, einen Kriegsversehrten, der sich einer in Splitter geschossenen Kniescheibe zum Trotz auf das Training von Trabern verlegt hatte. Neben ihm kümmerte sich Carlos Mutter selbst um die Ausbildung der Pferde und bewies darin erstaunliches Talent.

»Ich habe schon als kleines Mädchen lieber mein Wägelchen gelenkt, als mir im Sattel meine Röcke schmutzig zu machen«, behauptete sie lapidar.

Erste Anzeichen deuteten darauf hin, dass die Mutter recht behalten würde. Unzählige Männer aus Offiziersfamilien hatten im Kaiserreich auf großem Fuß, jedoch mehr oder minder auf Pump gelebt und mussten nun feststellen, dass Glanz und Gloria, die ihnen Kredit verschafft hatten, verpufft waren. In der jungen Republik der Kriegsverlierer, die nur noch ein auf gut hunderttausend Mann beschränktes *Friedensheer* unterhalten durfte, gab es für Säbelrassler keine Verwendung mehr. Um ihren gesellschaftlichen Status zu erhalten, blieben ihnen zwei Arten von Glücksspiel: Roulettetisch und Rennbahn auf der einen und der Heiratsmarkt auf der anderen Seite.

An Gut Neu-Mahlens junger Traberzucht wuchs mithin das Interesse. Fohlen wurden in Pension und in Training gegeben, Rennställe meldeten Interesse am Kauf von Jungpferden an. Bis die Neuausrichtung sich allerdings rentierte, würde es noch dauern, und Monat für Monat musste die kleine Gemeinschaft auf Neu-Mahlen erleben, dass auch eine Kapitaldecke, die gar nicht vorhanden war, beständig dünner werden konnte. Ein sonntäglicher Sieg von Sternenbanner, dem ersten hier aufgezogenen Traber, wurde dringender gebraucht als Regen in der Wüste – nicht nur des Preisgeldes wegen, sondern auch weil ein solcher Triumph Gläubiger und Geldgeber gnädig stimmen würde. Dem Gestüt und Rennstall eines potenziellen Derbysiegers würde hoffentlich keine Bank so schnell den Kredit aufkündigen. Kein Wunder also, dass Oma Hulda sich der Vorbereitung des Pferdes mit aller Hingabe widmete.

»Wenn Sternenbanner uns im Stich lässt und das Darlehen bei Bleichröder platzt, werden wir uns etwas Neues einfallen lassen müssen«, hatte sie erst gestern beim Abendessen gesagt.

Was das bedeutete, wussten sie alle, auch wenn niemand es aussprach. Die Familie von Veltheim würde sich wie so viele nach einer vorteilhaften Heirat umsehen müssen, in der Hoffnung, dass ein über dreihundert Jahre alter preußischer Adelstitel auf betuchte Kandidaten noch immer anziehend wirkte – auch wenn das Ende der Monarchie sämtliche Privilegien und selbst entsprechende Anreden hinweggefegt hatte. Carlo hatte stumm von einem zum anderen gesehen und war sicher gewesen, die Gedanken hinter ihren Stirnen lesen zu können. Aus diesem Grund hatte er in der vergangenen Nacht keinen Schlaf gefunden und aus diesem Grund stand er jetzt hier im Gang vor Sternenbanners Box und hielt eine abgeschabte Geldbörse und ein dünnes Buch in der Hand.

»Und?«, fragte Oma Hulda, noch immer ohne den Huf des Hoffnungsträgers zu bewegen. »Kann ich dir irgendwie behilflich sein, oder bist du nur gekommen, um Löcher in die Luft zu starren?«

»Ich muss mit dir sprechen«, sagte Carlo.

»Das dachte ich mir. Erfahre ich auch noch, worüber?«

»Über Nina«, antwortete Carlo.

»Du wirst lachen, aber auch das habe ich mir bereits gedacht.« Seine Großmutter stellte endlich den Huf des Pferdes zurück auf den sicheren Boden und ließ sich auf einen Schemel sinken, der in der Box stand, als wolle sie den Traberhengst melken.

»Warum?«, fragte Carlo perplex.

»Wenn einer wie du mit einem solchen Bittstellergesicht um die Ecke kommt, geht es nie um ihn selbst«, antwortete Oma Hulda. »Dein Vater war genauso. Selbstlos bis auf die Knochen, und wenn er ein Anliegen hatte, dann betraf es meist sein herzallerliebstes Schwesterlein, für das er sich hätte prügeln lassen, der kleine Ritter. Warum, meinst du, ist dieser Sperling von einer Frau so gänzlich weltfremd und lebensuntüchtig geworden und hat obendrein nie geheiratet? Weil sie es nicht nötig hatte, sich auch nur um eine einzige ihrer Angelegenheiten selbst zu kümmern. Sie hatte ja Guntram. Und Nina hat dich.«

»Nina ist aber nicht weltfremd und lebensuntüchtig«, protestierte Carlo. »Bei uns ist es eher umgekehrt.«

»Stattgegeben«, sagte Oma Hulda. »Trotzdem würdest du dein letztes Hemd für deine Schwester geben, und wie es aussieht, mehr als nur das.«

Sie wies auf das Buch, das er in der Hand hielt. Nun warf plötzlich der Hengst seinen Kopf auf und tänzelte nervös. »All das Geschwätz in seiner Box zerrt ihm an den Nerven«, befand Oma Hulda und stand auf.»Komm mit. Dass unser Freund mit den goldenen Beinen sich verletzt, ist das Letzte, was wir wollen.«

Sie trug den Schemel aus der Box und marschierte Carlo voran in die Sattelkammer, die so etwas wie ihr Empfangszimmer darstellte. Unter den Haken, an denen die nach Leder und Sattelseife riechenden Geschirre der Traber hingen, stellte sie ihre Sitzgelegenheit wieder auf und bot Carlo einen zweiten Hocker ihr gegenüber an. Dann streckte sie die Hand nach dem Buch und der Geldbörse aus.»Dein Sparbuch«, stellte sie fest, ehe sie die blanke, abgegriffene Börse in die Höhe hielt.»Und was ist das hier? Soweit ich weiß, ist das deiner Mutter ausgehändigt worden, nachdem man ihr mitgeteilt hat, dass sie auf die Rückkehr ihres Mannes nicht länger zu warten braucht.«

Carlo nickte.»Vaters Geldbörse. Mutter fand, ich sollte sie als Andenken haben. Seither habe ich darin alles an Geld gespart, das ich in die Finger bekam.«

Oma Hulda öffnete die Börse und blätterte verblüfft durch die Banknoten.»Wie du von nichts so viel hast sparen können, wirst du mir erklären müssen. Spuckst du Geld? Warum machen wir uns dann so viel Mühe mit den Trabern?«

»Ich hatte schon vorher eine ganze Menge«, gab Carlo zu.»Was immer ich von meinen Paten, von Mutters Verwandten und von dir geschenkt bekam, habe ich aufgehoben. Früher gab es Süßes, das ich mir aufsparen wollte und das dann schlecht wurde, und später eben Geld.«

»Das ist auch schon ein bisschen schlecht geworden«, konstatierte Oma Hulda.»In amerikanischen Dollars bekommst du für deine mühsam gehamsterten Reichsmark gerade noch ein Zehntel von dem, was sie vor dem Krieg wert waren.«

»Ich weiß«, sagte Carlo. Zwar kamen nicht länger wie zu Zeiten seines Vaters täglich drei Zeitungen ins Haus, aber die eine, die *Vossische,* die sie behalten hatten, las er jeden Morgen mit Sorgfalt. Der rasche Wertverfall des Geldes war eines der zahllosen Probleme der jungen Republik. Dennoch musste man ja optimistisch bleiben, vor allem wenn man jung war und sein Leben vor sich hatte. Seine Schwester Nina war ihm darin ein Vorbild. Ihre Energie und Lebenskraft ließen sich durch keine Gräuelnachricht dämpfen. »Mein Geldberg ist mächtig zusammengeschrumpft, aber ein kleiner Hügel ist noch da. Und das Guthaben im Sparbuch sieht ziemlich ordentlich aus.«

»Kein Wunder«, bemerkte Oma Hulda. »Das hat dein Vater auf meinen Rat hin für dich angelegt. Und zwar in einer Zeit, in der seine sämtlichen Bekannten um die Wette gerannt sind, um ihre Spargroschen dem Kaiser für seine Kriegsanleihen in den Rachen zu werfen.«

Carlo lächelte. »Du hättest Bankier werden sollen, Oma Hulda.«

Nicht wenige Gutsbesitzer in der Uckermark hatten die Überreste einst beachtlicher Familienvermögen in Rauch aufgehen sehen, weil die gezeichneten Kriegsanleihen nach der Niederlage wertlos waren, doch wenigstens das war der Familie auf Neu-Mahlen erspart geblieben.

»Frauen *werden* nichts«, beschied sie ihn. »Frauen heiraten oder bleiben Mädchen wie Sperling.«

»Wir haben das Jahr neunzehnhundertzwanzig«, begann Carlo vorsichtig und ließ sich endlich auf dem Hocker nieder. »Heutzutage sitzen Frauen im Reichstag, Oma. Und immer mehr entscheiden selbst, was aus ihrem Leben werden soll.«

»Ach, ich vergaß«, bemerkte Oma Hulda trocken. »Du wolltest ja über Nina sprechen.«

»Sie kann nicht heiraten«, platzte Carlo heraus. »Sie sagt nichts dazu, weil wir ja alle nichts sagen. Aber ich weiß, dass sie vor dem Augenblick zittert, in dem einer von uns ihr erklärt, sie müsse, um Neu-Mahlen zu erhalten, mit irgendwem eine Ehe eingehen.«

»Bis jetzt ist mir nicht bekannt, dass ein Bewerber vorgesprochen hätte«, sagte Oma Hulda. »Weißt du etwas, das ich nicht weiß, oder reden wir hier über ungelegte Eier?«

Carlo entschied sich zur Flucht nach vorn. »Nina muss nach Berlin«, sagte er. »Sie hockt dort oben im Dachboden, zwischen ihren zusammengestückelten Bühnenutensilien, studiert ein Stück nach dem anderen und liest jede Zeile im Feuilleton, aber was sonst soll sie denn machen? Als Kinder haben wir alle sie um eine Rolle in ihren Inszenierungen angebettelt, aber inzwischen sind wir erwachsen, und sie sitzt allein da und vergeudet ihr Talent.«

»*Du* hast sie angebettelt?« Oma Hulda hob ihre halbrunden Brauen bis fast an den Haaransatz. »Das ist mir aber anders in Erinnerung.« »Nun ja. Ich war zweifellos ihr untauglichster Schauspieler«, gab Carlo zu. »Aber eine wie Nina reißt selbst mich mit. Sie ist begabt, Oma. Sie ist so begabt, dass sie einfach nicht hier sitzen bleiben und vor Puppen und kaputt geliebten Plüschtieren spielen darf, sondern etwas daraus machen muss.«

»Und woher willst du das wissen, wo du deiner eigenen Einschätzung nach von der Materie doch herzlich wenig verstehst?«

»Ich weiß es eben«, sagte Carlo. »Und du weißt es auch.«

»Ich?« Oma Hulda zog den Vokal in die Länge. »Zu meiner Zeit ging man ins Theater, nicht um zu sehen, sondern um gesehen zu werden. Man saß brav seine drei Stunden vor einem Drama von Goethe oder Schiller ab, anschließend wedelte man auf der Freitreppe ein wenig mit seiner Nerzstola und fuhr wieder nach Hause. Ich muss dich enttäuschen, mein Junge. Falls in diesem Haus überhaupt jemand etwas vom Theater versteht, bin es nicht ich.«

»Aber von Nina verstehst du etwas«, sagte Carlo. »Von Menschen.«

»Schon möglich. Das lässt sich in siebzig Jahren Leben nicht völlig vermeiden.«

»Du weißt, dass Nina von klein auf eine Bühne im Kopf hatte und sich ihre Welt darauf inszeniert hat«, beschwor sie Carlo. »Sie ist wie ein Rennpferd im Startblock: Solange sie darin eingesperrt ist, mag man sie vollkommen unscheinbar finden – ein schmächtiges Mädchen mit blasser Haut und glattem braunen Haar. Doch im Innern bebt sie vor Energie. Sobald der Block aufspringt und sie von der Sehne schnellt, ist nichts mehr unscheinbar an ihr, und kein Mensch, der ihr zusieht, wird sie je wieder aus dem Kopf bekommen.«

»Im Trabrennsport gibt es keinen Startblock«, sagte Oma Hulda.

»Trab ist für Nina auch nicht rasant genug«, gab Carlo zurück. »Für diese Energie, die sie hat, ist Gut Neu-Mahlen in der verschlafenen Uckermark viel zu klein. Ich möchte, dass wir sie nach Berlin schicken. Dahin, wo die Theater und Kinos wie Pilze aus dem Boden schießen.«

»Und was genau soll sie unter diesen schießenden Pilzen bitte anfangen?«, fragte Oma Hulda.

»Das weiß ich nicht«, antwortete Carlo prompt. »Schauspielunterricht nehmen, eine Stellung beim Theater suchen, das muss sie selbst herausfinden. Und das wird sie auch. Wir müssen sie nur wissen lassen, dass wir ihr den Weg bereiten wollen. Dass es ein gemeinsames Vorhaben der Familie von Veltheim ist, genau wie die Traberzucht und der Anbau von Braugerste. Und wir müssen ihr Geld geben, damit sie sich in der Hauptstadt eine Unterkunft mieten und sich die erste Zeit über Wasser halten kann.«

»Du willst eine von Veltheim, die noch nicht einmal volljährig ist, allein nach Berlin schicken und ihr dort – wie hast du dich ausgedrückt? – *eine Unterkunft mieten?*« Ein wenig zittrig wurde Oma Huldas Stimme in den Spitzen jetzt doch.

»Nicht irgendeine von Veltheim«, sagte Carlo. »Sondern Nina. Du weißt, dass sie anders ist, als du es warst, und auch anders, als Mama und Tante Sperling es waren. Du weißt, dass die Zeit anders ist und wir unseren Platz darin erst finden müssen. Ich bin zu dir gekommen, weil du nie vor etwas die Augen verschließt, egal, ob es dir schmeckt oder nicht. Im Grunde weißt du genau wie ich, dass wir Nina nicht in eine Heirat um des Gutes willen zwingen dürfen. Sie würde einwilligen, weil wir in diesen vier Jahren seit Vaters Tod eben zu dieser verschworenen Gemeinschaft zusammengewachsen sind, in der es unmöglich ist, den anderen Hilfe zu verweigern. Aber sie würde daran kaputtgehen. Vielleicht würde man ihr auf den ersten Blick nichts anmerken, weil dieses kleine Geschöpf ja genau wie du aus Eisen zu sein scheint. Aber sie wäre nicht länger die Nina, als die wir sie kennen und als die sie gedacht war.«

Seine Großmutter gab nicht sofort Antwort, was ungewöhnlich für sie war. Stattdessen suchte sie seinen Blick und hielt ihn fest. »Ist dir klar, dass es das ist, was das Leben ausmacht?«, fragte sie dann. »Sich den Gegebenheiten anpassen, sich nach der Decke strecken und irgendwann nicht mehr der sein, als der man gedacht war? Die hübschen goldenen Knollen, die wir aus unseren Pflanzbeeten buddeln, sind schließlich auch nicht dazu gedacht, als Stampfkartoffeln zu enden. Aber mit Stampfkartoffeln kann man einen großen Haushalt ziemlich gut satt bekommen, und gestorben ist auch noch niemand daran.«

Carlo öffnete den Mund, um etwas zu erwidern, doch seine Großmutter hob die Hand und sprach weiter. »Dieses bisschen Geld, das du gerade mit so großer Geste wegschenken willst, ist übrigens ein sogenannter Notgroschen, der eingezahlt wurde, als dein Vater das letzte Mal hier bei seiner Familie war. Was geschehen würde, hat er absehen können, und er wollte, dass dir zumindest der Weg in ein ordentliches Leben offensteht. ›Das Gut mag verloren gehen‹, hat er gesagt. ›Früher hätten wir unseren Söhnen Offizierspatente gekauft, um sie halbwegs versorgt zu wissen, doch ich bezweifle, dass es nach diesem Krieg dafür noch ein Heer geben wird. Machen wir uns nichts vor: Unsereins hat ausgedient. Das Geld soll sicherstellen, dass Carlo ein Studium absolvieren kann, das in der neuen Zeit von Nutzen ist.‹«

Carlo schluckte trocken. Er hatte nie das Gefühl gehabt, seinem Vater sonderlich nahezustehen, und oft sogar befürchtet, ihn zu enttäuschen. Nun zu erfahren, wie liebevoll er sich um ihn gesorgt hatte, berührte ihn so sehr, dass er sekundenlang nicht weitersprechen konnte. Gleich darauf aber riss er sich zusammen und suchte den Blick seiner Großmutter wie diese zuvor den seinen.

»Ich bin hier zufrieden«, sagte er. »Reich werden wir wohl nicht wieder werden, doch solange wir unser Auskommen haben, wüsste ich nichts, das ich lieber täte, als hier vor mich hin zu leben. Um Nina aber steht es anders. Sie zieht es fort – und wenn der Vater nicht gestorben wäre, hätte er dafür gesorgt, dass sie geht.«

3

NINA

MÄRZ 1921

Etwas auch nur annähernd Vergleichbares hatte sie noch nie gesehen. Der Verkehr in der Berliner Friedrichstraße floss oder sickerte nicht, sondern toste und tobte, und so geschickt der Chauffeur ihre Kraftdroschke auch zu lenken versuchte, er steckte dennoch alle paar Meter fest. Automobile hupten, Omnibusse waren vollgestopft bis auf die Trittbretter, Fußgänger und Radfahrer schlängelten sich im Slalom von einer Straßenseite zur andern, Straßenbahnen zogen ratternd ihre Spur. Der Lärm war atemberaubend. Tante Sperling, die mit der zarten Arbeit in ihrem Stickrahmen beschäftigt gewesen war, ließ diesen sinken und presste sich die Hände auf die Ohren.

»Ist das hier immer so?« Ihre Stimme vibrierte. »Wie willst du denn dann verstehen, was diese Herren, bei denen du dich vorstellen musst, zu dir sagen, Ninchen?«

Die Augen der Tante waren wasserblau, wie die von Ninas Vater gewesen waren, doch ihr Blick hatte mit seinem nichts gemein. Während er voller Zuversicht und Weltvertrauen ins Leben geblickt hatte, schien sie sich ständig vor etwas zu fürchten.

»Wir schreien einfach«, antwortete Nina und lachte. »In Berlin schreien alle, Tante Sperling. Das ist hier gang und gäbe.«

»Biest.« Carlo, der neben ihr saß, stieß ihr den Ellenbogen in die Seite.

Nina grinste ihn an, dann wandte sie sich dem Fenster des Automobils zu, um den belebenden Tumult der Hauptstadt in sich aufzusaugen. Natürlich hatte ihr Bruder recht. Es war nicht fair, sich über Tante Sperling lustig zu machen, aber zuweilen konnte Nina einfach nicht widerstehen. Sie meinte es ja nicht böse. Die kleine Tante mit dem verschrobenen Weltblick und dem Kopf in den Wolken gehörte zu den Menschen, die sie auf der Erde am meisten liebte. Seit ihr Vater gestorben war, liebte sie sie womöglich noch zärtlicher, denn sie war das, was ihr von ihrem Vater geblieben war – die Hälfte eines in der Mitte auseinandergebrochenen Zwillingsgespanns.

Sie hatte des Vaters Güte, wenn diese sich bei ihr auch ganz anders zeigte. Tante Sperling bastelte einem Hühnerküken eine Schiene für seinen gebrochenen Flügel, bestickte Taschentücher für das Waisenhaus in Templin und hatte einmal einen Mann, der aus der Remise Geräte hatte stehlen wollen, ins Haus eingeladen, in dem sie zu dieser Zeit allein gewesen war. Als der Rest der Familie zurückkam, fanden sie den Einbrecher, der als Infanterist in Flandern eine Hand verloren hatte, wie er an der Tafel im Speisezimmer saß und Suppe löffelte. Selbst die Kerzen in den jahrhundertealten Leuchtern aus Königsberger Silber hatte Tante Sperling ihm angezündet.

»Er hat mich so an unseren lieben Guntram und all die anderen armen Soldaten und Offiziere denken lassen, für die jetzt niemand mehr ein gutes Wort hat«, hatte sie zu ihrer Erklärung vorgebracht.

»Tatsächlich?«, fragte sie jetzt und schüttelte ungläubig den Kopf.

»Den ganzen Tag nur schreien? Also, für mich wäre das nichts, Ninchen, da hätte ich am Abend ja gar keine Stimme mehr. Außerdem denke ich immer, ich hätte etwas Dummes gesagt, wenn jemand mich anschreit.«

Es gehörte zu Tante Sperlings bezaubernden Eigenschaften, dass sie Ironie nicht verstand, sondern jedes Wort, das einer ihrer Lieben zu ihr sprach, für bare Münze nahm und mit aller Sorgfalt auf eine Goldwaage legte.

»Eene meene Mopel, wer frisst Popel«, sang Otta und schlenkerte mit den Beinen. Auf dem Bahnhof, einem gigantischen, aus Stahl und Glas errichteten Ameisenhaufen, auf dem sie unbedingt hatte Fassbrause trinken müssen, hatten drei Jungen den Abzählreim vor sich hin gesungen, und die blitzgescheite Brandenburger Göre hatte sich die Worte im Handumdrehen eingeprägt.

Nicht nur die Worte, sondern auch die Gewissheit, dass sie damit die Erwachsenen aus der Reserve locken konnte.

Ihre Mutter, die zu ihrer Rechten saß und ihre Jüngste mit einem

Arm auf dem Sitz festhielt, stöhnte lediglich und verdrehte gottergeben die Augen.

»Herzelein, das gehört sich nicht«, sagte Tante Sperling. »Nicht für ein so nettes kleines Mädchen wie dich.«

»Ich bin kein nettes kleines Mädchen«, trumpfte Otta auf.

»Wo sie recht hat, hat sie recht«, bekundete Oma Hulda.

»Wieso, klein ist sie doch noch«, kam es von Fritzi, der Haushälterin, die Nina gegenüber neben der Oma am Fenster saß und einen Korb mit Proviant auf den Knien balancierte.

Ehe sie lachen musste, wandte Nina sich erneut dem strudelnden Verkehr zu. Ihre Familie hatte es sich nicht nehmen lassen, sie im Tross nach Berlin zu begleiten, und da Fritzi samt ihren hart gekochten Eiern, eingelegten Gurken und Mettwurststullen zur Familie gehörte, mussten Ferdi und Max, das Männchen für alles, eben einen Tag lang auf dem Gut allein zurechtkommen. Falls uns ein Theaterleiter begegnet, denkt der, ich habe mir gleich ein Wanderensemble mitgebracht, dachte Nina und winkte einer Klasse von Schulkindern zu, die in Zweierreihen versuchten, die Fahrbahnen zu überqueren. Auf dem offenen Oberdeck eines Busses der Linie acht saßen junge Männer mit Studentenmützen und winkten in wilder Aufregung zurück.

So war sie eben, ihre Familie – wer einen von ihnen wollte, bekam die übrigen gratis mitgeliefert. In den letzten Kriegstagen hatte Otta in Templin zum Zahnarzt gemusst, um sich eine Zahnfleischentzündung pinseln zu lassen. Wie selbstverständlich waren sämtliche Familienmitglieder – allerdings ohne Fritzi – mitgezogen, hatten zu sechst in dem überfüllten Wartezimmer gehockt und sich auch zu sechst in den engen Behandlungsraum gequetscht.

Der Zahnarzt war eine Zahnärztin, die allerdings mangels Approbation nur den Titel ›Zahnkünstlerin‹ führen durfte. Es war schließlich Krieg, und die Herren der Schöpfung waren mit anderem als Zähnen beschäftigt. Kurzerhand schnappte die resolute Zahnkünstlerin sich Oma Hulda, drückte sie in den Stuhl und sperrte ihr den Mund auf, um sie zu untersuchen.

»Der muss raus«, verkündete sie, und wenig später war Oma Hulda um einen Backenzahn ärmer.

Die nahm es fatalistisch. »Mitgefangen, mitgehangen«, bekundete sie und kühlte sich die Wange mit geeistem Korn.

Und genauso war es auch jetzt. Tante Sperling mochte Ohrenschmerzen haben und die Mutter sich sorgen, weil sowohl das Derby als auch die Frühlingsauktionen bevorstanden, aber keiner von ihnen ließ es sich nehmen, Nina in ihr neues Zuhause zu begleiten.

Neues Zuhause.

Wie ganz und gar unglaublich das klang. Diese Stadt vor dem Wagenfenster, die mit jedem Pumpen ihres Herzens das Unterste zuoberst kehrte, würde von nun an ihr Zuhause sein.

Ihre Familie hatte ihr ein Geschenk gemacht, das zu groß war, um es zu begreifen. Im Grunde war es vor allem zu groß, um es anzunehmen. Als sich die sechs – einschließlich Otta und Fritzi – aneinandergedrängt wie Verschwörer vor Nina aufgebaut hatten, um ihr ein brandneues Kontobuch vom Berliner *Bankhaus S. Bleichröder* zu überreichen, hatte sie sich mit Händen und Füßen gewehrt. Natürlich steckte Carlo dahinter, der Bruder, den sie einfach nicht verdient hatte, den niemand verdiente. Er hatte das Geld aufgegeben, das für seine Ausbildung beiseitegelegt worden war, und die anderen angestiftet, ähnlich exorbitante Opfer zu bringen. Tante Sperling hatte ihre Aussteuer verkauft, und Fritzi hielt ihren etliche Male gestopften Sparstrumpf in der Hand.

»Ihr seid der großartigste, wundervollste Haufen, der auf diesem Planeten herumläuft«, hatte Nina gesagt. »Aber das, was ihr hier zusammen ausgekocht habt, kommt nicht infrage. Ihr behaltet alle euer Geld, und ich bleibe hier und heirate jemanden, der was von Pferden versteht. Das Ende der Welt ist das schließlich nicht. Ich liebe Pferde, besonders meinen Palü ... «

»In der Tat, das tust du«, hatte Oma Hulda sie unterbrochen. »Leider muss ich dich aber darüber in Kenntnis setzen, dass es kein Pferd wäre, das du heiraten würdest. So einfach, wie du es dir in deinem jugendlichen Leichtsinn vorstellst, ist es nicht.«

Ninas Mutter lachte auf, was viel zu selten geschah. »Also, ich persönlich hätte die Ehe mit meinem Mann der mit einem Pferd vorgezogen. Aber darum geht es ja nicht, denn du, mein Ninchen, willst keines von beidem, selbst wenn du reitest wie die tollste Amazone. Davon hat Carlo uns höchst eloquent überzeugt.«

»Was ich will, spielt dabei keine Rolle«, hatte Nina gesagt. »Carlo braucht das Geld für seine Ausbildung, und Fritzi ...«

»Bist du keine Frauenrechtlerin?«, war ihr von Neuem ihre Oma ins Wort gefallen. »Nur um das klarzustellen: Ich bin keine, mir ist vor dir nie eine begegnet, und ich kenne mich mit derlei Belangen nicht aus. Ich habe mir aber eingebildet, als Frauenrechtlerin müsstest du der Ansicht sein, ein junges Mädchen habe ebenso ein Recht auf eine Ausbildung wie ein junger Mann. Liege ich damit falsch?«

»Natürlich nicht!«, hatte Nina gerufen. »Aber bei uns ist doch nun einmal nicht genug Geld für beide da.«

»Also bekommt das Geld derjenige, dem es wichtiger ist«, hatte Carlo kurzerhand erklärt. »Mir geht es gut hier, Nini. Ob ich mich wirklich durchringen könnte, ein Studium zu absolvieren, bezweifle ich. Vermutlich wäre ich zu träge dazu. Du dagegen bist ungefähr so träge wie ein Taifun.«

Sie sahen sich an, sie lachten sich in die Augen, und Ninas Herz begann heftig zu klopfen, weil ihr klar wurde, dass es wahr werden könnte, dass es ein Stern war, nach dem sie nur zu greifen brauchte: Nina von Veltheim in Berlin. Nina von Veltheim am Theater. Nina von Veltheim auf dem Weg in eine Welt, die immer ihre gewesen war, obwohl sie sie in Wahrheit doch gar nicht kannte. Dennoch protestierte sie:»Himmelherrgott – ihr wisst doch alle besser als ich, dass wir hier jeden Pfennig brauchen, wenn aus der Traberzucht Neu-Mahlen etwas werden soll!«

Daraufhin war ihre schmale Mutter, die sie mit ihrer Zähigkeit alle überraschte, vorgetreten und hatte ihr in die Augen geblickt. »Glaubst du an dich?«, hatte sie gefragt. »Ist es so, wie Carlo sagt, dass du dir für deine Zukunft nichts anderes vorstellen kannst als das Theater und dass du, wenn du dich am Theater siehst, keine Angst verspürst, sondern einzig Zutrauen? Ich habe die große Duse und die Bernhardt erlebt, aber ich könnte dennoch niemals beurteilen, ob jemand für diese Dinge begabt ist. Bist du begabt, Ninchen?«

Nina hatte Nein sagen wollen. Sie hatte schließlich keine Duse und keine Bernhardt erlebt, sondern nur eine Handvoll Provinzaufführrungen in Templin, das Laientheater am Lyzeum und ein paar wundervolle Filme im Kino. Auf welcher Grundlage sollte also ausgerechnet sie sich einbilden, sie sei begabt? Einigermaßen verblüfft über sich selbst hatte sie stattdessen genickt. Sehr langsam zwar. Aber überzeugt. Sie war erst zwanzig, doch ihr war, als hätte sie ihr ganzes Leben lang Welten auf eine Bühne gestellt.

»Na bitte«, hatte ihre Mutter gesagt. »Wenn es so ist, ist unser Geld bei dir doch gut angelegt, und wir können sicher sein, dass du es uns eines Tages zurückzahlen wirst.«

Lauthals waren die anderen eingefallen und hatten nicht zugelassen, dass Nina diesem frappierenden Argument noch etwas entgegensetzte. *Also gut,* hatte sie gedacht. *Wenn ihr daran glaubt, werde ich es ab heute auch tun und alles daransetzen, dass ihr recht behaltet.* Anschließend war der ganze Rest so schnell gegangen, dass sie mit dem Denken nicht hinterherkam. Oma Hulda hatte über Bekannte eine Offizierswitwe aufgetan, die im frisch eingemeindeten Berliner Bezirk Kreuzberg Zimmer vermietete, und heute, drei Wochen später, waren sie bereits in Berlin, auf dem Weg zu Ninas Unterkunft. Sie hatte die Zeit genutzt, um sich die Adressen etlicher Theater aus den Zeitungen herauszuschreiben, und würde gleich morgen anfangen, sich bei ihnen zu bewerben.

War sie ehrlich zu sich selbst, so hatte sie keinen Schimmer, wie man so etwas anfing, aber das mochte ihr sogar zum Vorteil gereichen: Wenn man nicht wusste, wie eine Sache bewerkstelligt wurde, wusste man auch nicht, was man dabei alles falsch machen konnte.

Am Abend vor der Abreise hatte Tante Sperling sie außerdem beiseitegenommen und ein wenig beruhigt: »Mach dir wegen des Geldes nicht allzu viele Sorgen, mein Liebes. Ich habe ja noch mein Sparbuch, in das ich, solange ich denken kann, jeden kleinen Pfennig einzahle. Das ist für euch drei gedacht, für die Kinder von meinem lieben Bruder Guntram, als Erinnerung, wenn ich einmal nicht mehr bin. Falls aber Not am Mann ist, brauche ich ja nur nach Templin auf die Bank zu gehen, und prompt haben wir das Geld.«

Das wird nicht nötig sein, schwor Nina ihr stumm. *Und Geld als Erinnerung an dich brauchen wir schon gar nicht, denn wie könnte irgendwer, der dich gekannt hat, dich je vergessen?*

Stockend ging die Fahrt voran. Jetzt bogen sie in eine schmalere, aber umso belebtere Straße ein, zu deren Seiten sich mehrstöckige Häuser mit unzähligen Geschäften und Lokalen erhoben. Unter den Markisen, entlang der Schaufenster und Werbeplakate eilten oder flanierten mehr Menschen, als Nina je auf einmal gesehen hatte. Sie war als Kind ein paarmal in Berlin gewesen, fand in ihrem Gedächtnis jedoch keine Bilder davon. Die ›Saison‹, die sie hier hätte absolvieren sollen, die Runde durch Salons und Ballsäle auf der Suche nach geeigneten Heiratskandidaten, hatte der Krieg verschluckt, und inzwischen gab es keine Saison für höhere Töchter mehr.

Nina war nicht böse darüber. Ihr Berlin war hier und jetzt und wie für sie gemacht. Es schien aus den Nähten zu platzen, ein riesiger Hut, aus dem unablässig Neues gezaubert wurde. Vier Millionen Einwohner hatte die Stadt und war damit nach New York und London die drittgrößte Metropole der Welt. Wie leicht musste es sein, sich in dieser Stadt zu verlieren wie in einem Labyrinth, in dem hinter Häusern nichts als weitere Häuser auftauchten. Und wie oft würde sie sich hier finden können! Die allumfassende Fremdheit, das nie Dagewesene, Unvertraute machte Nina keine Angst. Im Gegenteil. Seit sie aus dem Zug gestiegen waren, konnte sie es kaum erwarten, sich in den Rausch ihres neuen Lebens zu stürzen.

Dazu würde sie von den anderen Abschied nehmen und das erste Mal seit ihrer Flucht aus dem Schweizer Lyzeum die Nacht ohne sie verbringen müssen. Damals war sie vor Sehnsucht nach ihren Lieben krank geworden. Heute dagegen schämte sie sich, weil der Gedanke an die Trennung sie nicht mit Traurigkeit erfüllte, sondern sie den Augenblick geradezu herbeisehnte.

Hinter der Brücke über den Fluss lag zur Rechten eine riesige Baustelle mit einer halb fertigen Glaskugel, die wohl eine Bahnhofshalle werden sollte, wenn sie vollendet war. Gleich darauf, nach dem Verkehrsgewimmel einer weiteren Kreuzung, erhob sich an der Straßenecke ein prächtiges Haus mit einer Kuppel, auf der im Frühlingswind eine Fahne wehte. *Central-Hotel* stand in geschwungenen Buchstaben darauf. Nina hatte davon gehört: Der *Vossischen* zufolge war es Berlins größtes Hotel und eines der luxuriösesten dazu.

Seine Fassade zog sich schier endlos die Straße entlang. Über einer Reihe gläserner, goldverzierter Türen prangte eine ebenfalls goldene Leuchtreklame, die im kräftigen Nachmittagslicht jedoch noch nicht eingeschaltet war: *Wintergarten, las Nina, Varieté.* An den Glastüren klebten in Schwarz und Gold gehaltene, mit Sternen verzierte Plakate, die ein ›*Dayalma-Ballett*‹ und ›*Berinelli, größter Jongleur aller Zeiten*‹ ankündigten. Hotel mit Varieté? Ganz genau wusste Nina nicht, was in einem Varieté geboten wurde, aber sie hätte es liebend gern auf der Stelle herausgefunden.

Viel zu schnell waren sie an der glitzernden, lockenden Fassade vorbei, und schon tauchten weitere Attraktionen auf: eine Galerie mit verglastem Dach, die ein Panoptikum beherbergte, ein sich über drei Stockwerke ausbreitendes Restaurant, ein Tanzlokal und eine Mokkadiele, was auch immer man sich darunter vorzustellen hatte. Ninas Augen waren wie betrunken, und zugleich verspürte sie unbändigen Durst.

Mit einiger Mühe bog die klobige Kutsche schließlich in eine Querstraße ein, wo der Verkehr ein wenig behäbiger floss. Auch hier reihte sich ein elegantes Geschäft, ein einladend aufgemachtes Lokal ans andere, und erst als sie noch einmal abbogen, überwogen reine Wohnhäuser und Bürogebäude. »Jerusalemer Straße«, brummte der Fahrer. »Und welche Nummer wollten se nu'?«

»Welche Nummer?«, fragte Tante Sperling. »Wir möchten gern zur Wohnung der Frau Rottenheimer, bitte schön.«

Nina blickte an den fünf oder sechs Stockwerken der Häuser samt ihren Nebengebäuden hinauf und hätte um ein Haar laut aufgelacht.

Oma Hulda war weniger amüsiert. »Weißt du eigentlich, warum ich dich seit deiner frühesten Kindheit Sperling und nicht bei deinem Taufnamen Gundula nenne?«, blaffte sie ihre Tochter an. »Weil du vor dich hin zwitscherst, ohne zu denken.« Dann wandte sie sich dem Fahrer zu, der von einem zum andern blickte, als wäre er nicht sicher, welcher Spezies die Fahrgäste, die er sich da aufgegabelt hatte, angehörten. »Setzen Sie uns hier irgendwo ab. Bedauerlicherweise haben wir uns keine Hausnummer notiert und werden nun eben suchen müssen.«

»Sie woll'n hier nach 'nem Namen suchen, zu dem Se keene Nummer

41

hab'n?«, fragte der Fahrer fassungslos. »Frauchen, da sind Se bis morjen früh um sechse noch nich' fertich. Und dunkel wird's ooch demnächst.«

»Man fügt sich eben in das Unvermeidliche«, erwiderte Oma Hulda und angelte über Fritzi und den Proviantkorb hinweg nach dem Türgriff. »Auch daran, dass sie sich neuerdings mit *Frauchen* betiteln lassen muss, geht eine Preußin schließlich nicht zugrunde.«

Der Fahrer lachte. »Junge, Junge. Den Schneid lassen Se sich so schnell nich' abkoofen, wat? Hamse denn wenigstens 'nen Anhaltspunkt? Hat der, der Ihnen die Adresse jejeben hat, noch irjendwat jesacht?«

»Aufgang im Seitenflügel«, fiel Carlo ein, der vom Gasthaus in Templin aus mit der Witwe telefoniert hatte. »Und irgendetwas über einen Zeitungskiosk, glaube ich.« Er schlug sich vor die Stirn. »Ich könnte mich treten, weil ich mir die Nummer nicht aufgeschrieben habe.«

»Davon hat nun auch niemand mehr etwas.« Oma Hulda war bereits damit beschäftigt, die Mitglieder ihrer Familie sowie Ninas Habe aus dem Wagen zu bugsieren. An den Fahrer gewandt, fragte sie: »Können Sie mit dem Hinweis Zeitungskiosk etwas anfangen? Hilft uns das weiter?«

»Zeitungskioske ham wa in der Jerusalemer mindestens drei«, antwortete der Fahrer und wies in verschiedene Richtungen. »Aber sind Se sicher, dat Se nich' dat Mossehaus suchen? Eener von unsere dicksten Zeitungsfritzen sitzt da drinne. Also nich' im Moment, der Kasten hat ja bei die Krawalle vor zwee Jahren janz schön wat abjekricht, aber zum Ausgleich baut der Mosse sich den jetz' noch 'n Zacken jrößer.«

Er zeigte geradeaus auf ein hohes Eckhaus, das sich aus dem beginnenden Dämmerlicht schälte und ganz und gar von einem Baugerüst umgeben war.

»Das kann sein«, murmelte Carlo kleinlaut. »Die Leitung war schlecht, und im Schankraum probte ein Männergesangverein. Ich habe nur irgendetwas mit Zeitung verstanden.«

»Also suchen wir zunächst sämtliche Aufgänge um dieses Mossehaus ab«, entschied Oma Hulda und hob die letzte Tasche aus dem Wagen. »Flott, flott, Kameraden, keine Müdigkeit vorschützen. Es kann sich nur um Stunden handeln.«

4

Es handelte sich um Stunden. Jedes Berliner Haus schien etliche Aufgänge, Seitenflügel und mindestens ein Hinterhaus zu besitzen, und als sie mit den beiden fertig waren, die dem Mossehaus am nächsten standen, war es bereits dunkel. Die Straßenlaternen wurden eingeschaltet und verbreiteten ein seltsam unwirkliches Licht, doch die zahlreichen Leuchtreklamen über den Geschäften blieben ausgeschaltet. Die sechs Veltheims hockten sich in einen der Hofdurchgänge und leerten die Reste aus Fritzis Proviantkorb, die jedoch den Hunger eher anfachten als stillten. Ihnen allen knurrte der Magen, sie waren erschöpft und spürten, wie ihnen der Mut sank. Die arme Otta jammerte vor sich hin, sie müsse dringend aufs Klo und wolle außerdem einen turmhohen Stapel Kartoffelpuffer mit Apfelmus essen. Kaum jemand hatte noch Hoffnung. Dann aber entdeckte Ninas Mutter im Seitenflügel eines gegenüberliegenden fünfstöckigen Hauses schließlich doch noch ein Schild mit dem Namen *Rottenheimer*.

»Bei unserem Glück wohnt die Dame zweifellos im fünften Stock«, unkte Oma Hulda und behielt recht. Einen Aufzug gab es nur für Lieferanten. Im Gänsemarsch schleppten sie das Gepäck die fünf Treppen hinauf und wurden im Türspalt von Frau Rottenheimer empfangen.

»Ich habe Sie nicht zu nachtschlafender Zeit erwartet«, bellte die Frau statt einer Begrüßung. »Und einen Menschenauflauf habe ich auch nicht bestellt. Würde ich mir aus Menschenaufläufen etwas machen, bekäme ich tagtäglich da draußen einen geboten.«

Nina blieb stehen und betrachtete sie fasziniert. Sie hatte ein uraltes Gesicht mit tief eingegrabenen Furchen, in denen die Schminke eintrocknete, und dünne, faltige Lippen. Ihr üppiges, hochfrisiertes Haar war ebenso wie Brauen und Wimpern jedoch von einem derart tiefen Schwarz, dass es unmöglich echt sein konnte. Die ist vom Theater, durchfuhr es Nina, sie spielt uns etwas vor. Alle Erschöpfung war vergessen, und die freudige Erregung kehrte zurück.

»Liebe Frau Rottenheimer, es tut uns von Herzen leid, dass wir uns derart unverzeihlich haben verspäten müssen«, begann Tante Sperling, aber Oma Hulda ließ sie nicht ausreden. »Wir haben meine Enkelin herbegleitet und hatten Schwierigkeiten mit der Adresse«, erklärte sie bündig. »Da wir nun aber einmal hier sind und den letzten Zug verpasst haben, werden wir wohl oder übel hier übernachten müssen.«

»Bei mir?« Die Stimme der schwarz gefärbten Witwe Rottenheimer klang geradezu entsetzt. »Das kommt überhaupt nicht infrage – ein Überfall ist das, eine Invasion! Ich nehme sonst junge Damen ja überhaupt nicht auf, mir sind Verhältnisse, in denen solche Damen nicht bis zur Heirat im Elternhaus verbleiben, äußerst suspekt. Meine Kostgänger sind sämtlich höchst achtbare Herren, angehende Offiziere und Reservisten.«

»Die sich nun leider die Miete nicht länger leisten können, weshalb Sie über unsere Bewerbung höchst erfreut schienen«, fiel Carlo ein.

Der Blick, den Frau Rottenheimer ihm sandte, war zweifellos nicht dazu gedacht, ihn zu überleben. »Ich höre wohl nicht richtig. Was haben Sie mir da gerade unterstellt?«

»Mein Enkel ist schlecht erzogen«, beeilte sich Oma Hulda zu versichern. »Dem fehlt der militärische Drill. Können wir über das Geplänkel jetzt bitte hinweggehen und das Zimmer meiner Enkelin sehen? Falls Sie uns tatsächlich nicht gegen ein Entgelt für eine Nacht beherbergen können, müssen wir uns schließlich noch eine Unterkunft suchen, und es geht bereits auf zehn Uhr zu.«

Frau Rottenheimer knurrte noch etwas Unverständliches, hatte sich von Oma Huldas soldatischer Zackigkeit aber offenbar entwaffnen lassen. Sie machte kehrt und verschwand in der Wohnung, ohne die Tür auch nur um einen Zoll weiter aufzuschieben. Oma Hulda und der Rest der Gruppe folgten ihr in einen langen, düsteren Korridor mit hoher Decke. Kalt war es auch – viel kälter als draußen, schien es Nina. Sie sah sich nach einem Lichtschalter um, fand aber keinen und kam sich vor, als tauche sie in eine Grotte ein. Auf der Linken gingen von dem grottenhaften Gang mehrere Türen ab. Insgesamt vier zählte Nina, ehe der Gang sich zu einem weitläufigen Raum mit großem Fenster öffnete.

Durch das Fenster fiel das Licht des Mondes und einer Laterne im Hof, doch im Innern brannte auch hier keine einzige Lampe. Im Halbdunkel erkannte Nina einen Esstisch mit sechs Stühlen und eine wuchtige Anrichte.

»Im Berliner Zimmer wird gegessen«, verkündete Frau Rottenheimer wie ein Quartiermeister. »Frühstück um halb sieben in der Frühe, Nachtessen um halb sieben am Abend. Zu Mittag müssen Sie sich selbst verpflegen, und wer zu spät kommt, geht leer aus.«

»Wieso heißt das Berliner Zimmer?«, platzte Otta dazwischen. »Die sind doch alle in Berlin, die Zimmer, oder nicht?«

Frau Rottenheimer verzog das Gesicht, als hätte sie Schmerzen.

»Schau, Ottilein, in diesem Zimmer steht eben eine besonders schöne Berliner Einrichtung«, begann Tante Sperling, wurde aber unterbrochen, weil sowohl Frau Rottenheimer als auch Oma Hulda gequält aufstöhnten.

»Berliner Zimmer nennt man einen Durchgangsraum zwischen zwei Flügeln eines Gebäudes«, erklärte Carlo. »Bis jetzt waren wir im Seitenflügel, und jetzt gehen wir weiter ins Hinterhaus.«

»Denken Sie bloß nicht, dass die Wohnung deshalb minderwertig ist!« Frau Rottenheimers Atem ging schwer. »Mein Mann war Offizier. Wir waren angesehene Leute, und überhaupt ist das hier noch gar nicht Kreuzberg, sondern Mitte, und sechs Zimmer samt Mädchenkammer und Bad in solcher Gegend kann sich wahrlich nicht jeder leisten.«

Ninas Mutter murmelte irgendetwas Besänftigendes, doch Frau Rottenheimer beachtete sie nicht, sondern ließ sie stehen und durchquerte den Raum, um in einen weiteren tiefdunklen, grottenhaften Gang einzutauchen. Tante Sperling stolperte, und Fritzi musste sie auffangen. Obwohl Frau Rottenheimer sich nicht umdrehte, hatte sie den Vorfall offenbar mitbekommen. »Passen Sie auf, wo Sie hintreten«, sagte sie. »Ich dulde grundsätzlich nicht, dass teure Elektrizität durch unsinniges Lichteinschalten vergeudet wird. Was Sie in Ihrem Zimmer verbrauchen, bezahlen Sie selbst, aber in der übrigen Wohnung haben Sie sich mit Tageslicht zu begnügen.«

Nina liebte Licht. Sie war in den lichtdurchfluteten Zimmern und

Sälen von Neu-Mahlen aufgewachsen, und obwohl Oma Hulda kürzlich angemerkt hatte, sie könnten sich die »ständige Festbeleuchtung« nicht mehr leisten, herrschte im Haus doch niemals Düsternis. Sobald sie in den Dachboden hinaufstieg, zündete Nina als Erstes die drei Stehlampen an, die ihn erhellten. Dunkelheit, wenn es nicht die des Theaters war, die nur darauf wartete, im nächsten Augenblick erleuchtet zu werden, verursachte ihr Beklommenheit, der sie schnellstmöglich entfloh. Aber sie hatte ja ohnehin nicht vor, sich viel in Frau Rottenheimers Wohnung aufzuhalten, sondern würde vor allem zum Essen und Schlafen herkommen.

Auch von diesem Korridor gingen zu ihrer Linken Türen ab. Vor der dritten und letzten, ehe der Gang in einer weiteren Tür endete, blieb Frau Rottenheimer stehen. »Hauptmann von Kleewitz und Offiziersanwärter Litzmann wohnen vorne«, sagte sie. »Ebenso ich und das Mädchen, das Ihnen die Mahlzeiten servieren wird. Vorübergehend sind Sie hier hinten alleine, doch ich erwarte dieser Tage einen weiteren Mieter. Das Badezimmer teilen Sie sich und tragen gefälligst ein, wann Sie es zu benutzen wünschen. Hier hinten ist die Küche, die Sie nicht zu betreten haben. Habe ich mich diesbezüglich klar ausgedrückt?«

Nina nickte. »Ich hatte nicht vor, mir etwas zu kochen. Das kann ich nämlich gar nicht.«

Frau Rottenheimer überging die Bemerkung. »Kein Lärm«, sagte sie. »Keine Musik, keine Besuche, weder männlicher noch weiblicher Art und schon gar nicht im Rudel.« Sie ließ einen vernichtenden Blick über Ninas Familie gleiten.

»Wir sind schon so gut wie weg«, versicherte ihre Mutter. »Wenn wir nur rasch das Zimmer sehen und uns von meiner Tochter verabschieden dürften?«

Ein paar Herzschläge lang sah Frau Rottenheimer sie wortlos an. Dann drehte sie den Schlüssel im Schloss und öffnete die Tür zu einem unerwartet großen Zimmer mit gewiss vier Meter hoher Decke, in dessen Fenster der Mond und die Lampe vom Hof schienen. Nina sah ein breites Bett, ein Ungetüm von Kleiderschrank und einen Schreibtisch mit Stuhl. Mehr Möbel gab es nicht, und alles schien schäbig und abgenutzt, aber durchaus zu gebrauchen. Sie war angenehm überrascht, vergaß Frau Rottenheimers Übellaunigkeit und war sicher, sie würde sich hier wohlfühlen.

Es war ihr erstes eigenes Reich, ihre neue Welt, die Basis, von der aus sie die Stadt erobern würde. Sie stellte sich vor, wie sie auf Zehenspitzen durch den grottenhaften Gang schlich, um nach einem Tag voller Abenteuer in das Bett unter dem Fenster zu kriechen, und von Neuem spürte sie ihren Herzschlag. Wie ein Vogel, der aufgeregt mit den Flügeln schlug, begierig darauf, sich in unbekannte Höhen zu schwingen.

»Ich kann Ihnen die Adresse einer Pension aufschreiben, in der Sie mit etwas Glück jetzt noch Aufnahme finden«, knurrte Frau Rottenheimer, ohne sich zu erkundigen, ob ihrer künftigen Mieterin das Zimmer gefiel. »Ich lasse Sie allein, damit Sie sich verabschieden können, aber halten Sie sich keine Ewigkeiten damit auf. Manch einer muss morgen früh zeitig raus.«

Damit ging sie und warf die Tür hinter sich ins Schloss.

»Die Frau Grottenheimer find ich doof«, verkündete Otta, kaum dass sie alleine waren. Dass sie unbedingt aufs Klo gemusst hatte, schien sie vergessen zu haben.

Wie befreit lachten alle auf.

»Ich finde die auch doof, die Grottenheimer«, platzte Carlo heraus.

»Bist du dir sicher, Nini, dass du sie länger als drei Tage erträgst, ohne sie zu erwürgen? Sollen wir dich nicht lieber mit in diese Pension nehmen und uns nach einer anderen Unterkunft für dich umsehen?«

»Und wovon willst du das bitte bezahlen?«, fragte Oma Hulda. »Bist du dem von dir erwähnten Gesangverein beigetreten und hast eine einträgliche Sangeskarriere begonnen?«

»Wenn ich singe, nehmen sogar die Mäuse Reißaus«, antwortete Carlo. »Frag Nina.«

»Da brauche ich nicht Nina zu fragen, ich habe dich mit eigenen Ohren gehört«, versetzte Oma Hulda. »Da du also nicht über geheime Einkommensquellen verfügst, schlage ich vor, dass deine Schwester das Zimmer behält. Wir haben es für drei Monate im Voraus bezahlt, und nachdem ich wochenlang Berliner Mietanzeigen studiert habe und mir immer noch die Haare zu Berge stehen, denke ich, dass wir für Badbenutzung und zwei tägliche Mahlzeiten einen ziemlich günstigen Preis bekommen haben.«

»Auch wenn man dafür Frau Grottenheimer und ihre Herrschaft der Finsternis ertragen muss?«, fragte Carlo.

»Hör bloß auf!«, sprudelte Nina lachend heraus. »Ich werde sie nie wieder ansehen und bei ihrem richtigen Namen nennen können. Mir gefällt das Zimmer. Die Lage ist großartig, ich habe das ganze Getümmel von Berlin vor der Tür, und Frau Grottenheimer wird mich schon nicht fressen.«

»Bist du dir sicher?« Carlo nahm sie beim Ellenbogen und drehte sie zu sich.

»Ganz sicher. Wenn sie's versucht, sage ich, ich hole meinen großen Bruder, der vertrimmt sie.«

»Der tut das wirklich.« Beschwörend sah Carlo ihr in die Augen, und Nina glaubte, seine Angst zu spüren. Er war es, der diesen Stein ins Rollen gebracht hatte, doch jetzt war ihm sichtlich nicht mehr wohl dabei, seine Schwester mutterseelenallein dem Moloch der Großstadt zu überlassen.

Sie waren nie getrennt gewesen. Nur einmal, ein halbes Jahr lang, als Nina, wie es sich für Mädchen ihres Standes gehörte, aufs Lyzeum in die Schweiz geschickt worden war, während Carlo das Gymnasium in Templin besuchte. Damals hatte er ihr versprochen, er würde bis in die Schweiz laufen und sie retten, wenn sie ihm nur eine Nachricht mit den Worten *Rette mich* schriebe. Nina in ihrer Not hatte dem Bruder die besagten Worte geschrieben, und Carlo, statt zu Fuß von Neu-Mahlen bis nach Zürich zu gehen, hatte den Vater davon überzeugt, dass Nina vor Heimweh krank war und sofort nach Hause musste.

Nina legte ihm den Arm um die Schultern. »Ich versprech's dir«, sagte sie. »Wenn ich's nicht aushalte, schreibe ich dir: *Rette mich.*«

»Schreib nicht, schick ein Telegramm«, erwiderte Carlo. »In knapp drei Stunden bin ich dann hier und schrecke nicht davor zurück, der Grottenheimer den Hals umzudrehen.«

»Die Frau Grottenheimer ist bestimmt gar nicht so böse, wie sie sich gibt«, sagte Tante Sperling. »Sie ist nur traurig. Ihr Mann ist doch gestorben, und sicher geht es ihr nah, dass sie nun keinen lieben Menschen mehr an ihrer Seite hat.«

Oma Hulda fuhr herum. »Sperling, ich beschwöre dich: Erspare mir deinen Glauben an das Gute im Menschen, der eines Tages entweder dich oder mich den Kopf kosten wird.«

»Ich muss mal auf Klo«, sagte Otta.

»Dem Himmel sei Dank für leibliche Bedürfnisse.« Oma Hulda nahm ihre jüngste Enkelin bei der Hand. »Na komm, ich gehe mit dir und bitte die traurige Zeitgenossin, deren Namen du gefälligst für dich behältst, um Zutritt zu ihrem heiligen Abort. Und ihr beeilt euch in der Zwischenzeit mit eurer Abschiedszeremonie, die meine Sache ohnehin nicht ist. Du pass auf dich auf, Mädchen. Ich bin sicher, das kannst du besser als irgendeine von uns Alten.«

Damit zog sie mit Otta von dannen. Nina umarmte Carlo noch einmal und bat ihn eindringlich, sich gut um Palü zu kümmern, dann drückte sie Tante Sperling und schließlich Fritzi. Als die drei das Zimmer verlassen hatten, kam ihre Mutter zu ihr und legte die Arme um sie. »Bist du dir ganz sicher?«, fragte sie. »Wenn nicht, dann sag es, und wir packen dich ein und nehmen dich wieder mit nach Hause.«

Forschend sah die Mutter sie an, und Nina bemerkte die Tränen, die in ihren Augen glänzten. Sie hatte ihre Mutter kaum je weinen sehen, auch nicht, nachdem der Vater gestorben war.

»Ich habe dich nie meine Kleine genannt«, fuhr die Mutter fort. »Irgendwie kamst du mir immer wie die Größere von meinen Kinder vor, obwohl du so zart bist. Aber du warst die, die für sich selbst sorgen konnte, der alles leichtfiel, um die ich mich nicht zu ängstigen brauchte. Jetzt bin ich mir dessen nicht mehr so sicher. Verlangen wir nicht zu viel von dir, bist du nicht noch viel zu jung? Zu meiner Zeit hätte man eine Mutter, die ihre zwanzigjährige Tochter allein in eine Stadt wie Berlin schickt, entweder als Rabenmutter oder als geisteskrank beschimpft. Aber meine Zeit ist vorbei, und in der neuen scheinen wir Älteren nicht mehr in der Lage zu sein, unseren Kindern Halt zu geben.«

Nina zog die Mutter an sich, legte ihr Gesicht an deren Schulter und atmete sekundenlang den Duft ein, die feine Note des Parfüms, das sie von klein auf kannte. Wenn ihre Mutter ihr Gute Nacht gewünscht hatte, hatte sie ihr die Arme um den Hals geklammert, um diesen Duft noch ein wenig länger in der Nase zu behalten. »Ihr gebt mir Halt«, sagte sie. »Weil ihr so seid, wie ihr seid – und weil euch wichtig ist, wie ich bin. Selbst wenn ich das selbst noch gar nicht weiß.«

»Wenn du es herausgefunden hast«, flüsterte ihre Mutter erstickt, »lass es dir von niemandem ausreden. Wir Frauen haben uns jahrhundertelang erzählen lassen, was wir alles nicht können, und in Fällen wie meinem wohl auch deshalb, weil wir zu feige oder zu faul waren, um es auszuprobieren. Aber du bist nicht feige oder faul. Lass dir von keinem Menschen sagen: *Das kannst du nicht.*«

»Ich kann alles«, flüsterte Nina zurück, und eine jähe Verzweiflung packte sie, die sie mit niemandem teilen konnte. »Ich muss es doch können, weil …« Den Rest verschluckte sie. Weil er an mich geglaubt hat. Weil er mir Handpuppen für mein Theater gekauft und mich Pippa genannt hat, als könnte ich tanzen. Also muss ich es können. Antanzen gegen den Tod. Weil er nicht mehr da ist, sondern nur noch ich.

»Ach, Ninchen.« Ihre Mutter wischte sich über die Augen, aber die Tränen hatten längst zu laufen begonnen.

»Ach, Mütterchen.«

Sie versuchten zu lachen.

»Wir müssen aufpassen«, sagte Nina. »Wir werden arg kitschig.«

»Nur du«, erwiderte ihre Mutter. »Ich bin es schon immer gewesen.« Damit zog sie Nina noch einmal kurz an sich, gab sie frei und verließ den Raum.

Mit einem Quietschen drehten sich die Angeln, ehe die Tür fast geräuschlos ins Schloss fiel. Nina blieb stehen, hörte ihren Atem vor dem Summen der nächtlichen Stadt und war tatsächlich zum ersten Mal in ihrem Leben allein.

5

ANTON

Aber ich glaube fast, wir sind allesamt Gespenster«, rief die Frau, verdrehte dramatisch die Augen und rang die Hände wie im Gebet. »Es ist ja nicht nur das, was wir von Vater und Mutter geerbt haben, das in uns herumgeistert, sondern auch alte, abgestorbene Meinungen aller Art, alte, abgestorbene Überzeugungen. Sie sind nicht lebendig in uns, aber sie sitzen doch in uns fest, und wir können sie nicht loswerden.«

»Danke, Kathi. Das genügt.« Rudolf Kante, der Regisseur, dem selbst die unbarmherzigsten Kritiker Talent bescheinigten, trat an den Rand der Probebühne und machte sich eine Notiz in das Regiebuch für Henrik Ibsens *Gespenster*, das aufgeschlagen auf den Brettern lag. »Die nächsten beiden Zeilen streichen wir, und für heute machen wir Schluss.«

»Das ist nicht Ihr Ernst!«, rief der Mann, der in Talar und Halskragen der Frau gegenüberstand. »Ich habe meinen Auftritt in dieser Schlüsselszene noch kein einziges Mal in Gänze geprobt, ich weiß nicht einmal, wie ich stehen soll, und in nicht viel mehr als vier Wochen ist Premiere.«

»Wenn Sie nicht wissen, wie Sie stehen sollen, gehen Sie zum Arzt«, beschied ihn Rudolf Kante. »Und wenn Sie mit meiner Art, dieses Stück zu inszenieren, nicht einverstanden sind, beschweren Sie sich beim Intendanten. Jetzt entschuldigen Sie mich aber bitte. Da wir in der Tat in gut vier Wochen Premiere haben, habe ich noch anderes zu tun, als mich mit Schauspielern zu streiten.«

»Augenblick, Rudi.« Anton trat aus dem dunklen Winkel hinter dem provisorischen Vorhang in das spärliche Licht des einzelnen Scheinwerfers. »Wenn du für heute Schluss machen willst, soll mir das recht sein, denn wir alle werden wohl in der Lage sein, einen Repertoire-Ibsen auch ohne ellenlange Proben herunterzuspielen.

Aber aus Kathis Text kannst du nicht ausgerechnet die nächsten Zeilen streichen.«

»Und warum nicht, wenn ich fragen darf? Was ist an diesen zwei Sätzen aus dem Repertoire-Ibsen unentbehrlicher als an irgendwelchen anderen?«

Ihre Blicke trafen sich. Sie hatten als junge Schauspiel-Eleven an den Reinhardt-Bühnen zusammen angefangen, hatten sich ihre ersten Sporen verdient und Blessuren kassiert, sich unter einem Dach hoch über der Spree ein Zimmer geteilt, nächtelang debattiert, geträumt, geplant, einander die letzte Mark und das letzte Hemd geliehen und um die letzten Tropfen in der Flasche mit Absinth gefeilscht. So etwas schweißte zusammen. Als der Krieg kam, hatten sie mit Klauen und Zähnen darum gekämpft, in derselben Kompanie zu landen, und als Rudi mit einem Heimatschuss nach Berlin zurückgeschafft wurde, während Anton als vermisst galt, sorgte Rudi für das Mädchen, das Anton liebte.

Liesa.

Anton kam auch nach Hause. Er gehörte zu den gottverdammten Glückspilzen, die gegen sämtliche Regeln der Wahrscheinlichkeit nach Hause zurückkamen.

Rudi wurde sein Trauzeuge.

Wo es sich anbot, arbeiteten sie zusammen, Rudi als Regisseur, weil er von Natur aus ein Macher war, einer, der blindlings wusste, wie man die Zügel in der Hand hielt, und Anton in dem Schauspielfach, das unter der Bezeichnung *jugendlicher Liebhaber* gehandelt wurde. In Ibsens *Gespenster,* die Rudi für das *Central-Theater* in Berlin-Mitte inszenierte, spielte er den bis ins Mark verdorbenen Osvald, der unwissentlich seine eigene Halbschwester verführt und an Syphilis systematisch zugrunde geht.

Martin Zickel, der Direktor des Theaters, hatte sie einst *die Musketiere* genannt und nannte sie jetzt *Toni Pech und Rudi Schwefel.* »Wenn ich den einen kaufen will, bekomm ich den anderen dazu, weil ihr zusammenklebt, oder was?«

In Wahrheit hatte Zickel nicht das Geringste dagegen. Er wollte Toni Pech, weil auf den die Frauen standen und weil die Frauen – zumindest Zickel zufolge – bestimmten, für welche Art der Abendunterhaltung ihre Verehrer ihr Geld ausgaben. »Das ist einmal nichts, das man der viel zitierten neuen Zeit zuschreiben kann«, behauptete er. »Das war schon immer so.«

Toni Pech wollte er also auf alle Fälle, und Rudi Schwefel nahm er mit Kusshand obendrauf, weil der mehr Register hatte als eine Kirchenorgel und ebenso schnell wie effizient inszenierte, was man von ihm verlangte.

»Husch, husch, ins Körbchen«, sagte er jetzt zu den beiden Schauspielern, die noch auf der Bühne standen. »Was wir hier zur Bearbeitung des Textes zu fachsimpeln haben, ist für eure zarten Öhrchen nicht bestimmt.«

Beide – sowohl Katharina Lange, mit der Anton im vergangenen Winter ein paar Nächte verbracht hatte, als auch Harald Tetzlaff, ein gefragter Charaktercharge, der den Pastor Manders spielte – waren älter und erfahrener als Rudi und hatten keinen Grund, sich dergleichen bieten zu lassen. Dennoch trollten sie sich schließlich, auch wenn Tetzlaff vor seinem Abgang noch einen giftigen Blick zurückwarf. Anton kannte das: Rudi hatte eine Autorität an sich, der sich kaum jemand widersetzte. In einer anderen Zeit und mit einer anderen Geschichte hätte er beim Militär eine kometenhafte Karriere hinlegen können.

»Also, sprich dich aus«, forderte er Anton jetzt auf und verbog den Hals, um aus dem Regiebuch den strittigen Text abzulesen: »›Wenn ich nur eine Zeitung zur Hand nehme und darin lese, sehe ich solche Gespenster zwischen den Zeilen umherschleichen. Die scheinen im ganzen Land zu leben. Sie scheinen so zahllos zu sein wie Sandkörner. Und darum sind wir auch so gotterbärmlich lichtscheu alle miteinander.‹ Und was ist daran nun so gottverdammt bewahrenswert? Warum soll das nicht gestrichen werden?«

»Weil es die einzige Berechtigung ist, die dieser angestaubte Schinken hat, im Jahr 1921 noch gespielt zu werden«, antwortete Anton. »All diese Freikorps-Leute, die sich unerkannt zu ihren geheimen Zusammenkünften schleichen, das Gemurmel über eine Schwarze Reichswehr, die Horden der Ewiggestrigen, die die Zeit zurückdrehen

53

und den Krieg noch einmal ausfechten wollen – das sind die Gespenster, mit denen wir uns herumzuschlagen haben. Und wenn sie dann plötzlich aus ihren Verstecken schießen wie vor einem Jahr, als dieser Kapp mit seinen Reichswehr-Putschisten vor dem Regierungsviertel aufmarschiert ist, fallen wir aus allen Wolken. Falls man der alten Klamotte einen Dreh in diese Richtung gäbe, hätte sie uns tatsächlich heute noch etwas zu sagen.«

Anton hatte sich auf eine Truhe gesetzt, die als eines von wenigen Möbelstücken das Bühnenbild andeutete. Rudolf klappte das Regiebuch zu, sprang in einem eleganten Satz ebenfalls auf die Bühne und setzte sich neben ihn. »Gut und schön«, sagte er. »Aber erinnerst du dich vielleicht an das, was wir vor hundert Jahren beim alten Reinhardt gelernt haben? *Theater ist Illusion, Theater ist ein Festival für die Sinne, Theater hat nichts mit Alltag und schon gar nichts mit Politik zu tun.*«

»Sehr richtig«, erwiderte Anton. »Beim *alten* Reinhardt haben wir das gelernt, vor hundert Jahren. Da waren wir noch keine zwanzig, hatten weder vom Tuten noch vom Blasen eine Ahnung und noch weniger vom Krieg. Glaubst du nicht, dass modernes Theater anderes erfordert? Wenn du dich da draußen umschaust, wenn du die Frauen siehst, die mit drei, vier Kindern an den Rockzipfeln betteln gehen, die Arbeiter, die ihren Lohn versaufen, weil der für Brot und Kohle sowieso nicht mehr reicht, die Kriegskrüppel, die Spartakus-Leute, die kriminellen Banden, all die Scharen von Menschen, die sich betrogen fühlen und nicht einmal wissen, um was – glaubst du nicht, dass die ein anderes Theater brauchen als die Herrschaften, die 1908 hinter ihrer Logenbrüstung thronten und durch Lorgnons und Monokel gelangweilt auf die Bühne äugten?«

Rudi Kante hatte eine Art, Menschen anzusehen, die man nie mehr vergaß. Anton bezweifelte, dass es jemanden gab, der sich unter seinem Blick wohlfühlte, aber zweifellos waren unzählige davon fasziniert. »Bist du dir sicher, dass das, was du da sagst, zutrifft?«, fragte er. »Wollen all diese Leute nicht von ihrem Elend abgelenkt sein, statt es sich noch abends im Theater aufs Butterbrot schmieren zu lassen? Ach, ich vergaß. Diese Leute haben ja gar kein Geld für Brot, geschweige denn für irgendwas, das sich draufschmieren ließe. Und weißt du was, mein Bester? Diese Leute, die dir offenbar so am Herzen liegen, die haben auch kein Geld für Theaterkarten.«

Anton stöhnte. Wie so oft überkam ihn aus heiterem Himmel ein Gefühl der Leere, eine kaum niederzuzwingende Müdigkeit. »Mir liegt gar nichts am Herzen«, sagte er. »Von mir aus mach mit deinem Ibsen, was immer dir in den Kram passt.«

»Mir passt ein Haus am Wannsee in den Kram«, sagte Rudi. »Mit Wassergrundstück. Ganz ehrlich, so etwas wäre genau meine Kragenweite. Ich habe es satt, mir meine Hand in den Mund zu stopfen und daran zu saugen, um zu überleben.«

Ohne es zu wollen, sah Anton an Rudi hinauf und hinunter. Er trug einen einreihigen, höchst modisch gearbeiteten Anzug mit hoher Taille, verstärkten Schultern und langen Schößen, der aus einem matt schimmernden, sichtlich hochwertigen Material gefertigt war. Am Ringfinger seiner Linken prangte ein wuchtiger goldener Siegelring, den Anton noch nie an ihm gesehen hatte. »Du machst nicht so richtig den Eindruck von einem, der von der Hand in den Mund leben muss«, sagte er ehrlich. »Wenn ich in die Zeitungen schaue, kannst du das auch unmöglich nötig haben. Du bist gefragt. Du wirst mit jeder Inszenierung gefragter.«

»Du sagst es«, erwiderte Rudi. »Und ich bin entschlossen, die Welle zu reiten, bis sie bricht. Ja, wir hatten alle einmal hochfliegende Träume vom Theater der Zukunft und bahnbrechenden neuen Wegen, aber ich zumindest denke: Wenn man einmal in diesem verdammten Schlamm gestanden hat, in den ringsum Granaten einschlugen, wenn man ein Dutzend Kameraden hat umfallen und keinen wieder aufstehen sehen, dann versteht man nicht mehr, was an all diesem Zirkus um die Erneuerung des Theaters so wichtig war. Leben ist wichtig. Sich hineinstürzen, vergessen. Mitnehmen, was geht.«

»Sicher«, murmelte Anton, der seit einem guten Jahr versuchte, dasselbe zu tun.

»Sieh dir doch unseren Freund Zickel an«, fuhr Rudi fort. »Der hat Kabarett gemacht. Richtig böse Satire, blitzgescheite Sachen. Und was macht er jetzt? Boulevard. Kleine Stückchen für kleine Leutchen und ab und zu mal einen bewährten Klassiker, mundgerecht und leicht verdaulich. Unser Ibsen ist da schon beinahe revolutionär – immerhin gesellschaftskritisch, gefüllt mit Tabuthemen …«

»Und vierzig Jahre alt«, ergänzte Anton.

»Und damit lässt du es gut sein, abgemacht?« Rudi zuckte seine nicht vorhandenen Brauen. »Wenn du es genau wissen willst: Zickel hat mir bereits bei Vertragsunterzeichnung mitgeteilt, er will es kurz und knackig – ein bisschen Schmutz und Sex und Skandal, aber keine Kontroverse und keine Politik. Er hat keine Lust auf eine Saalschlacht. Also streiche ich alles, was gewisse Leute zu einer solchen provozieren könnte, und wenn du stattdessen die Welt retten willst, wirst du dir ein anderes Theater suchen müssen.«

»Die Welt zu retten, ist mir zu anstrengend«, sagte Anton. »Mir ein anderes Theater zu suchen, auch. Streich, was du willst, mir ist es Jacke wie Hose. Ich reiße deinen Ibsen mit dir runter, und danach drehe ich wohl einen Film.«

Rudi horchte auf. »Ich dachte, du machst dir aus Filmen so wenig wie ich.«

»Ich mache mir auch nichts aus Ibsen«, sagte Anton. »Filme werden immerhin besser bezahlt, und du bist möglicherweise nicht der Einzige, der auf Wannsee-Villen mit Wassergrundstücken steht.«

Rudi boxte ihn auf den Arm. »Lass uns das hier über die Bühne bringen, und dann sehen wir weiter, in Ordnung? Dass du einen Schlag bei gewissen Damen hast, bedeutet übrigens noch lange nicht, dass die Kamera dich mag und du auf der Leinwand wirkst.«

»Wie auch immer.« Anton stand auf. »Ich gehe bei *Jädicke* essen und dann nach Hause. Wenn du mitkommen willst, tu dir keinen Zwang an. Aber beeil dich.«

»Wieso gehst du denn zu *Jädicke*?«, fragte Rudi. »Ist es da billiger? Kann ich mir nicht vorstellen, aber selbst wenn sie da Freibier ausschenken – zu den Aasgeiern von der Journaille kriegen mich keine zehn Pferde. Bei deren pseudo-erhabenem Gequatsche bekäme ich keinen Bissen runter, und außerdem muss man so ein Essen ja auch immer nutzen, um Kontakte zu knüpfen. Gib mir eine Stunde, und ich lade dich ins *Café Bauer* unter unseresgleichen ein. Schnittlauchschnittchen und russische Eier. Der letzte Schrei.«

Anton ging zu *Jädicke,* wo die Journalisten aus dem Zeitungsviertel verkehrten, weil er es vorzog, sich eben nicht *unter unseresgleichen* zu Tisch zu setzen. Das Geschwätz seiner Kollegen zerrte ihm weit heftiger an den Nerven als das der Presseleute, das ein ihn nicht betreffendes Rauschen im Hintergrund bildete, und außerdem hasste er es, sich am Spiel von Sehen und Gesehen-Werden zu beteiligen. Er saß am liebsten allein in seinem Winkel, schaufelte, ohne hinzusehen, Essen in sich hinein und erledigte dabei Arbeit, die er sonst vor sich herschob: das Prüfen von Angeboten und das Lernen von Texten. Jetzt, wo er es sich hätte leisten können, hatte er sogar mit dem Gedanken gespielt, eine Köchin einzustellen und zu Hause zu essen, doch der Gedanke, seine Wohnung, wenn auch nur vorübergehend, mit einer Fremden zu teilen, missbehagte ihm.

Du bist ein Menschenfeind geworden, Anton Wendland, konstatierte er vor sich selbst.

Und wenn schon?

Es hätte ihm egal sein können. Weil etwas daran aber dennoch falsch schien, weil er die vage Verpflichtung verspürte, dem entgegenzuwirken und zumindest die Freundschaft mit Rudi aufrechtzuerhalten, beschloss er, sich mit dessen Vorschlag abzufinden.

»Wenn du bezahlst, esse ich von mir aus auch Schnittlauch bei *Bauer*«, sagte er. »Aber weshalb brauchst du noch eine Stunde? Hast du nicht gerade erklärt, du machst für heute Schluss?«

»Zickel hat ein Vorstellungsgespräch«, antwortete Rudi, erhob sich ebenfalls und strich sich die Schöße des formidablen Anzugs glatt. »Ein kleines Landei, Schauspielschülerin, Balletthäschen oder etwas in der Preisklasse. Er hat sie einbestellt, weil er ihren Brief so urkomisch fand, dass er nicht widerstehen konnte. Ich habe gesagt, ich komme auch und schaue mir an, ob ich sie für die Statisterie brauchen kann.«

Sein Grinsen hatte etwas Triumphierendes. In Ibsens *Gespenster,* das geradezu ein Kammerspiel war, gab es keine Statisterie.

Anton nickte. »Also schön. Ich warte.« Er würde sich in seine Garderobe setzen, gegen den Hunger, der sich bemerkbar machte, einen Cognac trinken und das Drehbuch überfliegen, das ihm angeboten worden war.

»Warum kommst du nicht mit und siehst sie dir auch an?«, schlug Rudi vor. »Könnte ein Spaß werden.«

»Ich denke, du willst sie für deine *Statisterie*.«

Der andere zuckte mit den Schultern. »Wer weiß. Vielleicht gefällt sie mir ja überhaupt nicht. Dann trete ich sie an dich ab.«

»Und wenn Sie mir nicht gefällt?«

Kicksend lachte Rudi auf. »Dann wird er gute Zickel sich wohl selbst ihrer annehmen müssen. Es sei denn, er möchte sie unverrichteter Dinge zurück auf die Straße schicken, aber unser lieber Intendant ist ja alles andere als ein Kostverächter.«

Der *liebe Intendant* war verheiratet, das aber bereits zum zweiten Mal, und so wie die erste Ehe seinem Ruf als Frauenheld nicht geschadet hatte, würde es die zweite auch kaum tun. Zickel war übergewichtig, kurzatmig und vor zehn Jahren wegen unmoralischen Lebenswandels vor das Preußische Oberlandesgericht gezerrt worden, das ihm die Erlaubnis, einen Schauspielbetrieb zu leiten, auf Dauer entzogen hatte. Das aber war vor dem Krieg gewesen, und inzwischen hatte man weit bessere Chancen, aus einem Theater zu fliegen, wenn man *keinen* unmoralischen Lebenswandel pflegte.

Anton wollte ablehnen. Dass es diese zynische Neugier in ihm gab, die den Köder längst geschluckt hatte, widerte ihn an. »Also los«, sagte Rudi. »Sie ist bestimmt schon seit einer Viertelstunde bei ihm und womöglich gleich wieder weg.« Er ging zur Tür, und Anton trottete hinter ihm her. Manchmal fragte er sich, ob er überhaupt noch so etwas wie einen eigenen Willen besaß oder sich schlicht treiben ließ wie ein Stück Holz im Wasser, das wahllos dieser oder jener Strömung folgte. Mit der Zeit würde das Holz vermodern, und seinem Gefühl nach war er davon nicht mehr weit entfernt.

Um in den Verwaltungsbereich zu gelangen, in dem Zickel sein Büro hatte, mussten sie das eigenartige, aus einem Tanzpalast mit verglaster Dachkuppel entstandene Gebäude von einer Seite zur anderen durchqueren. Als sie die Tür erreichten, an der ein Messingschild mit der Aufschrift *Martin Zickel, Intendant und Theaterdirektor* prangte, vernahmen sie schon von draußen seine Stimme. Zickel hatte ein lautes, leutseliges Organ und hörte sich selbst gern reden. »Dann lassen

Sie uns einmal sehen, was wir für Sie tun können, mein verehrtes Fräulein«, sagte er jetzt. »Zuerst aber hätte ich gern ein bisschen mehr von Ihnen erfahren. In Ihrem Brief haben Sie ja nicht gerade viel verraten, und ich muss mir doch ein Bild machen können, um zu wissen, wo Sie am besten einzusetzen sind.«

Damit weckte er in der jungen Frau vermutlich die verstiegensten Hoffnungen. Ohne zu zögern, würde sie ihm ihr Innerstes enthüllen und ihm damit königliches Amüsement bereiten. Selbst schuld, sagte sich Anton. Ein Mädchen von 1921 brauchte nicht mehr so töricht zu sein, einem Gockel wie Martin Zickel, Rudolf Kante oder ihm selbst ins Netz zu gehen. Außerdem interessierte ihn die Sache gar nicht. Er selbst zog es vor, sich seine Abenteuer unter Frauen zu suchen, die ihm gewachsen waren, doch er würde sich gewiss nicht zum Moralapostel aufschwingen, weil Zickel und Rudi das anders handhabten.

»Ich habe nichts zu verbergen, fragen Sie mich, was immer Sie wissen wollen«, vernahm er nun die Stimme der jungen Frau. Ohne anzuklopfen, drückte Rudi die Klinke hinunter und öffnete die Tür. Anton trat hinter ihm in das geräumige Büro und entdeckte Zickel, der hinter seinem Schreibtisch saß und eines seiner schlanken Zigarillos rauchte. Von der Bewerberin, die ihm gegenüber im Ohrensessel saß, sah er nur die Beine. Die Sicht auf den Rest war ihm von Rudis breitem Rücken verstellt.

»Ach, wen haben wir denn da«, fiel Zickel ihr jovial ins Wort. »Unseren Regisseur Rudolf Kante, den selbst Herr Jacobsohn von der *Weltbühne* in den höchsten Tönen lobt. Und das will etwas heißen. Ich bin nicht sicher, ob Sie in der Provinz schon von ihm gehört haben, meine Liebe, aber bei uns in Berlin ...«

»Siegfried Jacobsohn schreibt, dass er Talent hat.« Zu Zickels sichtlicher Verblüffung fiel ihm die junge Frau so unverblümt ins Wort wie er zuvor ihr. »Aber er schreibt auch, dass Talent seiner Ansicht nach genutzt werden müsse, um die Weiterentwicklung des Theaters voranzutreiben, woran Herr Kante offenbar kein Interesse zeige.«

Rudi war dermaßen perplex, dass er zur Seite trat und sich auf den nächstbesten Stuhl sinken ließ. Anton hingegen hatte Mühe, sich das Lachen zu verbeißen.

»Sie lesen die *Weltbühne*?«, fragte Zickel, hörbar aus dem Konzept gebracht.

»Ich lese alles«, erwiderte sie. »Alles, was mit der Bühne zu tun hat. Wir wohnen ja nicht hinter dem Mond, sondern nur in der Uckermark. Mit ein bisschen Mühe kann man bei uns in Templin jede Zeitschrift, die man sich wünscht, auch bekommen.«

Rudis Seitschritt hatte die Sicht auf die junge Frau freigegeben. Beinahe erschrak Anton. Ihrer forschen Rede nach hatte er eine Art moderne Walküre erwartet – eine Frau wie Kathi Lange zum Beispiel, selbstbewusst, glitzernd, das Haar zum glänzenden Helm geschnitten, der Kleidersaum bis kurz unters Knie geschürzt, eine Mischung aus Vamp und Olympiasiegerin. Stattdessen stand ein Schulmädchen vor ihm, schmächtig und unscheinbar, das lange, glatte, hellbraune Haar lose zusammengesteckt und das dunkelblaue Kleid bis auf die Füße fallend.

Es war altmodisch und stand ihr nicht. Der wuchtige, voluminöse Schnitt erdrückte ihre zarte Statur. Außerdem war sie ungeschminkt und zu blass, um eine so kräftige Farbe zu tragen. Und dann wiederum stand es ihr doch. Die von dem nachtblauen Stoff betonte Blässe zwang ihn, hinzusehen. Ihre Augen waren wie Wasser. Graublau. Der Bodensee an einem Regentag.

Ein seltsamer Wunsch erwachte in Anton. Er wollte das Mädchen unter einem Vorwand aus dem Zimmer lotsen, nicht weil er an diesem kleinen Geschöpf ein amouröses Interesse hatte, sondern weil er sie vor Zickel, Kante und sich selbst beschützen wollte, vor ihrem Zynismus, ihrem Überdruss, ihrer Gleichgültigkeit, die an Menschenverachtung grenzte.

Das Mädchen mit den Bodenseeaugen, das Jacobsohns *Weltbühne* las, brachte eine Saite in ihm zum Schwingen, die er seit Langem zerrissen hatte. Mit einer Verwunderung, die ihn sprachlos machte, lauschte er ihrem Klang.

6

NINA

Als Nina bewusst wurde, dass sie den Mann, der ins Zimmer getreten war, in ungehörigster Weise anstarrte, war es längst zu spät. Ihm war es nicht entgangen, und herausfordernd begegnete er ihrem Blick. Nicht meine Schuld, verteidigte sie sich vor sich selbst. Er hatte ein Gesicht, das man einfach anstarren musste, kein Mensch, der Augen im Kopf hatte, kam daran vorbei. Es war geformt wie ein vollkommenes Ei. Die Haut so schneeweiß, dass sie zweifellos geschminkt war, und die Farbflecken darin von derselben Intensität: die Augen zwei leuchtend blaue Kristalle, der Mund eine tiefrote Wunde. Weiter nichts. Keine Brauen, kein Bart, keine Wimpern, kein Haar. Ein perfekt stilisiertes Kunstgesicht, wie man es auf französischen Gemälden des achtzehnten Jahrhunderts zu sehen bekam.

Nina war hingerissen. Sie hätte auf der Stelle das Vorstellungsgespräch abbrechen und nur noch mit diesem Mann reden mögen: Nein, nicht reden, sondern ihn in einer Rolle nach der anderen ausprobieren, als Mephisto in *Faust*, als Robespierre in *Dantons Tod* von Büchner, als Jack the Ripper in Wedekinds Tragödie *Die Büchse der Pandora*. Ihr Herzschlag beschleunigte sich. Endlich wusste sie wieder, worum es bei diesem elenden Klinkenputzen, bei der endlosen Reihe von Enttäuschungen ging: darum, Theater zu machen, ein Spektakel auf die Bühne zu stellen, das ein bisschen größer, sensationeller, schillernder und unglaublicher war als das Leben selbst.

Seit Wochen hatte sie kaum etwas anderes getan, als in ihrem Zimmer bei Frau Grottenheimer zu hocken und Bewerbungen zu pinseln. Die schiere Zahl der Theater, die es in der Hauptstadt gab, war überwältigend. Die meisten schickten auf ihre sorgsam und voller Begeisterung formulierten Anschreiben nicht einmal eine Antwort. Aus dem einen oder anderen Haus bekam sie ein kurzes, unpersönliches

Schreiben, in dem man ihr erklärte, man habe derzeit an Hilfskräften ohne Qualifikationen keinen Bedarf.

Dass damit sie gemeint war – eine Hilfskraft ohne Qualifikationen – rüttelte nicht eben sacht an Ninas Selbstbewusstsein. Natürlich traf es zu, dass sie keine formale Ausbildung genossen hatte, aber fußte nicht die gesamte Tradition des Theaters, der darstellenden Künste darauf, dass es eine solche einheitliche Ausbildung gar nicht gab? Hatten nicht jahrhundertelang Menschen, die es zur Bühne zog, sich das Nötige angeeignet, indem sie es von anderen mit mehr Erfahrung lernten? Das war alles, was Nina wollte – die Möglichkeit, sich anzueignen, was ihr fehlte, das, was sie sich in Jahren erlesen, erdacht und erträumt hatte, durch praktische Übung zu ergänzen, damit sie das Feuerwerk in ihrem Innern endlich zünden und in die Tat umsetzen konnte.

Wenn aber niemand einen Versuch mit ihr wagte, wenn niemand sich auch nur ansehen wollte, was sie zu bieten hatte – wie sollte sie sich selbst und anderen dann beweisen, dass sie es wert war?

Ihre Zeit war begrenzt. Sie hatte sich fest vorgenommen, die drei Monate, die ihre Familie ihr im Voraus finanziert hatte, nicht zu überziehen. Wenn es ihr innerhalb dieser Spanne nicht gelang, mit ihren Plänen weiterzukommen und selbst für ihren Unterhalt zu sorgen, würde der Rest des Geldes für Carlo bleiben, ganz egal, wie vehement sich dieser dagegen sträubte.

Sie hätte jede Stellung angenommen, die im Entferntesten mit Theaterleben zu tun hatte. Als Garderobenfrau bewarb sie sich ebenso wie als Platzanweiserin, als Serviererin in der Bar des *Großen Schauspielhauses* und als Programmverkäuferin im *Theater am Schiffbauerdamm*. Mehr als Lachen oder Abwinken erntete sie nicht.

»Kleene, wissen Se, wie viele arme Schweine täglich bei uns uff de Matte stehen? Wir ham jerade 'n Riesenheer von Soldaten in die Wüste jeschickt, die nu' keen Mensch mehr braucht, die Stadt is' voll mit Männern, die Arbeit suchen, da brauchen wa keen kleenet Mädchen für.«

Das *Central-Theater*, nur einen kurzen Fußweg von Frau Grottenheimers Wohnung in der Jerusalemer Straße entfernt, war eines von lediglich zweien, die sie zu einem Vorstellungsgespräch einluden. Das andere war die *Komische Oper* in der Friedrichstraße, zu der sie ebenfalls nicht weit zu gehen hatte. Nina hatte beschlossen, es als gutes Omen zu werten, dass dieses Theater in unmittelbarer Nähe des *Central-Hotels* lag, dessen Anblick sie nach ihrer Ankunft so fasziniert hatte. Vor allem die schwarz-goldene Reklame für das Varieté war ihr im Gedächtnis geblieben.

Wintergarten.

Sie hatte nicht mehr daran gedacht, bis sie vor ein paar Tagen zu ihrem Termin in der *Komischen Oper* aufgebrochen und an der lockenden Fassade vorbeigekommen war. Die Tür war geöffnet, ein Mann im mit goldenen Sternen besetzten Frack und Zylinder vertrat ihr den Weg und rief ihr entgegen:»Heute Abend brandneu und noch nie gesehen: Los Tres Codonas und ihr dreifacher *Salto mortale* in der Luft! Trapez-kunst, die Ihnen den Atem verschlägt, meine Dame, ganz wie Sie es von Ihrem *Wintergarten* gewohnt sind: vom Guten nur das Beste.«

Nina hatte lachen müssen, hatte sich einen Programmzettel in die Hand drücken lassen und ihn als Talisman in ihre Handtasche gesteckt.»Wenn ich es mir leisten kann, komme ich«, hatte sie dem Ausrufer versprochen, doch der hatte sie so schnell nicht gehen lassen wollen.

»Kostet gar nicht viel bei uns, meine Dame«, beteuerte er treuherzig.»Für Sie nur sechs Mark. Sonderpreis. Dafür erleben Sie das Rollschuh-ballett der Deblars, Piletto mit den hundert Bällen und den Automa-tensalon, einzigartig in der Welt und heute zum ersten Mal gespielt.« Er wies auf die bunten Plakate, die rund um den Eingang klebten.»Wenn Sie nicht zufrieden sind – Geld zurück, gar kein Thema. Fragen Sie nach Fridolin, und Sie bekommen zwanzig Pfennig obendrauf.«

»Fridolin – das sind Sie?«

Der Mann griff sich an den Zylinder und verbeugte sich.»Zu Ihren Diensten, meine Dame. ›Nur hereinspaziert‹ lautet mein Motto. Wir entführen Sie in eine Welt, in der das Unmögliche zum Alltäglichen wird und das Alltägliche zu nichts als einer Möglichkeit.«

Es kam Nina vor, als würde man sie mit ihrem schon seit Tagen knur-renden Magen an einem Buffet voller duftender, köstlicher, appetitlich angerichteter Speisen vorbeiführen. Sie wollte ja so gerne den Abend hier verbringen, wollte sich verführen lassen und durch die Tür in die geheimnisvolle Welt eintreten wie Alice ins Wunderland. Aber von dem

Geld ihrer Familie durfte sie nur das Allernötigste ausgeben. Es war schlimm genug, dass sie sich ständig in der Bäckerei Schusterjungs kaufte, weil sie bei Frau Grottenheimer das Frühstück verschlief.

»Sechs Mark muss man auch erst einmal haben«, hatte sie dem Mann namens Fridolin zugerufen, ehe sie ihn umrundete und weitereilte – umso entschlossener, das Gespräch in der *Komischen Oper* zu einem Erfolg zu machen.

Soweit sie wusste, wurden dort fast ausschließlich herkömmliche Operetten gespielt. Gesänge von Herz und Schmerz entsprachen eher Tante Sperlings Geschmack als ihrem eigenen, doch das machte ihr nichts aus. Man konnte aus allem etwas machen, an allem lernen und sich weiterentwickeln, und nichts anderes wollte sie. Schon das Herzklopfen, mit dem sie das Theater betrat, inspirierte sie. Leider aber entpuppte sich der ersehnte Vorstellungstermin als ein weiterer Schlag ins Wasser.

»Sie sind Balletteuse?«, fragte der dünne Mann mit dem zimtfarbenen Haar, der lediglich ein Assistent der Direktion war. »Wo haben Sie bisher getanzt?«

»Oh nein«, widersprach Nina eilig, »Balletteuse bin ich nicht.«

»Aber hier steht, Sie können tanzen.« Der Direktionsassistent schlug mit dem Handrücken gegen ihren Brief.

»Kann das nicht jeder?«, fragte Nina. »Jeder, der es will, meine ich? Ich hatte jahrelang Tanzunterricht, aber viel mehr habe ich dabei gelernt, wenn ich das, was mir durch den Kopf ging, im Tanz auszudrücken versuchte. Ich bin keine Balletteuse, aber ich denke, ich kann Ihnen ein Ballett choreografieren, wenn Sie wollen ...«

Der Assistent mit dem Zimthaar wollte nicht. Er wollte eine Kandidatin, die präzise und handlich in seine Schublade mit der Aufschrift *Balletteuse* passte, und Nina hing an sämtlichen Seiten über den Rand. Deshalb saß sie nun hier, im *Central-Theater*, wo sie immerhin bis zum Intendanten vorgelassen worden war, und stierte einem Fremden in sein weißes Gesicht. Der Termin war ihre letzte Chance. Wenn sie den vergeigte, fiel ihr nichts mehr ein, das sie noch hätte probieren können. Sie musste jeden Trumpf, den sie im Ärmel finden konnte, ausspielen, sodass Direktor Zickel gar nicht anders konnte, als sie zu engagieren.

Vor allem musste sie endlich aufhören, den Mann anzustarren. Er starrte zurück, seine Augen zwei blaue Flammen. Nina vergaß, was sie gerade gesagt und worum das Gespräch sich gedreht hatte. »Ach, wen haben wir denn da«, vernahm sie die Stimme des Intendanten. »Unseren Regisseur Rudolf Kante, den selbst Herr Jacobsohn von der *Weltbühne* in den höchsten Tönen lobt.« Nina wusste nicht, welcher Teufel sie ritt, als sie ihn in seiner Rede schlankweg unterbrach. Sie hatte nur die Namen Kante und Jacobsohn gehört und war froh, endlich zeigen zu können, dass sie sich mit der Materie auskannte. Die Worte waren aus ihr herausgesprudelt, ehe sie auch nur im Ansatz erfasste, wie unklug sie waren und wie ungehalten der Intendant sie aufnahm. Noch einen Herzschlag später wurde ihr klar, dass der Regisseur Kante, über den Siegfried Jacobsohn mit so wenig Respekt geschrieben hatte, der Mann war, den sie die ganze Zeit angestarrt hatte und der sich jetzt schräg hinter ihr auf einen Stuhl fallen ließ.

Nina wollte sich wieder dem Intendanten zuwenden, doch ihr Körper war vor Schreck über ihre eigene Dummheit wie erstarrt. Sie hatte ihre Chance in den Sand gesetzt. Sie hatte den Regisseur beleidigt, den Direktor Zickel offenbar schätzte und den er für Ibsens *Gespenster* engagiert hatte. Und dabei hatte sie doch gerade darauf, dass das Theater als nächste Premiere *Gespenster* einstudierte, so viel Hoffnung gesetzt. Hier war ein Stück, mit dem sie vertraut war, mit dem sie auf ihre beschränkte Weise Erfahrung besaß und zu dem sie etwas zu sagen hatte!

Eines der Fräulein am Lyzeum hatte ihr ein Exemplar des Stücks, das sie aus der Bibliothek von Gut Neu-Mahlen mitgebracht hatte, weggenommen und sie mit Entzug des nachmittäglichen Ausgangs bestraft. »An solchem sittenlosen Schmutz verdirbt eine junge Dame aus guter Familie sich nicht die Augen.«

Nina hatte vor der Abreise wahllos ein paar Textausgaben von Theaterstücken in ihren Koffer geworfen. Sie hatte mit dem Lesen von *Gespenster* begonnen und es nicht sonderlich interessant gefunden, doch von nun an faszinierte es sie. Nach ihrem überstürzten Aufbruch aus der Schweiz hatte ihr Vater Hauslehrer Habicht eingestellt, um

Ninas schulische Bildung zumindest ansatzweise fortzusetzen. Nina beschwor ihn, sie wolle um alles in der Welt *Gespenster* von Ibsen studieren, und der Lehrer, der bei aller verknöcherten Steifheit kein übler Kerl war, hatte sich breitschlagen lassen.

Es war schon Krieg gewesen. Aus den Häusern, von Familienfeiern und Abendbrottischen waren die Männer verschwunden. Nina hatte *Gespenster* gelesen, hatte erkannt, was das Fräulein daran so verstört hatte, und hatte es dennoch langweilig gefunden. Ein Bruder, der sich in seine Schwester verliebte, weil er nicht wusste, dass sie seine Schwester war? Und darüber all das Geschrei und die haareraufende Aufregung?

Wenn die Menschheit zu Ibsens Zeit keine anderen Probleme gehabt hatte, dann war es der Menschheit gut gegangen, hatte sie bei sich gedacht. Sie hatte ihren Bruder zum Fressen gern, und daran, dass Geschwister, die voneinander nichts ahnten, auch stärkere Gefühle entwickelten, konnte sie nichts Verwerfliches finden. Allzu häufig kam das ja nicht vor, und Ibsens Stück darüber schien ihr entbehrlich.

Natürlich gab sich Lehrer Habicht alle Mühe, ihr die Analyse der Gesellschaft begreiflich zu machen, die dahintersteckte. Nina aber hatte statt einer Antwort immer wieder dieselbe Frage gestellt:»Und warum soll sich 1916 ein Mensch in Deutschland dafür interessieren, was 1881 in der Gesellschaft in Norwegen im Argen lag?« Lehrer Habicht hatte es schließlich aufgegeben, und Nina hatte *Gespenster* zu den Akten gelegt.

Bis ihr nach Kriegsende auf einmal eingefallen war, was sich daraus machen ließ.

Wochenlang war sie Feuer und Flamme gewesen, hatte Seite um Seite im Regiebuch gefüllt und sogar Skizzen entworfen, obwohl sie nicht viel besser zeichnen konnte als ihr Pferd Palü.

Irgendwann hatte sie ein anderes Stück gelesen, und ihr war eine neue Idee gekommen, aber die zu *Gespenster* war gut, das wusste sie. Wenn sie an der Situation, die sie verpatzt hatte, noch etwas retten wollte, musste sie diese Idee als Trumpf aus ihrem Ärmel ziehen.

»Was Siegfried Jacobsohn über Herrn Kante schreibt, ist ja nicht entscheidend«, bemühte sie sich, eine Brücke zu schlagen. »Mich interessiert, wie er vorhat, *Gespenster* zu inszenieren. Ich habe mir dazu selbst ein paar Gedanken gemacht, und ich bin der Meinung, all dieses Gedöns um die verfehlte Liebe der Frau Alving und um den bösen Vater, der mehreren Frauen Kinder gemacht hat, interessiert heute keinen Menschen mehr. Wenn wir die Leute mitreißen wollen, müssen wir die Geschichte in eine Welt setzen, die sie kennen, die sie sich vorstellen können. Im Krieg haben etliche Männer Kinder gezeugt, die sie nicht werden aufwachsen sehen, und für einen Soldaten, der in der Einsamkeit und so nah am Tod eine Nacht mit einer Fremden verbringt, werden unsere Zuschauer Verständnis aufbringen.«

Nina musste Atem holen. Vielleicht war sie verrückt, vielleicht ging sie zu weit, aber das war die Möglichkeit, die sie in Ibsens Stück gesehen hatte. Ob sie ihrem eigenen Vater dergleichen verziehen hätte, hatte sie sich nicht gefragt, denn darin bestand der Zauber des Theaters: Es erzählte nie von uns selbst. Die Möglichkeit, uns darin zu entdecken, war immer nur eine Einladung, sonst nichts.

Sie wandte sich dem Intendanten zu und wollte ebendies erklären, aber er hob abwehrend die Hand. »Danke, Fräulein von Veltborn.«

Veltheim, dachte Nina. *Lass lieber das ›von‹ weg.* Aber sie hielt den Mund.

»Um ehrlich zu sein, war mir an Ihrer Meinung zu unserer in Arbeit befindlichen Inszenierung wenig gelegen«, fuhr Martin Zickel fort. »Ich habe an den Aasgeiern von der Kritik genug, wenn die Premiere über die Bühne ist, und bis dahin vertraue ich dem erstklassigen Regisseur, den ich schließlich nicht ohne Grund engagiert habe.«

»Natürlich.« Nina fühlte sich gemaßregelt wie ein kleines Kind. »Ich habe auch lediglich sagen wollen ...«

»Mein liebes Fräulein Veltmann«, schnitt Direktor Zickel ihr rüde das Wort ab. »Ihre Mitteilsamkeit in allen Ehren, aber vielleicht warten Sie besser erst einmal ab, was wir von Ihnen hören wollen? Zudem haben Sie unseren Herrn Wendland noch gar nicht begrüßt, was reichlich unhöflich ist, finden Sie nicht auch? Vorzustellen brauche ich ihn wohl nicht, denn Sie als theaterbegeisterte Dame werden ja gewiss von ihm gehört haben.«

Dass hinter dem Weißgesichtigen noch ein weiterer Mann in den Raum getreten war, hatte Nina höchstens in einem hinteren Winkel ihres Gehirns registriert. Ja, natürlich hatte sie von Anton Wendland gehört. Er war einer dieser Frauenhelden, die in der Theaterszene Furore machten, vermutlich ohne über nennenswertes Talent zu verfügen. Ein Blick auf ihn genügte ihr, um die Vermutung bestätigt zu sehen. Ein glutäugiger Schönling, der am Verkauf von Autogrammpostkarten mehr verdienen mochte als manch begabter Schauspieler an seinen Auftritten.

»Guten Tag«, rang Nina sich ab.

Der Schönling nickte, ohne eine Miene zu verziehen. Vielleicht hatte sein Agent ihm eingeredet, der Typ des geheimnisvollen Schweigers habe bei Frauen Konjunktur, und vielleicht traf das auf die Mehrzahl der Frauen ja zu. Bei Nina hätte er mit dieser Masche allerdings nicht landen können. Sie fand Männer, die düster umwölkt vor sich hin brüteten, sterbenslangweilig.

Der Mann mit dem weißen Gesicht war hingegen alles andere als das. »Warum erkundigen wir uns nicht erst einmal nach dem, was Fräulein von Veltenburg eigentlich im Sinn hat«, schlug er jetzt vor. Seine Stimme war hoch für einen Mann und hatte mit seinem Gesicht gemein, dass beide im Gedächtnis blieben. »Meine Liebe, ich nehme an, Sie wollen Schauspielerin werden, oder Sie sind es vielleicht schon?«

»Aber nein!«, rief Nina. »Ich habe etliche Rollen gespielt, um sie auszuprobieren, um herauszufinden, was auf der Bühne funktioniert und was nicht, und sicher werde ich das auch weiterhin tun. Aber eine Schauspielerin bin ich nicht, und in mir steckt auch keine.«

Bei der Vorbereitung zu diesem Gespräch hatte sie sich vorgenommen, Fakten wie diesen nicht preiszugeben, um keine Möglichkeit auszuschließen. Ein Fuß in der Tür ist ein Fuß in der Tür, hatte sie sich gesagt, doch was hatte sie jetzt noch zu verlieren? Sie mochte getrost die Wahrheit herausprudeln, und wenn sie ehrlich war, konnte sie ja ohnehin nicht anders. Ihre Wahrheit schien immer einen Schritt schneller in der Welt zu sein als ihr Plan.

»Ich verstehe.« Rudolf Kante und Martin Zickel tauschten einen

Blick, ehe sie sich beide wieder Nina zuwandten. Sie sahen sich nicht ähnlich. Das Gesicht des Theaterleiters war fleischig und gerötet, mit üppigen Lippen und lebhaft funkelnden Knopfaugen. Nebeneinander hätten sie als ›Leben und Tod‹ auftreten können, aber beide lächelten auf haargenau die gleiche unverbindliche Weise. Pokerface.

»Dann darf ich noch einmal weiterfragen«, sagte Rudolf Kante, der den Tod verkörperte. »Wenn Sie keine Schauspielerin in sich stecken fühlen – was wollen Sie hier bei uns am Theater denn dann überhaupt werden?«

»Intendantin«, platzte Nina heraus. Es war, wie wenn sie auf Palü saß und ihm ein Stück Zügel schießen ließ. Er sprang an, ehe sie ihren Sitz justiert hatte, und sie musste sich in seine Mähne krallen, um nicht aus dem Sattel geschleudert zu werden.

Das bedeutete nicht, dass sie keine gute Reiterin war.

Sie war lediglich keine vorausschauende Reiterin, und hier hatte sie keine Mähne zum Festhalten. Sie würde zu Boden geschleudert werden und sich geschlagen aus dem Raum schleppen müssen. Heute Abend würde sie auf Neu-Mahlen anrufen, wofür Frau Grottenheimer drei Groschen extra verlangte, und ihrer Familie mitteilen, dass sie versagt hatte.

Ich komme nach Hause zurück. Ich bin schon an der ersten Hürde gescheitert.

Der weißgesichtige Regisseur lachte spitz. »Das mit der Bescheidenheit, die eine Zier ist, hat Ihnen offenbar keine wohlmeinende Tante jemals ins Poesiealbum geschrieben.«

Es ist mir egal, durchfuhr es Nina. Für diese gönnerhaften Kerle, die sich für Gottes Antwort auf die Gebete der Frauen halten, will ich sowieso nicht arbeiten, und wenn die Branche voll von ihnen ist, schaufle ich lieber auf Neu-Mahlen Pferdemist.

Sie hatte von Zusammenarbeit geträumt, von Menschen, die einander ernst nahmen, einander zuhörten, voneinander lernten und profitierten. Daran hatten Männer wie diese aber überhaupt kein Interesse. Sie sonnten sich in ihrer eingebildeten Göttlichkeit, inszenierten ihren staubigen Ibsen und glaubten, sie hätten damit das Rad neu erfunden. Von solchen Leuten wollte sie nichts lernen, und was Tante Sperling ihr ins Poesiealbum geschrieben hatte, ging sie verdammt noch mal gar nichts an.

»Und damit reicht es dann«, sagte Direktor Zickel. »Bringen wir dieses Trauerspiel zu einem Abschluss.«

»Aber ich bitte dich.« Rudolf Kante blähte die geweißelten Nasenflügel. »Es fängt doch gerade erst an, Spaß zu machen.«

»Mir nicht«, knurrte Zickel. »Ich habe für derlei Späßchen keine Zeit. Fräulein von Veltin, leider muss ich Ihnen mitteilen, dass wir keine Verwendung für Sie haben. Haben Sie Dank, und für Ihre Zukunft wünschen wir Ihnen viel Erfolg.«

Aus der Brusttasche seines Sakkos zückte Kante eine Visitenkarte und zwinkerte ihr mit wimpernlosen Lidern zu. »Privat können Sie sich gerne einmal an mich wenden. Sie sind ja offensichtlich neu in Berlin, und wenn ich abkömmlich bin, helfe ich Ihnen mit Freuden, sich ein bisschen zurechtzufinden.«

»Danke, kein Bedarf«, presste Nina hervor und zwang sich, aufzustehen. Ihrem Stolz war sie es schuldig, dass sie diesen Raum verlassen hatte, ehe sie in Tränen des Zorns ausbrach. Sie drehte sich um. Ging an Rudolf Kante vorbei, ohne ihm noch einen Blick zu schenken.

»Einen Moment bitte.« Der Mann, der ihr borniert den Weg vertrat, war Anton Wendland. Der Schönling. Aus der Nähe war er nicht einmal so groß oder stattlich, wie er auf den Plakaten wirkte, aber immerhin roch er erfreulich. »Das, was Sie zu unserem Stück zu sagen haben, interessiert mich«, sagte er. »Ich spiele den Osvald, es ist meine vierte Ibsen-Inszenierung, und es hängt mir auf Deutsch gesagt zum Hals heraus. Ein neuer Blickwinkel wäre mir ziemlich willkommen.«

Er gab Nina den Weg frei und drehte sich zu Kante und Zickel um. »Martin, ich hätte gern, dass Fräulein von Wie-sie-nun-auch-immer-heißt Rudolf am Regiepult assistiert. Zumindest eine Woche lang zur Probe. Dass sie Intendantin werden will, heißt schließlich nicht, dass sie nichts kann. Ich wette, du hast das Gleiche gewollt und dir nicht vorgenommen, Kabelträger für die Beleuchtung zu werden, als du damals beim Theater angefangen hast.«

7

JENNY

In der Stellung, in der sie sich befand, konnte sie die Tür, an der es leise klopfte, nicht sehen. Genau genommen sah sie überhaupt nicht viel mehr als ein Stück Zimmerdecke und ihr eigenes Schienbein, das über ihrem Gesicht schwebte und in dieser Position stärker zitterte, als Jenny lieb war. Auch die Sohle war nicht ganz gerade. Hätte ihr gerade jetzt Alfred das Glas mit Champagner daraufgestellt, hätte sie mindestens die Hälfte verschüttet, wenn nicht sogar das Glas fallen lassen. Fast glaubte sie zu hören, wie es krachend zerschellte. Alfred zog es ihr vom Honorar ab. Und er war nicht von der Behauptung abzubringen, das Glas sei aus Kristall und das Zeug darin tatsächlich Champagner gewesen. Als hätte sich in einer Budike wie dem *Salamander*, wo allnächtlich Gläser zu Bruch gingen, jemand Kristall leisten können. Von Champagner ganz zu schweigen. Alfred wusste mit Sicherheit nicht einmal, wie der schmeckte, und das Gesöff, das er in Jennys Kelch aus Pressglas goss, war billiger, süßlicher Schaumwein.

Wenn er Jenny die Summe, die er angeblich für beides hingeblättert hatte, vom Honorar abzog, lohnte es sich nicht länger, das Honorar auszuzahlen. Dabei war Alfred kein Geldschneider und auch kein Leuteschinder. Er war einfach einer von unzähligen Berliner Kneipenwirten, die um ihr Überleben kämpften. In der Friedrichstraße kosteten Mieten ein Vermögen, und Bier und Schnaps wurden Alfred zufolge »schneller teurer, als ihr Suffköppe die Chose runterkippen könnt«. Das heruntergekommene Ecklokal hatte er seiner Behauptung zufolge von einem gefallenen Kriegskameraden übernommen und musste von seinen Einnahmen dessen gebrechliche Mutter unterhalten. Gewiss stimmte von alledem nur die Hälfte. Im Hexenkessel der Hauptstadt waren Räuberpistolen kaum weniger lebensnotwendig als Brot und Wasser, und es gab Stimmen, die munkelten, Alfred Auer wäre überhaupt nie im Krieg gewesen. Aber auch die Hälfte der Geschichte machte es noch schwer genug, im Gebrodel von Berlin-Mitte eine Kneipe zu führen, in der sich nicht die Reichen und Schönen ein Stelldichein gaben, sondern die Scharen der Lumpen-Boheme. Die mit dem Hunger in den Augen und dem Zucken in den Fingern, die kamen, um ihr Glück zu machen und das Unglück, das ihnen im Nacken saß, zu übertönen. Im *Salamander* hockten selbst ernannte Dichter, unbezahlte Maler, Schauspieler ohne Engagement und Musiker, deren Instrument im Pfandhaus lag. Manchmal saßen sie von Sonnenuntergang bis zur Sperrstunde vor demselben Glas Wein. Alfred warf niemanden raus. Oder fast niemanden. Jenny konnte es ihm nicht verdenken, dass er zumindest ab und an ein Schäfchen ins Trockene bekommen musste, selbst wenn er dafür gezuckerte Plörre zu Champagner erklärte.

Umso wichtiger war, dass sie sich zusammenriss, nicht ständig ihr Training ausfallen ließ und weniger soff. Ihre Fußsohle bebte bedenklich, und jetzt klopfte es auch noch an der Tür. »Herrgott, was gibt es denn?«, stieß Jenny heraus, was nicht nur die Fußsohle, sondern das ganze mühsam aufgebaute Körperbild ins Wanken brachte.

Sie stellte Kali dar, die indische Göttin von Tod und Zerstörung, kniend auf nur einem Unterschenkel und gestützt auf nur einen Arm. Der zweite lag an ihrem Kopf an, und ihren Oberkörper hatte sie so weit hintüber gebogen, dass das in die Höhe gestreckte zweite Bein mit der Wade ihren Hinterkopf berührte. Dessen Fußsohle musste beim Auftritt das Champagnerglas balancieren.

»Wenn du't schaffst, aus dem Glas noch zu trinken, erhöh' ick dein Honorar«, hatte Alfred getönt.

»Und wie soll ich dann rauchen?«, hatte Jenny zurückgebellt. Jede Faser in ihr gierte nach einer Zigarette, aber sie hatte vorhin schon vergeblich sämtliche Räume auf den Kopf gestellt.

Die Tür ging auf, und sehr leise Sohlen tappten über das Parkett. Das Interieur der Wohnung mochte verwahrlost sein, aber er war einmal edel gewesen, und Darius erwies dem kostbaren Holz unter seinen Füßen Respekt. In einem anderen Leben war er zweifellos Tänzer gewesen wie sie. Jenny brauchte ihn nicht zu sehen, um zu wissen, dass er es war, der hereingekommen war, und dass er Viktor auf dem Arm trug. Viktor gab winzige Laute von sich, die man mehr spürte als hörte. Ein Taubengurren. Nur feiner.

Mit den Menschen strömte ein kleines Rudel Katzen in den Raum, obwohl Darius behauptete, dass Katzen nicht im Rudel lebten. Jenny hielt den Atem an. Wenn eines der Tiere ihren Stützarm auch nur streifte, würde sie ziemlich unsanft in sich zusammensacken, sich im schlimmsten Fall eine Sehne zerren und für Tage außer Gefecht sein. Die Katzen schenkten ihr jedoch keine Beachtung, sondern verteilten sich unter Bett und Schrank, wo sie vermutlich die tanzenden Wollmäuse für lebendiges, zu erlegendes Futter hielten.

»Es sind keine Haferflocken für seine Milch mehr da«, sagte Darius.

»Zum Teufel, dann brock ihm Brot rein. Davon wird er nicht sterben.«

»Brot ist auch keines mehr da«, sagte Darius. »Und Milch, in die ich irgendetwas einbrocken könnte, nur noch ein paar Tropfen.« Er rollte das R nicht wie sie selbst vorn an der Zungenspitze, sondern hinten in der Kehle, was ziemlich sexy hätte klingen können, hätte er nicht über angedickte Milch für Kleinkinder und die Leere in ihrem Speiseschrank gesprochen.

»Jenny, ich brauche wirklich dringend Geld zum Einkaufen«, sagte er jetzt. »Kannst du mir nicht welches von diesen Arthritis-Fritzen geben? Wenigstens fünf Mark für das Allernötigste?«

»Das Geld von den Arthritis-Fritzen war schon letzten Freitag alle«, erwiderte Jenny, der in ihrer Haltung die Puste ausging. Die Arthritis-Fritzen waren zwei Brüder namens Reno und Bruno Bangemann und vertrieben eine angeblich aus Schlangenöl hergestellte Salbe, die gegen Gelenkschmerzen helfen sollte. Von Zeit zu Zeit engagierten sie Jenny für einen Auftritt auf ihrer Verkaufsschau. Sie zahlten nicht üppig, aber immerhin besser als ihre anderen Kunden, doch das Geld vom letzten Mal hatte unbedingt in einen Friseurbesuch investiert werden müssen. In ihrem Beruf konnte Jenny sich keine Schlampereien leisten. Die Leute, die sich ihre paar Pfennige aus den Rippen leierten, um sie zu sehen, wollten keine Maid von nebenan, die mit ihnen über elenden Mietwucher und steigende Lebensmittelpreise klagte. Sie wollten einen Vamp, der daherkam, als ob er von Elend nichts wusste und keine Lebensmittel brauchte. Eine Frau aus Chrom. Viktors Taubenlaute wurden lauter und klangen entschieden unglücklich. Er war ein genügsames Kind, das sich vor Unliebsamkeiten in eigene verborgene Welten flüchtete. Wenn er klagte, dann, weil er Hunger hatte.

»Also sei's drum.« Mit einem Seufzen gab Jenny ihre Körperspannung auf, senkte das abgespreizte Bein und bog den Oberkörper in die Stellung zurück, die die Natur für ihn vorgesehen hatte. »Ich geh runter und frage Alfred, ob er mir was im Voraus zahlt. Oder mir zur Not einen Henkeltopf mit seiner Gemüsesuppe füllt. Ginge das? Könntet ihr euch heute Abend mit einem Teller von seiner Suppe begnügen?«

»Mit einem Teller von seinem Abwaschwasser, meinst du.« Darius legte seinen herrlich geschnittenen Griechenkopf schräg und die Stirn in Falten. »Hast du wirklich nichts mehr? Und nirgends als in der elenden Kneipe einen Auftritt?«

Jenny schüttelte den Kopf. »Hast du?«

»Erst nächste Woche«, antwortete Darius. »Im Lunapark. Zweimal zwanzig Minuten. Kaum den Aufwand wert. Jenny, wir müssen uns irgendetwas einfallen lassen. Der kleine *Poulaki* muss ordentlich zu essen bekommen, damit er wächst und gedeiht.«

Jenny trat zu ihnen und ließ Viktors Seesternhändchen ihre große Hand fangen. Augenblicklich hörte der kleine Junge auf zu wimmern. »Wenn du mich fragst, wächst er ziemlich gut«, sagte sie. »Sogar zu schnell. Demnächst ist er wieder aus jedem Kleidungsstück, das wir besitzen, herausgewachsen.«

Viktor gurrte und lachte, spielte mit Jennys Fingern und freute sich, weil diese sich in sämtliche Richtungen biegen ließen.

»Er spricht kein Wort«, sagte Darius.

»Nein, und das hat er auch gestern und vorgestern nicht getan«, erwiderte Jenny und schluckte an dem, was versuchte, ihr die Kehle zuzuschnüren. »So schlimm ist das doch nicht bei einem Zweijährigen. Was soll er schon groß zu sagen haben?«

»Was weiß ich.« Darius fuhr mit der freien Hand durch die Luft. »Mama, Papa, Ringelreihen. Ei-ei, da-da oder irgendwas.«

»Vielleicht ist ihm das zu blöd«, sagte Jenny. »Er wird zu sprechen anfangen, wenn ihm danach ist. Da hilft nur Warten. Gras kriegst du auch nicht schneller groß, indem du daran ziehst.«

»Und wenn er nicht anfängt?«

Jenny zuckte die Schultern und küsste Viktor in die Handfläche. »Dann werden wir ihn eben nehmen müssen, wie er ist«, sagte sie. »Ich kann nicht schlafen, du kannst nicht lesen, der alte Giesecke kann nicht freundlich sein, und die Herren im Reichstag können ihre Versprechen nicht halten. Wenn wir uns alle damit durchs Leben schummeln, warum soll das nicht auch einer schaffen, der nicht sprechen kann?«

»Denkst du wirklich so?«

Sie zuckte noch einmal mit den Schultern. »So weltbewegend ist das doch gar nicht, was wir alle fortwährend vor uns hinsabbeln. Vielleicht schweigt Viktor ja, weil ihm unser Gerede auf die Nerven geht.«

In Wirklichkeit glaubte sie ziemlich genau zu wissen, warum Viktor nicht sprach. Weil dir der Schrecken, mit dem ich dich empfangen und über umkämpfte Grenzen hierhergetragen habe, die Sprache verschlagen hat, dachte sie. Dann schnappte sie sich ihr mit Pailletten besticktes Trikot, das in einem Knäuel auf dem Tisch lag, und stopfte es in das Einkaufsnetz gleich daneben. Von einem Stuhl fischte sie einen gelben Rock mit Fransen, den sie sich über ihre schwarzen, die Beine umschmiegenden Gymnastikhosen zog. »Und jetzt besorge ich uns was zwischen die Zähne. Eine Weile kann's dauern – du kennst ja Alfred. Hinten in der Vitrine ist noch das Glas mit eingemachten Mirabellen, das mir die Frau von der Heilsarmee geschenkt hat. Haltet euch solange daran schadlos, ja?«

Sie küsste beide und ging. Flüchtig beneidete sie die Katzen, von denen zwei – der riesenhafte türkische Kater und die zierliche grau getigerte Katze – mit ihr aus der Wohnung wischten und die Treppen hinunterflitzten, um in dem beginnenden Frühsommerabend der Stadt zu verschwinden. Katzen taten sich mit der Nahrungsfindung so viel leichter als Menschen. Im Hof, wo die Mülltonnen standen, trieben sich vermutlich so viele Mäuse und Ratten herum, dass sie dem Türken und der Tigerin wie das reinste Bankett erscheinen mussten.

Sie liebten die Wärme, die Darius ihnen bot, schliefen bevorzugt auf der Ofenbank, in der Küche vor dem Herd oder unter seinem Federbett, doch dass er sie obendrein mit Futter versorgte, erwarteten sie nicht.

Ihr bewahrt euch eure Unabhängigkeit, die wir Zweibeiner schneller ins Pfandhaus geben als Tante Agatas Nierenwärmer, dachte Jenny, während sie an den Tonnen und der Teppichklopfstange vorbeieilte. Und biegsamer, als so ein klappriger Mensch je werden könnte, seid ihr außerdem, selbst wenn er fleißiger übt als Jenny Alomis.

Sie lief durch die Einfahrt und atmete tief ein, als sie hinaus auf die Friedrichstraße gelangte und von einem Haufen junger Männer in Abendgarderobe angerempelt wurde.

»Hoppla, schöne Frau.«

»Heute Abend schon was vor?«

»Das Röckchen hat bessere Tage gesehen, aber was drinnen steckt, ist nicht von schlechten Eltern.«

In einer blitzschnellen Drehung machte Jenny von der Biegsamkeit ihres Körpers Gebrauch und klatschte dem, der im Begriff war, ihr an den Hintern zu langen, scharf auf die Hand.

Pech gehabt, mein Freund. Das haben schon Kerle versucht, die früher aufgestanden sind als du.

Seine Kumpane lachten, und Jenny ließ es dabei bewenden. Sie lief weiter, tauchte, selbst wenn es nur für ein paar Schritte war, in das Prickeln, Wimmeln und Kribbeln ein, mit dem auf der Friedrichstraße der Abend begann. Dass sie die Wohnung behielt, war verrückt. Sie war zu teuer, zu groß, mit ihren Mitteln im Winter kaum warm zu bekommen, doch wann immer sie durch die Tür zur Hofeinfahrt trat und diese von Erwartung geschwängerte Luft einatmete, dachte sie: Ich wohne hier oder nirgendwo. An dem Tag, an dem ich diesen ruinösen Palast, diese abgewohnte Behausung aufgebe und mich aus dem Vulkanschlund aufs Land verfrachte, gebe ich auch die Hoffnung auf.

Hoffnung auf etwas, dessen Namen sie vergessen hatte, den sie vielleicht schon seit Jahren nicht mehr kannte.

Hinter den trüben Scheiben des *Salamander* tanzten Schatten, und darüber prangte der Namenszug in feuerroten, verstaubten Glühbirnen, die nicht mehr funktionierten. Leuchtreklamen waren während des Krieges verboten worden, um die kostbare Energie zu sparen, und das Verbot war nie aufgehoben worden. Dem zum Trotz hatte Alfred versucht, die seine einzuschalten, da er sicher war, die Polizei habe angesichts von Straßenschlachten, Fememorden und kriminellen Banden Besseres zu tun, als kleine Kneipenwirte zu bestrafen, die sich ein bisschen Lichterglanz gönnten. Ob er damit richtiglag, hatte er nie herausgefunden, denn die Birnen aus der Vorkriegszeit waren alle durchgebrannt.

Jennys rechte Flanke schmerzte, als sie die schwere Tür der Eckkneipe aufschob. Sie war zu hastig aus ihrem *Backbending* wieder in eine normale Körperhaltung geschnellt, was Sehnen und Muskeln übel nahmen. Rauch und Alkoholdunst, Wärme, Lärm und der typische Geruch von dürftig gewaschenen Menschenleibern in zu lange getragenen Kleidern schlugen ihr entgegen und wirkten sekundenlang belebend auf all ihre Sinne. Sämtliche Tische in dem engen Schankraum waren besetzt, und an mindestens zweien wurde lautstark gefeiert. Am breiten Tresen reihten sich die Hocker so dicht, dass die Männer, die darauf saßen, einander beim Trinken mit den Ellenbogen stießen, und entlang der beiden Seitenwände standen Klapptische und Bänke, an denen sich Gäste drängten, die keinen eigenen Tisch mehr ergattert hatten.

Ganz hinten, am Ende des linken Klapptischs, entdeckte Jenny das Mädchen, das auf Bierdeckel zeichnete. Es war nicht das erste Mal, dass sie ihr auffiel. Jemand wie sie konnte einem Menschen, der nicht blind war, unmöglich entgehen. Die Not und das Elend, die Jenny auf ihrem Weg gesehen hatte, genügten für ein ganzes Leben, aber die Magerkeit der jungen Frau versetzte sie dennoch in Schrecken. Über dem spindeldürren Körperchen wirkte der Kopf mit der wilden Fülle roter Locken, den sie tief über ihre Zeichnungen beugte, als wäre er ihr zu schwer. Sie zeichnete auf Zuruf, entwarf mit ein paar Strichen ein Porträt oder eine Karikatur, wenn ihr jemand dafür eine Tasse Tee oder einen Teller Suppe ausgab. Fasziniert hatte Jenny ihr eine Weile lang zugesehen. Noch bemerkenswerter als ihr verhungertes Äußeres war die Erkenntnis, wie gut sie war.

Mit scheinbar blindem Instinkt wusste sie, wie man Platz nutzte. Die Zeichnung, die sie innerhalb von Sekunden auf den Bierdeckel warf, füllte diesen aus und ließ ihn größer erscheinen, gab dem skizzierten Gesicht den Anschein, aus der Pappe heraus dem Blick des Betrachters zu begegnen. Was für eine Schande, hatte Jenny beim letzten Mal gedacht, als ein Mann eine dieser eigentümlich gelungenen Miniaturen gegen zwei hart gekochte Eier und einen verschrumpelten Winterapfel tauschte. Wir verflucht begabten Weiber verscherbeln uns für einen Appel und ein Ei, und ganz oben, in der *bel étage* der Kunst, wo man uns brauchen könnte, thronen Männer mit dicken Bäuchen und versperren uns die Tür.

Bei jenem letzten Mal hatte das rothaarige Mädchen immerhin ein paar Aufträge eingeheimst und war einen Abend lang halbwegs satt geworden. Heute hingegen schauten ihr zwar etliche umherstreifende Gäste fasziniert über die Schultern, aber niemand bot an, ihr für ein Bild eine Stulle oder Suppe zu kaufen. Vermutlich war es einer dieser Abende, an denen jeder seine letzten zusammengekratzten Münzen versoff oder bei Alfred bettelte, bis der ihn anschreiben ließ. Die magere Zeichnerin kümmerte sich nicht darum. Hoch konzentriert fuhr sie mit ihrem Bleistiftstummel über die Pappe des Bierdeckels und unterbrach höchstens, um sich die rote Lockenpracht hinter die Ohren zu streichen.

Sie hatte ein samtenes Stirnband darumgewunden, das aber zu dünn war, um die Mähne zu zähmen.

»Nee, nich' schon wieder!«, rief Alfred, dessen runder Kopf mit dem raspelkurz geschorenen Haar hinter dem Tresen auftauchte, sobald er Jenny entdeckte.

»Was *nicht schon wieder?*« Sie schob sich ihre leere Zigarettenspitze in den Mundwinkel und gab sich Mühe, die Unbeteiligte zu spielen.

»Gibst du einer Dame kein Feuer?«

»'Ner Dame ja, dir nicht«, warf er ihr prompt zurück. »Und ehe du fragst – ick zahl dir auch keenen Vorschuss. In meener Kasse gähnt die Leere, und mein Speicher mit Gutmütigkeit kriegt den Kiefer jar nich' mehr hoch.«

»So einen Speicher hast du?«

»Falls de mir auf'n Arm nehmen willst, hebste dir 'n Bruch«, warnte er sie und hatte damit nicht unrecht. Er war ein klein geratener Mann, aber muskelbepackt wie ein Jahrmarktsringer.

»Ich verzichte«, sagte Jenny. »Mir verhungert mein Kleining. Lass mich wenigstens eine Suppe und ein paar Schmalzstullen anschreiben. Und gib mir eine Zigarette. Zeig, dass du ein Mensch bist, Alfred.«

»Wenn de mir so kommst, bin ick keener«, erwiderte er ungerührt. »Und wenn ick allet, wat du hier schon hast anschreiben lassen, zusammenrechne, brauch ick 'ne Rolle Klosettpapier.«

»He, schöne Otéro!«, rief einer der Männer, die an der Theke auf Hockern saßen. Er trug eine Zimmermannskluft, aber wenn der ein Zimmermann war, dann war Jenny in der Tat *la belle Otéro,* würde heute Abend im *Wintergarten* auftreten und bräuchte sich um Banalitäten wie Milch und Brot keine Sorgen zu machen. »Warum lässt du uns nicht ein bisschen was sehen? Ist ein Abend, um sich aus dem nächsten Fenster zu stürzen, und dann hockt man auch noch zu ebener Erde. Komm schon, Freddie, gib ihr die paar Mark, die's dich kostet, damit sie uns hier 'ne kleine Freude macht.«

»Warum gibst du ihr nicht die paar Mark?«, herrschte Alfred ihn an, doch an Jenny gewandt sagte er: »Also schön. Du hast gewonnen. Mach dich fertig, krauch 'ne halbe Stunde lang übern Tresen, und ich pack dir 'n bisschen wat zusammen. Leberwurststullen kannste haben. Sind aber von jestern. Und wat von die Kartoffelsuppe is' noch da.«

»Und Zigaretten«, sagte Jenny. »Einen Liter Milch. Außerdem gibst du mir hinterher einen aus. Einen großen Wermut. Richtig groß. Mehr verlange ich nicht.«

Inzwischen hatten die Männer an der Theke begonnen, rhythmisch in die Hände zu klatschen und Jennys Namen zu skandieren.

»Erpresserin«, zischte Alfred. »Na los. Mach schon, dass de Land jewinnst.«

Jenny huschte hinter den Tresen, quetschte sich in den winzigen, stinkenden Abtritt und zog sich den Rock herunter. Dann tauschte sie ihre Bluse gegen das glitzernde Trikot, das ihre Haut lediglich bis kurz über der Taille bedeckte. Die Seitennähte waren ein bisschen ausgeleiert. Sie würde demnächst Geld auftreiben müssen, um ein neues anzuschaffen, um sich ein paar Accessoires zuzulegen, um die zu biedere Gymnastikhose auszutauschen. Es gab so vieles, das sie unbedingt gebraucht hätte, aber sobald sie ein einziges Geldstück in das zur Spardose umfunktionierte Salzfass legte, war schon wieder die Kohle alle oder die Milch, oder Viktors Schuhe waren zu klein, und gegen seinen Husten musste sie Eukalyptusöl kaufen.

Auf einen grünen Zweig würde sie kaum mehr kommen, aber wie konnte sie aufgeben? Das war keine Frage, nichts, worüber sie nachdachte, nicht einmal in den schlaflosen, aufgepeitschten Nächten. Sie stopfte ihre Kleider in das Einkaufsnetz und ging zurück in den Schankraum. Applaus und Gejohle ertönten. Der einzige Gast, der nicht aufblickte, war das Mädchen mit den Bierdeckeln.

»He, Alfred«, rief sie dem Wirt zu, der so tat, als sortiere er Gläser in das Gestell über seinem Kopf. »Und der Kleinen am Tapetentisch spendierst du ein Bier und einen Teller Suppe. Einen großen.«

»Woher weißt du denn, ob die überhaupt Bier trinkt?«, knurrte Alfred.

»Sie sieht aus, als könnte sie dringend eins gebrauchen«, sagte Jenny. Dann nahm sie drei Schritte Anlauf und sprang mit einem Satz von der Seite auf die Theke. Die anfeuernden Rufe der Männer gellten ihr in den Ohren. Sie musste das alles ausschalten, sich nur auf die Bewegungen ihres Körpers konzentrieren, die Spannung ihrer Muskeln, die Koordination. Mit einem flüchtigen Blick schätzte sie die Abstände der überall verteilten Gläser ab, ließ sich rücklings auf Füße und Hände nieder und wölbte ihren Leib zur Brücke in die Höhe.

Kunst war das nicht. Die meisten Schulmädchen wetteiferten darin auf Pausenhöfen. Was Jennys Darbietung besonders machte, war der geringe Platz auf dem Tresen, der sie zwang, Hände und Füße so dicht zueinanderzubringen, dass sie sich beinahe berührten. Das schaffte kein gewöhnlicher Artist oder Turner, sondern nur ein Kontorsionist, ein sogenannter Schlangenmensch. Die meisten Leute, die auf Jahrmärkten und in Raritätenkabinetten als Schlangenmenschen auftraten, hatten damit schon als Kinder begonnen, hatten irgendwann festgestellt, dass ihre Gelenke und Gliedmaßen sich biegen ließen, wo die ihrer Gefährten längst zerbrochen wären, und hatten aus der Seltsamkeit Kapital geschlagen.

Das Kind Jenny hatte sich mit der besonderen Beweglichkeit ihrer Glieder nie befasst, oder zumindest erinnerte sie sich nicht daran. Sie war bereits erwachsen gewesen, als sie auf die Idee gekommen war, dass die Biegsamkeit ihr das Leben retten könnte. Und jetzt, wo es ums Leben nicht länger ging, sicherte sie ihr noch immer den Unterhalt. Was sie hier vollführte – einen langsamen Slalom auf Händen und Füßen, bei dem kein einziges Glas zu Bruch gehen durfte und ihr Bauchnabel so etwas wie eine Turmspitze auf der Höhe der Brücke bildete –, hatte sie sich selbst beigebracht. Als sie aus den Trümmern ihrer Heimat geflohen war, war ihr klar gewesen, dass das, was sie bisher getan hatte und wofür sie mit Applaus überhäuft worden war, in der neuen Heimat nichts mehr gelten würde. Die Welt, in die es gehört hatte, war zerfallen, und wer in der neuen bestehen wollte, der war mit Biegsamkeit nicht schlecht bedient.

Von vorn und hinten langten Hände nach ihr, denen sie auswich, ohne ein Glas zu berühren. Wenn es sein musste, konnte sie einem Grapscher eine Backpfeife verpassen und sich mit der anderen Hand in der Brücke halten. Die Männer liebten dergleichen. Sie brüllten vor Lachen. Vielleicht wollte keiner von ihnen eine der neuen, wehrhaften Frauen am heimischen Herd stehen haben, aber hier, in der Kneipe, überschlugen sie sich vor Begeisterung. Jenny hatte das Ende des Tresens erreicht und musste die Wende vollführen. Darin bestand der schwerste Teil der Übung. Hatte sie den bewältigt, war der Weg zurück, den sie jetzt ja kannte, ein Kinderspiel. Die Göttin Kali mit dem Champagnerglas würde sie sich für heute schenken und stattdessen noch eine Figur vorführen, die sie den *Beinknoten* nannte und die schwieriger aussah, als sie war. Beim Gedanken an den Wermut und die Zigarette, die ihr anschließend winkten, liefen nicht nur in ihrem Mund die Säfte zusammen.

Mit einer raschen Kopfbewegung prüfte sie, ob ihr beim Wenden nichts im Weg stand, und sah, ehe sie begann, die Füße zu setzen, dass zwischen Tresen und Klapptisch eine Frau mit einem Henkeltopf stand. Eher ein Mädchen, dachte sie und verlor die Gestalt bereits aus dem Blickfeld. Blass und schmächtig. Unauffällig. Wäre es nicht so selten vorgekommen, dass Frauen allein das *Salamander* betraten, hätte Jenny sie übersehen.

Sie tastete sich durch ihren Slalom zurück. Hand-Fuß-Hand-Fuß, eines so dicht ans andere gesetzt wie möglich und den Bauch in die Höhe gestreckt. Hin und wieder musste sie flüchtig den Kopf heben, damit er vom hineinströmenden Blut nicht tiefrot anlief, was alles andere als sexy war. Jedes Mal sprang ihr die unscheinbare Frau ins Auge, deren Blick ihr folgte, als hätte er sich an ihr festgesaugt. Das Gefühl, wie auf dem Fleischmarkt beglotzt zu werden, war Jenny nicht fremd, schließlich wurde sie dafür von Alfred bezahlt. Bei dieser Frau aber irritierte es sie so sehr, dass sie aus dem Gleichgewicht geriet und sich nur mit einer hastigen Verlagerung des Gewichts in der Brücke halten konnte. Ihr Handgelenk stieß dabei gegen einen Bierkrug.

»Prost!«, rief sie todesmutig, hob die Hand und fing den Krug am Henkel ab. Unter Aufbietung all ihrer Kräfte führte sie ihn zum Mund und betete zur Leere des Universums, es möge niemand merken, wie sie an allen vier Gliedern zitterte. Beim Trinken verschüttete sie einen Schwall, der ihr übers Gesicht und in die Nasenlöcher strömte, doch inzwischen kam sie damit ohne Niesen zurecht.

Applaus und Gelächter bestätigten ihr, dass sie es geschafft hatte. Am lautesten lachte der Mann, dem Jenny das Bier gestohlen hatte. »Heda, Freddie«, grölte er. »Mach der kleenen Schlangenfrau mal 'ne zünftige Molle. Die hat se sich verdient.«

Einen Wermut, flehte Jenny stumm und vergeblich. Sie machte sich aus Bier so viel wie Darius' Katzen aus Hundescheiße, aber einem geschenkten Gaul schaute man nicht ins Maul. Alkohol war Alkohol. Sie erreichte das Ende des Tresens, ließ sich auf die Oberschenkel nieder und vollführte ein paar Verrenkungen, bis sie ihre halbe Stunde abgeleistet hatte. Schweißbedeckt und erleichtert glitt sie vom Tresen, landete auf den Zehenspitzen und verbeugte sich.

Die Männer johlten. Einer klatschte ihr auf die nasse Schulter, was sie sich zähneknirschend gefallen ließ.

»Schlecht biste nich', das muss ick dir lassen«, brummte Alfred und gab ihr ein Geschirrhandtuch, das zumindest sauber genug war, um es sich in den Nacken zu legen. Anders als seine Gäste versuchte er nie, Jenny anzufassen, und er hielt, was er versprach. »Hab dir dein Zeug an den Katzentisch gestellt. Das Helle, wat der Fritz dir ausgibt, ooch. Dachte, du kannst 'n bissken Ruhe jebrauchen.«

Mit dem Kopf wies er auf eine Trittleiter, die zwischen Tresen und Hintertür stand und mit einem Schemel davor als Tisch diente. Ihr Einkaufsnetz lag darauf, gefüllt mit Butterbrotpaketen und der Milchflasche. Daneben standen ein Blechtopf mit Suppe, ein Halbliterhumpen Bier und das schlanke Glas mit ihrem Wermut. In einem Aschenbecher lagen Streichhölzer und eine Zehner-Packung der Marke *Obelisk*.

Das Paradies.

»Danke, Alfred. Du bist ein Engel.«

»Ick merk's mir.«

Sie entfloh in ihre Nische. Darius und Viktor taten sich an Mirabellen gütlich, sie würden nicht hungers sterben, wenn Jenny sich ein paar Minuten lang ausruhte, eine Zigarette genoss und sich das gallebittere Getränk einverleibte wie ein Kranker seine Medizin. Ihre Flanken flogen im Takt ihrer hastigen Atemzüge. Sie fühlte sich vollkommen erledigt.

»Guten Abend. Darf ich mich zu Ihnen setzen?«

Sämtliche Gäste waren angewiesen, Jenny nach ihren Auftritten nicht zu belästigen, und die meisten hielten sich daran. Die junge Frau mit dem Henkeltopf schien sich jedoch über solche Regeln erhaben zu glauben. Mit ihrer Unscheinbarkeit war es vorbei. Ihre Wangen waren gerötet, die Augen blitzten, und aus der altbackenen Frisur löste sich in hellen Strähnen das Haar. Sie hatte etwas an sich, das überwältigend war, etwas von Zuversicht, Hoffnung, Vertrauen, das in der Schummrigkeit der Kneipe geradezu grotesk wirkte. Es tat Jenny fast leid, ihr eine Abfuhr zu verpassen.

»Ich gehe gleich«, sagte sie. »Und für die paar Minuten wäre ich gern allein.«

»Es ist aber wichtig«, beharrte die andere so energisch, als würde sie gleich mit dem Fuß aufstampfen.

»Tatsächlich?«, fragte Jenny. »Und worum geht es, wenn es so wichtig ist?«

Die Frau mit den Blitzaugen zog einen leeren Bierkasten heran und setzte sich darauf. »Ich will Sie engagieren«, sagte sie.

8

NINA

Die Schlangenfrau war mit gewaltigem Abstand das schönste Stück Mensch, das Nina je gesehen hatte. Sie war eine Statue der griechischen Antike, marmorglatte, makellose Glieder und ein Körper, der zu erhaben war, um ihn begehren zu dürfen. Pygmalions Aphrodite-Bildnis, das beim Glockenschlag zum Leben erwachte, steinerne Vollkommenheit, die in Bewegung geriet. Und in was für eine Bewegung! Nicht aus Stein waren ihr Leib und die Gliedmaßen, sondern aus Gummi! Nina sah dem, was sie mit ihrem Körper vermochte, zu und vergaß zu atmen. Das war es, was sie gesucht und vor ihrer Ankunft in Berlin erträumt hatte: das Besondere, Außergewöhnliche, das, was sich nicht in Gegebenheiten anderer Zeiten einrichtete, sondern brandneue Wege ging.

Sie überlegte nicht lange, sondern drängte sich hinter den Tresen und setzte sich zu ihr. In den *Salamander* kam sie sonst nur, um sich ihren Henkeltopf mit dünner Suppe füllen zu lassen. Zu Frau Grottenheimers Abendessenszeit musste sie meist zu Proben im Theater sein, ihr Magen schmerzte vor Hunger, und billiger als hier kam sie nirgendwo an eine Mahlzeit. In der mit Menschen vollgestopften Kneipe obendrein ein Glas zu trinken, konnte sie sich nicht leisten, aber heute würde sie es tun. Den Wirt, der sie hatte aufhalten wollen, hatte sie mit der Behauptung, sie sei mit der Künstlerin verabredet, beiseitegeschoben.

In gewissem Sinne war sie das ja. Oder sie würde es in naher Zukunft sein.

All der Verdruss und die Mutlosigkeit, die sich während der Arbeit am Theater eingeschlichen hatten, waren wie weggeblasen. Gleiches galt für die Furcht vor dem morgigen Abend und die Zweifel, ob sie das Richtige tat. Auf einmal gab es nur noch die Schlangenfrau und die Pläne, die sie mit ihr schmieden wollte. Nina wusste wieder, weshalb sie hier war. Und dass sie nirgendwo anders sein wollte.

»Sie wollen mich engagieren?« Die Frau, die ihr schwarzes Haar zur schimmernden Kappe geschnitten trug wie Asta Nielsen in *Hamlet*, hob eine feine, wie mit Tinte gezeichnete Braue. »Und wofür, wenn ich fragen darf?«

»Das weiß ich noch nicht«, gab Nina aufrichtig Antwort.

Die Frau starrte sie an. Sie hatte grüne, schillernde Augen unter Lidern, die im gleichen schillernden Grün bemalt waren, und rauchte aus ihrer Zigarettenspitze, die aussah, als wäre sie ein nicht abtrennbarer Teil ihrer Person. »Ich habe Sie richtig verstanden, ja?«

Nina nickte.

»Falls das ein Witz sein sollte, rate ich Ihnen, Ihren Humor zu füttern, ehe das arme Ding an seinem Elend krepiert.« Mit ihrem hart geschnittenen Kinn wies die Frau auf Ninas Henkeltopf.

»Ich werde es herausfinden«, sagte Nina unbekümmert. »Deshalb bin ich hier. In Berlin. Ich arbeite im *Central-Theater* als Regieassistentin, aber das ist alles so öde und leer, dass ich mich selbst schon fühle wie ausgehöhlt. Seit ich Sie gesehen habe, ist es damit vorbei. Jetzt weiß ich wieder, womit ich diese Leere füllen will.«

»Mit mir?«

Nina nickte. »Sie haben so viel Kraft. Ich habe so etwas noch nie gesehen. Das ist die Kraft, mit der wir überlebt haben, das müssen wir den Leuten zeigen: Der Krieg hat alles, was wir kannten, zertrümmert, und wir sind daraus hervorgeschleudert worden, in eine ganze neue Welt. Die ist noch ganz leer, so wie ein riesiger Bahnhof, auf dem niemand ankommt. An uns ist es, sie mit Inhalt zu füllen. Kunst muss doch eine Aufgabe haben. Ein Ziel.«

Nina hielt inne und merkte, dass sie sich vergaloppiert hatte. So wie beim Reiten auf Palü. In ihrer Aufregung schoss sie weit übers Ziel hinaus und ließ die Menschen an ihrer Seite hinter sich. In diesem Fall hatte sie nicht nur die fremde Frau, sondern auch sich selbst abgehängt. Sie musste langsamer machen, sich die Zügel anziehen.

»Sehr hübsch«, sagte die Frau. »Warum bewerben Sie sich nicht bei der Heilsarmee, ich glaube, da werden Wanderprediger gebraucht. Ich dagegen muss jetzt gehen. Ich habe keine fesche Stellung am Theater, habe heute noch nichts gegessen und freue mich, um ehrlich zu sein, auf mein Bett.« Zu Ninas Entsetzen erhob sie sich, stürzte die fast violette Flüssigkeit im Stehen herunter und sammelte ihre Sachen ein.

»Warten Sie.« Nina sprang ebenfalls auf und vertrat ihr den Weg. »Was war das, was Sie da getrunken haben?«

»Wermut. Warum?«

»Wunderbar«, jubelte Nina. »Ich lade Sie ein.« Sie winkte dem Wirt. »Zwei Wermut, bitte. Und Sie haben ja Hunger, Sie müssen etwas essen.« Sie hob ihren Henkeltopf. »Die Suppe hier ist allerdings grauenhaft. Das reinste Abwaschwasser.«

»Ich weiß.« Die Frau hob ihrerseits einen Henkeltopf von der provisorischen Tischplatte. »Ich habe mir selbst so einen kulinarischen Hochgenuss gegönnt.«

Sie sahen sich an und mussten beide lachen. Wie auf ein Zeichen setzten sie sich wieder hin und stellten die Henkeltöpfe auf den Tisch.

»Ich bin Nina Veltheim.«

»Jenny Alomis.«

Ihr Name war ein Traum. So wie sie selbst. Der Wirt kam mit ihren Getränken. Nina probierte sofort, ohne auf Jenny Alomis zu warten. Um ein Haar hätte sie die Flüssigkeit wieder ausgespuckt. »Pfui Deibel. Warum trinken Sie etwas, das so abscheulich schmeckt?«

Jenny Alomis zog an ihrer Zigarette, ehe sie den Stummel im Aschenbecher ausdrückte. »Wer weiß, vielleicht erinnert es mich an mein Leben.«

»Weil es gallebitter schmeckt?«, fragte Nina.

»Weil man eine ganze Weile braucht, um zu merken, dass es so schlimm gar nicht ist«, erwiderte Jenny Alomis.

Nina probierte das Getränk erneut und fand es bedeutend erträglicher. »Sie haben recht. Was uns nicht umbringt, macht uns härter?« Sie unterbrach sich selbst und lachte begeistert auf. »Nein, jetzt hab ich's – was uns nicht umbringt, macht uns biegsamer. Das ist es, was wir den Leuten zeigen müssen!«

Jenny Alomis trank Wermut. »Gehören Sie zu den selbst ernannten Künstlern, die mit ihrer Kunst um jeden Preis Botschaften aussenden wollen? Die Menschen lieber predigen, statt sie zu unterhalten?«

»Ojemine, nie im Leben!«, rief Nina und freute sich, weil sie bereits mitten in der Diskussion über ihre künftige Zusammenarbeit steckten. Auch wenn Jenny Alomis es zurzeit weder merkte noch wahrhaben wollte. »Ich will Geschichten erzählen. Meine Geschichten gegen die von anderen Menschen tauschen. Und ich will es auf eine Weise tun, die Menschen mitreißt – weil sie neu und wild und verrückt und ganz und gar unsere ist.« Sie stieß mit ihrem Glas gegen das von Jenny Alomis, ehe sie tapfer den Rest herunterkippte. »Dafür brauche ich Sie. Nehmen wir noch so einen? Ich kann den Wirt auch fragen, ob er irgendetwas hat, das essbarer ist als seine Suppe.«

»Hören Sie, wenn Sie zu viel Geld haben …«, begann Jenny Alomis, aber Nina ließ sie nicht ausreden.

»Ich habe zu wenig«, gestand sie. »Meine Arbeit im *Central-Theater,* die Sie eine fesche Stellung genannt haben – die ist unbezahlt.«

»Sie arbeiten, ohne dafür Geld zu nehmen? Glauben Sie, irgendein Mann würde auf solch eine Idee kommen?«

»Ich habe keine formale Ausbildung«, sagte Nina.

Jenny Alomis lachte auf. »Natürlich haben Sie keine. Wie sollen Sie auch an eine gekommen sein in einer Zeit, in der Frauen höchstens als Gasthörerinnen an Hochschulen geduldet wurden und für die Zulassung der Vater seine Einwilligung erteilen musste. Was glauben Sie denn, wie viele von den Männern, von denen Sie sich ausbeuten lassen, eine formale Ausbildung haben? Welche formale Ausbildung gibt es denn überhaupt in unseren Fächern? Sitzen Gaukler, Schausteller, Spielleute neuerdings in Hörsälen und erhalten anschließend ein gerahmtes Diplom als Possenreißer?«

Ninas Hochstimmung fiel in sich zusammen und wich der Unsicherheit, die sie erst in den letzten Wochen an sich kennengelernt hatte und die sie nicht leiden konnte. »So habe ich auch gedacht«, sagte sie. »Bevor ich hierherkam, war ich der Meinung: Ich habe mir selbst etwas beigebracht, ich weiß, dass ich tauge, und am besten lernt man durchs Ausprobieren. Aber die Männer, mit denen ich arbeite, haben gar kein Interesse daran, mich etwas ausprobieren zu lassen. Manchmal habe ich das Gefühl, das Einzige, was sie mir beibringen wollen, ist, dass ich von Tuten und Blasen keine Ahnung habe.«

»Woher sind Sie denn gekommen?«, fragte Jenny Alomis. »Vom Land?«

Verlegen nickte Nina. »Brandenburg. Uckermark.« Vermutlich würde Jenny Alomis jetzt aufstehen und Nina Veltheim vom Lande sitzen lassen. Der seltsam schleifende Zungenschlag, das G, das wie ein Ch klang, und das angestoßene R verrieten eine Herkunft aus irgendeinem aufregenden, ungewöhnlichen Teil der Welt, und ihre weltmännische Art passte in kein verschlafenes Dorf.

»Sie sind aus der Provinz«, sagte Jenny Alomis. »Und Sie sind ein Mädchen. Für die Herren Theaterpäpste sind Sie ein gefundenes Fressen: Indem sie Sie mit ihrer gönnerhaften Weisheit herunterputzen, können sie sich selbst zurück auf den Sockel stellen, von dem Kritiker, miese Kartenverkäufe und schnarchende Zuschauer sie gefegt haben. Sie haben Angst vor den Kinos, die sich wie Karnickel vermehren und ihnen das Wasser abgraben. Und jetzt müssen Sie obendrein auch noch Angst vor uns Frauen haben, die wir überall aus unseren Löchern gekrochen kommen und ein Stück vom Kuchen haben wollen.«

Nina musste lachen. »Genau so ist es. Ich wünschte, ich wäre keine solche Idiotin und hätte mich nicht dermaßen von ihnen einschüchtern lassen.«

Wie sehr sie sich von zumindest einem der drei Männer hatte beeindrucken lassen, hatte sie niemandem anvertraut. Es gab ja niemanden zum Reden in diesem Berlin voller Menschen. Frau Grottenheimer sprach mit ihr nur über Haare im Waschbecken oder Fußabdrücke auf dem Läufer im Gang. Auf eine Unterhaltung mit den beiden wenig sympathischen Herren, die im vorderen Teil der Wohnung ihre Zimmer hatten, verzichtete sie lieber, und im Theater fühlte sie sich behandelt, als wäre sie Luft. Jeglicher Versuch, mit jemandem ins Gespräch zu kommen, schlug fehl, ein jeder hatte es eilig, schien lediglich an ihr vorbeizuhasten. Ihrer Familie auf Neu-Mahlen erzählte sie während der seltenen, kostspieligen Telefonate nur rasch, wie gut es ihr ging und wie aufregend ihre Arbeit war. Für die Opfer, die ihre Leute gebracht hatten, sollten sie sich nicht auch noch Sorgen machen müssen.

Erst jetzt, wo sie Jenny Alomis gegenübersaß, spürte sie, wie ihr der Austausch mit einem anderen Menschen gefehlt hatte. Sie hätte ohne Unterlass weiterschwatzen können und wollte Jenny unbedingt sofort erzählen, was ihr wie ein Wackerstein auf der Seele lag. Jenny aber erhob sich, zog aus ihrem Einkaufsnetz eine zerknitterte Bluse und streifte sie über ihr Trikot. Der kanariengelbe Rock, in den sie anschließend stieg, biss sich mit dem Muster der Bluse in düsteren Rottönen. Bei anderen Frauen hätte einem die Zusammenstellung Augenschmerzen bereitet, doch an Jenny wirkte sie gewagt, rasant und auf hinreißend attraktive Weise schlampig. »Ich muss gehen«, sagte sie.

»Bitte nicht!«, rief Nina. »Ich bestelle uns noch einen Wermut, heute Abend pfeif ich aufs Geld. Ich kann Sie nicht schon gehen lassen, Jenny.«

Die andere musterte sie unter gesenkten Lidern. »Macht man das so, da, wo Sie herstammen? Alles aussprechen, was einem in den Sinn kommt?«

Nina schüttelte den Kopf. »Nur ich mache das. Mein Bruder behauptet, ich rede mich um Kopf und Kragen. Stört es Sie?«

Die andere holte Luft und verdrehte die Augen. »Hören Sie, Nina aus der Uckermark, wenn Sie wirklich partout nicht von mir lassen wollen, müssen Sie mit mir nach oben in meine Wohnung kommen. Ich habe einen zweijährigen Sohn, der am Verhungern ist, und ehe Sie fragen: Nein, ich habe keinen Vater dazu. Nun wissen Sie Bescheid. Sind Sie immer noch scharf darauf, mit mir zu reden?«

»Natürlich«, sagte Nina, die sich Jenny Alomis mit einem Fischschwanz oder einem Bocksfuß hätte vorstellen können, aber nicht mit einem Kind im Arm.

»Dann besorgen Sie uns irgendeine Halbflasche. Mir die Nacht um die Ohren schlagen, ohne zu trinken, kann ich nicht. Und bestellen Sie der Rotblonden ganz hinten am linken Tapetentisch eine Bockwurst, falls Alfred welche hat. Sie nimmt nicht gern was geschenkt. Sagen Sie ihr, sie soll eine Zeichnung von Ihnen machen, und dann schenken Sie sie mir.«

»Warum das?«, fragte Nina.

»Das ist romantisch, oder?« Jennys Blick verriet nicht, ob sie es ernst meinte oder Nina veräppelte. Vermutlich beides. »Außerdem ist sie gut. Eine, die so gut ist wie sie, muss mir von den Herren Kunstexperten erst mal einer zeigen. Wer weiß, vielleicht wollen Sie sie ja auch engagieren.«

Nina ging, um Alkohol und Bockwürste zu bestellen, zwei Paar, die sie mit in Jennys Wohnung nehmen würde, und ein Paar, das sie auf einem Teller mit Mostrich zu der Zeichnerin trug. Diese beugte sich so tief über den Bierfilz, auf dem ihr Bleistift entlangflitzte, dass ihre Nase beinahe die Pappe berührte. Jenny hatte recht. Sie war unglaublich gut. Mit ein paar raschen Strichen hatte sie den Auftritt der Schlangenfrau auf der Theke skizziert und dabei nicht nur die Spannung und Geschmeidigkeit von Jennys herrlichem Körper wiedergegeben, sondern auch etwas von ihrem Zauber eingefangen, der sich in Worten nicht beschreiben ließ.

»Entschuldigen Sie«, sagte Nina und schämte sich, der Frau für ihre grandiose Arbeit nichts als die zwei Bockwürste hinzuhalten, von denen eine geplatzt war. »Kann ich die Zeichnung von Ihnen kaufen? Und noch eine bitte? Von mir selbst?«

Mit ein paar letzten Strichen vervollständigte die Frau das Bild. Dann blickte sie zu Nina auf, die erschrak. Hatte sie jemals ein derart ausgezehrtes Gesicht gesehen? Die Zeichnerin hatte zarte, weiße Haut wie Porzellan, und ihre feinen Züge wirkten, als könnte eine heftige Berührung sie zerbrechen.

»Das esse ich nicht«, sagte sie und nickte auf die Bockwurst hinunter. »Aber die Kritzelei können Sie haben. Ich habe sie nur so, für mich selbst gemacht. Und eine von Ihnen machen kann ich auch, wenn Sie wollen.«

Sie schob Nina das Bild von Jenny hin, griff nach einem weiteren Filz und begann sofort, ihr Gesicht zu skizzieren. Wie gebannt sah Nina zu: Es war, als schäle sie sich Zug um Zug aus dem schmutzigen Weiß der Pappe. »Das ist nicht zu glauben«, entfuhr es ihr.

Beim Zeichnen zuckte die Frau mit den Schultern.

»Ich habe leider nicht viel Geld bei mir.« Statt einer Halbflasche von dem Wermut hatte Nina eine ganze gekauft und außerdem eine Tafel Stollwerck-Schokolade aus dem Automaten beim Tresen gezogen.

»Sie geben, was Sie wollen«, sagte die Frau beim Zeichnen. »Nur keine Würste. Kein Fleisch.«

Nina fischte ihre Geldbörse aus der Tasche und schüttete sich den verbliebenen Inhalt in die Handfläche. Das Geld, das sie gestern hineingesteckt hatte, hätte für die gesamte Woche ausreichen sollen. Beinahe tagtäglich schien alles teurer zu werden, und obendrein hatte sie gerade ein mittleres Vermögen verschwendet. Sie würde morgen auf die Bank gehen müssen. Und sie konnte die Künstlerin unmöglich mit den paar Münzen abspeisen.

»Mehr habe ich nicht.« Sie legte das Geld auf den Tisch. »Ich könnte Sie ein andermal bezahlen, vielleicht morgen Abend?«

Die junge Frau nahm sich aus dem kleinen Berg zwei Markstücke und schob Nina den Bierfilz hin, auf dem ihr Gesicht prangte.

»Das genügt so.«

»Das meinen Sie doch wohl nicht ernst.«

»Ein andermal, wenn Sie mehr haben, bezahlen Sie mehr.«

»Darauf können Sie Gift nehmen«, versprach Nina. »Sagen Sie mir Ihren Namen? Ich bin Nina Veltheim.«

»Ich heiße Sonia«, sagte die Zeichnerin. »Sonia Spielmann, auch wenn ich nicht weiß, was Ihnen das nützen sollte. Mich kennt niemand. Und wenn jemand mich sucht, bin ich immer hier.«

9

Jenny wohnte im Seitenflügel eines Hauses, das nur ein paar Schritte vom *Salamander* entfernt lag. Ihre Wohnung war im dritten Stock und kam Nina fast so riesig und prachtvoll vor wie die von Frau Grottenmeier. Sie besaß nur die Hälfte der Zimmer, aber ebenso hohe Decken mit Stuckrosetten und diese Weite der Räume, in denen die Worte hallten und die im Dunkel noch zu wachsen schienen. Nicht einmal von Neu-Mahlen, dem Herrenhaus, in dem sie aufgewachsen war, kannte sie einen derart verschwenderischen Umgang mit Platz.

Bei Tag war sie begeistert von den Möglichkeiten, die diese ausladenden Räume boten. Bei Nacht wünschte sie sich manchmal eine enge Kammer, die sie umschloss, aber das hätte sie niemandem eingestanden.

Der Mann, der ihnen die Tür aufmachte, sah aus wie aus einem Märchenfilm. Der Prinz, der kam, um *Dornröschen* wach zu küssen: klassisches Ebenmaß in den Zügen, Augen wie glühende Kohlen, Locken wie schwarz lackiert. Nur das in Rosétönen gemusterte Hemd, zu dem er eine kecke zitronengelbe Fliege trug, passte nicht. Und ebenso wenig der kleine Junge, den er auf dem Arm hielt und dessen gesamtes Gesicht mit einer Art senffarbenem Kompott beschmiert war.

»Ich dachte schon, du wolltest uns verhungern lassen«, sagte der Märchenmann. »Und mit wem haben wir die Ehre?«

»Ich hab dir gesagt, es kann länger dauern.« Jenny küsste das Kind und beschmierte sich die Wange mit dem Kompott. »Das ist Nina. Strandgut, das ich aufgelesen hab und das auf Teufel komm raus nicht nach Hause will.« Sie drückte dem Märchenmann das Paket mit Würsten und Stullen in die freie Hand und wies auf die Henkeltöpfe, die Nina trug. Die fand sich umgeben von drei Katzen, die um ihre Beine strichen. Eine von ihnen war grau und braun und sahneweiß gefleckt und so groß wie ein kleiner Panther.

Völlig unverhofft schwappte eine Woge Heimweh über Nina her. Auf Neu-Mahlen lebten überall Katzen, im Haus, in den Stallungen, in Scheunen und Kammern. Ein Tag, an dem einem keine Katze über den Weg lief, war auf dem Gut schwer denkbar, und das Schnurren, mit dem die drei Tiere sie umschlichen, kam Nina vor wie ein vergessenes Lied aus ihrer Kindheit.

Ihr Vater hatte die Katzen geliebt, und nicht nur weil sie die Mäusepopulation in Schach hielten. Er hatte dafür gesorgt, dass in den Wirtschaftsräumen Schalen mit Milch für sie bereitstanden, und oft hatte er sich Zeit genommen, sich niederzubeugen und eine der Katzen zu streicheln, bis sie ein Schnurren hören ließ.

»Man kann nicht glauben, dass es tatsächlich ein Raubtier ist, das eine derart beruhigende Wirkung ausübt, findest du nicht auch, Pippa?«, hatte er Nina gefragt.

Sie wollte nicht daran denken, war froh, als Jenny sie in die Wohnung lotste, ihr die riesige Küche zeigte, wo sie die Henkeltöpfe abstellte und sich zwei Gläser schnappte, um in ihr noch weit größeres, so gut wie leeres Zimmer umzuziehen. Neben einem schmalen metallenen Bettgestell stand eine Wiege, die für den Jungen viel zu klein sein musste, und an der Wand reihten sich ein Schrank und ein Tisch mit einem Durcheinander von Kleidungsstücken. Weitere Möbel gab es nicht, dafür umso mehr Platz. Man hätte von einer Ecke zur andern tanzen können.

Jenny bemerkte ihren Blick. »Als ich hier ankam, habe ich sie einfach gemietet«, sagte sie. »Ich hatte noch ein bisschen Geld auf der Kante und kannte mich weder mit Mietpreisen noch mit der Tatsache aus, dass Geld schneller schmilzt als Schnee in der Sonne. Ich müsste umziehen, dieser Hinterhofpalast ruiniert mich. Aber das sagt sich so leicht.«

Sie stellte Flasche, Gläser und einen Teller mit Würsten und Stullen unter dem Fenster aufs Parkett und setzte sich mit abenteuerlich verschränkten Beinen davor. Es gab keine Vorhänge, und der Mond warf einen Kegel Licht in den Raum. Eine Lampe hatte sie nicht eingeschaltet.

»Sparst du Elektrizität?«, fragte Nina. Das Du schien auf einmal selbstverständlich. »Meine Vermieterin auch.«

»Ich hab's manchmal gern dunkel«, erwiderte Jenny. »Zum Sparen habe ich kein Talent. Und zum Vermieten auch nicht.«

»Der Mann«, begann Nina und überwand ihre Scheu. »Wer ist der?« Dass er nicht der Vater des kleinen Viktor war, hatte Jenny ja schon erklärt, und zwischen den beiden bestand nicht die geringste Ähnlichkeit. Sie waren beide schöne Menschen, aber der ernste, blasse Junge hatte mit dem Dunkelgelockten, der daneben wie das blühende Leben wirkte, nichts gemein.

»Darius?«, fragte Jenny. »Wer soll der sein? Mein Kindermädchen.«

»Kindermädchen?«

»Jessas, er war mein Schlafgänger, einer, den ich aufgenommen habe, damit er mir mit der horrenden Miete hilft und verhindert, dass Anselm Giesecke, der Menschenfeind von Hausbesitzer, mich samt dem Kleining auf die Straße setzt. Nur leider ist eine Kirchenmaus im Vergleich zu Darius die reinste Dollarprinzessin. Er hat nicht zahlen können, und was hätt' ich machen sollen? Ihn rausschmeißen? Samt seinen Katzenviechern? Ich sag's ja, ich hab zur Vermieterin kein Talent. Also hab ich ihn eben eingestellt – gegen Kost und Logis hütet er mir den Kleining, auch wenn's mit der Logis bei uns bedeutend weiter her ist als mit der Kost. Ich finde, der Kleining, der übrigens Viktor heißt, ist ein verdammt fantastisches Kerlchen, aber ich bin nicht zum Muttertier geboren. Darius hingegen hat darin seine Bestimmung gefunden.«

»Und was macht er sonst? Wenn er nicht gerade seiner Bestimmung als … Muttertier nachgeht?«

»Er ist Raubtierdompteur«, sagte Jenny.

»Dein Ernst?«

»Wenn ich einen Witz machen wollte, würde ich mir mehr Mühe geben«, erwiderte Jenny. »Mittelmäßiger Humor ist eine Methode der Körperverletzung, die mit Festungshaft bestraft werden sollte. Darius mit all seinem Vornehmgetue entstammt in Wahrheit einer Sippe von Gauklern und hat da, wo er herkommt, Raubtiere dressiert. Jetzt macht er es immer noch gelegentlich, wenn ihm jemand einen Hosenknopf dafür gibt, und ansonsten dressiert er den Kleining und mich.«

»Und da, wo er herkommt, ist nicht Berlin, richtig?«

»Wer, der in Berlin rumläuft, stammt schon von hier?«, fragte Jenny zurück. »Darius ist Pontosgrieche, aus Konstantinopel. Streng genommen heißt er Dareios wie irgendein persischer Großkönig – kleine Brötchen haben die da drüben bei den Osmanen nicht gebacken. Seine Mutter war halbe Deutsche, und als das Osmanische Reich zerplatzte und die Türken in ihrer Verzweiflung anfingen, alles, was nicht türkisch war, zu massakrieren, hat Darius die Beine in die Hand genommen und ist hierher. Er hat gehofft, Verwandte zu finden, hat natürlich niemanden aufgetan, aber Viktor und ich haben ihn sozusagen adoptiert.«

»Wie seltsam das ist«, murmelte Nina und griff nach dem Glas, das Jenny ihr mit Wermut gefüllt hatte. »Dieser Krieg hat die Welt geschüttelt wie eine Schneekugel, die Kugel ist zersprungen, und wir finden uns überall verstreut, von unseren Wurzeln gerissen und von Familien getrennt. Die Zeichnerin Sonia ist auch nicht von hier, darauf möchte ich wetten. Und du erst recht nicht.«

Suchend ließ sie den Blick über Jennys Gesicht gleiten. Die andere blieb stumm, verriet mit keinem Mienenzucken etwas von dem, was Nina wissen wollte.

»Du wolltest mir unbedingt etwas erzählen«, sagte sie schließlich. »Deshalb bist du hier, oder nicht?«

»Ich will dir unbedingt *alles* erzählen«, sagte Nina und fing an.

Wie die Stunden verstrichen, bemerkte sie kaum. Sie erzählte von dem Dachboden auf Neu-Mahlen, wo sie sich ihre eigene Bühne eingerichtet hatte, von den Schauspielern aus Kastanien und den Tänzern aus dem Kaninchenstall und von all den Stücken aus ihres Vaters Bibliothek, die sie wie ein Schwamm in sich aufgesaugt hatte. »*Faust* wollte er mir wegnehmen. Ich war erst acht, und er fürchtete, ich könnte davon Albträume bekommen. Am Ende hat er es mir aber doch gelassen, und ich habe hinterher wohl nur gesagt: ›Ist nicht so schlimm, wir haben ja zum Glück keinen Pudel.‹«

»Dein Vater hört sich nicht an, wie man sich einen preußischen Großgrundbesitzer vorstellt«, sagte Jenny. »Um ehrlich zu sein, klingt er nach einem ziemlich guten Kerl.«

»Er *ist* ein ziemlich guter Kerl«, sagte Nina, und dann wechselte sie das Thema und begann von Carlo zu erzählen, der schlechter schauspielerte als die Kaninchen, aber trotzdem nicht mit Gold aufzuwiegen war, und von Tante Sperling, die Taschentücher für Waisenkinder bestickte.

»Hat einer von euch sie mal gefragt, wozu Waisenkinder bestickte Taschentücher brauchen?«

»Das fragt sie sich selbst. Aber sie will so gern Gutes tun, und etwas anderes kann sie nicht, sagt sie. Im Krieg hat sie Socken und Pulswärmer für Soldaten gestrickt, aber getaugt haben die nicht mal unserer Fritzi als Topflappen.«

»Ganz so, wie man sich das vorstellt, seid ihr alle nicht, oder?«

»Nein, wohl nicht«, antwortete Nina. »Du, dein Sohn und dein türkisch-griechisches Kindermädchen entsprecht dagegen ganz der Musterfamilie der deutschen Republik.«

Jenny grinste. Nina grinste zurück.

Kurz darauf nahm sie den Faden von vorhin wieder auf und sprach über ihre Arbeit im Theater, über Martin Zickel, der sie unter keinen Umständen hatte haben wollen und sie nur zugelassen hatte, weil Anton Wendland darauf bestand.

»Anton Wendland.« Jenny pfiff durch die Zähne, was sie besser konnte als die Jungen auf der Gasse. »Ich wüsste manch eine, die ihr letztes Hemd dafür hergeben würde, den mal aus nächster Nähe begutachten zu dürfen. Nicht dass das letzte Hemd sonderlich sauber oder frei von Löchern wäre – aber in der Regel interessieren sich die Herren ja lediglich dafür, dass es ausgezogen wird.«

»Das eben ärgert mich so an diesem Wendland«, sagte Jenny. »Wenn er schon das Theater betritt, flattert ihm ein Schwarm Frauen entgegen. Er ist verheiratet, aber es sieht nicht so aus, als würde ihn das kratzen.«

»Kratzt es dich?«

»Was meinst du?«

»Ob du mit ihm ins Bett willst, obwohl er verheiratet ist«, gab Jenny zurück.

Nina holte Atem. »Auf keinen Fall – und wenn er der letzte Mann auf der Welt wäre. Ich finde solche Weiberhelden, die die halbe Nation anschmachtet, so anziehend wie alte Hauslatschen. Du weißt nicht, wie es mich ärgert, dass ich meine Anwesenheit im Theater seiner gönnerhaften Fürsprache zu verdanken habe. Ich wette, er glaubt einen Orden für Menschenfreundlichkeit zu verdienen, weil er dem dummen kleinen Mädchen vom Land ein possierliches kleines Träumchen erfüllt hat.«

Jenny stellte das Glas ab und lachte schallend los. »Wenn die wüssten, was für eine Nummer du bist, würden sie dir womöglich ein abendfüllendes Programm anbieten. Witzlein. Hast du dem schönen Anton etwa ins Gesicht gesagt, was du von ihm hältst?«

»Nicht wortwörtlich«, verteidigte sich Nina. »Ich habe ihm nur gesagt, er soll sich aus meinem Leben heraushalten, ich könne mich um meine Belange selbst kümmern.«

»Oho. Das dürfte geschmerzt haben. Und wie hat er's aufgenommen?«

»Wie ein kleiner Junge, der schmollt, weil er einen Klaps hintendrauf bekommen hat«, erwiderte Nina verächtlich. »Seither behandelt er mich, als wäre ich nicht vorhanden, stellt dabei aber sicher, dass mir nicht entgeht, wie er mit sämtlichen weiblichen Wesen zwischen siebzehn und siebzig flirtet.«

»Du scheinst ihn tatsächlich gefressen zu haben«, bemerkte Jenny anerkennend.

»Ich fasse ihn mit keiner Kneifzange an«, erwiderte Nina. »Da ist mir Rudolf Kante bedeutend lieber, auch wenn er jeden Vorschlag von mir überhört und glaubt, er müsse mir fortwährend erklären, wie das Leben funktioniert.«

»Wie das Leben funktioniert? Vertikal und horizontal?«

Durch das Halbdunkel sah Jenny sie an. Nina spürte, wie ihr das Blut ins Gesicht schoss, und entschied, den unterschwelligen Sinn der Frage zu ignorieren. »Er ist wenigstens originell«, brachte sie mühsam heraus. »Und wenn er nicht so selbstgefällig wäre, wäre er ein guter Regisseur.«

»Aber als Regisseur hast du ihn dir nicht unter den Nagel gerissen, oder? Habe ich dich richtig verstanden? Du gehst mit ihm ins Bett?«

Ninas Gesicht glühte. Sie hatte es unbedingt loswerden, es jemandem anvertrauen wollen, aber jetzt schien es unmöglich, es auszusprechen. Warum eigentlich? Sie war eine moderne Frau, sie war kein Landei mehr, sondern eine Berlinerin, und Berliner redeten vom Sex wie vom Schrippenkaufen. Die Frau, die vor ihr saß, würde sie gewiss nicht schockieren. Sie hatte ein Kind ohne Vater, sie schlief wahrscheinlich mit dem schönen Griechen, und Nina bezweifelte nicht, dass sie auch ansonsten die Freiheit der Liebe genoss wie die Katzen die Wurstzipfel, die sie sich von den Tellern stahlen.

Aber eben darin bestand das Problem.

Ein Klopfen an der Tür verschaffte ihr Aufschub. Der Grieche, der Darius hieß, steckte den Kopf ins Zimmer. »Der arme *Poulaki* ist todmüde. Soll ich ihn in meinem Bett schlafen legen?«

»Wenn du ein wackerer Pfadfinder sein und deine guten Taten für die ganze Woche auf einmal erledigen willst«, antwortete Jenny.

»Will ich nicht«, sagte Darius. »Also, was gibst du mir? Ein Glas von dem Fusel, mit dem ihr euch vergiftet?«

»Ein halbes«, feilschte Jenny.

»Also schön, um des lieben Friedens willen.« Er trug das Glas zu ihr und ließ es sich bis zur Hälfte füllen. Die Riesenkatze, die auf Ninas Knien geschlafen hatte, erwachte gähnend und rieb kurz ihren Kopf an seinem Bein. »Sag Viktor, sein Mudding kommt nachher noch rüber und wünscht ihm Gute Nacht«, versprach Jenny. Kaum war Darius jedoch gegangen, kam sie aufs Thema zurück.

»Also was ist jetzt mit dir und diesem Kante? Er lässt dich nicht an sein Regiepult – und um ihn umzustimmen, steigst du mit ihm ins Bett?«

»Nicht nur deswegen.« Ihre Stimme klang viel zu kleinlaut, kein bisschen nach Frau von Welt.

»Also gefällt er dir?«, bohrte Jenny weiter. »Bist du in ihn verliebt?«

Wie soll ich das wissen?, dachte Nina. Wenn man es nie gewesen ist, wer erklärt einem dann, wie es sich anfühlt? Theaterdichter, Literaten? Dass sie noch nie etwas Ähnliches empfunden hatte wie Goethes Gretchen oder Shakespeares Julia, wusste sie, aber diese Stücke waren uralt. Wendla in Wedekinds *Frühlings Erwachen*, das viel moderner war, fragte sich, wie sie ein Kind haben konnte, wo sie doch »keinen Menschen auf der Welt« als ihre Mutter geliebt hatte. Ihr fühlte Nina sich ein wenig verwandt. Wie sollte sie all das beurteilen, wo sie doch gar nichts hatte, mit dem sie es vergleichen konnte? »Er ist etwas Besonderes«, sagte sie schließlich zu Jenny. »Er hat ein Gesicht, das man so schnell nicht vergisst.«

»Ist mir bekannt«, erwiderte Jenny. »Und wenn du auf ihn stehst, spricht ja auch nichts dagegen, dass du ihn dir zu Gemüte führst. Du darfst dir nur nicht vormachen, dass du deshalb künstlerisch in höhere Gefilde aufsteigst. Das kannst du dir abschminken. Für diese Napoleons des Theaters sind wir dumme kleine Mäuschen, denen sie das Blaue vom Himmel versprechen, bis sie uns zwischen ihren Bettlaken haben. Danach ist Schluss. Urplötzlich leiden die werten Herren an Gedächtnisschwund.«

»Wendland ist so«, begehrte Nina auf, »aber Kante ...«

»Wendland ist Wendland, und Kante ist dasselbe in Grün«, fiel ihr Jenny ins Wort. »Nimm dir den Eierkopf, wenn du den appetitlich findest, aber bilde dir nicht ein, das würde dich auch nur um einen Schritt weiterbringen.«

Nina wusste nicht mehr, was sie sich eingebildet hatte. Rudolf Kante behandelte sie bei den Proben genauso von oben herab wie die Übrigen, doch er war wie ausgewechselt, sobald sie das Theater verließen. Aufmerksam. Interessiert. Geradezu charmant. Er lud sie zum Essen ins *Café Bauer* ein, wo die Crème de la Crème von Berlins Theaterwelt verkehrte, und stellte sie diesem und jenem vor, als wäre sie jemand, den es sich lohnte kennenzulernen. Während sie beim Wein saßen, hörte er ihr zu. Zwar stellte er keine Fragen und gab auch nur selten einen Kommentar ab, aber er ließ sie ausreden und darlegen, welche Möglichkeiten sie in Ibsens Gesellschaftsdrama sah.

»*Gegangere*, wie das Stück auf Norwegisch heißt, bedeutet ja eigentlich nicht Gespenster, sondern Wiedergänger«, hatte sie ihm mit Feuereifer erklärt. »Und darum geht es doch – dass wir uns vor denen hüten müssen, die immer wiederkommen, die nicht besiegt sind. Ich würde Osvald am Ende sich auf allen vieren schleppen lassen. Er ist gelähmt wie sein Vater – so wie wir Gelähmte und Kriegskrüppel sind, wenn wir uns diesen Wiedergängern nicht verweigern.«

»Er ist gelähmt, weil er die Franzosenkrankheit hat.« Rudolf Kante hatte gelacht. »Ihre Version ist reichlich melodramatisch, finden Sie nicht auch? Aber das erzählen Sie trotzdem mal unserem schönen An-

ton, dass er auf allen vieren über die Bühne krauchen und den Kriegskrüppel geben soll. Auf seine Antwort bin ich gespannt.« An diesem
Abend hatte er ihr angeboten, ihn Rudi zu nennen und zu duzen. »Du
bist jung und hast überhaupt noch keine Erfahrung«, hatte er gesagt.
»Warum habt ihr Frauen es nur immer so eilig und wollt mit dem Kopf
durch die Wand? Lass dir doch Zeit und sieh erst einmal zu, dass du
dich hier bei uns zurechtfindest. Es ist ja schon ein ganz hübscher Unterschied – dein beschauliches Dörfchen im Brandenburgischen, wo
sich Fuchs und Hase Gute Nacht wünschen, und die große Stadt.«

Sie hasste seinen Tonfall. Aber zumindest wollte er ihr helfen, vo-
ranzukommen. Sie traf sich mit ihm, wann immer er es vorschlug.
Vor drei Tagen hatte er gesagt: »Werte Ninotschka. Meinst du nicht,
wir kennen uns jetzt lange genug, um die Phase des Händchenhaltens
zu beenden? Wir sind beide erwachsene Menschen, und ihr modernen Frauen lasst euch doch auch nichts mehr vorschreiben. Schluss
mit dem Blatt vor dem Mund: Ich will dich ganz, meine kleine Brandenburgerin. Was hältst du von der Nacht nach der Premierenfeier?
Ich lade dich ein. In ein Hotel deiner Wahl.«

Bei dem Wort Premierenfeier hatte in ihrem Kopf eine Glocke ge-
schrillt. So wie Zickel sie abfertigte, würde er sie zu der Feier nicht
einmal einladen, aber wenn sie mit dem Regisseur kam, konnte sie
kaum abgewiesen werden. Es war nicht nur das. Natürlich nicht. Sie
fand ihn anziehend, wollte mit ihm zusammen sein und reden, ihn
mit ihren Worten erreichen. Ob sie das andere auch wollte, wusste sie
nicht, aber wie hätte sie ihm das sagen sollen?

Sie sagte es jetzt.

Zu Jenny.

»Ich habe noch nie mit einem Mann geschlafen«, sagte sie. »Wie
hätte ich ihm denn antworten können, dass ich so weit noch nicht
bin? Dass ich Angst davor habe? Dann hätte er mich endgültig als
naives Landei abgestempelt, das für die große Stadt und fürs Theater
nicht taugt.«

»Lieber Himmel«, rief Jenny. »Tu mir einen Gefallen und mach
eine Pause, ich muss mich erholen, ehe ich noch mehr davon ertrage.«
Sie erhob sich aus dem Schneidersitz, ohne die Hände zu benutzen,

und ging hinüber ins Zimmer des Griechen, um ihrem Kind Gute Nacht zu wünschen.

Ich habe es verpatzt, dachte Nina. Da hatte sie diese Frau gefunden, mit der sie sich vorstellen konnte, bis zu den Sternen zu fliegen, und dann betrug sie sich wie ein Schulmädchen, das mit Puppen spielte. Eine Landpomeranze, die einen Riesenwirbel um eine kleine Affäre machte. Warum sollte Jenny überhaupt noch einmal wiederkommen? Mitternacht war vorbei. Sie tat besser daran, sich zu ihrem Griechen ins Bett zu legen und das alberne Ding, das sie aufgegabelt hatte, sich selbst zu überlassen.

Jenny kam wieder. Sie setzte sich Nina gegenüber in den Schneidersitz und verteilte den Rest in der Flasche auf ihre Gläser. »Weißt du, warum dieser Kante dich für ein naives Landei hält?«, fragte sie.

»Weil ich eines bin«, murmelte Nina.

»Da trifft die Faust aufs Auge. Und weißt du auch, was ein Kerl wie der mit einem naiven Landei macht? Ich habe es dir vorhin schon einmal erklärt: Er holt es sich für ein, zwei Nächte in sein Bett, und danach ist das arme Landei Rührei und kann sehen, wo es bleibt. Willst du Sex mit ihm? Dann nimm ihn dir, und alles ist gut. Willst du etwas anderes? Dann tu dir den Sex nicht an, denn das andere wirst du nicht dafür bekommen.«

»Aber ihr ...«, begann Nina. »Ihr seid alle so frei und nehmt diese Dinge so leicht. Ich will auch so sein. Ich komme mir gerade vor wie meine Tante Sperling, die sich zu nichts nütze fühlt. Nur dass ich nicht einmal sticken kann.«

»Gott sei Dank«, sagte Jenny. »Weißt du, was Freiheit ist, Dummchen? Frei bist du, wenn du mit jedem Mann schläfst, den *du* willst, nicht wenn du mit jedem schläfst, der *dich* will. Schick diesen Kante zum Teufel. Bleib Jungfrau und lern sticken. Wenn es das ist, was du willst, wärst du damit freier als jetzt, wo du dir aufzwingen lässt, was dem Herrn Regisseur in den Kram passt.«

Sie zündete sich eine Zigarette an und rauchte aus ihrer Spitze. Durch die Rauchschwaden bewunderte Nina die Kühnheit ihres Profils.

»Wie kannst du dir so sicher sein?«, fragte sie. »So genau wissen, wie man es richtig macht?«

Mit einem Kieksen lachte Jenny auf. »Das ist sehr einfach, mein Herzing. Indem ich es kolossal falsch gemacht habe.«

»Du?«

»Ich war selbst mal sechzehn. Zwar nicht vom Lande, aber auch in Städten kann man hinter dem Mond leben.«

»Ich bin zwanzig«, protestierte Nina.

Durch den Rauch sah sie Jenny grinsen. »Das ist das Gleiche. Und auch das habe ich hinter mir.«

»Wie alt bist du?« Sie hätte alles sein können – von fünfzehn bis fünfzig. Nina war sicher, dass sie nie altern, sondern immer schön bleiben würde, und dass sie auch mit fünf nicht kindisch ausgesehen hatte.

»Drei Jahre älter als du. Auch wenn's mir vorkommt, als könnte ich deine stickende Großmutter sein.«

»Die Stickerin ist meine Tante«, sagte Nina. »Jetzt erzähl mir, wo du herkommst. In welcher Stadt bist du geboren, und wie bist du in Berlin gelandet? Die ganze Nacht habe ich nur von mir geredet, dabei will ich alles über dich wissen.« Sie war betrunken und trank noch ein bisschen mehr. »Alles, Jenny.«

»Das kann ich dir nicht verdenken, mein Herzing. Aber das geht nicht.«

»Warum nicht?«

»Weil man in dieser Mördergrube, die sich Berlins Künstlerwelt nennt, sein Geheimnis bewahren muss, um seine Würde zu behalten«, sagte Jenny. »Und eine wie du, die keines hat und wie ein aufgeklapptes Buch durch die Gegend läuft, denkt sich besser schnellstens eines aus.«

Nina fühlte, wie etwas in ihr still wurde. Sie war auf einmal todmüde, und das Sprechen fiel ihr schwer. »Dass du glaubst, ich hätte keines, ist der beste Beweis dafür, dass ich mir keines auszudenken brauche.«

»*Touché.*« Jennys Lachen war ebenfalls leise. »Du bist ziemlich gut, weißt du das?«

»Du auch.«

»Ich muss jetzt ins Bett«, sagte Jenny. »Schlangen schlafen zwar mit offenen Augen, aber manchmal drei Jahre am Stück.«

»Ins Bett muss ich auch«, lallte Nina und musste lachen, weil sie beim Versuch, aufzustehen, stolperte und unsanft auf dem Hintern landete. »Ich weiß nur nicht, ob ich mein Bett überhaupt finde. Und ob meine Vermieterin mich nicht rausschmeißt, wenn ich in diesem Zustand durch ihre heiligen Hallen poltere.«

Jenny erhob sich ohne Mühe und ergriff Ninas Arm, ehe diese erneut ins Straucheln geriet. »Willst du hier schlafen?«

»Bei dir?«

»Bei Darius schläft schon der Kleining.«

Nina wollte nichts lieber als das. Jenny brachte ihr ein weites, weißes Hemd aus hauchdünner Seide, während sie selbst in Gymnastikhosen und dem schwarzen Trikot schlief. »Hier, zieh das an, damit passt du bestens in dein Stück – du siehst aus wie ein Gespenst.«

In der Tiefe der Nacht war es auch im Frühsommer kalt, und der Mond hatte sich verzogen. Zu zweit krochen sie unter das dünne Federbett, dem ein unbeschreiblich weiblicher Duft anhing. In Ninas Kopf drehte sich ein gemächliches Karussell, und ihr war zumute, als hätte sich eine Sehnsucht erfüllt, die sie nicht einmal gespürt hatte. Im Lyzeum in der Schweiz hatte sie etwas von diesem Duft wahrgenommen und hatte Mädchen erlebt, die zueinander ins Bett krochen und unter dem Federbett flüsterten, kicherten und weinten, weil sie Freundinnen waren.

Nina hatte Carlo, Palü und all die Nachbarskinder gehabt, aber nie eine Freundin. Auf den Gütern um Templin wohnte man zu weit voneinander entfernt, um sich regelmäßig zu besuchen. Die befreundeten Familien trafen sich zum Kaffee, wenn ihre Kinder Geburtstag feierten, und fuhren anschließend wieder nach Hause oder übernachteten im Flügel mit den Gästezimmern. Sie hatte sich nie eine Freundin für sich vorstellen können – aber nun lag sie neben ihr, begann leise, fast melodisch zu schnarchen und war rundum perfekt.

»Dich lass ich so schnell nicht wieder gehen«, flüsterte Nina. Dann vergrub sie ihren Kopf samt dem gemächlichen Karussell im Kissen und beschloss, alle Gedanken an Rudolf Kante und die Premierennacht auf morgen zu vertagen.

10

CARLO

Es war nicht leicht, ohne Nina mit allem fertigzuwerden. Vor allem nicht mit seiner Schwadron von Frauen.

Carlo liebte jede Einzelne von ihnen heiß und innig und war froh, sie zu haben, aber geballt, wie sie vornehmlich auftraten, konnten sie ein hartes Stück Arbeit sein. Seine Großmutter, die auf alles eine Antwort wusste, selbst wenn gar keine Frage gestellt worden war. Seine Mutter, die glaubte, wenn sie die Lippen zum Strich kniff und hektisch durch alle Räume hastete, merkte niemand, dass sie im Innern weinte. Fritzi, die kochte, wie um zu kaschieren, dass es keine Köchin mehr gab, und als würde der Haushalt noch aus hundert Menschen bestehen. Otta, die aufwuchs wie die Disteln am Weidezaun – und dann war da noch Tante Sperling.

Carlo machte sich Sorgen.

Er fühlte sich dafür verantwortlich, dass es ihnen gut ging, und hatte das Gefühl, als rutsche ihm ständig einer der vielen Zügel aus den Händen. Außerdem hatte er Angst um Nina. Er hatte seine Kindheit in dem Glauben verbracht, dass es nichts gab, was seine starke Schwester nicht konnte. Jetzt fragte er sich, ob er ihr nicht zu viel zugetraut und leichtsinnig gehandelt hatte, als er diesen Umzug nach Berlin für sie auf den Weg gebracht hatte.

Was wusste denn er vom Existenzkampf in der Großstadt, ausgerechnet Carlo von Veltheim, der für das stille Leben auf dem Land geboren war? Was man in den Zeitungen las, war keineswegs dazu angetan, ihn zu beruhigen. Die Regierung von Reichskanzler Fehrenbach hatte zurücktreten müssen, nachdem sie das Londoner Ultimatum akzeptiert hatte. Darin war festgelegt worden, dass Deutschland für seine Kriegsschuld hundertzweiunddreißig Milliarden Goldmark an die Siegermächte zu entrichten hatte, was gerechtfertigt sein mochte – wie aber griff man einem nackten Mann in die Tasche? Deutschland war zahlungsunfähig, und für den Fall, dass es seine Raten schuldig blieb, drohten Frankreich und Belgien mit einem Einmarsch ins Ruhrgebiet. Die Radikalen der Rechten beschimpften geifernd die ›Erfüllungspolitik‹ des Kabinetts, und die Linken versuchten, die Gunst der Stunde für eine neue Revolution zu nutzen.

In Berlin tobten wieder Straßenkämpfe. Vor zwei Jahren, während des Spartakusaufstands mit seinen weit mehr als hundert Toten, hatten sich die blutigen Tumulte vor allem auf das Zeitungsviertel konzentriert, in dem Carlos Schwester wohnte.

Wie hatte er es zulassen, ja sogar vorantreiben können, dass Nina in solche Gefahr geriet?

Unter Bekannten und Nachbarn gab es nicht wenige, die kein Blatt vor den Mund nahmen. Sie nannten Ulrike von Veltheim verantwortungslos, weil sie ihre minderjährige Tochter in dieses Pulverfass geschickt hatte und sie bei wildfremden Menschen leben ließ. Dabei traf die Mutter überhaupt keine Schuld. Sie war unter der schirmenden Obhut ihres Vaters aufgewachsen und danach von ihrem Mann weiter beschirmt und behütet worden, bis sie sich von einem Tag zum andern als Witwe und in einer Welt wiedergefunden hatte, von der sie nichts verstand. Sie hatte getan, was Carlo in ihrer Lage auch getan hätte und was er nach wie vor vernünftig fand. Sie hatte auf jemanden gehört, der jünger war, der sich in den neuen Verhältnissen besser zurechtfinden musste und sich auch dazu bekannte: ihren Sohn Carlo.

Wenn das Unternehmen schiefging, wenn Nina Schaden erlitt, und wenn als Nächstes auch noch Tante Sperlings verrücktes Vorhaben ein böses Ende nahm – wie sollte er sich je verzeihen?

Er musste sie anrufen. Nina. Neben allem anderen vermisste er die Möglichkeit, jederzeit mit ihr zu sprechen, vermisste ihre Art, dort, wo sich vor ihm ein unüberwindliches Hindernis nach dem anderen auftürmte, nur freies Land zu sehen und darüber hinwegzugaloppieren. Auf Neu-Mahlen gab es neuerdings einen Telefonanschluss, weil dieser für den Gutsbetrieb unerlässlich geworden war, aber den wollte Carlo nicht benutzen. Seine Familie besaß eindeutig magnetische Eigenschaften: Wo einer war, waren auf einmal alle, selbst in der winzigen Vordiele mit dem Telefonapparat. Carlo versicherte den vier

Frauen und dem kleinen Mädchen ständig, dass in Sachen Nina alles in Ordnung sei und besser gar nicht sein könne. Er wollte nicht, dass sie mitbekamen, wie sehr er selbst sich sorgte.

Also fuhr er unter dem Vorwand, einen Lieferanten für Kraftfutter aufzusuchen, nach Templin und ging dort schnurstracks in eine Kneipe namens *Zum alten Dorfkrug*, wo es ein Telefon gab. Im *Alten Dorfkrug* saßen an einem Tisch die Enkel beisammen, am zweiten die Söhne und am dritten die Großväter, wie sie es immer getan hatten, tranken das gleiche Bier und ab und an einen Korn dazu und brachen zur selben Zeit ein wenig schwankend auf, weil daheim ihre Frauen mit dem Abendessen warteten.

Gab es so etwas in Berlin auch? Einen Ort, an dem noch alles so zuging, wie es seit hundert Jahren zugegangen war? Das war unvorstellbar. Wenn Carlo ehrlich war, bestand jedoch auch die kleinstädtische Idylle des *Dorfkrugs* nur noch zum Schein. In die Reihen der Enkel hatte der Krieg seine Lücken gerissen, bei den Söhnen besoff sich ein einstiger Kaminkehrer, der keine Beine mehr hatte, und bei den Großvätern war einer, der den Verstand verloren hatte, wirr vor sich hin murmelte und beim Korntrinken leise schluchzte. Hinter dem Tresen bediente eine Frau in schwarzer Witwenkleidung. Der *Krug*-Wirt, Friedhelm mit Namen, war bei Verdun geblieben, wie man es ausdrückte, als wäre Verdun ein Ort für die Sommerfrische, wo es manchem so gut gefiel, dass er gleich ganz dort blieb.

Carlo bat darum, das Telefon benutzen zu dürfen, das in einer Art Glaskabäuschen vor dem Abort untergebracht war, und die *Krug*-Wirtin stellte die Verbindung her. In dem Kabäuschen war es eng und stickig, und sobald man zu sprechen begann, beschlugen die Scheiben.

»Das ist hier keine Fernsprechzentrale«, schimpfte Ninas Wirtin, die Otta Frau Grottenheimer getauft hatte, als Carlo bat, seine Schwester zu sprechen. »Glauben Sie, ich hab nichts anderes zu tun, als mich um Ihr Fräulein Schwester und deren Vergnügungen zu kümmern?«

Dass diese Frau sich um irgendjemandes Vergnügungen kümmerte, bezweifelte Carlo. Er war schon im Begriff, aufzulegen und darüber nachzusinnen, wie er Nina stattdessen erreichen könnte, da drang ihre vertraute, immer ein wenig erregte Stimme an sein Ohr. »Carlo? Warum rufst du denn an? Ist daheim etwas passiert?«

»Nicht direkt«, druckste Carlo.

»Und indirekt?«

»Erzähl mir erst, wie es dir geht«, sagte er und zeichnete mit dem Finger ein N an die beschlagene Scheibe. »Ist alles in Ordnung? Kommst du mit deinem Geld aus? Hier hört man, in der Hauptstadt kostet ein Roggenbrot ganze vier Mark. Aber das muss ja doch Unsinn sein – wer sollte sich das denn leisten können?«

»Natürlich ist es Unsinn«, kam es wie aus der Pistole geschossen von Nina. »Und selbst wenn es wahr wäre – ich verdiene ja zusätzlich etwas Geld mit meiner Assistenz und nage nicht am Hungertuch. Außerdem brauche ich ja gar kein Roggenbrot, denn ich bekomme mehr als genug bei Frau Grotten– ... ähhh, Rottenheimer. Und nach der Probe esse ich meistens in der Kantine im Theater.«

»Im Theater läuft es gut für dich?«, fragte Carlo vorsichtig. »Es ist so, wie du es dir vorgestellt hast?«

»Ach was, viel besser«, rief Nina aufgekratzt, »hundert Mal besser. Ich kann dir und euch allen wirklich nie genug danken, dass ihr mir das ermöglicht habt. Hier bin ich richtig, hier kann ich tun, wofür ich gemacht bin.«

»Und deine Träume verwirklichen, Ninchen?«

Sie lachte, doch durch das Knirschen in der Leitung klang es verzerrt und ungewohnt. »Für Träumereien habe ich, um ehrlich zu sein, nicht mehr allzu viel Zeit. Theater ist harte Arbeit, aber genau das gefällt mir. Du brauchst dir also überhaupt keine Sorgen zu machen.«

»Und in vier Tagen hast du deine Premiere, richtig?«

»In vier Tagen, ja.« Der Empfang schien schlechter zu werden, ihre Stimme zu verschwinden.

»Freust du dich? Bist du aufgeregt?«

»Oh ja, natürlich. Schrecklich aufgeregt. Und ich freue mich sehr.«

Das alles hätte Carlo beruhigen sollen, und es war ihm ein Rätsel, warum es das nicht tat. Eine Idee kam ihm, etwas, mit dem er zwei Fliegen mit einer Klappe schlagen könnte. »Sag mal, Ninchen, was hältst du davon, wenn wir alle kommen und uns deine Aufführung ansehen? Nun gut, besser nicht alle, denn das Ottchen ist doch noch ein bisschen klein und bleibt besser mit Mama und Fritzi zu Hause. Aber Oma Hulda, Tante Sperling und ich? Wir vermissen dich, und es wäre großartig, bei deiner ersten Inszenierung dabei zu sein.«

Wie sie das alles bezahlen sollten – das Hotel, die Ausstattung und vor allem ihre Abwesenheit gerade jetzt, wo es darum ging, die Fohlen anzutrainieren und für Sternenbanner, der aufgrund eines Galopp-sprungs die Qualifikation für das Derby verfehlt hatte, dennoch einen Käufer zu finden. Die Familie aber war wichtiger als alles andere. Auch Oma Hulda, die aufs Geld schaute wie der Luchs auf Beute, sagte das.

Carlo hätte sich allerdings keine Gedanken machen müssen, denn Nina wehrte derart heftig ab, dass er regelrecht gekränkt war: »Um Gottes willen, Carlo, das geht nicht – zur Premiere könnt ihr nicht herkommen, das dürft ihr auf gar keinen Fall.«

»Und warum nicht?«, platzte er wie ein abgewiesener Schuljunge heraus. »Haben wir nicht ein gewisses Recht, deinen ersten Erfolg mitzuerleben? Wir könnten es mit einem geschäftlichen Termin ver-binden und uns unser Jungpferd in Mariendorf im Training ansehen.«

In Wahrheit gab es keinen solchen Termin. Wie schnell er diese Lüge erfunden hatte, verblüffte Carlo, der für gewöhnlich zum Lügen so viel Talent hatte wie seine Milchkuh zum Klavierspielen. Nicht we-niger verblüffte es ihn, wie sehr er sich auf einmal wünschte, Nina in Berlin zu besuchen. Er wollte mit ihr sprechen, wollte sich davon überzeugen, dass sie gut aufgehoben war, dass sie mit vertrauenswür-digen Menschen verkehrte, dass sie gesund und so guten Mutes war, wie sie behauptete.

Als großer Bruder hast du dein Leben lang einen verdammt miesen Job gemacht, Carlo von Veltheim, kanzelte er sich selbst ab. Du bist nun einmal fünf Viertelstunden älter, einen knappen Kopf größer und etliche Kilo schwerer als dieses Mädchen und hast verdammt noch mal dafür zu sorgen, dass ihr kein Leid geschieht.

»Carlo«, sagte seine forsche Schwester, die an einem renommierten Berliner Theater auf Anhieb einen Platz als Regieassistentin ergattert hatte, und klang auf einmal nicht mehr forsch, sondern müde, weit weg und zu jung für das, was sie tat. »Ich hätte euch ja gern dabei, aber bei der Premiere geht es wirklich nicht, bitte sag, dass du das verstehst. Ich bin doch ganz neu. Noch gibt es etliche, die mich für eine doofe Landpomeranze halten, die von Tuten und Blasen keine Ahnung hat. Am Abend der Premiere muss ich mich schick und weltgewandt und unabhängig geben, ich muss mit den richtigen Leuten ins Gespräch kommen und mich darauf konzentrieren, mein nächstes Engagement zu ergattern. Euch müsste ich mehr oder weniger links liegen lassen, als wären all diese Leute, die an den Schalthebeln der Theater sitzen, wichtiger als ihr. Und das ... ach, Carlo, das kann ich nicht.«

Er glaubte, ihre Not, ihren Zwiespalt zu spüren, und wusste zugleich, dass sie ihm nicht die ganze Wahrheit sagte. Von der Welt der Künstler verstand er nichts – er hatte Mühe genug, als halbwegs passabler Landwirt durchzugehen. Aber mit seiner Schwester Nina verband ihn etwas, das über Berufungen hinausging und älter war als ihre Erinnerung. Diese Verbundenheit erlosch nicht.

»Ninchen, sag mir, was nicht in Ordnung ist.«

»Was soll nicht in Ordnung sein? Es geht mir gut, ich habe ein bisschen Lampenfieber, aber damit schlagen sich selbst die alten Hasen hier herum.«

»Und du fühlst dich nicht einsam? Du hast da drüben schon Menschen gefunden, die dich mögen?«

Wie sollte jemand Nina nicht mögen? Es gab schließlich auch niemanden, der den Maiwind nicht mochte oder den Nachthimmel des frühen Sommers mit seinen überall verstreuten Sternen.

»Einsam sein in Berlin, das musst du mir erst einmal vormachen.« Wieder war ihr Lachen von den knirschenden Geräuschen in der Leitung verfremdet. »Wo du hintrittst, stößt du ja gegen einen anderen, und wenn du in der Frühe mit der Straßenbahn fährst, kannst du nicht sterben, weil es keinen Platz zum Umfallen gibt.«

»Das ist nicht lustig.«

»Ach doch, Carlo, das ist es. Hier in Berlin ist Humor ein Kerl mit Pferdefuß und so viel Narrenfreiheit, wie es ihm passt. Mach dir doch nicht so viele Sorgen, kleiner Bruder. Die Berliner sind großartig, wenn sie noch großartiger wären, wäre es nicht mehr zum Aushalten. Ich brauche nur noch ein bisschen Zeit, bin doch gerade erst angekommen und muss erst richtig Fuß fassen. Und dann kommt ihr, einverstanden? Dann zeige ich euch mein Berlin und stelle euch all den Leuten vor, die mir hier begegnet sind und denen ich schon die ganze Zeit von euch erzähle. Bitte dräng mich jetzt nicht, hab noch ein Weilchen Geduld. Ich vermisse euch alle doch auch.«

Was sollte er dem entgegensetzen? Wenn sie ihm keinen Brief schrieb, in dem *Rette mich* stand, wie sollte er sie dann retten?

»Also warte ich auf Nachricht von dir«, sagte er lahm. »Und für deine Premiere wünschen wir dir Hals- und Beinbruch. Am Morgen danach fahre ich umgehend nach Templin und kaufe sämtliche Zeitungen.«

»Das Geld musst du doch nicht ausgeben. Viel werden die Feuilletons ja gar nicht bringen, in Berlin gibt es mehr neue Inszenierungen als Sand am Meer. Und wie es gelaufen ist, kann ich dir schließlich schreiben.«

»Trotzdem. Ich kaufe alles und hebe jede kleinste Zeile auf.«

»Du bist verrückt. Ich hab dich lieb.«

»Weinst du?«, entfuhr es Carlo.

Nina lachte. »Natürlich nicht. Ich muss jetzt Schluss machen. Bis zur Premiere gibt es noch allerhand zu tun.«

»Nina, da ist noch etwas«, rief er eilig, ehe die Leitung unterbrochen wurde. Im selben Moment klopfte ein Herr mit Melone an die Scheibe und wies mit hektischem Fingerzucken auf das Telefon.

»Also ist doch etwas passiert!«

Beschwörend zeigte Carlo dem Mann die gespreizten Finger seiner Linken, um deutlich zu machen, dass er noch fünf Minuten brauchte. »Nein, passiert ist in dem Sinne nichts«, sagte er zu Nina. »Aber Tante Sperling macht mir Sorgen. Uns allen. Sie hatte sich auf Perlenstickerei verlegt und etwas zusammengebastelt, das zur Not als Untersetzer durchging, aber das Waisenheim hatte keinen Bedarf. Daraufhin hat sie sich irgendeinem Damenkränzchen angeschlossen, das sich um demobilisierte Kriegsteilnehmer kümmert. Tante Sperling zufolge sind das alles arme Seelen, die für uns ihr Leben riskiert haben und nun keinem Menschen mehr etwas gelten. Gebraucht und weggeworfen. Diese Damen, mit denen sie zusammensteckt, haben es zu ihrer

Mission erklärt, den bedauernswerten Gesellen das Leben durch selbst gebackenen Kuchen und selbst gestrickte Wadenwärmer oder was auch immer wieder lebenswert zu machen.«

Einen Herzschlag lang war es still, dann brach Nina in schallendes Gelächter aus. Diesmal klang es echt, daran änderte auch das Knirschen aus der Leitung nichts. »Entschuldige, Carlo. Aber das ist so sehr Tante Sperling, dass ich nicht ernst bleiben kann.«

»Wir fanden es anfangs auch komisch«, gab Carlo zu. »Aber diese Frauen sind vollkommen naiv, nicht anders als Tante Sperling selbst. Die drei bis vier abgehalfterten Offiziere, die ihnen in der Umgebung bekannt waren, haben sie inzwischen mit ihren Besuchen beglückt, und allem Anschein nach sind sie nicht gebeten worden, in naher Zukunft wiederzukommen. Also suchen sie jetzt nach neuen Opfern und wenden sich dabei an Verbände, die mehr als nur fragwürdig sind.«

»An was denn für Verbände?«, fragte Nina.

»Genaueres versuche ich derzeit noch herauszufinden«, antwortete Carlo. »Aber sagt dir der Begriff *Schwarze Reichswehr* etwas?«

»Man hört hier davon«, antwortete Nina ausweichend. Dann senkte sie die Stimme. »In einem Lokal, in das ich manchmal gehe, ist ein Stammtisch von Gewerkschaftlern. Die haben sich neulich darüber ereifert, dass diese Verbände von der Leitung des Heeres sogar unterstützt werden. Sie sind verboten, aber niemand fährt ihnen an den Karren. Den Leuten von der Gewerkschaft zufolge sind sie ein Sammelbecken für kriminelle Elemente.«

»Davon ist auszugehen«, sagte Carlo. »Tante Sperling und ihre Kränzchendamen sind jedoch davon überzeugt, dass es sich dabei ausschließlich um bemitleidenswerte Existenzen handelt, denen übel mitgespielt worden ist und die sich nach ein bisschen menschlicher Zuwendung sehnen.«

»Das ist nicht dein Ernst.«

»Leider doch«, sagte Carlo. »Und es kommt noch schlimmer. Die Damen haben unter sich Listen mit Adressen verteilt, die sie abklappern wollen. Eine Reihe dieser dubiosen Subjekte wohnt irgendwo in der Umgebung, sodass man als Familie ein Auge auf die Sache haben kann. Die Mehrzahl findet sich allerdings in Berlin, wo die meisten unserer Kuchenbäckerinnen schwerlich hingelangen können. Und jetzt rate, wer sich mit fliegenden Fahnen gemeldet hat?«

»Sag nicht, Tante Sperling.«

»Genau die. Sie hat begeistert erklärt, für sie wäre ein Besuch kein Problem, denn sie habe ihre Nichte dort, die sich mit allem auskenne.«

»Mein lieber Schwan.« Nina stöhnte. »Ihr müsst sie auf andere Gedanken bringen, Carlo.«

»Glaubst du, das haben wir nicht versucht? Oma Hulda hat ihr vorgeschlagen, den Waisenkindern ihr Cembalo zu schenken. Das hat sie zwar prompt getan, aber von ihrer Besessenheit mit entlassenen Soldaten bringt sie das nicht ab. Sie sieht Vater in ihnen, Nina. Ich nehme an, diese Kränzchendamen sind die Einzigen, mit denen sie darüber reden kann.«

»Sie soll aufhören, darüber zu reden«, fiel Nina ihm hart ins Wort. »Was soll Gerede da noch nützen?«

»Nichts«, antwortete Carlo leise.

»Könnt ihr ihr den Unsinn nicht einfach verbieten?«

»Das habe ich versucht. Willst du wissen, was sie gesagt hat?« Carlo gab sich Mühe, die Stimme der Tante zu imitieren: »›Dürfen Frauen nicht neuerdings ihren eigenen Willen haben, lieber Carlo? Meine Bekannten erzählen, sie dürften in Männerberufen arbeiten, an Universitäten gehen und im Reichstag Reden halten. Ich dagegen will nur ein paar von aller Welt vergessenen Mitmenschen eine klitzekleine Freude machen.‹«

Nina schnaufte hörbar. »Das hat Tante Sperling gesagt?«

»In der Tat, das hat sie.«

Der Mann mit der Melone benutzte diesmal seine Faust, um an die Scheibe zu hämmern, und Carlo verspürte einen Anflug von Panik. »Wir brauchen deine Hilfe, Nina. Sie hat recht: Wenn sie nach Berlin reisen will, kann es ihr kein Mensch verbieten. Du würdest dich um sie kümmern müssen, sie kommt allein doch gar nicht zurecht. Sie hat noch nie in ihrem Leben ein Billett für die Straßenbahn gelöst, geschweige denn ein Hotelzimmer gemietet. Und natürlich soll sie unter gar keinen Umständen diese ominösen Männer besuchen ...«

»Carlo, sie darf unter gar keinen Umständen überhaupt herkommen!«, rief Nina. »Was ist, wenn ich nicht zu Hause bin, wenn ich im Theater sein muss, wenn ich keine Zeit habe ...«

Der Mann mit der Melone riss die Tür des Kabäuschens auf. Er war nicht groß und bestimmt sechzig Jahre alt, doch er ging in Angriffsstellung wie ein Preisboxer. »Wenn Sie sich mit Ihrer Mieze nicht bald ausplachandert haben, werde ich rabiat!«, drohte er.

Carlo hasste jede Art von Gewalt, und überdies war der Mann ja im Recht. »Ich kann dir weiter nichts sagen«, rief er in die Sprechmuschel, während er zugleich entschuldigend die Hand hob. »Wir tun unser Möglichstes, aber wenn sie uns entwischt, müssen wir auf dich zählen, Nina. Du weißt doch, wie sie ist – sie vertraut allem und jedem.«

»Ja, das weiß ich, und genau deshalb müsst ihr sie aufhalten«, begann Nina, doch im nächsten Augenblick riss der Melonenmann Carlo den Hörer aus der Hand. »Ich bedaure, Ihr Galan ist nicht länger verfügbar«, bellte er in die Muschel. »Schreiben Sie Briefe, da können Sie sich stundenlang gegenseitig anschmachten, aber Fernsprecher sind für Männer in eiligen Geschäften da.«

11

NINA

Rudi hatte sie gefragt, wo sie übernachten wollte, und sie hatte das *Central-Hotel* genannt.

»Sieh mal einer an. Das mit dem Mangel an Bescheidenheit hatten wir ja bereits festgestellt. Aber wenn Prinzessin das *Central* wünschen, dann bekommen Prinzessin das *Central*.«

Nina hatte über ihre Antwort gar nicht nachgedacht. Sie kannte ja keine Hotels in Berlin, und sie war sich auch nicht sicher, ob sie in eines wollte. Ihre Gedanken kreisten um die Premiere und die anschließende Feier, um die Hoffnung, mit jemandem ins Gespräch zu kommen oder vielleicht sogar Rudi selbst dazu zu bringen, ihr in Zukunft eine Chance zu geben. Was hinterher geschah, war zweitrangig, und das *Central* war ihr nur eingefallen, weil sie so oft an das Varieté dort, den *Wintergarten,* denken musste. Wenn sie auf ihren Wegen durch die Stadt dort vorbeikam, hielt Fridolin, der drollige Ausrufer mit dem Sternenzylinder, sie jedes Mal an und beschwor sie, sich die Vorstellung anzusehen:

»Eigentlich sind wir bis zum Programmwechsel ausverkauft, aber für Sie mache ich eine Ausnahme. Das muss eine Dame wie Sie doch erlebt haben – acht Mark, und Sie finden sich in einer Zauberwelt wieder, in der Sie vergessen, ob Sie Männlein oder Weiblein sind.«

Nina lachte, aber die Versuchung, seine Einladung anzunehmen, wuchs von Tag zu Tag. So wie der Preis. »Waren es das letzte Mal nicht noch sechs Mark für die Karte?«

Bedauernd spreizte Fridolin die langfingrigen Hände. »Alles wird teurer, vom Koks bis zur Kartoffel, nur von der Kunst erwartet jeder, dass sie bis in alle Ewigkeit für eine hohle Hand zu haben ist. Dabei ist es die Kunst, die uns ernährt. Nicht indem sie uns den Bauch füllt wie Kraut und Rüben, sondern indem sie uns Nahrung für leer gefegte Hirne und Herzen schenkt. Und sagen Sie ehrlich, meine Gnädige – wenn wir mit hohlen Hirnen und Herzen durch die Gegend laufen, was macht denn dann eigentlich noch Menschen aus uns?«

»Ich bin ganz Ihrer Meinung«, hatte Nina ihm geantwortet. »Nur habe ich leider keine acht Mark.«

»Wirklich nicht? Eine Dame von so viel natürlicher Vornehmheit? Nun, wir haben ja auch billigere Plätze. Für die acht Mark hätten Sie einen Tisch auf der Terrasse bekommen und während des Augenschmauses noch ganz erlesen tafeln können, aber einen Sitz im Parkett gibt es schon für die Hälfte. Und die Stehplätze im Entree kann ich Ihnen für zwei Mark pro Karte anbieten, allerdings erst wieder nach dem Programmwechsel. Es sei denn, Sie kommen am Freitag – da haben wir noch die Spätvorstellung.«

Am Freitag habe ich Premiere, hätte Nina um ein Haar erwidert. Stattdessen hatte sie ihm versprochen zu kommen, sobald sie es einrichten konnte. Sie hatte es ihm schon etliche Male versprochen und brannte doch selbst so sehr darauf. Wenn die Premiere vorbei war, nahm sie sich vor. Etwas würde sich ergeben, sie würde einen Grund zum Feiern haben, und sie würde es mit Jenny im *Wintergarten* tun. Jenny fehlte ihr. Im *Salamander* war sie gestern nicht gewesen, und flüchtig hatte Nina die Furcht ergriffen, sie könne sich vor ihr verstecken. War sie ihr mit ihrer Naivität auf die Nerven gegangen? Nach der Premiere, wenn sie die Schalen des Landeis endlich gesprengt und abgestreift hatte, wollte sie zu ihr gehen und neu anfangen.

Die Premiere begann mit einer Enttäuschung, kaum dass Nina das festlich erleuchtete Foyer betrat. Bis zur Aufführung war es noch eine knappe Stunde, doch im Licht der Kronleuchter standen bereits Menschen in Abendgarderobe beisammen und nippten aus Champagnerkelchen. Ein Junge in Livree verteilte Programmzettel. Der erste mit meinem Namen, dachte Nina, fand sich ein bisschen albern und erstarrte beim Blick auf das bedruckte Papier. Ihr Name war nicht genannt. *Regie: Rudolf Kante* stand dort, ohne den kleinsten Hinweis auf eine Assistenz. Nun gut, sie hatte von ihren Ideen keine einbringen dürfen, niemand hatte ihr zugehört, und die Inszenierung war einzig und allein Rudis Werk. Aber hatte sie nicht Tag für Tag etliche Stunden bei den Proben verbracht, ohne einen Pfennig dafür zu erhalten? Else Wiener, die Souffleuse, wurde schließlich auch genannt, selbst wenn sie alle drei Akte hindurch tatenlos in ihrem Kasten hockte. Martin Zickel hatte Nina eine Karte überreicht, zweiter Rang letzte Reihe, damit sie sich die Vorstellung ansehen konnte. Das war alles, womit man sie abgespeist hatte. Sie hatte so viel Hoffnung auf diese Nennung gesetzt, hatte gedacht, sie würde den Programmzettel bei künftigen Bewerbungen vorweisen können, und stand nun mit leeren Händen da. Die billige Eintrittskarte ließ sie fallen. Zwischen den eleganten Premierenbesuchern hindurch stürmte sie aus dem Theater und um die Straßenecke zum Bühneneingang. Rudi hatte ihr eingeschärft, sie dürfe diesen keinesfalls betreten, sondern solle im Foyer auf ihn warten, doch was Rudi wollte, zählte nicht mehr.

Sie würde ihn zur Rede stellen. Selbst wenn nicht ihn, sondern Zickel und seinen Busenfreund Wendland die Schuld an dieser Unterlassung traf, hätte er sich für sie einsetzen müssen. Ich werde ihm sagen, dass ich mit seiner miesen, altbackenen Inszenierung sowieso nichts zu tun haben will, dachte sie blind vor Zorn. Nicht auszudenken, wenn ihre Familie zur Aufführung gekommen wäre, um nun nicht einmal ihren Namen im Programm zu finden.

Ein langer Mann mit Kneifer, den Nina noch nie gesehen hatte, behauptete, er sei der Abendspielleiter, und versuchte, ihr den Eintritt zu der schmalen Seitentür, aus der Licht drang, zu verwehren.

»Aha, Sie sind also der Abendspielleiter«, herrschte Nina ihn an. »Und wissen Sie, wer ich bin? Die Regieassistentin, die aus dem Stück gestrichen worden ist. Leider tue ich Ihnen nicht den Gefallen, mich sang- und klanglos wegzuzaubern.« Damit rannte sie an ihm vorbei und die Treppe hinauf. Sie kannte sich aus. Schließlich war sie vier Wochen lang als weiblicher Laufbursche hier ein und aus gegangen, um Utensilien zu holen und andere zurück an ihren Platz zu stellen. Die ganze Zeit über hatte sie sich in den heiligen Hallen frei bewegen dürfen, doch jetzt gehörte sie plötzlich nicht mehr dazu.

Durch den Gang gelangte man geradewegs in den Vorraum hinter den Kulissen, wo die Schauspieler auf ihren Einsatz warteten. Nina rannte weiter und wäre um ein Haar mit dem Mann zusammengestoßen, der aus einer der Garderoben trat. Er sagte nicht »Hoppla«, sondern hob nur die Hände, und als er sah, dass sie so schnell nicht abbremsen konnte, umfasste er ihre Gelenke und hielt sie fest.

Anton Wendland. Er trug bereits den hellen Überrock und die weinrote Halsbinde, die zu seinem Kostüm als Osvald gehörten, war jedoch weder geschminkt noch frisiert. Sein dunkles, leicht gewelltes Haar schimmerte an den Spitzen noch feucht.

»Suchen Sie jemanden?«, fragte er.

»Sie alle!«, rief Nina und entriss ihm ihre Hände. »Ihren Freund Herrn Zickel, Ihren Freund Rudolf Kante und jeden anderen aus Ihrem bornierten, selbstgerechten Verein, der sich anmaßt, meinen Namen aus der Liste der Beteiligten zu streichen.«

Sie hielt den Programmzettel in die Höhe, kam sich auf einmal lächerlich vor und hatte Angst, ausgerechnet vor diesem arroganten Fatzke in Tränen des Zorns auszubrechen.

»Ihr Name ist nicht abgedruckt worden?« Er nahm ihr den Zettel ab und überflog ihn.

»Tun Sie nicht so, als wüssten Sie davon nichts!«

Wendland ließ den Zettel sinken. »Ich bin Schauspieler«, sagte er. »Ich habe mit diesen Dingen nichts zu tun.«

»Sie sind der Star dieser Klitsche!«, schrie Nina. »Wenn Sie auf Ihrer Pfeife spielen, dann tanzt der Rest dazu im Takt.«

»Da haben Sie wohl recht«, sagte Wendland. »Wenn ich mich um derlei kümmern würde, würde man sich vermutlich anhören, was ich zu sagen hätte. Aber ich habe ja nichts zu sagen. Ich leiste ab, wofür ich bezahlt werde, und damit hat es sich.«

»Und darauf sind Sie auch noch stolz?«

»Nein«, sagte er. »Aber Sie können stolz sein. Darauf, dass Sie im Programm dieser sogenannten Inszenierung nicht genannt werden. Jetzt muss ich Sie bitten, mich zu entschuldigen. Susanna, unsere Maskenbildnerin, verliert demnächst endgültig die Geduld mit mir.«

Prompt, wie auf Bestellung schnarrte eine mikrofonverstärkte Frauenstimme durch den Gang: »Herr Wendland, bitte in die Maske!«

Blitzschnell trat Nina einen Schritt vor und verstellte ihm den Weg. »Das ist mir egal. So wie es Ihnen egal war, ob mein Name auf dem Programmzettel steht.«

Gegen ihren Willen trafen sich ihre Blicke. Seine Augen waren dunkel, fast schwarz, keine Regung darin zu erkennen. »Benehmen Sie sich nicht albern«, sagte er. »Das tun schon genug Leute, und zu Ihnen passt es nicht. Die Szene hier hilft Ihnen nicht weiter, es schadet höchstens einer liebenswerten Frau, die mit alledem nichts zu schaffen hat und nur ihre Arbeit tun will.«

Dass er recht hatte, brachte sie noch mehr in Rage. Außerdem ging er mit der ›liebenswerten Frau‹, die Susanna Tennenbaum hieß, zweifellos ins Bett. Dass sie gut und gern zehn Jahre älter war als er, machte ihm nichts aus, wie es ihm auch nichts ausgemacht hätte, wenn sie zehn Jahre jünger wäre. Er betrachtete Frauen als so etwas wie Kartoffelklöße – eine war ihm so gut wie die andere, und sobald er sie verspeist hatte, vergaß er sie.

Nina ballte die Fäuste, um nicht auf ihn loszugehen. »Sie nennen mich albern? Kein Wunder, Ihr kostbarer Name prangt ja groß und breit auf sämtlichen Plakaten. Und was würden Sie tun, wenn er von dort entfernt worden wäre? Wenn stattdessen *Max Müller* darauf stünde?«

»Solange Herr Müller keinen Anspruch auf meine Gage erhebt, soll es mir recht sein«, sagte Wendland. Sein linker Mundwinkel zuckte, aber nicht so, als müsse er grinsen. »Nein, natürlich haben Sie recht, Sie haben Ihre Arbeit gemacht, und Ihr Name gehört ins Programm. Es tut mir umso mehr leid, als ich es war, der Ihnen diese Sache eingebrockt hat, aber es lässt sich nun nicht mehr ändern. Hilft es Ihnen, wenn ich Ihnen versichere, dass kein böser Wille dahintersteckt? Rudolf Kante arbeitet für gewöhnlich nicht mit Assistenten, er ist einer, der mit sämtlichen Bällen selbst jongliert. Und eine Frau in der Regie hat in dieser Mottenkiste noch niemand erlebt. Ihr Name ist nicht ausgelassen worden, weil Ihnen jemand übel mitspielen wollte, sondern weil die Setzer wohl dachten, es müsse sich um einen Fehler handeln.«

»Das glauben Sie doch wohl selber nicht!«

»Ich glaube gar nichts«, sagte er. »Ich rate Ihnen nur, sich das Ganze nicht zu Herzen zu nehmen. Sie sind gut. Sie werden besser werden und sicher eines Tages Ihren Namen auf Programmzetteln lesen. Dann werden Sie froh sein, dass er auf diesem nicht stand, denn dass wir heute Abend keine Glanzleistung abliefern, wissen Sie so gut wie ich.«

»Sie finden, ich bin gut?«, platzte Nina heraus. Keiner von ihnen allen hatte etwas Derartiges je zu ihr gesagt.

Flüchtig umspannte er seine Stirn mit einer Hand. »Ich denke, das wissen Sie selbst«, sagte er dann. »Ich habe keine Ahnung, worauf es bei Ihnen hinauslaufen soll, aber mir ist klar, dass Sie ein Gespür für die Bühne haben und vor Ideen sprühen. Und da Sie außerdem wild entschlossen sind, bin ich sicher, dass Sie viel erreichen können. Auch wenn Sie nicht gerade Intendantin werden. Warum sprechen Sie nicht einmal mit Susanna, statt sich über diese Lappalie aufzuregen? Oder mit Helene, die die Kostüme entwirft. Beides sind Felder, in denen Frauen beim Theater Erfolg haben.«

»Aha, das sind also Felder, in denen Frauen beim Theater Erfolg haben«, äffte Nina ihn nach. Für ihr Benehmen schämte sie sich, doch seine gönnerhafte Art war einfach nicht mehr zu ertragen. »Wenn Sie ein bisschen Rechtsbewusstsein in sich hätten, hätten Sie sich dafür eingesetzt, dass meine Ideen gewürdigt werden, umso mehr, als Ihnen klar ist, dass ich etwas tauge. Damit hätten Sie mir geholfen. Um Ihren neunmalschlauen Rat hingegen habe ich Sie nicht gebeten.«

Sie wollte ihn stehen lassen, wusste, dass sie diesen Kampf verloren hatte, und fühlte sich müde, als wäre sie meilenweit gerannt. Plötzlich wünschte sie sich weit weg, nach Neu-Mahlen, hätte Palü besteigen und über das weite Land sprengen wollen, bis ihre Brust wieder frei war und sie atmen konnte.

»Nina!« Vom Tappen schneller Schritte begleitet, hallte ihr Name durch den Gang. »Was machst du denn hier? Ich habe dir doch gesagt, du sollst dir in Ruhe das Stück ansehen und nachher auf mich warten.«

»Ich will mir aber nicht in Ruhe das Stück ansehen!«, schrie Nina.

Mit einem Satz war Rudi bei ihr und presste ihr die Hand auf den Mund. »Hast du den Verstand verloren? Das ist wirklich der falscheste Moment, um aus unerfindlichen Gründen in Hysterie auszubrechen.« Er gab sie wieder frei und wandte sich über ihren Kopf hinweg an seinen Spießgesellen. »Darf ich mal wissen, was hier los ist? Wir haben einen ausverkauften Saal, und in der Presseloge sitzt der verfluchte Kerr. Die Kleine hätte zum Bühneneingang doch überhaupt keinen Zutritt haben dürfen.«

»Die Kleine ist deine Regieassistentin«, erwiderte Wendland ungerührt. »Sie ist hier, weil ihr Name auf dem Programmzettel fehlt, aber das erklärt sie dir sicher gern selbst. Ich überlasse euch euren Händeln und wünsche gutes Gelingen.«

Er drehte sich um und ging an Nina vorbei den Gang hinunter. Sekundenlang sah sie ihm nach, starrte auf seinen schwarzen Anzugrücken, dann spürte sie Rudis Griff um ihre Schulter. Er drehte sie zu sich herum. Sein glattes, schneeweißes Gesicht wirkte wie poliert. »Zum Teufel, und deshalb führst du einen solchen Zirkus auf? Legst mir Minuten vor der Premiere eine Szene hin? Mit diesen Programmzetteln habe ich nichts zu tun, die werden in Zickels Büro entworfen und fertig. Und was bringt dich eigentlich zu der Ansicht, dass dein Name auf den Programmzettel meiner Inszenierung gehört, hm? Hast du denn etwas Nennenswertes dazu beigetragen? Wäre es wirklich richtig, das Publikum glauben zu machen, ich hätte deine Hilfe nötig gehabt, um diese Routine-Aufführung auf die Bühne zu bringen?«

Hättest du meine Hilfe angenommen, wäre es keine Routine-Aufführung geworden, dachte Nina. Der Zorn in ihr erlosch nicht, doch er wurde still. Es gab nichts mehr zu sagen. Sie wäre gern nach Hause gegangen oder hätte sich im *Salamander* betrunken, aber dann fielen ihr Carlo und die anderen ein, die nicht verdient hatten, dass sie schlappmachte. Diese lächerliche Farce war noch immer die einzige Chance, die sie hatte.

Rudi sah auf die Uhr, die er aus seiner Westentasche zog, ließ den Deckel aufschnappen und strich geradezu liebevoll darüber. Die Geste war Nina bereits mehrmals aufgefallen. Das ziselierte Silber der Uhr war mit Rudis Initialen *R.K.* und einem feinen Muster verziert, doch im Deckel prangte eine tiefe Delle. Wann immer Rudi den Gegenstand in der Hand hielt, berührte er ihn, als wolle er ihn wegen der Beschädigung trösten.

»Verdammt, uns bleiben nicht einmal mehr zwanzig Minuten«, sagte er. »Das reicht kaum, um Anton zu schminken, was trödelt der Lumpenhund auch hier mit dir herum?«

»So hübsch, wie er ist, hat er doch gar keine Schminke nötig«, höhnte Nina.

»Mädel, du plapperst dich gerade um Kopf und Kragen.« Warnend hob er die nicht vorhandenen Augenbrauen. »Ins Publikum lasse ich dich besser nicht mehr, wer weiß, was du da für einen Tumult anzettelst – ausgerechnet heute, wo Deutschlands einflussreichster Kritiker in der Loge lauert und nur auf die Gelegenheit wartet, uns zu zerreißen. Hock dich in Gottes Namen in Antons Garderobe auf einen Stuhl und komm wieder zu Verstand. Wenn du's schaffst, dich zu beruhigen, darfst du dich mucksmäuschenstill hinter die Kulissen setzen und dir durch einen der Aufgänge das Stück ansehen. Ich sage Kurtl Bescheid, der soll ein Auge auf dich haben.«

»Wer ist Kurtl?«

»Kurt Besenbinder. Der Abendspielleiter.«

»Der mit dem Kneifer? Aber der war doch auf keiner einzigen Probe!«

»Das braucht der auch nicht, verdammte Scheiße«, stieß Rudi hervor. »Wir sind Profis, wann begreifst du das endlich? Wir schütteln so was aus dem Ärmel, auch ohne endlose Herumprobiererei, und das ist genau der Grund, warum wir bei unserer Arbeit zum Teufel noch mal keine Frauen gebrauchen können: Weil ihr, bevor ihr etwas anpackt, erst einmal ewig und drei Tage über jeden Firlefanz diskutieren müsst!«

Nina hatte ihn so erregt nie erlebt. Es war, als hätte sie blindlings in ihn hineingestochen und ein Wespennest getroffen. Anders als anderen Menschen trieb ihm der Zorn keine Röte ins Gesicht, sondern schien ihn noch bleicher zu machen. Schneewittchen ohne Ebenholzhaar, fiel ihr ein. An seinen Schläfen traten geschwollen und knotig die Adern hervor.

Seine wütende Tirade gegen Frauen setzte sich fort, aber Nina hörte nicht mehr hin. Sie hatte es verpatzt. Dass sie im Recht war, würde ihr nichts nutzen, denn niemand scherte sich darum. Nina aus der Uckermark gegen Kante, Wendland und Zickel – der Sieger hatte bereits festgestanden, noch ehe der Kampf überhaupt begonnen hatte.

Sie würde ihren Koffer packen müssen und zurück nach Hause fahren. Weg von Berlin, weg vom Theater, weg von Jenny. Die Vorstellung im *Wintergarten* würde sie nie zu sehen bekommen. Stattdessen musste sie ihrer Familie erklären, dass das ausgegebene Geld an sie verschwendet gewesen war und sie sich grenzenlos überschätzt hatte.

Schließlich kamen Zickel und der Abendspielleiter, um Rudi für sich zu beanspruchen. »Sei ein braves Mädchen, Ninotschka«, warnte er sie, ehe er mit ihnen ging. »Wir wollen uns nachher doch einen netten Abend machen und uns nicht über dumme Kindereien streiten.«

Also wollte er zumindest noch mit ihr nach der Premierenfeier ins Hotel gehen. Und was will ich?, fragte eine nagende Stimme in ihrem Kopf. Sie glaubte wieder zu hören, was Jenny über Freiheit gesagt hatte. Wollte sie mit ihm die Nacht verbringen, war sie eine freie Frau der Zwanzigerjahre, die sich nahm, worauf sie Lust hatte, wie es die Männer taten? Oder ließ sie sich wie Frauen zu allen Zeiten auf ein Spiel ein, bei dem allein die Männer die Regie führten?

Hier im Theater waren es in jedem Fall Männer, die an sämtlichen

Strippen zogen. Während sie mit wichtigen Mienen über den Gang hin und her hasteten und das Kribbeln der Anspannung geradezu greifbar wurde, trottete Nina müde und willenlos in Anton Wendlands Kabine, um sich wie geheißen auf einen Stuhl zu setzen. Der Stuhl stand vor dem üblichen Tisch mit dem großen Spiegel, an dem die Schauspieler geschminkt und frisiert werden konnten, sofern sie die Maskenbildnerin nicht in deren Salon aufsuchten.

In den vergangenen vier Wochen hatte Nina mehrere dieser Tische zu sehen bekommen, und auf allen herrschte ein heilloses Durcheinander. Dosen mit Abschminkcreme, Kämme und Haarbürsten, Konfektschachteln, Autogrammkarten, Textbücher, benutzte Taschentücher und Liebesbriefe, alles lag wild übereinandergeworfen auf der mit Puder bedeckten Platte. Anton Wendlands Schminktisch hingegen war aufgeräumt wie der eines preußischen Beamten. Mehr noch: Er war so gut wie leer. Links neben dem Spiegel standen eine Wasserkaraffe und ein blank poliertes Glas und rechts eine angebrochene Flasche Aspirin. Ganz am Rand gab es außerdem einen Stellrahmen mit der Fotografie einer Frau.

Sie war blond, sie lächelte nicht, sie blickte geheimnisumwoben in die Ferne, und sie war überwältigend schön. Über die rechte untere Ecke führte ein schwungvoller Schriftzug: ›Deine Liesa. Für immer.‹ Wendlands Frau.

Nina erinnerte sich jetzt, dass sie in irgendeiner Klatschspalte ein Foto der beiden gesehen hatte. Das Traumpaar des deutschen Theaters. Die Aufnahme war weniger künstlerisch und von weit schlechterer Qualität gewesen, doch um die Schönheit der Frau herauszustreichen, hätte selbst der Schnappschuss eines Kindes genügt. Sie hatte etwas Herzzerreißendes an sich. Anders als Jennys Schönheit war ihre fragil und würde rasch verblühen, und um diese Vergänglichkeit tat es schon jetzt dem Betrachter weh.

Dass sie als Schauspielerin Erfolg hatte, war kein Wunder. Eine, die aussah wie sie, brauchte kein Talent, und dasselbe galt für ihren Mann. Hatte sie nicht einen Film gedreht? Nina erinnerte sich nicht, ihren Namen in jüngster Zeit gehört zu haben, was nur eines bedeuten konnte: Nach der Hochzeit hatte sie sich ins häusliche Leben zurück-

gezogen, um als liebendes Frauchen ihrem Mann den Rücken freizu-
halten und seine Kinderchen aufzuziehen.

Ich will das nie tun, dachte Nina, ich wäre dazu nicht fähig: Mich
selbst aufzugeben, noch ehe ich mich überhaupt entdeckt habe. Im
selben Atemzug wurde ihr bewusst, dass ihr kaum etwas anderes übrig bleiben würde, wenn in dieser Nacht nicht noch ein Wunder geschah. Jenny hatte gut reden. Nina aber brauchte Rudi Kante auf ihrer
Seite oder konnte ihren Traum begraben.

In sich suchte sie nach der Faszination, die er auf sie ausgeübt hatte,
versuchte, sie wiederzubeleben, indem sie sich in Erinnerung rief, wie
katzenhaft behände er sich über die Bühne bewegte und mit schlaf-
wandlerischer Sicherheit wusste, wer wo zu agieren hatte, damit beim
Zuschauer das gewünschte Bild entstand. Sie stieß auf kein Echo. Sie
hatte sich zu ihm hingezogen gefühlt, hatte den Begegnungen mit ihm
entgegengefiebert, aber jetzt fand sie von alledem keinen Rest mehr.

Schwerfällig erhob sie sich, warf einen letzten Blick auf das Bild von
Wendlands schöner Frau Liesa und verließ dessen Garderobe. Vorn,
im Raum hinter den Kulissen, warteten Besenbinder, der Abendspielleiter, ein Gehilfe der Maskenbildnerin, der bei Bedarf rasch hier und
da nachpinselte, und vier der fünf Schauspieler, die in dem Stück
spielten. Lediglich Wendland, der als Osvald erst später seinen ersten
Auftritt hatte, fehlte. Harald Tetzlaff, der den Pastor Manders spielte,
hatte gegen Rudis resoluten Regiestil des Öfteren aufbegehrt.»Wenn
nicht etliche Leute, auf deren Urteil ich etwas gebe, Ihnen Talent be-
scheinigen würden, hätte ich Ihnen den Kram längst vor die Füße geworfen«, hatte er einmal gesagt.

Jetzt stand er still und ließ sich von dem Gehilfen der Maskenbildnerin ein paar Haare vom schneeweißen Kragen fächeln. Das winzige
Geräusch, das dabei entstand, war zu hören, so still war es ansonsten
im Raum. Nina ging auf Zehenspitzen zum rechten Aufgang, vor dem
ein Schemel stand. Sie rückte ihn sich zurecht, sodass er niemanden
stören würde, sie aber mit etwas Recken des Kopfes durch einen
schmalen Spalt auf die Bühne sehen konnte. Noch lag sie im Dunkel,
der rotsamtene Vorhang war geschlossen, und die Stille weitete sich
auf den Bühnenraum aus. Dahinter aber glaubte Nina das leise Ra-

scheln, Wispern und Knistern des Publikums zu vernehmen und die gespannte, köstliche Erwartung zu verspüren, mit der sie selbst vor einem solchen Vorhang gesessen hatte, sooft sie mit ihrer Familie eine Vorstellung besucht hatte.

Ihr Herz klopfte schneller. Vergessen war, was gerade geschehen war. Das Theaterfieber hatte sie von Neuem gepackt. Sie war erst vier Wochen hier, sie hatte noch kaum etwas versucht, wie konnte sie da bereits ans Verzagen denken? Dies war ihr Element, das Wasser, in dem sie schwimmen konnte. Solange es einen Vorhang gab, der sich öffnete und eine neue Welt freigab, waren Wunder möglich und in jeder Sekunde mochte sich ein Traum erfüllen.

Der Vorhang teilte sich. Über die Bühne hinweg, die im Scheinwerferlicht zur Wohnstube der Frau Alving wurde, blickte Nina zum ersten Mal in die schweigenden, gespannten Gesichter eines Publikums.

12

Die Aufführung war so fade und unspektakulär, wie Nina sie in den Wochen der Proben erlebt hatte. Wirklich schlecht war sie nicht. ›Solide‹ war ein Begriff, den Kritiker gern für so etwas verwendeten, die Worte ›nichts Besonderes‹ mehr schlecht als recht darunter versteckt. Das Bühnenbild war hübsch gemacht, die Kostüme desgleichen. Eine Stube in einem Landhaus, wertbeständige Möbel, Kleidung in gedeckten Farben, wie die bürgerlichen Klassen der Gründerzeit sie trugen. Nichts sprang ins Auge, nichts würde im Gedächtnis bleiben, doch genau das hatte Rudi Kante gewollt:

»Wir spielen vor biederen Leuten, die ins Theater gehen, um zu sehen, was sie kennen«, hatte er Nina erklärt.

In Templin, im Uckermarker Theater hätten sich Zuschauer und Kritiker damit zufriedengegeben, zumal obendrein das Stück blendend besetzt war. Katharina Lange und Harald Tetzlaff spielten ihre Rollen ausgezeichnet, auch wenn sie kaum Spielraum hatten, um sie zu gestalten. Die Schauspielerin, die die Tochter Regine darstellte, blieb blass, war zum Ausgleich aber hübsch. In Templin hätte man ihr ohne Zweifel applaudiert, und laut Kante würde ihr liebreizendes Gesicht auch für das *Central-Theater* in Berlin genügen. Wenn jemand ein Feuerwerk erwartet hatte, bekam er eine kleine Kerze hingestellt, deren Flamme immerhin wacker zuckte.

Aufsehenerregend war an der Aufführung nur eines, und das war – so schwer es Nina fiel, es sich einzugestehen – Anton Wendland. Er war es, der aus dem norwegischen Gesellschaftsdrama des vergangenen Jahrhunderts für Augenblicke etwas machte, das über seine Zeit und seinen Raum hinauswies und über Grenzen hinweg gültig war. Er schaffte es zu erschüttern, indem er den engen Rahmen der Vorgaben verließ und sich die Seele aus dem Leib spielte: Ausdruckslos, mit einer Stimme wie ein Automat schilderte er seiner Mutter, wie sein Körper verfiel, wie sein Geist verfiel, wie ihn bereits Nebel umfingen, die immer dichter wurden. Die Mutter griff nach ihm, doch er entglitt ihren Händen, stürzte mit einem donnernden Laut auf die Dielen. Bis ins Mark verdorben war er und doch an seinem Elend ohne Schuld, denn er wusste ja kaum, wie ihm geschah.

Nina bemerkte, dass sie den Atem angehalten hatte. Die blasse, hübsche Luise Engler, die die Regine spielte und hinter den Kulissen auf ihren Einsatz wartete, klatschte in die Hände, ohne ein Geräusch zu verursachen. Auf der Stelle schlossen sich Tetzlaff, der Junge aus der Maske und der Abendspielleiter an und spendeten stummen Szenenapplaus.

Mussten die Zuschauer oder wenigstens die Kritiker jetzt nicht doch bemerken, dass die Inszenierung nichts taugte, dass ihnen für ihr Eintrittsgeld eine leere Hülle verkauft worden war? Anton Wendland war ein Diamant, der in einer Fassung aus Blech steckte, und weil der Diamant echt war, konnte niemandem entgehen, dass es sich bei der Fassung um Ramsch handelte. Schon gar nicht Alfred Kerr, den die Zeitungen den König der Kritiker nannten. Nina liebte seine Besprechungen, die im *Berliner Tageblatt* und in der *Neuen Rundschau* erschienen und vor beißendem Humor nur so troffen. Diesen Mann würde Rudi mit seiner soliden Aufführung für ›biedere Bürger‹ nicht beeindrucken. Er erkannte einen Diamanten, und er erkannte Blech. Ihm würde klar sein, dass Ibsens schleichende, minutiöse Erzählweise in der modernen Zeit keinen Widerhall mehr fand, wenn man dem Stück keine neue Richtung gab, und dass seine niedergedrückten, gelähmten Frauenfiguren zu den Frauen von 1921 nicht sprachen.

Wenn er *Gespenster* verriss – wie würde Rudi reagieren? Würde es an seinem strahlenden Selbstbewusstsein überhaupt kratzen?

Das Stück ging in sein Finale: Wendland als Osvald flehte seine Mutter an, ihm das Leben, das sie ihm gegeben hatte, wieder zu nehmen, und das Wunder vollzog sich: Wendland verschwand, und nur Osvald blieb übrig. Die Wirklichkeit löste sich auf und machte dem Geschehen auf der Bühne Platz. Mit Osvald bettelten Tausende von Söhnen, die ihr zerstörtes, sinnloses Leben nicht länger ertrugen, und mit Frau Alving wehrten sich Tausende von Müttern, die diese Kinder in sich genährt hatten, verzweifelt und vergeblich. Sie weinten mit ihr, und Nina weinte auch, obwohl sie gar keine Mutter war. Das brachte eine gute Geschichte zustande: dass man, solange sie dauerte, alles sein konnte und Menschen verstand, auch wenn man nie in ihrer Haut gesteckt hatte.

Wir brauchen die guten Geschichten, dachte Nina, weil ein einziges Leben viel zu wenig ist.

Der letzten Kraft beraubt, sackte Osvald zu Boden, krümmte sich, sabberte und lallte, dass von dem schönen Verführer nichts mehr übrig blieb. Als er mit einer letzten Zuckung schließlich die Glieder von sich streckte wie ein erschlagenes Tier, brandete Applaus auf, und die Zuschauer erhoben sich von den Sitzen. Nina sprang ebenfalls auf und klatschte mit aller Kraft. Einerlei, wie unsympathisch ihr der Mann war, seine schauspielerische Leistung war eine Offenbarung gewesen.

Ein Feuerwerk. Keine kleine Kerze.

Der Vorhang schloss sich. Vor Ninas Augen drängten sich die Darsteller, um zum Verbeugen auf die Bühne zu eilen. Von irgendwoher kam Rudi gelaufen, Stirn und Schädel schweißbedeckt, das seltsame Gesicht, das immer wie eine Maske wirkte, zum Lächeln verzogen.

Wimpernlos zwinkerte er ihr zu. »Brave Ninotschka. Und? Hat es dir am Ende etwa doch gefallen?«

Nina konnte nur nicken. Nein, es hat mir nicht gefallen, hätte sie sagen wollen, es ist eine Schande, dass du aus dem, was du in der Hand hattest, nicht mehr gemacht hast. Stattdessen schwieg sie und hasste ihre Feigheit. Auf Neu-Mahlen hatte sie ihre Anverwandten nicht selten in einen Zustand nah der Ohnmacht versetzt, weil sie grundsätzlich aussprach, was sie dachte. »Man muss immer die Wahrheit sagen, aber man muss die Wahrheit nicht immer sagen«, hatte Oma Hulda ihr gepredigt, es irgendwann jedoch aufgegeben. Und jetzt saß sie hier und schluckte an der Wahrheit wie an einem Hefekloß, der aufquoll und ihr die Kehle verstopfte.

Und warum?

Weil sie feige war.

Weil sie Angst hatte, Rudis Wohlwollen, das sie gerade erst zurückgewonnen hatte, gleich wieder zu verlieren und von der Premierenfeier verbannt zu werden. Weil sie jetzt, wo sie einen Abend im Olymp verbracht hatte, noch weniger aufgeben konnte als je zuvor. Sie musste den Sprung in diese Welt hinein schaffen, sie musste sich an jeden Strohhalm klammern, sie musste, sie musste ...

Sie geriet außer Atem, obwohl sie nichts tat, als still auf einem Schemel zu sitzen. Mit lässiger Eleganz zog Rudi an ihr vorbei und kniff sie in die Wange. Die Schauspieler warteten bereits am Rand der Bühne und nahmen ihren Regisseur in die Mitte. Der Vorhang teilte sich, und alle sechs vollführten ihre Verbeugung. Nein, nicht alle sechs. Anton Wendland blieb ein wenig entfernt von den anderen stehen und wirkte benommen, taumelnd, als wäre er noch Osvald, als bräuchte er noch Zeit, um in seine eigene Haut zurückzufinden.

Der Applaus schien sich zu verzögern. Lediglich in den vordersten Reihen klatschten verhalten ein paar Leute. Dann aber sprang oben, im ersten Rang jemand auf.

»Buh!«

Unzählige folgten, ihr Getrampel glich einem Gewitter, der Boden unter den Sitzen schien zu beben. »Buh! Buh! Buh!«

Schrille Pfiffe gellten Nina in den Ohren. Immer mehr Zuschauer sprangen von ihren Plätzen, trampelten mit den Füßen und schrien dunkel und fast bedrohlich: »Buh! Buh!«

Schauspieler und Regisseur standen am Bühnenrand wie erstarrt.

»Fräulein Veltmeyer?«

Nina fuhr herum.

Hinter ihr stand Martin Zickel und wischte sich mit einem Taschentuch die Stirn. »Los, raus da mit Ihnen«, sagte er. »Sie haben doch an der Regie mitgewirkt, also gehen Sie und verbeugen Sie sich.«

Nina starrte ihn an, ohne zu begreifen, was er ihr da vorschlug.

Martin Zickel hingegen fackelte nicht lange. Er packte Nina bei der Hand und zog sie mit sich durch den Aufgang. Der Vorhang war gerade dabei, sich von Neuem zu schließen. Noch immer standen die Schauspieler reglos und unter Schock am Rand der Bühne, aber Rudi hatte sich bereits aus der Starre gelöst. Er drehte sich um und lief auf sie zu.

»Ninotschka, gut, dass du kommst.«

Nina sah noch den Blick, den er mit Martin Zickel tauschte, dann fühlte sie sich gepackt und zwischen Katharina Lange und Harald Tetzlaff geschoben. Der Vorhang öffnete sich schon wieder. Rudi und Zickel blieben in der zweiten Reihe, ein gutes Stück hinter ihnen stehen.

»Am Regiepult des *Central-Theaters* erstmals eine Frau«, rief Zickel, kaum dass der Vorhang sich so weit geteilt hatte, dass die Zuschauer Nina zu sehen bekamen. »Meine Damen und Herren – Nina Veltmeyer!«

Die Buhrufe und Pfiffe waren wie Hagel, der auf ihren Nacken niederprasselte. Bei ihren Ritten über das weite, unbesiedelte Land von Neu-Mahlen war es ihr manchmal geschehen, dass ein Hagelsturm sie überraschte. Sie hatte Palü gewendet, sich tief in seine Mähne geduckt und war im Galopp nach Hause geritten, hatte sich stark und eins mit der grausig-herrlichen Naturgewalt gefühlt.

Jetzt fühlte sie sich schwach und klein und wehrlos. Sie hielt den Kopf gesenkt und ließ den zornigen Sturm auf ihren Nacken niederprasseln, ohne sich zu schützen. Die Zeit verging nicht, war wie zäher Brei, der am Topfboden klebte. Irgendwann aber würde der Vorhang sich schließen müssen, und sie würde sich leise und unbemerkt davonschleichen, fort aus einem Paradies, für das sie nicht das Format besessen hatte.

Sie weinte nicht. Sie hatte damals nicht geweint, als Bertram von Brink auf dem falschen Pferd in den Hof ihres Vaterhauses geritten war, also würde sie es jetzt erst recht nicht tun.

»Tapfer, Ninotschka.« Rudi schob sich geschmeidig an ihre Seite, legte den Arm um sie und flüsterte auf sie hinunter:»Du siehst, ich stehe zu dir, und nachher entschädige ich dich. Du wirst staunen.«

Er reckte sich und rief über das Getrampel und die Buhrufe hinweg:»Jetzt seien Sie doch nicht so streng, meine Damen und Herren! Man soll schließlich nichts unversucht lassen, und unsere kleine Nina hat ihr Bestes gegeben.«

»Sag mal, bist du jetzt endgültig von allen guten Geistern verlassen?« Der Mann, der sich zwischen sie drängte, war Anton Wendland. Er war sehr schlank, doch mit der Wucht eines Kampfstiers stieß er Rudi beiseite.»Haben wir alle überhaupt keine Scham mehr, bauen Scheiße und verstecken uns hinter einem zwanzigjährigen Mädchen?«

Neugier erstickte die Buhrufe. Nun also bekamen die Zuschauer doch noch etwas für ihr Geld geboten, erlebten eine Vorstellung, von der man voll Stolz den Nachbarn, dem Friseur und dem Gemüsehändler berichten konnte: *Ich war dabei!*

Zickel und Rudi klangen wie zwei Fakire, die um die Wette eine Schlange beschworen, aber Wendland kümmerte sich nicht um sie. Mit festem Griff nahm er Ninas Hand und zog sie aus der Reihe. »Kommen Sie. Ich bringe Sie von hier weg.«

Nina trottete mit wie ein Hund. Ehe sie es sich versah, hatten sie die Bühne verlassen, durchquerten den Vorraum und erreichten den Gang, wo gnädiges Halbdunkel sie umfing. Dort blieb sie stehen. Hatte das Gefühl, keinen Schritt mehr gehen zu können, und hätte sich am liebsten an Ort und Stelle zu Boden fallen lassen. Dann aber hätten irgendwann die anderen sie gefunden und wären über sie hergefallen – mit ihrem Spott oder mit ihrem Mitleid, Nina wusste nicht, was schlimmer war.

Sie war so grenzenlos schwach. Noch immer weinte sie nicht, aber ihr war zumute, als weinte ihr Körper für sie. Anton Wendland legte die Arme um sie und hielt sie fest, sodass sie sich fallen lassen konnte. Ein wenig wiegte er sie. Oder wiegte sich mit ihr. Kurz war es still, dann brach Lärm los, drang von der Bühne her zu ihnen herüber. Schritte und Rufe, Schimpfen und Fluchen.

»Ich bringe Sie, wohin Sie wollen«, sagte er. »Nur hier können wir nicht bleiben.«

»Nein, wohl nicht«, sagte Nina so leise, dass sie sich selbst kaum hörte.

»Kopf hoch«, raunte er genauso leise. »Wenn hier gleich alles Zeter und Mordio schreit, sind wir schon auf dem Weg, als wenn nichts wäre.«

Nina strengte sich an, blickte auf und sah in sein Gesicht, in dem Schweiß und Schminke abenteuerlich verlaufen waren. Schwarz verschmierte Ringe umrundeten die Augen, die darin dunkel zu glühen schienen.

»Gut so«, sagte er. »Also wohin?«

In die Uckermark, dachte Nina, nach Neu-Mahlen, wo sich Fuchs und Hase Gute Nacht sagen. Es ist nicht das Ende der Welt. Es lebt sich gut dort, und selbst wenn die Zeiten schlecht waren, kannten wir niemals Hunger, sondern konnten den Leuten, die aus der Stadt zum Hamstern kamen, noch Eier und Kartoffeln mitgeben. Meine Familie ist die liebste der Welt, unser Haus ist riesig und alt, es knarrt in den Dielen, knackt im Gebälk und erzählt Geschichten. Ich habe ein Pferd, das mir immer noch so vorkommt, als hätte jemand den Nachtwind eingefangen, überall streichen Katzen herum, und mit den Kaninchen lässt sich eine Pantomime aufführen. In Templin gibt es sogar ein Theater. Es ist nicht das Ende der Welt, sondern ein Leben, das vermutlich den meisten Menschen wie die Erfüllung eines Traums vorkäme.

Sie wollte ihm sagen, dass sie in ihr Zimmer bei Frau Grottenheimer zurückkehren und ihre Sachen packen würde, um morgen früh mit dem ersten Zug nach Hause zu fahren. Also war dies hier ihre letzte Nacht in Berlin – aber etwas gab es doch noch, das sie tun musste, ehe sie die Stadt und ihre Träume hinter sich ließ!

»Wohin?«, fragte er noch einmal.

»In den *Wintergarten*«, sagte Nina.

Er sah sie an und hob die Brauen. »Ihr Ernst?«

Nina nickte. »Sonst nichts mehr. Nur noch das.«

13

Wendland öffnete ihr die Tür, durch die sie vorhin blindlings hineingestürmt war, und führte sie hinaus in die nächtliche Stadt, die nie schlief. Er trug noch sein Kostüm, den Gehrock, an dem die Schulternaht aufgeplatzt war, und sie trug das blaue Kleid, das sie zuletzt auf Cousine Edelgards Konfirmation angehabt und zu dem früher eine Stola gehört hatte. Sein Haar hatte er mit wilden Händen zerrauft, als er der syphiliskranke Osvald gewesen war, und jetzt war er Anton Wendland, dem das Haar in allen Richtungen vom Kopf stand. Wie es um ihre eigene Frisur bestellt war, wusste sie nicht. Aber sie fröstelte, obwohl es nicht kalt war.

Nach einem Regenschauer glitzerte der Asphalt und spiegelte tanzende Lichter von Autoscheinwerfern. Gediegen oder extravagant gekleidete Schwärmer strömten aus den Türen der Theater und in die der Restaurants und Bars. Ein paar Mädchen mit Kindergesichtern boten sich zum Kauf an, und eine Horde müder Arbeiter zwängte sich in überfüllte Straßenbahnen. Ein Musikant mit einem Akkordeon sang ein Lied davon, dass alles vorbeiging, ein Liebespaar trank zwischen Küssen Schaumwein aus der Flasche, und am Zeitungskiosk, der noch geöffnet hatte, lagen neue Magazine mit muskulösen Burschen auf den Titelseiten zwischen in wackeren Spalten bedruckten Abendausgaben. Ein Mann führte seinen Pinscher spazieren, eine Frau schob einen Kinderwagen voller Kohlköpfe, und ein Greis mit einem Pappschild demonstrierte für eine weitere Lohnerhöhung der Eisenbahner.

»Berlin«, murmelte Nina.

»Gefällt es Ihnen?«

»Es muss einem doch gefallen«, brach es aus ihr heraus. »Es sei denn, einem gefielen das Leben und die Menschen nicht.«

»Sie sagen es.«

Nina horchte auf, aber er war bereits abgelenkt und steuerte mit ihr durch eine Gruppe lachender, schwatzender, offenbar aus dem Rheinland angereister Touristen. Bis zum Eingang des Varietés waren es nur noch ein paar Schritte. Sie sah die Leuchtreklame, die nicht eingeschaltet werden durfte, sah das weiße Licht der Bogenlampen, das stattdessen die stets offen stehende Tür beleuchtete, und davor den Ausrufer, wie gewohnt angetan mit Frack und sternenbesetztem Zylinder.

Gerade jetzt sah er darin wie aus einer anderen Welt aus, wie dem nächtlichen Himmel entsprungen.

»Immer hereinspaziert«, rief er, während Nina und Wendland sich näherten. »Wenn natürlich auch nicht mehr heute. Aber für Sonntag gibt es noch ein paar Sonderkarten.«

Nina merkte, wie ihre Finger sich in Wendlands Arm krallten. »Doch, bitte heute!«, rief sie wie ein Kind. »Es muss noch heute sein oder nie.«

»Ach herrje!« Der Ausrufer schwang zu ihr herum und warf die Hände in die Luft. »Die Dame, die nicht bezahlen kann.«

»Heute bezahl ich!« Nina ließ Wendland los und tastete nach ihrer Börse. Aber die Tasche, in der sie gesteckt hatte, musste sie im Theater vergessen haben, und ihren Mantel, in dessen Taschen sie meist zumindest etwas Kleingeld herumtrug, hatte sie an der Garderobe abgegeben. Gleich darauf war ihr der unselige Programmzettel in die Hände gefallen, und so stand sie nun hier, abgehalftert, gedemütigt und ohne einen Pfennig.

»Es tut mir leid«, rang sie sich ab. »Ich gehe besser nach Hause.« In ihren Augenwinkeln standen Tränen, als hätte sie nie einen zwingenderen Grund zum Weinen gehabt als einen verpatzten Besuch im Varieté.

»Gibt es denn noch Karten?«, wandte sich Wendland an den Ausrufer, der Fridolin hieß, wie Nina völlig zusammenhanglos einfiel. »Nach allem, was man hört, fürchte ich, Sie sind ausverkauft.«

Aus der offenen Tür drangen die Töne eines Walzers wie Perlen, die eine nach der andern von ihrer Schnur glitten. »Für eine Spätvorstellung am Freitag?« Wie zur Klage hob Fridolin seine langfingrigen Hände. »Da können wir die Abendkasse getrost geschlossen lassen, und außerdem hat das Programm ja längst angefangen. Ich hatte so sehr gehofft, die Dame, mit der man so trefflich über die Misere der Kunst palavern kann, würde einmal zur Vorstellung kommen, aber ich habe die Hoffnung aufgegeben, und nun, wo sie doch kommt, ist es zu spät. Einen Tisch auf der Terrasse hätte ich allerdings noch, denn die Karten wurden einer Unpässlichkeit wegen zurückgegeben. Aber verkaufen darf ich die ja nur zum ursprünglichen Preis von elf Mark und fünfzig, so gern ich in Anbetracht der späten Stunde einen Nachlass gewähren würde.«

»Elf Mark fünfzig?«, rief Nina. »Wollen Sie mich für dumm verkaufen? Das letzte Mal, als ich hier war, kostete eine Karte für die Galerie acht Mark.«

»Madame«, sagte Fridolin und rückte sich den Zylinder gerade, »Sie kränken mich. Ich bin der Ausrufer, ich mache die Preise nicht, sondern stehe nur hier, unter jedermanns Augen, und gebe sie bekannt. Dass man in der letzten Woche zwei Roggenbrote kaufen konnte für das Geld, für das man heute gerade noch eine Schachtel Streichhölzer bekommt, ist nicht meinem Zutun geschuldet. Wenn ich könnte, wie ich wollte, wären Sie mir ohne einen Pfennig willkommen. Wie die Dinge aber stehen, verlöre ich dadurch meine Stellung. Und uns allen, so traurig es sein mag, ist doch das Hemd näher als die Jacke.«

»Dass Ihnen Schaden daraus erwächst, steht natürlich nicht zur Debatte«, sagte Anton Wendland. »Ich würde sehr gern für die Plätze auf der Terrasse sowie Speisen, Getränke und ein angemessenes Entgelt für Ihre Mühe aufkommen, nur leider steckt mein Portemonnaie in keiner Tasche dieses Bühnenkostüms.«

Wie um dies zu beweisen, wendete er die Taschen von Gehrock und Hose nach außen und zeigte Fridolin das Ergebnis.

»Ich würde gleich morgen früh jemanden schicken, der die Rechnung begleicht, wenn Sie sich entschließen könnten, mir zu vertrauen. Ich gestehe, ich selbst würde es nicht tun, und es ist mir alles andere als angenehm, Sie darum zu bitten.«

Fridolin, dessen bemerkenswerte Hände nie stillhielten, gefror in der Bewegung und starrte Ninas Begleiter ins Gesicht. »Großer Gott«, stammelte er. »Ich kann nicht glauben, dass ich das noch erlebe. Sie sind Anton Wendland, nicht wahr?«

»Ich fürchte, das kann ich nicht leugnen«, antwortete dieser.

Der Mann sah aus, als wolle er vor ihm auf die Knie fallen. »Ich habe Sie als *Hamlet* gesehen. Und in *Frühlings Erwachen,* und waren Sie nicht einfach göttlich im *Lessingtheater,* als der arme, missverstandene Karl Mohr? Ich gehe ja in kein Kino, für mich ist Kino wie Theater aus der Konserve, aber bei Ihnen wünsche ich mir fast, dass Sie in einem Film spielen, denn dann könnte ich ihn mir wieder und wieder anschauen. Ich sehe alle Ihre Stücke. Nur für das neue, Ibsens *Gespenster* im *Central-Theater,* habe ich keine Karten bekommen, weil die Preise gerade in dem Moment in die Höhe schnellten, als in meiner Kasse traurige Ebbe herrschte.«

»Schätzen Sie sich glücklich«, sagte Wendland. »Es lohnt sich nicht, und die Premiere war eine Katastrophe. Wenn ich Ihnen damit aber eine Freude machen kann, lasse ich Ihnen für das Wochenende gern zwei Karten zustellen. Vermutlich können wir ab morgen heilfroh sein, wenn uns die überhaupt noch jemand abnimmt.«

»Das würden Sie wirklich tun?« Fridolin ergriff Antons Hand, ließ sie jedoch sofort wieder los. »Bitte fühlen Sie sich nicht dazu verpflichtet. So oder so ist es mir die größte Ehre, Sie und die gnädige Dame heute Abend als meine Gäste zu begrüßen. Ich werde den Service unterrichten, dass alles, was Sie verzehren, auf mich geht.«

Anton Wendland lächelte. Nina kam es vor, als verändere sich nicht nur sein Gesicht, sondern als hätte sie plötzlich einen anderen Menschen vor sich. »Das nehme ich nicht an«, sagte er. »Wenn Sie mir aber erlauben könnten, bis morgen früh anschreiben zu lassen, wäre ich Ihnen zutiefst verbunden.«

Fridolin verbeugte sich einmal, dann straffte er seine Revers und verbeugte sich ein zweites Mal, noch tiefer. »Zu Ihren Diensten. Mit allem, was ich für Sie tun kann, machen Sie mich glücklich.«

Schwungvoll trat er zur Seite, um den Weg für Nina und Wendland freizugeben. Im nächsten Augenblick aber stieß ein Mann aus der Menge, packte Wendland von hinten am Rock und riss ihn herum. »Darf ich fragen, was dieses Schmierentheater soll?« Hinter ihnen stand Rudi, buchstäblich schäumend vor Wut. »Eine Art verspäteter Racheakt, oder was? Kommst du dir nicht schäbig vor, Anton? Kleinlich wie ein Krämer und lächerlich obendrein? Bildest du dir etwa ein, mir würde an der Kleinen etwas liegen?«

Wendland strich die Hand des anderen von seinem Arm. »Ich bin nicht sicher, was ich mir einbilde, Rudi. Eben auf der Bühne hast du nicht den Eindruck gemacht, als läge dir an irgendwem außer dir selbst.«

»Willst du mir jetzt moralisch kommen?«

»Ich habe deine Frage beantwortet«, erwiderte Wendland. »Lass es damit bitte genug sein. Wie du mir einmal so treffend erklärt hast: Ich denke, wir zwei Krähen haben einander kein Auge auszuhacken.«

Er wollte sich umdrehen und mit Nina durch die Tür des Varietés treten, Rudi aber zog aus der Tasche seines Jacketts einen Schlüssel und schleuderte ihn vor ihm aufs Pflaster. Es war ein schwerer Schlüssel, an dem ein ovales Messingschild befestigt war. »Hier, den wirst du ja wohl brauchen. Eine Flasche Champagner habe ich bereits nach oben bringen lassen. Aber vom billigen. Die kleine Trine aus der Provinz schmeckt doch sowieso den Unterschied nicht.«

Wendland bückte sich und steckte den Schlüssel in die Hosentasche. Beinahe gleichzeitig wandten sich beide Männer voneinander ab, und Wendland führte Nina mit einem Nicken in Fridolins Richtung in den *Wintergarten*. An der Garderobe hatten sie nichts abzugeben, und die Programmzettel waren alle verteilt. »Grad' ham wa ja Pause«, erklärte Ihnen eine eifrige Garderobiere. »Den Feurigen Franz, der 'n janzen Waldbrand verschluckt, hamse verpasst, aber bei uns heißt's ja: ›Vom Juten nur dat Beste‹, und dat Beste, die Schau von die beeden Tonardis, die kommt erst noch.«

Ein Platzanweiser führte sie auf die Terrasse, zu einem Zweiertisch an der Brüstung, von dem aus sie den voll besetzten Saal und die Bühne, die von keinem Vorhang abgetrennt war, überblicken konnten.

Sekundenlang vergaß Nina alles, was gerade geschehen war, selbst die unsägliche Schmähung, an der ihre Träume zerschellt waren. Über ihr wölbte sich die kuppelförmige Decke des Saales in einem tiefen, mitternächtlichen Blau, das mit kleinen erleuchteten Glühbirnen übersät war. Dass es Glühbirnen waren, erkannte sie erst auf den zweiten Blick. Auf den ersten wirkte diese blau-goldene Pracht wie das Firmament, wie ein Himmel voller verstreuter Sterne, und dass es künstlich war – ein künstlicher Sternenhimmel, der den echten verdeckte –, erhöhte noch seinen Zauber.

Das sind wir. Das ist unsere Zeit. Wir bauen uns unseren Himmel selbst, und wenn er über uns zusammenstürzt.

Der Glanz der Kunststerne schien sich im gesamten Raum auszubreiten. Es war dunkel und intim, es war eine Atmosphäre des Knisterns, des Flüsterns, des Verborgenen und der Geheimnisse, doch über allem lag als sachter Schimmer das Glitzern von Sternenstaub. Ein im Graben vor der Bühne platziertes Orchester spielte einen Tango, der sich weich und fließend wie eine Stola um Ninas Schultern schmiegte.

»Wollen wir uns setzen?« Anton Wendland rückte ihr den Stuhl zurecht. »So ganz wohl fühle ich mich auf diesem Präsentierteller nicht.«

Er griff sich ins Haar, was dessen Zustand eher verschlimmerte, dann zupfte er an dem Riss in der Schulternaht des Gehrocks.

»Es tut mir leid«, sagte Nina. »Vermutlich wollen Sie wieder gehen.« Sie selbst wollte nichts weniger als das. Sie wollte bleiben, kam sich vor, als wäre sie endlich an den Ort gelangt, nach dem sie die ganze Zeit gesucht hatte.

»Ach nein, so wild ist es nicht.« Anton Wendland winkte ab und setzte sich. »Entweder kommt gleich ein Saaldiener, um mich als unerwünschtes Subjekt zu entfernen, oder ich setze ab morgen einen neuen Modetrend.«

Nina hatte nicht angenommen, dass er Humor besaß. Er spielte nur tragische, hochdramatische Rollen und war ihr vorgekommen wie ein Mann, der sich selbst ernster nahm als das Evangelium.

Ein Kellner kam herbeigeeilt, um ihre Bestellung aufzunehmen. Wendland orderte eine Flasche Champagner.

»Ist *Veuve Clicquot* recht, der Herr?«

»Haben Sie noch einen teureren?«

»Durchaus.«

»Dann bringen Sie den. Den teuersten, den Ihre Karte hergibt.«

»Einen *Heidsieck Diamant Bleu* Jahrgang 1907? Eine letzte Flasche wäre noch da.«

»Die nehme ich.«

»Kanapees dazu? Die Küche nimmt nach der Pause leider keine Bestellungen mehr entgegen.«

»Kanapees genügen völlig. Bitte stellen Sie mir über alles eine Rechnung aus, die morgen früh samt Ihrem Trinkgeld beglichen wird.«

Der Kellner bedankte sich und eilte davon.

»Warum fragen Sie mich nicht, was ich möchte?«, platzte Nina heraus.

Er saß da wie ertappt, das verschmierte Gesicht auf einmal jungenhaft. »Sie haben recht. Vielleicht mögen Sie ja gar keinen Champagner.«

»Allerdings. Ich bin keine Fünfjährige, für die im Restaurant der Vati bestellt.«

»Und ich eigne mich nicht zum Vati«, sagte er. »Es tut mir leid. Ich mache mir aus Champagner auch nichts. Wir könnten ihn den Leuten dort drüben schenken, die sitzen vor leeren Gläsern. Und Sie suchen sich etwas anderes aus, das Sie lieber mögen.«

»Warum haben Sie ihn denn bestellt, wenn Sie sich nichts aus ihm machen?«

»Gute Frage.« Er umspannte seine Stirn mit einer Hand, wie sie es inzwischen häufig bei ihm gesehen hatte. »Ich wollte Ihnen wohl etwas beweisen. So etwas ist in den meisten Fällen eine dumme Idee.«

»Was wollten Sie mir beweisen?«

Er senkte den Blick auf die Tischplatte. »Dass Sie mehr als den billigsten Champagner wert sind.«

Nina zuckte zusammen. Die Erinnerung, über die der Sternenzauber minutenlang sein blau-goldenes Tuch gebreitet hatte, kehrte zurück. An die grauenhafte Szene im Theater wie an die auf der Straße. Der Kellner kam und stellte eine Platte mit hauchzarten Schnitten vor sie hin. Sie waren in den Symbolen von Spielkarten ausgestochen:

Karo, Herz, Pik und Kreuz. Daneben kamen ein Kübel mit Eis und zwei hohe Champagnerflöten. Keiner von ihnen forderte den Mann auf, die von Kälte beschlagene Flasche den Leuten am anderen Tisch zu bringen. Also entkorkte er sie und schenkte erst Nina, dann Wendland in elegantem Bogen ein.

Der Wein war nicht blass, sondern funkelte tiefgolden wie ein verflüssigter Stern.

»Was war das für ein Schlüssel, den Ihr Freund Kante Ihnen hingeworfen hat?«, fragte Nina, sobald der Kellner gegangen war.

Wendland zog den Schlüssel aus der Hosentasche und schob ihn ihr zu. *Central-Hotel* stand in das Messingschild geprägt. *Zimmer 115.*

»Er gibt Ihnen den Schlüssel zu dem Zimmer, das er für uns gebucht hat?«, rief Nina entsetzt. »Er hat Ihnen davon erzählt?«

Sie war nie etwas für ihn gewesen. Keine Kollegin, kein junges Talent und auch keine begehrenswerte Frau, sondern nur eine Trine aus der Provinz, die man mit billigem Champagner abspeiste. Und über die man sich im Kreis seiner Kumpane lustig machte.

»Wollen wir trinken?«, fragte Wendland. »Das macht es nicht besser, aber es fühlt sich manchmal so an.«

»Beantworten Sie meine Frage«, verlangte Nina.

»Wir haben das Zimmer auf Dauer gemietet«, sagte er. »Die Kosten teilen wir uns, und wer immer Bedarf hat, gibt dem anderen Bescheid.«

Nina brauchte mehrere Sekunden, um zu begreifen, was er ihr da gerade gesagt hatte. Nicht weil sie ein Landei war und von Tuten und Blasen keine Ahnung hatte. Sondern weil sie nicht wahrhaben wollte, dass die Welt so war.

»Sie haben sich also gemeinsam ein Hotelzimmer gemietet, um Ihre bedeutungslosen Affären auszuleben«, stieß sie heraus. »Und heute Nacht wollte Ihr Freund Kante das Zimmer mit mir benutzen. Ich frage mich, was er getan hätte, wenn ich mich für ein anderes Hotel entschieden hätte. Behauptet, dort wäre kein Zimmer frei? Oder zähneknirschend bezahlt?«

»Das dürfen Sie mich nicht fragen«, sagte Wendland.

Am Nebentisch saßen drei Herren, die ägyptische Zigaretten

rauchten. In feinen, sich verschlankenden Spiralen stieg ihr Rauch dem Sternenhimmel entgegen. Nina war kurz davor, einen von ihnen um eine Zigarette zu bitten. Sie rauchte kaum je, aber in diesem Moment hätte sie sich am liebsten in eine duftende Wolke gehüllt und nicht länger klar sehen wollen. Nur noch Rauch und Schemen und künstliche Sterne, keine Wirklichkeit. »Und Sie haben nun das Zimmer und mich sozusagen geerbt, sehe ich das richtig?«, fuhr sie Wendland an.

»Ich kann Ihnen nur versichern, dass ich nichts dergleichen beabsichtigt habe«, antwortete er. »Mich hat erschreckt, was Ihnen im Theater angetan worden ist. Ich wollte Sie von dort wegbringen, nach Hause oder zu einer Freundin. Sonst nichts. Wenn es Ihnen lieber ist, gehe ich und bitte unseren Freund, den Türsteher, sich später für Sie um eine Autotaxe zu kümmern.«

»Ich habe ja keine Freundin«, murmelte Nina. Sie hatte Jenny zur Freundin haben wollen, aber Jenny würde sie nun nicht mehr wiedersehen. Jemanden, den man sich weniger auf einem Gut in der Uckermark vorstellen konnte als Jenny Alomis, war nicht denkbar. »Ich habe hier gar nichts mehr. Ich fahre morgen nach Hause.«

»Nach Brandenburg?«

Nina nickte. »Hier bleibt mir ja nichts mehr zu tun.«

Er sah sie an, als suche er nach etwas in ihrem Gesicht. »Sind Sie sich dessen sicher?«, fragte er dann. »Sie sind doch gerade erst angekommen, haben das meiste noch gar nicht ausprobiert. Ein bisschen kommen Sie mir vor wie ein Jongleur, dem der erste Ball heruntergefallen ist. Das ist ärgerlich, aber die übrigen haben Sie doch noch in den Händen. Warum probieren Sie nicht aus, ob Sie mit denen etwas anfangen können?«

»Wollen Sie behaupten, nach dieser Sache würde mich noch irgendein Theaterleiter mit der Kneifzange anfassen?«, rief Nina. »Das glauben Sie doch wohl selbst nicht. Es sei denn, einer von denen braucht eine Art Vogelscheuche, die ihm die Zuschauer verjagt.«

»He«, sagte er leise und rau und nahm ihre Hand. »Seien Sie nicht so abscheulich zu sich. Das waren doch schon die anderen. Wenn Sie glauben, Ihre Chancen in den Theatern stünden jetzt schlechter als vorher, haben Sie Berlin noch nicht verstanden. Erstens liebt diese Stadt Skandale. Und zweitens ist sie vergesslich. Was heute Stadtgespräch ist, lockt morgen keinen Hund mehr hinter dem Ofen hervor. Und außerdem heißen Sie doch gar nicht Veltmeyer. Sie waren bei Zickel sozusagen inkognito, und Ihren wirklichen Namen kennt kein Mensch.«

Er sandte ihr ein halbes, schiefes Lächeln, und Nina spürte eine Woge von Wärme durch ihren Körper rinnen. »Sie meinen wirklich, ich sollte es weiter probieren?«

»Sie haben doch noch gar nichts probiert«, sagte er. »Nichts, was Ihnen selbst und Ihrem jungen, unverdorbenen Talent entspringt, sondern nur das, was wir paar müden, zynischen Kerle Ihnen vorschreiben. Finden Sie heraus, was genau Sie wollen. Ob Sie es letzten Endes bekommen, weiß ich nicht, aber wenn nicht, ist es zumindest Ihr eigener tanzender Stern, der abstürzt. Kein Gespenst, das jedes Mal aus dem Sarg geholt wird, wenn ein paar Wichtigtuer, die ihre Zeit überlebt haben, sich partout nichts anderes mehr aus den Rippen leiern können.«

Seine Worte waren wie Zauberstäbe. Einer nach dem andern berührte Nina tief im Innern und weckte ihre Lebensgeister aus dem Todesschlaf. Die streckten die Köpfe heraus wie Kaninchen aus dem Hut. »Ich dachte, für mich war das heute der letzte Vorhang«, sagte sie. »Und Sie sind der Ansicht, ich habe vielleicht doch noch nicht alles verspielt?«

»Ich glaube, das macht Berlins Reiz aus«, antwortete er. »Dass es die Hauptstadt derer ist, die alles verspielt haben. Wir sind bankrott. Wir haben den katastrophalsten Krieg der Geschichte angezettelt und ihn verloren. Dort draußen hasst uns die Welt, und hier drinnen hassen wir einander, werfen Bündnisse und Regierungen um, kaum dass wir sie aufgestellt haben, und stoßen uns gegenseitig in den Landwehrkanal. Wir sollten uns für gescheitert erklären. Der Versuchsballon Deutschland – geplatzt und abgehakt. Und was tun wir stattdessen? Feiern die Nächte durch, amüsieren uns zu Tode und ernennen uns zu Wunderkindern, einfach weil wir noch am Leben sind.«

Verblüfft hielt Nina inne. Seine Stimme war eine Wohltat, und die

Bedeutung des Gesagten drehte sich in ihrem Kopf um und um. Hatte er recht? War der Versuchsballon Nina von Veltheim geplatzt, aber mitnichten abgehakt? Er schob ihr ein Glas hin, und sie tranken beide. Der Champagner war kühl und herb und perlend, er schmeckte ihr ungeheuer gut.

»Wollen Sie, dass ich gehe?«, fragte er.

»Nein«, sagte Nina. »Solange Ihnen klar ist, dass ich nicht mit Ihnen in das mit Herrn Kante geteilte Hotelzimmer gehe, hätte ich gern, dass Sie bleiben.«

Wie hatte sie nur planen können, mit Kante in dieses Zimmer zu gehen, sich diesem Mann zu verkaufen wie eine der Frauen, die vor den Kneipen an der Bahnhofsbaustelle standen? Jene Frauen mochten keine andere Wahl haben – was aber hatte sie sich dabei gedacht?

»Auch wenn es mir nicht gelingen wird, es Ihnen glaubhaft zu machen«, sagte Wendland. »Mit Ihnen in das Zimmer zu gehen, lag wirklich nicht in meiner Absicht.«

»Aber sonst benutzen Sie es?« Es war eine dieser Fragen, die ihr schon herausgerutscht waren, ehe sie mit dem Nachdenken auch nur angefangen hatte. Was ging es sie an? Es war sein Recht, zu tun, was er wollte, und ihr konnte es von Herzen gleichgültig sein.

»Ja, sonst benutze ich es.« Er wich ihrem Blick nicht aus. »Nicht gerade nach einer Premiere und in der Regel auch nicht, ohne mich vorher abzuschminken.«

Erst jetzt fiel ihr ein, dass er ihretwegen die Premierenfeier hatte sausen lassen. Dabei war er der Einzige, der etwas zu feiern gehabt hätte, der Einzige, der auf seine Leistung stolz sein konnte. Es wäre angebracht gewesen, sich bei ihm zu bedanken. Stattdessen fragte sie: »Und Ihre Frau? Weiß sie davon und nimmt es stillschweigend hin?«

Sein Gesicht verschloss sich. Wie eine Theaterszene, über die sich der Vorhang senkt. Er trank Champagner. »Ich denke, das ist eine Sache zwischen mir und meiner Frau, finden Sie nicht auch?«

»Vielleicht«, erwiderte Nina. »Aber wenn ich Ihre Frau wäre – ich würde nicht wollen, dass eine andere hier mit Ihnen sitzt und Champagner trinkt, während Sie mit Ihren Abenteuern prahlen. Ich würde wollen, dass die andere Ihnen sagt, was sie von Ihnen hält – schließlich könnte ihr ja eines Tages genauso übel mitgespielt werden wie der Ehefrau.«

Sie verstand sich selbst nicht. Warum hielt sie nicht den Mund, sondern gab diesen Unsinn von sich, erregte sich über Dinge, von denen sie nichts verstand? Sie betraf all das doch gar nicht – warum also wurde ihr die Kehle eng, als kämpfe sie gegen Tränen?

Der Rauch der ägyptischen Zigaretten schien ihr in die Augen zu steigen. Sein Gesicht verschwamm vor dem ihren, und sie sah nur noch Irrlichter, aufblinkende und verlöschende Sterne. Offenbar hatte sie sich übernommen. Vor Aufregung hatte sie in den Nächten vor der Premiere kaum geschlafen und heute den ganzen Tag noch nichts gegessen. Sie hätte nach einem der Spielkarten-Kanapees greifen sollen, war jedoch sicher, keinen Bissen herunterzubringen.

Der eifrige Kellner kam an ihren Tisch zurückgeeilt. »Ich hoffe, die Herrschaften sind mit allem zufrieden?«

»Sehr«, sagte Wendland. »Ich wünschte nur, ich müsste nicht hier sitzen wie ein Zechpreller.«

»Ach, das ist schon in Ordnung.« Der Kellner strahlte. »Prominente zahlen so gut wie nie, und die Direktoren stören sich nicht dran, weil solche Gäste gut fürs Geschäft sind.« Er beugte sich nieder und schirmte seinen Mund mit der Hand ab, ehe er raunte: »Eine ganze Menge Leute kommen ja her in der Hoffnung, ein paar Berühmtheiten aus der Nähe zu sehen. Das ist bei uns wie im Zoo. Sie werden auch schon von allen Seiten angehimmelt wie Neptun, der See-Elefant.«

»Ich fühle mich geehrt«, bekundete Wendland.

Das Strahlen des Kellners wurde breiter. »Dürft' ich denn auch um ein Autogramm bitten? Nicht für mich natürlich, sondern für meine Holde.« Er schob Wendland einen der Werbezettel hin, auf dem über einem Sternenhimmel der Schriftzug *Wintergarten* prangte. »Christa heißt se. Wenn Sie schreiben könnten *Für Christa* – Mannomann, der würden die Augen aus'm Kopf fallen. Aus lauter Dankbarkeit würd' sie mich glatt heiraten.«

Wendland nahm ihm den Stift ab und schrieb: *Für Christa, mit besten Wünschen, Ihr Anton Wendland.*

»Sie sind Gold wert, Herr Wendland.« Auf den Wangen des Kellners bildeten sich zwei kirschrote, kreisrunde Flecken. »Das werd' ick der Christa aber auch sagen, dat Sie Gold wert sind und dass es mir gar nüscht ausmacht, wenn se für Ihnen schwärmt. Hieronymus Haase übrigens mein Name. Wenn Sie oder die Dame mal was brauchen sollten – fragen Se einfach nach Hiero. Der ist für Sie da.«

Ich mag Berlin, dachte Nina. Ich weiß noch immer nicht, was ich hier will, aber dass ich hier nicht wegwill, das weiß ich. Dass ich irgendeinen Weg finden muss, um zu bleiben.

Der Kellner stopfte den Werbezettel mit dem Autogramm in seine Brusttasche und sprach weiter: »Vom Fridolin – Sie wissen schon, Fridolin mit dem Sternenhut, was unser Ausrufer ist – also von dem soll ich Ihnen ausrichten, dass die Vorstellung gleich weitergeht und dass Sie vorher schnell noch bestellen sollen, was Sie gern möchten. So geht's bei uns im *Wintergarten:* Vertrau'n Sie uns Ihre Wünsche an, und Sie bekommen die in null Komma nichts erfüllt.«

»Sie sind einzigartig«, sagte Wendland. »Warum jemand in unserer Mottenkiste von Theater sitzt, wenn er stattdessen in Ihrem *Wintergarten* sitzen könnte, ist mir unbegreiflich.« Er wandte sich an Nina: »Wollen Sie noch etwas trinken? Mehr Champagner?«

»Wermut«, sagte Nina. Der Champagner war köstlich, aber das Getränk, das sie mit Jenny geteilt hatte, besaß die wilde Bitterkeit, die sie in sich spürte, dazu die Kraft, einen Ochsen umzuhauen, und unter beidem verborgen eine Ahnung von Süße.

»Ihr Wunsch sei uns Befehl.« Der Kellner verschwand und war im Nu mit ihrem Getränk, das wie dunkel schillerndes Blut aussah, wieder da. »Wohl bekomm's und viel Vergnügen, die Herrschaften.«

Erst als er außer Hörweite war, sprach Wendland: »Sagen Sie es mir.«

»Was?«

»Das, was Sie von mir halten. Was Sie sich von der Frau, die hier mit mir sitzt, wünschen würden, wenn Sie meine Frau wären.«

Nina trank Wermut. All die Wochen hindurch war sie sozusagen käuflich gewesen, hatte sich selbst zurückgenommen, um anderen zu gefallen und etwas zu erreichen. Gewiss war er überzeugt, sie sei noch

immer käuflich, würde sich als kleines Frauchen noch immer zurücknehmen und statt Rudolf Kante nun ihm nach dem Mund reden. Damit aber war es vorbei, ein für alle Mal. Jetzt und hier, unter den
künstlichen Sternen und wo sowieso die ganze Heuchelei für die Katz
war, war sie wieder Nina mit dem Mundwerk, vor das kein Blatt passte, und würde ihm die Wahrheit sagen.

»Ich halte von Ihnen so viel wie von jedem, der die Menschen, die
er liebt, betrügt«, sagte sie. »Nämlich nichts. Sie fühlen sich unwiderstehlich, weil Sie an jedem Finger eine Frau haben, die Ihnen zu Füßen liegt. Aber wirklich unwiderstehlich ist ein Mann, der für seine
Familie einsteht und sie nie verrät. Sicher quillt dieser Saal über vor
Anbeterinnen, die Ihre Frau beneiden, aber für mich sind Sie ein kal-
ter Fisch. Männer ohne Herz langweilen mich, und Ihre Frau tut mir
leid.«

Erst als es still wurde, weil ringsum die Gespräche verstummten,
fiel Nina auf, wie laut sie gesprochen hatte. Sogar die Musik war ver-
klungen, der ganze Saal hielt den Atem an. Sie selbst schwieg nun
auch, und ihre Hände umklammerten das Wermutglas so fest, dass sie
fürchtete, es müsse zerbrechen. Auf der Bühne entstand Bewegung.
Mehrere schwarz gekleidete Arbeiter huschten von einer Seite zur andern und stellten Requisiten um, räumten eine Art metallene Pyramide beiseite, richteten Scheinwerfer aus und rückten einen Ständer mit
einem Mikrofon in die Mitte.

»Fräulein von Veltheim.«

Sie fuhr herum und sah in Anton Wendlands Gesicht. Unter seinem linken Auge zuckte ein Nerv, und die dunklen Schatten, die beide
Augen umgaben, stammten nicht von der Schminke. »Sie haben recht
mit allem, was Sie gesagt haben«, sagte er. »Nur meine Frau braucht
Ihnen nicht länger leidzutun. Sie ist seit anderthalb Jahren tot.«

14

Und nun zum zweiten Mal, meine Damen und Herren, mein höher als hoch verehrtes Publikum – willkommen in der Welt der Wunder!«

Der Direktor, der einen wahrhaft prachtvollen, wie aus der sternenübersäten Decke geschnittenen Frack trug, breitete die Arme aus, als wollte er den gesamten Saal umarmen. Das Licht der Sternenfülle war inzwischen erloschen, die künstliche Nacht war von glänzender Schwärze, und nur ein Kegel goldenen Scheinwerferlichts umfing den Mann auf der Bühne. »Das Gewöhnliche interessiert uns nicht, hier in Ihrem *Wintergarten*«, rief er in sein Mikrofon. »Hier hat das Unmögliche sein Zuhause. Das Mittelmaß überlassen wir gerne den anderen – hier bei uns werden Träume wahr, die Sie noch gar nicht zu träumen gewagt haben, meine Damen und Herren, und vom Guten für Sie natürlich immer nur das Beste. Freuen Sie sich zum Auftakt unserer zweiten Hälfte auf Alberto Albertini, den Meistergärtner mit seiner fliegenden Blumenpracht!«

Er verbeugte sich, das Orchester spielte einen Tusch, und Applaus brandete auf. Gleich darauf legte er jedoch den Zeigefinger auf die Lippen und brachte den voll besetzten Saal zum Verstummen. Zwei der schwarz gekleideten Bühnenarbeiter sprangen lautlos herbei, um den Ständer mit dem Mikrofon wegzuräumen, und ebenso lautlos und leichtfüßig trat der massig gebaute Direktor nach der Seite ab. Der Scheinwerfer erlosch. Die Bühne lag in Dunkel und Stille.

Gleich darauf flammte ein schmalerer Kegel wieder auf, und eine Melodie setzte ein, die Nina erkannte: Es war der *Blumenwalzer* aus Tschaikowskis *Nussknacker*. Mit einem Satz sprang ein weiß geschminkter Mann in den erleuchteten Kreis, der einen über und über mit grün glitzernden Pailletten besetzten Anzug trug. In einem Arm hielt er etwas, das zunächst wie ein Strauß aus überdimensionalen Blumen aussah. Tatsächlich waren jedoch all diese zierlichen Glockenblumen aus verschiedenfarbigem Glas gefertigt. In die vier Ecken der Bühne sprangen ebenfalls grün und wie mit Blattwerk bekleidete Frauen, die sich windend im Takt der Musik zu tanzen begannen.

Alberto Albertini verbeugte sich und ließ dabei die gläsernen Blütenglocken – fünf an der Zahl – kopfüber hängen. Aus einer jeden sprangen drei gläserne Bälle, die wohl Blütenpollen darstellten, und hüpften ihm über die Bühne davon. In der grotesk gespielten Verzweiflung eines Pantomimen schlug er die Hände über dem Kopf zusammen. Flink sprangen jedoch die Tänzerinnen hinzu, sammelten die grün schimmernden Kugeln ein und füllten sie wieder in die Glocken, die Albertini mit seinem traurigen Pierrot-Gesicht ihnen hinhielt.

Alsdann verzogen sie sich genauso rasch in ihre Ecken und nahmen ihren Tanz von Neuem auf. Albertini betrachtete seine nun wieder vollständigen Blüten eine nach der anderen, küsste eine jede ins Innere der Glocke und begann dann, im Walzertakt mit ihnen zu jonglieren. Die Spannung war atemberaubend: Wie konnten diese offenen Glasgefäße durch die Luft wirbeln, ohne dass ein Ball herausfiel und auf dem Bühnenboden zersprang? Noch faszinierender aber war in Ninas Augen die Wirkung, das magische Bild, das entstand: Der Scheinwerfer verlosch fast völlig, alles Licht schien von den durchscheinenden grünlichen Glasblumen auszugehen, die durch die Schwärze ihre Kreise zogen und für Bruchteile von Sekunden eine wie gemalte Spur hinterließen.

Was hätte der Jongleur getan, wenn ihm eine heruntergefallen wäre? Die vier übrigen auch fallen lassen oder seinen Blumenwalzer mit ihnen weitergetanzt, bis er endgültig mit leeren Händen dastand?

War so nicht das Leben? Tanzen, bis man das Letzte ausgegeben hatte?

Die Antwort war eindeutig. Es gab nicht einmal eine Frage. Alberto Albertini tanzte mit seinen Blumen, er tanzte und tanzte, während das Tempo der Musik sich steigerte, sank am Ende in einer Erschöpfung, die nicht gespielt schien, zu Boden und fing sie alle fünf in seinen Armen auf, sodass die Blütenstaubbälle über ihn hinwegrollten.

Tosender Applaus war sein Lohn. Nina sah, wie die Leute auf den

Stehplätzen im Entree, die wie in einer Ölsardinendose zusammenge-
quetscht waren, nun tiefer in den Saal hineindrängen, damit dem
Künstler ihr Beifall nicht entging. Er hatte diese Schar von Menschen,
Reiche und Arme, Junge und Alte, Dumme und Neunmalschlaue,
Vergnügte und Verzweifelte, einen Augenblick lang aus ihrem gewöhnlichen Leben herausgehoben und verdiente ihre Ekstase: Er hatte ihnen nichts Geringeres als ein Wunder geschenkt.

Es folgte ein Trommelwirbel von Attraktionen, eine kleine Explosi-
on nach der anderen: Ein Zauberkünstler, der einen Spiegel in tausend Scherben zerschlug und ihn in einer Sekunde, in der das Licht
ausfiel, wieder zu einem Ganzen fügte, ein schmächtiges Professor-
chen mit einem Papagei, der aus Goethes *Götz von Berlichingen* rezi-
tierte, ein Ballett-Ensemble auf Rollschuhen, eine Messerwerferin, die
auf einen an eine sich drehende Scheibe gefesselten Mann zielte, eine
Grande Dame, die sich im Sulky von einem Zebra über die Bühne
ziehen ließ, und schließlich der Höhepunkt des Abends: ein in haut-
enges Rosa gekleidetes Artistenpaar, die zwei Tonardis, die an einem
schwingenden Trapez flogen, Bruder und Schwester, die ein Spiel zwischen Lebensrausch und tödlicher Gefahr trieben, einander losließen
und wieder auffingen.

Nach jeder Darbietung klatschte Nina sich die Hände wund und
dachte: Noch mal, noch mal, noch mal! Noch mehr, noch mehr, noch
mehr! Ihr Herz klopfte schneller, als die Trommeln schlugen, und ihre
Füße hämmerten den Takt jedes Stücks mit wie die Hufe angebunde-
ner Pferde. Sie war angekommen, hatte gefunden, was sie wollte: ein
Kaleidoskop von Geschichten, die aus dem Alltag entführten und
doch immer nur von Menschen erzählten. Ein Kaleidoskop von Wundern.

Das war es, was sie brauchten, um ihre entleerte Wirklichkeit zu
füllen: den Glauben an nicht nur eines, sondern an unzählige Wunder, große und kleine, durchschaubare und unerhörte, selbst gemach-
te und aus der Luft gegriffene – Wunder, die aus Erstarrung und Hoff-
nungslosigkeit herausrissen und Mut für die Zukunft weckten, weil
sie versprachen: Uns gibt es immer wieder, und das größte Wunder
seid ihr selbst, denn ihr habt überlebt.

Nichts war perfekt, aber alles glänzte. Nichts gelang, ohne den Trick, den doppelten Boden dahinter durchblitzen zu lassen, aber alles kündete von dem Erfindergeist und dem Wagemut von Menschen. Als es vorbei war, das Licht wieder anging, der Direktor noch einmal auf die Bühne trat und in der Verbeugung seinen Sternenmantel ausbreitete, bemerkte Nina, dass sie weinte.

Ich geh hier nicht weg, dachte sie. Das hier ist mein Platz – von dem lasse ich mich von niemandem vertreiben.

»Das hätte mich auch gewundert«, sagte Wendland und machte damit klar, dass sie ihre Gedanken laut ausgesprochen hatte. Er zog die Serviette unter der Platte mit den Kanapees hervor und hielt sie ihr hin. »Ich würde Ihnen gern mein Taschentuch geben, aber für diesen Theateraufzug ist keines vorgesehen.« Er zupfte an der Brusttasche des zerrissenen Anzugs, die zugenäht war, und Nina musste lächeln.

Sie nahm die Serviette und rieb sich heftig die Augen. Vermutlich war die Tusche, die sie vorhin mit so viel Sorgfalt von einem Block der Marke *Rimmel* abgerieben und auf ihre Wimpern aufgetragen hatte, übers ganze Gesicht verschmiert und sie sah ähnlich derangiert aus wie Wendland.

Nur fand sie ihn nicht derangiert. Auch wenn ihm das mehrfach zerraufte Haar inzwischen in die Stirn hing wie Palü die Mähne bei Rückenwind. Er gab ihr Lächeln zurück. Wie sinnlich sein Mund war, hatte sie zuvor nie bemerkt, nur auf Autogrammpostkarten, wo sie ihn für geschminkt gehalten hatte. Der linke Mundwinkel zuckte. Der kleine Muskel unter dem linken Auge auch.

»Danke, dass Sie mit mir hierhergegangen sind«, sagte sie.

»Keine Ursache. Ich hätte es längst einmal tun sollen. Es hat etwas … etwas Unverbrauchtes. Es wirkt, als würde es Abend für Abend aufs Neue Spaß machen.«

»Genauso erging es mir«, sagte Nina. »Ich habe es immer wieder aufgeschoben, und jetzt denke ich: Ich hätte am ersten Tag herkommen sollen, gleich nach meiner Ankunft, dann hätte ich mich nicht so grandios auf den Hintern gesetzt.«

Er lachte leise. »Vielleicht muss man das aber grundsätzlich erst einmal tun – sich auf den Hintern setzen. Herausfinden, wie man etwas falsch macht, ehe man ausloten kann, was richtig sein könnte. Immerhin ist es leichter, ausgepfiffen zu werden, ehe man bejubelt wird, als umgekehrt.«

Die Sterne des künstlichen Nachthimmels funkelten wieder, und an der Brüstung schalteten sich kleine Lampen mit schwarz-goldenen Schirmen ein. Im Parkett standen die Leute auf und begannen noch ein wenig taumelnd, noch ein wenig berauscht aus dem Saal zu strömen, während das Orchester ein Abschiedslied spielte und ein schwarz gelockter Tenor dazu sang:

»Goodnight, Ladies,
Goodnight, Ladies,
Goodnight, Ladies!
We're going to leave you now.«

An den Tischen auf der Terrasse hingegen blieben die meisten Gäste noch sitzen, und die Kellner eilten von Neuem umher und boten Scheidebecher an.

»Trinken wir auch einen?«, fragte Wendland.

»Wenn es Ihnen noch passt – ich würde gern«, sagte Nina.

»Ich auch«, erwiderte er. »Und Sie müssen ja morgen früh nun doch keinen Zug zurück ins Brandenburgische erwischen, nehme ich an.«

Nina schüttelte den Kopf. »Meinen ersten Versuch habe ich in den Sand gesetzt, aber ich gebe mir eine neue Chance. Ich habe begriffen, dass Ihr Freund Rudolf Kante im Grunde recht hatte. Nicht damit, dass er mir seinen Misserfolg in die Schuhe geschoben hat, aber damit, dass er mich an seinem Regiepult nicht wollte. Die Ausbildung und Erfahrung für das klassische Theater fehlen mir. Es war arrogant, mir nichts, dir nichts bei Ihnen hereinzuspazieren und zu glauben, ich könnte einfach so mitmischen.«

Ernst sah er sie an. »Ich fürchte, wenn Sie in diesem Geschäft mitmischen wollen, kommen Sie um Arroganz nicht herum – und mir nichts, dir nichts hereinzuspazieren, wenn die Tür einen Augenblick offen steht, mag die einzige Möglichkeit sein. Lassen Sie trotzdem die

Finger vom klassischen Theater. Sie sind so jung, und es gibt etliche andere Wege, die aufregender sind.«

Sie lachte auf. »Sie reden, als wären Sie mindestens hundert Jahre alt.«

»Ich glaube, das bin ich«, sagte er. »Es gibt Jahre, die doppelt zählen, und Sekunden, die so alt machen, dass man in den Spiegel sieht und auf einmal einen Greis vor sich hat.«

Der Kellner – ihr redseliger, liebenswerter Kellner, der sich den ganzen Abend um sie gekümmert hatte – trat an ihren Tisch und zückte seinen Block. »Letzte Bestellungen für heute, leider. Wir hoffen aber, Sie beehren uns bald wieder.«

»Noch einen Wermut?« Wendlands Blick traf Ninas, und jäh wünschte sie sich, er würde sich nicht wieder abwenden.

»Nein«, entschied sie. »Jetzt zum Abschluss hätte ich lieber ein Getränk, das heller, irgendwie fröhlicher ist. Verstehen Sie, was ich meine?«

Sie verstand es selbst nicht. Sie redete Unsinn, hatte sich an der Darbietung berauscht und hätte überhaupt nichts mehr trinken sollen. Schon gar nicht mit diesem Mann, dessen Blick das Rauschgefühl in ihrem Kopf steigerte und dessen Nähe sie auf einmal körperlich zu spüren schien.

»Zwei *Mojito*«, sagte Wendland zu dem Kellner. »Bekommt Ihr Kollege an der Bar so etwas so spät noch hin?«

»Aber ich bitte Sie, mein Herr. Etwas, das wir hier im *Wintergarten* nicht hinkriegen, ist es nicht wert, getrunken zu werden. Und Mojito ist ein Kinderspiel. Bei uns wird schließlich Habanera getanzt – wenn Sie fürs nächste Programm wiederkommen, kann es gut sein, dass sie die drei Cubaneros zu sehen bekommen.«

Er ging, um das Gewünschte zubereiten zu lassen, und Anton Wendland lachte. »Cubaneros. Es gibt hier tatsächlich nichts, das es nicht gibt, oder? Ist es nicht« vorhanden, saugt man es sich schleunigst aus den Fingern.«

»Gerade das gefällt mir«, sagte Nina. »Es ist alles im Entstehen, im Fluss, noch nicht festgelegt. Ein Gebilde aus Leichtigkeit, das sich jederzeit ändern kann, wenn einem eine bessere Idee kommt oder man die alte satthat. So habe ich Theater gespielt, als ich ein Kind war.«

»Allzu lange kann das noch nicht her sein.«

»Warum sprechen Sie jetzt wieder so gönnerhaft mit mir?«, fuhr sie ihn, zornig vor Enttäuschung, an. »Es gefällt mir nicht, und außerdem hören Sie sich an wie Rudolf Kante.«

»Ich bin ja auch wie Rudolf Kante«, sagte er. »Wir sind Freunde seit dem Gymnasium. Toni Pech und Rudi Schwefel. Kennen Sie den einen, brauchen Sie den anderen nicht mehr kennenzulernen, und von beiden lassen Sie besser die Finger.«

Nina hatte das Gleiche gedacht. Sie hatte sogar geglaubt, sie zöge Kante vor, der zumindest kein klassischer Schönling und nicht verheiratet war. Kante aber hatte sie vorhin im Theater kaltblütig ans Messer geliefert, um seine Haut zu retten. Die Idee mochte Zickels Hirn entsprungen sein, doch der Regisseur, der wusste, dass Ninas Lebenstraum an diesem Abend hing, hatte keinen Finger zu ihrer Verteidigung gerührt.

Der Mann, der ihr gegenübersaß, hatte hingegen aufbegehrt. Ihn ging das Ganze nichts an, er hatte sich gerade die Seele aus dem Leib gespielt und hätte sich dafür feiern lassen können, aber sein Rechtsbewusstsein hatte es ihm nicht erlaubt. Sein zynischer, überheblicher Tonfall, der ihr zuwider war, klang nicht länger echt, widersprach dem warmen Glanz, den sie gerade eben in seinen Augen zu sehen geglaubt hatte, und sie konnte sich noch immer nicht abwenden.

Du wirst kitschig wie eine Operettensoubrette, schalt sie sich. Warmer Glanz in den Augen ... Das ist nichts weiter als das Werk eines genialen Beleuchters, von dem sich etwas im Braun seiner Iris spiegelt.

Der Kellner kam mit ihren Getränken, zwei hohen Gläsern mit Zuckerrändern, Strohhalmen und zu Locken geschnittenen Schalen einer grünen Zitrusfrucht. Die Flüssigkeit darin war ebenfalls ein wenig grün und auch ein wenig gelb – ein Abenteuer, in dem Minzblätter schwammen.

»Ich glaube das nicht«, hörte Nina sich sagen.

»Was?«

»Dass Sie wie Rudolf Kante sind. Und das, was ich über Ihre Frau gesagt habe, tut mir leid.«

Eine Regung flog über sein Gesicht. Er wirkte ehrlich verwundert. »Sie hatten doch aber recht.«

»Nein, hatte ich nicht«, sagte Nina. »Ich weiß nichts über Sie, ich weiß nichts über Ihre Frau, und wie Sie leben, geht mich nichts an.« Noch immer schien er verwundert, geradezu verwirrt. Er knetete seine Hände so fest, dass es wehtun musste. Ohne nachzudenken, griff Nina über den Tisch und hielt sie fest. »Nicht doch. Sie brechen sich ja die Knochen.«

»Völlig ausgeschlossen ist das nicht.«

Sie ließ ihn los, und verlegen umfasste er ein weiteres Mal seine Stirn. »Lassen Sie Ihren Mojito nicht stehen«, sagte er dann. »Er sollte so frisch genossen werden wie ein Besuch im Varieté, und ich habe mir sagen lassen, dass sein Name *Kleiner Zauber* bedeutet.«

»Nur wenn Sie den kleinen Zauber auch trinken.«

Sie griffen gleichzeitig nach ihren Gläsern und stießen an. Das Getränk schmeckte, wie es aussah – geheimnisvoll, gefährlich und so, dass man wusste: Wenn man sich darauf einließ, war man am Ende selbst schuld. Ich will selbst schuld sein, dachte Nina, ich bin angekommen, auch wenn ich noch nicht genau weiß, wo.

»Als Osvald waren Sie heute großartig«, sagte sie. »Darauf trinke ich. Ich glaube, ich habe noch nie jemanden so eine Rolle spielen sehen.«

»Wirklich nicht? Dann wünschte ich, ich hätte Ihnen jemanden zeigen können … « Er brach ab und wischte sich über die Stirn. »Ich meine, dann wird es Zeit, dass Sie in Berlin ins Theater gehen«, fügte er hastig an und hob sein Glas. »Ich trinke auf Sie. Auf Ihre Zukunft. Eines Tages sitze ich hier bei meinem fünften oder sechsten Mojito und bewundere Ihr Programm.«

»Ich lasse Ihnen eine Karte schicken«, sagte Nina. »Und einen Verzehrgutschein für die Mojitos.«

Er lachte laut auf. »Und wenn Sie sich verbeugen, sagen Sie: Ich danke meinem einstigen, inzwischen leider dem Trunk verfallenen Kollegen Toni Wendland, mit dem ich hier meine erste Nacht durchgesoffen habe.«

»Sie nehmen mich schon wieder nicht ernst, oder? Sie glauben nicht, dass ich es schaffen kann?«

»Ich nehme niemanden ernst, Fräulein von Veltheim«, erwiderte er. »Zumindest versuche ich, es zu vermeiden. Aber wenn ich von überhaupt jemandem glaube, dass er schaffen kann, was er sich vornimmt, dann sind Sie es.«

»Warum?«

»Weil Sie wissen, dass Sie gut sind. Das wissen bezeichnenderweise sonst immer nur die, die es *nicht* sind. Wie kommt es, dass Sie sich so sicher sind?«

Von weit her, durch den Nebel des Rausches hallte eine Stimme und verklang gleich wieder: ›*Du bist gut, Pippa. Du darfst nie vergessen, wie gut du bist.*‹

»So sicher bin ich mir gar nicht«, sagte sie. »Ich sehe, seit wir hier sitzen, Bilder vor mir aufblitzen, Ideen, Gedanken. Ich würde am liebsten heute Nacht nicht schlafen gehen, sondern anfangen, mein Programm auf die Beine zu stellen, losziehen und die Leute aus dem Bett klingeln, die ich dazu brauche. Ich glaube, ich weiß gar nicht, dass ich gut bin – ich weiß nur, dass ich nicht anders kann.«

»Es ist schön, das mitzuerleben«, sagte er. »Auch wenn ich auf Dauer vermutlich vor Müdigkeit zusammenbrechen würde. Das letzte Mal, dass ich bei jemandem eine solche Energie bemerkt habe, muss mindestens sieben Jahre her sein.«

»Warum ausgerechnet sieben?«

Er zuckte mit den Schultern.

An ihren Fingern rechnete Nina zurück und kam auf 1914. Sie fragte nicht weiter. 1914 war nicht nur der Schnitt, der das Leben ihrer Generation teilte, sondern auch das Symbol, das sie beschrieb. »Ich glaube, es ist das, was mir die Energie gibt«, sagte sie stockend. »All die, die verschwunden sind. Die begabt und voller Ideen waren und nun nichts mehr damit anfangen können. Ich habe das Gefühl, ich bin es ihnen schuldig, an ihre Stelle zu treten und keinen Funken zu verschwenden.«

»Das ist es, was an Ihnen so anziehend ist«, sagte er. »Und was uns – Kerle wie Rudi und mich – hundert Jahre älter macht. Wir reißen unsere Arbeit herunter, scheffeln Geld und sagen uns: Was für eine Bedeutung könnte Kunst noch haben, wo Millionen gestorben sind? Sie dagegen stellen sich hin und sagen: Jetzt erst recht. Weil Millionen gestorben sind, muss Kunst um jeden Preis eine Bedeutung haben.«

Es verblüffte Nina, die Dinge so präzise in Worte gefasst zu hören, doch die Erklärung traf den Nagel auf den Kopf. Sie beschrieb den Kern ihres Wesens und ihre Antriebskraft.

»Sie können auch anders«, sagte sie. »Niemand zwingt Sie, ein Zyniker zu sein.«

»Nein, niemand zwingt mich, und Zynismus ist ein Zeichen von Schwäche«, sagte er. »Aber ich kann trotzdem nicht anders. Um ehrlich zu sein, bin ich überrascht, dass es mir so viel Vergnügen macht, Ihnen dabei zuzusehen. Wenn Sie nichts dagegen einzuwenden habe, würde ich es aus der Ferne ab und an gern weiter tun.«

»Nicht aus der Ferne«, rutschte es ihr heraus, und im selben Atemzug dachte sie: Gehen wir in dieses Hotelzimmer, das du dir mit Kante teilst. Sie fühlte sich träge und aufgekratzt, erschöpft und erregt zugleich. Bleiben wir zusammen, sehen wir, was geschieht, nur erlauben wir dieser Nacht nicht, ein Ende zu nehmen.

Wortlos sah er sie an. Sein Blick sprach Bände, und ihrer gab Antwort. So schön wie heute hatte sie ihn nie gefunden, was an der Beleuchtung und der verlaufenen Schminke liegen mochte. Sie tranken ihre Gläser leer, während ihre freien Hände einander festhielten.

»Ich kann das nicht«, sagte er schließlich. »Es wäre nur gut für mich, nicht für dich.«

»Und woher willst du das wissen?«

»Ich kenne mich. Von all dem, was du über mich gesagt hast, ist ja nichts falsch.«

»Und wenn mir das egal ist?«

Er öffnete den Mund zu einer Antwort, hielt aber inne und lächelte.

»Dann erlaube mir, zumindest in dieser einen Nacht festzustellen, dass ich ein bisschen besser bin, als ich dachte.«

»Für die eine Nacht lohnt sich das nicht.«

»Wenn du wüsstest, wie sehr sich das lohnt.« Er lächelte noch immer.»Und jetzt bringe ich dich nach Hause. Damit unser unermüdlicher Freund Hiero auch zu seiner Christa heimgehen kann.«

Alles in Nina sträubte sich, doch ihr blieb keine Wahl. Unerbittlich führte er sie hinaus in das schmale Entree, wo zwei müde Garderobenfrauen hinter ihrem Tresen Arm in Arm miteinander schunkelten.

»Unsere Mäntel!«, rief Nina und blieb stehen, als wäre ihr im letzten Moment eine Rettung eingefallen und sie müsste noch nicht fort aus dem Paradies.

»Wir haben doch gar keine abgegeben.« Statt ihr seinen Arm zum Einhaken zu reichen, legte er ihn um ihren Rücken und führte sie hinaus in die sommerliche Nacht der Stadt. Berlin war noch nicht schlafen gegangen, sie funkelte in Blauschwarz und in Gold wie der Himmel im Saal, nur dass dieser hier echt war und sich in jedem Augenblick zuziehen konnte. Zwei Betrunkene, die ihre Krawatten aufgeknotet um den Hals trugen, torkelten Seite an Seite an ihnen vorüber, während am Rinnstein Limousinen hielten und in Seide gewandete Herrschaften einluden. Ein Bettler mit Beinstumpf beschimpfte einen mit Augenklappe. Eine blutjunge Hure ging mit einem steinalten Mann von dannen, und ein Hund hob sein Bein an einer der blechernen Mülltonnen, die sich in einem Hoftor reihten und zum Himmel stanken.

»Und jetzt?«, fragte Anton.»Wohin?«

»Nirgendwohin. Geh mit mir nach da oben ins Hotel, in euer berüchtigtes Lotterzimmer. Ich habe es satt, so gottverdammt unschuldig, anständig und stinklangweilig zu sein.«

Er blieb stehen, nahm sie sachte bei den Aufschlägen des blauen Kleides und drehte sie zu sich.»Wenn du das langweilig nennst, dann würde ich dich in un-langweilig nicht überleben«, flüsterte er.»Du bist ein Gezeitenstrudel, Nina. Sobald du in Bewegung gerätst, reißt du alles um dich mit.«

Sie sah sein Gesicht sich nähern, streckte ihm ihres entgegen, und gleich darauf trafen sich ihre Lippen. Er war kein sehr großer Mann, und sie war keine sehr kleine Frau, sie passten zusammen wie füreinander erfunden. Er schmeckte blitzsauber, trotz der langen, versumpften Nacht, nach Minze, einer Spur Rum und Zitrusfrüchten, und Nina nahm sich vor, in jeder Nacht, in der sie einen Mann küssen wollte, zum Abschluss mit ihm einen *Mojito* zu trinken. Nur konnte sie sich – und das war die Krux – bei diesem Schlag, den das Herz der Welt tat, keinen anderen Mann vorstellen als den in ihren Armen.

Seine Hand schloss sich um ihren Hinterkopf, die Finger wühlten sich in ihr Haar, und sie tat es ihm nach, grub die Finger in die dichte, störrische Masse und hätte vor Freude aufschreien wollen.

Als sie sich losließen, sahen sie sich bass erstaunt in die Augen. Auf seinem Gesicht lag weißer Lampenschein und entblößte ihr jeden Zug, jeden Schatten, jede verästelte Ader, jede gebogene Wimper.

»Nina«, sagte er, »Nina. Ich habe noch nie ein Mädchen gekannt, das Nina hieß.«

»Mein Vater auch nicht«, sagte Nina. »Deshalb wollte er, dass ich so heiße. Mein Bruder heißt Carl-Otto, nach seinen beiden Großvätern, aber mein Vater fand, er kenne allzu viele Carls und allzu viele Ottos, also beschloss er, ihn Carlo zu rufen.«

»Danke«, sagte er.

»Wofür?«

»Dafür, dass du mir das erzählt hast.«

Nina war nicht sicher, warum sie es getan hatte.

»Ich sage jetzt nicht, ich würde deinen Vater gern kennenlernen.«

»Warum nicht?«

»Ich glaube, unsere ganze Generation kann das: am Tonfall hören, dass jemand nicht mehr kennenzulernen ist.«

Er zog sie an sich, und sie legte ihr Gesicht an seine Schulter. Dafür war er groß und sie klein genug. Sie wiegten sich miteinander wie vorhin im Theater und ließen Berlin, das jetzt in müden, ruhigen Wellen floss, an sich vorbeigleiten.

»Mir geht ein Gedicht im Kopf herum, das *Nina* heißen sollte«, sagte er. »Ein Gedicht, das *mein* Vater mochte.«

»Sag's mir auf.«

»Es ist von Theodor Storm«, sagte er. »Einem Dichter, von dem ich dergleichen nicht erwartet hätte. Leider weiß ich nur noch ein paar Zeilen, aber die werde ich jetzt wohl für immer wissen:

›Fern hallt Musik; doch hier ist stille Nacht,
Mit Schlummerduft umhauchen mich die Pflanzen;
Ich habe immer, immer dein gedacht,
Ich möchte schlafen, aber du musst tanzen.‹«

Sie legte die Arme um ihn. Strich ihm den Rücken hinauf und über den bloßen Streifen Haut im Nacken. Sie küsste seine Schulter, wünschte, er könnte durch den Stoff von Hemd und Rock etwas spüren und sie auch. Irgendwann ging er mit ihr weiter, breitete im Gehen wieder seinen Arm um sie und hielt sie an sich gedrückt.

»Nun aber doch: Wohin geht es?«

»In die Jerusalemer Straße.«

Morgen ist er fort, dachte sie und passte die gedachten Worte dem Rhythmus ihrer Schritte an. Geht mit einer anderen ins *Central-Hotel,* mit einer der Anbeterinnen aus dem Theater oder mit einer neuen, und mir sollte es Jacke wie Hose sein. Ich habe ein Programm zu entwerfen, eine Nummer fürs Varieté, ich habe ein brandneues Leben vorzubereiten, ein Wunder zu wirken, ein Feuerwerk zu zünden – was schert mich da, mit wem dieser Mann morgen oder irgendwann seine Nächte verbringt?

Sie bogen in Ninas Straße ein, die jetzt, ohne den ständigen Verkehr, leer und weit wirkte wie eine Wüste aus Asphalt, in der die Häuser mit ihren dunklen Fenstern wie Monolithen einer versunkenen Epoche aufragten. Es war wie mit ihrem Zimmer. Dunkelheit und Stille machten alles größer, öffneten Räume zum Universum hin, und was bei Tag Grenzenlosigkeit bot, wurde bei Nacht Verlorenheit.

Unvermittelt krallte sich ihre Hand in seine Seite. Er sah auf sie nieder, in seinem Gesicht eine Ratlosigkeit, die beinahe wie Angst wirkte. Ihren eigenen Gefühlen schien er einen Spiegel vorzuhalten, nur hatte sie auf einmal vor nichts mehr Angst als davor, ihn morgen nicht wiederzusehen.

»Nichts von dem, was wir tun, ist klug, Nina.« Seine Stimme war heiser. »Wo wohnst du?«

»Da vorn.« Sie zeigte auf das Tor zum Hof. »Im Seitenflügel.«

Wenn er gleich fragen würde, ob sie von hier an allein zurechtkam, würde sie Nein sagen, nein, nein, nein.

»Ich bringe dich noch zu deinem Aufgang«, sagte er. »Es treibt sich eine Menge lichtscheues Gesindel in der Gegend herum, und bei den Preiserhöhungen werden es täglich mehr.«

Nina war vor ein paar Tagen um ein Haar über einen Mann gestolpert, der ihr hinter der Tür zum Seitenflügel aufgelauert hatte. Sie hatte sich erschrocken, doch der Mann war kein Dieb, sondern ein Bettler gewesen und hatte sie um ein Almosen angefleht. Über die Fünfzigpfennignote, das einzige Geld, das sie bei sich trug, hatte er laut gelacht. »Für das Sümmchen bekommt man keine läppische trockene Schrippe mehr, aber selbst dafür haben wir jetzt ein bedrucktes Scheinchen.«

»Ich glaube, ich sollte ein Engagement in Dresden annehmen, das mir angeboten worden ist«, sagte Anton. »Am besten gleich morgen abreisen.«

»Aber du musst doch bis zum Ende der Spielzeit in *Gespenster* auftreten!«, rief Nina.

»Ach ja«, murmelte er und schob die Tür des Aufgangs für sie auf. »*Gespenster*. Das hatte ich fast vergessen. So elend, wie die Premiere gelaufen ist, wird es vielleicht früher abgesetzt. Gute Nacht, Nina. Sei kein Rotkäppchen. Geh nicht in den Wald mit dem bösen Wolf.«

Ihr Körper verkrampfte sich. Sie wollte ihn festhalten. Er aber blieb von selbst stehen und lauschte in die Dunkelheit des Treppenhauses.

»Da ist jemand«, flüsterte er.

Augenblicklich spürte Nina es auch. Kaum hörbares Rascheln, etwas wie Atemzüge und eine Duftnote, die aus dem schimmeligen Mief des Treppenhauses herausragte. Lavendel, gemähte Wiese und der Geruch von frisch gewaschener Wäsche in der Waschküche von Neu-Mahlen.

»Wo ist hier das Licht?« Anton tastete an der Wand nach dem Schalter und knipste ihn an. Eine verschmierte, umgitterte Birne an der Decke verbreitete einen trüben Schimmer. Er trat auf die oberste Stufe, blickte zwischen den Stockwerken nach oben. »Hallo? Ist da jemand?«

Ein leiser Knall ertönte, als springe jemand auf die Füße, dann eilten trippelnde Schritte die Stufen herunter.

»Ninchen? Bist du das? Dem Himmel sei Dank.«

Anton hatte den Arm fest um Nina geschlossen, lockerte jetzt aber seinen Griff. »Ihr kennt euch?«

»Tante Sperling«, stieß Nina fassungslos heraus. »Was um alles in der Welt machst du hier?«

»Ich wollte dich besuchen«, antwortete die Tante, deren zierliche, in einen Lodenmantel gehüllte Gestalt über ihnen auf dem Treppenabsatz auftauchte. »Deine Wirtin, die traurige Dame, hat gesagt, du bist nicht zu Hause, also dachte ich mir, ich warte auf dich. Dass es so lange dauern könnte, hatte ich, um der Wahrheit Genüge zu tun, nicht in Betracht gezogen.«

Nina tastete nach ihrer Uhr, bis ihr einfiel, dass die in ihrer Tasche im Theater steckte. Anton aber hatte seine schon herausgezogen und hielt sie ihr hin. Es war halb zwei in der Nacht.

»Du hast die ganze Zeit hier auf den Stufen gesessen?«, fragte Nina entsetzt.

Tante Sperling lächelte entschuldigend. »Ich wollte dir doch keine Schwierigkeiten bereiten, Ninchen. Noch einmal bei deiner Frau Grottenheimer zu klingeln, das hätte ich mich nicht getraut.«

ZWEITE NUMMER

Menschen, Tiere, Sensationen

Berlin
November 1921

15

JENNY

*D*u *musst tanzen*‹, glaubte Jenny die Stimme ihrer unbarmherzigen Choreografin durch den Raum gellen zu hören, während sie versuchte, ihren Steiß auf dem Aufsatz der Stange auszubalancieren und einen Arm wie zum Anheben unter ihre Oberschenkel zu breiten. ›*Sobald du dich selbst auf dem Arm hast, musst du beginnen zu tanzen. Es soll ganz leicht wirken. Federleicht. So als koste es überhaupt keine Anstrengung.*‹

Das sagt sich so einfach, wenn man danebensteht und sich selbst nie im Leben an einem Adagio-Akt versucht hat, dachte Jenny. Ein Adagio-Akt, bei dem ein Partner den anderen in die Höhe hob und ihn in der Balance hielt, während er seine Splits und tänzerischen Figuren ausführte, war schwer genug. Ein Adagio-Akt, bei dem der Partner, der anhob, und der Partner, der tanzte, jedoch ein und derselbe waren, war ein Ding der Unmöglichkeit.

»Das habe ich dir doch gesagt: Unmöglich gibt es bei mir nicht«, hatte Ninas Kommentar dazu gelautet. »Wir müssen eben üben, bis es funktioniert. Die Idee ist zu gut, um sie nicht umzusetzen.«

Von wegen *wir!* Jenny schnaufte, verlor dadurch das Gleichgewicht und rutschte von der Stange. Inzwischen war ihr das so häufig passiert, dass sie gekonnt abrollte und sich zumindest nicht mehr Schulter und Hüfte prellte. Von der tänzerischen Leichtigkeit, die Nina erreichen wollte, war sie jedoch meilenweit entfernt, obwohl sie seit bald drei Monaten nahezu ununterbrochen übte.

»Verdammt, warum lasse ich mich eigentlich von dieser putzigen Brandenburger Pute herumkommandieren und breche mir für sie die Knochen?«, hatte sie eines Abends Darius gefragt, als sie sich völlig erledigt und von blauen Flecken übersät neben ihm auf das Kanapee fläzte.

»Weil du weißt, dass die putzige Brandenburger Pute ein Genie ist«, hatte er ungerührt erwidert. »Und weil es, um einen Diamanten zu schleifen, einen anderen Diamanten braucht, Eugenie.«

Wenn er sie Eugenie nannte, hatte das dieselbe Bedeutung, wie wenn ihr Vater seinen Ring in erhitztes Wachs gedrückt und einen Brief damit versiegelt hatte. Dass er recht hatte, wusste Jenny auch so, deshalb beließ sie es dabei. Dennoch wurde die Situation allmählich prekär, wobei das die Untertreibung des Jahres war: Wenn sie nicht bald mit irgendetwas, das sie taten, Geld verdienten, halfen ihnen keine Genialität und keine diamantene Einzigartigkeit mehr.

Dann war Schluss mit lustig.

Und mit allem anderen auch.

Dadurch, dass sie praktisch ununterbrochen an dem arbeitete, was Nina *mein Programm* nannte, blieb Jenny kaum noch Zeit, sich um Auftrittsmöglichkeiten zu kümmern. Sämtliche Muskeln schmerzten ihr von den ungewohnten Bewegungen, und an manchen Tagen war sie so entkräftet, dass sie am liebsten im Bett geblieben wäre. Ab und an ein Abend im *Salamander* war alles, was sie zusätzlich meisterte. Sie hatte keine Zeit für Viktor, der noch immer kein Wort sprach und Darius zufolge dringend einem Kinderarzt hätte vorgestellt werden müssen. Sie hatte keine Kraft, sich zu allem anderen auch darum noch Sorgen zu machen, und noch weniger als Kraft und Zeit hatte sie Geld.

Der Winter stand vor der Tür, und in ihrem Zimmer war es so kalt, dass ihre Muskulatur sofort auskühlte, wenn sie sich nicht bewegte. Ein Frühstück bekam nur noch Viktor, Jenny und Darius begnügten sich an den meisten Tagen mit Mehlklößen, gelben Rüben und an grandiosen Tagen mit einer Tüte Schrippen. Jennys körperlichen Kräften war das alles andere zuträglich. Für ihre geistigen Kräfte tat Nina immerhin, was sie konnte: Von den paar Groschen, die sie als Aushilfskellnerin im *Wintergarten* verdiente, und aus anderen ihr zugänglichen Quellen besorgte sie an Alkohol und Zigaretten, was sich machen ließ.

»Wir schaffen das«, versicherte sie ihnen beständig aufs Neue und hörte dabei nicht auf, so zu klingen, als glaube sie selbst unbeirrt daran. »Bevor es richtig Hochsommer wird, sind wir so weit, uns bei

Direktor Neugebauer zu bewerben, und dann geht die Post ab.« Als es richtig Hochsommer wurde, war Matthias Erzberger von Angehörigen eines Freikorps und eines rechtsradikalen Geheimbunds ermordet worden. Schon in seiner Zeit als Finanzminister hatte der Politiker des Zentrums Morddrohungen erhalten, weil er Mitglied der Kommission gewesen war, die den Waffenstillstand unterzeichnet hatte. »Novemberverbrecher« und »Erfüllungsgehilfe« schimpften ihn die Rechten, für die der Vertrag von Versailles ein »Dokument der Schande« war. Dass sie jedoch tatsächlich so weit gegangen waren, den im Ruhestand lebenden Erzberger am helllichten Tage niederzuschießen, erschütterte mehrere Tage lang die Nation.

Die stand auf so wackligem Fuß wie Jenny selbst, wenn sie den gottverdammten Adagio-Akt ausführte. Die Täter gehörten offenbar einer verbotenen paramilitärischen Organisation an, deren Münchner Sitz die Polizei ausgehoben hatte, doch nach ein paar Tagen musste man den ganzen Haufen Verhafteter wieder laufen lassen, weil es an Beweisen gegen sie fehlte.

Jenny gab sich alle Mühe, sich mit Politik nicht zu beschäftigen, doch das rächte sich in der Nacht. Alles, was sich aufschwang, den schmalen, schwankenden Flecken Erde, den sie sich unter ihren Füßen erkämpft hatte, zu zerschlagen, verursachte ihr Magenbeschwerden und Träume, die sie ihrem ärgsten Feind nicht wünschte.

Doch, dem vielleicht schon. Ihrem ärgsten Feind wünschte sie noch ganz anderes, aber der war weit weg, würde auch weit weg bleiben, und an ihn zu denken, machte die Träume schlimmer. Für Beruhigung hätte womöglich das Programm gesorgt, wenn es denn so weit gewesen wäre, dass es dem Direktor des *Wintergarten* hätte vorgestellt werden können. Davon waren sie in der letzten Augustwoche jedoch noch himmelweit entfernt. Aus »vor dem Hochsommer« wurde »ehe der Sommer zu Ende geht«, und inzwischen hieß es: »noch vor Weihnachten«.

»Zum Teufel, manchmal wünschte ich, ich wäre dir und deinem verfluchten Größenwahn nie begegnet«, hatte Jenny erst vor ein paar Tagen geflucht. »Mein Kinding klappert mir mit den Zähnen, obwohl ich ihn in Schal und Mütze ins Bett stopfe, weil sich im ganzen Haus kein Stück Kohle mehr findet. Warum müssen es denn unbedingt der verdammte *Wintergarten* und der verdammte Adagio-Akt sein, warum geht es nicht eine Nummer kleiner?«

»Das meinst du doch wohl nicht ernst«, hatte Nina protestiert. »Was hätte denn *dein* Größenwahn ohne meinen angefangen, wenn wir uns nicht begegnet wären? Natürlich muss es der *Wintergarten* sein, das weißt du doch selbst. Als Kleine-Brötchen-Bäcker haben wir versagt, jetzt lass uns zusehen, was wir als Nach-den-Sternen-Greifer zustande bringen. Und nur nebenbei – den Floh mit dem Adagio-Akt hast du mir ins Ohr gesetzt.«

Jenny stöhnte und massierte sich die verspannten Oberschenkelmuskeln. Natürlich hatte sie recht, Nina Neunmalschlau, die vom Fohlen aus der Provinz auf einmal zum Vollblüter geworden war, der ihren Karren im Handgalopp zog. Sie schien vor nichts mehr zurückzuschrecken, sich von nichts aufhalten zu lassen: An einem Abend im Mai hatte sie mit einer Flasche hausgebrautem Heidelbeerlikör vor Jennys Tür gestanden und ihr erklärt, was sie vorhatte. »Wir betteln nicht mehr die Männer darum an, sondern stellen uns selbst auf die Bühne. Wir zeigen den Leuten, was wir Frauen von 1921 aus dem Boden stampfen.«

Der Heidelbeerlikör, den ihre verschrobene Tante aus dem brandenburgischen Kaff mitgebracht hatte, war grauenhaft. Aber der Plan war großartig. »Du kannst doch so viel mehr als auf Kneipentischen Brücken schlagen«, hatte sie zu Jenny gesagt. »Erzähl mir nicht, ich liege damit falsch.«

Ganz falsch kannst du nicht liegen, hatte Jenny gallebitter gedacht. An der Woganowa-Ballettschule haben sie mir ein Stipendium aufgedrängt und eine Zukunft am *Bolschoi* vorausgesagt. Statt davon vor Nina ein Wort zu erwähnen, sagte sie:»Wenn du das, was du da aufs Papier gekritzelt hast, tatsächlich auf die Bühne des *Wintergarten* kriegst, lege ich dir einen Adagio-Akt hin, bei dem ich mich selber auf den Arm nehme.«

Die kleine Nina, so harmlos sie wirkte, war eine Wahnsinnige, eine Besessene, eine Hungernde, deren Gier und Appetit auf alles und jeden nicht zu stillen war. Statt über den Spruch hinwegzugehen, erkundigte sie sich, was ein Adagio-Akt war, und erklärte anschließend: »Gekauft. Genau das brauchen wir für den Höhepunkt: eine Frau, die sich selbst aus dem Sumpf hebt und auf ihren eigenen Händen in den Himmel tanzt, die dazu keinen Mann und keine Erlaubnis mehr braucht.«

Es war in der Tat ziemlich atemberaubend. Schlagartig fühlte Jenny sich beflügelt, wie sie es nicht mehr für möglich gehalten hätte. Nur dass Nina, wenn sie ihr wild entschlossenes »Gekauft« schmetterte, nie Geld auf den Tisch zu legen hatte. Alles erdenkliche andere schon: Heidelbeerlikör, Stricksocken, Leberwurst in Weckgläsern, alles aus Brandenburg stammend und von einer Perle namens Fritzi gefertigt. Angebrochene Weinflaschen, die die Riege ihrer Anbeter im *Wintergarten* – der Ausrufer Fridolin und Hiero Haase, der Kellner – ihr zusteckten, wenn sie an Tischen übrig blieben. Zigaretten, die sie von Gästen geschenkt bekam und, hinter die Ohren gesteckt, für Jenny sammelte, und als absolute Ausnahme köstliche Überreste von einem Mahl, das sie mit ihrem begüterten Liebhaber geteilt hatte.

Nina, die ansonsten so vernünftig und praktisch vorging, erlaubte diesem Liebhaber nämlich nur höchst selten, sie einzuladen – und wenn, dann im besten Fall zu Bockwurst und Bier im *Salamander* oder zu einem Pumpernickel mit ein bisschen Butter drauf bei *Jädicke*, wo die Journalisten sich amerikanische Cocktails hinter die Binde kippten. Ganze drei Mal hatte sie seinen Bitten nachgegeben, sich von ihm zum Essen ausführen zu lassen, und war am Morgen darauf mit der Handtasche voller Delikatessen für Jenny, Viktor und Darius vorbeigekommen: eine zerbröselnde Königinpastete, eine mit Mandelsplittern besetzte Praline, eine Rose aus Marzipan, eine Handvoll Cocktailkirschen …

»Warum bekommen wir so etwas nicht öfter?«, hatte sich Jenny beschwert. »Schließlich kann dein Anton sich das ja wohl aus der Portokasse leisten. Um den reißt sich doch ganz Berlin – kaum hält der seine hübsche, von düsterer Melancholie umflorte Visage irgendwo in eine Kamera, fängt die Reichsbank an, Geld zu drucken.«

»Die Reichsbank druckt sowieso Tag und Nacht«, hatte Nina erwidert. »Schon komisch, wenn einem die Geldbörse dicker und dicker vorkommt und man trotzdem immer weniger zum Ausgeben hat. Aber Antons Geld ist trotzdem seins, und meins ist meins.«

»Klingt logisch«, hatte Jenny erwidert. »Nur leider hast du keins, mein Golding.«

»Wir müssen eben noch eine Weile mit dem, was ich verdiene, auskommen«, sagte Nina. »Ich werde von Anton jedenfalls nichts annehmen, auch wenn er mir immer wieder anbietet, mir ein zinsloses Darlehen zu gewähren, bis das Programm präsentationsreif ist, mir mit den Requisiten auszuhelfen oder meine Miete zu bezahlen.«

»Und damit lässt du ihn allen Ernstes im Regen stehen? Mein lieber Scholli, einem Kerl, der anbietet, meine Miete zu zahlen, ehe Kommerzienrat Giesecke mir den Hals umdreht, dem würde ich die Füße küssen, und weiß Gott nicht nur die.«

»Ich will nicht noch einmal versuchen, mich einem Mann zu verkaufen«, sagte Nina. »Und ich will nicht noch einmal meine Zukunft von einem Mann abhängig machen.«

»Aber zur Hölle, du magst den Kerl doch. Du willst ihn haben, er will dich haben, wenn's also überhaupt um Verkauf geht, dann verkauft ihr euch gegenseitig. Und was ist dabei, wenn er dir statt Rosen, Tulpen, Nelken ein paar Scheine kredenzt, um dir aus der Patsche zu helfen? Uns allen, um genau zu sein – ich hab nichts gegen Unterwäsche mit Löchern, aber wenn mehr Loch als Stoff da ist, steht man irgendwann nackig auf der Straße.«

»Ich weiß, es ist hart«, hatte Nina gesagt. »Aber mir ist nun einmal klar geworden, dass ich es aus eigener Kraft schaffen muss oder gar nicht. Ich will nicht noch einmal erleben, dass mir jemand mit einem Griff mein bisschen Boden unter den Füßen wegziehen kann, und ich denke außerdem, dass wir Frauen es ernst meinen müssen: Wenn wir die Hälfte der Welt wollen, müssen wir uns auch die Hälfte von allen Arbeiten aufladen.«

Jenny war nicht sicher, ob sie die Hälfte der Welt wollte. Derzeit hätte sie sich mit einem Hunderttausendstel oder womöglich einem Millionstel zufriedengegeben – eine warme Hütte, ein voller Bauch, hier und da ein Kleidchen oder auch zwei und ein bisschen Chichi. Von allem auch gern etwas mehr, wenn es nicht allzu viel Mühe machte. Mühe, dachte Jenny, hatte ich in den paar Jahren, die ich als Pflichtteil absolviert habe, schon zu viel. Für den Rest meines Lebens, für die Kür, würde ich es vorziehen, einen wesentlichen Teil des Tages mit meinem Vergnügen zu verbringen.

Nina dagegen ging jetzt aufs Ganze und hatte sogar ihrer Mettwurstringe und Obstkonserven schickenden Sippe in der Uckermark erklärt, sie verdiene jetzt selbst gutes Geld und verzichte künftig auf ihre Apanage. Sie hasste es sogar, wenn Jenny die finanzielle Zuwendung ihrer Familie eine Apanage nannte.

»Solche Leute sind wir nicht mehr«, erklärte sie mit blitzenden Augen. »Wir sind es gewesen, aber die Zeiten sind vorbei, und meine Mutter verdient ihr Geld mit ihrer Hände Arbeit, so wie alle.«

»Apanage hin oder her – wären es meine Leute, dürften sie mir schicken, wozu sie Lust haben«, hielt Jenny dagegen. »Immer her damit, im Hause Alomis ist alles willkommen. Bis auf die umhäkelten Taschentücher vielleicht.«

»Ich will mir meinen Traum erfüllen, ohne dass meine Familie darunter leidet«, sagte Nina. »Ich will meinen Weg gehen, und ich will an Gabelungen niemanden fragen müssen als mich selbst.«

»Ich wäre doch verrückt, wenn ich mich darauf einließe«, hatte Jenny zu Darius gesagt. »Sie kann ihren Alleingang ja durchziehen, aber warum soll denn ich den Wahnsinn mitmachen?«

»Weil du verrückt bist«, hatte Darius geantwortet. »Und weil du dich längst darauf eingelassen hast.«

Jenny seufzte und stand auf, um ihren Körper von Neuem in die verquere Körperstellung zu zwingen, die den Höhepunkt ihres Programms bilden sollte. Ja, natürlich hatte er recht. Nina hatte sie aus ihrem Bunker aus Gleichgültigkeit gerissen, in dem sie sich sicher gefühlt hatte. Sie war von Anfang an Feuer und Flamme gewesen, und jetzt konnte sie nicht mehr zurück. Nicht ohne es zumindest probiert zu haben – und es war ja auch nicht alles so schwarz, wie es ihr gerade erschien.

Heute war eben ein schwieriger Tag. Die Temperaturen waren gefallen, was ihren Muskeln und Gelenken nicht guttat, ihr Magen knurrte, und in der Kasse herrschte nicht nur Ebbe, sondern Leere.

Kein Wunder also, dass nichts klappen wollte und sie sich vorkam, als trete sie auf der Stelle. Wenn es ihr aber nachher gelang, Alfred noch einmal anzupumpen, und wenn Darius morgen bei seinem Auftritt auf einem Kinderfest mehr als eine Tüte Zuckerschnecken einnahm, würde es auch wieder besser funktionieren. Das Programm war nicht vollständig, es hatte Schwächen, die sie ohne Geld praktisch nicht beseitigen konnten, aber dennoch musste ein Blinder mit Krückstock bemerken, dass unter der Regie der namenlosen Nina Veltheim etwas Phänomenales entstand.

Selbst ist die Frau – so lautete der vorläufige Titel der pantomimisch erzählten Vignetten, und Jennys Tanzdarstellung als Frau, die ihre Welt aus den Angeln hebt, sollte den Mittelpunkt bilden. »Aber ich alleine bin doch kein Programm«, hatte sie gesagt. »Wie willst du denn ohne Geld Tänzerinnen für die zweite Reihe engagieren?«

»Ich finde schon welche«, hatte Nina versprochen, und genau das hatte sie getan – aus der Not eine Tugend gemacht und Tänzerinnen gefunden, die vorläufig nichts kosteten, sondern sich aus purer Lust in das Projekt stürzten, es zu ihrem eigenen machten: eine Putzfrau, die im *Wintergarten* die Flure schrubbte, eine Souffleuse aus dem Theater, in dem man sie ausgepfiffen hatte, eine Platzanweiserin, zwei Garderobenfrauen, zwei Huren, Mutter und Tochter, die an der Friedrichstraße in Hauseingängen standen, und die polnische Aushilfe aus der Gemüsehandlung. All diese Frauen, von denen die Hälfte Soldatenwitwen waren, hatten keine Wahl, als ihr Leben selbst in die Hand zu nehmen. In aller Herrgottsfrühe, ehe sie zur Arbeit aufbrachen oder wenn sie davon nach Hause kamen, trafen sie sich auf der Probebühne des *Wintergarten*. Fridolin ließ sie heimlich ein, und auf den nackten Brettern, ohne Kulisse, Beleuchtung und Musikuntermalung, übten sie ihren wilden, wütenden, wundervollen Tanz ein.

»Du in der Mitte bist mein Solitär«, sagte sie zu Jenny. »Aber Diamanten sind sie alle miteinander.«

Sie hatte recht. Jenny Alomis, die mit dem Ballett des *Bolschoi* hätte tanzen sollen, hoppelte stattdessen mit einem zusammengewürfelten Haufen Berlinerinnen ohne Tanzausbildung über die Bühne und hätte nicht tauschen wollen – zumindest nicht an Tagen, an denen sie von irgendwoher Geld bekamen. Es lag eine Kraft, eine Ladung Zündstoff in dieser rohen Darstellung, wie Jenny sie seit Jahren nicht mehr und vielleicht ohnehin nur als Kind erlebt hatte.

»Das ist erst der Anfang«, hatte Nina gesagt. »Ich suche weiter – am Ende sollen es drei- oder viermal so viele Frauen werden, die einen Ring aus Feuer um dich und deinen Tanz bilden.«

»Und wer macht uns die feurigen Kostüme?«, hatte Jenny gefragt. »Und das Bühnenbild?«

Ninas Antwort kam wie aus der Pistole geschossen: »Die Frau, die im *Salamander* sitzt und auf Bierdeckel malt.«

Sonia Spielmann.

Ein Name, der viel zu perfekt zu ihr passte, um nicht erfunden zu sein, aber Jenny war die Letzte, die sich darüber mokiert hätte. Dass man mit einem Namen nicht geboren war, bedeutete schließlich nicht, dass er einem nicht zustand, und wer einen neuen Namen wollte, weil es ein neues Leben nun einmal nicht gab, der hatte ihr Verständnis. Die Galizierin konnte Sonia vor Jenny allerdings nicht verbergen. Als eine von Tausenden, die von der gigantischen Welle von ihrem Strand weggespült worden war, hatte sie ein Ohr für die Zungenschläge der Übrigen entwickelt – ihre Gehörgänge waren die reinsten Europakarten. Nina aber bemerkte dergleichen nicht, und wenn Sonja darüber schwieg, würde auch Jenny schweigen.

Verblüfft war sie darüber, dass Sonia tatsächlich zusagte. Nina war eine Rattenfängerin, verfügte über eine Überzeugungskraft, der kaum ein Mensch sich entziehen konnte. Sie war dermaßen elektrisierend, dass man den Boulevard Unter den Linden mit ihr hätte ausleuchten können, und einem Kriegskrüppel ohne Arme hätte sie Boxhandschuhe verkauft.

Sonia saß weiterhin im *Salamander,* doch statt auf Bierdeckel zeichnete sie jetzt auf die Rückseiten alter Plakate, die Nina von Fridolin geschenkt bekommen hatte. Das bisschen Brot und Suppe, das sie in ihren mageren Körper löffelte, kaufte ihr fortan Nina, und statt der Zecher-Porträts entwarf sie Kostüme und einen Bühnenraum, der aussah wie in der Schwerelosigkeit zwischen Albtraum und Wunschtraum, meilenweit entfernt vom Boden der Welt.

»Sie ist genial«, sagte Nina. »Drei geniale Frauen in einer einzigen Kneipe – dagegen kann das *Romanische Café* einpacken. Irgendwann wird an Alfreds Tür eine Ehrentafel hängen, und die Besucher werden hereinströmen, um den Tisch zu sehen, an dem wir gesessen haben.«

Sonia wohnte im Keller eines Geschäftshauses in der Charlottenstraße. Das Geschäftshaus verkaufte Damenkonfektion, und in dem Keller war es so dunkel, klamm und unwohnlich, dass weder Jenny noch Nina es dort länger als eine Nacht ausgehalten hätten. Sonia aber zuckte nur mit den knochigen Schultern. »Mir ist es recht, und es kostet nichts. Dafür, dass ich ihm ab und an ein paar Entwürfe zeichne, lässt der Direktor von dem Konfektionshaus mich umsonst wohnen.«

»Für *deine* Entwürfe lässt er dich in diesem Kellerloch hausen?«, empörte sich Jenny. »Der Kerl muss denken, es ist jeden Tag sein Glückstag, seit er dir begegnet ist. Und wie kannst du da unten überhaupt malen, da ist doch nicht mehr Licht als in einem Karnickelbau?«

»Manchmal gefällt es mir, im Dunkeln zu zeichnen«, sagte Sonia. »Bilder sichtbar zu machen, die ich selbst nicht sehe. Und wenn es mir nicht gefällt, setze ich mich auf eine Parkbank oder abends ins *Salamander*. Da gibt es sogar Licht aus Lärm.«

Sonia schien niemanden zu haben, der zu ihr gehörte oder zu dem sie gehören wollte, doch seit jenen Tagen im Mai, als Nina sie *engagiert* hatte, gehörte sie zu ihnen. Sie mochten eine von der Vergangenheit der anderen nichts wissen, mochten voreinander stehen, als hätten sie sich soeben gegenseitig aus dem Boden gestampft, aber sie waren das Dreigestirn, die Heilige Dreifaltigkeit, die zusammen die Zukunft aufs Korn nahm.

»Wir schaffen das«, sagte Jenny zu sich selbst, wie sonst Nina es tat. Entschlossen richtete sie die Stange samt Ständer und Aufsatz neu aus, um ihren Körper mit seinem ganzen Gewicht von Neuem einer Metallscheibe von der Größe eines Markstücks anzuvertrauen. Sich mit dem Steißbein daraufzustützen, war schwierig und schmerzhaft, umso mehr, als Jenny als Schlangenfrau dem Backbending zugehörte und beispielsweise auf ihrem Brustbein viel stärker war. Mit Nina und

Sonia hatte sie jedoch unzählige Positionen ausprobiert, und nur diese würde – wenn die Stange so dunkel bemalt war, dass der Hintergrund sie verschluckte – eine Wirkung erzielen, als hielte sie sich selbst einen Meter weit über dem Boden in den Armen.

Sobald die Zuschauer die Illusion geschluckt hatten und sie mit ihren artistischen Tanzfiguren begann, konnte sie die Stellung auf dem Aufsatz verändern und sich den Druck erleichtern. Für ein paar erste Biegungen musste sie jedoch in der unangenehmen Position ausharren.

Beim Tanz – und letzten Endes waren auch die Verrenkungen einer Schlangenfrau nichts anderes – kam es darauf an, in einen Fluss zu geraten, in dem die Bewegungen wie von selbst abliefen und ihren Rhythmus fanden. Durch die verkrampfte Stellung auf dem Steiß und das ungewohnte Frontbending fiel es Jenny schwer, diesen Fluss zu erreichen, doch nach ein wenig Dehnen und Verlagern schien es ihr diesmal zu gelingen. Ihre Drehungen wurden fließender, das Spiel der Muskeln fügte sich harmonischer ineinander. Sie spürte die Kälte nicht mehr und begann, sich im Geist auf die nächste Phase vorzubereiten, in der sie dem Zuschauer vorgaukeln würde, sie werfe sich selber in die Luft, vollführe eine Drehung und balanciere ihren Körper auf einer Hand im schwerelosen Raum.

Die Tür wurde aufgerissen. Innerhalb der Sekunde, in der sie den Atem anhielt, wurde Jenny klar, was das Getrippel und Getrappel vieler Schritte bedeutete: Auf sie, die auf einer hauchdünnen Stange thronte, eilte eine gemischte Schar zu, die sich schätzungsweise aus einem Erwachsenen, einem knapp Dreijährigen und drei Katzen zusammensetzte – eine davon in der Größe eines mittleren Panthers. Lediglich von dem Erwachsenen war zu erwarten, dass er von Jenny auf der Stange einen halbwegs sicheren Abstand halten würde.

Die Stange würde kippen, daran bestand kein Zweifel. Dass sie allerdings kippte, bevor ihr Sohn oder Tibor, die Riesenkatze, sie erreicht hatten, kam unerwartet. Unvorbereitet stürzte Jenny vornüber, schaffte es gerade noch, den Kopf einzuziehen, und prallte mit der linken Schulter auf. Der Schmerz war tückisch, fuhr ihr unter den Knochen hindurch bis ins Herz. Automatisch betastete sie mit der

Rechten Rippen und Schlüsselbein und atmete auf, weil offenbar nichts gebrochen war.

Balletttänzer und Schlangenmenschen hatten eines gemeinsam: Wenn sie sich etwas brachen, waren sie hinterher nicht mehr dieselben, kaputte, geklebte Spielzeuge, die nie mehr richtig funktionierten. Die Vorstellung davon gehörte zu denen, die man nicht bis zum Ende denken durfte. Jenny hielt sich die Schulter und rappelte sich auf die Knie, fing Viktor mit einem unterdrückten Schmerzlaut in den Armen und hielt ihm die Ohren zu.

»Bist du von allen guten Geistern verlassen?«, fuhr sie Darius an. »Wie oft habe ich dir eigentlich erklärt, dass du hier nicht reinplatzen sollst, wenn ich probe – schon gar nicht mit der kompletten Menagerie.«

Sie hatte irgendeine ironische Bemerkung darüber erwartet, dass sie schließlich ständig probe und Viktor das Recht habe, ab und an seine Mutter zu sehen. Stattdessen kniete sich Darius ihr gegenüber auf den Boden und deckte seine Hände über ihre, die auf Viktors Ohren lagen.

»Du musst kommen«, sagte er, das Gesicht weiß und spitz und die Stimme nicht ganz sicher. »Nach vorn in die Diele. Kommerzienrat Giesecke ist da.«

Jenny atmete durch. Kommerzienrat Giesecke, der nie im Leben ein Kommerzienrat gewesen war und jetzt, in der Demokratie, ohnehin kein Anrecht mehr auf so ein Museumsstück von Titel hatte, war der Mann, der diese Wohnung an sie untervermietete. Wie zahlreiche Männer der Mittelschicht, die in erschreckender Geschwindigkeit verarmten, hasste er nichts so sehr wie Leute, die noch rasanter verarmten als er. Seine Mieterin beispielsweise, die sich ihm als »wohlhabend und mit makellosem Leumund« vorgestellt hatte, jetzt jedoch Schuldenberge bei ihm anhäufte und in seiner Wohnung ein Lotterleben führte.

Kommerzienrat Giesecke war ein Griesgram und Menschenfeind vor dem Herrn. Da er aber Aufwand scheute und möglichst reibungslos an sein Geld kommen wollte, ließ er sich stets mit Versprechungen beschwichtigen.

»Na schön«, sagte sie. »Der Augenblick ist nicht gerade günstig, denn ich habe keine müde Mark in der Tasche, aber gefressen hat er uns bis jetzt noch nie. Geh zu ihm, sag, ich bin gerade verhindert, komme aber morgen Mittag persönlich bei ihm vorbei und bringe ihm die gesamte Summe, die wir ihm an Miete schulden.«

Die ganze Summe auftreiben zu wollen, war vollkommen illusorisch, aber eine substanzielle Anzahlung würde irgendwer ihr pumpen müssen. Wenn es nicht anders ging, hatte eben Nina in den sauren Apfel zu beißen und doch noch die Leihgabe vom schönen Anton anzunehmen.

»Es geht ihm nicht darum, uns zu fressen, Jenny«, sagte Darius, sein orientalischer Akzent war deutlicher denn je. »Er hat einen Gerichtsvollzieher und einen Polizisten dabei. Er ist gekommen, um uns rauszuschmeißen.«

16

NINA

Der Anblick, der sich ihr bot, als sie an diesem schwarzen, nasskalten Novemberabend aus dem Kino kam, schlug den, der sie in der Mainacht nach der Premierenfeier erwartet hatte, um Längen.

Beiden Anlässen gleich war allerdings, dass sie wie berauscht an Antons Seite ging und sich dem seligen Taumel des Augenblicks hingab – bis sie das Treppenhaus ihrer Behausung erreichte und vor vollendeten Tatsachen stand.

Damals hatte sie noch nicht einmal erfasst, was mit ihr geschah. Hatte nur vage gespürt, dass so etwas wie ein Stern in ihr Leben geprallt war und es für immer verändert hatte, dass die Nina, die am Nachmittag ins Theater aufgebrochen war, und die Nina, die jetzt zurückkam, sich fundamental unterschieden. Die eine war noch ein

Kind gewesen, wenn auch eines, das den Tod kannte. Die andere kannte eine Ahnung von dessen Gegenteil – und war fast eine Frau.

Sie wollte Anton in Frau Grottenheimers Wohnung schmuggeln, durch die dunklen Gänge bis in ihr Bett mit ihm schleichen, und wusste doch, dass sie danach womöglich ohne Dach überm Kopf dastand. Sie wollte ihn beschwören, bezirzen, verführen, damit er mit ihr den ganzen Weg zurückrannte und doch noch in das nächtliche Hotel mit ihr eintauchte. Gerade als sie sich daranmachte, es zu versuchen, fand sie sich geradewegs vor Tante Sperling wieder, die mit ihrem Handkoffer, ihrer prall vollgestopften Handtasche und ihrem Stickrahmen auf einer Treppenstufe saß.

»Ich weiß, es geht dir gut, du hast den Erfolg, den du verdienst, und wir sind alle stolz auf dich«, beteuerte sie treuherzig. »Aber ich konnte mir trotzdem nicht helfen, ich hatte so sehr den Wunsch, dich zu besuchen und mich selbst zu überzeugen – als stünde mein lieber Guntram hinter mir und flüsterte: Sperling, kannst du dich nicht in einen Zug setzen und dich überzeugen, dass bei meiner Kleinen wirklich alles zum Besten steht?«

Tante Sperling war das einzige Mitglied der Familie, das des Vaters Namen aussprach und offen von ihm redete. Verbieten konnten sie es ihr nicht, und davon, dass sie es ignorierten, hörte die Tante nicht auf.

Nina schluckte an einem Fluch. Statt vor dem Problem, mit ihrem Wunschliebhaber einen Platz für die Nacht finden zu müssen, stand sie vor dem, keine Unterkunft für ihre fragile Tante zu haben, und obendrein durfte die Lüge von ihrem erfolgreichen, finanziell abgesicherten Berliner Leben nicht auffliegen. Als wäre das nicht genug, musste sie irgendwie ihren Leuten in der Uckermark Bescheid geben, dass Tante Sperling unversehrt bei ihr eingetroffen war, ehe sie in ihrer Sorge allesamt hier auftauchten.

»Ich bin ihnen nämlich ausgebüxt«, gestand die Tante mit einem geradezu schelmischen Lächeln. »Deine Mutter, dein Bruder und deine Großmutter haben, so reizend sie auch sind, leider diese unverbesserliche Neigung, mich wie ein kleines Kind zu behandeln.«

Anton bot sich an, Nina mit allem zu helfen. Er bewohnte allein mit seiner Haushälterin eine Vierzimmerwohnung in der Charlottenburger Kantstraße, konnte Tante Sperling ein Gästezimmer zur Verfügung stellen, und ein Telefon hatte er auch.

Da stand Nina, die gerade erst beschlossen hatte, sich nie wieder auf einen Mann zu verlassen, sich nie wieder von einem Mann abhängig zu machen, sondern ihre Belange allein zu regeln. Und dort stand der Mann wie der Ritter in strahlender Rüstung, zauberte für ihren Sandsturm von Problemen eine Lösung nach der andern aus dem Hut und war obendrein auch noch der Mann, in den Nina sich ausgerechnet jetzt, in dieser grotesken Lage, Stück um Stück verliebte.

Sie lehnte ab. Zettelte sogar einen kleinen Streit an, weil er insistierte und bereits Tante Sperling mit seinem Charme umgarnte, und erklärte ihm, eine Frau brauche heutzutage keine Kavaliere mehr, sondern nur noch Kameraden. Tante Sperling, die ihr zur Seite hätte springen sollen, fiel ihr in den Rücken und bat ihn um ein Autogramm. Als er sich schließlich geschlagen gab und sich trollte, stand Nina einen Moment lang stockstill und kämpfte gegen den Drang zu weinen, weil sie sicher war, dass ihre erste Liebe hier im Treppenhaus so urplötzlich zu Ende gegangen war, wie sie begonnen hatte.

Es war ihr Glück, dass ihr für Sentimentalitäten keine Zeit blieb, sondern sie sich um Tante Sperling zu kümmern hatte. Auf der Treppe konnte sie nicht bleiben, also blieb keine andere Möglichkeit, als sie auf leisesten Sohlen durch die Wohnung zu schmuggeln. Dabei ging im Berliner Zimmer eine Bodenvase zu Bruch, die Nina anderntags ersetzen musste, doch zumindest wurde niemand wach. Tante Sperlings Angebot, für den Schaden aufzukommen, konnte sie nicht annehmen, weil sie nicht aus ihrer Rolle als erfolgreiche Theaterfrau ohne finanzielle Sorgen fallen durfte.

Es war das unromantischste Ende, das sich für ihre romantische Nacht unter Sternen hätte denken lassen: Nina versuchte vergeblich, in ihrem durchgewetzten Sessel Schlaf zu finden, in ihrem Bett schnarchte die Tante, und in ihrem Kopf fuhren die Gedanken Karussell. Aber damit noch nicht genug: Gegen Morgen döste sie aus purer Erschöpfung doch noch ein wenig ein, und als sie mit schmerzendem Nacken und pelziger Zunge zu sich kam, war die Tante verschwunden.

Sie fand sie im Berliner Zimmer, mit Hauptmann von Kleewitz und Herrn Litzmann, den Mietern der Vorderzimmer, in ein geradezu inniges Gespräch vertieft. Frau Rottenheimer lief derweil hektisch im Raum auf und ab, tat so, als müsse da und dort etwas gerichtet werden, und warf Nina einen Blick zu, der zum Töten gedacht war.

Hinterher, als Tante Sperling sich im Badezimmer »die Nase puderte«, nahm die Wirtin sich Nina zur Brust: »Im Beisein der beiden Herren und Ihrer Verwandten, bei der es sich ja wohl um eine Dame von tadelloser Herkunft handelt, habe ich nicht ausfallend werden wollen. Wenn Sie aber die Regeln, die in diesem Haus gelten, noch einmal in derart unverschämter Weise zu übertreten wagen, finden Sie sich auf der Straße wieder.«

Nina entschuldigte sich wortreich, versuchte zu erklären, dass der Besuch äußerst plötzlich beschlossen worden war, sodass sie keine Vorkehrungen hatte treffen können, doch Frau Rottenheimer wischte alles beiseite. Dennoch gestattete sie Tante Sperling zu Ninas Verwunderung, während der drei Tage ihres Besuchs in dem freien Zimmer neben Nina zu nächtigen, »weil man eine Angehörige der eigenen Klasse nicht einfach so vor die Tür setzt«.

Tante Sperling, die vor der Abschaffung der Titel eine Freiin von Veltheim gewesen war, entstammte beim besten Willen nicht derselben Klasse wie Frau Rottenheimer, doch offenbar hätte diese alles darum gegeben. Von ihrem Mann hatte Nina nie etwas anderes gehört als das ständig wiederholte »Er war Offizier«. Zweifellos hatte ihre Wirtin sich davon einst eine Eintrittskarte in höhere gesellschaftliche Sphären versprochen. Damit, dass Tante Sperling sie auf ihre drollige Weise wie ihresgleichen behandelte, gewann sie das unfrohe Herz der Rottenheimer im Sturm. Eine saftige Rechnung für die drei Tage ihres Aufenthalts präsentierte sie Nina dennoch, sobald Tante Sperling abgereist war, denn »bei Geld hört die Freundschaft auf«.

Tante Sperling war nicht nur begeistert von ihrem Besuch in Berlin, sondern entschlossen, bald wiederzukommen. »So weiß ich doch, dass es dir wirklich gut geht, Ninchen, und kann deine liebe Mutti beruhigen. Außerdem tut es diesen armen Seelen, um die kein Mensch sich mehr kümmert, einfach gut, dass jemand ein bisschen

Aufwand um sie treibt – selbst wenn es nur eine klapprige alte Jungfer vom Lande ist.«

Diese armen Seelen – das waren die demobilisierten Soldaten auf der Liste, von der Carlo erzählt hatte, und zu Ninas Entgeisterung hatte Tante Sperling kurzerhand Hauptmann von Kleewitz und Herrn Litzmann dieser Liste hinzugefügt. Nina selbst machte um die beiden den größtmöglichen Bogen, aber die Tante hatte an ihnen einen Narren gefressen. Von Mitleid überwältigt schilderte sie Nina ihr Unbill: »Stell dir vor, der arme Hauptmann kam von der Front in Lothringen nach Hause, er war erschöpft, niedergeschlagen und voller Trauer um seine Männer, und was geschieht ihm hier in Berlin, mitten auf der Hauptstraße? Er wird beschimpft, und ihm werden die Schulterstücke heruntergerissen, als trüge er, ein Mann, der seine Pflicht zu tun glaubte, an allem Schuld. Ich brauche einen Magenbitter, wenn ich mir vorstelle, wie der arme Mann gelitten haben muss.«

Der arme Mann war ein Hüne, der von Tag zu Tag massiger zu werden und aus dem Uniformrock, den er trotz Demobilisierung trug, zu platzen schien. Litzmann, ebenfalls uniformiert, hätte dem Alter nach sein Sohn sein können und trug sein Haar bis auf den Schädel kurz geschoren. Von Zeit zu Zeit tauchten weitere Uniformierte in der Wohnung auf, verschwanden grußlos in Kleewitz' Zimmer und wurden auf Stunden nicht mehr gesehen. Nina behandelten sie, als könnte man sich bereits durch den geringsten Kontakt mit ihr die Krätze oder Schlimmeres zuziehen, und ihre ganze Haltung kam ihr missmutig, finster und feindselig vor.

Tante Sperling aber schien zwei völlig anderen Menschen begegnet zu sein: »Für den jungen Fahnenjunker ist es natürlich besonders hart«, erklärte sie und meinte Litzmann damit, an dem in Ninas Augen nichts als die unreine Gesichtshaut jung wirkte. »Da ist man gerade erst achtzehn, glaubt, man erweist seinem Vaterland einen ehrenvollen Dienst, und dann wird man zum alten Eisen gelegt und bekommt zu hören: Euch brauchen wir nicht mehr.«

Nina war klar, sie hätte ihrer Tante eindringlicher, als sie es bereits getan hatte, ans Herz legen müssen, sie dürfe mit Männern wie diesen keinen Verkehr mehr suchen, doch sie brachte es nicht über sich.

»Du weißt nicht, wie viel es mir bedeutet, endlich etwas Nützliches tun zu können«, sagte sie und wirkte regelrecht verklärt. »Deine Mutter ist so fleißig, deine Großmutter kann ohnehin alles, und du mit deinem schönen Erfolg bist unser ganzer Stolz. Ich war immer die einzige Veltheim-Frau, die im Grunde zu nichts zu gebrauchen war, aber für diese bedauernswerten Geschöpfe bin ich zumindest nicht völlig nutzlos.«

Ihr zu versichern, dass alle sie liebten, dass sie zur Familie gehörte und zu mehr gar nicht zu gebrauchen sein musste, war vergebliche Liebesmüh.

»Das weiß ich doch, Kindchen, und dafür danke ich dem Himmel. Nur gibt es eben niemanden, der *für mich* dem Himmel zu danken hat.«

Sie reiste ab, hatte den nächsten Besuch bereits vereinbart und kam tatsächlich seither in Abständen von vier Wochen. Nina sprach am Telefon mit Carlo und ihrer Mutter, doch eine Lösung fiel niemandem ein. Tante Sperling war entschlossen, ein einziges Mal in ihrem Leben ihrem eigenen Willen zu folgen, und sie einzusperren war keine Option. Zwischen ihren Besuchen geriet die Sorge um sie in Vergessenheit, weil Nina in diesen Monaten Tag und Nacht an ihrem Programm arbeitete, an ihrer ersten Nummer für den *Wintergarten*, der unzählige folgen sollten.

Mithilfe von Fridolin und Hieronymus, die sich rührend um sie bemühten, ergatterte sie eine Anstellung als Hilfskellnerin, die für das Nötigste sorgte. Nina stellte sich denkbar ungeschickt an, und wenn sie nachts nach Hause ging, fühlten sich ihre Beine schwer wie Blei an, aber sie war in ihrem Element. Unter dem Sternenhimmel, in der berauschenden Welt aus Licht, Musik, Theater und Tanz. Zwar mochte die Sorglosigkeit, die sie ihrer Familie vorgaukelte, eine Lüge sein, doch tatsächlich überfiel sie mehrmals am Tag aus heiterem Himmel die Erkenntnis, dass sie glücklich war.

Sie hatte Freunde, wie sie sie sich aufregender, bestrickender und kunterbunter nicht hätte ausdenken können, und auf dem Schlesischen Bahnhof, wo sie Tante Sperling in den Zug gesetzt hatte, stand auf einmal Anton hinter ihr.

»Während des Verwandtenbesuchs wollte ich mich nicht aufdrängen«, sagte er. »Aber für den Fall, dass du noch nicht zu Abend gegessen hast – gehst du mit mir?«

Sie gab ihm ihre Hand, und sie wanderten Seite an Seite aus dem Bahnhof hinaus und durch Straßen, in denen sie sich inmitten von Menschen und umbraust vom Verkehr fühlten, als wären sie allein. Nina konnte sich kaum erinnern, wie lange sie gegangen und wo sie schließlich zum Essen eingekehrt waren, was sie gegessen hatten und was immer sonst noch passiert war. Alles, woran sie sich erinnerte, war Anton. Seine Hände in ihren und sein Blick in ihrem. Über Paare, die derart versunken an einem Tisch saßen, hatte sie in ihren ersten Tagen in Berlin lachen müssen. Sie lachte über sie beide, und er fragte sie nicht nach dem Grund, sondern lachte mit.

»Ich wollte vernünftig sein.«

»Ich nicht. Vernünftig kann ich sein, wenn ich alt bin.«

»Du schon. Aber ich bin alt.«

»Jetzt nicht mehr so sehr.«

Über den Pfefferstreuer, das Salzfass und die kleine Flasche mit Essig hinweg hatten sie sich geküsst und dabei wieder gelacht.

Es war schwierig.

Er hatte Geld, und sie hatte keines.

Er war ein gefeierter Star, den Theaterleiter und Filmproduzenten umwarben, und sie war ein Niemand.

Ihm folgten die Blicke der Frauen, wohin sie auch kamen, die Klatschspalten nannten ihn einen Casanova, der seine Affären nicht zählte, und sie war die Wendla aus *Frühlings Erwachen,* die noch keinen geliebt hatte.

Für ihn war es keine große Sache, dass er ihr das strahlende, überreiche Berlin zu Füßen legte und für alles bezahlte, weil es ihm eben leichtfiel und weil es das war, was Männer seit Jahrhunderten taten. Für sie aber kam ein Zusammensein mit ihm nur infrage, wenn sie sich auf Augenhöhe gegenüberstanden.

»Versteh mich doch. Ich will von dir nichts geschenkt.«

»Leider verstehe ich nicht«, hatte er erwidert und die Brauen über der Nasenwurzel auf eine Art zusammengezogen, bei der in ihrem

Herzen etwas zuckte. »Soweit ich weiß, hattest du keine Skrupel, dich von meinem Freund Rudi einladen zu lassen, und ich wüsste auch nicht, warum du welche hättest haben sollen.«

»Ist es fein, mich daran zu erinnern?«, fragte sie.

»Nein«, gab er zu. »Ich entschuldige mich. Übrig bleibt mir aber mein Ärger darüber, dass Rudi für dich etwas tun darf und ich nicht. Warum nicht, Nina?«

»Weil du und ich …« Sie hatte den Satz nie zu Ende gesprochen. Vielleicht hatte er sie dennoch verstanden, denn er hatte sich zu ihr gebeugt, ihre Lippen mit seinen gestreichelt und die Frage nie wieder gestellt. Stattdessen trafen sie sich zu einem Picknick am Spreeufer, nutzten den schönen Sommer zu Spaziergängen im Tiergarten und fuhren zum Schwimmen an den Stölpchensee.

»Für zwei so taghelle Naturkinder hätte ich euch beide gar nicht gehalten«, hatte Jenny einmal gesagt, als Anton Nina von der Probe zu einer Wanderung durch den Plänterwald abholte.

»Wir sind auch keine«, hatte Anton erwidert. »Unser Element ist die nächtliche Stadt, aber der Tag und die Natur sind umsonst.«

Wenn das Verlangen nach Nacht und Stadt sie übermannte, gingen sie ins *Salamander*, ins *Romanische*, zu *Jädicke*, wo man beim billigsten Getränk bis zum Einschlafen sitzen bleiben durfte, fanden Tanzdielen abseits von Friedrichstraße und Unter den Linden und tanzten für eine Mark Eintritt bis zum Sonnenaufgang. Wenn sie mit Anton tanzte, vergaß Nina alles, was schwer war, was ihr bei Nacht Angst machte und was sie beide belastete, war nur noch Körper und frei, eins mit ihm zu sein. Verlangte er eine Pause und trat an den Rand der Tanzfläche, tanzte sie allein weiter, bis sie ihm taumelnd in die Arme fiel.

»Manchmal glaube ich, du stammst nicht aus dieser Welt«, sagte er. »Du kommst von einem Stern, auf dem ihr euch von Luft ernährt und an Luft betrinkt, und mehr als Tanz und Luft benötigt ihr nicht.«

Tanz, Luft und Liebe.

Sein Gedicht von Theodor Storm hatte er nachgeschlagen, strich ihr das Haar hinters Ohr und sprach ihr ein paar Zeilen hinein:

»›Es hört nicht auf, es rast ohn' Unterlass;
Die Kerzen brennen und die Geigen schreien,
Es teilen und es schließen sich die Reihen,
Und alle glühen, aber du bist blass.‹«

»Bin ich wirklich blass?«
Sie liebte seine Art, sie anzusehen wie ein Forscher, der sich nichts
entgehen ließ. »Vermutlich bin ich der Einzige, der dich in diesem
Augenblick so beschreiben würde«, sagte er. »Aber ja, das ist mir
schon im Theater aufgefallen: Andere lässt das Tanzfieber glühen. Du
wirst vom Fieber blass.«

Wenn Nina im *Wintergarten* Gäste bediente und Anton einen frei-
en Abend hatte, nahm er einen Tisch auf der Terrasse, und nach der
Pause durfte sie sich zu ihm setzen. Zusammen erlebten sie Feuer-
schlucker, Zauberer, Hellseher, tanzende Schwestern, radelnde Affen,
Chansonetten, Entfesselungskünstler, einen Bauchredner, der die Bi-
bel rückwärts aufsagen konnte, und eine göttliche, als Schusterjunge
gewandete Sängerin namens Claire Waldoff, die wie ein Bierkutscher
lachen konnte und durch den Saal schmetterte: »Lena, ick liebe dir.«

In einer anderen Nacht, in der der *Wintergarten* Sonderkarten ausgab und beide Gänge mit zusätzlichen Plätzen vollstellte, erlebten sie
Anita Berber, deren Name im Flüsterton durch ganz Berlin zu hallen
schien. Sie kam in einem Smoking auf die Bühne, warf ihn ab und
trug darunter – nichts.

Nein, *nichts* war nicht richtig. Sie trug sich selbst darunter, und sobald sie zu tanzen begann, war sie nicht nichts, sondern alles. *Tänze
des Lasters, des Grauens und der Ekstase* hieß ihre Nummer, und in
zumindest die letzten beiden Zustände versetzte sie den Saal: Da gab
es die einen, die vor Grauen zischten, und die andern, die vor Ekstase
tobten. Nina und Anton gehörten zu Letzteren. Sie sprangen auf, sie
konnten nicht aufhören zu klatschen, und als sie ihm flüchtig in die
Augen sah, entdeckte sie, dass er glücklich war.

Glücklich über die Sensation, die ein Mensch aus sich selbst machen konnte, das Wunder von Talent und Grazie und Lust am Spiel.
Sie hatte ihn so noch nicht gesehen, hatte geglaubt, er könne gar nicht

ohne Einschränkung glücklich sein, und war es nun selbst, weil es ihnen möglich war, das Geschenk dieses Erlebnisses zu teilen.

Nina fühlte sich vom Zauber ihrer Welt umfangen und wiegte sich in einer Sicherheit, von der sie wusste, dass sie eine Täuschung war. Keine Fragen, hatten sie miteinander vereinbart, keine Versprechungen, keine Pläne, die über den nächsten spielfreien Abend hinausgingen. Auch die Antwort auf die eine Frage, die er ihr gestellt hatte, blieb sie ihm schuldig:

Rudi durfte dich einladen – warum ich nicht?

Weil du und ich ein Liebespaar sind.

Keines, das sich den Familien vorstellen und sich irgendwann verloben würde, keines, bei dem sich der eine ein Bild des andern auf den Nachttisch stellte, ja nicht einmal eines aus zweien, die über den Namen, die Farbe der Augen und den Klang der Stimme hinaus voneinander etwas wussten. Ein Paar aber eben doch – eines, das ein Stück Weges miteinander ging und aneinandergeschmiegt die Wunder am Wegrand bestaunte.

»Dass ich noch staunen könnte, hätte ich nicht vermutet«, hatte er ihr gestanden. »Ich hatte mich für einen Greis gehalten, der alles Sehenswerte schon gesehen hat.«

Ein Paar eben doch. Wenn Nina allein in ihrem Zimmer, das auf einmal wieder größer und leerer wurde, schlafen ging, wünschte sie, sie hätte ihn die Nacht über bei sich behalten dürfen, und bekam Angst vor allem, was sie sich sonst noch wünschte.

Und genau deshalb durfte er ihr nicht auch noch Geld leihen oder Wege ebnen oder ihrem Programm auf die Beine helfen – weil sie doch schon längst viel zu abhängig von ihm war und weil sie mit ihren zwanzig Jahren und ohne jede Erfahrung dennoch wusste: Bei einem Liebespaar hatte die Macht immer der, der weniger liebte.

Und der war nicht sie.

Auf keinen Fall durfte sie ihm von dem bisschen, das sie in der Hand hielt, noch etwas abgeben, denn der, der die Macht besaß, war in der Lage, dem anderen wehzutun.

Dass er ihr wehtun würde, spürte sie, sobald er zu spät kam, eine Verabredung absagen musste, auf seine Uhr sah und vom Tisch aufsprang, weil ein anderer Termin auf ihn wartete. Er hatte ihr nichts vorgemacht, ihr keine Treue geschworen, und sie hatte keinen Schwur von ihm verlangt. Sie war eines von seinen Abenteuern, und das war nur erträglich, solange sie den Kopf hoch trug und vor sich selbst und der Welt darauf bestand, dass er auch eines von ihren war.

Das erste zwar – aber einmal ist immer das erste Mal, und wer wollte denn wissen, wie viele nach ihm kamen? Sie war eine moderne Frau. Zwar ließ sie sich das Haar nicht zum Bubikopf schneiden, weil sie nur Nina Veltheim und keine andere sein wollte, aber sie lebte von ihrem eigenen Geld und leistete sich dieselbe Freiheit in der Liebe wie die Männer. Eines Tages würden sie auseinandergehen, weil Anton kein Mann war, der sich lange aufhielt, und dann würde ihr Leben weiterlaufen wie bisher – mit ihrem Programm, in das sie sich wie eine Besessene stürzte, ihren Freunden, deren Gesellschaft sie genoss, ihrer Arbeit, die am schönsten Ort der Stadt stattfand, und ihrer Zukunft voller Abenteuer.

Nichts von alledem durfte sie gefährden, indem sie sich noch tiefer in seine Hand gab. Wenn es vorbei war, würde sie weitertanzen und eines Tages Anton Wendland vergessen.

Der Sommer ging zu Ende, und all die Orte im Freien kamen für ihre Treffen nicht länger in Frage. Anton hatte ein Engagement an Max Reinhardts *Großem Schauspielhaus,* dessen Zuschauerraum mit seinen von der Decke hängenden Zapfen aussah wie eine Tropfsteinhöhle. Er spielte den Orest in den *Choephoren* des antiken Tragödiendichters Aischylos. Für Schauspieler und Mitarbeiter gab es eine Kantine, in der sie an einem Ecktisch beieinandersitzen konnten, auch wenn ständig jemand kam, der Anton um eine Auskunft oder ein Autogramm bat oder schlicht mit ihm gesehen werden wollte. Schön war es trotzdem. Sie hielten einander unter dem Tisch bei den Händen, tranken billigen Wein und redeten. Sie fragte ihn nach seinen Proben, nach der Art des großen Reinhardt, Regie zu führen, sie schrieb sich auf, was er sagte, weil sie aus allem lernen wollte, und er hörte ihr zu, wenn sie wie ein Wasserfall von der Arbeit an ihrem Programm erzählte.

Es war schön.

Aber es war nicht genug.

Ihre Hände begnügten sich nicht mit Händen, glitten auseinander, wanderten Schenkel und Hüften hinauf und kribbelten vor Enttäuschung, weil sie an der Tischplatte innehalten mussten. Das Schöne an der Natur, die nichts kostete, waren schließlich nicht grüne Auen und die Erhabenheit des deutschen Eichenwaldes gewesen, sondern verborgene Uferböschungen und hohes Schilf, in dem eine andere Natur zu ihrem Recht kam. Tropfnass und vom Seewasser glitzernd waren sie nach dem Schwimmen aus dem Wasser gerannt und einander in die Arme gefallen, hatten sich über die Schönheit des andern nicht beruhigen können, sich mit Küssen überhäuft und sich alles, was sie wollten, genommen und gegeben.

Alles bis auf das Letzte.

Nina hätte das Letzte auch haben wollen, sie hatte es in ihrer ersten Nacht bereits gewollt, aber Anton errichtete jedes Mal urplötzlich einen Grenzzaun, den er nicht überschritt. Er rückte von ihr ab, setzte sich auf, schenkte mitgebrachten Wein in Henkelbecher oder schnitt in der Sonne geschmolzenen Käse in Würfel.

»Lass uns nicht noch weitergehen, Nina.«

»Und wenn ich es will?«

»Dann muss ich so tun, als wollte ich nicht. Ich fürchte, dafür bin ich als Schauspieler nicht gut genug.«

»Sei nicht albern, Anton. Alle tun es!«

»Alle ja«, sagte er. »Aber du nicht. Sei nicht töricht, erlaube nicht einem verbitterten Kerl, der nicht lieben kann, dir dein Leben zu verderben. Wenn du den Schaden davon haben willst – ich will nicht die Schuld.«

Sie hatten mehrere solcher Gespräche geführt, alle ohne Ergebnis. Und jetzt war es sowieso selbst mit der Möglichkeit vorbei, denn um sich verlangend in den Armen zu liegen, war es draußen am Seeufer zu kalt. Ihre Hände quälten sich unter dem Tisch. Irgendwann seufzte Anton aus tiefster Kehle und erhob sich. »Ich kann hier nicht sitzen bleiben. Lass uns ins Kino gehen, ich bitte dich.«

Drei Mark für den Eintritt im *UFA-Palast am Zoo* gaben Ninas Manteltaschen nicht her. Sie war blank, bekam erst Ende der Woche ihren Lohn, doch die kleine Summe würde sie sich von Anton zahlen lassen. Sie gingen in *Hamlet* mit Asta Nielsen, den erfolgreichsten deutschen Film des Jahres, der selbst in Amerika für ausverkaufte Kinos sorgte.

Der Film war schlecht, er unterbrach jede einzelne Szene mit Zwischentiteln, aber Nina fand ihn trotzdem großartig. Vor Begeisterung konnte sie sich nicht still auf ihrem Klappsitz halten, und der Grund dafür war die Schauspielerin. Sie spielte nicht die undankbare Rolle der ertrinkenden Ophelia, sondern keinen Geringeren als Hamlet persönlich, sprang in schwarze, an den Körper geschmiegte Männerkleidung gehüllt über die Leinwand und trug einen schwarzen Haarhelm wie Jenny. Nina ging ins Kino, weil alle Arten, Geschichten zu erzählen, sie interessierten, doch nur selten schaffte ein Film es, sie zu fesseln. Das Wissen, dass beim Film alles, was nicht recht ins Bild passte, herausgeschnitten werden konnte, nahm ihr die Freude. Ihr fehlte das Echte, Unwiederholbare, das Unperfekte, weil gerade das perfekt für sie war und sie ins Geschehen hineinriss.

Von Asta Nielsens Spiel war jedoch mit Sicherheit nichts herausgeschnitten worden, und alles – jedes Zucken mit den Wimpern, jedes Schürzen der Lippen, jedes Schnippen langer Finger – blätterte eine neue Seite der Geschichte auf. Sie war ein herrlicher Knabe, der ein Mädchen war, ein Dänenprinz und eine Frauenrechtlerin, jung und vor Kräften sprühend und dann wieder alt und des Lebens müde. Sie machte ihren herrlichen Körper und ihr herrliches Gesicht zum Vehikel für die Erzählung, und die Zwischentitel als Ersatz für Sprache hätte die Regie sich sparen können, weil alles an Asta Nielsen sprach.

Nina sah ihr so gebannt zu, wie sie Anita Berber zugesehen hatte und wie sie Jenny zusah, ganz egal, ob diese eine der Szenen ihres Programms probte oder im *Salamander* auf dem Tisch tanzte, ob sie gierig in eine Bockwurst biss, ein Glas Schnaps auf ex hinunterstürzte, mit ihrem kleinen Sohn über die Dielen ihrer Wohnung tollte oder mit einem Kopfsprung in die Havel hechtete. »Es macht mich so froh, das zu sehen«, sagte sie zu Anton, als sie Arm in Arm das Kino verließen. »Das, was eine Frau, wenn sie von ihren Fesseln befreit ist, zustande bringt. Wie sie entdeckt, was in ihr steckt, und über sich selbst staunt – findest du nicht auch, das ist unglaublich schön?«

»In der Tat«, sagte er gerade in dem Moment, in dem sie aus dem Filmpalast hinaus auf den schon beleuchteten Kurfürstendamm traten. Er sah in ihr Gesicht, und in seinem Blick lag ein Ausdruck, für den sie nach Worten vergeblich suchte, eine Art von Verwunderung, Achtung und Aufmerksamkeit, die ihr wie ein Stromstoß durch den Körper schoss und sie zwang, stehen zu bleiben. »Ich schaue mir das seit geraumer Zeit bei einer jungen Brandenburgerin namens Nina Veltheim an, und du hast ganz recht – es ist erstaunlich und unglaublich schön.«

Nina konnte nicht weiter. Sie wusste nicht, was sie tun sollte, außer ihn an sich zu ziehen und festzuhalten, außer ihn endlich ganz und ohne Wenn und Aber bei sich zu haben. Die Menschenscharen, die vorüberstrichen, mussten glauben, diese zwei würden sich hier, auf der Straße, jeden Moment die Kleider herunterreißen, sich aufs Pflaster legen und sich lieben. Vielleicht fiel jedoch selbst das in diesem Berlin gar niemandem mehr auf.

Es regnete leicht, und die feuchte Kälte kroch ihnen in die Knochen, drängte sie noch enger zueinander. »Komm mit zu mir«, sagte Nina. »Bleib über Nacht, ich bitte dich.«

»Bist du dir sicher?«

»Das weißt du selbst. Stell keine so blöden Fragen.«

»An mir ist nichts anders als vorher, Nina. Du machst das denkbar schlechteste Geschäft.«

»Dann lass es mich machen.«

Er stöhnte. »Was ist mit deiner Wirtin?«

»Um diese Zeit hat sie sich schon hingelegt«, sagte Nina. »Wenn ich dich aus der Wohnung schmuggele, ehe sie um fünf Uhr früh anfängt, mit sämtlichen Tellern und Tassen zu klappern und so zu tun, als wäre sie ihr eigenes Hausmädchen, ist alles gut.«

Dass es das viel zitierte Hausmädchen im Hause Rottenheimer gar nicht gab, sondern dass alle Arbeiten die Wirtin selbst erledigte, hatte Nina nach ein paar Wochen entdeckt. Offenbar war die Offizierswitwe überzeugt, in einen großbürgerlichen Haushalt gehörten Dienstboten, war aber zu geizig, welche einzustellen.

»Wir könnten in meine Wohnung«, murmelte er zögernd.

Warum das kein guter Vorschlag war, wusste Nina nicht genau und wollte auch nicht darüber nachdenken. Ganz glücklich war auch er offenbar damit nicht. Sie schüttelte nur den Kopf, lief los und zog ihn mit sich, ehe er ihr wie so oft entwischte.

Sie nahmen eine Autotaxe, was sie sonst nie taten. Wenn Nina genug Geld für den Fahrschein hatte, fuhren sie mit der Straßenbahn, und wenn nicht, zogen sie Stunde um Stunde zu Fuß durch Berlin. Jetzt fand sie den Gedanken unerträglich, an andere Menschen als Anton gezwängt in einem Straßenbahnwagen zu stehen, und für den Fußweg fehlte ihr die Geduld. Sie hielt es ja kaum aus, während der Autofahrt zu warten, die Finger von seinen Kleidern zu lassen, sich zu beherrschen. Ihr kam es vor, als hätte sie sich seit sechs Monaten beherrscht und hätte jetzt keine Kraft mehr dazu.

In der Jerusalemer Straße sprang sie aus dem Auto, rannte durch das Tor und über den Hof und zog Anton mit sich. Erst auf der Treppe zur Wohnung der Grottenheimer hielt sie abrupt inne. Da war es wieder – das Gefühl, Geräusche und Gerüche wahrzunehmen, die hier nicht hergehörten. Nur weckten sie diesmal in Nina eine ganz andere Art von Furcht.

»Um Gottes willen«, entfuhr es ihr. Langsam, fast widerstrebend stieg sie Anton voran die Treppe hinauf.

»Oh«, meinte der, als sie den vorletzten Absatz erreichten und bis zur Wohnungstür hinaufsehen konnten. »Schönen Abend miteinander.«

Aufgereiht auf den zwei obersten Stufen saßen Jenny, Darius und Viktor zwischen zahllosen Bündeln, Paketen und Taschen, einem Lampenschirm, Jennys Trainingsstange und den drei Katzen.

»Tut uns leid, dass wir euch euren schönen Abend verpatzen«, sagte Jenny. »Wir müssen bei dir unterkriechen, Nina. Giesecke hat uns rausgeschmissen, und die Gesamtbarschaft, über die wir noch verfügen, beträgt einen Blechring vom Jahrmarkt sowie zweiundsechzig Pfennige.«

17

Nachdem sie alles hineingeschafft hatten, war Ninas Zimmer voll. Man hätte das Licht ausschalten und die Vorhänge zuziehen können, es wäre trotzdem nicht größer geworden. Beim Versuch, zu helfen und eine der Taschen zu schleppen, war der kleine Viktor gegen die letzte noch verbliebene Bodenvase im Berliner Zimmer gestoßen und hatte fasziniert zugesehen, wie sie klirrend zerschellte.

Nina ließ die Scherben liegen. Das letzte Mal, als sie alles sorgsam zusammengefegt hatte, hatte die Grottenheimer sie beschuldigt, sie hätte den Schaden vertuschen wollen.

»Jenny, das geht nicht«, platzte sie heraus, sobald sie sich alle samt der Bagage in ihr Zimmer gequetscht hatten. »Frau Grottenheimer wird nie im Leben erlauben, dass ihr hierbleibt.«

Jenny schoss herum wie ein Kreisel. »Verstehe. Und was schlägst du stattdessen vor, mein Herzing? Sollen wir vielleicht bei Reichspräsident Ebert vorstellig werden und untertänigst nachfragen, ob dessen Wirtin uns gnädig ist?«

»Stimmt.« Nina kam es vor, als sickere all die Energie, die sie eben noch erfüllt hatte, wie durch ein Loch aus ihr heraus. »Die Bemerkung war dämlich. Aber ich weiß beim besten Willen nicht, was ich machen soll.«

»Dann haben wir immerhin etwas gemeinsam«, konterte Jenny. »Ehe wir das Philosophieren über unser Problem fortsetzen – hättest du vielleicht einen Kanten Brot oder etwas Artverwandtes für meinen Kleining im Haus? Der bricht uns sonst nämlich über kurz oder lang in ein Jammern aus, das meine schwachen Nerven nicht ertragen.«

Nina hatte nichts im Haus. Keinen Apfelgriebsch und keinen müden Pfennig. Aber wie sollte sie Jenny das beibringen? In was für eine Lage hatte sie die Freundin, die immerhin für ein Kind aufzukommen hatte, manövriert? Die Riesenkatze gab sich damit zufrieden, die Beine des wackligen Tischs zu attackieren, aber der kleine Viktor sah elend aus. Zusammengekauert saß er auf dem Boden und gab winzige Laute von sich, wie eine der Stadttauben, nach denen die Leute mit Steinen warfen. Solange sie ihn kannte, war Nina von dem kleinen Jungen fasziniert. Er war ganz anders als ihre Schwester Otta, die unentwegt plapperte und ihrem Herzen Luft machte. Er sprach kein Wort, aber sein Gesicht war wie das von Asta Nielsen: Es sagte alles.

»Wir gehen essen«, platzte Antons Stimme in das ratlose Schweigen. »Nein, Nina, erzähl mir nichts über Geld. Von mir aus gehen wir auf Löffelerbsen zu *Aschinger* oder vergiften uns mit der unsäglichen Bockwurst vom *Salamander*. Aber wir bleiben nicht hier sitzen und hören einem Kind zu, das vor Hunger weint.«

»Ein Mann, ein Wort«, konstatierte Jenny anerkennend. »Ich bin ganz Ihrer Meinung, Monsieur.«

Nina öffnete den Mund, um zu protestieren, schloss ihn aber gleich wieder. Er hatte recht. Hier sitzen bleiben und Viktor hungern lassen konnten sie nicht. Ich hätte zumindest an den Kleinen denken müssen, schalt sie sich, ich hätte dafür sorgen müssen, dass Jennys Miete gesichert ist, aber diese Selbstvorwürfe waren jetzt müßig. Sie musste eine Lösung finden. Und fürs Erste konnte sie Anton nur dankbar sein, weil er ihr eine Pause verschaffte, indem er dafür sorgte, dass alle zu essen bekamen.

»Und meine Katzen?«, fragte Darius. »Jennys Freund, der Wirt, duldet nicht, dass sie sich in seinem Etablissement frei bewegen, und nach Hause bringen kann ich sie nicht, denn sie haben kein Zuhause mehr. Wenn sie dorthin zurückliefen, wie sie es gewohnt sind, schnitte der herzlose Kommerzienrat, der vom Wert der Geschöpfe nichts ahnt, ihnen womöglich die Kehlen durch, das kommt nicht infrage. Velma und Zorah könnte ich auf dem Schoß halten, aber Ypsilantis? Eher schleppe ich die Weltkugel auf meinem Rücken wie Atlas.«

Trotz der Dramatik ihrer Lage hüpfte Ninas Herz. Darius, der als Ansager durch ihr Programm führen würde, war ein Glücksgriff sondergleichen. Er konnte in seine Stimme einen Weltschmerz legen, als trüge er tatsächlich die Last der Erde auf seinen Schultern. Überdies war er ein unerschöpflicher Fundus mythologisch angehauchter Phrasen, um seine edle Herkunft zu unterstreichen. Und als wäre das alles nicht genug, sah er auch noch aus wie ein griechischer Gott. Das Problem mit Ypsilantis, der Riesenkatze, löste das allerdings nicht.

»Geben Sie ihn mir«, sagte Anton.

Ungläubig wandte Darius den Kopf. »Meinen Sie das im Ernst?«

Anton öffnete die Arme, die in den Ärmeln seines taubengrauen Seidenanzugs steckten. »Machen Sie die Probe aufs Exempel, Herr Triantafillidis.«

Die Blicke der beiden Männer trafen sich. Einen Augenblick lang standen sie reglos, dann bückte sich Darius, hob die langhaarige, grau und weiß gefleckte Riesenkatze hoch und legte sie Anton in die Arme.

»Er haart«, warnte er.

»Ich hatte nichts Gegenteiliges zu hoffen gewagt«, erwiderte Anton.

»Und ich bin übrigens Darius. Wie es aussieht, haben wir uns beide von derselben Schar von Nereiden in ihren Meeresstrudel reißen lassen, was wohl einen brüderlichen Umgang angebracht scheinen lässt.«

»Ich heiße Anton«, sagte Anton über die Fellmassen von Ypsilantis hinweg. »Zur Verbrüderung eignet sich vermutlich Toni besser.«

Im Gänsemarsch schlichen sie durch den langen Korridor wieder aus der Wohnung. Nina ging hinter Anton, betrachtete seine hübschen, wie mit der Wasserwaage bemessenen Schultern und gab sich eine Sekunde lang dem Schmerz des Bedauerns hin, weil ihr dieser prächtige Mann jetzt, wo sie ihn so gut wie im Netz gehabt hatte, doch wieder entwischt war. Aber der Schmerz war süß, und das Bedauern währte nicht lange. Er würde sie heute Nacht nicht in die Liebe einführen, wie sie es sich ersehnt hatte, doch stattdessen schleppte er die Katze ihrer Freunde in ihre Lieblingskneipe, damit das Kind dieser Freunde zu essen bekam.

Er war ein Kerl zum Pferdestehlen.

Einer zum Behalten.

Nina erschrak. Den Gedanken musste sie so schnell wie möglich abschütteln. Sie hatte sich gestattet, sich in ihn zu verlieben, weil es, als sie es sich verbieten wollte, längst geschehen war. Wenn sie sich jetzt aber auch noch gestattete, ihn zu lieben, hätte sie endgültig alle Rettungsleinen gekappt und wäre ihm hilflos ausgeliefert.

Einem Mann, der in seidenen Anzügen Katzen herumschleppte und verstand, warum sie Anita Berber und Asta Nielsen verfallen war. Aber auch ein Mann, der nach dem Essen womöglich in ein Hotelzimmer oder in seine Wohnung weiterzog, in der eine andere Frau auf ihn wartete.

Ein Mann, der nicht lieben konnte. Der sie gewarnt hatte, sie mache mit ihm ein schlechtes Geschäft.

Nina schüttelte sich und war froh, als sie das *Salamander* erreichten, wo ihnen die vertraute Woge aus Lärm, Rauch, Licht und alkoholbefeuerter Fröhlichkeit entgegenschwappte. Die Kneipe war brechend voll wie immer, aber ebenfalls wie immer ließ Jenny nicht locker, ehe sie hatte, was sie wollte: Alfred schlurfte nach hinten, um einen weiteren seiner Tapetentische hervorzuzaubern, und derweil dirigierte Jenny das Umrücken der übrigen Tische, bis Platz für den neuen war. Sonja, die in ihrer Ecke mit Zeichnen beschäftigt gewesen war, hatte sie bereits zu ihnen herübergewinkt.

Auf der nicht vorhandenen Speisekarte standen heute neben Kohlrübensuppe und Schmalzstullen noch Bratkartoffeln mit Speck, und Anton bestellte alles. Zudem bestellte er Viktor hintereinander drei Limonaden und den Erwachsenen, was sie sich an berauschenden Getränken wünschten. Er selbst bat um ein Glas Wein.

»Mein Herr«, sagte Alfred, »ick hätte Sie selbstredend den besten einjejossen, den dit Haus zu bieten hat, bloß leider hat dit Haus jar keenen zu bieten, und Kokain gibt's ooch nich'. Darf's wat Profaneres sein? Molle mit Korn oder 'n Gläschen Milch?«

»Wenn ich mich jetzt für die Milch entscheide, würde ich Sie in Verlegenheit bringen, oder?«, fragte Anton. Die Riesenkatze sprang von seinem Schoß und schloss sich ihren Gefährtinnen an, die sich über das Verbot längst hinweggesetzt hatten und davongeflitzt waren.

»Sie sind ja 'n Blitzmerker«, bekundete Alfred.

»Also trinke ich, was die Damen trinken«, sagte Anton und bekam ein Glas Wermut hingestellt. Nach der zweiten Runde bestellte er eine Flasche, und vom Nachbartisch gesellten sich zwei Männer dazu, die mit Sicherheit den Abend nicht nüchtern begonnen hatten und inzwischen nicht mehr deutlich sprechen, sondern nur noch singen konnten. Mit theatralisch ausgebreiteten Armen sanken sie vor Jenny in die Knie und brachten ihr ein Ständchen dar:

»›Ach Lied, das ich so mochte,
Ich spüre es ja, ich weiß es ja,
Dass ich nicht mehr jung bin,
Nicht mehr jung.‹«

Der Lautere sang unsäglich falsch, aber der Zweite, ein schmaler Blondschopf mit Hakennase, hatte eine strahlend schöne, tieftraurige Stimme und sang mit einem Akzent, der Nina zu Herzen ging. Noch einer, der in diese Stadt nicht ganz gehörte und eben deshalb gerade hier richtig war: in Berlin, dem Sammelbecken, dem Zuhause derer, die nirgendwo zu Hause waren. Nina war auch schon seit einer ganzen Weile nicht mehr nüchtern. Sie saß an Anton geschmiegt, wiegte sich mit ihm im Takt des Liedes und hätte nirgendwo anders sein wollen als hier.

Das Lied war zu Ende, und Jenny lachte sich kaputt. »Wie alt seid ihr zwei denn? Fünfundzwanzig? Dreißig? Euer Gesang klingt, als hättet ihr den Bau der Pyramiden miterlebt!«

Der Ältere, der nicht singen konnte, versuchte, ihr das Glas mit Wermut zu stehlen. Jenny aber packte es blitzschnell und entwand es ihm.

Anton schob ihm seines hin. »Nichts für ungut, Kumpel. Einer aus unseren Reihen, der die dreißig erreicht hat, ist das reinste Fossil und gehört in eine eigene Pyramide.«

»Ich bin dreiundzwanzig!« Der Sänger mit der strahlenden Stimme sprang auf die Füße, warf sich in die Brust und schnappte zwischen den Worten nach Luft. »Für Österreich an die Front geschickt mit siebzehn, und wenn heim mit eben zwanzig, war Österreich kein Österreich mehr. Wir sind aus Welt, die versunken ist. Aus Atlantis. Wir sind alt wie Zeit.«

Aus Atlantis, hämmerte es in Ninas Kopf. *Aus Atlantis.* Wenn ihr erstes Programm fertig war, würde sie auf der Stelle mit einem zweiten beginnen, weil in Berlin und seinem *Wintergarten* jede Woche alles neu sein musste. *Die aus Atlantis.* So würde ihr neues Programm heißen, und es würde von all den Menschen handeln, die das Meer der Weltgeschichte wie Strandgut ans Ufer der Spree gespült hatte.

»Sie sind aus Prag, ja?« Anton schob ihm den Teller mit den Schmalzstullen hin, nach denen er gierig griff. Die Überreste der Bockwürste, die Viktor in bester Forschermanier alle angebissen und den zweiten Bissen an die Katzen verfüttert hatte, schnappte sich sein Gefährte.

Der junge Sänger nickte, die sehr großen, sehr hellblauen Augen glasig vor Tränen. »Geboren und aufgewachsen am Altstädter Ring, beide Eltern Kammersänger am *Nationaltheater,* und ich selbst nach dem Stimmbruch gefeiert als der junge Caruso von Prag.« Über den Tisch hinweg streckte er Anton die Hand hin. »Bitte verstehen Sie, dass es mich in Zorn bringt, wenn jemand behauptet, ich noch wäre jung. Meine Jugend – genau drei Jahre hat gedauert. Verzeihen Sie. Ich hätte zuerst mich vorstellen sollen. Franz Podiebrad mein Name. Wer Sie sind, ich weiß natürlich. Ich gehöre zu Ihren Bewunderern.«

»Und ich seit eben zu den Ihren«, sagte Anton und ergriff die dargebotene Hand. »Ich bin Toni Wendland. Ebenfalls Überlebender von Atlantis.«

Ich muss ihn ja lieben, dachte Nina. Wie sollte ich es denn anstellen, es nicht zu tun? Seine Hemdbrust und die Aufschläge des Anzugs waren bedeckt mit den Haaren von Ypsilantis, an seinen Tisch drängten brotlose Künstler, die sich der von ihm bezahlten Speisen und Getränke bemächtigten, und an seine andere Seite schmiegte sich Viktor, der sich das mit Mostrich beschmierte Gesicht an seinem Ärmel abwischte. Nichts davon schien ihn zu stören. Er fügte sich in diese Welt, als sei es die seine, und hielt über den Tisch hinweg die Hand eines weinenden, sturzbesoffenen Jünglings mit engelsgleicher Stimme.

»Danke dafür«, mümmelte der Sänger namens Franz Podiebrad heftig kauend und auf den Teller mit den Stullen weisend. »Ich jetzt bin Bettler, tingele von einem Lokal in die andere, aber oft, so wie heute, es reicht nicht für Essen.«

»Ich engagiere Sie«, platzte Nina dazwischen. »Ich inszeniere eine

Reihe von Varieténummern für den *Wintergarten* und biete Ihnen einen Platz darin an.«

»Ach du liebe Zeit.« Jenny stöhnte. »Noch ein mit Luft und Liebe zu stopfendes Maul.«

Der junge Mann hörte jedoch nur Nina. »*Wintergarten?* Da ich habe hundert Mal vorgesungen, aber nichts. Nicht professionell genug, sie sagen. Amateure sie nehmen nicht.«

»Ich dagegen nehme nur Amateure«, gab Nina zurück. »Ich engagiere Sie für mein zweites Programm, Sie können ab sofort mit uns proben.«

»Nur bezahlen können wir Ihnen leider nichts«, fiel ihr Jenny ins Wort. »Wir haben nämlich bisher selbst kein Engagement, und dass wir gut sind, weiß bisher niemand außer uns. Falls Ihnen das reicht, soll es meine Sorge nicht sein.«

»Ach, wenn es erst einmal nur ist für Kost und Logis, ich bin schon zufrieden.« Die Wangen des betrunkenen Pragers röteten sich, und in seine Augen trat ein Leuchten. »Besser Taube in der Hand als Spatz auf Dach, richtig?«

»Bei uns haben Sie Ihre Hand im Mund und im Dachstübchen tickt's nicht richtig«, sagte Jenny. »Logis suchen wir im Augenblick selbst, und die Kost stammt von des Meisters Gnaden.« Sie wies auf Anton, der etwas sagen wollte, doch der Begleiter des Jungen war schneller.

»Lass den Jungen in Frieden«, lallte er in Ninas Richtung. »Der hat von Tuten und Blasen keene Ahnung und gloobt im Ernst, er kommt groß raus bei dir. Für solche wie euch is' Armut ein Abenteuer, ein Spielzeug, mit dem ihr eben 'ne Weile spielt, bis ihr's satthabt und zurück zu Muttern in die warme Bude kriecht. Solche wie wir haben aber keene Muttern mit Bude, von Vatern mal janz zu schweigen. Wenn wir durch 'n Rost fallen, denn tut sich da drunter keen Sicherheitsnetz auf, sondern gleich der nächste Rost, und es geht durch bis nach Dingskirchen.«

Kurz herrschte Schweigen am Tisch, eine kleine Oase der Stille umgeben vom Lärm des Lokals. »Sie könnten recht haben«, sagte Anton schließlich. »Oder auch nicht. Sie wissen nichts über uns und wir nichts über Sie.« Er wandte sich an den Sänger aus Prag. »Ich fürchte, alles, was wir Ihnen anbieten können, ist, heute Abend unsere Mahlzeit zu teilen. Sie sind gut, und das, was Fräulein von Veltheim auf die Beine stellt, ist auch gut, aber ehe es sich bezahlt macht, muss man erst einmal eine ganze Zeit lang daran glauben. Und von Glauben wird eben niemand satt.«

»Ein Bett für die Nacht mir würde genügen«, flehte Franz Podiebrad. »Ich weiß wirklich nicht, wo ich soll hin. Bei der Bahnhofsmission sie sagen, sie helfen nur Mädchen, und sowieso es ist alles gerammelt voll.«

»Sie können zu mir.« Das war Sonia, die fast den ganzen Abend lang geschwiegen hatte. »Es ist ein Keller, es ist im Winter sehr feucht, was Ihrer Stimme nicht guttun wird, aber es kostet nichts, und die Wirtsleute mischen sich nicht in unser Leben.«

»Sie sind ein Engel!« Franz ließ sich auf die Knie fallen und schlitterte ein gutes Stück durchs Lokal bis vor Sonia. Er umklammerte ihre Beine. »Wie heißen Sie, meine barmherzige Samariterin? Erlauben Sie, dass ich sie Angelika nenne? Angelika, die Engelsgleiche?«

Er ist ein brillanter Komödiant, dachte Nina. Wenn er aus Prag kommt, komme ich aus Montevideo, und ein Opernhaus hat er bestimmt nie von innen gesehen, aber für mich zählt nur, was er auf der Bühne sein will und kann.

»Nein«, antwortete Sonia, von der man, wenn man sie nicht kannte, glauben konnte, sie hätte keinen Humor. »Kammer und Bett biete ich Ihnen gerne an, aber das mit Angelika geht nicht. Ich heiße Sonia. Sonia Spielmann.«

»Franz Podiebrad.«

Sonia sah ihn sich an. Dabei senkte sie den Kopf so tief, wie sie ihn sonst über ihre Bilder beugte, und kam ihm so nah, dass ihre Gesichter sich beinahe berührten. Nina und Jenny waren daran schon gewöhnt, aber ein Fremder wie Podiebrad mochte glauben, sie wollte ihn küssen.

Seine großen Augen weiteten sich und starrten in ihre. Ein wenig schwankte er in seiner knienden Stellung, und Sonia hielt ihn an der Schulter fest. Irgendein Zauber wirkte und zwang Nina, ihren Blick abzuwenden. Ein Anflug von Neid packte sie, der flüchtige Wunsch, sie hätte mit Anton auf so leichte, spielerische Art zusammen sein können, ohne eine Mauer aus Bedenken zwischen sich.

»Ich glaube, Ihr Sohn gehört ins Bett«, sagte Anton zu Jenny. Der kleine Viktor war in seinem Arm eingeschlafen, das Gesicht mit Mostrich und Schmalz beschmiert, der Kopf mit dem wirren, hellen Haar in seinen Schoß gebettet.

»Fragt sich nur, in welches.« Jenny seufzte und trank die Neige aus ihrem Glas.

»Sie können fürs Erste bei mir unterkommen«, sagte Anton.

Nina hörte, wie widerstrebend er die Worte herausbrachte. Warum hätte er auch diese fast fremden Menschen samt ihren haarenden Katzen in seine Wohnung aufnehmen sollen, in sein Refugium, wo er leben konnte, wie es ihm gefiel? Er war frei, er war niemandem verpflichtet, und er war schließlich nicht derjenige gewesen, der Jenny unhaltbare Versprechungen gemacht hatte.

»Das kommt nicht infrage«, hörte sie sich erklären. An Jenny gewandt, sagte sie: »Ihr schlaft bei mir. Wir werden uns auf dem Boden ausbreiten und mit Mänteln zudecken müssen, aber irgendwie wird es schon gehen.«

»Und was ist mit deiner Wirtin?«, fragte Anton.

»Darüber mache ich mir morgen Gedanken«, antwortete Nina. Das war das Angenehme an zu viel Alkohol, auch wenn sie in der Frühe teuer dafür bezahlen würde: Er erlaubte ihr, Unangenehmes beiseitezuschieben und allein für den Augenblick zu entscheiden.

»Nina, damit nützt du doch niemandem«, sagte Anton. »Was wollt ihr denn machen, wenn ihr morgen dann alle auf der Straße steht?«

»Keine ganz schlechte Frage«, bemerkte Jenny und gähnte. »Aber um ehrlich zu sein, besser morgen als heute Nacht.«

»Sage ich doch.« Nina stand auf und wollte auf einmal nur noch weg, ehe ihr die Lage entglitt. »Wir denken morgen darüber nach. Irgendwas wird uns schon einfallen.«

Anton straffte sich, wie um ebenfalls aufzustehen, doch der schlafende Viktor in seinem Schoß hielt ihn zurück. »Verdammt, warum lässt du dir denn nicht von mir helfen?«, rief er.

Ninas Herz begann zu hämmern. Ohne es zu wollen, wandte sie sich ihm wieder zu und sah ihm über die Köpfe der andern hinweg ins Gesicht. Eine Glocke schien sich um sie zu bilden und den Lärm auszuschließen. »Weil ich dir nicht zu Dank verpflichtet sein will«, krächzte sie. »Weil ich nicht das dumme kleine Ding sein will, das der reiche Liebhaber mit Geschenken überhäuft, bis er sie eines Tages satthat und mit seinem Geschenkesack zur Nächsten weiterzieht.« Sie sah ihm an, wie er sich innerlich wand. Er war der privateste Mensch, den sie kannte. Selbst die Klatschreporter beklagten sich, weil er aus seinem Leben nichts preisgab, und hier war sie und trug vor der gesamten Kneipe ihre Liebeshändel aus. Er zuckte zusammen, als hätte sie ihn geschlagen. »Nun schön«, sagte er leise, stand diesmal wirklich auf und hob den Jungen behutsam auf seine Arme. »Wer nicht will, der hat schon, haben wir als Kinder behauptet. Kann ich euch wenigstens helfen, Kind und Katzen nach Hause zu tragen, oder betrete ich auch damit ein Territorium, in dem ich nicht erwünscht bin?«

»Na, kommen Sie, schöner Anton, jetzt spielen Sie nicht die beleidigte Leberwurst.« Jenny trat zu ihm, legte ihm eine Hand auf den Arm und strich mit der anderen Viktors Haar glatt. »Wir Frauen von heute sind eben Zimtzicken, Brockenhexen, Wolfsweiber. Die Prinzessinnen von damals konnte man einfach wach küssen, und fertig war der Lack. Bei uns dagegen muss ein Kerl sich schon ordentlich ins Zeug legen und beweisen, woraus er gemacht ist.«

Nina hielt den Atem an. Hatte er jetzt endgültig die Faxen dicke, würde er Jenny ihr Kind in die Arme drücken und diese komplizierte Nina samt ihren chaotischen, unverschämten Freunden ein für alle Mal zum Teufel schicken?

Noch nicht, schrie alles in ihr. Ich bin noch nicht so weit, ich habe mich noch nicht einmal daran gewöhnt, ihn zu haben, wie kann ich ihn da schon jetzt wieder hergeben? Noch ein paar Wochen, bitte, nur bis mein Programm fertig ist, oder besser noch – bis wir den Winter überstanden haben und es wieder heller und wärmer wird.

Anton sah Jenny an, und statt aufzufahren, lachte er. »Sie meinen also, meine Bemühungen lassen zu wünschen übrig?«

»Sie sind es gewohnt, leichtes Spiel zu haben«, erwiderte Jenny. »Aber Frauen wie wir wollen sehen, was einer für uns in die Waagschale wirft. Dass Sie uns in Ihre Wohnung aufnehmen wollen, ehrt Sie, aber vermutlich haben Sie ohnehin ein paar Zimmer zu viel, und den Dreck, den die Katzen machen, beseitigt morgen früh Ihre Perle. Sie müssen dafür nicht Ihr ganzes Leben umkrempeln.«

»Und das will eine moderne Frau von einem Mann?«, fragte er.

»Dass er sein Leben umkrempelt?«

»Wer weiß.« Sie hauchte einen Kuss in seine Richtung. »Finden Sie es heraus, Schöning. Aber nicht mehr heute Nacht.«

Sie brachen alle zusammen auf, gingen gemeinsam durch den Regen, der dichter geworden war, und Franz Podiebrad sang mit seinem hohen, fast gläsernen Tenor:

»›*Kein schöner Land in dieser Zeit*
Als hier das uns're weit und breit.
Wo wir uns finden,
Wohl unter Linden,
Zur Abendzeit.‹«

»Das hier ist die Friedrichstraße«, sagte Jenny. »Nach Unter den Linden geht's da drüben.«

»Sie, Frau Jenny, haben wohl keinen Sinn für höhere Kunst«, sagte Podiebrad.

»Na, ich meine ja nur – wo Sie doch aus Prag kommen und sich hier nicht auskennen«, erwiderte Jenny gutmütig und boxte ihn in die Seite.

Alle betrugen sich, als gehörten sie seit ewigen Zeiten zusammen, nur zwischen Nina und Anton ragte die Mauer aus Bedenken auf und trennte das, was sie verband, in zwei Hälften. Sie gingen zwar kaum einen Schritt voneinander entfernt, tauschten jedoch kein Wort, keinen Blick und schon gar keine Zärtlichkeit.

An der Kreuzung zur Jerusalemer Straße trennten sich Sonia und Franz Podiebrad von ihnen. »Ich kann es nicht erwarten, mit den Proben anzufangen«, jubelte Podiebrad durch die Nacht und winkte ihnen ewig nach. Anton ging mit ihnen weiter bis zum Tor, wo er stehen blieb, um sich zu verabschieden.

Er übergab Darius den schlafenden Viktor und steckte ihm für alle Fälle seine Visitenkarte zu, er ließ sich von Jenny umarmen und wünschte ihr mit großer Wärme eine gute Nacht.

»Ich dränge mich nicht auf«, sagte er. »Aber mein Angebot steht.«

»Das ist gut, Prinz Eisenherz. Ein Sicherheitsnetz. Macht die Armut beinahe zum Abenteuer.«

Fast wie eine gewöhnliche Familie zogen Jenny, Darius und Viktor von den Katzen begleitet durch das Tor. Nina wollte ihnen folgen, aber Anton stand noch auf der Straße und schien auf etwas zu warten.

Sie blieb ebenfalls stehen.

»Gute Nacht, Nina«, sagte er.

»Gute Nacht.« Das, was sie für ihn empfand, wollte aus ihr heraus. Wenn sie nicht rasch von ihm fortkam, würde sie es nicht länger zurückhalten können, sondern es ihm sagen:

Ich bin stark, ich bin unerhört mutig, ich stelle ein Programm auf die Beine, wie es diese Stadt noch nicht gesehen hat, aber du machst mich schwach. Ich liebe dich, Anton Wendland. Toni. Ich liebe dich …

Er umfing sie so sacht, dass sie kaum die Berührung spürte, und küsste sie ebenso sacht auf den Mund. Flüchtig. Leise. Kaum bemerkt, schon vorbei.

»Nur damit du es weißt«, sagte er und war bereits einen Schritt weit auf seinem Weg. »Ich bin entschlossen, mir den Rat deiner Freundin Jenny zu Herzen zu nehmen. Aus was ich gemacht bin, muss ich erst noch herausfinden, aber ich werde alles daransetzen, es dir zu beweisen.«

18

Die nächste Katastrophe erwartete sie vor der Tür der Wohnung. Eine Katastrophe mit Armen, Beinen, einem Charakterkopf mit stahlgrauer Duttfrisur und einem Organ, das sämtliche Schläfer in Vorder- und Hinterhaus aus dem Land der Träume reißen musste. Frau Grottenheimer. In der Hand hielt sie tatsächlich einen Besen, und nur dass sie ihn schwang, hätte noch gefehlt.

»Aha«, stieß sie hervor. »Ich in meiner Gutmütigkeit lasse mich also dazu breitschlagen, das Fräulein Tante für die Dauer ihrer Besuche zu beherbergen, weil ich mir denke, so ein junges Ding, das fühlt sich ohne seine Familie doch einsam in diesem Sündenpfuhl von Stadt, und wie wird mir das vergolten? Der Wanderzirkus hält Einzug. Schmeißt mir die Antiquitäten kaputt, springt wie die Hottentotten über Tisch und Bänke und glaubt, die dumme Alte merkt es nicht.«

Wie ein Wanderzirkus sahen sie in der Tat aus. Nur der Wohnwagen fehlte, und genau den hätten sie zur Flucht gebraucht.

»Dumme Alte haben *Sie* gesagt, nicht wir«, erklärte Jenny und machte damit zweifellos alles noch schlimmer. »Wir gehen wieder. Wir gehen mit meinem Dreijährigen, der auf der Welt nichts anderes verbrochen hat, als ihre scheußliche Vase, die im Weg stand, umzuschmeißen, und schlafen in einem feuchten Kellerloch. Immerhin aber von Freunden umgeben und nicht von Misanthropen, die es fertigbringen, eine Frau mit Kind bei Nacht und Nebel hinaus auf die Straße zu werfen.«

»Misan– *was*?« Die Grottenheimer hob die Brauen über den Rahmen der Brille.

»Menschenfeinde«, übersetzte ihr Jenny übertrieben zuvorkommend und hob die Taschen, die sie abgestellt hatte, wieder auf. »Sind Sie nicht klassisch humanistisch gebildet? Komm, Dareios Triantafillidis. Wir gehen.«

Sie machte kehrt, und Nina wollte ihr zurufen: Nehmt mich mit! Lieber wollte sie die Nacht in Sonias Keller verbringen, wo sie wie die

Ölsardinen feucht eingelegt beieinanderkauern, aber nicht allein sein würden. Nicht allein in der Dunkelheit eines Raumes, der immer größer und leerer wurde, je langsamer darin die Zeit verstrich. Aber das ging nicht. Sie durfte nicht fliehen, sondern musste sich mit der Grottenheimer hinsetzen und sie beschwichtigen, falls sie nicht morgen ebenfalls obdachlos sein wollte. Wenn in ein oder zwei Wochen wieder Tante Sperling aufkreuzte, wohin sollte sie die bringen? Zu Sonia in den Keller unter der Damenkonfektion? Und wo um alles in der Welt sollten sie proben? Die kurze Zeitspanne, für die Fridolin und Hiero sie heimlich in den *Wintergarten* lotsen konnte, genügte wohl, um das Ensemble zusammenzubringen, nicht aber, um Jennys komplexe Figuren einzustudieren, und außerdem durften sie sich darauf nicht verlassen. Jennys weitläufige, ideal geeignete Räume hatten sie verloren. Wenn sie ihr zumindest behelfsmäßig nutzbares Zimmer nun ebenfalls verloren, konnten sie das Programm vergessen.

Und das Programm war alles, was sie hatten.

Nina konnte nicht mit den anderen in Sonias Kellerloch ziehen, sie musste die Grottenheimer besänftigen und dann alles daransetzen, Jenny und die Ihren so schnell wie möglich aus selbigem Kellerloch herauszuholen.

»Einen Augenblick.« Jenny und Darius waren mit Kind und Kegel bereits eine halbe Treppe tiefer, als die Stimme der Wirtin ihnen hinterherhallte. Das Licht erlosch. Frau Grottenheimer ging zum Schalter und knipste es wieder an. Jenny und Darius blieben stehen und drehten sich um.

»Über was für Fähigkeiten verfügen Sie denn, junge Frau?«

»Meinen Sie mich?«, fragte Jenny zurück.

»Eine andere, die ich meinen könnte, sehe ich hier nicht, denn über die sogenannten Fähigkeiten von Fräulein von Veltheim bin ich ja informiert.« Sie räusperte sich. »Und damit Sie gleich wissen, warum ich überhaupt frage: Mich hat mein Hausmädchen sitzen lassen, und es wäre ja immerhin möglich, dass Sie in der Lage wären, als Gegenleistung für Kost und Logis diese sehr einfachen Tätigkeiten zu übernehmen.«

»Ich bin Tänzerin«, sagte Jenny.

»Das sagen sie alle«, gab die Grottenheimer zurück.

»Ich bin nicht alle«, sagte Jenny. »Ich habe eine klassische Ballettausbildung an der Woganowa-Akademie genossen und war Primaballerina am *Deutschen Theater* in Riga. Mit dem Staubwedel durch die Gegend pusseln kann ich nicht, und den Kaffee, den ich koche, wollen nicht mal die Katzen trinken. Aber mein Agent, Herr Triantafillidis aus dem vornehmen Phanar-Viertel von Konstantinopel, wäre für die Rolle eines Hausmädchens wie geschaffen. Wer in einen herrschaftlichen Haushalt hineingeboren wurde, der weiß auch, wie man einen führt, habe ich recht, Dareios?«

Darius schaffte es, sie mit einem Blick zu bedenken, der fassungslos und mild resigniert zugleich war. »Und wer als Bettler auf der Straße sitzt, der hat keine Wahl«, bekundete er. »Ich habe es satt, unbehaust durch die Welt zu wandern, ich kann nicht atmen ohne vier feste Wände um mich. Wenn es uns zu einer Bleibe verhilft, gibt es wenig, an dem ich mich nicht versuchen würde. Und was die Zubereitung von Kaffee betrifft, so brauche ich mich meiner Fähigkeiten nicht zu schämen.«

»Aber Sie sind doch ein Mann.« Die Grottenheimer glotzte Darius, der eine rötlich geblümte Fliege zu einem Hemd im blauen und grünen Rankenmuster trug, an, als stünde sie vor einer Spezies von anderen Sternen.

»Zumindest war ich bisher der Meinung«, erwiderte Darius. »Aber heutzutage ist ja nichts mehr gesichert.« Er klimperte mit seinen hinreißenden Wimpern.

»Wollen Sie mich auf den Arm nehmen?«, fragte die Grottenheimer.

»Morgen vielleicht«, antwortete Darius. »Heute bin ich zu müde, und den armen *Poulaki* würde ich auch gern irgendwo niederlegen, ehe er aus dem Schlaf schrickt und einen Schaden fürs Leben davonträgt.«

Die Grottenheimer sah von einem zum andern. Darius musste sich aufs Geländer stützen, um nicht vor Erschöpfung zusammenzusacken. Zu seinen Füßen ringelten sich die drei Katzen, beneidenswerte Kreaturen, die in jeder Lebenslage schlafen konnten.

»Sie haben mich doch richtig verstanden?«, fragte die Wirtin verhalten. »Die Arbeit wird nicht bezahlt. Es ist allerdings nicht viel zu tun. Zwei meiner Mieter sind Herren vom Militär und sehr sauber, und einen Mittagstisch reiche ich nicht …«

»Ich habe Sie bestens verstanden, Madame«, sagte Darius hoheitsvoll. »Sie mich hoffentlich auch.«

Frau Grottenheimer nickte. »Mehr als ein Zimmer kann ich Ihnen nicht geben. Ständig wird alles teurer, für 'n Viertelpfund Butter knöpfen sie einem ein Vermögen ab, und kein Mensch fragt, wie wir Hinterbliebenen für all das aufkommen sollen. Den einen hat der Krieg den Garaus gemacht, und die andern schleppen das Trümmerfeld auf ihrem Buckel. Im Korridor ist kein Licht. Im Berliner Zimmer auch nicht. Wenn Sie im Winter da zu Abend essen, gebe ich Ihnen Kerzen.«

»Kerzen sind sehr behaglich«, sagte Darius.

»Und die ganze Wohnung beheizt halten kann ich auch nicht. Gehen Sie in Ihr Zimmer und heizen selbst, wenn Ihnen kalt ist, oder wenn's gar nicht anders geht, soll sich das Kind in der Küche an den Ofen setzen.«

»Sie brauchen sich unseretwegen keine Sorgen zu machen, Madame«, sagte Darius. »Wir gehören zum lichtscheuen Gesindel, und wir haben heißes Blut, was Brennstoff spart. Wir brauchen nur einen Ort, an dem wir ein wenig zur Ruhe und wieder auf die Beine kommen können, sonst nichts. Wenn Sie so gütig sein wollen, uns diesen Ort zur Verfügung zu stellen, wird es Ihr Schaden nicht sein. Womit auch immer Sie in dieser harschen Wirklichkeit Hilfe benötigen, wird einer von uns an Ihrer Seite sein.«

Frau Grottenheimer musterte Darius noch immer wie ein Geschöpf vom anderen Stern. Etwas in ihrer Miene schien zu schmelzen. »Ich geb mehr auf Taten als auf große Reden«, murmelte sie.

»Dann haben wir etwas gemeinsam«, sagte Darius, die Lider halb geschlossen und kurz davor, einzuschlafen.

»Also rein mit Ihnen«, sagte die Grottenheimer. »Aber Sie bleiben für sich, nicht wahr? Und betragen sich sauber im Bad? Nicht dass Sie mir die beiden Herren vergraulen, die in den Vorderzimmern wohnen. Sehr anständige Herren. Ein Offizier und ein Offiziersanwärter, obwohl's ja nun nichts mehr anzuwarten gibt. So ein junger Mensch, dem dermaßen das Leben verpfuscht ist, muss einem doch leidtun. Wenn da mal das Geld nicht pünktlich kommt, kann ich ihn ja nicht einfach rauswerfen. Schließlich wertet das auch mein Haus auf, wenn ich Militär hier wohnen hab, oder nicht?«

»Selbstverständlich, Madame.« Darius trug Viktor über die Schwelle, und die todmüde Jenny schlich hinter ihm her. Nina ging als Letzte. Ihr Mann war gar nicht Offizier, dachte sie. Und ihre ewige Tyrannei wegen des Lichts und der Heizung, die wässrigen Suppen und die Lügen über das Hausmädchen beruhten mitnichten auf Geiz, sondern auf purer Notwendigkeit. Vermutlich war sie überhaupt nie verheiratet gewesen, und diese Wohnung war das einzige Pfund, das sie zum Wuchern hatte, wie auch immer sie dazu gekommen war.

Außerdem hieß sie nicht Grotten-, sondern Rottenheimer und war alles andere als ein übler Mensch.

»Danke«, sagte Nina, während sie die Dinge, die Darius gehörten, von ihrem Zimmer in das leer stehende nebenan wuchteten. »Für die zerschlagene Vase komme ich natürlich auf.«

Frau Rottenheimer hob ihre massigen Schultern. »Ihre Bekannte hat schon recht. Schön war die nicht.« Sie warf einen Stapel Leintücher auf die nackte Matratze von Darius' Bett. »Wenn Ihr Fräulein Tante kommt, muss der Herr Tirila-niris eben in die Dienstbotenkammer umziehen. Die kann ich da ja nicht reinquetschen.«

»Danke, dass Sie uns helfen, Frau Rottenheimer. Ich weiß nicht, was wir ohne Sie tun sollten.«

Wieder hob die Wirtin ihre schweren Schultern und ließ sie fallen. »Wir sind doch alle bloß Spielbälle, die die eine Seite der andern zuspielt. Wenn wir uns da nicht unter die Arme greifen, spielen die, die das Sagen haben, uns irgendwann runter von der Welt.«

Viel fehlte nicht, und Nina, die vor Müdigkeit kaum noch geradeaus denken konnte, hätte die Frau umarmt. Dank ihrer Hilfe würden sie künftig Jennys Miete sparen können. Sie würden unter einem Dach wohnen und proben können, wann immer sie wollten. Überdies – darüber sprach sie mit niemandem – würde Nina nachts besser schlafen und seltener schweißbedeckt in einem Raum ohne Grenzen aufschrecken.

Sie und Jenny würden sich ihr Zimmer teilen, Darius schlief nebenan, und der kleine Viktor konnte es halten wie bisher und ins Bett kriechen, zu wem er wollte. Franz Podiebrad, den singenden Komiker oder komischen Sänger, hatte Sonia unter ihre Fittiche genommen, sodass er ihnen nicht durch die Lappen gehen konnte, und in Ninas Kopf nahm die zweite Nummer bereits Gestalt an.

Vielleicht war es möglich, beide parallel zu entwickeln und sie den Direktoren nacheinander vorzustellen? Wenn sie sich mit ihrem Ensemble einen Namen machen wollte, mochte es gut ankommen, dass sie bereits zwei Nummern in petto hatte. Außerdem sprudelten die Ideen bereits ohne Unterlass wie aus einer Champagnerflasche ohne Korken. So sterbensmüde, wie sie war, lag sie dennoch hellwach neben der melodisch schnorchelnden Jenny, während Bilder durch ihren Kopf wirbelten.

So war es ihr in all den Jahren ihrer Kindheit ergangen, seit sie begonnen hatte, durch ihr Spiel Geschichten zu erzählen. Ihre Ideen waren immer schneller gewesen, als ihre Finger ihnen folgen konnten. Mit *Selbst ist die Frau* und *Die aus Atlantis* wollte sie ein ganzes Panorama von Geschichten erzählen – Geschichten von Menschen, die ihr tagtäglich begegneten: die aus dem *Salamander,* aus dem *Wintergarten,* die aus Straßenbahn und Gemischtwarenladen.

Menschen aus Berlin.

Menschen von überall.

Menschen von neunzehnhunderteinundzwanzig.

All die durcheinanderfunkelnden Bilder schafften es jedoch nicht, das eine zu verdrängen, das sie noch mehr als jene vom Schlafen abhielt. Es war, als würde die Flut der Bilder plastische Formen annehmen und in den üppigsten Farben schillern, während darunter von Zeit zu Zeit eine Fotografie in Schwarz-Weiß aufblitzte.

Die Fotografie zeigte Antons Gesicht in dem Augenblick, als er sich vor dem Tor zum Hof von ihr verabschiedet hatte.

Ich möchte schlafen, dachte Nina. *Aber du musst tanzen.*

19

ANTON

JANUAR 1922

*W*ie der Bodensee an einem Regentag.
Wenn er während der Probe, beim Deklamieren der Verse, die er als unerträglich pathetisch und triefend vor Kitsch empfand, den Drang verspürte, alles hinzuwerfen und von der Bühne zu stapfen, rief er sich Ninas Augen ins Gedächtnis. Deren Anblick versetzte ihn in einen Zustand, in dem sein Gehirn selbst die erstaunlichsten Ergüsse von Kitsch ausschüttete. Auf diese Weise hoffte er, auch den Kitsch eines Heinrich von Kleist zu ertragen und ihn halbwegs überzeugend zu vermitteln.

Wie der Bodensee an einem Regentag.

Anton fand es schwer zu glauben, dass sein Denkapparat, den er für ausgetrocknet wie eine Wüstenlandschaft gehalten hatte, tatsächlich eine derartige Blüte hervorgebracht hatte. Heinrich von Kleist konnte unmöglich mit größerem Schwulst aufwarten.

Sowieso – nichts gegen Heinrich von Kleist.

Penthesilea war sicher zu seiner Zeit ein kleiner Erdrutsch gewesen, und *Der zerbrochene Krug* erschien in Maßen sogar komisch. Warum aber ein Regisseur des Jahres 1922 auf die Idee verfiel, Kleists Jünglingswerk *Die Familie Schroffenstein* aus der Mottenkiste zu holen, war Anton ein Rätsel, über dessen Lösung er keine Lust hatte nachzusinnen. *Schroffenstein* war eine unbeholfene, ins deutsche Mittelalter versetzte Version von *Romeo und Julia,* und schon durch Shakespeares Original, das 1919 im *Lessingtheater* aufgeführt worden war, hatte er sich gequält.

Ein halbstarkes Bürschlein zu spielen, dessen Probleme auf dieser Welt sich in einer vom Herrn Papá verbotenen Liebschaft summierten, kam ihm schlicht fürchterlich ermüdend und fürchterlich sinnlos vor.

Aber seit wann störte ihn das? Hatte er nicht mehr als ein Jahr lang ziemlich gut mit dem Entschluss gelebt, sich nach dem Sinn von Theater nicht mehr zu fragen?

Der Romeo in Kleists *Familie Schroffenstein* hieß Ottokar, und seine Julia hieß Agnes. Im Text war sie noch nicht fünfzehn und er nicht wesentlich älter, weshalb man ihm seine vor Pathos triefenden Racheschwüre verzeihen mochte. Anton allerdings war doppelt so alt, sah sich außerstande, sich in das vor Eifer geifernde Kerlchen hineinzuversetzen, und kam sich durchgehend lächerlich vor.

Außerdem wurde ihm von Pathos übel. Hinter dem Gebrüll des Knaben Ottokar, der alle Mitglieder des verhassten Verwandtschaftszweiges niedermetzeln wollte, glaubte er die Stimme des Kaisers dröhnen zu hören: ›*Es muss das Schwert nun entscheiden! Auf zu den Waffen! Jedes Schwanken, jedes Zögern wäre Verrat am Vaterland.*‹

Wäre es nach Anton gegangen, so wäre aus sämtlichen auf deutschen Bühnen aufgeführten Stücken das Pathos mit peinlicher Sorgfalt herausgekratzt worden, damit sich keine neue Generation daran gewöhnte. Oder man schickte die Nachgeborenen nur noch ins Kino und schaffte dort die Zwischentitel ab.

Auf das Engagement hier an Max Reinhardts *Deutschem Theater* hatte er sich eingelassen, weil es glänzend bezahlt wurde und die Premiere als eine der großen Inszenierungen der Saison angekündigt war. Nein, wenn er ehrlich war, noch aus einem anderen Grund. Der Theatergott Reinhardt hatte vor geraumer Zeit eine weitere Spielstätte in einem verfallenen Ballsaal direkt nebenan eröffnet und sie die *Kammerspiele* getauft. Dort, in der geradezu intimen Atmosphäre des kleineren Hauses, wollte er dem Publikum das Theater der Moderne nahebringen. Er stellte brandneue Autoren wie Hans Henny Jahnn, Georg Kaiser und den höchst bemerkenswerten Ernst Toller auf die Bühne und engagierte dafür die originellsten Begabungen des Landes. Jener Toller saß im Übrigen für seine sozialistischen Überzeugungen in Festungshaft, wo er fieberhaft schrieb.

Anton konnte nicht leugnen, dass er sich Hoffnungen gemacht hatte, Reinhardt werde ihn zumindest für ein, zwei Inszenierungen an die *Kammerspiele* ausleihen. Schließlich kannte ihn dieser, seit er als kaum achtzehnjähriger Eleve zu ihm gekommen war, und hatte nie verhehlt, dass er ihn für begabt hielt. Anton wollte ihn bitten, ihm etwas zu spielen geben, an dem er sich die Zähne wetzen konnte, statt ewig und drei Tage den Brei für zahnlose Greise, der ihm zum Hals heraushing.

Reinhardt aber hatte schlankweg abgewinkt. Er war kein Mann, der ein Blatt vor den Mund nahm. »Schuster, bleib bei deinem Leisten«, hatte er gesagt. »Du bist gut in dem, was du machst. Große Dramen, überbordende Gefühle. Die Frauen schmachten dich an, und die Männer glauben dir, dass du es ernst meinst. Weshalb also das Pferd wechseln, zumal du so vielseitig, wie der Kleine war, eben nicht bist und ja auch immer mit angezogener Handbremse spielst? Expressionistisches Theater, wo es auf Nuancen und Zwischentöne ankommt und ein Schauspieler ganz aus sich herausmuss, das ist nichts für dich.«

Herzlichen Dank für die Ohrfeige, dachte Anton und musste sich eingestehen, dass es nicht die erste war, die er in letzter Zeit kassiert hatte. Ehe der Vertrag nämlich unterschrieben worden war, hatte er klammheimlich mit Leopold Jessners *Preußischem Staatstheater* geliebäugelt. Jessner war ein verrückter Hund, der die Klassiker bis auf ihr Skelett entblößte, die Kulissen einmotten ließ und seine Darsteller stattdessen auf eine Leiter stellte. Konservative Kritiker beschimpften ihn als Ketzer, doch die aufgeschlossenen Stimmen priesen die Bühnenwelt jenseits von Raum und Zeit, die Jessner schuf und in der ein Text seine Wirkung nackt, ohne Hilfsmittel entfalten musste. Seit Jessner am *Staatstheater* Intendant war, hatte er so talentierte Männer wie den österreichischen Schauspieler Fritz Kortner und den genialen jungen Regisseur Erwin Piscator um sich geschart und hielt beständig nach weiteren Begabungen Ausschau.

Anton kannte Piscator. Er kannte ihn auf eine Weise, die lediglich einer Handvoll von Menschen vorbehalten blieb, und die meisten von ihnen waren tot. Er hatte neben Piscator in einem verschlammten Graben vor der flandrischen Stadt Ypern gelegen, hatte sich neben ihm aus dem Graben herauswagen müssen und war neben ihm über ein verschlammtes Feld gelaufen, das unter Artilleriebeschuss stand. Er war noch immer neben Piscator gewesen, als dieser aufschrie, niederstürzte und im Schlamm versank. Keine zehn Schritte weiter war auch der Kamerad an seiner anderen Seite getroffen in den Schlamm gestürzt und kurz darauf er selbst.

Piscator und er hatten überlebt, und Piscator inszenierte jetzt Theater, das so bahnbrechend neu, so revolutionär, so unerhört war, dass am Morgen nach jeder Premiere die Feuilletons über kaum etwas anderes berichteten.

Ganz so klammheimlich war Antons Liebäugelei mit der Bühne von Jessner und Piscator im Übrigen nicht verlaufen. Zumindest bei seinem Agenten Wolfram Schmiedehammer hatte er diesbezüglich ein paar Worte fallen lassen und hatte auf Nachfrage zugegeben, dass von seiner Seite Interesse bestehen könnte. Ledlich seine Bekanntschaft mit Piscator hatte er nicht erwähnt.

Es hatte etwas Anstößiges, sich einen Vorteil verschaffen zu wollen, weil man mit jemandem zusammen im Schlamm vor Ypern gelegen hatte. Der Stadtkern von Ypern war restlos verbrannt. Außerdem hatte der Befehl gelautet, jeden, der getroffen niederstürzte, liegen zu lassen, und Anton hatte Piscator liegen lassen. Zweifellos hätte dieser umgekehrt dasselbe getan.

Warum wühlte er auf einmal wieder in diesen Dingen, von denen er wusste, dass er ihnen nicht gewachsen war? Warum wünschte er sich plötzlich, mit Jessner und Piscator zu arbeiten, wo er bei Schmiedehammer bisher doch die Devise ausgegeben hatte: »Was immer ordentlich Geld einbringt, spiele ich«?

Und beim Geld war er letztendlich auch wieder gelandet.

»Jessner hat nichts für dich«, hatte der Agent ihm bei ihrer nächsten Begegnung mitgeteilt. »Aber was willst du auch mit den kleinen Fischen? Das *Deutsche Theater* hat jedenfalls sein Angebot erhöht und ist bereit, einen Anteil in Devisen zu bezahlen.«

Also spielte er hier, im *Deutschen Theater,* unter einem Regisseur namens Diethard Wiechert, der als Kleist-Experte galt und aussah, als wäre er schon zu Lebzeiten des Dichters als Kleist-Experte zugange gewesen. Schlecht war er nicht, und wenn die Inszenierung durchfiel, lag es am Stück, nicht an Wiechert. Dieser Ansicht war jedenfalls Anton, aber *er* war ja kein Kleist-Experte.

Er war lediglich Ottokar, der jungfrische Hauptdarsteller, der auf der Bühne stand, um herzig zu lieben und traurig zu sterben. Derzeit probte er – noch ohne Kostüm und Kulisse – eine der herzigen Liebesszenen. Vor dieser nachmittäglichen Probe hatte er in der Kantine in aller Eile ein Kohlgericht heruntergeschlungen, und das war ihm schlecht bekommen. Anton hasste Kohl. Er hasste alle Gerichte, die ihm das Gefühl gaben, aus dem Mund zu stinken, und tastete in seiner Hosentasche nach einer Pfefferminzpastille. Anschließend wandte er sich einer Schauspielerin namens Juliane Feilchenfeldt zu und warf sich vor ihr auf die Knie.

An Kohl und Mundgeruch zu denken, während man als feuriger Vorstadt-Romeo einer Vorstadt-Julia seine Liebe erklärte, war nicht eben günstig. Er musste sich auf andere Gedanken bringen, und warum fiel ihm das so schwer? Schließlich hatte er mit Juliane Feilchenfeldt vor nicht allzu langer Zeit ein paar durchaus erfreuliche Nächte verbracht, und sie hatte ihm gestern erst zu verstehen gegeben, dass sie einer Wiederholung nicht abgeneigt wäre.

Sie war sehr hübsch. Blond, exquisit und höchst elegant, der Typ, den er mochte. Warum also kam er damit nicht weiter?

Weil in meinem Kopf etwas anderes ist, weil mein verdammter Kopf an nichts anderes denken will als an blaugraue Augen – *wie der Bodensee an einem Regentag.*

Er blickte zu Juliane Feilchenfeldt auf, sah Nina von Veltheim vor sich und deklamierte:

>*»Ach! Agnes! Agnes!*
>*Welch eine Zukunft öffnet ihre Pforte!*
>*Du wirst mein Weib! Mein Weib!*
>*Weißt du denn auch, wie groß das Maß von Glück?«*

Agnes beugte sich zu ihm nieder, antwortete ebenso schmachtend und zog ihn in die Szene hinein. Ohne weitere Schwierigkeiten spielten sie sie zu Ende.

Diethard Wiechert, der am Bühnenrand stand, applaudierte. »Ausgezeichnet, mein lieber Wendland, ganz ausgezeichnet. Mit Ihnen sind wir für heute fertig, Sie können sich aufmachen und Ihren Feierabend genießen.« Wiechert, der sich für einen Frauenhelden ohnegleichen hielt, zwinkerte ihm zu. »Bei Ihnen, liebe Juliane, würde ich gern noch ein wenig an der Stellung arbeiten. Das ist noch nicht rund, noch nicht fließend und sinnlich genug. Wir zeigen das schließlich keinem Saal voller Klosterschüler, sondern einem modernen Publikum von 1922.«

Er stieß ein meckerndes Lachen aus, und Juliane lachte mit. Zum ersten Mal fiel Anton auf, dass sie dabei kein bisschen fröhlich klang. »Soll ich hierbleiben?«, raunte er ihr zu.

Über ihr abgekämpftes Gesicht zuckte ein halbes Lächeln. »Ist schon gut. Ich werde mit ihm fertig. Trotzdem – danke.«

Anton verabschiedete sich und trottete zum Ausgang. Warum ermüdete ihn das bisschen Proben so sehr? Die Stadt war voller Männer, die um fünf in der Frühe ihre Schichten in den Fabriken von Osram und AEG antraten. Er hätte bis neun schlafen und im Bett frühstücken können, wenn er gewollt hätte, und das, was er seine Arbeit nannte, war in ein paar Stunden erledigt. Warum also laugte es ihn derart aus?

Lag es daran, dass er in seiner Arbeit überhaupt keinen Sinn sah, dass er seine Kräfte für etwas vergeudete, das ihm gänzlich überflüssig vorkam?

Wie der Bodensee an einem Regentag.

War das alles, was er in diesem Winter noch zustande brachte? Sich nach Nina zu sehnen und zu wünschen, er könnte seine Vorstellung im *Schauspielhaus* heute Abend schwänzen und sich mit ihr irgendwo verkriechen?

Er wollte gerade die Tür aufziehen, als sie ihm sozusagen entgegenschlug. Im Eingang stand ein Mann, auf dessen eleganten Mantelschultern Schneeflocken schmolzen. Sein Gesicht, mit dem er für gewöhnlich das totenblasse Schneewittchen hätte spielen können, war jedoch nicht vor Kälte, sondern vor Zorn gerötet. »Ah, der feine Herr Wendland. Das trifft sich ja bestens. Genau dich wollte ich sprechen.«

Rudi Kante.

Anton spürte den vertrauten Schmerz, der sich hinter seiner Stirn zusammenballte. »Wenn ich sagen würde: ich dich aber nicht, würde mir das nichts nützen, richtig?«

»Goldrichtig«, knurrte Rudi. »Los, komm weg hier. Ich lege keinen gesteigerten Wert darauf, dass diese Aasgeier samt und sonders lange Ohren machen.«

20

Sie gingen in Antons Garderobe. Rudi trat vor den Spiegeltisch, nahm das Bild von Liesa zur Hand und betrachtete es, als sähe er es zum ersten Mal. »Weißt du, was diese Frau aus der Masse der Frauen, die auf diesem Planeten herumlaufen, herausgehoben hat?«, fragte er.

»Ja«, sagte Anton.

»Sie hatte Klasse. Echte Klasse.« Rudi stellte das Bild zurück an seinen Platz. »So was bekommt man nicht ersetzt. Ich dachte, das wüsstest du.«

»Ich weiß es.« Anton lehnte sich neben dem Kleiderständer, an dem seine Kostüme hingen, an die Wand.

»Ach ja? Gut, das zu hören. Danach aussehen tut es nämlich nicht.«

»Rudi, es ist offensichtlich, dass du mir gern irgendetwas an den Kopf werfen möchtest«, sagte Anton. »Könntest du dich für einen Gegenstand entscheiden, der weder tödlich noch unersetzlich ist, und zur Tat schreiten? Dann haben wir die Sache nämlich hinter uns.«

»Du verdammter Idiot«, fuhr Rudi ihn an, griff wieder nach dem Bild von Liesa und holte damit aus, ließ es dann aber sinken und setzte sich in den Stuhl vor dem Tisch. »Damit du es weißt – die haben mich abgelehnt. Und wessen Schuld das ist, weißt du auch.«

»Wer hat dich abgelehnt?« Anton umfasste seine Stirn, wohl wissend, dass er damit des Kopfschmerzes nicht Herr wurde.

»Den Mustopf kannst du dir sparen, den nimmt kein Mensch dir ab«, schoss Rudi wütend zurück. »Ich spreche von der Wiedereröffnung des *Metropol-Theaters*, wie dir sehr wohl bekannt ist. Schließlich liege ich dir seit geraumer Zeit damit in den Ohren, dass ich uns beide dabei ganz groß rauskommen sehe. Welturaufführung. Große Musikrevue mit Nummern von Lincke und einer Liebesgeschichte, dass denen in den Kinos vor Neid ihre Leinwand grün anläuft. Dieser Castiglioni lässt sich die Sache ein Vermögen kosten – in Devisen, nicht in dem wertlosen Lokuspapier, das unsere Notenbank am laufenden Meter bedruckt. Erzähl mir nicht, du hast das alles vergessen – oder hörst du neuerdings nur noch das Bettgeflüster von deiner blassen Landpomeranze?«

Dunkel, gegen die Kopfschmerzen kämpfend erinnerte sich Anton: Das *Metropol-Theater*, das bereits die Berliner der Gründerzeit mit Aufführungen der leichten Muse zum Schunkeln gebracht hatte, war in den Jahren seit Kriegsende in wirtschaftliche Not geraten. Ob es daran lag, dass zu viele Liebhaber der Schunkelliedchen weggestorben waren und die Überlebenden mit dieser Art von Heiterkeit nichts mehr anzufangen wussten, oder ob die rasante Entwertung der Löhne dem beliebten Theater den Garaus gemacht hatte, war schwer zu sagen. In jedem Fall hatte ein Großindustrieller namens Castiglioni die Spielstätte aufgekauft und plante eine gigantische Neueröffnung rund um Wein, Weib und Gesang.

Hatte Rudi wirklich erzählt, er wolle sich um die Regie bewerben? Mit Musiktheater besaß er wenig Erfahrung, hatte auch damals, als sie vor der Stadt Ypern im Schlamm versunken waren, beteuert, er würde lieber von einer Granate zerrissen werden, als sich für solchen Schund herzugeben. Aber das sagte sich so leicht, ehe man gesehen hatte, wie eine Granate einen Mann zerriss. Man sah dabei nämlich nichts. Keine Granate und keinen Mann, nur das Blenden des Feuerballs, der alles auslöschte. Anton konnte verstehen, dass das Geschwätz im Schlamm von Flandern für Rudi keine Bedeutung mehr hatte. Dass er nach nichts anderem strebte, als sich seine Villa am Wannsee so schnell wie möglich zu verschaffen.

Das zu genießen, was vom Leben übrig war.

Wein, Weib und Gesang.

Anton erinnerte sich jetzt, dass die Eröffnungsrevue im *Metropol* diesen Titel tragen sollte und dass Rudi tatsächlich erwähnt hatte, er werde sich »das Ding unter den Nagel reißen«.

Sie hatten sich seltener gesehen in diesen acht Monaten seit dem Eklat im *Central*. Vernichtende Kritiken richteten bei einem Repertoirestück wie *Gespenster* nicht viel Schaden an, und ein kleiner Skandal, bei dem es überdies um ein Mädchen ging, trieb eher mehr Zuschauer ins Theater als weniger. Dennoch hatte man die Inszenierung vor der Zeit abgesetzt, weil Martin Zickel sich diese Art der Nachrede nicht leisten konnte, und Rudi war überzeugt, sein Ruf als Regisseur sei beschädigt worden.

Vermutlich war es auch so.

Nur hatte das nichts mit Nina zu tun, sondern mit einer Entscheidung, die Rudi ebenso wie Anton selbst getroffen hatte. Wer die Gabe, mit der er auf die Welt gekommen war, an den Meistbietenden verkaufte, durfte sich nicht beklagen, dass die Gabe dabei Schaden nahm.

»Bist du geistig noch anwesend?«, blaffte Rudi. »Hast du gehört, was ich dir gerade gesagt habe? Diese Banausen vom *Metropol* haben Rudolf Kante angeboten bekommen, Wolfram Schmiedehammer hat ihnen Berlins vielseitigsten Regisseur auf dem Silbertablett serviert, und was hat er als Antwort erhalten? ›Vielen Dank, Herr Schmiedehammer, wir wissen Ihre Mühe zu schätzen, aber wir haben uns anderweitig entschieden.‹«

Anton und Rudi teilten sich denselben Agenten. Um genau zu sein, war es Rudi gewesen, der Schmiedehammer dazu bewegt hatte, Anton ebenfalls zu vertreten. 1919 war das gewesen, mit dem Kopf unterm Arm. Schmiedehammer hatte sich als einer der ersten Schauspielagenten des Kaiserreichs einen Namen gemacht, und in der jungen Republik, in der es darauf ankam, Chancen zu ergreifen, legte er einen kometenhaften Aufstieg hin. Den Hungerhaken Wendland hatte er damals nicht nehmen wollen, aber Rudi hatte nicht lockergelassen: »Der Kerl kann was. Und wenn er erst einmal ein bisschen aufgefüttert ist, sieht er aus wie das, was Berlins Frauen sich in ihren Hungerwinternächten erträumen. Vergessen Sie nicht, Wolfi: Die Träume und der

Tod sind umsonst, die regieren auch, wenn alles hopsgeht, und Frauen sind jetzt bei Weitem in der Überzahl.«

Anton nahm die Hand von der Stirn und riss sich zusammen. »Rudi«, rang er sich ab. »Wenn sie dich nicht genommen haben, dann doch wohl, weil du für dieses Zeug zu gut bist, nicht weil du nicht dafür taugst.«

Lass mich aus den Klauen, flehte er stumm. Bis er für seine Aufführung heute Abend in der Maske sein musste, blieben ihm knappe zwei Stunden. Wenn er Glück hatte, erwischte er Nina vor ihrer Schicht im *Wintergarten*. Das letzte Mal, dass Sehnsucht sich so laut in ihm Gehör verschafft hatte, war Jahre her, und damals hatte er geglaubt: Ich hätte sterben müssen, aber ich bin nicht gestorben, weil diese Sehnsucht in mir nicht totzukriegen war.

»Hört, hört.« Rudi stützte den Kopf in eine Hand und fasste Anton ins Auge. »Und weshalb glaubst du, mich könnte das kratzen, was du da von dir gibst? Du weißt genauso gut wie ich, warum sie mir in der letzten Sekunde einen Tritt verpasst haben, obwohl die Verträge so gut wie unterschrieben waren.«

Er machte eine Kunstpause, dann fuhr er mit höhnisch verstellter Stimme fort: »Es tut uns von Herzen leid, Herr Kante. Sie wissen selbst, wie gern wir mit Ihnen gearbeitet hätten, aber Sie hatten zugesagt, uns Herrn Wendland zu bringen. Wenn Sie sich daran nun nicht halten, sehen wir uns gezwungen, auf eine andere Strategie auszuweichen ...«

»Lass dir das doch nicht einreden!«, rief Anton. »Diese Leute hatten von Anfang an ihr Konzept, in das hast du nicht gepasst, und darauf solltest du stolz sein.«

Rudi zupfte sein Zigarettenetui aus der Brusttasche. »Wie schön, dass mein Freund Anton immer so genau weiß, was andere Menschen denken. Steck dir dein Wissen in deinen wohlgeformten Arsch, mein Bester. Ich habe eine Stunde Zeit, dich Castiglionis Mannen noch zu präsentieren, und von dieser unwiederbringlichen Stunde habe ich jetzt bereits ein Drittel mit Gesabbel verplempert. Du verpasst dem viel zitierten Arsch also besser einen Tritt und machst, dass du ihn in die Taxe schaffst, die draußen wartet.«

»Aber ich habe doch meine eigenen Verpflichtungen, Rudi«, versuchte Anton verzweifelt, sich herauszuwinden. »Die *Orestie* läuft noch bis März, und die *Schroffenstein*-Premiere ist Freitag in zwei Wochen ...«

»Man richtet sich zeitlich nach dir«, unterbrach ihn Rudi. »Dem Herrn Wendland wird der rote Teppich ausgerollt, und was deine Gage betrifft, wird bei Castiglioni geklotzt, nicht gekleckert. Mehr sage ich nicht. Jetzt mach schon. Fahr mit mir ins *Metropol,* Toni Pech und Rudi Schwefel auf dem Weg zu neuen Abenteuern, und damit vergessen wir diese kleine Zwistigkeit. Darin haben wir doch Übung, oder etwa nicht?‹

Antons Kopf war eine Rechenmaschine, die sich automatisch in Betrieb setzte: Du kannst Nina morgen sehen, erklärte die Rechenmaschine, du weißt sowieso nicht, ob sie heute noch Zeit für dich erübrigen kann, und außerdem dreht sich die Welt nicht um die Bodenseeaugen von Nina. Du kannst unterwegs ein Aspirin nehmen, sicher hat Rudi alles, was ein Mensch nur brauchen kann, dabei. Diese Sache kostet dich nicht die Welt. Spiel ein paar Wochen lang den Hanswurst, und du hast Geld genug, um die nächsten zehn Jahre nur noch das zu machen, was du willst.

Aber was will ich denn?, wagte Anton aufzubegehren.

Den Bodensee an einem Regentag.

Halt die Klappe, schnarrte die Rechenmaschine. Ist dir das mit der kleinen Nina etwa ernst?

Nein, dachte er, natürlich nicht. Ernst ist das falsche Wort, und es kann mir ja nie wieder etwas ernst sein, aber etwas, das so zärtlich war wie das mit Nina, habe ich noch nicht erlebt.

Davon kannst du dir nichts kaufen, kam es von der Rechenmaschine. Nimm Castiglionis Angebot an, und du hast genug in der Tasche, um deiner Nina ein Schloss hinzustellen.

Sie will ja keines. Sie will gar nichts von mir. Und sie ist nicht *meine* Nina.

Klappe halten. Wenn du zu blöd bist, es um deinetwillen zu tun, tu's für Rudi. Dem bist du etwas schuldig, oder nicht?

Wir haben uns einmal geeinigt, dass wir einander nichts schuldig sind, dachte Anton, aber natürlich hatte die Rechenmaschine recht. Er schaltete sie aus.

»Es tut mir leid, aber ich kann das nicht machen«, sagte er und staunte über sich selbst. »Es hat nichts mit dir zu tun, Rudi. Nur mit mir.«

Ich schmeiße das hier auch hin, dachte er. Ich gebe Wiechert seinen Ottokar, bis er sich jemanden anders gesucht hat, dann kündige ich den Vertrag und zahle die Konventionalstrafe.

Es war lange her, dass er zuletzt sein Rückgrat gespürt hatte. Ein wenig schien es zwischen den Wirbeln zu knacken, doch ansonsten funktionierte das Ding noch wie bei einem jungen Mann.

Wie bei einem Mann von einunddreißig Jahren.

Rudi stand auf und setzte zwei Schritte auf ihn zu. »Ich verstehe. Es hat also nichts mit mir zu tun, sondern nur mit dir. Ist das nicht der Unsinn, den wir unseren flotten Lottchen vorbeten, ehe wir sie aus unseren Betten schmeißen?«

Die Präsenz des anderen bekam etwas Bedrohliches, Aggressives, das Anton lächerlich finden wollte. *Schroffenstein*-verdächtiges Imponiergehabe in einer nach Schminke stinkenden Theatergarderobe. »Rudi, sei nicht albern«, brachte er heraus. Darüber zu lachen, gelang ihm jedoch nicht.

»Albern bist *du*.« Rudi machte noch einen Schritt und stemmte die Hände in die Hüften. »Meinst du nicht, es ist an der Zeit, das Lottchen aus der Uckermark aus deinem Bett zu schmeißen? Die vernebelt dir nämlich das Hirn, und dein kindischer kleiner Racheakt dürfte sich nun ja wohl erledigt haben.«

»Sie ist kein Lottchen!«, fuhr Anton auf. Dann verschränkte er die Hände, grub sich die Nägel ins Fleisch, um sich zu beherrschen. »Ich hatte nicht vor, irgendeine Art von Racheakt an dir zu verüben. Dafür gibt es keinen Grund, das haben wir zwischen uns doch geklärt.«

»In der Tat, das haben wir.« Rudis wimpernlose Augen wurden schmal. »Wir haben uns die Hand darauf gegeben, und ich habe nie auch nur mit einem Wort erwähnt, dass die Rechnung nicht aufgegangen ist. Dass ich mit leeren Händen dastand und dass man außerdem ein Menschenleben mit nichts aufwiegen kann. Von einem Menschen mit einer Jahrhundertbegabung ganz zu schweigen.«

»Rudi …«

»Warte. Ich bin noch nicht fertig.« Rudi machte noch einen Schritt und stand jetzt so dicht vor ihm, dass Anton seinen Atem spürte. »Ich habe nichts aufgerechnet, weil mir unsere Freundschaft trotz allem zu wertvoll dafür war. Weil du und ich die Übriggebliebenen waren. Und auch weil *er* dich so sehr bewundert hat. Hätte ich *ihn* jetzt bei mir, bräuchte ich mich nicht vor dir zum Bettler zu machen, oder? Dass *er* an meiner Seite wäre, dass wir diese Sache zusammen anpacken würden, dass ihn keine dumme kleine Trine dazu bringen könnte, mich zu verraten, versteht sich von selbst. Und dass die Castiglioni-Leute zufrieden wären, erst recht. Hätten sie *ihn* haben können, hätte nach dir kein Hahn gekräht, das weißt du doch, nicht wahr, Toni? Das hast du doch immer gewusst, und eine klitzekleine Rolle hat es damals, im Schlamm von Passchendaele, auch gespielt, oder nicht?«

Antons Hände, die eben noch fest verschränkt gewesen waren, öffneten sich, und er sprang vor. Dies war der Augenblick, vor dem er sich gefürchtet hatte, der Moment, in dem jemand das verbotene Wort in den Mund nahm und damit alles aufriss, was in ihm mit nicht mehr als einer dünnen Haut verschlossen war. Eine Schlangengrube tat sich auf. Eine Büchse der Pandora.

Passchendaele.

Er merkte, wie seine Rechte sich mit eisenhartem Griff um Rudis Nacken schloss und wie seine Linke sich ebenso hart auf dessen Mund presste. »Behaupte so etwas nie wieder«, stieß er heraus. »Du weißt nicht, was du sagst. Du warst nicht mehr dort. Nicht in Passchendaele.«

Rudi versuchte, sich zu befreien, aber Anton hielt ihn wie in einer Zwinge. »Ich kann das nicht machen, hast du verstanden? Seit dieser unglückseligen Premiere von *Gespenster* ertrage ich unsere Art, Theater zu spielen, nicht mehr. Ich muss innehalten, Dinge überdenken, mich neu orientieren. Dass du das Engagement, das du dir gewünscht hast, nicht bekommst, tut mir leid, aber du nagst deswegen nicht am Hungertuch. Auf dich warten Hunderte von Engagements. Und vielleicht müssen wir beide auch lernen, für das, was wir wollen, zu kämpfen.«

Er gab Rudi frei und erwartete, dass dieser auf ihn losging. Rudi aber wischte sich über den Mund und zog sich zurück, die Schultern vorgezogen und den Kopf geduckt, als spiele er den Jago zu Antons Othello. »Du musst also innehalten«, sagte er leise und höhnisch. »Dinge überdenken, dich neu orientieren. Und um dem Ganzen die Krone aufzusetzen, willst du mir einreden, das alles sei auf deinem eigenen Mist gewachsen und habe mit dem kleinen Lottchen aus der Uckermark nicht das Geringste zu tun.«

»Sie ist kein …«

»Erspar's mir«, unterbrach ihn Rudi. »Von dir wissen will ich nur das eine: Ist das dein letztes Wort? Vermasselst du mir wirklich die Chance meines Lebens, weil du dich vor diesem Mädel als glorreicher Verfechter des innovativen Theaters präsentieren willst?«

»Rudi, diese Sache im *Metropol* ist doch nicht die Chance deines Lebens! Es ist eine Revue, wie es noch Hunderte geben wird. Wie haben wir früher gesagt? Die einen verliert man, die anderen gewinnt man.«

»Steck dir deine Hirtenbriefe in den Arsch«, zischte Rudi. »Aber das eine solltest du dir gesagt sein lassen: Wenn du damit Ernst machst, wenn du mich um dieses Engagement bringst, muss ich dir wohl auch das noch verzeihen, weil für uns ja fast so etwas gilt wie ›Blut ist dicker als Tinte‹. Deine Brandenburger Trine dagegen – die hat in mir von heute an einen unversöhnlichen Feind.«

Antons Hände fuhren in seinen Hemdkragen. Er bekam keine Luft mehr, musste schleunigst hier weg. Aus der Garderobe, aus dem Theater, irgendwohin, wo er wieder atmen konnte.

»Wir reden später darüber«, sagte er und riss seinen Mantel vom Haken. »Solange wir uns benehmen wie in einem Stück von Kleist, richten wir mehr Schaden als Nutzen an.«

Er ließ Rudi stehen, obwohl er wusste, dass dieser es ihm übel nehmen würde. Er war einfach nicht in der Lage, ihm länger gegenüberzustehen und auszuhalten, was sie zueinander sagten. Er würde auch nicht in der Lage sein, heute Abend den Orest zu spielen, einen Bruder, der zur Rache ausholte und damit das bisschen zerschlug, das noch stand. Die Vorstellung würde er absagen müssen, doch ihm fiel nicht einmal ein, wohin er stattdessen gehen sollte.

»Anton!«

Kaum stand er draußen, vor dem Portal des Theaters, da schallte ihm sein Name entgegen, überwältigend fröhlich wie eine Fanfare.

»Anton, Anton, Anton!«

Sie kam die Straße hinuntergerannt, dass er glaubte, ihre Sohlen auf dem Pflaster trommeln zu hören. Ihr glattes Haar, das sie, anders als alle Frauen, die er kannte, lang und offen bis auf den Rücken trug, wehte wie ihr Rock und ihre Mantelschöße hinter ihr her, und aus ihrem Gesicht leuchtete eine Freude, die sämtliche Passanten um sie bemerken mussten.

Was immer ihn gerade bedrückt hatte, fiel von ihm ab. Er öffnete die Arme und fing sie darin auf. »Liebster Anton.« Sie presste ihren warmen, vor Leben bebenden Körper an ihn, grub ihre Hände in sein Haar, verteilte Küsse über sein Gesicht. »Ich hatte solche Angst, ich könnte dich verpassen. Heute darfst du nicht zu deiner Vorstellung gehen, hörst du? Heute müssen wir feiern, und ich lass dich auch bezahlen. Aber es ist nur geliehen! In ein paar Tagen gebe ich dir alles zurück!«

»Was ist denn passiert?«, fragte er, und das Glück kam ihm vor wie ein Leuchtfaden, der in seinem Innern zitterte. »Hast du in der Lotterie gewonnen?

»Ach was!«, rief sie, packte ihn bei den Händen und wirbelte wie ein kleines Mädchen mit ihm im Kreis. »Viel besser. Unser Programm ist fertig. Es ist jetzt wirklich ganz und gar fertig! Wir haben alle Möbel in den Flur geräumt, damit wir es komplett durchproben konnten, und es ist viel, viel besser, als ich es mir je hätte vorstellen können. Beide Nummern, Anton! Heute Abend feiern wir, und nach Hause gehen will ich nicht. Und morgen früh marschieren wir bei Direktor Neugebauer vom *Wintergarten* auf und zeigen ihm sein neues, bestes Pferd im Stall.«

21

NINA

Das Programm war der Wahnsinn. Alle Teile, die sie sich so mühsam einzeln erarbeitet hatten, fügten sich zusammen und ergaben ein grandioses Ganzes. So grandios, dass Nina am liebsten alle dazu verdonnert hätte, es sofort noch einmal zu spielen, weil sie nicht glauben konnte, dass sie etwas, das so gut war, selbst geschaffen hatte. Und dabei hatte sie doch immer daran geglaubt und immer gewusst, dass ihre Ideen taugten – die ganzen Monate und auch noch den langen Winter hindurch, als die anderen kurz vorm Aufgeben gewesen waren. Ohne Frau Rottenheimer, die ihnen die Miete stundete, und ohne Hiero, der ihnen aus der Küche des *Wintergarten* zusteckte, was am Ende einer Vorstellung übrig blieb, wären sie tatsächlich zum Aufgeben gezwungen gewesen.

Alfred, der sie in der noch von der Nacht warmen Kneipe hatte proben lassen und nichts gesagt hatte, wenn vom frisch angestochenen Bierfass ein Liter fehlte, hatte ebenfalls seinen Teil beigetragen, und nicht weniger Fridolin, der dafür gesorgt hatte, dass sie morgen Vormittag einen Termin bei Ernst-Egon Neugebauer hatten. Sie alle würden Freikarten bekommen, sobald ihr Programm auf die Bühne kam. Und ihre Familie natürlich erst recht.

Ihre Familie und Anton.

Er hatte sich ein ums andere Mal beklagt, dass Nina sich nicht von ihm helfen ließ, und hätte doch wissen müssen, wie sehr er ihr half. Mit ihm hatte sie über jeden einzelnen Schritt der Inszenierung gesprochen, hatte ihm erzählt, was sie hinzugefügt und was sie verworfen hatte, hatte Fortschritte bejubelt und sich die Haare gerauft, wenn sie wieder einmal tagelang nicht weiterkamen. Er hörte ihr zu und sagte ihr seine Meinung, wenn sie ihn danach fragte, doch vor allem war er immer noch da. Statt mit einer der umwerfenden Frauen, die ihn umschwärmten, seine Abende im Luxus zu genießen, saß er mit

Nina Veltheim in der verrauchten Eckkneipe und redete Stunde um Stunde über Gebilde ihrer Fantasie.

Er hatte die Gebilde ernst genommen und hatte so dazu beigetragen, dass aus ihnen lebendige Wirklichkeit geworden war. Eine lebendige Wirklichkeit, die so großartig war, dass sie am Ende alle stillstanden und sich selbst applaudierten.

»Wenn Eigenlob stinkt, ist ein Bahnhofsklosett gegen uns eine Parfümerie«, hatte Jenny gesagt und den Sekt entkorkt, den sie von irgendwoher aufgetrieben hatte. »Verdient haben wir's uns. Ab morgen stinken wir gegen alle an, die sich da draußen für die Crème de la Crème der Unterhaltung halten.« Der Sekt schäumte über, als sie ihn auf drei Gläser verteilte, um mit Nina und Sonia anzustoßen.

Sie hatten ›die Weiber‹, wie ihre Tänzerinnen sich selbst nannten, mit etlichen Glückwünschen und Umarmungen verabschiedet und die Männer ins Nebenzimmer geschickt. Die Männer, das waren Darius, Viktor und Franz Podiebrad, mit dem Sonia seit jenem Abend im November stillschweigend ein Gespann bildete. Sie kamen zusammen, und sie gingen zusammen, und wenn Podie, wie die Weiber ihn riefen, mit seinem strahlenden, völlig untrainierten Organ »Bist du's, lachendes Glück« schmetterte, sah er Sonia dabei an.

Dass sie miteinander sprachen, hatte Nina nie erlebt, und in ihrem Beisein tauschten sie auch keine Zärtlichkeiten. Aber sie hatten offenbar aneinander eine Art von Geborgenheit gefunden, und darüber war Nina für die Freundin froh.

Vielleicht hatte sie nie zuvor einen Menschen getroffen, der ihr so einsam vorgekommen war wie Sonia.

Podie und Darius konnten, von Viktor unterstützt und von den Katzen behindert, damit beginnen, Frau Rottenheimers Möbel wieder an Ort und Stelle zu rücken. Glücklicherweise waren Hauptmann von Kleewitz und Fahnenjunker Litzmann zu irgendeiner Zusammenkunft nach München gereist, sodass die Umbauaktion ohne Folgen bleiben würde. Die drei Frauen stießen derweil wie Verschwörerinnen auf ihren Triumph an. Außerdem gab es noch etwas, das nicht im Plenum, sondern in ihrem innersten Kreis besprochen werden musste: Jenny und Sonia gefiel der Titel des Programms nicht mehr, und sosehr sich Nina an ihn gewöhnt hatte, sie musste ihnen recht geben.

»*Selbst ist die Frau* klingt nett, aber etwas fehlt«, sagte Sonia, die sich selten ungefragt zu Wort meldete. »Es ist nicht glamourös, und das kommt mir nicht richtig vor – Frau Wiener und Frau Klawitter, wenn sie mit Kasten und Mopp so richtig für Stimmung sorgen, haben ihren eigenen Glamour. Den sollten wir nicht verschweigen.«

Else Wiener war die Souffleuse aus dem *Central-Theater,* der Sonia aus einer Kohlenkiste einen Souffleurkasten als Hut gefertigt hatte. Berthe Klawitter, die als Reinemachefrau in den Büros des Zeitungsviertels arbeitete, trat in einer mit Sternen besetzten Kittelschürze und bewaffnet mit Mopp und Wischeimer auf. Sonia hatte recht: Von Anfang an hatten die beiden Frauen keinerlei Hemmungen an den Tag gelegt, auf der Bühne zum Ausdruck zu bringen, was sie bewegte. Sie hatten die anderen mitgerissen, hatten dafür gesorgt, dass jetzt eine Schar vollkommen unterschiedlicher, wild verstreuter Sterne um Jenny, den Fixstern, herumwirbelte. Dazwischen spazierte der als Halbmond gewandete Darius umher und stellte mit launigen, wie spontan dahingeplauderten Zweizeilern eine nach der anderen vor.

Im zweiten Programm entstieg einer stilisierten Meereswelt mit Muscheln, Korallen und von Algen überwachsenen Ruinen ein ungeordnetes Kaleidoskop von Künstlern und Artisten. In ihren Darbietungen ließen sie ein Echo aus ihrer verlorenen Heimat mitschwingen und mischten es mit dem Flair des Berliner Schmelztiegels. Darius führte seine Raubtierdressur vor, die Katzen Velma und Zorah als Tigerinnen bemalt und der prächtige Ypsilantis als Löwe verkleidet. Jennys unendlich geschmeidiger Körper bildete ein Rad, das über die Bühne rollte und die Tiere im Takt von Podies Gesang durch sich hindurchspringen ließ. Mit ihrem Bleistift und einem Stapel Bierdeckel bewaffnet, lief Sonia Slalom zwischen den Darstellern, fertigte blitzschnelle Skizzen an und warf sie ins Publikum.

Dass dieses Füllhorn an Sensationen *Die aus Atlantis* heißen sollte, stand fest und gefiel ihnen allen. Aus dem zu Anfang rasch aus dem Boden gestampften Programmtitel *Selbst ist die Frau* schien die Gruppe jedoch herausgewachsen zu sein.

»Ich habe wirklich nicht sagen wollen, es wäre nicht hübsch«, fuhr Sonia fort. »Aber etwas fehlt eben – es klingt allzu bieder und ist nicht richtig ...«

»Sexy«, half Jenny ihr aus. »Du hast ganz recht, Sonning. *Selbst ist die Frau* schmeißt mich nicht von den Füßen, dabei denke ich höchstens an Masturbation.«

»Jenny!« Nina schoss das Blut ins Gesicht. Seit bald einem Jahr lebte sie jetzt in Berlin und hielt sich für einigermaßen abgebrüht, aber Jennys Unverblümtheit schaffte es noch immer, sie zu überrumpeln.

Sonia hingegen lachte hell auf. Mit Sicherheit gab es eine ganze Menge Menschen, die Sonia noch nie lachen gehört hatten, und sie alle hatten etwas versäumt. Ihr Lachen war so zart wie sie selbst, geheimnisvoll und höchst intim – sexy, hätte Jenny gesagt. Nina fühlte sich den beiden so nahe, in diesem Winter war kein Tag vergangen, an dem sie nicht Stunden miteinander verbracht hatten. Sie kannten einander verschwitzt, abgekämpft, übernächtigt und entmutigt, redselig, übermütig, beschwingt und berauscht, und doch wusste Nina von ihren Freundinnen kaum mehr, als dass Jenny aus Riga und Sonia aus einer Stadt namens Lemberg stammte, die österreichisch gewesen und nun polnisch war.

»So man zieht von einem Land ins andere, ohne zu wechseln den Ort«, hatte Podie, der angebliche Prager, voll Bedauern erklärt. »Und so wir alle sind wie Sternenstaub verstreut.«

Der Sternenstaub bezog sich auf das von Sonia entworfene Bühnenbild, das dem Sternenhimmel des *Wintergarten* nachempfunden war und sich in sämtlichen Kostümen spiegelte. Nina dachte nach. *Sexy* war einer der vielen englischen Begriffe, die mit der unwiderstehlichen neuen Musik nach Berlin schwappten. Jazz, *Onestep, Foxtrot*, und das wilde Schütteln beim *Shimmy* – dazu gemacht, sich am eigenen Körper zu freuen und herzuzeigen, wozu er in der Lage war. Das Englische passte besser dazu als das vertraute Deutsche: Da war ein Schritt auf einmal ein *Step*, eine Wiegebewegung ein *Swing*, ein Mann, den man sich nach dem Tanz mit nach Hause nahm, ein *Lover*, und ein Darsteller, dem die Stadt zu Füßen lag, ein *Star*.

Die englischen Worte waren wie Sonia und Jenny: Sie funkelten und versprachen Wunder, weil sie sich ihre Geheimnisse bewahrten. »Ich hab's!«, hatte Nina ausgerufen und den Rest Sekt in ihrem Glas heruntergestürzt. »Selbst ist die Frau hat ausgedient. Das Programm, das wir morgen Direktor Neugebauer präsentieren, heißt Starry Night. Und wir selbst sind Die Wunderweiber. Dass wir mit beiden Beinen im Leben stehen, bedeutet schließlich nicht, dass wir nicht fliegen können.«

»Faust trifft Auge«, bemerkte Jenny. »Nina, mein Herzing, du bist ein Phänomen.«

»Sternennacht«, murmelte Sonia. »Wunderweiber. Das passt. Das kann alles sein oder auch nichts, und was es bei uns ist, entscheiden wir jeden Abend neu.«

»Und aus welchen Fingern hast du dir das jetzt gesaugt?«, fragte Jenny.

»Dazu bin ich schließlich da«, erwiderte Nina mit gespielter Bescheidenheit. »Auf der Bühne tanzt ihr, nicht ich, also könnt ihr wohl erwarten, dass ich an den Fäden ziehe. Und jetzt muss ich euch zwei Traumfrauen allein lassen und ganz schnell losrennen, damit ich Anton noch erwische, ehe er zu seiner Aufführung fährt. Die wird er heute gefälligst mal für mich sausen lassen – ich muss nämlich unbedingt mit ihm feiern!«

»Und ich habe mich schon gefragt, wie lange du den armen Kerl noch am ausgestreckten Arm verhungern lassen willst«, bekundete Jenny. »Macht einen drauf, treibt eine Herde Säue durch die Stadt. Wenn du morgen früh verkatert bist, ist das gar nicht schlecht – das macht dich ein bisschen verruchter.«

»Findest du, ich sehe immer noch zu brav aus?« Nina stand auf und zog sich das karmesinrote, mit Pailletten besetzte Fransenkleid glatt, das Sonia ihr aus einem Stoffrest aus der Damenkonfektion genäht hatte.

Jenny streckte ihre biegsamen Beine ausnahmsweise lang von sich und sah mit ihren tiefschwarz umschminkten Augen zu Nina auf. »Als ich jung war«, begann sie, »als ich so jung war wie du, meine ich, ist mir einmal ein Künstler durchs halbe Zarenreich hinterhergegondelt, weil er mich unbedingt malen wollte. Ich hab ihm ein paar Mal Modell gesessen, und das *Mariinski-Theater* hat das Bild anschließend gekauft und ein weiteres in Auftrag gegeben, doch bis das gemalt werden konnte, hatte sich die Welt der kleinen Jenny um hundertachtzig Grad gedreht. Später, kurz bevor's mit alledem zu Ende war, habe ich zwei kunstseidene Damen in bodenlangen Zobelmänteln vor diesen Bildern stehen und darüber reden hören.

›Es ist derselbe Maler und dasselbe Mädchen‹, flötete die eine. ›Wieso also ist das eine Bild so langweilig und das andere so gut?‹

›Sehr einfach, meine Liebe‹, antwortete die andere. ›Das eine ist davor. Und das andere danach.‹

Und nun sieh mich nicht mit deinen großen Kinderaugen an, als hättest du keine Ahnung, was ich dir damit sagen will. Es wird Zeit, dass du dir eine Sünde leistest, Herzing. Damit diese ganze Stadt nicht anders kann, als zu merken, dass du eine wert bist.«

Nina war aufgebrochen und den ganzen Weg bis zum *Deutschen Theater* gerannt. Sie hatte Anton aus dem Gebäude treten sehen, hatte gespürt, wie glücklich sie war, und gewusst, dass dies die Nacht sein würde, in der sie ihr Glück komplett machte. Sie hatte sich nicht in seine Arme geworfen wie ein Kind, sondern ihre Arme um ihn geschlungen, sodass kein Zweifel blieb: *Heute gehörst du mir.*

Auf der Straße tanzte sie mit ihm im Kreis und zog ihn wieder an sich. »Heute musst du mir jeden Wunsch erfüllen, Anton. Versprichst du mir das?«

Er lachte. »Aber nein.«

»Na komm schon. Versprich's. Du bist ja wohl nicht feige.«

»Doch«, sagte er und wurde ernst. »Meiner Erfahrung nach sind es die Feigen, die mit heiler Haut davonkommen.«

»Und ist das so erstrebenswert?«

Ihre Blicke trafen sich, und über die Straße im nasskalten Schneeregen breitete sich ein Zaubertuch, in dem man Sterne fangen konnte. Es hüllte sie ein, ließ ihre Umgebung verschwimmen. Seine Lippen bewegten sich keine Handbreit über den ihren. »Ich weiß, das klingt nicht sehr glaubhaft. Aber ich habe um dich mehr Angst als um mich.«

»Im Sommer sind wir von der Gertraudenbrücke in die Spree gesprungen, weißt du noch?«

»Ja, mitten in der Nacht, weil deine verrückte Freundin uns bei *Lutter & Wegner* betrunken gemacht und dann behauptet hat, wir müssten uns abkühlen.«

»Weißt du auch noch, was ich zu dir gesagt habe, als wir auf der Brüstung standen?«

Kurz schwiegen sie, wie um den Augenblick noch einmal zu durchleben. Es war eine sternenklare Nacht gewesen, das Wasser unter ihnen voll glitzernder Verheißung. Sie hatten sich an den Händen gehalten, hatten Beine und Rücken zum Sprung gespannt, und in einer Sekunde der Besinnung hatte Anton Nina gefragt, ob sie überhaupt schwimmen könne.

»Ja, ich weiß noch, was du zu mir gesagt hast«, antwortete er jetzt. »*Wie soll ich denn wissen, ob ich es kann, wenn ich es nicht ausprobiere?*‹, hast du gesagt, und dann bist du gesprungen, und ich hatte wieder einmal keine Wahl, als dir zu folgen. An die Angst, die ich in dieser Sekunde ausgestanden habe, erinnere ich mich eher ungern.«

»Armer Anton.« Sie zog seinen Kopf zu sich und küsste ihn auf die Schläfe, wo in einer verästelten Ader sein Blut pochte. »Ich bin wirklich ein Biest.« Ninas Vater war mit ihr und Carlo an den Röddelinsee gegangen, um sie das Schwimmen zu lehren, als sie kaum auf ihren zwei Beinen hatten laufen können. »Meine Schwester kann es bis heute nicht und wäre als Kind um ein Haar ertrunken«, hatte er gesagt, um seinen Kindern die Notwendigkeit darzulegen. Es war Carlo gewesen, den er zum Sprung von einem toten Weidenstamm hatte überreden müssen. Nina hingegen war auf die Idee, das Wasser könne Gefahren für sie bergen, gar nicht gekommen. Jäh erinnerte sie sich, wie der Vater und die Mutter sich am Abend unterhalten hatten.

»Sie ist so leichtsinnig«, hatte die Mutter gesagt.

Der Vater aber hatte den Kopf geschüttelt. »Sie ist einfach das vertrauensvollste Geschöpf, das ich kenne, und ich will alles geben, damit das so bleibt.«

Alles zu geben hatte nicht genügt, aber wenn sie an den heutigen Abend dachte, empfand Nina dasselbe Vertrauen wie damals auf dem

Stamm der Weide: Sie wusste, was sie wollte, und sie hatte keinen Grund, anzunehmen, dass ihr Schmerz daraus erwachsen würde.

Doch.

Eines Tages würde Anton Wendland etwas tun, das ihr Schmerz zufügte.

Dann aber würde sie bereits mit ihren Wunderweibern im *Wintergarten* auftreten und in ihrem prallvollen Leben etliches haben, um sich zu trösten.

Sie strich ihm das Haar von der Schläfe, ließ einen Finger auf der pochenden Ader liegen. »Du hast auch heute keine Wahl, als mir zu folgen«, sagte sie. »Einmal hatte ich dich doch schon fast so weit, weißt du nicht mehr? In der Nacht, als dann Jenny vor meiner Tür saß.«

»Und ein andermal saß da deine Tante, an die ich jetzt auf dem Weg ins Theater immer denken muss, wenn in jedem Rinnstein Spatzen zwitschern.«

»Mit Tante Sperling kannst du mich jetzt nicht ablenken«, unterbrach ihn Nina. »Komm schon, sag, dass du mich auch willst, du Stoffel, denn sonst denke ich, ich bin für den umschwärmten Anton Wendland nicht hübsch genug.«

»Was für ein Unsinn!«, rief er, doch im selben Augenblick stockte Nina und brachte ihn damit zum Schweigen.

Hinter ihnen, nur ein paar Schritte entfernt, verließ Rudolf Kante das Theater. Er trug einen schlank geschnittenen, schwarzen Mantel und auf dem haarlosen Kopf eine schwarze Melone – weniger ein Mensch als eine perfekte Komposition. Das war es, was sie vom ersten Tag an an ihm fasziniert hatte, die kalte Perfektion, mit der er sich selbst zu einem Kunstwerk machte. Im nächsten Atemzug entdeckte er sie und bemerkte, dass sie ihn ansah. Über Antons Schulter hinweg starrten sie einander in die Augen.

Die erlittene Demütigung, die sie überwunden geglaubt hatte, überkam sie von Neuem, das Gefühl, unter den hämischen Blicken, den Pfiffen und Buhrufen am ganzen Körper zu kleben. Ihr Mut, der himmelhoch gewesen war, sackte in sich zusammen. Und wenn es wieder geschieht?, bohrte eine Stimme in ihrem Hinterkopf. Wenn das, worauf du vor Stolz fast platzt, in Wahrheit nichts taugt und höchstens lächerlich ist?

Nina nahm sich zusammen. Solche Gedanken waren Fallgruben, die die eigenen Zweifel einem schaufelten. Sie hatte ihr Leben lang nichts anders getan, als Theater zu spielen, weshalb sollte sie also nicht beurteilen können, ob ihre Darbietung gut war? Und Jenny, die vielleicht wirklich am *Bolschoi* hätte tanzen sollen, Sonia, die zweifellos eine Kunstakademie besucht hatte, Dareios, Podie und die starken, gewitzten, lebensklugen Frauen, die seit Monaten mit ihr arbeiteten? Eine wie Else Wiener oder Berthe Klawitter vergeudete doch ihre Zeit nicht mit einem läppischen Mädchen, das zum Spielen lebende Püppchen brauchte! Sie hatte all diese Leute dazu gebracht, über sich hinauszuwachsen, und an dem Misserfolg der *Gespenster*-Inszenierung trug sie keine Schuld.

Sie atmete durch und hielt Kantes Blick stand. Meine einzige Schlappe ist die Tatsache, dass ich mit dir schlafen wollte, erklärte sie ihm in Gedanken. Aber als junge Frau, die glaubte, sie könne anders in einer von Männern beherrschten Welt keinen Fuß in die Tür bekommen, stand sie nicht allein, und sie hatte diese Welt nicht gemacht. Immerhin war sie rechtzeitig abgesprungen, und was sie je an Faszination für Rudi Kante empfunden hatte, war erloschen.

Nein, nicht ganz, gestand sie sich ein und erkannte, dass der Blick, mit dem er sie noch immer unverwandt ins Auge fasste, eine Kriegserklärung war. In sein Bett wollte sie auf keinen Fall und als Anhängsel hinter sein Regiepult noch weniger. Etwas aber wollte sie noch immer: Er hatte ihr gerade den Krieg erklärt, aber er hielt sie für einen Gegner, den man mit der linken Hand und ein paar veralteten Artilleriegeschützen abfertigte, während man die wertvollen Kräfte für wichtigere Aufgaben aufsparte.

Nicht mit mir, schwor sie ihm über Antons Schulter hinweg. Wie ein Blitz traf sie der Gedanke: Ich bin Guntram von Veltheims Tochter. Falls du glaubst, du könntest jemanden überrennen, wie Deutschland Belgien überrennen wollte, hast du dir die Falsche ausgesucht. Du willst Krieg? Den kannst du bekommen, aber ich werde dir ein ebenbürtiger Gegner sein.

»Was gibt es denn da hinter mir?«, fragte Anton. »Einen Volksauf-
lauf, Freibier, ein Kalb mit acht Köpfen?« Er verdrehte den Kopf und
sah, was er sehen musste.

»Ach, Rudi«, sagte er. »Nichts für ungut und schönen Abend.«
Ein Teufel ritt Nina. »Falls du fürchtest, ich könnte mich noch einmal in eure heiligen Hallen wagen«, rief sie, »nur keine Sorge! Mein
Ensemble und ich sind morgen früh zur Präsentation in den *Wintergarten* bestellt.«

Kantes haarlose Brauen zuckten. »Hört, hört«, sagte er und tippte
sich an die Krempe der Melone. Dann ging er die letzten Stufen hinunter und auf eine Autotaxe zu, die offenbar auf ihn wartete. Anton
würdigte er keines Blickes.

»Ich würde ihm so etwas an deiner Stelle nicht erzählen«, sagte dieser, sobald Kante eingestiegen war.

»Und warum nicht?«, fuhr Nina auf. »Ich erzähle ihm, was ich will.
Was macht er überhaupt hier? Ich hatte keine Ahnung, dass er an eurer Kleist-Inszenierung beteiligt ist. In der *Neuen Rundschau* stand, er
sei für die Wiedereröffnung des *Metropol* im Gespräch.«

»Er ist nicht beteiligt«, sagte Anton. »Er ist gekommen, weil er mit
mir reden wollte.«

»Und worüber?«

»Verpflichtet mich etwas, dir das zu sagen?«

»Dich hat auch nichts verpflichtet, mir zu sagen, dass er mit dir
sprechen wollte«, konterte Nina. »Wenn es mich betrifft, solltest du es
mir sagen, finde ich. Wenn nicht, dann können wir jetzt essen gehen,
wir haben schließlich heute Nacht noch etwas vor.«

Anton überlegte. »Halte dich von ihm fern, wenn du kannst«, sagte
er dann. »Wie wohl bei uns allen gibt es Dinge in seiner Vergangenheit, die es ihm nicht leicht machen, auf Niederlagen angemessen zu
reagieren.«

»Was meinst du damit?«, fragte Nina.

»Weißt du das nicht?«, fragte Anton zurück. »Wenn du dich mit
einem Mann unserer Generation einlässt, kannst du so gut wie sicher
sein, ein beschädigtes Exemplar zu erwischen.«

22

Sie gingen ins *Café Bauer*, weil Nina sich wünschte, zum Feiern mit ihresgleichen – den Schaustellern, Gauklern und Illusionisten der Stadt – zu verschmelzen. Dann aber war es ihnen dort zu voll und zu laut, und sie zogen in ein Bistro um, das nur vier Tische bot und erst kürzlich in einer ehemaligen Remise hinter dem Gendarmenmarkt eröffnet worden war.

Das Lokal hieß *Chez Guillaume*, und der Wirt behauptete, ebenfalls Guillaume zu heißen und aus dem Pariser Künstlerviertel Montmartre zu stammen. »Ist sehr praktisch«, behauptete er beinahe akzentfrei. »Falls es wieder gibt Krach zwischen euch und uns und niemand zu Franzosen trinken geht, ich kann mich Wilhelm nennen und mein Lokal *Zum alten Kaiser*.«

Statt der erwarteten französischen Spezialitäten gab es Eier in Senfsoße, die allerdings vorzüglich waren, und einen frischen, köstlichen Weißwein aus dem Elsass.

»Als ich das letzte Mal hier war, hat jemand ihn gefragt, was einen Pariser dazu bringt, ausgerechnet in Berlin ein Bistro zu eröffnen«, erzählte Anton.

»Und was hat er geantwortet?«

»›Die Pariser kommen jetzt alle zum Vergnügen zu euch‹, hat er gesagt. ›Zum einen, weil sie sich die Fritzen mal auf freier Wildbahn anschauen wollen, und zum andern, weil sie hier für ihr Geld bald das Doppelte kriegen.‹«

»Ich finde das schön«, sagte Nina.

»Was? Dass der Wert der Reichsmark schneller schmilzt als der Schnee von gestern?«

»Nein. Dass Franzosen wieder nach Deutschland kommen. Neulich haben Jenny und ich uns darüber unterhalten, dass wir nicht genug von Politik verstehen, um den Zustand der Republik zu beurteilen. Da hat Sonia gesagt: Wenn ich leben darf, wie ich zuvor nie leben durfte, verstehe ich genug und will, dass niemand mir das wieder nimmt.«

»Eure Sonia ist ein kluges Mädchen«, sagte Anton.

»Eine kluge *Frau*«, verbesserte Nina. »Du bist ja auch kein Junge, nur weil du nicht verheiratet bist.« Sie erschrak und versuchte vergeblich, sich zu korrigieren: »Ich meine, du wärst keiner, wenn du ...«

»Lass gut sein.« Er berührte ihre Hand. »Ich bin verwitwet, also nicht verheiratet, und wenn es euch lieber ist, Frau genannt zu werden als Mädchen, ist das für mich kein Problem. Ich habe nur gedacht, Mädchen sei ein Kompliment, weil ...«

»Weil es nach Jugend klingt? Weil Frauen ewig junge Dummchen bleiben wollen, während aus Männern im Handumdrehen mächtige Erwachsene werden?«

»Nein«, sagte er. »Weil Männer schneller altern und Frauen in unsere Mottenkisten frischen Wind bringen. Lass uns nicht streiten, Nina, ich bitte dich. Ich hatte davon heute schon genug.«

»Mit Rudi Kante?« Nina wollte auch nicht streiten, sie wollte den Abend mit ihm genießen und bereute ihre schroffe Reaktion. Warum war sie so heftig, legte jedes Wort auf die Goldwaage, wenn sie mit ihm zusammen war? Weil sie von ihm verlangte, dass er perfekt war, seinen Geschlechtsgenossen um Längen voraus? Zu allem anderen nagte das Gefühl an ihr, dass er ihr etwas Entscheidendes aus dem Gespräch mit Kante verschwieg. »Was ist das zwischen dir und ihm?«, fragte sie. »Ihr seid Freunde, sagst du. Toni Pech und Rudi Schwefel. Und dann wieder kommt es mir vor, als wäre diese ganze Unzertrennlichkeit gespielt und ihr wärt euch in Wahrheit spinnefeind.«

Er ließ seine Gabel sinken, trank Wein und verschränkte die Hände. »Kann man denn überhaupt jemandem feind sein, der einem *nicht* nahesteht?«, fragte er. »Wäre Feindschaft in solchen Fällen die Mühe wert? Ich fürchte, die erbittertsten Feindschaften erwachsen aus Verhältnissen, die einmal als innige Freundschaften galten.«

»Ich wollte nicht darüber philosophieren, Anton. Ich wollte etwas über dich und Rudi erfahren.«

»Ich weiß«, sagte er. »Aber das ist nicht so einfach, wie du es dir denkst. Wir sind Freunde, daran lässt sich nicht rütteln. Wir sind zusammen zur Schule gegangen, er kommt aus einer eingesessenen Theaterfamilie, ich aus einem bürgerlichen Haushalt, in dem Schauspieler noch als fahrendes Volk galten, dem man nicht über den Weg traute. Ohne seinen Beistand hätte ich wohl kaum gewagt, meinen Kopf durchzusetzen und zu Reinhardt zu gehen. Das verbindet. Auch wenn ich nicht mit allem einverstanden bin, was er tut – und er beileibe nicht mit allem, was ich tue.«

Gebannt hörte Nina zu und vergaß, was sie ihn noch über Kante hatte fragen wollen. Es war vielleicht das erste Mal, dass er ihr etwas von sich selbst, von seiner Vergangenheit erzählte, und sie wollte doch alles wissen, jede Einzelheit, die ihn betraf. Sie nahm seine Hände, löste sie voneinander und sah im Kerzenlicht die tiefen Kerben, die seine Nägel in die Haut gegraben hatten. »War es schwer?«, fragte sie. »Haben deine Eltern sich mit deiner Wahl schließlich abgefunden? Sind sie stolz auf das, was du heute bist?«

»Ich weiß es nicht«, sagte Anton.

»Verkehren sie nicht mehr mit dir? Weil du dich ihnen widersetzt hast?« Die Vorstellung war erschreckend. Wenn ihre Familie sie vor die Wahl gestellt hätte: Wir oder das Theater – wie hätte sie eine solche Entscheidung treffen können?

Es war, als hätte sie zwischen sich selbst und den Menschen, die sie liebte, wählen müssen.

»Sie sind tot«, sagte Anton.

»O mein Gott.« Sie ließ ihn los und schlug die Hände vor den Mund. »Es tut mir so leid, Anton – ich habe wirklich das Taktgefühl mit Löffeln gefressen, wie mein Bruder immer sagt.«

Er lächelte schief. »Dein Bruder ist mir sympathisch. Und du auch. Dass meine Eltern tot sind, konntest du nicht wissen, es ist schon drei Jahre her, und ich bin durchaus in der Lage, darüber zu sprechen, ohne in Tränen auszubrechen.«

Erst die Eltern, dann die Frau, durchfuhr es Nina. »Hast du Geschwister?«, fragte sie und sandte Carlo und Otta einen liebevollen Gedanken.

Anton schüttelte den Kopf. »Meine Eltern waren schon ziemlich alt und hatten die Hoffnung auf Nachwuchs aufgegeben, als dann doch noch mein Auftritt erfolgte.«

Kein Wunder, dass er an der seltsamen Freundschaft mit Rudolf Kante hing, dachte Nina. Er hatte innerhalb kürzester Zeit drei Menschen verloren, die zu ihm gehörten, während für sie selbst schon ein einziger Verlust so viel Schmerz bedeutete, dass sie nicht daran rühren durfte.

»Und jetzt hören wir auf, von betrüblichen Dingen zu reden«, rief er sie in die Gegenwart zurück und schob seinen Teller an den Rand, damit Guillaume ihn abräumen konnte. »Schließlich sind wir zum Feiern hier. Genügt der Wein oder soll ich Champagner bestellen?«

»Champagner.« Sie nahm seine Hand und legte sie sich an die Wange. »Das Geld gebe ich dir wieder, sobald wir unsere erste Gage bekommen.«

»Das nenne ich Selbstbewusstsein.« Seine Finger bewegten sich sacht auf ihrer Haut. »Geld ausgeben, ehe man weiß, wann man es einnimmt. Und ich habe gedacht, ihr Brandenburger wärt alle kühl kalkulierende Geschäftsleute.«

»Meine Großmutter ist eine kühl kalkulierende Geschäftsfrau«, sagte Nina. »Sie ist eine von denen, die sich nicht schlafen legen, wenn sie jemandem drei Groschen an der Mark schulden. Aber als meine Mutter den Entschluss gefällt hat, unseren Gutsbetrieb auf die Zucht von Trabern umzustellen, hat sie uns alle nach Templin ins Schlossrestaurant eingeladen, ein Menü in sechs Gängen bestellt und zu dem Inhaber gesagt: ›Ich bezahle heute mit meinem guten Namen.‹ Uns hat sie beim Aperitif erklärt: ›Damit wir daran glauben. Und damit die Welt sieht, dass wir es tun.‹«

Der Champagner wurde gebracht, und Anton stieß mit ihr an. »Auf deine Großmutter«, sagte er. »Und auf ihre grandiose Enkelin und ihr Ensemble.«

»Nicht auf ihre Enkelin und ihr Ensemble!«, rief Nina. »Auf die Wunderweiber – denn die sind jetzt wir!«

»In der Tat.« In seinen Augenwinkeln kräuselten sich kleine Fältchen vom Lächeln und verursachten bei ihr ein Kribbeln im Bauch. »Die Wunderweiber. Die seid ihr, und an die habe ich geglaubt, seit sie, befeuert von Wermut, Wein und Mojito, deinem erstaunlichen Hirn entsprungen sind. Deshalb habe ich schließlich alles versucht, um mich mit einer Investition bei euch einzukaufen, aber du hast mich ja eiskalt abblitzen lassen.«

»Du machst dich nicht über mich lustig, oder? Du glaubst wirklich, wir sind gut genug?«

»Wenn ich eine entsprechende Spielstätte hätte, würde ich jetzt alles dransetzen, dich betrunken zu machen, damit du bei mir unterschreibst und nicht bei Neugebauer«, sagte er. »Und wenn ich keine hätte, aber das Geld dafür, dann würde ich mir eine kaufen, damit ich euch engagieren kann. Ist dir das genug?«

Begleitet von seinem Blick, dem dunklen Leuchten, das sie nicht losließ, war es viel mehr als genug. Sie beugte sich über den Tisch, um ihm näher zu sein, hielt seine Hände, wollte ihn hier und jetzt, auf dem Höhepunkt ihrer Freude, ganz an sich ziehen und eins mit ihm werden.

»Es ist fast genug«, flüsterte sie. »Sag mir das andere auch noch, ich bitte dich.«

Flüchtig schloss er die Augen und stöhnte. »Ja«, sagte er heiser, »ja, ich will dich auch, obwohl es das Dümmste ist, was dir passieren kann.«

Sie verschloss ihm den Mund mit ihrem. »Wohin gehen wir?«, fragte sie ihn dann. »Bei mir sind die anderen. Jenny hat Sekt aufgetrieben, vermutlich feiern sie die halbe Nacht.«

»Und torkeln morgen besoffen über die Bühne.« Er küsste sie, strich mit seinen Lippen an ihren entlang.

»Das ist kein Problem. Jenny ist besoffen noch dreimal so genial wie nüchtern. Aber für uns ist kein Platz, auch wenn Kleewitz und Litzmann verreist sind.«

»Weshalb verreisen die eigentlich ständig?«

»Versuch nicht, mich abzulenken! Schon gar nicht mit Kleewitz und Litzmann.«

»Ich versuche gar nichts mehr.« Unter dem Tisch schob sich sein Bein zwischen ihre. »Ich weiß, wann ich geschlagen bin, zumal ich gerade an meinen eigenen Prinzipien zum Verräter werde.«

»Prinzipien sind was fürs Museum.« Ihre Schenkel rieben sich aneinander, und eine Welle, die süß und unerträglich zugleich war, schoss ihr bis in die Brust. »Aber wohin können wir denn jetzt gehen, Anton? In das Hotelzimmer, das du dir mit Kante teilst, will ich nicht, aber ...«

»Ich teile mir dieses Zimmer nicht mehr mit ihm«, unterbrach er sie scharf. »Ich bezahle am Monatsersten meinen Anteil, weil es nun einmal so zwischen uns vereinbart ist, aber den Schlüssel hat er, und er soll ihn auch behalten.«

Nina spürte ihr Herz, das in kleinen Sätzen schlug. Sie küsste ihn in den Mundwinkel und die Wange hinauf bis zum Auge. Eine Frau am Nebentisch räusperte sich. Guillaume, der Wirt, lachte. »Jaja, bei so manchen es wird Frühling schon im Januar.«

Sie mussten hier weg. Es wurde höchste Zeit.

»Wenn du daran glaubst, dass wir es morgen schaffen«, begann sie, nun doch von einer Spur Scheu erfasst, »könntest du mir dann nicht noch das Geld für ein anderes Hotelzimmer borgen?«

»Nein«, erwiderte er wiederum scharf. »Geborgt oder nicht, dass ich dich für ein Hotel bezahlen lasse, geht zu weit.«

Auf der Zunge lag ihr die Frage, was mit seiner Wohnung sei, doch sie schreckte davor zurück. Er ging bei ihr in der Jerusalemer Straße praktisch ein und aus, doch nie hatte er vorgeschlagen, sie könnten bei ihm in Charlottenburg auch nur gemeinsam einen Kaffee trinken. Tante Sperling und Jenny samt ihrer Bagage hätte er ohne Federlesens aufgenommen, aber Nina schien er dort nicht haben zu wollen. Ein Teil von ihr brannte darauf, ihn danach zu fragen, aber sie wollte es nicht heute tun, wollte das Glück dieses Abends nicht beschädigen.

»Also gut«, sagte sie schließlich. »Ich übernehme das Essen, und für das Hotel bezahlst du. Aber das nächste Mal machen wir es andersherum.«

»Ach, Nina. Dein Vater, der wollte, dass du eine Nina bist, weil er noch keine einzige kannte, würde mich dafür hassen, dass ich aus dir ein Mädchen mache, das mit Männern in Hotels geht. Und aus unerfindlichen Gründen behagt es mir gar nicht, von ihm gehasst zu werden.«

Nina spürte einen Druck in ihrer Kehle und wollte nur noch mit ihm fort. »Was mein Vater getan hätte, können wir nicht wissen, denn er ist gestorben, ehe die neue Zeit begonnen hat«, sagte sie. »Wir leben weiter, wir müssen entscheiden, was wir tun.«

Noch einen Herzschlag lang hielt er ihren Blick fest, dann winkte er Guillaume. »Bitte rufen Sie uns eine Autotaxe zum *Esplanade*«, sagte er. »Und wäre es Ihnen auch möglich, mir telefonisch ein Doppelzimmer für eine Nacht zu reservieren?«

Guillaume verbeugte sich. »Und ob mir das möglich wäre, *Monsieur*. Wozu sonst bin ich aus Paris?«

23

Das Allerheiligste des *Wintergarten*, ein Trakt von Garderoben, Lagerräumen, Sprechzimmern und Büros, zu dem Unbefugte keinen Zutritt hatten, führte vom Varieté hinüber ins Hotel und durch eine Seitentür in einen Bühnenhof. Dort befanden sich mehrere Werkstätten, eine geräumige Loggia und Verschläge für Tiere. Nina und ihre Wunderweiber kannten sich hier besser aus, als sie Direktor Neugebauer merken lassen durften, denn in der Loggia war die Probebühne untergebracht, die sie immerhin seit acht Monaten benutzten.

»Ich bin mindestens so aufgeregt wie Sie«, rief Fridolin, der sie am Bühneneingang in Empfang nahm und sie zum ersten Mal ganz offiziell hinüber in den verborgenen Trakt führte. »Das Wartezimmer dürfte allerdings etwas eng sein. In der Regel erscheint nicht gleich das gesamte Ensemble zum ersten Gespräch ...«

Das gesamte Ensemble, das er ein wenig ängstlich betrachtete, marschierte hinter Nina im Gänsemarsch auf: allen voran Jenny und Sonia mit diversen Utensilien, gefolgt von Else Wiener, Berthe Klawitter und zehn weiteren Tänzerinnen in den unterschiedlichsten blau-goldenen Sternenkostümen, dann Darius, Podie, ein Freund von Alfred, der einen Turm aus zwölf Bierhumpen tragen konnte, ein Italiener aus Triest, der rückwärts Einrad fuhr und dabei Mundharmonika spielte, ein Pianist, dem an jeder Hand zwei Finger fehlten, eine Schlangenbe-schwörerin und Viktor, der mit seinen drei Jahren noch immer nicht sprach, aber bestens imstande war, auf die Katzen zu achten.

Alle waren hellwach und schwatzten lauthals durcheinander. Einzig Naja-Naja, die Brillenschlange von Devyani, der Beschwörerin, schlief versteckt in ihrem Korb. Nina hatte das Gespann durch die Gebrüder Bangemann aufgetan, die angeblich Salbe aus Schlangenöl fertigten und gelegentlich Jenny für ihre Werbung ablichten ließen.

In den kleinen Warteraum mussten sie sich in der Tat wie die Ölsardinen quetschen, doch zum Trost eilte vom anderen Ende des Korridors Hiero mit einem Tablett herbei, auf dem sich turmhoch belegte Brote stapelten.

»Ich wollte Ihnen noch rasch Hals- und Beinbruch wünschen.« Er ließ sich von Else das Tablett abnehmen und küsste Nina beide Hände. »Hinten beim Service werden wir Sie ganz furchtbar vermissen, Fräulein Nina. Aber vor allem werden wir unglaublich stolz sein, weil eine von uns es geschafft hat – auf die Bühne der Sensationen!«

Nina umarmte ihn. »Ohne Sie hätte ich gar nichts geschafft. Und eines Tages treten Sie in meinem Programm auf. Darauf bestehe ich.«

»Ach nein, Fräulein Nina.« Der kleine Mann verbeugte sich und zeigte ihr seine zwei gedrückten Daumen. »Sie wissen ja, was bei uns im *Wintergarten* gilt: Vom Guten nur das Beste, und am besten bin ich, wenn ich im Hintergrund für das leibliche Wohl der Gäste sorgen kann. Das Rampenlicht überlasse ich schwerelosen Geschöpfen, die nicht ganz von dieser Welt sind, denn auf unserer Bühne wollen die Leute doch nichts Alltägliches sehen, sondern das, was sie zum Staunen bringt. Aber Autogramme für meine Christa müssen Sie mir geben – und zwar jede Einzelne von ihnen.«

Nina versprach es, und Hieronymus Haase eilte davon. Unter den Mitarbeitern von Küche und Service war man sich nicht sicher, ob die viel zitierte Christa überhaupt existierte oder ob sie zu den Luftspiegelungen gehörte, von denen es im *Wintergarten* wimmelte. Nina war es egal. Ob Christa nun existierte oder erfunden war, Hiero liebte sie, und Hiero war einer der nettesten Leute, die sie kannte. Für ihn und

Fridolin gehörten die Wunderweiber bereits zur Familie des *Wintergarten*.

»Viele kommen einmal, heimsen Applaus ein, und dann zieht es sie weiter, nach London, Paris, New York und wer weiß wohin«, hatte Fridolin gesagt. »Bei Ihnen aber bin ich sicher, Sie werden immer wieder kommen. Schließlich haben wir Sie hier bei uns entdeckt.«

Nina reckte sich auf die Zehenspitzen, um den mit Menschen vollgestopften Raum zu überblicken. Den Frauen, die sich wie ausgehungert auf Hieros Brote gestürzt hatten, war von Lampenfieber nichts anzumerken. Sie aber wusste, wie viel für jede von ihnen an der heutigen Entscheidung hing. Felice, einstige Krankenpflegerin und ein sogenanntes gefallenes Mädchen, wünschte sich sehnlichst ein Leben weg von der Straße für Sine, ihre bildhübsche Tochter, und Berthe träumte von einem Schrebergarten mit Laube, vor der sie sich an schönen Sommerabenden »die Sonne uff'n Wanst scheinen lassen« wollte. Käthe, die Frau, die beim Gemüsehändler aushalf, sparte auf ein Leichenbegängnis, bei dem es trotz Geldentwertung für einen weißen, von Pferden gezogenen Sarg reichen würde, und Rita, ihre Schwester, hatte fünf Kinder und wollte einmal das Meer sehen. Der Nachbarin der beiden, die nach den Kindern sah, während sie mit den Wunderweibern probten, wollten die Schwestern eine Daunendecke schenken, weil sie ständig fror.

Durch das Gedränge schob sich Jenny zu ihr. Nina hätte vor Aufregung keinen Bissen herunterbringen können, aber Jenny biss herzhaft in eine Stulle mit Harzer Käse. Essen konnte Jenny immer, sie war pausenlos hungrig und stopfte Unmengen in sich hinein. Wer sie sah, fragte sich, wo das alles in diesem schlanken, sehnigen Körper blieb, aber Jenny war ein geballtes Bündel Kraft, ein Wunderwerk aus Muskeln, und das, was sie diesen Muskeln abverlangte, verschlang einen endlosen Strom von Energie.

»Na, schöne Frau?« Sie legte Nina den freien Arm um die Schultern. »Hast du's also geschafft?«

»Noch nicht ganz«, sagte Nina. »Erst einmal muss der Vertrag auf dem Tisch liegen, und dann müssen ihn auch noch beide Seiten unterschreiben.«

»Das meine ich doch nicht.« Herrlich grollend wie ein Mann lachte Jenny auf. »Ich rede von gestern Nacht. Von deinem keuschen Antonius, der nun endlich seinem Beichtvater was zu erzählen hat.«

»Woher weißt du denn das?«, platzte Nina heraus und glaubte wieder einmal, das Blut in ihrem Kopf zu spüren.

Jenny betrachtete Ninas Gesicht und tat so, als wackle sie an einem nicht vorhandenen Kneifer. »Warum ist denn das eine Bild so langweilig und das andere so gut?«, fragte sie mit verstellter Stimme. »Sehr einfach, meine Liebe: Das eine ist *davor* und das andere *danach*. Und wenn das nicht genügt: Du hast einen Gang wie ein Cowboy, der drei Tage lang nicht aus dem Sattel gekommen ist.«

Nina konnte nicht anders, ihre Anspannung löste sich in schallendem Gelächter. »Du bist wirklich eine Marke«, sagte sie. »Und wenn du tausendmal in Riga geboren bist und in Sankt Petersburg getanzt hast, du bist eine echte Berliner Marke.«

Jenny zog die Nase kraus. »Und ich wette, du bist eine gemeine Geheimniskrämerin und erzählst mir kein einziges Wort davon, wie's war.«

»Sehr richtig«, antwortete Nina und dachte: Es war so schön, dass ich es heute Nacht wieder haben will und morgen Nacht auch und im Frühling, im nächsten Winter und in den Jahren, die kommen. Im schwarzen Haar auf seiner Brust habe ich ein einzelnes graues gefunden und will dabei sein, wenn es mehr werden. Es war so schön, dass mir tatsächlich heute die Schenkel wehtun wie als Kind, wenn ich zu lange auf Palü geritten bin. Mein Herz tut mir auch weh, weil etwas zu Ende gegangen ist und etwas Neues angefangen hat, und einen Schmerz, der glücklicher macht, kann es unmöglich geben.

Es war so schön gewesen, dass sie Direktor Neugebauer trotz der schmerzenden Schenkel zehn Zoll über dem Boden entgegenschweben würde. Er konnte gar nicht anders, als sich von ihrer Freude und der Energie der Wunderweiber anstecken zu lassen.

»Davon erzähle ich dir nichts«, sagte sie zu Jenny, denn es gehörte ihr und Anton allein. »Aber du erzähl mir etwas: Welchen Traum willst du dir als Erstes erfüllen, wenn wir heute Abend feiern, dass wir es geschafft haben?«

»Leberwurst«, sagte Jenny. »Den gesamten rottenheimerschen Küchenschrank voller Leberwürste, damit ich nachts nicht mehr davon träume und nach dem Aufwachen vor gähnender Leere stehe. Die Würste sind aber nur mein Notvorrat, denn zu Abend ess ich von jetzt an im *Adlon*. Und als Nächstes schmeißen wir dann den Kleewitz und den Litzmann raus und mieten die gesamte Wohnung, sodass ich dein nächtliches Volksgemurmel nicht mehr hören muss.«

»Das kannst du gar nicht hören, weil du die ganze Nacht schnarchst«, sagte Nina.

Sie sahen sich an und teilten ein wahrhaft triumphales Grinsen. »Vor allem will ich jede Nacht mit dir Tango tanzen«, sagte Jenny.

Gleich darauf kreischte Podie auf, weil Devyani den Korb der Brillenschlange geöffnet hatte, die ihn in panische Furcht versetzte, und Ypsilantis sprang auf eine Stehlampe, die schwankte, aber nicht umfiel. Sonia eilte Podie zur Seite und hielt ihm die Augen zu, Ypsilantis fauchte aus der Höhe auf Naja-Naja hinunter, die ihren majestätischen Kopf aus dem Korb reckte, und dann ging die Tür auf, und da stand Emil, der Laufbursche des *Wintergarten*, und lüftete seine schwarz-golden gestreifte Kappe.

»Der Herr Direktor wäre dann bereit für Fräulein von Veltheim, bitt' schön.«

Devyani drückte Naja-Najas Kopf sanft zurück in den Korb, Darius fischte Ypsilantis von der Lampe, und alles machte sich daran, sich wie eine Schulklasse zum Abmarsch aufzureihen.

»Ich kaufe Viktor ein Schaukelpferd«, zischte Jenny hinüber zu Nina. »Oder nein, ein Pony. Oder die ganze Welt.«

Nina sandte Emil ein Lächeln. »Wir wären auch bereit.«

»Oh nein!«, rief der Junge, als der Zug sich in Bewegung setzen wollte. »Nur Fräulein von Veltheim allein, das hat der Herr Direktor ausdrücklich betont.«

Fräulein *von* Veltheim.

Es war das kleine Wort in der Mitte, das Nina irritierte, denn sie ließ es schon seit Langem weg und hatte sich auch in ihrer Bewerbung schlicht als Nina Veltheim vorgestellt.

Und alleine sollte sie gehen, ohne zumindest Jenny und Sonia an der Seite, denen das Programm doch mindestens ebenso viel verdankte wie ihr selbst?

Ein Tumult entstand. Die Frauen redeten durcheinander, Podie klammerte sich an Sonia, und Ypsilantis befreite sich mit einem Sprung auf den Schlangenkorb aus Darius' Armen.

»Kein Grund zur Sorge, Leute!«, rief Nina. »Wenn Direktor Neugebauer die Formalitäten mit mir allein klären will, dann gehe ich eben allein. Ich kann für uns alle sprechen – und ihr könnt euch darauf verlassen, dass ich genau das tue.«

Beifall ertönte. Zugleich spürte sie Jennys Hand, die ihr zweimal fest auf die Schulter klopfte. »Aye, aye, Käpt'n. Du wirst das Kind schon schaukeln.«

Nina grinste. »Das Schaukelpferd für Viktor kaufe ich.«

Dann winkte sie ihrem Haufen noch einmal zu und folgte Emil bis vor eine Tür am Ende des Korridors, an der ein Messingschild prangte:

Ernst-Egon Neugebauer
Leitender Direktor

In diesem Büro war Nina nie zuvor gewesen, denn die Einstellung von Hilfskellnerinnen wurde zwischen Tür und Angel in der Küche erledigt. Emil griff nach der Klinke und drückte sie herunter. Unser Traum beginnt, dachte Nina, wusste, dass es jetzt auf sie allein ankam, und fühlte sich doch, als stünde jemand hinter ihr und lege ihr in stummem Zuspruch die Hände auf die Schultern.

24

Sie sind also Fräulein von Veltheim. Freiin von Veltheim, genauer gesagt, liege ich richtig? Natürlich sind diese alten Titel inzwischen Schall und Rauch wie wir alle bald, haha. Aber es tut ja auch nicht weh, sich ab und an daran zu erinnern.«

Wenn Direktor Neugebauer auf der Bühne stand und mit ausgebreitetem Sternenmantel eine Nacht voller Wunder und Attraktionen ankündigte, wirkte er riesengroß und so machtvoll, als könnte er die ganze Welt auf seine Arme heben. Hier, in diesem kleinen, unaufgeräumten und fast ein wenig schäbigen Büro erschien er wie geschrumpft. Er trug einen gewöhnlichen Anzug in einem staubigen Schwarz, sein Haar war mit Pomade über den kahlen Oberkopf drapiert, und seine Gesichtshaut wirkte rissig und fleckig, als hätte er sich zu scharf rasiert.

Er hatte ihr einen unbequemen Stuhl mit hoher Lehne angeboten, während er selbst neben dem Schreibtisch stand und beim Sprechen an den Knöpfen seiner Weste drehte.

Nicht unsympathisch.

Auch nicht sonderlich einschüchternd.

Warum sie sich trotzdem auf einmal so unbehaglich fühlte und auf der harten Sitzfläche wie in der Schule hin und her rutschte, war Nina ein Rätsel.

»Nina Veltheim genügt«, sagte sie. »Wichtiger ist schließlich der Name meines Ensembles ...«

»Kompanie«, verbesserte er freundlich. »Bei uns im Varieté sagen wir Kompanie, liebe Freiin.«

»Kompanie«, echote Nina gehorsam. »Meine Kompanie also, die ich Ihnen in unserer Bewerbung noch namenlos angekündigt hatte, heißt jetzt *Die Wunderweiber,* und ich bin sicher, sobald Sie unser Programm gesehen haben, werden Sie mir zustimmen, dass der Name passend ist. Wie beschrieben, besteht unsere Gruppe aus Menschen aus allen Winkeln des Berliner Lebens. Wir wollen den Zuschauern, besonders denen auf den hinteren Rängen und den Stehplätzen, damit in Erinnerung rufen, dass auch sie, deren Alltag ein fortwährender Kampf ist, zaubern und fliegen und nach den Sternen greifen können. Unsere erste Nummer trägt daher auch den Titel ...«

»Du meine Güte, liebe Freiin!« Beim Auflachen machte Direktor Neugebauer ein spitzes Mündchen wie zum Küssen und brachte den obersten Westenknopf zum Rotieren. »Wenn Sie loslegen, kommt ja keine Spritzpistole mit. Bitte lassen Sie zwischendurch auch mich einmal ein Wort einschieben, damit Sie sich nicht vergebens bemühen. Ich habe Ihre Ausführungen mit Interesse gelesen und fand das alles durchaus charmant, mein Kompliment. Glauben Sie mir, ich wäre heilfroh, wenn meine eigene Tochter sich ein so erquickliches Steckenpferd zulegen würde, aber das dumme Ding hat nichts als junge Männer im Kopf.«

»Steckenpferd?«

»Nun ja, oder wie man heutzutage unter euch jungen Damen so sagt.« Der Direktor klang jetzt geradezu neckisch. »In jedem Fall ist es löblich, wenn ein Mädchen aus privilegierten Kreisen sich in ihrer Freizeit sinnvollen Dingen widmet, und dass Sie, wie ich höre, auch weniger vom Schicksal begünstigte Weibspersonen dazu anregen, ehrt Sie. Gerade deshalb habe ich mich auch entschlossen, Sie zu empfangen, obwohl mein Zeitplan aus sämtlichen Nähten platzt und bereits jetzt der nächste Termin auf mich wartet.«

Bei dieser Feststellung ließ er den Westenknopf los und zog demonstrativ seine Uhr aus der Tasche.

»Wissen Sie, was ich Ihnen vorschlagen möchte, meine Gute? Warum wenden Sie sich nicht an die verschiedenen karitativen Einrichtungen unserer Stadt, all die Altenheime, Waisenheime, Armenküchen oder die Arbeiterwohlfahrt? Die würden Ihnen bestimmt Tür und Tor aufreißen, wenn Sie für ihre Schützlinge umsonst ein bisschen das Kasperle machen. Der Mensch lebt schließlich nicht vom Brot allein, und etwas Unterhaltung lindert manche Härte des Lebens. Wer wüsste das besser als wir hier im *Wintergarten?*«

Mit spitzem Mündchen lachte er und sah aus, als wolle er Nina auf die Schulter klopfen. Dann hob er den Zeigefinger wie in einem

Geistesblitz. »Die Kirchen! Das wäre auch noch eine Anlaufstelle. Kirchen sammeln doch für alle erdenklichen guten Zwecke und veranstalten dauernd Basare, bunte Abende und solches Zeug, wo man sicher etwas für Sie auf die Beine stellen könnte. Ich rate Ihnen, da ruhig mal anzufragen. An Mut fehlt es Ihnen schließlich nicht, denn sonst wären Sie wohl kaum ausgerechnet hier bei uns vorstellig geworden.«

Nina öffnete den Mund, doch es kam buchstäblich kein Laut über ihre Lippen.

Direktor Neugebauer erwartete offenbar auch keinen, denn er sprach bereits knopfdrehend weiter. »Ich verschweige Ihnen nicht, dass manche Leute Ihr Vorgehen reichlich dreist, um nicht zu sagen unverschämt finden. Aber ich gehöre nicht zu ihnen, mir gefällt es, wenn junge Leute Selbstbewusstsein zeigen. Nun muss ich Sie allerdings bitten, mich zu entschuldigen. Wie gesagt, der nächste Termin drängt bereits – ich hoffe, ich habe Ihnen ein wenig helfen können.«

Er trat auf sie zu, wie um sie höchstpersönlich aus dem Stuhl zu heben. Nina sprang auf, wich jedoch nicht zurück. Wenn sie jetzt ging, wenn sie sich aus dem Zimmer schieben ließ, ohne dieses bizarre Missverständnis aus der Welt zu räumen, war alles verloren: Nicht nur ihr Traum vom Tanz unter Sternen, sondern Felices Zukunft mit ihrer Tochter, Berthes Schrebergarten, Käthes von Pferden gezogener Sarg, Ritas Sommerfrische an der Ostsee und die Daunendecke für ihre Nachbarin. Jennys Notvorrat aus Leberwürsten, eine Wohnung, in der sie nächtelang Tango tanzen durften, und das Schaukelpferd für Viktor.

Sie hatte ihnen allen versprochen, für sie zu sprechen, und wenn sie es jetzt nicht tat, tat es niemand mehr. Für ihre Träume würde kein Mensch die Stimme erheben, sie versanken, als hätte es sie nie gegeben.

»Nein, Sie haben mir nicht helfen können«, hielt Nina dem Direktor entgegen. »Und ich bin auch nicht hergekommen, um mir von Ihnen helfen zu lassen, sondern weil ich Ihnen ein Angebot zu machen habe. Ein richtig gutes Angebot, das Sie mir aus den Händen reißen würden, wenn Sie es sich angesehen hätten. Und deshalb bitte ich Sie jetzt, mit mir zur Probebühne zu kommen und sich anzusehen, was meine Kompanie zu bieten hat. Wenn sie danach immer noch der Meinung sind, wir sollten auf dem Kirchenbasar auftreten und nicht in Ihrem *Wintergarten*, dann gehen wir und belästigen Sie nicht wieder.«

Tatsächlich war es Direktor Neugebauer, der einen Schritt zurückwich, weil ihn die Wucht ihres Ansturms offenbar überrumpelte. »Meine liebe, gute Freiin«, sagte er dann. »Ich habe mir wirklich Mühe gegeben, sowohl auf Ihre Jugend als auch auf Ihr fragiles Geschlecht Rücksicht zu nehmen, aber wenn man mir meine Zeit stiehlt, ohne Einsicht zu zeigen, hat meine Geduld ein Ende. Ich mache Ihnen einen letzten Vorschlag. Einen mehr als großzügigen Vorschlag, aber es ist wirklich der allerletzte: Sie zählen jetzt Ihre Rummeltruppe durch, die Sie samt Haustieren in unser Wartezimmer gestopft haben, und ich lasse Ihnen für Sie alle Freikarten für die Matinee am Samstag zukommen. Sitzplätze. Im Parkett. Na, was sagen Sie dazu?«

»Lassen Sie uns zeigen, was wir können!«, rief Nina, ohne darauf einzugehen. »Auf die paar Minuten Zeit kommt es jetzt auch nicht mehr an, und ich verspreche Ihnen, Sie werden es nicht bereuen. Wegschicken können Sie uns dann schließlich immer noch.«

Unter der nächsten Drehung löste sich der Faden, und Direktor Neugebauer hielt den Westenknopf in den Fingern. Der joviale Ausdruck verschwand aus seinem Gesicht. »Sie waren bisher bei uns als Hilfskellnerin beschäftigt, richtig? Es macht Ihnen offensichtlich Spaß, das Kind aus dem Volk zu spielen, doch mit dem Problem muss sich Ihre Familie herumschlagen, nicht ich. Im Zuge Ihrer Tätigkeit haben Sie ja aber wohl unser Motto gehört: *Vom Guten nur das Beste. Das Allerbeste.* Bei uns gastieren die Größten der Großen, vom Houdini bis zum Grock, von der Waldoff bis zur Berber. Wir nehmen keine Amateure, Fräulein von Veltheim. Wir nehmen die Crème de la Crème, das Feinste vom Feinsten, wir senden unsere Agenten in die Metropolen der Welt, um das Besondere zu finden, das Einzigartige. Das Gewöhnliche, Unansehnliche, wie man es in den Kloaken und Hinterhöfen dieser Stadt findet, passt nicht zu dem, was wir unseren

Zuschauern versprechen: Eine Nacht im Glanz. Eine Nacht Unsterblichkeit.«

Es war das Wort *unansehnlich*, das bei Nina wie durch Watte ins Bewusstsein drang und ihr klarmachte, dass sie hier nichts mehr verloren hatte. Dass sie gehen musste, wenn sie Neugebauer nicht den Triumph lassen wollte, ihr den letzten Rest Würde zu rauben. Wieder war es, als nehme jemand sie von hinten bei den Schultern, drehe sie herum und versetze ihr einen sachten Stoß, sodass sie nur noch einen Fuß vor den andern setzen musste.

»Ihre Freikarten sollten Sie einer karitativen Organisation stiften«, presste sie heraus. »Altenheime, Armenküchen, auch die Kirchen wären sicher eine Anlaufstelle.«

Damit umfasste sie die Klinke, zog die Tür auf und warf sie gleich wieder hinter sich zu, sobald sie hindurchgetreten war. Ihr Atem ging flach, ihr Herzschlag dröhnte dumpf und hohl in ihrem Kopf.

»Wie ist es gelaufen?«

»Was hat er gesagt?«

Vor der Tür warteten Fridolin, Hiero und Jenny, fielen wie Kinder an Weihnachten über sie her.

»Er nimmt uns nicht«, sagte Nina tonlos. »Es ist vorbei. Er will sich unser Programm nicht einmal ansehen.«

»Das meinst du nicht ernst«, platzte Jenny heraus.

Nina sah sie an, ihr wie in Metall geprägtes Profil und den glänzenden Helm ihres Haars. Sie dachte an die endlosen Stunden, die Jenny ihren Körper gekrümmt und verbogen und bis zur völligen Erschöpfung geprobt hatte. Sie hörte Direktor Neugebauer, wie er die Worte *unansehnlich* und *Kloake* aussprach, und spürte, wie ihr leerer Magen sich zusammenkrampfte.

»Doch, ich meine es ernst«, sagte sie dann. »Es tut mir leid, Jenny. Ihr seid einer Scharlatanin aufgesessen, einer dummen höheren Tochter, die vor lauter Langeweile mit lebenden Puppen spielt. Amateure nimmt er nicht. Amateure gehören auf den Kirchenbasar, an die verschwendet er nicht seine Zeit.«

»Amateure?«, schrie Jenny. »Hat bei dem Kerl jemand eingebrochen und vergessen, zu klauen? Ich bin im Tanz gedrillt worden, seit ich vier Jahre alt war, ich bin von einem Lehrer, der meiner Mutter nicht gut genug war, zum nächsten weitergereicht worden, und mit fünfzehn habe ich als Primaballerina auf der Bühne des gottverdammten *Kaiserlichen Theaters* gestanden. Was bildet dieser Tropf sich ein, mich eine Amateurin zu nennen? Mir war es mein ganzes gottverdammtes Leben lang nicht erlaubt, ein gottverdammter Amateur zu sein!«

Jenny rang nach Atem und schien nicht bei sich zu sein. Ihr ganzer Körper zitterte, und über ihr Gesicht rannen Ströme von Schweiß.

»Es tut mir leid«, sagte Nina. »Ich hätte ihm sagen müssen, er soll nicht uns, sondern dich engagieren. Ich gehe jetzt noch einmal zu ihm rein und sage es ihm.«

Sie war entschlossen, es zu tun. Sie würde ihm erklären, dass er in Jenny keine Schlangenfrau vom Jahrmarkt, sondern eine klassische Balletteuse bekam, wie er keine bessere finden würde, und dann würde sie den anderen sagen, dass sie versagt und sie im Stich gelassen hatte, ehe ihr die Kraft ausging und sie der Versuchung erlag, sich feige davor zu drücken.

»Bleib stehen, du dumme Pute.« Das war Jenny. »Ich lasse mich von niemandem engagieren ohne dich. Ohne euch. Ich dachte, ich könnte nie wieder tanzen. Ich habe mir das Rückgrat gebrochen, und weil ich von irgendetwas leben musste, habe ich beschlossen, mich stattdessen zu verbiegen. Mit dir habe ich angefangen zu begreifen, dass ich noch immer einen Körper habe und dass, wer einen Körper hat, auch tanzen kann, ganz egal, was ihn aufhalten will. Wenn dieser Idiot uns nicht alle zusammen nimmt, dann bekommt er keinen. Darius ist übrigens auch kein Amateur. Mit seinen anatolischen Leoparden, die er auf die Flucht natürlich nicht mitnehmen konnte, ist er im Topkapi-Palast vor Sultan Abdülhamid und seinem Harem aufgetreten.«

»Ist das wahr?«, fragte Nina.

Jenny zuckte die Schultern. »Zumindest könnte es wahr sein. Ich glaube, Darius war zwölf, als der letzte Sultan abgesetzt worden ist, und das mit dem Harem wurde dann ja irgendwann verboten. Aber kann der aufgeblasene Tropf da drinnen das etwa wissen? Und von

Sonia schweigen wir besser ganz. Der hält Sonia für eine Amateurin? Himmel, Arsch und Zwirn, Sonia ist das achte Weltwunder.«

Nina konnte nur nicken. Fridolin und Hiero sprangen ihr zuvorkommend links und rechts zur Seite und griffen ihr unter die Arme, als fürchteten sie, sie könnte zusammenbrechen. Vielleicht hatten sie mit dieser Befürchtung nicht unrecht. Welchen Grund gab es schließlich für die nutzlose Nina von Veltheim, auf ihren zwei Beinen stehen zu bleiben?

»Ich bring dich nach Hause«, sagte Jenny. »Allein gehen lassen kann ich dich nicht.«

»Aber ich muss zu den anderen.«

»Mit denen rede ich später. Erst einmal sorge ich dafür, dass du nach Hause kommst, ehe du mir zusammenklappst.«

»Nein, Jenny«, rang Nina sich ab und befreite sich so behutsam, wie es ihr möglich war, aus dem Griff ihrer beiden Kavaliere. »Das muss ich allein tun. Ich bin diesen fantastischen Menschen so viel mehr schuldig und werde es ihnen schuldig bleiben müssen. Aber wenigstens das können sie von mir erwarten – dass ich vor sie hintrete und ihnen persönlich sage: Ich habe mit euren Träumen gespielt und verloren.«

Jenny und die beiden Männer versuchten noch einmal, sie abzuhalten, aber Nina ließ nicht mit sich reden. Sie ging zurück in das übervolle Wartezimmer, aus dem der Lärm freudig erregter Menschen ihr entgegenquoll, blieb in der Tür stehen und sprach aus, was sie zu sagen hatte. Dann entschuldigte sie sich, drehte sich um und ging. Zu Hiero und Fridolin, die ihr an den Fersen klebten, sagte sie: »Meine Kündigung stecke ich in den nächsten Tagen in den Postkasten. Bitte grüßt die Kollegen. Für die halbe Woche habe ich noch Lohn zu bekommen, aber den schenke ich Direktor Neugebauer.«

25

Wovon sie ab morgen leben sollten, war eine ungelöste Frage, doch die schien Nina im Augenblick vollkommen gegenstandslos. Sie verließ den *Wintergarten* durch den Bühneneingang und versuchte sich vorzustellen, dass sie seinen Sternenhimmel, der die Welt zum Glitzern brachte, nie mehr wiedersehen würde. Wie merkwürdig das war: Sie hatte sich hier schon zu Hause gefühlt, noch ehe sie einen Fuß in die Tür gesetzt hatte, und jetzt, wo sie aus dieser Tür verstoßen worden war, kam sie sich vor wie all die Heimatlosen, die der Strom der Zeit nach Berlin spülte. Dabei war das Unsinn. Sie hatte ein Heim voller warmer Zimmer und gefüllter Schränke, in das sie jederzeit zurückkehren konnte, ein Heim voller Menschen, die sie liebten.

Nur hatte sie diese Menschen belogen, hatte ihnen vorgespielt, sie würde mit fliegenden Fahnen Berlins Theaterwelt erobern und schwebe von einem Erfolg zum nächsten. Zu ihnen zurückzukehren und ihr Versagen einzugestehen, war unvorstellbar.

Jenny holte sie erst ein, als sie bereits ein gutes Stück die Friedrichstraße hinuntergetaumelt war, vorbei an den Strömen der Passanten, die zur Arbeit oder zum Einkaufen eilten und sich zum Schutz vor dem Schneeregen die Hüte ins Gesicht zogen. Nina hingegen scherte sich weder um Regen noch um Kälte. »Mach dir den Mantel zu«, sagte Jenny und schloss ihr im Gehen die Knöpfe, wie Darius es bei Viktor machte. Zuletzt wickelte sie Nina den dicken grünen Schal um den Hals, den Berthe ihr gestrickt hatte. »So. Das ist besser.«

»Du musst das nicht machen, Jenny. Du bist mir zu nichts verpflichtet.«

»Ach nein?« Jenny hakte sich bei ihr unter und steuerte sie durch den Verkehr der Kreuzung. »Du wirst uns erlauben, dass Sonia und ich das anders sehen. Sonia kommt übrigens gleich hinterher, sie kümmert sich nur rasch um die anderen. Darius geht mit Viktor in den Zoo. Die Weiber haben alles Geld, was sie hatten, für die Eintrittskarten zusammengeschmissen.«

»Geld«, murmelte Nina. »Ich muss Frau Rottenheimer sagen, dass ich kein Geld für die Miete mehr habe. Sie muss sich jemand anderen suchen, am Ende verliert sie meinetwegen auch noch ihr Dach über dem Kopf.«

»Weißt du, was du vor allem tun musst?«, fragte Jenny und zog sie rigoros weiter. »Nichts so heiß essen, wie's gekocht wird. Essen wäre ansonsten allerdings keine schlechte Idee. Normale Menschen tun das ab und an, Nina. Es ist nicht nur gut für das Fahrgestell, das dich durch die Gegend trägt und ohne Treibstoff nicht funktioniert, sondern auch für die Nerven. Für Schlaf gilt übrigens dasselbe.«

Die Vorstellung, sich hinzulegen, das Licht zu löschen und zu versuchen, einzuschlafen, versetzte Nina in Panik. Sobald sie die Augen schloss, würde sie Direktor Neugebauer vor sich sehen und durch die Stille hallen hören, was er zu ihr gesagt hatte. In der vergangenen Nacht hatte sie vor Glück und Aufregung nicht schlafen können, hatte in den duftenden, schneeweißen Betttüchern wach gelegen und Anton zugesehen, den der Schlaf jung und verletzlich machte. Einen Herzschlag lang hatte sie den sonderbarsten Gedanken gehegt, der sie nicht einmal erschreckt hätte:

Wenn es sein müsste, könnte ich jetzt sterben, hatte sie gedacht, denn ich bin einen Augenblick lang vollkommen glücklich gewesen.

Aber natürlich hatte sie nicht sterben wollen, sondern leben, leben und den *Wintergarten* erobern, nach ihren zwei Programmen noch hundert weitere kreieren und Hand in Hand mit Anton in die Zukunft spazieren, voller Lust auf Abenteuer, voller Neugier auf alles, was da kam.

Wie lange war das her?

Nicht mehr als eine Handvoll Stunden?

»Ich verstehe das nicht«, brach es aus ihr heraus, während Jenny sie durch das Tor in den Hof zog. »Fridolin hat mir für die Bewerbung diese drei Bögen zum Ausfüllen gegeben, eine endlose Liste von Fragen, und ich habe alles wahrheitsgemäß beantwortet: Wer wir sind, was wir machen, ob wir unsere eigenen Kostüme haben, unser eigenes Bühnenbild, welche musikalische Untermalung wir brauchen und so weiter. Nun gut, fast wahrheitsgemäß. Ich mag hier und da ein bisschen dick aufgetragen, ein paar Erfahrungen dazugedichtet haben, aber ich habe weder behauptet, dass Berthe abends an der *Lindenoper* singt, noch dass Darius mit Leoparden jongliert. Fridolin hat diese Bögen weitergeleitet, und Direktor Neugebauer war begeistert.«

»Stimmt.« Jenny blieb stehen. »Ich weiß noch den Abend, als er angerufen hat. Die Rottenheimer war ein bisschen sauertöpfisch wie immer, aber ganz konnte nicht mal sie sich das Grinsen verkneifen.« Jenny verdrehte die Augen und ahmte Frau Rottenheimers Stimme nach: »Fräulein von Veltheim – in der Leitung ist ein *seeeehr* begeisterter Herr für Sie.«

»Er hat gesagt, er könne es nicht erwarten, uns zu sehen«, murmelte Nina. »Nicht mich alleine in einem miefigen Büro zusammenstauchen, sondern unsere Nummern *sehen*. Gesehen hat er aber überhaupt nichts. Es war, als hätte jemand ihn ausgetauscht – als wären der Neugebauer, mit dem ich telefoniert habe, und der, dem ich heute gegenüberstand, zwei verschiedene Menschen. Den ersten kannte ich – das ist der charmante Magier, der Abend für Abend die Zuschauer in der Welt der Wunder begrüßt. Dieser hier hatte an Wundern und Magie nicht das geringste Interesse. Er kam mir vor wie … wie eine Registrierkasse auf Beinen.«

»Bravo«, bemerkte Jenny trocken.

»Was?«

»Bravo«, wiederholte Jenny. »Dafür, dass du offenbar deine Lebensgeister von den Toten auferweckt hast und wieder auf deinen Hinterbeinen stehst wie die völlig irrwitzige Kämpferin, als die ich dich kennengelernt habe. Dich hat ein Kerl zur Sau gemacht. Das wird dir in der Welt, in der du agierst, noch etliche Male passieren, aber lässt du dich davon kleinkriegen? Du? Dieser Neugebauer kennt dich doch gar nicht. Der kennt weder Berthe noch Felice, weder Sonia noch mich. Der ist wie die Leute, die meinen Kleining ansehen und loskreischen: Guckt euch mal das Idiotenkind an, das ist ja geistesschwach und kann nicht sprechen.«

»Viktor ist doch nicht geistesschwach!«, rief Nina.

»Du sagst es«, erwiderte Jenny. »Er ist nur leise. Manchmal, wenn ich neben dem Kleining auf dem Bett liege und zusehe, was hinter dieser stillen Stirn vorgeht, dann denke ich, der Klening ist die einzige Geistesgröße, die ich kenne. Was der hinter sich hat, das ihm die Lust am Schwatzen verdirbt, das weiß doch kein Mensch. Lass ich mich kirre machen von jemandem, der behauptet, mein Kind ist ein Idiot? Nie im Leben. Lässt du dich kirre machen von jemandem, der behauptet, unsere Weiber wären kein Wunder? Nein? Na also.«

Sie wollte weitergehen, aber Nina stand noch immer wie angewurzelt im dichter werdenden Schneefall und starrte vor sich hin, ohne Genaues zu erkennen. Was hatte den plötzlichen Wechsel in Neugebauers Haltung bewirkt? Sie war ja nicht wirklich in einem Illusionsakt gefangen, in dem ein Doppelgänger an die Stelle eines Mannes sprang, der gerade im doppelten Boden verschwunden war. Stattdessen hatte die Einstellung des Direktors sich über Nacht um hundertachtzig Grad gedreht, und infolgedessen standen die Frauen und Männer ihres Ensembles jetzt ohne jede Hoffnung da.

Jenny hatte sich von ihr gelöst und war ein paar Schritte bis zur Tür des Seitenflügels vorausgegangen. »Ich muss mich doch kirre machen lassen«, sagte Nina, als die Freundin sich nach ihr umdrehte. »Ich habe die Verantwortung für die Träume von Menschen übernommen. Das ist, als würde man jemandes Porzellan tragen und ihm sagen: Mach dir keine Sorgen, ich übernehme das, du kannst dich auf mich verlassen. Und dann lässt man zu, dass es einem entgleitet, und der Besitzer steht mit nichts als Scherben da.«

»Kein schlechtes Bild.« Jenny blickte zu Boden, sodass ihr schwarzes Haar ihr über die Stirn fiel, und sah ihrer Schuhspitze zu, die Muster in den schmelzenden Schnee zeichnete. »Weißt du aber, wie vielen Leuten in ganz Europa genau das auf ihrer Flucht passiert ist und wie viele davon anderswo weiterleben – ohne ihr Porzellan? Und bevor du jetzt einwirfst, dass sämtliche Vergleiche hinken – man kann auch ohne Träume froh sein, dass man überlebt hat, Nina. Mich hast du vorhin nach meinen Träumen gefragt, und mir ist nichts anderes eingefallen als Leberwurst. Vielleicht ist das ja zwangsläufig so, wenn man einmal gedacht hat: Mein einziger Traum ist, dass ich nicht sterbe.«

Nina brauchte eine Sekunde, um die Worte auf sich wirken zu lassen. Dann ließ sie ihre Tasche in den schmelzenden Schnee fallen, rannte zu Jenny und umarmte sie. »Ich bin so froh, dass du nicht gestorben bist. So froh, so froh, so froh.«

Jenny befreite sich halb und rettete sich vor dem Gefühlsansturm in ein sardonisches Grinsen. »Erwürg mich nicht. Sonst dauert's mit dem Frohsein nicht mehr lange.«

»Ich muss das herausfinden«, sagte Nina.

»Was?«

»Was diese Meinungsänderung bei Neugebauer bewirkt hat. Was dahintersteckt und uns jegliche Chance zerstört hat.«

»Ja, ja«, sagte Jenny. »Aber erst mal musst du alles, was wir an Essbarem im Haus haben, in dich reinstopfen und dich dann für mindestens drei Stunden aufs Ohr hauen, damit das bisschen Verstand, was du übrig hast, wieder zu gebrauchen ist.«

»Wir haben nichts Essbares im Haus«, sagte Nina. »Es sei denn, ihr habt gestern, während ich weg war, einen Großeinkauf gemacht.«

»Scheiße.«

»Du sagst es.«

»Ich pump die Rottenheimer an.«

»Das kannst du nicht machen, denn wir haben nichts, um es ihr zurückzuzahlen.«

Jenny überlegte. »Der schöne Anton«, rief sie dann. »Ich ruf den schönen Anton an und sag ihm, er soll unterwegs gleich beim Bäcker und beim Metzger vorbeigehen.«

»Tu das nicht«, rief Nina entsetzt. »Tu das unter keinen Umständen. Ich habe gestern die Nacht mit ihm verbracht, Jenny, ich würde mir vorkommen wie eine …«

»Wie eine Nutte?«, fragte Jenny herausfordernd. »Wie Felice und Sine? Wenn du mich fragst, gibt es weit Schlimmeres, als das du dir vorkommen könntest. Als Ekel Neugebauer zum Beispiel. Ich jedenfalls werde nicht davor zurückschrecken, mich von Lice und Sine anlernen zu lassen, ehe ich zulasse, dass Viktor und Darius nichts zu essen haben.«

»Das ist etwas anderes«, begann Nina und bemerkte selbst, auf welch verlorenem Posten sie kämpfte.

»In der Tat«, konterte Jenny blitzschnell. »Geld von einem bildhübschen, charmanten Kerl anzunehmen, auf den man obendrein steht, ist etwas anderes, als mit dem erstbesten verdreckten Sack mitgehen zu müssen, ohne zu ahnen, was du dir dabei holst. Und obendrein hast du, zumindest hier in der Gegend, nicht die geringste Chance, auf deine eigene Rechnung zu wirtschaften, weil an der nächsten Ecke schon ein Lude steht, der sein Revier bewacht und die Hand aufhält.«

Nina erwiderte nichts, weil es darauf keine Erwiderung gab. Jenny hatte recht. Sie hatte die anderen in diese Lage gebracht und musste tun, was immer sie konnte, um die Folgen zu mildern. Statt sich zu weigern, konnte sie noch froh sein, dass Anton ihr zweifellos ohne Wimpernzucken jede Summe leihen würde, ohne auf Rückzahlung zu drängen. Für ihn war das ein Kinderspiel, ein paar hingeblätterte Scheine aus der Portokasse, und mit Sicherheit war sie nicht die erste Frau, der er einen solchen Gefallen erwies. Für sie hingegen war es die tiefste Demütigung von allen. Wenn sie daran dachte, wie laut sie gestern Abend getönt und auf Champagner bestanden hatte, drehte sich ihr der Magen um.

»Ruf ihn an«, murmelte sie leise. »Sag ihm, ich bitte ihn darum, uns auszuhelfen.«

Sie selbst würde ihm nicht mehr unter die Augen treten können. Das klang albern und überdramatisch, und vermutlich wurde auch in diesem Fall nichts so heiß gegessen wie gekocht. Wie aber sollte eine Liebe zwischen zwei Menschen Bestand haben, wenn es zwischen ihnen keinen Gleichstand gab, sondern einer vom anderen abhängig und ihm pausenlos zu Dank verpflichtet war? Wie sollte Anton sie als Frau, die ihr Leben selbst in die Hand nahm, respektieren? Ohnehin war er ja Frauen gewohnt, die sich nur zu gern von einem starken Mann aufhelfen und die Widrigkeiten des Daseins aus dem Weg räumen ließen, und musste den anderen Umgang, den sie von ihm forderte, erst lernen.

Jäh war Nina zumute, als sacke sie innerlich zusammen. Was war denn an ihr anders als an den Frauen, mit denen er in Kantes Hotelzimmer ging, und welches Leben nahm sie selbst in die Hand? Sie war ohne Beruf, ohne Zukunft, eine Amateurin, die dazu taugte, von einem vollen Saal ausgepfiffen zu werden oder auf Kirchenbasaren das Kasperle zu machen. Er hielt sie aus und würde das tun, bis er ihrer überdrüssig war. Dass er mehr als eine flüchtige Affäre in ihr sah, hatte er ihr nie zu verstehen gegeben.

Das leuchtende Glück der vergangenen Nacht verblasste und erlosch. Die Kälte, die sie bisher ignoriert hatte, kroch ihr unter die durchnässten Kleider und ließ sie frösteln. Sie hätte laut aufweinen wollen und schämte sich ihrer Schwäche.

Ganz anders, als es ihrer burschikosen Art entsprach, legte ihr Jenny den Arm um die Schultern. »Ist ja schon gut«, sagte sie leise. »Ich frag Alfred und lass deinen Anton außen vor, einverstanden?«

»Nein, Jenny, ich ...«

»Schscht.« Jenny legte ihr einen Finger auf die Lippen. »Das geht schon in Ordnung. Alfred hilft uns schließlich nicht das erste Mal aus der Patsche. Er macht zwar einen auf Raffke, aber er ist ein verdammt feiner Kerl. Ich bin zwar der Ansicht, dass dein Anton auch einer ist, aber das kannst du besser beurteilen als ich, und du musst nicht glauben, dass ich dich nicht verstehe.«

»Was Alfred dir geben kann, reicht doch höchstens für ein paar Tage«, sagte Nina und begann, mit den Zähnen zu klappern. »Nächste Woche habe ich aber auch keine Arbeit und kein Geld, und in der Tinte, in die ich euch manövriert habe, sitzt ihr immer noch.«

»Darüber machen wir uns nächste Woche Gedanken«, entschied Jenny. »Es ist bisher immer weitergegangen, und diesmal wird es auch weitergehen. Du hast Kante überstanden, warum solltest du also nicht auch Neugebauer überstehen? Jetzt bringen wir dich erst mal ins Warme, packen dich ins Bett, und dann flitze ich los und besorge uns was zum Beißen. Alles andere findet sich. Oder auch nicht. Solange man am Leben bleibt, Herzing, ist der Unterschied nicht gar so groß.«

Sie zog Nina ins Treppenhaus, in dem es geringfügig wärmer war als draußen und überraschend gut roch. Statt des Gestanks nach verkochtem Kohl und schimmeligen Wänden empfing sie ein Duft nach frischem Gebäck, sauberer Wäsche und Parfüm mit einer Lavendelnote.

»Das nicht auch noch«, stöhnte Nina auf. »Tante Sperling. Dabei habe ich ihr gesagt, dass Kleewitz und Litzmann nach München gefahren sind.«

»Sie kommen aber heute zurück, Liebchen«, ertönte von oben die fröhlich zwitschernde Stimme der Tante. »Da dachte ich mir, es wäre doch nett, die beiden Herren mit etwas Selbstgebackenem von unserer Fritzi zu empfangen, und wo Carlo sich endlich auch einmal freimachen konnte ...«

Nina hörte nicht länger hin, sondern stürmte die Treppen hinauf, dass Jenny Mühe hatte, ihr zu folgen.

»Oh«, entfuhr es dieser, sobald sie den vorletzten Absatz erreichten und die Tür der rottenheimerschen Wohnung in Sicht kam. »Wie es aussieht, können wir zumindest die Sorge ums Essen vergessen.«

Auf der obersten Stufe saßen aufgereiht wie zwei Orgelpfeifen Tante Sperling und Carlo. Tante Sperling hielt ihren Proviantkorb im Schoß, aus dem die Krone eines Napfkuchens, der Hals einer Likörflasche, die Zipfel mehrere Würste und die Deckel von Einweckgläsern ragten. Carlo trug einen gedeckten Staubmantel und einen flotten Filzhut und sah aus, als wäre er seit Weihnachten, als Nina der ständigen Proben wegen nur für zwei Tage nach Neu-Mahlen gefahren war, bedeutend erwachsener geworden. Kaum sah er sie kommen, erhob er sich, stand da wie in Trance und starrte Jenny an.

»Die Sonne geht auf«, sagte er.

26

ANTON

FEBRUAR 1922

Rudi Kante drehte einen Film. Sie drehten jetzt alle Filme, wenn sie auf schnelles Geld und Ruhm aus waren, und am Kurfürstendamm schoss ein Kino nach dem andern aus dem Boden. Der vorhergesagte Siegeszug der Leinwand hatte offenbar begonnen, und das ebenso vorhergesagte Theatersterben würde zwangsläufig folgen. Männer wie Anton, die noch immer vor keiner Kamera gestanden hatten, wurden milde belächelt.

»Bei dir ist es ein Jammer, du hast doch ein Leinwandgesicht«, hatte kürzlich Conrad Veidt bekundet, ein Kollege, der ebenfalls als Eleve bei Max Reinhardt begonnen und inzwischen in zahllosen Erfolgsfilmen wie *Sehnsucht* und *Das Cabinet des Dr. Caligari* gespielt hatte.

»Aber keine Leinwandstimme«, hatte Anton mit gezwungenem Lachen erwidert. »Mir täte es eben leid, wenn niemand mein klangvolles Organ mehr vernimmt.«

»Ach geh, auch Bilder erzählen Geschichten. Und was für welche! Bist du wirklich dermaßen im Alten verhaftet, dass du es nicht mal ausprobierst?«

»Nein, in Bequemlichkeit verhaftet«, hatte ihn Anton beschieden, und im Großen und Ganzen traf das wohl zu. Er wollte sich aus keinem Fenster hängen, kein Risiko eingehen, keine Mühe auf sich nehmen, die nicht unbedingt notwendig war. Vor Jahren allerdings hätte seine Antwort gelautet, dass er das Theater liebte. Das Unberechenbare, Verblüffende, die Möglichkeit, in demselben Stück Abend für Abend etwas Neues zu entdecken. Seit er aufgehört hatte, überhaupt etwas zu lieben, hatte er eben weitergespielt und sich über seine Beweggründe keine Gedanken gemacht.

Aber damit war es vorbei.

Es war pathetischer Unfug.

Man hörte nicht auf, etwas zu lieben, dazu waren Menschen nicht gemacht. Sie hörten höchstens eine Zeit lang auf, sich selbst zu spüren. In der ersten Zeit nach Liesas Tod, so erinnerte er sich, hatte seine Haushälterin Frau Brenneisen ihm Teller mit Speisen hingestellt und sie Stunden später unberührt abgeräumt, weil Anton das Essen schlicht vergessen hatte. Er hatte nicht gespürt, dass er Hunger hatte, dass er fror oder schwitzte, dass er müde war und dass er das Theater noch immer liebte. Den Geruch nach Schminke wie das Geschwätz der Garderobieren, das Geraschel und Getuschel, ehe ein Vorhang sich hob, und die Kapsel des Bühnenraums, in der ein Schauspieler nach all den Proben, den Erörterungen und Diskussionen mit seiner Rolle allein war.

Die Schicht aus Eis, in der seine Gefühle erstarrt waren, musste seit Monaten schon vor sich hin schmelzen, auch wenn er nichts davon bemerkt hatte. Es war ihm nicht länger egal gewesen, ob eine Inszenierung unzeitgemäß wirkte, ob ein Stück ihn langweilte, ob ein Regisseur oder Intendant seine Chancen vertat. Er hatte sich zunehmend unwohl gefühlt mit dem, was er ablieferte, wofür er bezahlt wurde und wofür er von seinem Publikum Applaus erhielt.

Das kannst du besser, hatte eine Stimme in seinem Hinterkopf zu tadeln begonnen, und sie hatte bis heute keine Ruhe mehr gegeben.

An besonders unerfreulichen Tagen hatte sich die Stimme damit nicht zufriedengegeben. *Das hätte* er *besser gekonnt,* hatte sie gezischt, und alle Versuche, sie zum Schweigen zu bringen, hatten nichts genützt.

Anton hatte die Wahl: Er konnte verdrängen, konnte überspielen, konnte sich von Zeit zu Zeit in Maßen betrinken und ansonsten weiterhin so tun, als lebe er sein Leben, zumal er als Schauspieler zum So-tun-als-ob schließlich ausgebildet war.

Oder er konnte sich seinem Leben endlich wieder stellen, die Trümmer in die Hände nehmen und sich überlegen, wie es mit dem, was übrig war, weitergehen sollte.

Dass es Letzteres war, was er wollte, war ihm bewusst geworden, als er von der Probebühne des *Deutschen Theaters* ans Telefon gerufen worden war und Jenny Alomis' Stimme vernommen hatte:

»Schöner Anton? Hier ist Jenny. Ich muss Sie sprechen. Sofort. Es geht um Leben und Tod.«

Während er an den Apparat geeilt war, hatte er sich gewünscht, es wäre Nina. In diesen wenigen Sekunden hatte er mit aller Kraft und Wucht gespürt, wie sehr er sich nach ihr sehnte, wie sehr er hoffte, sie hätte sich über das, was zwischen ihnen üblich war, hinweggesetzt und ihn angerufen, um ihm zu erzählen, wie ihre Präsentation im *Wintergarten* gelaufen war.

Bisher hatten sie beide ihre beruflichen Belange strikt voneinander getrennt und darauf geachtet, dass einer den anderen nicht störte. Diese ungeschriebene Regel war jedoch bereits am vergangenen Abend gebrochen worden, als Nina ihn gebeten hatte, seine Vorstellung sausen zu lassen, um mit ihr zu feiern. Statt sich darüber zu ärgern, hatte er eine ganz und gar unangemessene Woge von Freude empfunden:

Sie wollte diesen Abend des Triumphs nicht mit ihren Freunden, sondern mit ihm teilen. Sie erlaubte ihm, etwas für sie zu tun!

Die Nacht, die darauf gefolgt war, war so schön gewesen, so sinnlich und zärtlich, so leidenschaftlich, innig und brandneu, als hätte es die vergangenen gut sieben Jahre nicht gegeben und als wäre er noch immer im Besitz der Kräfte, des Mutes und des grenzenlosen Zutrauens, mit denen er in jenem Sommer 1914 Berlin verlassen hatte. Er hatte geglaubt, er werde nicht einschlafen, sich nicht von ihr lösen und auch nur einen Augenblick mit ihr opfern können. Irgendwann aber war er doch in den Schlaf geglitten, und als er erwachte, lag er in ihren Armen und fühlte sich so stark und erholt wie seit Jahren nicht mehr.

Er hatte ihr sagen wollen, sie solle ihn anrufen, sobald sie bei Neugebauer fertig war, hatte ihr versprechen wollen, gleich hinüberzukommen und noch einmal mit ihr zu feiern. Letzten Endes hatte er es nicht getan, weil es eben dem fragilen Regelwerk ihrer Beziehung nicht entsprach. Sie war eine moderne Frau, ihre Unabhängigkeit ging ihr über alles, und sobald sie im Mindesten fürchtete, er wolle daran rütteln, begab sie sich auf Distanz. Er hingegen musste sich eingestehen, dass er auf den Umgang mit einer solchen Frau nicht vorbereitet war. Über seine Erfahrungen mit der Weiblichkeit schrieben die Klatschreporter sich die Finger wund, aber bei Nina fühlte er sich linkisch und unsicher wie ein Pennäler.

Auf die Probe von *Familie Schroffenstein* hatte er sich an jenem Vormittag kaum konzentrieren können. Immer wieder waren seine Gedanken zu Nina gewandert. Er hatte sie vor sich gesehen, wie sie vor der Bühne des *Wintergarten* stand und ihre grandiose Schar von Talenten dirigierte wie ein Virtuose, der völlig in seiner Musik aufging. Er wünschte sich, bei ihr zu sein und ihren Erfolg zu erleben, sie von den Füßen zu heben und herumzuwirbeln, ihr endlich zu sagen, wie phänomenal er sie fand.

Und jetzt rief sie ihn an – zumindest hatte er das auf dem kurzen Weg bis zum Telefon im Sekretariat des Theaters geglaubt. Dann hatte er Jenny Alomis' Stimme vernommen und war auf den Boden der Tatsachen zurückgeprallt.

»Um Himmels willen, was ist passiert?«

Sie hatte es ihm erzählt, und Anton hatte in sich einen Zorn verspürt, der ihm vorübergehend Angst vor sich selbst machte.

»Hören Sie, Jenny, ich weiß, wie sich diese Sache zugetragen hat. Es liegt nicht an Ihnen, Sie sind gut, Sie dürfen nicht aufhören, daran zu glauben, dass Sie gut sind ...«

»Natürlich liegt es nicht an uns«, hatte die Schlangenfrau trocken erwidert. »Es liegt an diesem selbstgefälligen Idioten Neugebauer, es liegt an dieser ganzen Welt voller Türen, vor denen selbstgefällige Männer sich breitmachen. Dass wir gut sind, weiß ich, aber Nina weiß es nicht mehr, und was die anderen angeht ...«

»Bitte sagen Sie es Nina«, beschwor er sie. »Es liegt nicht einmal an Neugebauer, auch wenn Sie recht haben und ein Mann, der auf solche Weise Entscheidungen trifft, nicht vor einer derart entscheidenden Tür sitzen dürfte. Ich bringe es in Ordnung, bitte sagen Sie ihr das. Ich lasse nicht zu, dass der Schuldige damit davonkommt.«

»Nina will nicht, dass Sie ihr helfen«, hatte Jenny entgegnet. »Aber mir sagen Sie gefälligst auf der Stelle, wer dieser Schuldige ist, damit ich ihn teeren, federn und vierteilen kann. Weiß der Mensch, was er achtzehn Frauen, sieben Männern, einem Kind, drei Katzen und einer

Brillenschlange damit antut? Was er in ihnen kaputt macht? Der Rest von uns wird wohl darüber hinwegkommen, weil wir es inzwischen gewohnt sind und im hintersten Hinterstübchen gar nicht geglaubt haben, dass aus diesem irrwitzigen Flämmchen Hoffnung etwas wird. Aber Nina? Nina, die Stein und Bein darauf geschworen hätte, dass jede Einzelne von uns Berge versetzen und Sterne vom Himmel klauben kann? Hat der ominöse Schuldige gewusst, dass er Nina das Herz bricht, dass dieser quicklebendige Springball jetzt stumm und starr in einer Ecke sitzt und überzeugt ist, sie habe unser aller Leben zerstört?«

Sie hatte sich in Rage geredet und wurde mit jedem Wort lauter, bis Anton den Hörer ein Stück von seinem Ohr weghalten musste. Es hatte ihn all seine Überredungskünste gekostet, sie so weit zu beruhigen, dass sie sich auf ein Treffen bei *Jädicke* einließ, wo niemand, den sie kannten, hinkam. Dort bot er wiederum alles auf, was er an diplomatischen Fähigkeiten besaß, um ihr klarzumachen, dass weder ihr noch Nina oder den Übrigen mit einem Mord an dem Schuldigen geholfen war.

»Überlassen Sie den Mann mir, Jenny, ich bitte Sie. Kümmern Sie sich darum, dass Nina nicht aufgibt, dass sie wieder an sich glaubt. Kann ich Ihnen Geld geben? Für Nina und Sie alle?«

»Mir können Sie Geld geben, wann immer Sie wollen, ich bin da nicht heikel«, erwiderte Jenny. »Aber dass Nina von Ihnen nichts annimmt, wissen Sie besser als ich.«

»Und wenn Sie ihr sagen, Sie wären auf andere Weise dazu gekommen?«, fragte Anton. »Mir ist nicht wohl dabei, Sie zum Lügen anzuhalten, aber ...«

»Darüber lassen Sie sich mal keine grauen Haare wachsen«, platzte sie ihm ins Wort. »Der Begriff Moral kommt in meinem Wortschatz nicht vor, und ich kann lügen wie ein Gesandtschaftsattaché. Leider aber ist Nina, was Sie betrifft, der Argwohn auf Beinen. Was soll ich ihr denn erzählen? Ich habe zufällig ein Vermögen im Gully gefunden? Ich habe einen Schönheitswettbewerb gewonnen? Nicht, dass das auszuschließen wäre, aber meinen Sie nicht, sie würde mich fragen, wo dieser illustre Wettbewerb denn stattgefunden hat und weshalb ich von meinen Ambitionen als Schönheitsprinzessin bisher nichts erwähnt habe?«

»Und wenn vielleicht ein Verwandter …«, begann Anton, kam jedoch wieder nicht weit.

»Grandiose Idee!«, rief Jenny. »Mein Großonkel aus Amerika ist aufgetaucht und hat seine lang vermisste Großnichte mit Dollars überschüttet. Leider ist er auch sofort wieder untergetaucht, weil er in *good old Germany* das Klima nicht verträgt, aber er lässt alle ergebenst grüßen. Nein, schöner Anton, ich fürchte, das Lügen müssen Sie noch üben, ehe Sie andere darin unterweisen. Wenn Sie nett sein wollen, geben Sie mir ein paar Scheine für die Wunderweiber und ein bisschen was, das ich in die Haushaltskasse schmuggle. Was aber Nina angeht, so werden Sie was anderes aufbieten müssen als Geld.«

»Kann ich zu ihr?«, bat Anton. »Meine Vorstellung lasse ich auch heute sausen, darauf kommt es nicht an, und meine Vertretung spielt den Part ohnehin mit mehr Herz als ich.«

»Ich denke, das ist keine gute Idee«, sagte Jenny. »Nina schämt sich. Das tun ja immer die Falschen. Geben Sie ihr ein paar Tage Zeit, um zumindest ein paar Zoll Boden unter den Füßen wiederzufinden. Und nebenbei hängt bei ihr gerade ein Kerl herum, der Ihnen in einem Schönheitswettbewerb glatt Konkurrenz machen könnte.«

»Wie bitte?«

»Aha.« Auf ihre herbe, dunkle Weise hatte Jenny gelacht. »Ich hab mal ausprobieren wollen, ob Sie das können – eifersüchtig werden wie ein stinknormaler Mann. Beruhigen Sie sich. Der hübsche Jüngling ist ihr Bruder, und ansonsten denkt sie derzeit überhaupt nicht an Männer, sondern an ihren verlorenen Traum. Drehen Sie dem Drecksack, der ihr den kaputt gemacht hat, den Hals um. Und tun Sie, was immer Sie zustande bringen, damit sie wieder inszenieren kann.«

Anton hatte es ihr versprochen, und erst als sie schon gegangen war, war ihm eingefallen, was er Nina hätte ausrichten lassen sollen: *Bitte sagen Sie ihr, dass ich sie liebe.*

War es wirklich möglich, dass er ihr das noch nie gesagt hatte?

Er hatte es ja auch sich selbst noch nie gesagt, hatte es an diesem konfusen Morgen erst begriffen.

Konnte er es ihr schreiben? Sie anrufen und es durch die Leitung rufen?

Nein, dachte er, nicht bevor ich dafür gesorgt habe, dass es kein leeres Gerede ist. Nicht bevor ich mir sicher bin, dass ich ihr etwas zu bieten habe, dass ich mich aus meinem Sumpf von Selbstmitleid herausziehen kann und den Mut aufbringe, noch einmal von vorn zu beginnen.

Noch einmal zu vertrauen.

Noch einmal daran zu glauben, dass Glück etwas war, das man einander schenken, das man auskosten, wertschätzen und verteidigen konnte, und dass es sich auch dann noch lohnte, wenn es nur einen Augenblick blieb.

Vielleicht war es ja überhaupt das, was Leben ausmachte: eine Handvoll Glücksmomente, verstreut wie Sterne über einen grenzenlosen schwarzen Himmel. Und vielleicht war das gut auszuhalten, wenn man zu zweit und sich sicher war: Irgendwann demnächst blitzt in der Schwärze wieder ein bisschen Gold auf.

Er würde sein Leben in Ordnung bringen, sodass er es Nina anbieten konnte. Dass er sich dazu über kurz oder lang seiner Vergangenheit würde stellen müssen, war ihm klar, doch beginnen würde er mit dem Einfachsten: Er wollte mit Nina zusammen sein, wie er mit Liesa hatte zusammen sein wollen: Seit er sie kannte, war diese Gier, nahezu wahllos Frauen in sein Bett zu holen, in ihm versiegt. Was er sich damit hatte beweisen wollen, blieb unbewiesen, und seine verletzte Eitelkeit, die er hatte heilen wollen, blieb ungeheilt.

Und das ist auch richtig so, dachte er. Nina würde ihn mit all seinen Beulen, Kratzern und Dellen nehmen müssen wie einen Karren, den vor ihr andere benutzt hatten. Aber sie wäre fortan die Einzige, die ihn benutzen durfte, und was immer sie darin durch die Weltgeschichte schieben wollte, würde der verbeulte Karren voller Stolz transportieren.

Anton hatte lachen müssen über seine Betrachtung von sich als lädiertem Schubkarren. Überhaupt hatte ihn anfangs sein Plan in Euphorie versetzt. Alles war so machbar erschienen, jetzt, wo er einmal dazu entschlossen war, so als löse man in einem Gewirr einen Knoten und hielte auf einmal geordnete Stränge in der Hand. Am selben Abend noch war er zu Diethard Wiechert, dem Kleist-Experten, gegangen und hatte ihm erklärt, er wolle aus dem Vertrag gern so schnell wie möglich entlassen werden.

»Und was machen Sie dann?«, hatte Wiechert gefragt. »Himmel Herrgott, das hier ist das *Deutsche Theater*, das wirft doch selbst ein Mann mit Ihren Fähigkeiten nicht so einfach hin.«

»Was ich mache, weiß ich noch nicht«, hatte Anton erwidert. »Aber ich finde, ich sollte mir die Chance geben, es herauszufinden.«

Er hatte sich stark und gut dabei gefühlt. Keine drei Tage später aber waren die Zweifel zurückgekehrt, und die Stimme in seinem Hinterkopf war wieder laut geworden: *Dass du nicht so gut bist, wie er war, weißt du. Was also fängst du jetzt an? Piscator und Jessner wollten dich nicht haben – aus gutem Grund, oder nicht?*

Anton ertappte sich dabei, dass er in seiner leeren Wohnung gegen eine Stimme anschrie, die außer ihm niemand hörte. Zu seinem Glück war Frau Brenneisen auf Besuch bei ihrer Schwester, und die Stimme schrie nicht zurück. In den nächsten Tagen konzentrierte er sich darauf, Rudi zu erreichen, aber dieser ließ sich verleugnen. Er fragte Schmiedehammer, biss jedoch auf Granit. »Der Mann ist mein Klient. Er war sogar schon mein Klient, bevor Sie es waren, und auch wenn Sie mir inzwischen locker das Doppelte einbringen – einen Klienten verrate ich nicht. Finden Sie sich damit ab, dass er Sie nicht sehen will. Es ist ja schließlich keine Frau.«

Die Frau aber wollte ihn auch nicht sehen. Anton rief ein paar Mal Jenny Alomis an und bekam zu hören, er solle sich gedulden. Und gerade das schien ihm auf einmal unmöglich. Um sich nicht mit Nina zu überwerfen, überwarf er sich mit Schmiedehammer. Der erklärte ohnehin, er könne ihm die Engagements, die er sich vorstellte, nicht verschaffen, denn »diese Expressionisten bezahlen ja nichts, und außerdem wollen die entstellte Gesichter und Abscheulichkeiten, nichts Gefälliges, Hübsches wie Sie.«

Ich habe es satt, gefällig und hübsch zu sein, dachte Anton und ertrug es nicht länger. Er warf Schmiedehammer die Kündigung hin und lief abends zu Fuß in die Jerusalemer Straße. Zu Nina. Ihre Wohnung glich ein wenig einer belagerten Burg: Überall saßen und standen Frauen, die Nina umsorgten wie eine Schwerkranke. Im Berliner

Zimmer saß ihre überaus reizende Tante bei Kaffee und Nusskuchen und zwitscherte herzallerliebst mit den zwei dubiosen Herren vom Militär. Nina hingegen war still, wirkte gefasst, aber nicht wie sie selbst.

»Nett, dass du mich besuchen kommst«, sagte sie, als wäre er irgendein alter Onkel, der ihr seine Aufwartung machte. »Mit mir ist zurzeit leider nicht viel anzufangen. Um ehrlich zu sein, bin ich am liebsten allein.«

Da sie alles andere als allein war, bestand kein Zweifel, was der Satz in Wahrheit bedeutete: *Um ehrlich zu sein, bin ich am liebsten ohne dich.*

Um nicht völlig unverrichteter Dinge wieder abzuziehen, trank er im Erker einen von der Gemüsefrau Käthe ausgeteilten Schnaps mit ihrem Bruder, der ähnlich verloren zwischen den Frauen herumhing wie er selbst und unverhohlen Jenny Alomis anhimmelte. Carlo von Veltheim war ihm auf Anhieb sympathisch. »Gehören Sie auch zu dieser Theatertruppe meiner Schwester?«, hatte er eingangs gefragt.

Er war vom Land, er ging höchstens ins Provinztheater und hatte von Anton Wendland noch nie etwas gehört. Schon das nahm Anton für ihn ein. Hinzu kam seine allgegenwärtige Sorge um seine Schwester. »Sie hat doch immer erzählt, es ist alles in Ordnung«, erklärte er verzweifelt. »Und unsere Tante hat es bestätigt. Ich bin ein solcher Esel. Ich hätte wissen müssen, dass Nina lügt, um uns zu schonen, und dass Tante Sperling ein Einfaltspinsel ist und nur sieht, was sie sehen will. Ich wünschte, ich wäre viel früher hergekommen, aber seit ich mich habe breitschlagen und in den Landrat wählen lassen, scheint irgendwie nie Zeit zu sein.«

Anton schloss ihn ins Herz, weil er seiner Schwester so unglaublich ähnlich und dann wieder ihr genaues Gegenteil war: Mit ihr gemeinsam hatte er die offene, übersprudelnde Art, mit der er ohne jeden Argwohn einem Fremden sein halbes Leben erzählte, die Jugend, den Idealismus, den Glauben an das Gute in der Welt. Anders als sie war er jedoch unentschlossen, seiner selbst nicht sicher und langsam mit Taten und Entscheidungen.

Anton gab ihm seine Visitenkarte und bat ihn, in Verbindung zu bleiben: »Ich komme Ninas Wunsch nach und lasse ihr ihre Ruhe. Bitte lassen Sie mich jedoch wissen, wie es ihr geht und ob ich helfen kann.«

»Frau Alomis!«, rief Carlo und es klang wie der Name einer antiken Göttin. »Sie müssen sich diesbezüglich unbedingt an Frau Alomis wenden, die viel besser Bescheid weiß als ich und wirklich ein Engel ist.«

Die Bezeichnung Engel wäre so ungefähr das Letzte, was Anton für Jenny Alomis eingefallen wäre. Auch war er recht sicher, dass sie trotz des Kindes keine Frau, sondern ein Fräulein war, doch auf einer anderen Ebene hatte Carlo in allem recht. In jedem Fall konnten sie sich beide sicher sein, dass Jenny ihre Familie mit Klauen und Zähnen und notfalls auch mit schärferen Waffen verteidigen würde, und zu dieser Familie zählte sie jetzt auch Nina.

Anton ging, frustriert, weil er selbst so wenig ausrichten konnte, kaufte sich am Kiosk vor dem Haus eine Zeitung und setzte sich ins nächste Café, um nicht nach Hause oder ins Theater zu müssen. Warum er aus dem täglich breiter werdenden Angebot ausgerechnet nach dem *Film-Kurier* gegriffen hatte, war ihm ein Rätsel, denn das Blatt las er sonst nie. Vielleicht weil es ganz vorn platziert gewesen war, vielleicht weil die Ausgabe brandneu war, vielleicht weil irgendein mysteriöser Instinkt ihn dazu getrieben hatte. In jedem Fall aber war er darüber froh, denn nach dem ersten Blick in den *Film-Kurier* wusste er bereits, wo er Rudi Kante finden konnte:

Rudi war in Babelsberg und tat, was sie jetzt alle taten – er drehte einen Film.

27

Die Ansammlung von Filmstudios, die vor den Toren Berlins, im Potsdamer Bezirk Babelsberg aus dem Boden geschossen waren, war längst keine Ansammlung mehr, sondern eine Filmstadt, die sich in Windeseile ausbreitete. Verwaltungsgebäude und Aufnahmehallen verteilten sich zwischen weitläufigen Außenflächen, auf denen ganze Straßen aus Pappmaschee nachgebildet worden waren – manche der Natur zum Verwechseln ähnlich, andere verzerrt, zerbrochen, ins Bedrohliche oder Groteske übertrieben. Die von Reif bedeckten Felder, die sich jetzt noch an den Flanken dieser Fantasiewelt erstreckten, würden über kurz oder lang von ihr verschlungen werden.

Filme machen wollte jeder, und Filme machen in Deutschland war ein gutes Geschäft, weil Filme Devisen aus dem Ausland brachten, während die Reichsmark in wachsender Geschwindigkeit an Wert verlor. Die Preise stiegen, doch die Löhne stiegen nicht mit, und einen Platz im Theater würde sich bald niemand mehr leisten können. Kino hingegen blieb erschwinglich, ins Kino strömten alle, das Kino war der Traum der jungen Republik. Gerüchte besagten, dass die UFA – das führende Filmunternehmen – das Babelsberger Gelände, das derzeit noch von verschiedenen Produzenten genutzt wurde, bald ganz für sich aufkaufen würde. Die UFA war noch während des Krieges auf Betreiben der Heeresleitung gegründet worden, um das neue Medium zu Propagandazwecken effektiver zu nutzen.

Diese Vergangenheit hatten die Filmschaffenden jedoch längst hinter sich gelassen. Sie wimmelten über ihr Gelände, als gäbe es kein Gestern, und schienen vor Schaffenskraft zu platzen. Anton bezweifelte, dass er eine solche Atmosphäre emsiger Geschäftigkeit an anderer Stelle schon einmal erlebt hatte. Flüchtig verspürte er Neid: Hier war alles neu, hier war sogar jeder Fehler aufregend, weil ihn noch niemand vorher begangen hatte. Vermutlich sollte Unbefugten wie ihm der Zutritt verwehrt bleiben, doch da überall gebaut, geprobt, gewerkelt und gefilmt wurde, hatte niemand Zeit, obendrein das Tor zu bewachen.

Um herzufahren, hatte Anton eine Autotaxe angehalten, hatte den Fahrer jedoch kurzerhand weitergeschickt, nachdem dieser ihm den geschätzten Preis für die Tour genannt hatte. In der Tat, die Preise schossen durch die Decke, und er war – so unglaublich es klang – derzeit ohne Engagement. Wiechert war Theatermann genug, um einen Reisenden nicht aufzuhalten, und hatte Anton ohne Federlesens aus dem Vertrag entlassen. Sobald er die letzten Auftritte als Orest hinter sich gebracht hatte, besaß er kein wertbeständiges Einkommen mehr. Es wunderte ihn selbst, wie wenig ihn das schreckte. Für die Fahrt nach Babelsberg nahm er jedoch besser die gerade noch bezahlbare S-Bahn.

Wohin er sich wenden musste, wusste er nicht. Kurzerhand steuerte er eine Reihe von behelfsmäßig hochgezogenen Gebäuden an, in denen er so etwas wie Büros vermutete. Zumindest würden sich dort Menschen finden, die ihm eine Auskunft geben konnten.

Bis zu den Gebäuden war er jedoch noch gar nicht gekommen, als sich bereits Hilfe fand.

»Sieh an, der Anton!«, tönte ihm eine Stimme entgegen, die er kannte. »Du wirst's nicht glauben, aber nach dir bin ich heut' schon gefragt worden. Ich hab zur Antwort gegeben: Wo der Herr Wendland zu finden ist, weiß ich nicht, aber über kurz oder lang wird's ihn schon hierher verschlagen.«

Der Mann war Paul Wegener, einer der hellsten Sterne am deutschen Theaterhimmel. Mit ihm hatte Anton gleich nach Kriegsende in Klassikern wie *Macbeth* und *Nathan der Weise* gespielt. Der zwanzig Jahre ältere Wegener gehörte zu den Leuten, die ihn bestärkt und gefördert hatten. Nach einer überaus erfolgreichen Saison hatte er aus heiterem Himmel seine eigene Filmfirma gegründet und mit *Der Golem, wie er in die Welt kam* einen durchschlagenden Erfolg erzielt. Seither hatten er und Anton sich ein wenig aus den Augen verloren. Wegener führte neuerdings bei seinen Filmen auch selbst Regie und hatte für die Bühne kaum noch Zeit.

Anton hätte ihn gern gefragt, wer sich nach ihm erkundigt habe, doch dazu war jetzt nicht der richtige Moment. »Ich bin leider in Eile, Paul«, entschuldigte er sich. »Lass uns ein andermal unbedingt zusammen einen trinken.«

»Jaja, schon gut, wir sehen uns jetzt ja dann wohl wieder öfter. Was kann ich für den eiligen Herrn Wendland denn heute tun?«

»Ich suche Rudi Kante«, antwortete Anton dankbar. »Er soll hier irgendwo einen Film mit dem Titel *Meine Frau, die Kammerjägerin* drehen.«

»Ach ja«, sagte Wegener. »Der Rudi hat sich auch zu uns gesellt. Über seinen Kakerlaken-Film mag man sich ja so seine Gedanken machen, aber auch für so was gibt's ein Publikum, und wir haben alle mal klein angefangen. Er macht den für Friedrich Sommers Gesellschaft, richtig? Die drehen heute im Atelier 2.« Über das Gelände hinweg wies er auf eine sich wölbende, ganz aus Blechplatten gefertigte Halle, die an einen Hangar für Flugzeuge erinnerte. »Stören darfst du da nicht – da könnte ja ein Vermögen an unersetzlichem Material flöten gehen.« Wegener grinste. »Aber ich denke, in nicht länger als einer Stunde machen sie Schluss für heute – am besten fängst du den Herrn Regisseur vor der abendlichen Materialsichtung ab.«

Anton bedankte sich und tat, was der andere ihm geraten hatte. Trotz des eisigen Windes, der hier draußen viel schärfer blies als in der Stadt, war er entschlossen, vor dem Tor der Halle stehen zu bleiben, bis er Rudi zu fassen bekam. Es begann schon zu dämmern und würde rasch noch viel kälter werden. Aber er brauchte nicht lange zu warten.

Es war, als hätte Rudi auf ihn gelauert. Kaum hatte Anton sich gegen das Blech der Hallenwand gelehnt, wurde die Schiebetür zur Seite geschoben, und der Freund trat heraus. Im Gehen fingerte er eine Zigarette aus seinem Etui und steckte sie sich an.

»Guten Abend«, sagte Anton.

Rudi fuhr zwar herum, wirkte aber nicht erschrocken. »Hat es sich also herumgesprochen«, sagte er.

»Hat es«, sagte Anton, ehe er im selben Tonfall anfügte: »Ich dachte, du machst dir aus Filmen so wenig wie ich.«

»Ich mache mir noch viel weniger aus ihnen«, erwiderte Rudi. »Aber wie du so schön gesagt hast: Filme werden immerhin besser bezahlt. Auf Wunsch komplett in wertbeständigen Devisen. Wo kriegst du das heutzutage schon geboten?« Er hielt Anton das Etui hin: »Zigarette?«

Anton begann zu frieren. »Nein.«

»Sagst du mir, was du hier machst, oder soll ich raten?«, fragte Rudi. »Ich bin nur schnell raus, eine rauchen, lange Pausen kann ich mir nicht erlauben.«

»Du wirst sie dir erlauben müssen«, erwiderte Anton. »Sag deinen Leuten drinnen Bescheid, sie sollen für heute Schluss machen, und komm mit mir irgendwohin, wo wir reden können. Andernfalls gehe ich mit dir rein und schlage Krawall. Ich schreie durch die ganze Halle, damit jeder hört, was du getan hast. Vermutlich wird mir nach längerem Nachdenken niemand glauben, aber du weißt, wie das ist – etwas bleibt immer zurück. Und einen, der Kollegen in die Pfanne haut, mag niemand leiden.«

»Bist du verrückt?«, fauchte Rudi. »Und das alles wegen dieses Mädels?«

»Du sagst es.«

»Mich mag sowieso niemand leiden«, sagte Rudi. »Und ich lege darauf auch keinen Wert. Ich bin kein Schauspieler, den die Weiber anhimmeln müssen, sondern der finstere Hansel hinter dem Regiepult. Ich kann mir ein paar Skandale erlauben.«

»Wie du meinst«, sagte Anton, dem klar war, dass er weniger als nichts in der Hand hatte. Er trat auf die Tür zu. »Wollen wir?«

»Gut, du hast gewonnen.« Rudi steckte den Kopf in den Türspalt und gab irgendwem ein paar Handzeichen. »Gehen wir auf ein Bier. Nicht weil ich mich von dir erpressen lasse, sondern weil ich doch etwas neugierig darauf bin, was du aufzubieten hast.«

Sie gingen um die lang gestreckte Halle herum und dahinter in eine Art achteckigen Pavillon. Drinnen befand sich eine zusammengeschusterte Wirtschaft – Klapptische, Stühle und ein Tresen aus Sperrholz, an der Wand ein Bord mit ein paar Flaschen. Der Raum war leer bis auf drei Schauspielerinnen am vordersten Tisch. Eine sprang auf und winkte, kaum dass sie Anton entdeckte. Er konnte sich auf ihren Namen nicht besinnen, obwohl ihre Bekanntschaft intim gewesen und noch nicht lange her war. Er schämte sich. »Leider in Eile«, sagte er freundlich, hob die Hände und folgte Rudi an den letzten Tisch vor einem Hinterausgang. Jemanden, der bediente, gab es offenbar nicht.

Rudi ging selbst hinter den Tresen und kehrte mit zwei Flaschen Bier, aber ohne Gläser zurück.

»Sprich dich aus«, sagte er, setzte sich und verschränkte die Hände im Nacken.

»Du weißt, weshalb ich hier bin. Und du weißt, was ich von dir will.«

»Erstens ja, zweitens nein«, sagte Rudi.

»Ich will, dass du es in Ordnung bringst!«, rief Anton. »Ich weiß nicht, was du dem Neugebauer eingeflüstert hast, aber ich verlange von dir, dass du es rückgängig machst.«

»Aha«, bemerkte Rudi. »Und auf welcher Grundlage verlangst du das? Bist vielleicht du ins *Metropol* gefahren und hast etwas rückgängig gemacht, als ich dich darum gebeten habe? Bist du? Ich werde dir mal etwas sagen, mein Lieber. Ich habe nicht einen verdammten Funken Lust, einen dämlichen Film über eine dämliche Ziege, die dämliche Kakerlaken jagt, zu drehen, während mir ein anderer die beste Revue des Jahres wegschnappt. Ich mache es, weil mir dank deines Verrats nichts anderes übrig bleibt, wenn ich das Haus, das ich angezahlt habe, nicht verlieren will. Ich frage dich also noch einmal: Welche Grundlage hast ausgerechnet du, von mir etwas zu verlangen?«

»Ich habe dir diese Sache mit dem *Metropol* nicht absichtlich kaputt gemacht«, sagte Anton. »Ich wollte nur nicht mitspielen. Was du gemacht hast, ist schweinisch, Rudi. Es passt nicht zu dir.«

»Ach nein?« Die brauenlose Haut über Rudis Augen zuckte. »Zu wem passt es denn nicht? Zu dem kleinen Rudi, der mit seinem noch kleineren Brüderchen auf dem Pausehof saß und dein Butterbrot teilte, weil seine Gauklereltern wieder einmal vergessen hatten, ihm eines einzupacken? Zu dem immer noch halb garen Rudi, der dich bei Reinhardt vorgestellt, seinen Absinth mit dir geteilt und dir nächtens seine schmachtenden Verse vorgelesen hat? Die beiden gibt es nicht mehr, Toni. Und wenn du mich fragst, gibt es den Toni, den ich damals kannte, noch viel weniger.«

Vor ein paar Wochen hätte ich ihm zugestimmt, dachte Anton. Aber es gibt uns alle noch. Wir haben uns verändert, doch wir sind nicht ausgelöscht. Wir sind die, die überlebt haben.

»Den Rudi, zu dem du im Dezember achtzehn nach Hause gekommen bist, der dich in die Arme gerissen und vor Freude durchs Treppenhaus gebrüllt hat, gibt es auch nicht mehr«, sagte Rudi. »Willst du wissen, was mit dem passiert ist?«

Ich weiß es, dachte Anton und schwieg.

»Der ist in dem Augenblick gestorben, als du zu ihm gesagt hast: Reinhold ist tot.«

»Und was kann Nina von Veltheim dafür?«, fuhr Anton auf.

»Nina von Was-auch-immer ist schuld daran, dass du deine Reparationen an mich nicht zahlst«, antwortete Rudi nun wieder bar jeden Ausdrucks. »Das ist nicht anders als in der großen Politik: Kommt Berlin nicht bald in die Pötte und zahlt seine Verpflichtungen aus dem Versailler Vertrag, marschiert der Franzose in das arme, arme Rheinland, das gar nichts dafür kann. Ich denke, wir können dieses Gespräch abkürzen. Du hast mir meinen Traum verpatzt und ich deiner kleinen Gespielin den ihren. Wir sind quitt. Fast so wie damals, was?«

»Diese verdammte Revue im *Metropol* war doch nicht dein Traum!«

»Ich denke, das zu entscheiden, ist an mir«, erwiderte der andere und steckte sich eine neue Zigarette an.

»Ich gehe selbst zu Neugebauer«, rief Anton, der seine Felle davonschwimmen sah. »Ich gehe zur Leitung des Hotels und biete ihnen an, im Notfall die Show zu finanzieren, wenn sie Nina und ihren Leuten eine Chance geben.« Im selben Atemzug fiel ihm ein, dass er sich dergleichen nicht länger würde leisten können.

»Verschwende deinen Atem nicht«, sagte Rudi. »Das Hotel überlässt künstlerische Entscheidungen dem guten Ernst-Egon. Und dem habe ich gesteckt, was für einen Haufen Dilettanten unter der Leitung eines gelangweilten Adelstöchterleins er sich da an den Hals holen wollte, wofür er mir sehr dankbar war. Sein *Wintergarten* ist dem Ernst-Egon nämlich heilig. Vom Guten nur das Beste – du weißt schon.«

»Dann werde ich ihm stecken, was er verpasst«, sagte Anton. »Nina ist eine Ausnahmebegabung. Sie hat einen todsicheren Blick für die Bühne und sprüht vor Ideen. Wenn sie ein Mann wäre, würden sich die Theater längst um sie reißen.«

»Eine Ausnahmebegabung habe ich auch einmal gekannt«, murmelte Rudi wie im Traum und blies in Ringen seinen Rauch aus. »Um ihn rissen sich in der Tat die Theater – aber was hat es ihm genützt?«

»Zum Teufel, Rudi, daran ist doch nun einmal nichts zu ändern. Reinhold ist tot, er ist im Schlamm von Passchendaele gestorben, und nichts, das du mir oder Nina antust, bringt ihn zurück. Mir fehlt er auch, es ist eine Schande ohne Ende, dass der verfluchte Krieg ihm sein Leben und uns sein Talent geraubt hat und dass wir nie erleben werden, wohin es ihn geführt hätte.«

»Soso, du findest also, das ist eine Schande ohne Ende.« Rudi beugte sich vor und blies Anton einen Rauchring mitten ins Gesicht. »Dabei bist du doch der eigentliche Nutznießer und hast dank Reinholds Tod ganz gut Karriere gemacht, oder nicht?«

»Das ist nicht wahr!« Anton sprang auf. Er dachte nicht mehr daran, wer ihn hören konnte und ob sein Ausbruch seinem Anliegen schaden würde, er schrie einfach alles heraus: »Ich bin ein läppischer kleiner Repertoireschauspieler, der nie wagt, auszuprobieren, wie gut er sein könnte, denn es darf ja nicht sein, dass ich an dem, was zwischen uns festgelegt ist, kratze: Reinhold war der Bessere. Reinhold war der Beste. Hätte Reinhold überlebt, hätte ich mich mit ihm messen dürfen, und vielleicht hätten wir beide davon profitiert. Da aber Reinhold tot ist, muss ich auf ewig im zweiten Glied verharren. Damit das Denkmal nicht wackelt, das niemandem nützt.«

Rudi drückte die Zigarette umständlich im Aschenbecher aus. »Gut, dass wir uns ausgesprochen haben«, sagte er dann, als hätte nichts von alledem ihn berührt. Anton aber sah das Rinnsal Schweiß, das über seine Stirn rann, als grabe es sich durch weiße Schminke. »Tu, wonach dir der Sinn steht, Toni, mich fragst du sonst ja auch nicht um Erlaubnis. Schmiedehammer zufolge überschütten dich die Piscators und Jessners von Berlins Theaterwelt zwar nicht gerade mit Angeboten, aber wenn sich doch noch eines findet – warum solltest du es nicht annehmen? Beweise uns allen, was für ein verborgener Genius in dir steckt. Nur meinen kleinen Bruder lass aus dem Spiel, wenn ich bitten darf.«

Anton schwieg. Er hatte nie und nimmer vorgehabt, Reinhold in dieses üble Spiel hineinzuziehen, doch mit einem Schlag war ihm klar geworden, dass sich das gar nicht vermeiden ließ: Reinhold war der Elefant im Raum. Damit, dass sie ihn verschwiegen, lösten sie ihre Konflikte nicht auf, sondern blieben in seinem Schatten gefangen.

Hier aber ging es nicht um eine alte Rechnung, die zwei feige Männer nicht zu begleichen wagten, sondern um eine junge Frau, der übel mitgespielt worden war. Um Nina. Er musste etwas für sie tun, etwas für sie bewirken, doch er wusste beim besten Willen nicht, was. »Ich rede mit Neugebauer«, sagte er schließlich matt.

»Mit Ernst-Egon?«, fragte Rudi. »Das würde ich mir an deiner Stelle sparen. Unser guter Ernst-Egon liebt nämlich sein kleines Frauchen und sein kleines Töchterchen, und das Frauchen liebt er sogar noch inniger, weil es ein New Yorker Dollarprinzesschen ist. Sozusagen eine Kuh, der er jederzeit all die Devisen abmelken kann, die er für seinen heiligen *Wintergarten* braucht. Nun trifft es sich aber, dass der gute Rudi etwas über den guten Ernst-Egon weiß, das das kleine Frauchen nicht weiß, und wenn das kleine Frauchen das spitzbekäme, wäre das wohl das traurige Ende des Dollarsegens für Ernst-Egons liebstes Spielzeug.«

»Ernst-Egon gehört doch der *Wintergarten* gar nicht«, bemerkte Anton verwirrt. »Finanziert wird das Etablissement von der Aktiengesellschaft des Hotels.«

»Schon, schon«, sagte Rudi, »aber das genügt dem guten Ernst-Egon nicht. Du weißt doch, wie es zugeht im Varieté: immer weiter, immer höher, allabendlich neu und sensationell. Ernst-Egon ist entschlossen, seinem Haus zu Weltruhm zu verhelfen, und dazu bedarf es der Dollars vom kleinen Frauchen. Wenn die nun aber hinter Ernst-Egons unanständiges kleines Geheimnis käme ...«

»Du hast ihn erpresst!«, rief Anton blind vor Zorn. »Bist du dir für nichts zu schade, ist dir kein Dreck ekelhaft genug?«

»Das sagt der Richtige.« Rudi strich sich die auf moderne Art geknotete Krawatte über dem Brustbein glatt. »Wer hat denn vorhin gedroht, auf meinem Filmset eine Szene zu machen, und versucht, mich damit zu erpressen?«

»Das ist etwas anderes! Ich habe es getan, um Nina und ihren Leuten zu helfen!«

Rudi winkte ab. »Schon klar. Du hast es aus Liebe getan. Wenn man einem Mann aber das, was er liebt, wegnimmt, bleibt ihm nur, es aus Hass zu tun, oder?«

Innerhalb eines Herzschlags begriff Anton, dass er keine Chance hatte. Worum auch immer es bei diesem sogenannten Geheimnis ging – Neugebauer würde einer völlig unbekannten Tanztruppe wegen nicht seine Pfründe riskieren. Schon gar nicht, nachdem Rudi, der immerhin einen Namen in der Branche besaß, ihm versichert hatte, dass Ninas Ensemble nichts taugte. Und Rudi würde weder seine Drohung noch seine Verunglimpfungen zurücknehmen, sondern genoss, was er für einen längst fälligen Vergeltungsschlag im Namen seines Bruders hielt.

»Hat's dir die Sprache verschlagen?«, fragte er jetzt und sah Anton geradezu leutselig an.

Sein Zorn war eine Zwinge, die Anton die Kehle zudrückte. Zudem schien es tatsächlich nichts Hilfreiches mehr zu sagen zu geben, und eine dumpfe Mischung aus Panik und Resignation erfasste ihn.

Die Tür der Kantine öffnete sich, und zwei Männer traten ein. Einer der beiden war Paul Wegener, den anderen erkannte er nicht, war aber sicher, ihn schon gesehen zu haben.

»Ha, Anton! Habe ich's mir doch gedacht, dass ich dich hier finde.« An seinen Begleiter gewandt, sagte er: »Bitte schön, Leo. Wie versprochen – der Herr Wendland auf dem Silbertablett.«

»Guten Abend.« Der Begleiter, ein großer Mann in den Vierzigern mit einer ausgeprägt hohen Stirn und runden Brillengläsern, trat an ihren Tisch. »Ich bitte um Entschuldigung, Herr Kante. Herr Wegener war so freundlich, mich wissen zu lassen, dass sich Herr Wendland heute auf dem Gelände befindet, und ich hätte ihn gern kurz gesprochen.«

Ohne Rudis Erwiderung abzuwarten, wandte er sich Anton zu. »Mein Name ist Leopold Jessner, ich bin Regisseur und bereite derzeit für die UFA einen Film nach Frank Wedekinds Drama *Frühlings Erwachen* vor. Für die weibliche Hauptrolle der Wendla habe ich Asta Nielsen gewinnen können und wüsste von Ihnen gern, ob Sie Interesse hätten, den männlichen Part zu übernehmen.«

28

NINA

APRIL 1922

Das Leben ging weiter. Erstaunlicherweise war es tatsächlich einfach weitergegangen.

»Ich nehme dich mit nach Hause«, hatte Carlo gesagt. »Wir vermissen dich alle, Palü vermisst dich besonders, und deine Freundin Jenny kommt dich besuchen.«

»Jenny passt nicht nach Neu-Mahlen«, hatte Nina gemurmelt.

»Vielleicht irrst du dich da!«, hatte ihr Bruder ausgerufen. »Mir hat sie gesagt, so ein Landaufenthalt mit Abenden am Kamin und so vielen Leberwürsten, wie sie nur essen kann, würde ihr gefallen, und für den Jungen mit seinem Husten wäre die gute Luft eine Wohltat.« Nina hatte das Leuchten in seinen Augen gesehen, und auf einmal war ihr aufgefallen, wie oft Jenny und Carlo seit seiner Ankunft stundenlang gemeinsam fort gewesen waren.

Ihrer Verzweiflung zum Trotz hatte sie lachen müssen. Wenn es je zwei Menschen gegeben hatte, die nicht zusammenpassten, dann waren es Carlo und Jenny. Und dann wieder doch, und dann wieder doch ... Jenny war ihr immer wie ein Mensch vorgekommen, den nichts mehr überraschen konnte, doch es bestand kein Zweifel daran, dass Carlo sie überraschte, dass er sie rührte, bewegte, Fragen in ihr aufwarf, auf die sie nicht im Handumdrehen eine schlagfertige Antwort wusste.

Lebte da tatsächlich zwischen den beiden etwas, das Bestand haben und wachsen konnte?

Und am Ende wohnen wir alle zusammen auf Neu-Mahlen und umhäkeln abends am Kamin mit Tante Sperling Taschentücher, dachte sie und konnte es sich nicht vorstellen.

Der Gedanke, sich zu verdrücken, in die Uckermark zu verschwinden und keinem Beteiligten je wieder unter die Augen kommen zu müssen, war verlockend – jedoch nicht länger als ein paar Sekunden. Nina sah sich in ihrem Zimmer um, das nach Tagen der Belagerung durch die Wunderweiber einem Schlachtfeld glich, und klammerte sich unwillkürlich an einem Bettpfosten fest.

»Ich wäre euch doch zu nichts nütze«, sagte sie lahm.

»Du könntest auf Tante Sperling aufpassen«, sagte Carlo. »Du ahnst gar nicht, wie nützlich das wäre und was für Sorgen Mutter sich macht. Oma Hulda kennst du ja, die meint, wer sich nicht helfen lässt, muss eben mit den Folgen leben, aber Mutter wird verrückt vor Angst, einer dieser vermeintlichen Militärangehörigen könnte ihre Gutmütigkeit ausnutzen. Deine beiden sind ja wenigstens echt ...«

»Kleewitz und Litzmann sind nicht *meine beiden,* Carlo«, fiel Nina ein. »Die und ich haben seit Monaten kein Wort gewechselt, und ich wäre froh, wenn Sperling es auch nicht täte.«

»Stimmt etwas nicht mit den beiden?«

»Keine Ahnung«, antwortete Nina. »Ich denke, sie sind einfach nur unangenehme Zeitgenossen, denen es gegen den Strich geht, dass wir leben, wie wir wollen. Du weißt nicht, wie oft Jenny und ich uns ausgemalt haben, wie wir nach unserer erfolgreichen Premiere die ganze Wohnung mieten und die beiden vor die Tür setzen.« Voll Selbstverachtung lachte sie auf. »Von wegen erfolgreiche Premiere – jetzt können wir froh sein, dass Frau Rottenheimer uns nicht vor die Tür setzt.«

»Komm nach Hause, Nina«, versuchte Carlo es noch einmal. »Du hast dich mit dem hier übernommen, und das ist keine Schande. Vielleicht wird es in zwanzig, dreißig Jahren für Frauen leichter sein.«

»In zwanzig oder dreißig Jahren habe ich meine Chance verpasst«, murmelte Nina.

Er nahm ihre Hand und streichelte sie in einem hilflosen Versuch, sie zu trösten. »Ich weiß, es ist nicht das, was du wolltest und wofür du gemacht bist, Ninchen, aber du könntest mir zu Hause wirklich sehr helfen. Du bist so viel patenter und denkst so viel schneller als ich. Für mich ist die Führung des Gutes noch immer ein Buch mit sieben Siegeln, und obendrein frisst dieser Sitz im Landrat den größten Teil meiner Zeit.«

»Warum hast du dich denn dafür aufstellen lassen?«, fragte Nina.
»Weil ...«, begann Carlo und hielt inne.

Sie sahen sich an und wussten beide, was ungesagt blieb: Ihr Vater hatte im Landrat gesessen, er hatte es wichtig gefunden, dort die Interessen der Menschen auf seinem Gut zu vertreten. »Politik mag ein schmutziges Geschäft sein«, hatte er gesagt. »Aber wie soll sie sauber werden, wenn niemand sie wäscht?«

Spontan drückte Nina Carlos Hand. »Du wirst es gut machen, Carlo. Im Rat und auf Neu-Mahlen. Du bist bedächtig und übereilst nichts, sondern denkst gründlich nach, bevor du handelst. Und das ist genau das, was wir Leute von heute, denen nichts schnell genug gehen kann, dringend brauchen.«

»Glaubst du das wirklich?« Wie sehr er sich freute, war nicht zu übersehen. »Tatsächlich lässt sich alles so schlecht, wie ich befürchtet habe, gar nicht an. Sternenbanner, den wir nach der Pleite mit dem Derby nicht verkaufen konnten, macht sich als Vierjähriger auf einmal richtig gut und wird im Sommer in Mariendorf die großen Zuchtrennen laufen. Wir haben jetzt bereits Anfragen, ob wir ihn anschließend kören lassen. Wenn du wieder da wärst und ich mich mit dir beraten könnte, hätte ich sicher auch den Mut, ein paar Neuerungen auszuprobieren.«

Noch einmal überlegte Nina. Sie war es ihm schuldig, und es wäre die einfachste Lösung. Den allgegenwärtigen Gedanken an Anton, die verzweifelte Sehnsucht versuchte sie dabei zu ignorieren, doch es gelang ihr nicht.

Bildete sie sich etwa ein, Anton würde sie – womöglich zusammen mit Jenny – ab und an auf Neu-Mahlen besuchen kommen, und auf diese Weise ließe ihre Beziehung sich fortführen? Das war Unsinn. Wenn in der Uckermark Mann und Frau eine ›Beziehung‹ eingingen, dann, um zum nächstmöglichen Termin ihre Verlobung bekannt zu geben und im darauffolgenden Frühling zu heiraten. Anton war dafür nicht gemacht und sie selbst wohl auch nicht. Sollte sie sich tatsächlich entschließen, mit Carlo zurück nach Hause zu gehen, so hätte sie damit der ohnehin angeschlagenen Verbindung zwischen ihr und Anton den Todesstoß versetzt.

Welche Chance hatte diese Verbindung aber, wenn sie künftig nicht länger als aufstrebende junge Regisseurin auftrat, sondern mit viel Glück ihren Unterhalt als Wurstverkäuferin oder als Tippfräulein verdiente? Als Tippfräulein ganz sicher nicht, fiel ihr ein, denn sie konnte gar nicht tippen. Und wenn sie genauer darüber nachdachte, konnte sie auch keine Wurst verkaufen.

Anton verkehrte tagtäglich mit den schönsten, erfolgreichsten Frauen der Theaterwelt. Es war abzusehen, dass der Reiz des Neuen, den er bei ihr wohl verspürt hatte, sich in Windeseile abgenutzt haben würde.

Gehen konnte sie trotzdem nicht.

»Ich vermisse euch auch alle«, sagte sie zu Carlo. »Aber ich kann hier nicht weg. Bitte frag nicht, warum. Denn ich kann es dir nicht erklären.«

Anton und Berlin, Jenny und Sonia, Darius, Podie, Viktor und die Wunderweiber, die rottenheimersche Wohnhöhle, Alfreds *Salamander* und allem Wehren zum Trotz noch immer der verfluchte *Wintergarten,* das war ihre Welt.

»Aber ich kann dich doch nicht einfach hierlassen!«, rief Carlo. »Ohne Geld, ohne Stellung, ohne …«

»Ohne Zukunft«, beendete Nina seinen Satz. »Sprich es ruhig aus, denn es ist ja richtig. Ich habe hier nichts, und daheim bei euch habe ich so gut wie alles. Dennoch kann ich das Nichts nicht aufgeben, Carlo. Es ist so schwer, sich als Frau ein bisschen Boden zu erkämpfen, irgendwo einen Fuß in einen Türspalt zu schieben. Ich habe nicht gewusst, das es so schwer sein würde, und es hat mich alles gekostet, was ich aufbringen konnte. Ich kann es nicht loslassen. Auch wenn es nichts ist und das Ganze klingt, als wäre es verrückt.«

Carlo kämpfte mit sich, und wie immer, wenn er mit seiner Schwester debattierte, gab er schließlich klein bei. »Darf ich dir dann wenigstens Geld dalassen?«, fragte er unglücklich. »Ich hänge das zwar nicht an die große Glocke, weil ich dem Frieden noch nicht traue und sparsam bleiben will, aber so klamm wie noch vor einem Jahr stehen wir nicht mehr da. Mutters Idee war goldrichtig: Wenn ihnen nichts mehr sicher erscheint, setzen Menschen auf das Glück, und dass Glücksspiel verboten ist, treibt nur noch mehr Menschen auf die Rennbahn.

Wir haben derzeit mehr Anfragen als verfügbare Fohlen, und die Inflation treibt auch den Preis für Wintergetreide in ungeahnte Höhen. Es wäre kein Problem, dir etwas zu geben, ich müsste das Sparkonto nicht mal anrühren.«

»Du bist der liebste Bruder auf der Welt, weißt du das?« Nina zog ihn an sich und spürte, dass in diesem einen Jahr aus dem schlaksigen Jungen ein Mann mit breiten Schultern und muskulösen Armen geworden war. »Annehmen kann ich es trotzdem nicht, bitte versteh das. Ihr habt mir mit eurem Geld auf die Füße geholfen, aber wenn ich es jetzt nicht schaffe, aus eigener Kraft zu gehen, dann war das alles für die Katz.«

Als wäre das Wort ›Katz‹ sein Signal, sprang Ypsilantis auf ihren Schoß und breitete sich dort aus, wie nur eine Katze es konnte: Beine, Kopf und Schwanz in abstrusen Winkeln herunterhängend und dennoch scheinbar vollkommen entspannt. Das langhaarige Fell des Katers schimmerte gesund und kräftig, und er wirkte rundum wohlgenährt. Nina kraulte ihn hinter dem Ohr, was Ypsilantis hoheitsvoll eine Weile duldete, ehe er schließlich durch ein dunkles Schnurren eingestand, dass es ihm gefiel.

»Sieh dir diesen Kerl an«, sagte Nina. »Aus der sonnigen Türkei ist er in irgendeinem Korb wie Moses nach Berlin verschleppt worden und ausgerechnet bei uns gelandet, wo die Speisekammer vor Leere gähnt und selbst die Mäuse sich verflüchtigt haben. Und macht er vielleicht schlapp? Er denkt nicht mal dran, sondern passt sich an und kommt zurecht.«

»Vielleicht ist das der Vorteil von Katzen«, sagte Carlo. »Dass sie an gewisse Dinge nicht denken. Aber wir sind nun einmal keine Katzen und können den Apparat, der da zwischen unseren Schläfen rattert, nicht einfach ausschalten. Ich mache mir Sorgen um dich, Ninchen. Bei uns liest man von Menschen, die in der Stadt verhungert sind, und von anderen, die vor lauter Verzweiflung in die Spree gesprungen sind.«

»In die Spree bin ich auch gesprungen«, sagte Nina. »Aber wie du weißt, kann ich schwimmen, und dass wir verhungern, lässt Alfred nicht zu.«

»Versprichst du mir das?«, fragte Carlo.

»Was?«

»Dass du schwimmen kannst und dass du nicht verhungerst? Und dass du es mich diesmal wissen lässt, wenn du Hilfe brauchst?«

Nina überlegte kurz, dann nickte sie. »Ich versprech's.«

»Und versuch nicht noch einmal, mir etwas zu verheimlichen«, sagte er. »Ich komme sowieso bald wieder.«

»Aha«, bemerkte Nina. »Das klingt, als hätte ich dabei kein Mitspracherecht.«

»Hast du auch nicht«, sagte Carlo. »Ich habe Jenny gefragt, ob ich sie besuchen darf, und ihr ist es recht.«

Ehe er mit Tante Sperling abreiste, bot diese Nina ihr geheimes Sparbuch an. »Eigentlich solltet ihr es ja bekommen, wenn ich tot bin, damit ihr eine kleine Erinnerung an mich habt. Aber wenn ich dir damit jetzt ein wenig helfen kann, Liebchen ...«

Nina hatte den Kopf geschüttelt und sie an sich gedrückt. »Ich schaff's schon. Wirklich. Und mit deinem Geld solltest du dir selber eine Freude machen.«

»Eine Freude mache ich mir, wenn ich einem von euch eine machen kann«, hatte sie gemurmelt. »Was sollte es denn sonst geben, das dem Leben von so einem alten Frauchen einen Sinn verleiht?« Nina hatte protestieren wollen, aber dann war schon der Zug gekommen, und die beiden waren fort. Für Nina, Jenny und Sonia begann der Alltag ohne ihren Traum. Zu allem Unglück hatte jemand die Häuserwand in der Jerusalemer Straße in blutrot verlaufender Farbe und riesigen Lettern beschmiert:

Knallt ab den Walther Rathenau

Die gottverdammte Judensau

Rathenau war der vor wenigen Monaten ernannte Außenminister der Republik, dem das Ausland Vertrauen entgegenbrachte und von dem sich eben deshalb viele von Ninas linksliberal eingestellten Freunden eine dringend benötigte Stabilisierung der Wirtschaft erhofften.

Frau Rottenheimer war verzweifelt: »Mir ist doch deren Politik egal, die sind eh einer wie der andere, und um den kleinen Mann schert sich kein Mensch, aber auf den Ruf eines Hauses fällt doch so was zurück.«

Zusammen mit Darius und Podie machten die drei Freundinnen sich daran, die widerliche Parole vom Mauerwerk zu schrubben. Eine Spur ließ sich jedoch nicht tilgen und blieb lesbar, wenn man nahe genug herantrat.

Sonia zeichnete wieder im *Salamander* auf Bierdeckel, und Jenny trat mehrmals in der Woche dort auf. Von irgendwoher hatte sie ein wenig Geld aufgetrieben, das die Mietschulden tilgte. Die paar Scheine, die übrig blieben, gab sie Nina, damit sie sie unter den Wunderweibern verteilte. Als Nina sich von den Frauen verabschiedete, hatte sie Mühe, nicht in Tränen auszubrechen.

»Ihr wart großartig«, sagte sie. »Es tut mir unendlich leid, dass das außer mir nun niemand zu sehen bekommt und dass ich Hoffnungen in euch geweckt habe, die ich nicht erfüllen konnte. Ich bitte euch nicht, mir zu verzeihen, denn um sie so einfach aus der Welt zu wischen, sind eure Hoffnungen, eure Träume zu wertvoll gewesen. Stattdessen bitte ich euch, zu bleiben, wie ihr seid, und wenn es irgendwie möglich ist, nicht aufzuhören, an euch zu glauben. Für mich war dieses halbe Jahr mit euch das aufregendste und schönste, das ich je erlebt habe. Und das, was mich an alledem am traurigsten macht, ist, dass ich euch alle nicht mehr wiedersehen werde.«

Kurz herrschte eine scharrende, murmelnde, raschelnde Stille, in der jede sich die Geldscheine, die Nina ausgeteilt hatte, in Jacken- und Rocktaschen stopfte. »Wir uns nich' mehr wiedersehen?«, brach es dann aus Käthe heraus, die auf den von Pferden gezogenen Sarg für ihr Begräbnis hatte sparen wollen. »Wat für'n dämlicher Kappes is'n das? Und wir soll'n nich' uffhören, an uns zu glooben? Mann, Meechen, bevor wa dir übern Weech jeloofen sind, hat an unsereins doch überhaupt keen Mensch jegloobt, wir selber am allerwenigsten. Hab ich recht, Leute? Oder is' der Papst meen Onkel?«

Zustimmendes Gebrabbel ertönte, aus dem sich die Stimme von Felice erhob, die sich ein Zimmer für sich und ihre Tochter gewünscht hatte, ohne sich dafür zu verkaufen: »Ich hab auch keine Hoffnung und keinen Traum gehabt, bevor du gekommen bist und uns erzählt hast, dass wir uns so was anschaffen sollten. Jetzt haben wir welche, jetzt wissen wir, wie bombig stark man sich damit vorkommt, und jetzt nimmt uns die auch keiner mehr weg.«

Applaus ertönte. Händeklatschen und Pfeifen auf zwei Fingern, das als Zustimmung gemeint war.

»Die Kleene is goldrichtich«, sagte Berthe, die vor ihrer Laube in der Sonne hatte sitzen wollen. »Ick meene, et jibt doch nich' nur den eenen Laden, wo se Tänzerinnen mit schöne Beene suchen. Und wer hat die schönsten Beene von Berlin? Wir Wunderweiber!«

Damit riss sie ihr stämmig wie ein Krautstampfer gebautes Bein in die Höhe, dass ihre Röcke flogen, wie sie es auf der Bühne hätte tun wollen, und zeigte der Welt, dass sie zwar Miederhose und Strumpfhalter, aber keine Strümpfe trug.

»Wir Wunderweiber!« Die anderen taten es ihr nach und stimmten in ihren Ruf mit ein. Es war ein Cancan der Superlative, einer, wie ihn auch die sensationsverwöhnte Hauptstadt noch nicht zu sehen bekommen hatte.

»Es hat ihnen Spaß gemacht«, hatte Jenny gesagt, nachdem die Frauen gegangen waren. »Die meisten von ihnen haben ihr ganzes Leben lang noch nichts tun dürfen, das ihnen Spaß macht und ihnen das Gefühl gibt, gut zu sein. Dass sie wirklich Geld damit verdienen, haben sie vielleicht gar nicht geglaubt, Herzing. Ich hab's im Grunde auch nicht geglaubt, nur manchmal eine kleine Weile lang, wenn wir beide nach einer Wahnsinnsprobe einen gekippt haben, aber im Morgengrauen, wenn mein Magen knurrte, wusste ich wieder, dass das mit dem Geldverdienen wohl unser Hirngespinst bleibt.«

»Warum hast du dann mitgemacht?«, fragte Nina ungläubig. »Du hast doch immer gesagt, alles, was du auf der Welt noch willst, ist ein Haufen Geld und Leberwurst.«

»Ich sage viel, wenn der Tag lang ist«, beschied sie Jenny. »Das meiste stimmt auch – an den meisten Tagen. Aber an anderen kommt dann eben so eine putzige Pute aus Brandenburg daher und redet einem ein, dass es noch etwas anderes zu wollen gibt als das, wonach der Bauch schreit. Frag mich nicht, warum wir mit allen Wassern ge-

waschenen Weibsbilder dir das abnehmen. Du musst uns irgendwas
einflößen, was besser wirkt als Kokain. Und obendrein hast du auch
noch einen ziemlich entzückenden Bruder.«

»Er mag dich«, entfuhr es Nina. »Du ihn auch?«

Jenny, die den schlafenden Viktor im Schoß hielt, erhob sich aus
dem Schneidersitz, ohne die Arme zu benutzen. »Wie ich schon sagte,
er ist entzückend«, erwiderte sie. »Aber so possierlich ich es mir vorstelle, einen kernigen Burschen vom Dorf zu verführen – nicht einmal
ich ginge so weit, mich an Kinderwagen zu bedienen.«

»Carlo kommt mir viel erwachsener vor, seit ich aus Neu-Mahlen
weggegangen bin«, begann Nina, aber Jenny schüttelte den Kopf.

»In deine sogenannten Liebeshändel rede ich dir auch nicht drein«,
sagte sie. »Ansonsten würde ich nämlich sagen, du solltest dem armen
Kerl, der mich unentwegt anruft und nach deinem Befinden fragt,
eine Chance geben, weil der nämlich selbst mich herzloses Wesen zu
Tränen rührt.«

»Dein Ernst?«

»Sagen wir: beinahe. Und jetzt muss ich den Kleining ins Bett legen
und mich wie ein vorbildliches Mütterlein danebensetzen, denn Darius hat heute einen Auftritt bei einem Damenkränzchen – nur mit Velma und Zorah, Ypsilantis roch ihnen zu streng.«

Nina vergrub das Gesicht in Ypsilantis' Fell, fand, dass er wunderbar roch und dass daran, dass das Leben weiterging, etwas Gutes war.

Sie würde weitermachen. Sie wusste noch nicht, wie, aber sie war es
den Wunderweibern schuldig, dass sie sich etwas einfallen ließ. Berthe, die sie ein paar Tage später auf dem Weg zur Arbeit traf, versicherte ihr im Namen der Übrigen, dass sie auch ohne Bezahlung auftreten würden – ganz so, wie Ernst-Egon Neugebauer es vorgeschlagen hatte: auf Basaren, Straßenfesten und in karitativen Einrichtungen.
»Einfach weil 't knorke is'. Weil man sich dabei vorkommt wie mit'm
Kopp inne Wolken.«

Nina wollte, dass ihre Wunderweiber sich so wieder fühlten – mit
dem Kopf in den Wolken und mit ausgestreckten Händen in den Sternen. Aber diese grandiosen Begabungen zu dem zu machen, was Leute wie Neugebauer in ihnen sah, war sie nicht bereit: Sie waren keine

kleinen Frauchen, die zum Zeitvertreib ein bisschen hüpften und sangen, sie meinten das, was sie auf die Bühne brachten, ernst, auch wenn sie einen Heidenspaß daran hatten. Es musste einen anderen Weg geben. Wenn ihre Blessuren ein wenig verheilt waren und sie wieder in den Tritt gefunden hatte, würde sie sich danach umsehen.

Erst einmal musste jedoch eine Arbeit her, die sie über die Runden brachte. Derzeit kratzten Jenny und Darius mühsam die Miete zusammen, und Hiero und Fridolin schickten auch weiterhin Körbe mit übrig gebliebenen Speisen. Auf Dauer war das jedoch nicht besser, als wenn sie sich von Anton oder ihrem Bruder aushalten ließ. Kurzerhand kaufte sie sich die dicke Sonntagsausgabe der *Vossischen Zeitung* und bewarb sich auf jede einzelne Stellenanzeige, die auch nur im Entferntesten infrage kam. In den Fabriken in Wedding und Moabit wurden Arbeiterinnen gesucht, doch allein die Kosten für die Straßenbahn, in der ein Fahrschein inzwischen zwölf Mark kostete, hätten den kläglichen Verdienst verschlungen. Zu Hilfe kam ihr schließlich wie so oft Alfred, der sie als Aushilfe für die Abende im *Salamander* einstellte.

»Mehr als 'n Appel und 'n Ei kann ick dir nich' zahlen, mir nimmt ja schon deine verbogene Freundin aus«, hatte er gesagt. »Aber erst mal isset v'leicht besser wie nüscht.«

»Viel besser wie nüscht«, bestätigte Nina. »Und mehr als einen Appel und ein Ei ist meine Arbeit nicht wert.«

Sie war eine miese Kellnerin im *Wintergarten* gewesen und war nun eine miese Kellnerin im *Salamander,* aber hier wie dort mochten sie die Leute, und wenn sie alle ihr Geld zusammenwarfen und sich auf kleine Sprünge beschränkten, kamen sie halbwegs zurecht.

Eines Abends, gerade als Nina mit einem Tablett voller Bierhumpen durch den Schankraum eilte, stand Anton in der Tür.

»Ich habe es nicht mehr ausgehalten«, sagte er. »Wenn du mich noch immer nicht sehen willst, dann gehe ich wieder.«

»Bitte bleib«, rief Nina, umklammerte das Biertablett mit beiden Händen und fügte viel leiser hinzu: »Ich habe es ohne dich auch nicht ausgehalten.«

29

Anton setzte sich zu Sonia ans Ende des Tapetentischs und hielt sich an einem Glas Weißwein, den Alfred inzwischen eigens für ihn angeschafft hatte, fest, bis Nina um elf Uhr Feierabend machen konnte. »Na jeh schon, Kleene«, hatte Alfred geradezu väterlich zu ihr gesagt. »Is' ja nich die Welt los heut' Nacht, und wie ihr zwee Könichskinder euch nach'nander verzehrt, kann 'n alter Mann ja nich' mehr mit ankieken.«

Er gab Nina die angebrochene Weinflasche und ein weiteres Glas, und sie setzte sich zu ihm.

»Empfehlen kann ich den nicht«, sagte er mit seinem halben Lächeln, das sie so sehr vermisst hatte, dass ihr auf einmal das Herz wehtat, als schnitte eine Scherbe hinein. »Es sei denn, dir steht der Sinn nach einer Dose mit zuckersüßem Terpentin. Überleben lässt er sich aber. Nur noch länger aus deinem Leben ausgeschlossen bleiben, das hätte ich nicht überlebt.«

»Mit meinem Leben ist derzeit nicht viel los, Anton. Ich bemühe mich, hier so wenig Gläser wie möglich zu zerschlagen, und ich passe auf Viktor auf, wenn Jenny und Darius arbeiten. Nichts sonderlich Faszinierendes, obwohl Viktor natürlich höchst faszinierend ist, und Alfred auch, und ...«

»Nina«, unterbrach er sie leise und nahm ihre Hand. »Ich wünschte, du bräuchtest das hier nicht zu tun, sondern könntest leben, wie es deinem Talent entspricht, und ich verspreche dir, es dauert nicht mehr lange, bis du diese Chance endlich bekommst. Für mich aber ist alles faszinierend, was du tust. Ich will mit dir zusammen sein. Ein Teil von deinem Leben werden.«

Nur das Letzte kam wirklich bei ihr an: Er verachtete sie nicht, er war ihrer nicht überdrüssig, er wollte sie haben, wie sie war. Im nächsten Augenblick lagen sie sich in den Armen und küssten sich. Den Applaus, der in solchen Fällen im *Salamander* üblich war, hörte sie kaum, weil ihr das Blut so laut in den Ohren rauschte. Nach dem ersten Mal mussten sie sich sofort wieder küssen, weil sie so lange danach gehungert hatten, und nachdem sie von dem Terpentinwein getrunken hatten, brauchten sie ein drittes Mal, um den abscheulichen Geschmack loszuwerden.

Als sie endlich eine Pause machten, um zu Atem zu kommen, fiel Ninas Blick auf die Tischplatte. Sonia war schon gegangen, sie ging immer, sobald sie genug eingenommen hatte, um Podie nach seinem Auftritt abzuholen, und vor Anton aufgereiht lag ein halbes Dutzend Bierdeckel, mit der bedruckten Seite nach oben. Nina drehte sie einen nach dem andern um und fand auf jedem einzelnen ihr Konterfei: im Gespräch mit Alfred, beim Polieren von Schnapsgläsern, beim Lachen mit den Gästen am Stammtisch.

»Ach, Anton«, rief sie. »Hast die alle du in Auftrag gegeben?«

»Erst eines«, sagte er, »und dann noch eines. Nach dem dritten wollte ich Schluss machen, aber ich konnte nicht genug von dir bekommen.«

Sonia und Podie würden heute Nacht prassen können wie die Fürsten, und einen Moment lang fühlte sich auch Nina wie eine Fürstin, wenn auch wie eine höchst verlegene. »Sonia wird immer besser, findest du nicht?«

»Und du wirst immer schöner.«

»Das hast du noch nie gesagt«, stellte sie fest, mehr für sich selbst als für ihn. »Dass du mich schön findest, meine ich.«

»Ich habe dir viel zu vieles noch nie gesagt«, erwiderte er. »Ich will es nachholen, jedes einzelne Wort, aber nicht mehr heute Nacht, sondern wenn alles beisammen und spruchreif ist.«

»Beisammen und spruchreif?«

Er küsste sie auf die Augen. »Gib mir noch ein paar Tage Zeit.«

Ihr war es recht. Ihr war alles recht, wenn sie nur hier mit ihm sitzen bleiben konnte und ihn nicht wieder hergeben musste.

Ihre Lippen rieben sich aneinander, ihre Gesichter schienen es kaum zu ertragen, mehr als eine Handbreit voneinander getrennt zu sein. »Ist es sehr schlimm, wenn ich dich heute nicht gehen lassen kann?«, fragte er.

»Ich kann dich auch nicht gehen lassen«, sagte sie. »Aber in unserer

Wohnung übernachten Devyani und Naja-Naja, die beim Zirkus rausgeflogen sind, und Kleewitz und Litzmann sind auch wieder da, und nirgends ist Platz.«

»Ich liebe eure Wohnung, in der nirgends Platz ist«, raunte Anton an ihrem Ohr. »Ich habe sie fast so sehr vermisst wie dich, aber für heute Nacht wäre ein Hotel vielleicht die bessere Idee. Mit der Brillenschlange teile ich mir notfalls ein Bett, aber von Kleewitz und Litzmann bekomme ich Albträume.«

»Ich auch.« Sie grub die Hände in seine schönen Schultern. »Aber in ein Hotel können wir nicht gehen, Anton, ich muss mir am Monatsende schon wieder von Alfred einen Vorschuss geben lassen, mir bleibt wirklich kein Fünfzigpfennigschein übrig, und bei dir habe ich noch Schulden vom letzten Mal.«

»Ist dir das wirklich so wichtig?«, fragte er. »Ich wünschte, das wäre es nicht, Nina, und du würdest mir erlauben, für dich da zu sein.«

»Ich will mit dir auf gleicher Ebene stehen«, sagte Nina. »Verstehst du das nicht? Keiner von uns soll zum anderen aufsehen müssen und keiner dem anderen etwas schulden.«

Seinem unterdrückten Seufzen merkte sie an, wie schwer es ihm fiel, ihr zu folgen. »Ich hoffe, dass das, was ich dir zu sagen habe, die Dinge zwischen uns ändert«, sagte er schließlich. »Für heute Nacht fällt mir allerdings keine andere Lösung als meine Wohnung ein.«

»Das willst du tun? Du willst mit mir in deine Wohnung gehen?«

»Nein, eigentlich nicht«, gab er zu. »Ich will in diese Wohnung mit überhaupt niemandem gehen und am wenigsten mit dir, weil ich im Grunde selbst darin nicht mehr sein will und es vielleicht auch nie wollte. Mit meiner Wohnung ist es so, wie es mit fast allem in meinem Leben war: Ich ertrage sie nur mit äußerster Mühe, bin aber dennoch zu bequem, um es zu ändern. Da ich aber dabei bin, unter diese Zeit einen schwarzen Strich zu ziehen, und da alles besser ist, als dich zur Brillenschlange und zum Hauptmann entschwinden zu lassen, wird es für diese Nacht schon gehen. Zumindest verfügt die Wohnung über ein Weinregal, in dem sich ein zarter, seelenvoller Franzose von der Rhone finden lassen wird, um uns die Schmerzen des Terpentinsaufens vergessen zu machen.«

Sie liebte ihn. Sie hätte um seinetwillen die ganze Flasche mit dem Terpentinwein ausgetrunken und auf dem Boden der Kneipe übernachtet, doch dass er ihr die Tür zu seiner Wohnung öffnete, machte sie ein bisschen schwindlig vor Glück. Alfred steckte den Korken wieder in die Flasche, »für't nächste Mal«, und sie nahmen eine Autotaxe in die Kantstraße.

»Tun Se sich bloß keen' Zwang an«, sagte der Fahrer. »Icke bin erwachsen, ick fall nich' vom Glauben ab, wenn zwee in meene Kutsche knutschen.«

Nina und Anton blieben reglos sitzen und berührten sich nur mit den Blicken. Es war so seltsam mit dem Küssen: Man konnte es in einer voll besetzten Kneipe tun, solange das Menschengewirr um einen zum Meer wurde und man sich alleine fühlte wie in einer Taucherkapsel. Sobald aber jemand sich dazuschlich und eine Bemerkung machte, war nichts mehr möglich. Sie teilten so vieles mit der Welt, es war ihr Beruf, das Innerste nach außen zu kehren, aber vielleicht bestand darin der Kern von Liebe: dass in ihr nur zwei zu Hause sein konnten, sonst keiner, und dass dieses Zuhause verfiel, wenn es die zwei nicht mehr gab.

Antons Wohnung war groß, wie Nina es inzwischen von Berliner Gründerzeitwohnungen kannte, sie war dunkel, seine Haushälterin schlief im Mädchenzimmer, und er machte kein Licht, bis sie ins Schlafzimmer traten. Dennoch glaubte Nina auf dem Weg dorthin zu erkennen, was er gemeint hatte: Diese Wohnung war nicht die seine, sie verriet mit jeder Tapete an der Wand, jeder Brücke auf dem Parkett, jedem Bild, jeder Lampe, sogar dem Duft, der den Dingen entströmte, die Präsenz eines anderen Menschen. Jeder Gegenstand war äußerst stilvoll, mit Geschmack und Sachkenntnis ausgewählt, doch es war nicht Antons Stil und nicht Antons Geschmack, und beinahe kam es Nina vor, als werde er von den Möbeln und dem Zierrat, die dabei weder wuchtig noch klobig wirkten, an den Rand gedrängt.

Sie brauchte keine Minute, um zu begreifen: Der Mensch, der mit aller Liebe und Sorgfalt diese Räume eingerichtet hatte, war tot, und Anton musste sich darin fühlen wie in einem Geisterhaus. Sie wünschte, sie hätte ihn nicht dazu gedrängt, sie hierher mitzunehmen, doch zugleich war sein Vertrauen ein Geschenk, das schwer in ihren Händen wog.

Er schaltete im Schlafzimmer nur eine kleine Lampe mit moosgrünem Schirm auf einem der Nachttische ein und ging, um den seelenvollen Weißwein von der Rhone zu holen. Auf dem anderen Nachttisch, dort, wo Nina lag, stand das Bild seiner Frau, das sie aus seiner Garderobe kannte. Er nahm es weg, als er mit dem Wein zurückkam, schaltete das Licht aus und zog sich im Dunkeln aus.

»Meinst du, es geht so?«

Ich liebe dich, dachte sie, warf ihre Kleider auf den Boden und empfing ihn mit offenen Armen.

Es war nicht so frei, so triumphal glücklich und weltvergessen wie vor zehn Wochen im *Hotel Esplanade*. Nina dachte nicht noch einmal, dass sie hätte sterben können, weil sie einen Augenblick lang das vollkommene Glück erlebt hatte. Stattdessen dachte sie: Ich will mit ihm leben. Dass er mich nimmt, wie ich bin, gibt mir meine Kraft zurück, und die will ich nutzen. Ich will meine Wunderweiber zusammentrommeln und von vorn anfangen, auch wenn ich jetzt noch keine Ahnung habe, wie das möglich sein soll. Ich will mich beweisen, damit ich mich ihm ebenbürtig fühle, damit ich erschöpft vom Glück bei ihm einschlafen kann und weiß, er hilft mir, ich selbst zu sein, und ich helfe ihm.

Am nächsten Morgen erwachte sie von einem Klingeln, als längst das grelle Licht des Frühlingstags durch die in Honigtönen gemusterten Vorhänge drang. Gleich darauf klopfte es an der Zimmertür, und eine Frauenstimme ertönte:

»Herr Wendland? Telefon für Sie, Babelsberg. Tut mir leid, dass ich störe, aber Sie haben gesagt, wenn's Herr Jessner ist, soll ich Sie gleich holen.«

»Himmel und Hölle. Vielen Dank, Frau Brenneisen.« Noch halb in Träumen gefangen sah Nina zu, wie Anton die langen Beine aus dem Bett schwang, sich dann vornüberbeugte und nach irgendeinem Kleidungsstück hangelte. Aus den Betttüchern, die im selben Muster wie die Vorhänge gehalten waren, erhob sich sein jungenhaft schmaler Hintern, darüber sich verbreiternd sein Rücken mit der heraustretenden Wirbelsäule, und sie hätte ihn umfassen wollen, sich hintüber mit ihm auf das Bett werfen und ihn lieben, bis sie beide ächzten.

Er stieg ohne Unterhosen in die scharf gebügelte Anzughose und warf sich das zerknitterte Hemd über.

»Sexy«, sagte Nina.

Er drehte sich um und grinste mit krausgezogener Nase. »Ich bin gleich wieder da. Beweg dich nicht vom Fleck.« Dass er nervös war, konnte er dennoch nicht verhehlen.

Während er fort war, blickte Nina sich im Zimmer um. Gerade eben noch hatte sie sich wie eine Königin in ihrem Thronsaal gefühlt, denn der Mann, der hier König war, hatte die ganze Nacht ihr gehört. Jetzt aber, allein und ohne die schützenden Überreste schöner Träume, kam sie sich fremd und wie ein Eindringling vor.

Die blassgelbe Tapete, die zu den Vorhängen passte, hatte zweifellos seine Frau ausgewählt, und auch die paar moosgrünen Tupfer in den Schirmen von Nachttischlampen und Wandarmen verrieten ihre Handschrift. Die unerträglichste Intimität ging jedoch von den in schmalen Goldleisten gerahmten Fotografien aus, die in Gruppen zusammengestellt an der Wand hingen: Liesa am Meer, Haar und Rock wehend, mit einer Hand einen Strohhut haltend, während das Lachen in die Kamera einen liebenden Fotografen verriet. Liesa im Sand des Strandes liegend, das geheimnisvoll schöne Gesicht in eine Hand gestützt. Liesa im Matrosenkleid, in seichte Wellen hineinlaufend, wobei die Linse des Fotografen sie wie von hinten umarmte.

In der zweiten Gruppe hingen Aufnahmen des Paares: Liesa und Anton Arm in Arm, zwischen sich den Kopf eines Pferdes, Liesas Haar von einem Band aus dem Gesicht gehalten, und Anton so jung, so arglos und offen, als hätte er vor nichts, das ihm geschehen könnte, Angst. Auf dem Bild daneben trug er eine Uniform, blickte lächerlich ernst dem Fotografen entgegen und hielt Liesa im Arm, die ein geblümtes Sommerkleid trug und aussah, als sei sie in aller Eile von irgendwo weggerufen worden. *Verlobung August 1914* stand in derselben schwungvollen Schrift wie auf dem Bild in Antons Garderobe über der linken unteren Ecke.

Nina wandte sich ab. Es war, als spähe sie durch ein Schlüsselloch in das Schlafzimmer eines Paares, und nicht viel anderes schien sie zu tun. Gleich darauf wurde die Tür geöffnet und Anton trat ein – noch immer im schief und nur zur Hälfte zugeknöpften Hemd, mit dem zerwühlten Haar und der gebügelten Hose, unter der er keine Unterhose trug.

Sein Lächeln war so offen und glückstrahlend wie das des jungen Mannes auf dem Bild mit dem Pferd. In einer Hand hielt er eine entkorkte, beschlagene Flasche Champagner und in der anderen zwei Gläser mit gekreuzten Stielen.

»Es hat geklappt, meine Liebste! Es hat alles ganz wunderbar und absolut unglaublich geklappt.«

Mit einem Sprung und einer Drehung, die Jennys würdig gewesen wäre, landete er rücklings auf dem Bett, ohne einen Tropfen aus der Flasche zu verschütten. Mit den Gläsern in der Hand umarmte er sie und küsste sie auf den Mund. »Guten Morgen, Fräulein Kollegin.« Er zog den Arm zurück, setzte sich halb auf und füllte die Gläser, ließ sie überschäumen und die Flüssigkeit in die honigfarbene Bettwäsche sickern. Als er ihr eines der tropfnassen Gläser in die Hand schob, küsste er sie von Neuem. »Du bist engagiert, meine Schöne. Als Leopold Jessners Regieassistentin. Morgen Nachmittag möchte er sich gerne mit dir besprechen, und nächste Woche fangen wir an zu drehen.«

Nina war schwindlig, als hätte sie den Champagner schon getrunken. »Wie bitte?«

»Nein«, sagte er zärtlich und küsste sie wieder. »Ich verspreche, ich beantworte alle deine Fragen und erkläre dir sämtliche Einzelheiten, sofern ich sie selbst weiß. Zuerst aber muss ich dir sagen, was ich dir seit einer Ewigkeit hätte sagen wollen. Ich habe es nicht gewagt, weil ich in mir keinen Menschen sehen konnte, den ich einem Menschen wie dir hätte anbieten dürfen. Ich habe geglaubt, ich könne ein solcher Mensch nie wieder sein, aber in den schlimmen Wochen, in denen du mich nicht sehen wolltest, ist mir klar geworden, dass auch das eine Haltung ist, die Feigheit und Bequemlichkeit entspringt.«

Unsicher, beinahe ängstlich suchte er in ihren Augen nach einem Zeichen der Zustimmung, einer Aufforderung, weiterzusprechen. Nina aber war zu verwirrt, um ihm ein solches Zeichen zu geben. In ihrer Brust ballte sich ein unerklärliches Gefühl von Angst, und durch ihren Kopf tanzten noch immer die Bilder von Liesa.

»Meine Eltern waren zwei liebenswürdige, kreuzbrave Menschen, die nicht begreifen konnten, warum es ihren einzigen Sohn statt in einen anständigen Beruf zu den Gauklern zog«, setzte Anton neu an, ohne den Blick seiner dunklen Augen von ihr abzuwenden. »Sie hofften, die harte Schule des Krieges werde mir die Schauspielerei austreiben und mich ›zurück in den liebenden Schoß der Familie geleiten‹, wie mir meine Mutter in einem Brief nach Flandern schrieb. Ich habe ihre Briefe nie beantwortet. Drei Wochen ehe ich nach Hause kam, erkrankten beide an der Spanischen Grippe und waren innerhalb von Tagen tot.«

»Oh, Anton.« Nina streckte die Hand aus, umfasste sein Gelenk und spürte den Schmerz, den er mit keinem Wort erwähnt hatte, in sich selbst. Die Bilder von Liesa verblassten, und stattdessen sah sie einen fremden Mann auf einem Rappen in den Hof ihres Elternhauses reiten.

»Ich habe dir das nicht erzählt, um dich traurig zu machen«, sagte Anton. »Sondern weil etwas in mir wohl meinte, ich sei es ihnen schuldig, mir die Schauspielerei – die richtige, die, an die ich geglaubt hatte – austreiben zu lassen. Und nicht nur ihnen, sondern auch dem begabteren Kameraden, der weniger Glück gehabt hat als ich und in Flandern gestorben ist. Aber davon jetzt nichts mehr. So weit bin ich noch nicht.«

»Es tut mir so leid, Anton.«

Er schüttelte den Kopf. »Nicht heute. Heute ist ein Tag zum Feiern.« Er ließ sein Glas gegen ihres klirren, trank aber nicht. »In den Wochen ohne dich habe ich begriffen, dass ich in einer von mir selbst errichteten Gefängniszelle aus Zynismus und Überdruss sitze, in der es zwar keinen Grund zur Freude gibt, in der einem aber auch nichts wehtut. Ich will in dieser Zelle nicht mehr sitzen, Nina. Ich will nach draußen, wo es zwar gefährlicher ist, wo ich aber wieder frei atmen kann. Dorthin, wo du bist – mit deinem Mut, deinen tausend Ideen, deiner Lebensfreude. Direktor Neugebauer hat einen unverzeihlichen Fehler begangen, als er dein Programm abgelehnt hat, weil du den

Menschen, so verstört und verletzt, wie sie sind, genau das gibst, was sie brauchen.«

Mit der Fingerspitze strich Nina die Ader an seinem Gelenk entlang, in der hoch und heftig sein Puls schlug. Seine Worte taten ihr unendlich gut. Zuweilen überfielen sie Zweifel an ihrer Arbeit, glaubte sie, Größenwahn und Selbsttäuschung verfallen zu sein, weil es Leute wie Neugebauer schließlich besser wissen mussten als ein unerfahrenes Mädchen aus Brandenburg. Antons Worte aber erinnerten sie an das, was sie und die Wunderweiber gewollt hatten, und versicherten ihr von Neuem, dass es richtig war.

»Ich habe meine Verträge gekündigt«, fuhr Anton fort. »Die jungen Kollegen, die als Vertretung meine Rollen einstudiert haben, waren mit mehr Leidenschaft dabei als ich und haben es verdient, statt meiner auf der Bühne zu stehen. Ich will auch wieder mit Leidenschaft bei einer Sache sein. So wie vor dem Krieg, als ich den Bruch mit meinen Eltern in Kauf genommen habe, weil mir nichts so wichtig war wie die Schauspielerei. Ich schulde ihnen ja gar nicht, dass ich das Handtuch werfe. Ich schulde ihnen den Beweis, dass es mir ernst war, dass ich ihnen diesen Schmerz nur zugefügt habe, weil es für mich keinen anderen Weg gibt. So wie für dich.«

Sein Lächeln war scheu. Nina konnte sich nicht erinnern, ihn je so lange sprechen gehört zu haben. Schon gar nicht über sich selbst. Sie wollte mit ihm anstoßen, wollte ihn in die Arme ziehen, doch das Angstgefühl in ihrer Brust löste sich nicht.

»Ich möchte, dass wir beide Ernst machen, Nina«, sagte Anton. »Ich habe das mit dem Heiraten hinter mir und brauche es nicht noch einmal zu tun, wenn du nicht willst, aber ich möchte, dass du zu mir gehörst und ich zu dir. Ich weiß, mir hängt in der gesamten Branche der Ruf an, ich sei zur Treue keine vierundzwanzig Stunden lang in der Lage, aber ich war einmal das, was die Amerikaner einen *one-girl guy* nennen – und ich fürchte, ich bin es noch. Ich will dich ganz.«

»Dein Ernst?«, entfuhr es Nina.

Sein Lächeln war noch immer scheu.

»Willst du mich auch ganz?«, fragte er.

Nina konnte nur nicken. Sie hätte vor Glück splitternackt durch

den mit Liesas Fotos geschmückten Raum springen sollen, doch stattdessen schwoll das Angstgefühl in ihrer Brust weiter an.

Er schloss halb die Augen, atmete hörbar auf und berührte ihre
Lippen mit den seinen. »Ich war durchaus darauf eingerichtet, eine
Zeit lang die Klinken der Theater zu putzen und eine Durststrecke zu
überstehen, um an ein Engagement zu kommen, das ich wirklich
wollte«, sagte er dann. »Auch darin wollte ich mir dich zum Vorbild
nehmen, und die ersten Schlappen hatte ich schon kassiert. Erwin
Piscator, dieser geniale Höllenhund, hat mich abgelehnt, Max Reinhardt, der mich ausgebildet hat, meint, ich soll bei meinem Leisten
bleiben, und mein Agent hat erklärt, die Avantgarde würde vor mir
Reißaus nehmen. Ich habe ihn gefeuert. Und dann ist mir mächtig
bange vor meiner eigenen Courage geworden.«

Ninas Herz begann zu hämmern. Im Zimmer war es warm, und auf
das Weiß der Laken zeichnete die Sonne, die durch den Vorhang fiel,
Flecken, doch der feine Flaum auf ihren Armen richtete sich auf, als
friere sie. Warum war sie nicht glücklich? Erfüllte sich nicht gerade
ihr größter Wunsch?

Einer ihrer zwei größten Wünsche.

War es das? Durfte eine Frau so nicht empfinden und sich die Erfüllung im Beruf mit derselben Kraft wünschen wie die Nähe eines
Mannes, den sie liebte? War das vielleicht gar keine Liebe, wenn sie
ihr nicht über alles ging und sie das andere in solchem Augenblick
nicht vergaß?

»Aber wie es aussieht, hatte ich bei Weitem mehr Glück als Verstand«, fuhr Anton fort. »Und du auch, meine Liebste, nur hast du es
weit mehr verdient als ich. Um jedoch diese endlose Predigt doch
noch zu einem Ende bringen: Vor ein paar Wochen, als ich zufällig auf
dem Filmgelände in Babelsberg war, stand auf einmal Leopold Jessner
vor mir und erklärte, er sei dabei, einen Wedekind-Film auf die Beine
zu stellen. *Frühlings Erwachen.* Ich bin ziemlich verrückt nach Wede-
kind, und ich bin völlig verrückt nach Leo Jessner, den ich für einen
der begabtesten Regisseure halte, die wir haben.«

»Leopold Jessner? Der mit der Treppe?«, fragte Nina. *Frühlings Erwachen* gehörte zu ihren liebsten Stücken, und die Bilder der treppen-

förmigen Bühne, auf der Leopold Jessner das Drama in Berlin inszeniert hatte, um es seiner Zeit und jeglichem Raum zu entheben, hatten sie tief beeindruckt.

Anton nickte. »Er will mich für die Rolle des Melchior. Und dich
engagiert er gleich mit. Ich habe ihm von dir erzählt, habe versucht,
ihm darzulegen, was du auf die Beine gestellt hast, und er hat mich
eben angerufen, um mir zu sagen, dass er einverstanden ist: Du wirst
an seiner Seite als Regieassistentin arbeiten, wirst ordentlich bezahlt,
und obendrein nimmt er uns beide hinterher mit ans Schauspielhaus,
wenn wir wie erwartet zurechtkommen. Jessner ist ja eigentlich ein
Theatermann, er will sich eben auch mal im Film ausprobieren, aber
von der Bühne bleibt er nicht lange weg.«

Hatte Nina zuvor schon gefröstelt, so wurde ihr jetzt eiskalt. Der
Knoten aus Angst, der ihr die Brust zuschnürte, platzte. »Du hast Leopold Jessner erzählt, du hast eine Freundin, die sich gern mal als
Regieassistentin beim Film versuchen würde, und er hat gesagt: Geht
in Ordnung, das Mädel kaufe ich mit?«

»So, wie du es ausdrückst, habe ich es nicht gesagt, aber ...«

»Nein, so hast du es nicht ausgedrückt«, fiel ihm Nina wie von Sin-
nen ins Wort. »Du hast das sicher alles sehr gewählt und elegant um-
schrieben, aber hinauslaufen tut es doch auf dasselbe: Sehen Sie mal,
Kollege, ich habe da diese Kleine, die furchtbar gern ein bisschen bei
uns mitspielen würde, und Sie würden mir einen Riesengefallen tun,
wenn Sie die neben sich rumstehen lassen und ich mich als edler
Wohltäter erweisen könnte.«

»Nina, so ist es nicht gewesen!«

»Ach nein?«, schrie sie. »Wie ist es denn bei Rudi Kante gewesen,
als ihr euch noch gegenseitig Frauen für euer Hotelzimmer zuge-
schanzt habt?«

»Das war etwas anderes. Ich habe dir gesagt, ich lasse das hinter
mir, und ich habe dich damals doch überhaupt nicht gekannt!«

»Wie es aussieht, kennst du mich immer noch nicht«, warf sie ihm
entgegen. »Damit du es weißt: Ich mache keine Filme, ich mache Varieté, und ich bin keine Assistentin, sondern Regisseurin, nicht anders
als dein Kante und dein Jessner. Ich bin nur zufällig eine Frau, und ich

bin jung, aber das bedeutet nicht, dass ich mich auf die Krumen stürze, die ihr von eurem Tisch fallen lasst. Ich will sie nicht, hast du gehört, ich will eure Krumen nicht haben, aber selbst wenn ich sie wollte, hätte ich für sie gar keine Zeit, weil hinter mir ein Ensemble von Frauen und Männern steht, denen ich im Wort bin. Für die suche ich nach einer Chance, sich zu beweisen, wie ich dir Hunderte von Malen erklärt habe. Du hast jedes Mal erwidert, ich hätte recht, wir wären so gut, dass wir unbedingt auftreten müssten – warum hast du mir das denn erzählt? Um mich ins Bett zu bekommen? Das hättest du billiger haben können, denn wenn ich dich erinnern darf, war *ich* diejenige, die sich angeboten hat, und du der, der sich geziert hat wie ein keusches Mädchen.«

Nackt, wie sie war, sprang sie aus dem Bett und ließ dabei das Glas fallen, dessen Inhalt auf dem weißen Leinen fast farblos wirkte.

»Verdammt, du sollst deine Chance doch bekommen!« Er sprang ebenfalls auf, warf sein Glas dem ihren hinterher, und einen irrwitzigen Augenblick lang konnte Nina nichts anderes denken, als dass sie beide Theaterleute waren. »Dieser Film ist deine Chance, begreifst du das nicht? Was glaubst du, wie du deine Aussichten verbesserst, wenn im Abspann eines Films mit Leo Jessner dein Name steht, wenn du etwas vorzuweisen hast, das Leute wie Neugebauer und Rudi nicht so einfach vom Tisch wischen können?«

»Ach, so wie mein Name auf dem Programmzettel von Rudis *Gespenstern* stand«, höhnte Nina. »Herzlichen Dank auch, ich lege keinen Wert mehr darauf, im Gefolge irgendeines Theatergottes auf Papier oder Zelluloid zu stehen, ich will mit meinen Wahnsinnsfrauen auf der Bühne stehen und mit niemandem und nirgendwo sonst!«

»Bist du wirklich so verbohrt?«, schrie er jetzt auch und hob die Flasche mit dem Champagner in die Höhe. »Ich habe dir helfen wollen, ich habe mich bei Jessner für dich verwendet, weil ich an dich glaube, und du ...«

»Und ich benehme mich nicht einmal wie das liebe kleine Mädchen, das sich bei dem großen Gönner bedankt und ihm die Füße küsst.«

»Zum Teufel, Nina, warum drehst du mir alles, was ich sage, im

Mund herum? Ich bin dabei, mein Leben zu ändern, ich will mit dir neu anfangen.«

»Ich will auch neu anfangen«, sagte Nina, der die Kraft zum Schreien ausging. »Aber für euch Männer bedeutet ein Neuanfang offenbar immer, dass ihr all eure alten Privilegien behaltet und wir uns nur in die Küche schleichen und an den brodelnden Töpfen einmal schnuppern dürfen. Habe ich dich übrigens gebeten, mir zu helfen? Habe ich dir nicht erklärt, wie wichtig es mir ist, es aus eigener Kraft zu schaffen? Aber das kann das kleine Frauchen natürlich nicht, dafür braucht es einen großen starken Mann, der ihm heldenhaft die Steine aus dem Weg räumt.«

Anton stellte die Flasche auf den Nachttisch und ließ die Arme hängen. »Ich liebe dich«, sagte er. »Menschen, die sich lieben, helfen einander. Was hat denn das mit Männern und Frauen zu tun?«

»Dass es nicht Frauen sind, die Männern helfen!«, schrie Nina jetzt wieder, um zu übertönen, was er gesagt hatte und was in ihren Ohren hallte. »Und dass Männer nur so lange helfen, wie die Hilfe nach ihrem Plan und ihren Vorstellungen funktioniert.«

»Wenn du mich so siehst, verstehe ich nicht, weshalb du mit mir zusammen bist«, sagte er.

»Ich vielleicht auch nicht«, sagte Nina, bückte sich nach ihren Kleidern und begann mehr oder minder wahllos, sie sich überzustreifen.

»Ich jedenfalls kann nicht mit einer Frau zusammen sein, die mir solche Dinge unterstellt«, sagte er. »Und auch nicht mit einer Frau, die mich aus ihrem Leben ausschließt und es für ein Sakrileg hält, sich von mir helfen zu lassen.«

»Nun, dann bin ich wohl nicht die Frau, mit der du zusammen sein kannst«, erwiderte Nina, versuchte, die Knöpfe ihrer Bluse zu schließen, und spürte, wie der Schmerz sie am ganzen Körper packte und schüttelte. Sie musste hier weg, ehe der Schmerz die Oberhand gewann und sie unfähig machte zu handeln.

»Nein, dann wohl nicht«, murmelte Anton.

»Glücklicherweise gibt es ja genug andere.« Sie warf sich ihr Tuch über, hoffte auf die Hände, die sich auf ihre Schultern legen und sie voranschieben würden, aber die Hände blieben aus.

»Glücklicherweise«, echote er.

Sie nahm die Reste ihrer Kraft zusammen und ging bis zur Tür. »Viel Erfolg bei deinem Film«, sagte sie mühsam. »Letztendlich ist es doch besser so. Wir hätten uns gegenseitig ständig im Weg gestanden.«

»Viel Glück mit deiner Show«, sagte er, und seine Stimme krächzte. »Vergiss nicht, dass du mir Freikarten schuldest. Und einen Verzehrgutschein für einen Mojito.«

DRITTE NUMMER

Und Pippa tanzt (aber nicht nur die)

Gut Neu-Mahlen
und Berlin
Juni 1922

30

JENNY

Sie konnte nicht glauben, dass sie tatsächlich hierhergefahren war. Ihr gegenüber, im vollgestopften Abteil der Holzklasse saß eine Frau, die vier lebende Hühner in einer Einkaufstasche transportierte. Vor dem Fenster zogen seit einer halben Stunde nichts als Felder, Wälder und vor Grün strotzende Wiesen vorbei, und Jenny fragte sich, ob es tatsächlich möglich war, dass es auf der Welt so viel Platz gab.

Sie war kein Kind gewesen, das je auf einer Wiese Räuber und Gendarm oder in einem Wald Verstecken gespielt hatte, wie Nina es aus ihrer Kindheit erzählte. Sie hatte man in den Kleidern einer kleinen Erwachsenen von Stadt zu Stadt geschickt und sich nichts dabei gedacht. Flüchtig bereute sie, dass sie Darius' Angebot angenommen und Viktor daheim in Berlin gelassen hatte. Viktor war auch noch nie über eine Wiese gerannt oder hatte sich in einem Wald versteckt, wenn man das eine Mal, als er noch in ihrem Bauch gewesen war, nicht zählte. Damals war es um sein Leben gegangen. Vielleicht hätte es ihm ja gefallen, es nur zum Vergnügen zu tun.

Ihr selbst allerdings war bei dem Gedanken, gemeinsam mit Viktor zu Carlo von Veltheim zu fahren, höchst unwohl geworden. Sie und Viktor und Carlo auf dem Lande hatte ein wenig zu viel von kleinem Familienglück, und schon dass sie selbst sich zu diesem Besuch hatte überreden lassen, erschien ihr alles andere als klug. Als jetzt die ersten Häuser des Ortes Templin auftauchten, die wie Spielzeughäuschen aus der Kiste eines ordentlichen Kindes wirkten, wurde ihr der Kragen ihrer Bluse zu eng, und der Gestank der Hühner verursachte ihr Übelkeit.

Sie trat ans Fenster und schob es herunter. Die Hühnerfrau setzte zum Protest an, aber da hatten sie den winzigen Ort bereits durchquert und fuhren in den Bahnhof ein. Jenny sah ihn sofort. Der Bahnhof war ja ebenfalls winzig, es gab nur zwei Gleise und unter dem Dach des Vorbaus ein paar Bahnbeamte in Uniform und drei, vier

Abholer. Templin galt als Luftkurort, in den Waggon wehte sommerlich erwärmt der Duft nach Kuhmist, und da stand er, trug einen hellgrauen Anzug in einem Schnitt, der weithin hörbar *Provinz!* schrie, und winkte ihr mit beiden Händen.

Carlo von Veltheim.

Ein halbes Kind und noch dazu eines, das sein Leben als Gutsherr im finstersten Brandenburg fristen würde und mehr Anstand im Leib hatte als eine Methodistenschwester der Heilsarmee. Als wäre das nicht genug, war er auch noch der Bruder der einen Freundin, ohne die sie sich ihr Leben nicht mehr vorstellen konnte, und der Gefahr, die solchen Freundschaften innewohnte, war Jenny Alomis sich durchaus bewusst.

Sie hatte diese Freundschaft gar nicht erst eingehen wollen, und noch viel weniger hatte sie diesen blond gelockten Rauschgoldengel mit seinen Briefen aus dem vergangenen Jahrhundert besuchen wollen. Aber hier stand sie, und dort stand er. Um dem Fass den Boden auszuschlagen, begann auch noch ihr Herz wie das einer Höhere-Töchter-Schülerin, die sie nie gewesen war, zu klopfen.

»Jenny!« Der ganze Bahnhof und alles, was gemächlich aus dem Zug sickerte, war nun darüber informiert, dass es Jenny Alomis war, die zu dem jungen Herrn aus einem Dienstmädchenroman gehörte. »Jenny, Jenny, Jenny!«

Mit drei Sätzen war er bei der Tür, sprang in den Waggon und riss ihr das Pappköfferchen aus der Hand, als wuchte sie ein zentnerschweres Gepäckstück. »Dass Sie wirklich gekommen sind.«

»Richtig glauben kann ich es auch nicht.«

»Sie wissen nicht, wie glücklich mich das macht, Jenny.«

Ein Blick in sein strahlendes Gesicht ließ an dem Glück allerdings nicht den geringsten Zweifel aufkommen, und vielleicht war das ja die Antwort auf die Frage, was sie an ihm fand: Er hielt nichts zurück, war nicht nur ein offenes, sondern obendrein ein reich bebildertes Buch, das die Antwort auf keine Frage schuldig blieb. Und er roch gut. Ein bisschen ländlich, aber eindeutig gut.

»Meine Mutter freut sich schon so. Und unsere Haushälterin, die den ganzen Tag kocht und backt.«

»Hat Nina ihr ausrichten lassen, dass ich den ganzen Tag esse?«

Hell lachte Carlo auf. »In der Welt, in der Fritzi lebt, essen alle Menschen den ganzen Tag, oder zumindest sollten sie es tun. Sie hat davon geträumt, Köchin zu werden, es hat nur zum Hausmädchen gereicht, doch seit wir Neu-Mahlen mit einem Minimum an Personal betreiben, ist sie in ihrem Element.«

Auch daraus hätte ein anderer Angehöriger seiner Klasse zweifellos einen Hehl gemacht: Grafen von und zu verkündeten nicht öffentlich, dass ihnen das Geld für Dienstboten fehlte, und sie interessierten sich auch kaum für die Träume der Leute, die unter der Treppe in ihrem Wirtschaftstrakt hausten.

»Meine Großmutter – Oma Hulda – wird so tun, als würde sie sich nicht freuen, aber das dürfen Sie nicht persönlich nehmen. Sie ist eben so. Aber im Innern freut Sie sich umso mehr.«

»Aha«, sagte Jenny. Warum das Innere der Großmutter namens Oma Hulda sich sonderlich über den Besuch einer mittellosen Schlangenfrau obskurer Herkunft freuen sollte, war ihr zwar schleierhaft, aber für Carlo, der sich vor Eifer überschlug, schien es selbstverständlich.

»Otti, meine kleine Schwester, hüpft schon den ganzen Tag herum vor Freude. Sie vermisst Nina sehr, wissen Sie? Eigentlich heißt sie Ottilie, nach meinem Großvater mütterlicherseits, der Otto hieß.«

»Was Sie nicht sagen.«

Carlo stockte, bemerkte, dass er gerade verspottet wurde, und brach in lautes, fröhliches Gelächter aus. In der Tat, er hielt nichts zurück. Und er nahm nichts krumm. Im Grunde war er selbst ein wandelnder Luftkurort, den man zur Erholung von der ständigen Spannung und Herausforderung der Großstadt aufsuchte. Alles hier schien heiter, gelöst, mit sich und seiner Spielzeugwelt im Reinen.

»Gibt es hier eigentlich keine Armen?«, fragte Jenny, als sie den Bahnhof verließen und hinaus auf die in der Nachmittagssonne vor sich hin schlummernde Hauptstraße traten. »Keine Bettler, niemanden, der in einem fort über die Teuerung der Lebenshaltungskosten schimpft?«

»Ach doch, darüber schimpfen wir auch alle.« Wieder lachte Carlo. »Und Armut gibt es auch bei uns. Unter unseren Nachbarn sind zwei, die aufgeben müssen, beides Witwen wie meine Mutter, die ihre seit Jahrhunderten in der Familie befindlichen Güter nicht länger halten können. Da wird viel geschimpft. Auf die Regierung, auf den Vertrag von Versailles und die Reparationen, auf die Osthilfe, die Jahr für Jahr versprochen wird und nicht kommt. Aber wenn bei uns auf dem Land jemand arm ist, heißt es eben nicht, dass er Hunger leidet. Begriffen habe ich das erst, seit ich Berlin kenne: Selbst in der schlimmsten Notzeit, im letzten Kriegsjahr und danach, ist in unserem Haus niemand hungrig ins Bett gegangen, und es gab immer Lebensmittel, die wir Menschen, die an die Tür klopften, mitgeben konnten, weil sie andernfalls weggeworfen worden wären.«

Er war kein Dummkopf. Das hatte sie in Berlin bereits festgestellt. Etwas einfältig, jung und im Vergleich mit seiner Schwester ein bisschen schwerfällig im Denken, aber keineswegs dumm.

»Sie hätten Ihren kleinen Jungen mitbringen sollen«, sagte er jetzt. »Die Berliner Kinder sehen alle aus, als könnten sie sich nie richtig sattessen.«

»Sie sagen es«, erwiderte Jenny. »Viktor liebt Tiere. Für ihn wäre das hier das Paradies.«

Aber er liebt auch Menschen, dachte sie, selbst wenn man es ihm nicht anmerkt, weil er nicht spricht und ein stolzer kleiner Bursche ist. Er ist es gewohnt, dass es zu jeder Tages- und Nachtzeit um ihn herum wimmelt und brummt. Darin fühlt er sich sicher. So wie ich.

»Holen Sie ihn doch nach«, sagte Carlo.

»Das würde sich kaum lohnen. Ich bleibe ja nur für eine Nacht.«

»Bleiben Sie, so lange Sie wollen. Kommen Sie wieder. »Kommen Sie jederzeit mit Ihrem Sohn her, verbringen Sie Ihre Ferien hier.«

»Ferien?«, fragte Jenny. »Kann man das essen?«

Sie lachten beide, und dann sah Jenny das Gefährt, vor dem er anhielt: eine riesige, viersitzige Kutsche mit roten Samtsitzen und offenem Verdeck, vor die zwei prächtig im Futter stehende, blank gestriegelte Braune gespannt waren. *Gut Neu-Mahlen* stand in Messingbuchstaben auf dem weichen Leder ihres Geschirrs.

»Himmel Herrgott!«, rief sie. »Ist das ein Fiaker? Ich dachte, solche Ungetüme gäbe es nur noch im Museum.«

Wieder lachte Carlo gutmütig. »Ein Landauer. Ich denke, das ist so ungefähr das Gleiche. Und etwas wie ein Museum ist das hier bei uns ja sowieso in gewisser Weise. Zumindest an der Oberfläche. Darunter brodelt es auch hier, und jeder hat Angst, das, was ihm geblieben ist, auch noch zu verlieren.«

»Vielleicht ist es ganz gut, wenn man nichts zu verlieren hat«, sagte Jenny.

Carlo half ihr in die Kutsche und schloss den Schlag wie hinter einer Prinzessin. »Ich denke, solange man lebt, hat man immer etwas zu verlieren«, sagte er und stieg auf den Bock. »Das versuche ich auch, den Herren im Landrat nahezulegen, die alle der älteren Generation angehören: Wir haben noch viel, es geht uns nicht schlecht. Wir werden satt und leben auf diesem herrlichen Land, das uns zwar viel abverlangt, aber das uns auch reichlich beschenkt. Wir müssen der Republik Zeit geben, sich zu stabilisieren, und dem Ausland durch verlässliche Vertreter signalisieren, dass man uns wieder vertrauen kann. Der neue Außenminister zum Beispiel ist ein solcher Vertreter. Wenn mir dann allerdings einer dieser Herren, die gezwungen sind, ihre Ländereien Feld um Feld zu verkaufen, ins Gesicht sagt: ›Dafür sind meine Söhne nun gefallen‹, verschlägt mir das die Sprache, und ich weiß mir keinen Rat.«

»Ich habe mir Ihren Landrat wie eine Art Kaffeekränzchen für Männer vorgestellt«, gab Jenny zu. »Wo über die Form von Milchkannen debattiert und entschieden wird, wer beim Erntetanz mit der Tochter vom Dorfschulzen tanzt.«

Carlos Lachen veranlasste die Hühnerfrau, die gerade aus dem Bahnhof trat, dazu, zu ihm aufzublicken und zu winken. »Keine Sorge«, sagte er zu Jenny. »Templin gilt zwar als Stadt und hat einen Bürgermeister ohne Tochter, aber für Debatten über ähnlich weltbewegende Dinge muss bei uns immer Zeit sein. Wollen wir dann fahren? Ich habe Ihnen nämlich noch gar nicht erzählt, wer sich am allermeisten auf Sie freut und vermutlich alle zwei Minuten zum Fenster eilt, um zu sehen, ob wir schon kommen.«

»Linda, die Lieblingskuh«, riet Jenny.

Er drehte sich um und sah sie strahlend an. »Tante Sperling. Sie findet Sie so nett.«

»Ich glaub, mich tritt ein Pferd«, sagte Jenny. »Ich kenne keinen Menschen, der mich nett findet. Warum denn ausgerechnet Ihre komische kleine Zaubertante aus dem Puppentheater, die mich, glaube ich, nur unzureichend bekleidet und mit Lockenwicklern in den Haaren kennt?« »Ich finde Sie auch nett«, erwiderte Carlo einfach. »Und wenn Sie wirklich Lockenwickler in den Haaren hätten, würde morgen die halbe Stadt damit herumlaufen, weil sie bei Ihnen so toll aussehen. Tante Sperling findet, Sie sind eine bemerkenswerte Frau und eine prächtige Freundin für Nina, und damit hat sie ganz recht. Um Ihnen eine Freude zu machen, wollte sie mit Fritzi Konfekt herstellen, aber leider ist alles misslungen. Stattdessen wollte sie dann für das Blumenarrangement in Ihrem Zimmer sorgen, aber der ganze Segen ist in sich zusammengefallen, und mit den Sesselschonern, die sie Ihnen besticken wollte, ging es nicht besser. Zu guter Letzt hat sie sich entschieden, Ihnen ein Taschentuch zu umhäkeln. In milchkaffeefarbener Seide.«

»Der Traum meiner schlaflosen Nächte«, konstatierte Jenny. »Und höchst praktisch, falls man sich Milchkaffee aufs Taschentuch tröpfelt.«

»Ich habe Sie in Berlin nie Milch in Ihrem Kaffee trinken sehen.«

»Sie haben mich in Berlin auch nie umhäkelte Taschentücher benutzen sehen«, konterte Jenny. »Hören Sie, kann ich zu Ihnen auf den Bock kommen? Hier hinten fühle ich mich wie die Lieferung irgendeines Herstellers von Luxusgütern – Meissener Porzellan oder so etwas. Ich habe schon Angst, in tausend Scherben zu zerspringen.«

»Aber bitte doch. Ich freue mich, wenn Sie bei mir sitzen wollen.« Carlo rückte zur Seite, reichte ihr die Hand, um ihr nach vorn zu helfen, und sie fuhren an. Im Zockeltrab, die beiden Pferde mit den blanken, wohlgenährten Kruppen wippend, rollten sie durch das Städtchen. Links und rechts grüßten Männer, indem sie den Hut zogen, und Frauen, indem sie dezent nickten oder ihren Kindern den Wagen des Gutsherrn zeigten. Automobile sah man nicht, dafür einen Heuwagen mit einem mächtigen Kaltblut, ein paar Karren und einen Postboten auf dem Fahrrad.

»Tante Sperling weiß ja selbst, dass niemand mit ihren Geschenken etwas anfangen kann«, sagte Carlo. »Sie haben sie so wunderbar beschrieben – sie gehört nicht ganz in diese Welt, wäre in einem Theater voller zerbrechlicher Puppen besser aufgehoben. Und sie macht so furchtbar gern Geschenke, ihr ganzer Daseinszweck besteht darin, anderen eine Freude zu bereiten. Sie ist eine von denen, die ein ganzes Haus voller Kinder hätten haben sollen.«

»Dieser Generation von Frauen hat man das so eingetrichtert, oder?«, fragte Jenny provozierend. »Dass man als Frau keinen Wert und im Leben keinen Sinn hat, wenn man nichts für andere tut, sondern nur für sich selbst.«

Carlo überlegte. »Sicher haben Sie recht. Mir ist erst durch Nina klar geworden, wie schwierig es ist, eine Frau zu sein. Für gewöhnlich nehmen wir Männer ja an, wir stellen unser Leben in den Dienst unserer Frauen, damit sie das leichtere Los haben.«

Er war wirklich ein außergewöhnlich netter Mann, dachte Jenny. Er war in der Lage, seine Weltsicht zu überdenken, sie zu ändern und darüber zu lachen, und welcher Mann konnte das schon? Aber deswegen sitzt du nicht neben ihm und kriegst vor Aufregung schwitzige Händchen, rief sie sich zur Ordnung. Sie durfte kein Spiel mit ihm treiben, er war dafür nicht geeignet, und doch konnte sie sich an keinen erinnern, mit dem zu spielen sie so sehr gereizt hätte.

»Ich glaube allerdings, Tante Sperling ist so geboren«, fuhr er fort. »Sie war verlobt, hatte sich schon Namen für ein halbes Dutzend Kinder ausgedacht, doch der junge Mann ist verunglückt, und so blieb sie eben allein. Statt den Mittelpunkt einer Familie zu bilden, bemuttert sie demobilisierte Offiziere wie diese zwei Kostgänger in Ihrer Wohnung. Wir fragen uns alle, was sie mit denen stundenlang zu reden hat, und haben Angst, sie lässt sich von ihnen um ihr Geld prellen.«

»Soll *ich* sie um ihr Geld prellen?« Jenny versuchte, so reizend zu lächeln, wie es ihr möglich war. »Dann käme es wenigstens in gute Hände.«

Carlo lächelte zurück. »Das stimmt zweifellos. Ich denke allerdings, wir, ihre Familie, sollten uns mehr Zeit für sie nehmen. Aber das sagt sich so einfach. Ständig scheint etwas anzuliegen. Wenn Sie Oma Hulda zu dem Thema befragen, bekommen Sie zu hören: ›Ich wünschte, man könnte meiner Tochter etwas zu tun geben. Aber sie versteht sich auf nichts als zwitschern.‹ So wie Sperlinge eben. Aber wer würde auf die fröhlichen kleinen Sperlinge, die niemandem Böses tun, schon verzichten wollen?«

Jenny hatte noch nie darüber nachgedacht, ob sie auf Sperlinge verzichten wollte. Jetzt würde sie allerdings kaum dazu kommen, weil vom Ende der Straße her ein Geschrei anhob. Zeitungsjungen.

»Extrablatt, Extrablatt!«

»*Die Vossische* – brandneue Sonderausgabe aus Berlin!«

Die Jungen, die die Straße hinuntereilten und dabei dicke Stapel von Zeitungen schwenkten, passten so wenig in die kleinstädtische Vorabendstille, als hätte jemand zwei Bilder falsch zusammengeklebt.

»Was ist da los?« Carlo hielt den Wagen an und erhob sich von seinem Sitz.

»Extrablatt!«, brüllte einer der Jungen und hielt ihm im Rennen die Zeitung entgegen. »Sonderausgabe zum Mord im Regierungsviertel: Außenminister Rathenau auf dem Weg ins Auswärtige Amt von unbekannten Tätern erschossen.«

31

NINA

NOVEMBER 1922

Alfred hatte sich bereit erklärt, das Geld, das Jenny und Nina bei ihm verdienten, nicht mehr wöchentlich, sondern täglich und bereits in der vorhergehenden Nacht auszuzahlen. Nicht selten machte er dabei Verlust, da die Mark im Laufe eines Tages erneut an Wert verloren hatte. »Schwamm drüber«, lautete sein Kommentar dazu. »Graf Koks vonne Jasanstalt bin icke zwar nich', aber wenn ihr für die paar Piepen, die ick euch zahle, nich' mal mehr 'n Stück Brot kricht, isset ja ooch nich' der wahre Jakob.«

Seit dem Mord an Walther Rathenau hatten die Teuerungen derart Fahrt aufgenommen, dass es den Menschen den Atem raubte und Unzählige in Elend und Hunger trieb. Das Ausland traute weder der instabilen Lage in Deutschland, wo Staatsminister auf offener Straße in ihren Wagen erschossen wurden, noch der Bereitschaft der Regierung, ihren Zahlungsverpflichtungen nachzukommen. Die Bedrohung, das Ruhrgebiet zu besetzen, stand von französischer Seite im Raum, und Kredite, die der Wirtschaft Aufwind verschafft hätten, blieben aus. Wieder einmal war ein Reichskanzler zurückgetreten und ein neuer ernannt worden. Wilhelm Cuno, ein parteiloser Geschäftsmann, sollte nun den Karren aus dem Dreck ziehen, doch viel Hoffnung, dass ihm das mit seinem Minderheitskabinett gelingen könnte, hegte wohl niemand mehr.

Jenny und Nina wechselten sich wochenweise ab: Eine von ihnen sprang so früh wie möglich aus dem Bett und stellte sich in die Schlangen vor den Lebensmittelgeschäften, um aus den paar Scheinen Notgeld so viel wie möglich herauszuholen. An diesem Morgen war Nina an der Reihe. Wie stets ging sie zuerst zum Bäcker. Ein Roggenbrot, an dem sie keine zwei Tage aßen, kostete sage und schreibe dreiundzwanzig Mark. Nina, die bereits begonnen hatte, Scheine aus ihrer Geldbörse zu ziehen, schüttelte den Kopf.

»Geben Sie mir lieber eine Tüte Schrippen und eine Streuselschnecke.«

Schrippen kamen billiger, hielten sich aber nicht lange. Die Schnecke war nicht für Viktor bestimmt, der sich aus Süßem wenig machte, sondern für Jenny. Die Freundin blies Trübsal. Die Mutlosigkeit befiel sie beide abwechselnd, und diejenige, die gerade mehr Kraft aufbringen konnte, half der anderen mit kleinen Gefälligkeiten aus. Ihre Lage lud in der Tat nicht zum Jubeln ein. Ninas wohl allzu zaghaften Bemühungen, ein Engagement zu finden, war kein Erfolg beschieden. Immerhin hatten sie den Sommer über im Hof in der Jerusalemer Straße regelmäßig proben können, sodass sie in Form blieben und das Programm nicht in seine Einzelteile zerfiel. Jetzt aber nahte wieder die Zeit, in der sie alle Kräfte darauf konzentrieren mussten, genug Heizmaterial aufzutreiben, und sobald Schnee fiel oder Glatteis den Boden bedeckte, war an Proben im Freien nicht mehr zu denken.

»Mir läuft die Zeit weg«, hatte Jenny bekundet, als sie um Mitternacht von ihrem Dienst im *Salamander* gekommen waren. »Gesund ist das, was ich mache, sowieso nicht, mein Körper ist im Grunde ein Wrack, und wenn ich dreißig bin, kann ich ihn wegschmeißen.«

Wer Jennys berauschend geschmeidigen Bewegungen zusah, konnte nicht glauben, dass es ihr ernst war, aber Nina wusste, was sie meinte, und hohle Durchhalteparolen waren zwischen ihnen nicht üblich. »Fahr zu Carlo«, riet sie ihr stattdessen. »Wir werden den Laden inzwischen schon schmeißen.«

»Bei Carlo werde ich zwar fett, weshalb meine kaputten Knochen am Ende dann auch keine Rolle mehr spielen. Aber das hilft mir mit den Trümmern meiner sogenannten Laufbahn nicht weiter und holt mich nicht aus meinem Loch.«

Nina hätte sie gern gefragt, ob sie Carlo, der immer häufiger mit Rennpferden nach Berlin kam, liebte, doch da sie selbst solche Fragen nicht gestellt bekommen wollte, ließ sie es bleiben.

»Weißt du, was ich bräuchte, was wir beide bräuchten? Sonia ist ein tapferer kleiner Streiter, die begnügt sich damit, mit ihrem Podie im Keller zu kuscheln, aber wir zwei Hübschen hätten mal wieder einen Anlass nötig, um die Glitzerkleider anzuziehen und uns eine Federboa um den Schwanenhals zu schmeißen. Ich hab Darius schon ein paar Mal gefragt, ob wir nicht wenigstens mal in eine von den Mokkadielen, wo sie Jazz spielen, gehen wollen, aber ich kriege immer die gleiche Antwort: Kostet Geld.«

Nina hatte genickt. Sie sehnte sich selbst nach einem Abend jenseits von Alltag und Sorgen, der sie inspirierte, den Traum in ihr wachrief und dessen Erfüllung nicht länger völlig unmöglich scheinen ließ. Das *Salamander* war wundervoll. Es war ihr Zuhause, sie waren dort unter ihresgleichen und konnten sich darauf verlassen, dass jeder, der zu ein bisschen Geld kam, die anderen freihielt. Dem *Salamander* verdankten sie es, dass sie weder Hunger litten noch sich je von allen guten Geistern verlassen fühlen mussten, aber sie waren jung, sie sehnten sich nach Musik und Tanz und dem Glanz von Lichtern, der blendete und die Kanten der Wirklichkeit weich zeichnete.

Vor Kurzem war das Verbot von Leuchtreklamen, das noch aus dem Krieg stammte, aufgehoben worden, und wenn man jetzt in der beginnenden Dunkelheit durch die Straßen der Innenstadt lief, funkelte, schimmerte, leuchtete, blinkte und schillerte es einem von allen Seiten entgegen und lockte in die zahllosen Untiefen des Vergnügens, lud ein, sich zu verlieren und zu vergessen.

Sooft Nina gezwungen war, an der schwarz-goldenen Reklame des *Wintergarten* vorbeizulaufen, die sie einst in Berlin begrüßt hatte, gab sie ihr Bestes, um nicht hinzusehen, aber ihr Bestes war nie gut genug.

Während des Sommers waren sie manchmal zu viert oder fünft durch das Geglitzer der nächtlichen Stadt gelaufen, hatten billiges Bier aus Flaschen getrunken, gelacht und zu ihrem eigenen Gesang getanzt. Sonia allerdings war seit dem Mord an Walther Rathenau nicht mehr mitgegangen und hatte direkt nach der Tat wochenlang ihr Kellerloch nicht verlassen.

»Ich muss immer bei ihr sein, wenn ich bin nicht da, sie hat vor diesen Leuten Angst«, hatte Podie, der sich als Straßensänger verdingte, mit einiger Verzweiflung erklärt.

Die Freunde hatten gehofft, es würde besser werden, wenn die Mörder gefasst und verurteilt waren, doch dazu kam es nicht. Dabei schien jeder zu wissen, wer die Täter waren: Sie gehörten einer radikalen nationalistischen Gruppierung namens *Organisation Consul* an, die sich aus ehemaligen Heeresangehörigen zusammensetzte und den Sturz der Republik zum erklärten Ziel hatte. Zwei von ihnen waren bei dem Anschlag ums Leben gekommen, und dreizehn weitere wurden in den folgenden Tagen verhaftet. Der Prozess gegen sie hatte vor wenigen Wochen stattgefunden, doch über den Namen der Organisation breitete sich auf einmal ein seltsames Schweigen.

Sie war verboten worden, ein Gesetz zum Schutz der Republik wurde erlassen, und ihren Hauptsitz in München hoben dortige Polizeieinheiten aus. Von den zahlreichen weiteren Nestern, die sie in allen wichtigen Städten unterhalten sollten, war keine Rede mehr. Es kam zu ein paar verblüffend milden Verurteilungen, und auf Drängen der Presse gab es eine Erklärung, in der es hieß, man habe für eine Beteiligung der Organisation Consul an dem Anschlag keine ausreichenden Beweise erbringen können.

»Aber was hat das alles denn mit Sonia zu tun?«, hatte Nina Jenny gefragt, als sie in der Nacht nach der Urteilsverkündung nach Hause gingen. »Sie hat doch mit Politik nichts zu tun, zeichnet nicht einmal Karikaturen oder politische Plakate, sondern nur, was sie sieht.«

»Denk mal ein paar Schrittchen weiter, Herzing«, hatte Jenny gesagt und auf die Überreste der Schmiererei gewiesen, die sie so mühsam von der Häuserwand zu kratzen versucht hatten. »Ja, ich weiß, diese Dreckschweine haben vor Gericht antisemitische Motive abgestritten, und natürlich grenzt es an Hysterie, wenn Sonia fürchtet, dass demnächst sämtliche Juden aus ihren Häusern gerissen und auf offener Straße niedergemetzelt werden. Tatsache ist aber, dass ein Haufen Consul-Leute weiter auf freiem Fuß sind, dass in München schon wieder irgend so ein Schreihals krakeelt, die Juden hätten uns ans Ausland verschachert, und dass ich vermutlich auch in Hysterie verfallen würde, wenn mein Vater Mosche geheißen hätte und nicht Waldemar – umso mehr, wenn ich das, was wir hysterisch nennen, bereits einmal am eigenen Leib erlebt hätte.«

Nina hatte nicht gewusst, dass Sonia Jüdin war. Sie hatte sich darüber so wenig Gedanken gemacht wie über die Konfession, die in ihrem eigenen Taufschein stand. Sie sprach mit Podie, fragte einen Redakteur des *Vorwärts*, der im *Salamander* verkehrte, und erfuhr, dass die Scharen von galizischen Juden, die nach Kriegsende nach Berlin geströmt waren, vor Pogromen geflüchtet waren, die etliche das Leben gekostet hatten. Not und Elend hatten sich in den Städten des einstigen Kronlandes ausgebreitet, und die Hungernden, die nichts begriffen, hatten sich auf den Sündenbock gestürzt, den man ihnen bot.

Was Sonia dabei erlebt hatte, wusste keiner von ihnen, und sie danach zu fragen, war sinnlos. »Sie will nicht sprechen, nur zeichnen«, sagte Podie, »und nach ihrem Zeichnen ich darf sie nicht fragen.« Eines Abends war Sonia dann einfach wieder da, dünn und bleich wie gewohnt, aber dem Anschein nach bei guter Gesundheit und bald tief über einen Bierfilz gebeugt.

Nina hatte sich neben sie gesetzt und den Arm um sie gelegt. »Wir sind deine Freunde«, hatte sie gesagt. »Wenn es jemanden gibt, der dich auch nur im Mindesten bedroht, dann bedroht er uns alle, und wir werden alle zur Stelle sein, um ihn zur Rechenschaft zu ziehen.«

Sonia blickte von ihrer Zeichnung kaum auf, das kurze Wenden des Kopfes war nicht mehr als eine Höflichkeitsgeste, die Nina schon kannte. »Ich danke dir, Nina«, sagte sie. »Jenny hat mir schon etwas Ähnliches gesagt, nur hat sie weniger vornehme Worte benutzt, und ich danke euch beiden. Umgekehrt gilt dasselbe. Tut jemand dir weh, tut jemand Jenny weh, dann tut er auch mir weh, und ich bin da, wenn ihr mich braucht. Dass ich manchmal nicht so kann, wie ich sollte, und eine Zeit in meiner Höhle brauche, musst du nicht zu sehr beachten. Ich komme ja wieder. Ich bin hier zu Hause. Es wird, wie Jenny sagt, nichts so heiß gegessen wie gekocht.«

Besonders beruhigend war das nicht, und Nina machte sich Sorgen um die eine Freundin wie um die andere. Sie wusste aber, dass Jenny und Sonia sich ebenso um sie Sorgen machten, und eine Qualität ihrer Freundschaft bestand darin, dass sie einander keine Fragen stellten, die die andere nicht beantworten wollte. Stattdessen halfen sie sich, wo immer möglich, mit kleinen Gesten des Alltags aus.

Nina bezahlte die Schrippen und die Schnecke, von der Jenny so gern den Zuckerguss zuerst aß. Mit dem bisschen, was sie übrig hatte, hätte sie Jenny liebend gern beim Metzger wenigstens ein Stück Schlackwurst besorgt, aber das konnte sie sich abschminken. Genauso wie einen Abend Rambazamba unter Berlins künstlich erleuchtetem Himmel. Stattdessen trug sie den kläglichen Rest des Geldes zum Gemüsehändler, wo sie eine ordentliche Menge Kartoffeln und Zwiebeln dafür bekam. Bratkartoffeln ohne Speck oder Heringe waren nicht gerade ein kulinarischer Höhenflug für ihren lang ersehnten freien Abend, kein Fest der Sinne, das in Stimmung versetzte, aber es würde den gesamten Haushalt satt machen. Und wenn Viktor schlief und Darius zu seinem Auftritt unterwegs war, würden sie sich vielleicht zur Krönung des Abends zwei Flaschen Bier von Alfred pumpen.

Nina trug ihre Einkäufe die Treppe hoch und versuchte dabei, ihren Tag zu planen. So viele Stunden blieben ihr, Zeit, um neue Bewerbungen zu formulieren, Verbesserungen am Programm zu überdenken, Ideen für weitere Nummern zu skizzieren – aber nichts davon wollte ihr gelingen. Sie kam sich vor wie ein Automobil, in dessen Tank kein Mensch Benzin goss. Der Motor mochte stottern und husten und sich die herzzerreißendste Mühe geben, aber das Gefährt kam keinen halben Meter voran.

»*Oh, là, là*, das Frühstück.«

Nina blickte auf und sah Jenny in der Tür der Wohnung stehen. Sie trug den rotseidenen Morgenmantel, der Darius gehörte, jedoch seit Langem in ihren Besitz übergegangen war. Das Kleidungsstück war uralt, verschossen, abgewetzt, aber es schien davon nur noch eleganter zu werden, und an der ansonsten nur in Unterwäsche gewandeten, völlig ungekämmten Jenny sah es einfach großartig aus.

»Ich fürchte ein *Oh, là, là* ist das Frühstück nicht wert«, sagte Nina und hielt die Tüte vom Bäcker in die Höhe. »Aber immerhin reicht es für alle, und ein bisschen Süßes für dich gibt es auch.«

»Das Süßeste von allem bist du, weißt du das, Herzing?« Jenny warf den schönen Kopf in den Nacken, lachte und schwenkte einen großen cremefarbenen Umschlag, den sie in den Fingern hielt. »Und heute Abend schmeißen wir zwei Süßen uns in Schale und machen die Stadt unsicher. Wir gehen nämlich ins Kino. *UFA-Palast*. Weltpremiere. Anregende Getränke inbegriffen.«

Nina nahm mit einem Sprung drei Stufen, war gleich darauf bei ihr und riss ihr den Umschlag aus der Hand. *Nina von Veltheim* stand darauf in einer schönen, schrägen Schrift.

»Seit wann machst du denn meine Post auf?«, herrschte sie Jenny an.

»Tut mir leid«, murmelte diese kein bisschen zerknirscht. »Ich dachte, er wäre für mich, ich hatte meine Brille nicht auf.«

»Du hast doch gar keine Brille!«

»Vielleicht brauche ich eine.« Jenny warf Nina eine Kusshand zu, schnappte ihr die Schrippentüte weg und wirbelte in dem seidenen Morgenmantel herum. »Ein bisschen für mich ist er außerdem auch«, sagte sie. »›*Universum Film AG haben die Ehre, Fräulein Nina Veltheim und eine Begleitperson Ihrer Wahl zur Welturaufführung ihres Films* Frühlings Erwachen *und so weiter einzuladen*‹ steht drin. Und die Begleitperson deiner Wahl bin doch wohl ich, oder nicht? Sag nicht, du willst stattdessen Ypsilantis oder Oberst von Kleewitz mitnehmen, sonst weine ich mir die Augen aus.«

»Der ist kein Oberst«, blaffte Nina. »Bloß Hauptmann.«

»Na, dann ist die Sache ja geritzt und du musst doch mich mitnehmen«, flötete Jenny. »Mit einem popeligen Hauptmann kann ich dich unmöglich auf eine Welturaufführung gehen lassen. Und dann noch in *Frühlings Erwachen*. Bei dem ist doch Winter, solange er rumläuft, und dem Schnee von gestern trauert der noch hinterher, wenn überall die Bäume blühen.«

Sie verzog sich, vielleicht doch ein wenig schuldbewusst oder nur voll Gier auf die Zuckerschnecke. Nina zog die Wohnungstür hinter sich zu, setzte sich im Flur auf den Boden und öffnete den Umschlag. Die Einladung war offenbar in der Post aufgehalten worden. Sie trug ein Datum, das eine Woche zurücklag, und war bedruckt mit dem Text, den Jenny bereits zitiert hatte:

Universum Film AG haben die Ehre, Fräulein Nina Veltheim und eine Begleitperson Ihrer Wahl zur Welturaufführung ihres Films Frühlings Erwachen *am 26. November um 19 Uhr im* UFA-Palast *am Zoo einzuladen.*

Hinzugefügt waren eine Reihe von klangvollen Namen, deren Träger offenbar an der Entstehung des Films mitgewirkt hatten, die Adresse, an die man seine Antwort richten sollte, und die Nummern der Sitzplätze. Und dann, ganz am unteren Rand, noch drei Zeilen, die dazu führten, dass Nina die Karte fallen ließ:

Zu einer anschließenden Feier bei Getränken, Darbietungen und Musik bitten wir Sie in das Varieté Wintergarten, Hotel Central, *Friedrichstraße. Für Ihren Transport stehen Limousinen bereit.*

Sie zog ihre Beine dicht an den Körper und umklammerte sie. Der Film war angekündigt, das Plakat hing an sämtlichen Litfaßsäulen und Werbeflächen der Stadt – ein stilisiertes Doppelporträt in Schwarz- und Grautönen, in dem sich unschwer die Gesichter Asta Nielsens und Anton Wendlands erkennen ließen, ihre Züge wie in Metall geprägt, ihre Augen übergroß, nackt, den Betrachter verfolgend. Nina hatte sich den Film nicht ansehen wollen, sie hatte alles lieber gewollt als das. Und zur anschließenden Feier sollte sie sich in den *Wintergarten* kutschieren lassen, zu Ernst-Egon Neugebauers persönlichem Amüsement?

Alles in ihr sträubte sich, wollte hier sitzen bleiben, sich verweigern, weitermachen, als hätte sie von der Einladung nie etwas gehört.

Wie aber konnte sie Jenny, die irgendwo weiter hinten in der Wohnung den *Tanz der Zuckerfee* pfiff, während sie Viktor Frühstücksschrippen strich, um diese Freude bringen? Sie hatten doch kein Geld, sie konnte ihr keinen Ersatz dafür bieten, und vielleicht hatte Jenny ein bisschen Aufmunterung nie so nötig gehabt wie jetzt.

Sie war für Nina da gewesen, in all den Wochen nach der Katastrophe bei Neugebauer und umso mehr nach der Trennung von Anton – wenn sie gebraucht wurde, Tag und Nacht, ohne Fragen zu stellen, ohne ungewollten Rat zu erteilen, ohne Wenn und Aber.

Wie konnte Nina ihr diesen einen Abend verweigern, diese eine Gelegenheit, sich zu amüsieren?

Nina riss sich zusammen und hob die Karte vom Boden auf. Auf der Rückseite standen mit schwarzer Füllfeder geschrieben ein paar Zeilen:

Verzehrgutscheine gibt es nicht, aber unser Tisch ist für euch reserviert und Mojitos bei Herrn Haase vorbestellt. E-E. N. ist wegen Entfernung eines Furunkels auf Urlaub. A.

32

ANTON

MÄRZ 1923

Sie sind wohl unter einem Glücksstern geboren«, sagte Frida Richard, die lebenslustige Österreicherin, die in *Frühlings Erwachen* die Rolle der Mutter gespielt hatte. »Wir haben schon drüben bei uns in Wien gehört, dass Ihnen alles, was Sie anfangen, gelingt, und nun, nach dem Film, können Sie wohl spielen, was Sie wollen.«

Der Film war ein Kassenschlager, alle Kinos, die ihn im Programm hatten, waren selbst jetzt noch auf Wochen ausverkauft. Eine englische Fassung unter dem Titel *Spring Awakening* war in Vorbereitung, und eines Morgens nach Weihnachten hatte Frau Brenneisen mit einem Kreischen den mit bunten Marken übersäten Brief aus dem Kasten gezogen, der aus Hollywood stammte.

Was jedoch mehr war: Der Film war gut. Er war nicht perfekt, beileibe nicht. Sowohl Leo Jessner als auch Anton selbst waren Anfänger in dem neuen Medium und klebten viel zu sehr am Theater, um dessen Möglichkeiten effektiv zu nutzen. Der Kritiker der *Lichtspiel-Bühne* bemängelte denn auch, dass Jessner lediglich ein Drama inszeniert und abgefilmt hätte, aber niemand leugnete, dass der Regisseur sich wie kaum ein Zweiter darauf verstand, den Kern einer Geschichte freizulegen und ihn zu einer Wirkung zu bringen, der sich kaum ein Mensch entziehen konnte. Außerdem hatte er eine Hand für Schauspieler, brachte in ihnen allen das Beste zum Vorschein, und die einzigartige Asta Nielsen war schlicht für die Leinwand geboren.

Dass sie zehn Jahre älter war als er, hinderte die Klatschreporter selbstverständlich nicht, Anton eine Affäre mit ihr anzudichten. Die frisch geschiedene Asta Nielsen hatte ihn jedoch wissen lassen: »Ich bin nicht abgeneigt. Ich bemerke jedoch, dass Sie es sind, und an einem Mann, der mit mir zusammen ist, weil man sich die Nielsen eben nicht entgehen lässt, habe ich keine Freude. Nichts für ungut. Schließen wir Freundschaft und machen einen guten Film.«

Das war ihnen gelungen.

Der Film war gut, weil er kraftvoll und couragiert war, weil er in seine Zeit passte und dennoch etwas hatte, das über Zeit und Raum hinauswies. Etwas, das in seiner Fehlbarkeit direkt zu Menschen sprach.

Leo Jessner hatte sich Antons Mitarbeit bereits für einen weiteren Film gesichert, den er jedoch erst in fernerer Zukunft umzusetzen gedachte. Erst einmal verpflichtete er ihn für sein Schauspielhaus, wo er ein brandneues Stück des Künstlers Ernst Barlach zur Aufführung bringen wollte. »Als Drama taugt es nicht viel«, sagte er zu Anton. »Aber es erzählt von etwas Unerhörtem, und dazu sind wir ja auch hier: um unseren Zeitgenossen eine Stimme zu geben.«

Jessner war Jude, machte aus seiner linksgerichteten politischen Einstellung keinen Hehl und wurde mit Schmähschriften, Protestaufrufen und Schmierereien nationalistischer Kräfte bombardiert. Es focht ihn nicht an. »Wenn die einen solchen Aufwand betreiben, muss ich wohl einen Nerv treffen«, sagte er.

Mit ihm zu arbeiten, erfüllte Anton und forderte ihn heraus. Er spürte förmlich, wie er sich innerlich streckte, sich als Schauspieler entwickelte und vorankam, auch wenn es Rückschritte und gescheiterte Versuche gab. Geldsorgen, die er befürchtet hatte, brauchte er sich nun keine mehr zu machen, denn die UFA bezahlte ihn in Dollar, und schon für ein läppisches Interview wurden ihm Honorare in absurder Höhe geboten.

»Lassen Sie es sich gut gehen«, sagte Asta Nielsen, ehe sie zum nächsten Film nach Dalmatien abreiste. »Sie haben es sich verdient.«

Wie aber konnte man es sich gut gehen lassen, wenn man um sich herum täglich mehr Menschen sah, denen es elend ging? Nachdem Nina ihn verlassen hatte, hatte Anton versucht, in einer Blase zu leben, sich ganz auf seine Arbeit zu konzentrieren, nur mit Schauspielkollegen zu verkehren und den Rest der Welt zu ignorieren. So ähnlich hatte er es auch damals gemacht, in jenem heißen Sommer 1914, als um ihn herum die Sorgen wuchsen, er aber mit Liesa am Wannsee saß und blödsinnig glücklich war. Kriegserklärung und Einberufung hatten ihn eiskalt erwischt. »Es wird schon so schlimm nicht werden«, hatte er Liesa versichert. »Überall heißt es ja, bis Weihnachten sind wir wieder zurück.«

Dennoch hatten sie sich verlobt.

»Damit ich weiß, dass ich zu dir gehöre«, hatte Liesa gesagt. Anton hatte das auch ohne Ring und Feier und Gelöbnis gewusst, doch er war noch immer blödsinnig glücklich gewesen, als er mit Rudi und Reinhold in den Zug an die belgische Grenze gestiegen war. Die drei Musketiere.

»Solange wir zusammen sind, kann uns doch nichts passieren.«

Hätte er mit allem, was dann geschah, besser und angemessener umgehen können, wäre er zuvor kein solcher Ignorant gewesen? Er würde es nie erfahren, doch in jedem Fall war ihm die Fähigkeit zur Ignoranz abhandengekommen. Außerdem schrien die Zeitungsjungen ja auch laut genug, und wenn demnächst tatsächlich der geheimnisvoll angekündigte Rundfunk auf Sendung ging, würden ihm die schlechten Nachrichten vermutlich noch aus überall aufgestellten Lautsprechern entgegenhallen.

Die Versuche des Kabinetts Cuno, einen Aufschub der Reparationslieferungen zu erreichen, waren gescheitert. Am 11. Januar begannen französische und belgische Truppen, das Ruhrgebiet zu besetzen. Reichskanzler Cuno stellte daraufhin die Zahlungen ganz ein und rief die Bevölkerung zum passiven Widerstand auf. Das bedeutete Streik. Beamte der Bahn legten als Erste die Arbeit nieder, und ein Wirtschaftszweig nach dem anderen folgte.

Anton war beeindruckt davon, wie wenige den Aufrufen nationalistischer Kräfte, sich gewaltsam zu widersetzen, folgten. Dennoch konnten das Brachliegen der Industrien und die Übernahme der Löhne für die Streikenden nicht ohne Folgen für die ohnehin darniederliegende Wirtschaft bleiben, und die Leidtragenden waren wie üblich die, deren Leben ohnehin ein täglicher Kampf ums Äußerste war.

Anton kaufte selten ein, das erledigte Frau Brenneisen, doch als sie einmal mit einer Erkältung im Bett blieb und er rasch Brot besorgen wollte, verlangte man von ihm in der Bäckerei dafür achthundert

Reichsmark. Ein halber über den Tresen gereichter Dollar löste das Problem und sorgte für Begeisterungsstürme, aber wie sollte ein gewöhnlicher Arbeiter einen solchen Preis bezahlen?

Vor den Fabriktoren, den Druckereien, Geschäftshäusern und Verwaltungsgebäuden begannen sich morgens früh Scharen von Frauen zu sammeln. Sie warteten darauf, dass ihre Männer ihnen die soeben ausgezahlten Löhne herausbrachten, damit sie sie in aller Eile für das Nötigste ausgeben konnten, ehe am Nachmittag der neue Dollarkurs verkündet wurde und das Geld wiederum an Wert verlor.

Berlin brodelte. Anton konnte keine Straße mehr entlanggehen, ohne Gruppen von Menschen zu begegnen, die zornig ihrem Unmut Luft machten, ohne auf Hassparolen gegen die Republik zu stoßen, die mit frischer Farbe an Wände geschmiert waren, ohne ein Flugblatt in die Hand gedrückt zu bekommen, das von der einen oder der anderen Seite zum Protest aufrief. Es kam wieder zu Schlägereien in Lokalen und auf der Straße, und die in München gegründete Nationalsozialistische Deutsche Arbeiterpartei, die den Vertrag von Versailles für nichtig erklären und allen Juden die Staatsbürgerschaft entziehen wollte, erhielt Zulauf, obwohl sie in mehreren deutschen Ländern verboten worden war. Im Wedding, so hörte man, war eine Bäckerei überfallen und geplündert worden, und selbst im vornehmen Charlottenburg waren die Straßen von Bettlern gesäumt.

Immer mehr Frauen waren darunter, und fast alle hatten mehrere Kinder bei sich.

Die Theater, Kinos und Vergnügungsstätten waren dennoch allabendlich voll, aus den Lokalen quollen bis in die Morgenstunden fröhliche Zecher, und in den Tanzdielen fand man nach neun keinen Platz mehr. Zum einen gab es eben immer noch Menschen, für die Geld kein Problem darstellte. Wo die, die arbeiteten und sparten, verloren, gewannen die, die riskierten und spekulierten, und überdies flossen Ströme von Touristen nach Berlin, die das Gefühl hatten, sie könnten sich für die Devisen in ihren Taschen die gesamte Stadt kaufen.

Außerdem waren so wohl Menschen beschaffen: Anton hatte es im Krieg erlebt, in der Etappe, wo Kabaretts, Kleinkunstbühnen, Kneipen und Bordelle förmlich aus dem Nichts entstanden. Wenn morgen die Welt unterging, wollte man heute noch einmal seinen Spaß haben, und Anton konnte es niemandem verdenken. Im Gegenteil, er hätte recht gerne mitgetan. Nur hatte er schon damals wenig Talent zur Ablenkung besessen, und heute schien es ihm völlig abhandengekommen zu sein.

Vor allem von einem gab es am Tag wenig und in der Nacht überhaupt keine Ablenkung für ihn: von dem Umstand, dass in der Jerusalemer Straße Nina von Veltheim wohnte und dass an seinen Gefühlen für sie noch immer nicht zu rütteln war.

Sein Stolz hatte es ihm untersagt, sie zu seiner Premiere einzuladen, aber den Stolz hatte Anton stiften geschickt. Er war sogar so weit gegangen, den Produzenten den *Wintergarten* für ihre Premierenfeier zu empfehlen, auch wenn er sich dafür schämte. Noch immer zog es ihn alle paar Wochen dorthin, wie es angeblich einen Täter wieder an den Tatort zog. Mit Fridolin Pätznick und Hieronymus Haase, die er jedes Mal zum Trinken einlud, verband ihn inzwischen so etwas wie eine Schicksalsgemeinschaft. Hiero beklagte, sein Verlöbnis mit Christa sei erkaltet, weil er zu wenig Zeit für sie erübrigen und ihr kein angemessenes Leben bieten konnte. Fridolin hingegen fürchtete ein Dasein in Einsamkeit, weil seine Arbeitszeiten ihm keine Möglichkeit ließen, eine »Dame des Herzens« kennenzulernen.

An Antons und Ninas Geschichte nahmen die beiden lebhaft und voller Bestürzung Anteil. Sie wussten nicht mehr als das, was sowohl Nina als auch Anton ihnen erzählt hatten, nämlich dass »in beiderseitigem Einverständnis« eine Trennung erfolgt war, doch alles Fehlende spekulierten sie sich zusammen.

»Aber Sie waren doch unser Liebespaar vom *Wintergarten!*«, hatte Fridolin fassungslos ausgerufen. »›Romeo und Julia unter Sternen‹ haben wir Sie unter uns genannt.«

»Nun, sonderlich gut ist es bei Romeo und Julia auch nicht ausgegangen«, gab Anton so trocken wie möglich zu bedenken, aber das ließen seine beiden Gefährten nicht gelten.

»Hören Sie, Herr Anton, wenn es da einen anderen gibt, dürfen Sie deswegen nicht aufgeben«, beschwor ihn Hiero. »Ich bin mir sicher, bei meiner Christa hat es auch schon manchen anderen gegeben, aber wissen Sie, was ich dazu sage? Wo du dir deine *Amuse-Gueules* einverleibst, brauche ich gar nicht zu wissen, sage ich, aber dein Hauptgericht bleibe ich und damit Schluss.«

Das hatte ich auch schon einmal, dachte Anton, obwohl der Vergleich auf mehr als einem Fuß hinkte. Vielleicht hätte er sich ja auch diesmal darauf eingelassen, vielleicht konnte man auf seinen Stolz wirklich pfeifen, wenn man nachts vor Sehnsucht keinen Schlaf fand und vor Einsamkeit wie ein Kind nach einem einzigen Menschen hätte schreien wollen. Tatsache war aber nun einmal, dass Nina ihn als ihr Hauptgericht nicht wollte. Ob es einen anderen gab, wusste er nicht. Obwohl er sich auch dafür schämte, konnte er sich nicht davon abhalten, gelegentlich an ihrem Haus vorbeizugehen und sich beim einen oder anderen Ladeninhaber gegen ein Entgelt nach ihr zu erkundigen, aber so weit, nach einem Mann zu fragen, ging er nicht.

Er wollte nur wissen, dass es ihr gut ging, dass sie ihr Leben lebte, dass ihr Entschluss, seine Hilfe abzuweisen, richtig gewesen war.

Die Kränkung saß tief. Er hatte ihr mehr oder minder sein Leben zu Füßen gelegt, war über die Schatten seiner Vergangenheit gesprungen und hatte radikal darin aufgeräumt, um sich ihr als ein erneuerter Mensch zu präsentieren, aber sie hatte diesen neuen Menschen abgelehnt. Auch das einzigartige Angebot, das er ihr im Gepäck mitbrachte, hatte sie kaltschnäuzig abgelehnt und ihn sogar dafür beschimpft. Die wenigen Frauen, die ähnliche Ambitionen hegten wie sie, wären ihm dafür um den Hals gefallen, und eine ähnliche Reaktion hatte er wohl auch von Nina erwartet. Nina Veltheim aber hatte Leo Jessner nicht nötig, warf ihm sein Angebot vor die Füße und ging.

Was hatte er falsch gemacht?

Hatte er ihr nicht nach besten Kräften bewiesen, dass er ihre Eigenständigkeit und ihren Lebensplan akzeptierte, ja dass er sie darin unterstützte?

Anton hatte Wochen oder eher Monate gebraucht, um zu begreifen, wie arrogant und selbstgerecht er auf sie gewirkt haben musste. Die Arbeit am Film half dabei, die Demut, die er empfand, wenn er sich wieder wie ein Anfänger fühlte, der etwas ganz neu lernen musste, die Dankbarkeit, wenn es nach kräftezehrenden Tagen schließlich gelang. Dasselbe wünschte sich Nina – ihren eigenen Weg aus eigener Kraft.

War das nicht ihr Recht?

Auch er selbst hatte sich als junger Eleve beweisen wollen, statt sich von Rudi mit seiner Schauspielerverwandtschaft bei Max Reinhardt in den Sattel heben zu lassen. Vor allem aber hatte er selbst entscheiden wollen, was für ihn das Richtige war, und hatte dafür mit der Liebe seiner Eltern bezahlt.

Als er Nina wiedersah, als er sie an dem Tisch, den sie an unzähligen Abenden mit ihm geteilt hatte, entdeckte, stellte er fest, dass er sie für ihre Willensstärke und ihre Kompromisslosigkeit nur noch mehr liebte. Auch wenn sie dabei übers Ziel hinausschoss und nichts Ehrenrühriges dabei war, wenn zwei Menschen, die sich liebten, einander halfen. Nina aber war erst zweiundzwanzig Jahre alt, und sie war eine Frau. Sie hatte jedes Recht, eine Zeit lang gegen alles, was ihre hart erkämpfte Freiheit bedrohte, um sich zu schlagen, ehe sie in ein Gleichgewicht fand, in dem sie eine dargebotene Hand nicht länger als Bedrohung empfand.

Sie und Jenny trugen glitzernde Fransenkleider, die ihre eleganten Knie sehen ließen und nicht verbargen, dass sie aus allerlei Resten zusammengestückelt waren, sondern gerade daraus ihren besonderen Reiz bezogen. Das von Nina war nachtblau und golden, das von Jenny in Grüntönen gehalten, und beide verrieten die geschickte Hand und das geniale Auge von Sonia Spielmann. Um die Köpfe – Jennys schimmernde Pagenfrisur und Ninas seidiges Langhaar – trugen sie passende, mit glitzernden Splittern besetzte Stirnbänder, und beide, auch Nina, die so gut wie nie rauchte, hielten endlose Zigarettenspitzen in den Händen.

Sie redeten, lachten, warfen ihre schönen Köpfe in den Nacken und bewegten sich mit einer Sicherheit, als gehöre ihnen das Lokal. Bei allem Schmerz des Verlusts empfand Anton eine plötzliche Freude, weil es in dem Land, in der Zeit, in der er lebte, solche jungen Frauen gab.

Es fand sich kein Mann im Saal und auch kaum eine Frau, die sich nicht nach ihnen umdrehten.

»Ihr Direktor Neugebauer sollte die beiden für Werbeplakate engagieren«, sagte Anton zu Fridolin und Hiero. »*Die Gesichter des Wintergarten*«. Ich wette, Sie hätten auf Wochen keinen freien Platz mehr in Ihrem Laden, aber Ihr Neugebauer hat diese zwei ja gar nicht verdient.«

»Unser *Wintergarten* ist kein Laden«, korrigierte Fridolin ihn hoheitsvoll und hatte natürlich damit recht. Der *Wintergarten* war einst der verglaste Vorbau eines Hotels gewesen, in dem die Gäste sich zwischen Palmenkübeln und Springbrunnen wie in einer fremden, exotischen Traumwelt fühlen sollten, selbst wenn ein Berliner Platzregen an die Scheiben tobte oder meterhoch Schnee lag. Dass ihm dieser Charme noch immer anhaftete, trug zu seinem Zauber bei.

»Ansonsten ist das allerdings eine glänzende Idee«, bemerkte Hiero. »Nur sollten Fräulein Nina und Frau Jenny Werbung für sich selbst machen. Herr Direktor Neugebauer hat sie in der Tat nicht verdient, so wie er mit Fräulein Nina umgesprungen ist. Und die beiden und ihre Kompanie könnten doch Werbung so dringend gebrauchen, damit sie endlich das Engagement bekommen, das ihnen schon so lange gebührt.«

Diesen Worten entnahm Anton, dass Nina noch immer nicht aufgegeben hatte, was ihn nicht überraschte, jedoch aus tiefstem Herzen freute. Er sprach sie an diesem Abend nicht an, er wollte sie die Stunden genießen lassen, sosehr er darauf brannte, zu erfahren, was sie von seinem Film hielt. Um ihn sollte es dieses Mal jedoch nicht gehen, sondern um sie, die diesen Ort liebte und darin aufblühte. Sie hatte die Atempause mit ihrer Freundin zweifellos nötig und verdient, und er wollte ihr nicht lästig fallen. Also ging er nur in einigem Abstand an ihrem Tisch vorbei, hob kurz die Hand, um Jenny zu grüßen, und nickte Nina zu.

Wie er sie kannte, dachte sie über ihre Reaktion nicht nach, sondern handelte spontan. Statt seinen Gruß zu erwidern, griff sie nach ihrem Glas und hielt es hoch. Es war ein hohes Glas mit einem Zuckerrand, einem Strohhalm und der zu Locken geschnittenen Schale einer Limette. Die Flüssigkeit darin war ebenfalls ein wenig grün und auch ein wenig gelb – ein Abenteuer, in dem Minzblätter schwammen.

Die Idee mit der Werbung ging Anton nicht mehr aus dem Kopf. Es war ja nicht mehr als ein vager, völlig unausgegorener Gedanke, doch in seinen schlaflosen Nächten bekam er nach und nach Gestalt. Mit einem Foto der sinnlichen, auf fast maskuline Weise schönen Jenny hätte man auch Werbung für die Gleichberechtigung der Frau machen können – und dabei zum Kampf gegen die Feinde der Republik aufrufen: *Wer hat Angst vor einem Staat, der so grandiose Frauen hervorbringt?*

Nina hingegen war eine Frau, die auf den ersten flüchtigen Blick kaum jemandem auffiel. Sobald sie jedoch zu sprechen begann oder in Bewegung geriet, sobald sich ihr Feuer entfaltete, war sie unwiderstehlich. Nina mit ihrer Energie hätte einen Raum mit Licht und Wärme füllen können, ohne dass es den Bewohner einen Pfennig kostete.

Darüber dachte er in seinen schlaflosen Nächten nach: Um Ninas erstaunliche Wirkung zur Geltung zu bringen und zur Werbung für ihre Wunderweiber einzusetzen, wäre eine Filmszene viel besser geeignet als ein Plakat. Der Kameramann von *Frühlings Erwachen* war ein Däne namens Axel Graatkjær, ein prächtiger Kerl, der mit seinen eigenen Kameras arbeitete. Anton hatte sich ein wenig mit ihm angefreundet und hätte ihn problemlos um Hilfe bitten können, doch er wollte diesmal nichts übereilen und über Ninas Kopf hinweg entscheiden.

Anton hatte schmerzhaft lernen müssen, dass er Nina nicht helfen durfte, indem er selbstgefällig Dinge für sie arrangierte, die er für erstrebenswert hielt. Nichts sprach jedoch dagegen, ihr einen Wink zu geben, der ihr dabei half, sich selbst zu helfen. Darin lag nichts Arrogantes, nichts Gönnerhaftes, das ihr die Zügel ihres Lebens aus der Hand nahm, sondern nur der Beweis dafür, dass ihm das, was sie vorhatte, wichtig war.

Dass er es ernst nahm.

Und dass er bei Tag und bei Nacht an sie dachte.

Ja, den kleinen Wink, die Idee, die er ein wenig ausgebaut hatte, wollte er ihr zukommen lassen, und ob sie dann etwas damit anfing, blieb ihr überlassen. Nur brauchte er, um diesen Geistesblitz an die Frau zu bringen, einen Verbündeten, denn wenn er von ihm selbst kam, würde Nina ihn wohl kaum eines Blickes würdigen.

Kurz zog er Jenny Alomis in Erwägung, die ihn schließlich eigens gebeten hatte, in Verbindung zu bleiben, doch er beschloss, nur auf sie zurückzugreifen, wenn ihm partout nichts anderes einfiel. Jenny war ein prachtvoller Kamerad, die Solidarität in Person, aber als Verschwörerin hatte sie ihre Schwächen. Über kurz oder lang würde sie sich bei Nina zweifellos verquatschen und damit die Chancen seines Plans ruinieren. Außerdem würde es ihn schon vor Schwierigkeiten stellen, an sie heranzutreten, ohne dass Nina davon Wind bekam.

Dennoch stand Anton kurz davor, Jenny im *Salamander* oder in der Wohnung von Frau Rottenheimer aufzusuchen, als ihm der Zufall doch noch einen besseren Weg in die Hand spielte. In seiner Morgenzeitung, in der er seit geraumer Zeit mit verdächtigem Interesse den Lokalteil für Brandenburg studierte, entdeckte er einen kurzen Artikel über den Angehörigen eines Landrats, der eine Suppenküche für Arme eröffnet hatte und die Gutsbesitzer seines Kreises dazu aufrief, überzählige Erzeugnisse in ihren Kammern und Kellern dafür zu spenden.

Heureka.

Anton hatte Mühe, nicht im Triumph mit der Faust in die Luft zu schlagen.

Das war sein Verbündeter.

Carl-Otto von Veltheim, genannt Carlo.

Der Mann war ihm von ihrer ersten Begegnung an sympathisch gewesen, und das Sympathischste an ihm war, dass er seine Schwester Nina genau wie Anton selbst von ganzem Herzen liebte.

33

NINA

MAI 1923

Sach mal, Meechen, wann schläfst du eigentlich?«, hatte Alfred sie neulich gefragt, und Nina hatte darauf keine vernünftige Antwort gewusst. Seit Februar holte sie zusätzlich zu ihrer Arbeit im *Salamander* jeden Morgen vor Sonnenaufgang einen Stapel Exemplare des *Berliner Tageblatts* aus dem Mossehaus und trug sie in den Cafés und Kneipen der Umgebung aus, die ihren Gästen ein Sortiment von Zeitungen anboten.

Einer der Vorteile dieser Arbeit bestand darin, dass sie ihr Geld in der Frühe ausgezahlt bekam, ehe ein neuer Dollarkurs die dicken Notenstapel jeden Wertes beraubte. Außerdem fiel eine Menge nebenbei ab. Wenn ihr der Kellner oder Inhaber der Lokale, die sie belieferte, ein Trinkgeld zustecken wollten, fragte sie geradeheraus: »Dürfte es bitte ein Splitterbrötchen oder eine Käsestange sein?«, und kam daher häufig mit einem gefüllten Frühstückskorb zu ihren Lieben nach Hause. Für Kaffee langte es nicht an allen Tagen, aber wenn welcher im Haus war, erwartete Darius sie mit einer frisch gebrühten Kanne.

Dem, der mit Zichorie gestreckt und erschwinglich war, verweigerte er sich. »Wir trinken Kaffee, oder wir trinken keinen«, pflegte er zu sagen. »Aber wir werden uns nicht dazu hergeben, einen Aufguss aus Abfällen Kaffee zu nennen. Es ist eine Frage der Würde. Der unseren wie der des Kaffees.«

Sobald sie gefrühstückt hatten, zogen sie in Alfreds Kneipe um, um zu proben. Wer von den anderen sich freimachen konnte, stieß dazu, selbst wenn es nur für eine halbe Stunde war. Die Idee war Nina gekommen, nachdem sie den Film *Frühlings Erwachen* gesehen hatte und anschließend im *Wintergarten* gewesen war. Der eine Abend weitab vom Alltag und heimgekehrt unter den Sternenhimmel hatte genügt, um die Sehnsucht in ihr, die sich mit einem sachten Wellengang unter der Oberfläche begnügt hatte, zum Sturm aufzupeitschen.

Ich muss das machen, hatte Nina gedacht.

Und ich kann das machen.

Nicht irgendwann, sondern jetzt.

Der Film war großartig, und das Schicksal der stillen Wendla, die starb, ohne geliebt, geträumt und gelebt zu haben, schnitt Nina ins Herz. Nicht weil der Regisseur Leo Jessen und die zum Niederknien spielende Asta Nielsen versuchten, auf die Tränendrüsen ihres Publikums zu drücken, sondern weil sie auf klare, aufrichtige Weise eine Geschichte von allumfassender Traurigkeit erzählten: eine Geschichte von all den Menschen, die zu jung gestorben waren, um auszuleben, was in ihnen steckte – ganz egal, ob vier Dutzend Jahre oder nur ein einziges zu jung.

Käthe war auch gestorben. Käthe, die von einem weißen Sarg, den zwei Pferde zogen, geträumt hatte, hatte vor einem Jahr bereits gewusst, dass in ihr ein Gewächs wucherte, bei dem die Ärzte nur noch abwinkten.

»Da, wo ick dachte, dat mir mal 'n Kind wächst, da hab ick nu' dieset Ding, an dem ick abkratz'«, hatte sie Nina nach einigem Drängen erklärt. »Aber du mach dir keen' Kopp, Kleene. Dit mit dem Sarch und die Gäule hab ick mir vorjestellt, weil ick mir dachte: Eenmal im Leben soll die olle Käthe wat Besonderet sein. Und dit hab ick ja nu' schon jehabt. Mit dir, mit unserm Hühnerhaufen, mit unsere Schau. Und nich' mal tot sein braucht' ick dazu.«

Hätte Direktor Neugebauer an jenem unsäglichen Morgen nicht aus Gott weiß was für Gründen seine Meinung geändert, hätte sie eine Saison lang auf der Bühne stehen und sich feiern lassen können, hätte eine Musik vernommen, die ihre Beine zum Zappeln brachte, und einen Applaus, der ihr in die Gehörgänge hämmerte, wie unersetzlich sie war.

Das Geld, das die Wunderweiber zusammengeschmissen hatten, hatte nur für einen Sarg der billigsten Ausführung gereicht. Carlo aber hatte ihnen den Traber Sternenbanner, der am Sonntag nach der Beerdigung in Mariendorf lief, ausgeliehen, um Käthe auf ihrem letzten Weg durch die Stadt zu ziehen. Das Rennpferd bockte, und die zusammengezimmerte Holzkiste schwankte, aber niemand hätte bestreiten können, dass Käthe Helmer vom Gemüseladen im Tod etwas Besonderes war.

Mir stirbt nicht noch eine, dachte Nina.

Ich verliere nicht noch mehr Zeit.

Wenn niemand sie engagieren wollte, mussten sie sich eben selbst engagieren. Sie waren zu gut, um ungesehen zu bleiben.

Noch am Abend nach der Filmpremiere sprach Nina mit Alfred. »Wir treten bei dir auf«, sagte sie. »Natürlich müssen wir das Programm anpassen, wir müssen es auf den kleineren Raum einschmelzen, und statt zwischen Sternen zu schweben, springen wir in deinem *Salamander* über Tisch und Bänke. Aber wir werden gut sein. Wir werden jedem, der uns zusieht, einen Abend schenken, der ihn aus seinem täglichen Elend herausreißt und an dem er sich festhalten kann, wenn ihn die Sorgen zurück in ihren Sumpf ziehen. Einen Abend, an dem Menschen sich nicht winzig klein fühlen, sondern riesengroß, das verspreche ich dir. Und kosten soll es dich auch nichts. Im Gegenteil.«

Letzten Endes kostete es Alfred doch etwas. Er musste die Kneipe während der Wintermonate beheizen, solange sie dort probten, und er war bei aller Schnoddrigkeit, die er an den Tag legte, kein Mann, der einem Haufen hart arbeitender Frauen nicht wenigstens Kannen mit Kaffee und Teller mit Schmalzstullen hinstellte. Ob er sich breitschlagen ließ, weil er tatsächlich an die Sache glaubte oder weil er zu gutmütig war, um Nein zu sagen, wusste Nina nicht, und sie hatte sich angewöhnt, über Fragen, deren Antwort niemandem weiterhalf, nicht mehr als unbedingt nötig nachzudenken.

Sie probten fast täglich. Rückten das Mobiliar beiseite und begannen auf dem begrenzten Raum von Neuem, die einzelnen Teile einzustudieren, sie zu verbessern, zu verwerfen und neu zu erfinden. Nur selten war das gesamte Ensemble anwesend, denn alle mussten arbeiten, Geld zusammenkratzen, vor Läden Schlange stehen, Kindern die Hintern abwischen, Männern ihr Frühstück hinstellen, Kohle aus Kellern schleppen und Kessel voller Wäsche waschen. Wer aber auch nur das kleinste bisschen Zeit erübrigen konnte, der fand sich im *Salamander* ein.

»Ob ick noch dran gloobe, weeß ick jar nich'«, sagte Berthe. »Aber für euch Weiber würd' ick barfuß zum Deibel jehen und wieder zurück.«

Sonia musste ein neues Bühnenbild erfinden, das dem veränderten Raum entsprach. Den schillernden Sternenhimmel, der dem Hintergrund sein verlockendes Geheimnis verliehen hatte, gab es nicht mehr, und es würde auch kein Publikum in atemlosem Schweigen geben, sondern eine lärmende Kneipe, an deren Ausleuchtung nicht viel zu deichseln war. Nina war sicher, dass Sonia der Herausforderung gewachsen war. Die Freundin aber hatte sich von ihnen zurückgezogen, ließ sich nur noch selten im *Salamander* blicken, und wenn sie doch einmal kam, war sie stumm und in sich gekehrt.

»Ich ihr kann nicht helfen«, hatte Podie gejammert und betrübt die Augen verdreht. »Wenn die schwarze Galle sie hat in den Klauen, sie will mich nicht mal sehen.«

Nina ging sie besuchen. Sie war in Sonias Wohnung unter der Damenkonfektion, die Jenny ein Kellerloch nannte, nie zuvor gewesen, und als sie eintrat, stieß sie vor Verblüffung einen Laut aus. Ja, es war dunkel hier unten, und die klamme Kühle verriet bar jeden Zweifels, dass man sich in einem Keller befand. Der typisch modrige Geruch, der solchen Räumen anhaftete, wurde jedoch überlagert von Sonias feinem, sauberem Duft, den Nina vom ersten Tag an gemocht hatte, und das gesamte Mauerwerk hatte die Freundin mit kreuz und quer geklebten Zeichnungen tapeziert. Die Wirkung war umwerfend. Die weißen Blätter hellten die Zimmer auf, und die unzähligen Gestalten, die sich darauf tummelten, vermittelten das Gefühl, nicht allein, sondern Teil eines Ganzen zu sein.

Keine einzige der skizzierten Menschenfiguren stand still, alle bewegten sich gehend, rennend, kriechend, schleichend. Fasziniert ging Nina an den Wänden entlang und verlor sich in der Fülle der Bilder.

Im Korridor stockte sie. Nahe der Tür war ein rechteckiges Stück frei geblieben, das nackte graubraune Mauerwerk von keinem gezeichneten Menschen bedeckt. »Schau mal, Sonia«, rief sie die Freundin herbei, »hier muss eins von deinen Bildern heruntergefallen sein.«

»Oh, nein.« Sonia kam aus der Kammer, die ihr als Küche diente und in der sie dabei gewesen war, Tee aufzubrühen. »Das ist etwas, was wir eben so machen: Wenn wir in ein neues Heim ziehen, wenn wir es einrichten und renovieren, belassen wir einen Flecken so, wie er war – zum Gedenken an den Tempel in Jerusalem.« Sie machte eine Pause und sah zur Seite. »Zum Gedenken an alle Orte, die wir unser Heim genannt haben und nicht länger so nennen.«

Nina musste nun selbst eine Pause einlegen, den nackten Flecken an der Mauer betrachten und Atem holen. Sie hatte keine Ahnung gehabt, was für ein Konzept sie Sonia für das veränderte Bühnenbild vorschlagen sollte, aber jetzt, während sie Sonias Wände betrachtete, an denen die Zeichnungen ineinander übergingen, sah sie plötzlich etwas vor sich: Ströme von Menschen, die quer durch einen Kontinent zogen, die irgendwo ankamen, fremd unter Fremden, und darum kämpften, etwas von dem zu bewahren, was sie ausgemacht hatte. Die einen freien Flecken in sich selbst beließen, wie er war.

»Unser Sternenhimmel stand nicht nur für die Träume, nach denen wir greifen«, platzte sie heraus. »Sondern auch für uns Nachkriegsmenschen, die wir in einem grenzenlosen Universum verstreut sind und uns verloren fühlen.«

Ein Lied fiel ihr ein, das sie so gut wie vergessen hatte. ›Weißt du, wie viel Sternlein stehen‹. In manchen Nächten ihrer Kindheit hatte sie sich gefühlt wie anfangs in Frau Rottenheimers Wohnung: Der Raum um sie war immer größer geworden, und sie lag darin mutterseelenallein und fand keinen Schlaf. Manchmal war dann ihr Vater wie als Antwort auf ein Gebet noch in ihr Zimmer gekommen, hatte sich an ihr Bett gesetzt und dieses Lied für sie gesungen:

Gott der Herr hat sie gezählet,
Dass ihm auch nicht eines fehlet,
An der ganzen großen Zahl.

Sie erzählte es Sonia. »Ich will, dass du mir so ein Bühnenbild schaffst«, sagte sie. »Eins, das uns alle so verstreut und verloren zeigt, wie wir sind, aber auch eins, das verspricht: Für uns zählt ein jeder, wir vergessen keinen Einzigen: weder Käthe, die nicht mehr bei uns ist, noch

Podie, von dem wir kaum wissen, von woher es ihn in die Stadt verschlagen hat, nicht Jenny, nicht Darius und auch nicht dich.«

Sonia hatte nicht viel gesagt. Sie sagte ja nie viel, aber am nächsten Abend hatte sie auf ihrem alten Platz im *Salamander* gesessen, und statt Porträts auf Bierdeckel zu zeichnen, hatte sie angefangen, den Raum zu skizzieren. Ihre Entwürfe waren inzwischen so gut wie fertig, und obendrein hatte sie ihnen einen Werbezettel gezeichnet, den sie rund um die Friedrichstraße verteilen konnten. Auch das Programm nahm Gestalt an. Noch ein paar Wochen, um alles zusammenzusetzen und glatt zu polieren, dann waren sie bereit für die Aufführung.

»Was wir hier in der Eckkneipe auf die Beine stellen, wird ja nicht gerade in der ganzen Stadt Wellen schlagen«, sagte Jenny realistisch. »Wahrscheinlicher ist, dass kein Hahn danach kräht, aber die haben eben alle keine Ahnung, was für eine verdammt geniale Chose ihnen entgeht.«

Nina konnte ihr nur zustimmen. Die Wunderweiber und ihre paar Wundermänner hatten allen Grund, stolz auf sich zu sein, und dass nicht mehr als eine Kneipe voller Stammgäste mit leeren Taschen ihre Vorstellung sehen würde, war im Grunde eine Schande.

Und dann auch wieder nicht, dachte Nina. Diese Stammgäste, die Dichter und Denker, Maler und Musiker, Seiltänzer über dem Abgrund und Hellseher in der Dunkelheit, die ebenso wie sie selbst Tag für Tag voller Trotz um ihr Überleben kämpften, hatten eine Nacht voller Sensationen nötig, und sie hatten sie verdient. Nina kam eine alte Frau mit einem Handwagen entgegen, in dem sich Geldscheinbündel stapelten. Als sie Ninas Blick bemerkte, zuckte sie nur kurz die Schultern. »Bedrucktes Klopapier. Beim Grützner an de’ Ecke nehm’ se einem den Krempel jar nich’ mehr ab.«

Nina nickte und zeigte ihr einen gedrückten Daumen. Für all diese Leute, die mit Klauen und Zähnen an ihrem bisschen Leben festhielten, würden sie auftreten und, statt Eintritt zu verlangen, einen Hut herumgehen lassen. Was darin landete, hatte am nächsten Morgen vermutlich schon seinen Wert verloren, aber etwas, das sich nicht benennen ließ, würde ihnen bleiben. Davon bekam keine von ihnen ihre Familie satt – aber es mochte ihnen die Kraft verleihen, weiter durch die Läden zu ziehen, um Brot und Kartoffeln zu betteln, aus nichts Suppe zu kochen und bei der nächsten Hiobsbotschaft nicht das Handtuch zu werfen.

Nina selbst hatte beim Grützner, dem Gemischtwarenhändler, für ihre Reichsmark auch nichts bekommen, aber was sie im Gemüseladen, wo jetzt Rita den Platz ihrer Schwester eingenommen hatte, und in der Kartoffelhandlung ergattert hatte, würde genügen, um für alle etwas Essbares zusammenzuschustern. Anschließend brachen Jenny und Darius zu einem Auftritt auf dem Maifest eines Sportvereins auf, und Nina kümmerte sich um Viktor, bis die beiden zurückkamen und es Zeit wurde, ihre Schicht im *Salamander* anzutreten.

Alfred hatte recht: Wann sie eigentlich schlief, war eine berechtigte Frage, aber auf Fragen, auf die es keine Antworten gab, verschwendete man besser nicht seine Energie.

Ihr Zeitplan funktionierte ja – solange nichts Unvorhergesehenes dazwischenkam. Nina schob die Tür zum Seitenflügel auf, nahm den Geruch wahr und begriff im selben Atemzug, dass genau das passiert war. Nicht schon wieder, stöhnte sie innerlich. Sie liebte ihre Familie von Herzen, aber sich zu all ihren Verpflichtungen heute noch um Tante Sperling kümmern zu müssen, überforderte ihre Kräfte. Zumal ein Sack Flöhe beileibe einfacher zu hüten war als ihre Tante, die entwischte, sobald man sie aus den Augen ließ, Kleewitz und Litzmann zu obskuren Partien ins Grüne einlud und sich womöglich um ihr bisschen Erspartes bringen ließ.

Nina hatte sich in Gegenwart von Kleewitz und Litzmann vom ersten Tag an unwohl gefühlt, und Jenny behauptete steif und fest, ihr sträube sich das Nackenhaar, sobald die zwei in ihre Nähe kamen. Beides war vermutlich übertrieben, doch so oft, wie die beiden der gutmütigen Frau Rottenheimer die Miete schuldig blieben, besaßen sie garantiert keinen Pfennig und waren sich sichtlich nicht zu fein, sich von der noch gutmütigeren und hoffnungslos naiven Tante Sperling aushalten zu lassen.

Nina gähnte, schleppte sich und die Einkäufe die Treppen hinauf und blieb verwundert stehen, als sie statt der Tante lediglich ihren Bruder auf der obersten Stufe entdeckte. »Carlo«, bemerkte sie lahm. »Wo ist denn Tante Sperling?«

»Was für eine überschwängliche Begrüßung voller schwesterlicher Liebe.« Carlo grinste und erhob sich. »Ich bin diesmal allein gekommen, oder um genauer zu sein: Ich komme jetzt vorläufig immer allein, denn ich habe Tante Sperling strikt untersagt, noch länger mit diesen uniformierten Subjekten zu verkehren. Sie kann nach Berlin reisen und dich besuchen, wenn einer von uns Zeit hat, auf sie zu achten, ansonsten bleibt sie zu Hause und Punkt.«

»Und das lässt sie sich gefallen?«, fragte Nina verblüfft. Dass ihr Bruder einem anderen Menschen etwas verbot, war neu, und überhaupt kam er ihr verändert vor und hörte jetzt auch auf zu grinsen.

»Ich habe es eben versucht«, erwiderte er. »Ich habe ihr gesagt, ich trage die Verantwortung für sie, und mir ist es lieber, als Gegner der Frauenemanzipation zu gelten, als meine Tante ausgeraubt in einem Berliner Polizeirevier in Empfang nehmen zu müssen.«

»Donnerwetter. Und du meinst, das wirkt?«

»Es sah jedenfalls so aus«, sagte Carlo und streckte die Hand aus, um ihr die Einkaufstasche abzunehmen.

»Warum hast du denn nicht geklingelt?«, fragte Nina. »Jenny und Darius sind doch zu Hause, und unsere Treppe ist ja nun nicht gerade das bequemste Empfangszimmer.«

Carlo verzog das Gesicht. Eben noch hatte er so erwachsen und selbstsicher gewirkt, jetzt aber kehrte etwas von dem schüchternen Jungen zurück, als den Nina ihn kannte. »Ich wollte heute ja vor allem zu dir«, sagte er kleinlaut. »Außerdem habe ich Jenny versprochen, nicht unangemeldet bei ihr hereinzuschneien. Sie hat mir ziemlich drastisch erklärt, dass sie sich das verbittet.«

»Was meinst du mit *ziemlich drastisch*?«

»Sie hat gesagt: Sollte ich weiterhin einfach so auftauchen, dürfe ich mich nicht beklagen, wenn ich sie mit einem anderen Mann antreffe.«

»Oha.« Jenny war keine Frau, die Gefangene machte, und dass sie Carlo mit der Bemerkung getroffen hatte, war nicht zu übersehen. Nina war in Versuchung, ihm zu sagen, dass ihre Freundin überhaupt keine Zeit hatte, sich mit irgendwelchen Männern zu vergnügen, doch sie hatte dazu kein Recht. Jennys Männerbekanntschaften gingen sie nichts an, so war es zwischen ihnen ungeschriebenes Gesetz. Sie selbst war schließlich dankbar dafür, dass Jenny Anton nicht mehr erwähnte, denn jede Frage nach ihm, jede bloße Nennung seines Namens versetzte ihr einen Stich.

Aber Anton ist nicht Jennys Zwillingsbruder, schoss es ihr durch den Kopf.

Sie legte den Arm um Carlo.»Jenny pocht eben auf ihre Unabhängigkeit«, sagte sie.»Trotzdem hättest du drinnen im Berliner Zimmer warten können, du wusstest doch gar nicht, wann ich komme.«

»In eurem Berliner Zimmer warte ich nicht«, fuhr Carlo mit ungewohnter Heftigkeit auf.»Die Gefahr, dass ich diesen Subjekten begegne und mich vergesse, ist mir zu groß.«

»Kleewitz und Litzmann?«, fragte Nina verdutzt. Ihr war kaum je aufgefallen, dass Carlo den beiden begegnet war, und auch wenn sie selbst die grauen Eminenzen des Hauses nicht mochte, fiel ihr kein Grund ein, weshalb Carlo eine derart heftige Abneigung gegen sie entwickelt haben sollte.

»Genau die«, antwortete er.»Falls die das Wort an mich richten, kann ich nicht garantieren, dass ich mich beherrsche. Aber lassen wir bitte dieses unschöne Thema. Ich bin nämlich aus angenehmen Gründen hier.«

»Tatsächlich?« Nina drückte auf den Klingelknopf und kramte zugleich zwischen Kartoffeln und Zwiebeln in der Einkaufstasche nach ihrem Schlüssel.»Ich kann nicht bestreiten, dass eine angenehme Nachricht eine willkommene Abwechslung wäre.«

»Eine angenehme Nachricht ist es noch nicht«, sagte Carlo und zog das Geheimniskrämergesicht, mit dem er ihr an ihrem Geburtstag sein Geschenk überreicht hatte.»Eher eine Idee, aus der eine solche Nachricht werden könnte. Ich bin hier, um ein paar Einzelheiten für das Verkaufsrennen am nächsten Sonntag zu eruieren, habe auch noch etwas für den Landrat zu erledigen und dachte mir, ich komme rasch bei dir vorbei und erkläre es dir. Aber dazu gehen wir vielleicht doch besser nach drinnen und machen uns einen Kaffee. Und falls ihr keinen dahabt«, er zauberte eine duftende Papiertüte unter dem Jackett hervor und schwenkte sie verheißungsvoll,»ich habe welchen mitgebracht.«

34

AUGUST 1923

Carlos Idee ist genial«, hatte Nina zu Jenny und Sonia gesagt. »Er bringt Palü am nächsten Sonntag mit, wenn er mit den Zweijährigen zum Verkaufsrennen kommt. Ich muss natürlich mit Palü üben, aber Carlo hat arrangiert, dass ich zu den Zeiten, wenn unsere Pferde trainiert werden, die Trainingsstrecke der Trabrennbahn ebenfalls nutzen kann. Außerdem darf Palü in der Box dort bleiben, solange wir ihn brauchen. Ihr wisst nicht, wie froh ich bin, endlich wieder reiten zu können.«

»Freut mich für dich«, hatte Jenny bemerkt. »Aber du glaubst wirklich, die Sache ist den Aufwand wert?«

»Und ob sie das ist!«, rief Nina kämpferisch. »Wir wollen gesehen werden, oder nicht? Dass wir die Vorstellung im *Salamander* ohne Eintritt und Honorar geben, ist Ehrensache, schließlich ist das *Salamander* so etwas wie unsere Kirche oder eine karitative Einrichtung. Aber danach soll es doch weitergehen. Wir wollten mal in den *Wintergarten,* schon vergessen? Von dem blöden Neugebauer und den vielen Ablehnungen haben wir uns viel zu sehr verunsichern und kleinmachen lassen. Wir sind immer noch gut. Wir wollen immer noch unter dem Sternenhimmel tanzen. Und um das zu erreichen, müssen wir die Leute so wild auf uns machen, dass Neugebauer und Konsorten gar nicht anders können, als uns zu engagieren.«

»Und das erreichen wir mit der Idee des wackeren Carlo?« Jenny war noch immer skeptisch. »Ich meine, auch wenn das gute alte Pferd aus der Mode kommt, wirst du nicht die Einzige sein, die mal des Nachts Unter den Linden entlangsprengt.«

»Das nicht«, erwiderte Nina geheimnisvoll, »aber Lady Godiva sagt euch was, oder? Der Film von Hugo Moest war ja ein ziemlicher Erfolg.«

Lady Godiva, deren Geschichte erst vor einem Jahr die Besucher der Ku'damm-Kinos begeistert hatte, entstammte einer Legende aus dem mittelalterlichen England. Ihr Mann hatte seiner Stadt Coventry eine Steuerlast auferlegt, unter der deren Bürger ächzten wie die der deutschen Republik unter der immer absurderen Spirale der Preissteigerungen. Seine Gemahlin hatte ihn schließlich um Gnade für die leidende Bevölkerung gebeten, aber er hatte abgelehnt – es sei denn, sie ließe sich auf seine schier unerfüllbare Bedingung ein.

»Den Film habe ich gesehen«, sagte Jenny. »Damals konnte man sich das ja noch zumindest ab und an leisten.«

»Ich habe das Gedicht von Tennyson gelesen«, sagte Sonia. »Sie sollte mit offenem Haar einmal quer durch die gesamte Stadt reiten, nicht wahr?«

»Ach, Sonning, unser Unschuldsengel«, kam es von Jenny. »Das pikanteste Detail lässt du natürlich weg.« Dann hielt sie plötzlich inne, weil ihr schlagartig klar wurde, was das Gesagte bedeutete, und Nina und Sonia wurde das seltene Vergnügen zuteil, Jenny Alomis außer Fassung zu erleben: »Du meinst, du willst es so machen wie diese angelsächsische Lady? Du reitest auf deinem Teufelspferd die Linden herunter und bist dabei – nackt?«

»Nun, ganz nackt war sie ja nicht.« Nina zog die Klammern aus ihrem Haar, das sie sich im Nacken zusammengesteckt hatte. Da sie seit ihrer Ankunft in Berlin das Geld für den Friseur sparte, fiel es ihr inzwischen bis auf die Taille.

Jenny starrte sie an. Dann zupfte sie hier und da an Ninas Haar und breitete es aus. »Hübsch«, sagte sie schließlich. »Aber um ehrlich zu sein, ist es nicht gerade eine wilde Lockenmähne und enthüllt mehr, als es verbirgt.«

»Ich fürchte, das ist der Sinn der Sache«, sagte Nina.

»Und das hat sich dein harmloser Bruder Carlo ausgedacht?«, brach es aus Jenny heraus.

»Vielleicht solltest du dir die Chance geben, herauszufinden, dass Carlo so harmlos gar nicht ist«, sagte Nina, obwohl sie selbst Sorge hatte, das sonnige Gemüt ihres Bruders könnte der mit allen Wassern gewaschenen Jenny nicht gewachsen sein. »Aber du hast recht, diesen Aspekt habe ich der Idee von Carlo selbst hinzugefügt. Wir haben schließlich 1923 und wohnen in Europas wildester Stadt. Da muss man schon ein bisschen aus sich herausgehen, wenn man mehr als Nachbars Lumpi hinter dem Ofen hervorlocken will.«

»Da hört euch die an«, sagte Jenny. »Als sie hier ankam, hat sie noch keusch im Schoß die Fingerchen gefaltet, Zöpfe getragen und an den Weihnachtsmann geglaubt.«

Nina sandte ihr ein galliges Grinsen. »An den glaub ich noch immer. Und keusch bin ich natürlich auch noch immer, weshalb ich mir von Sonia ein Banner aus großen Werbezetteln für unsere Vorstellung machen lasse. Darin wickle ich mich ein, um mich zarte Jungfer vor den Blicken böser Buben zu schützen.«

»Ein Banner aus Zetteln?«, fragte Jenny. »Aber die fallen beim Reiten doch ab.«

»Das ist der Sinn der Sache, oder?« Aus dem Augenwinkel bemerkte Nina, dass jetzt auch Sonia grinste, was ein seltener und sehenswerter Anblick war. »Wenn sie an mir hängen bleiben, kann ja kein Mensch sie lesen und sogleich losflitzen, um einen Platz in unserer Vorstellung zu ergattern.«

Tatsächlich war Jenny danach bestimmt eine halbe Minute lang stumm geblieben. »Alle Achtung«, hatte sie schließlich bekundet. »Du bist nicht nur genial, sondern schreckst obendrein vor keinem Irrsinn zurück. Bist du dir sicher, dass du dir das zumuten willst, Herzing? Soll nicht lieber ich es machen? Bei mir sind Hopfen und Malz sowieso verloren.«

»Du wärst zweifellos der spektakulärere Anblick, und bei deiner Haarlänge läuft niemand Gefahr, etwas zu verpassen.« Nina boxte sie gegen den Arm. »Aber du kannst nicht reiten.«

»Stimmt auch wieder. Dann wird dir wohl nichts anderes übrig bleiben, als dich zu opfern, Godiva.«

Damit war die Sache beschlossen gewesen, und von Neuem hatte eine Zeit ständigen Probens begonnen. Nina genoss es unendlich, wieder auf Palüs Rücken zu sitzen und im donnernden Galopp mit ihm zu verschmelzen, während um sie herum das gleichmäßige Trot-Trot der braven Traber zu hören war. Wenn sie zusammen die Bahn hinunterjagten, vergaß Nina sekundenlang alles: die finanzielle Not, die Sorgen um die Zukunft, die sich zuspitzende politische Lage und sogar für einen flüchtigen Augenblick die schmerzhafte Sehnsucht nach Anton. Die allerdings kehrte zurück, sobald Palü ihren Zug am Zügel spürte und sein Tempo verlangsamte, doch mit der Zeit würde sich der Augenblick in die Länge ziehen, und eines Tages würde sie seinen Namen hören können, ohne den Druck in der Kehle und das Brennen in der Brust zu spüren.

Es war jedoch nicht das, was sie üben musste, denn Reiten verlernte man nicht. Schon gar nicht, wenn man es sein Leben lang so exzessiv betrieben hatte wie Nina von Veltheim. Sie musste Palü daran gewöhnen, vor dem Lärm der Stadt nicht zu scheuen, sicher um Hindernisse zu steuern und auf die kleinste Hilfe rasch zu reagieren. Dabei musste sie unauffällig einen Werbezettel nach dem andern von dem Banner um ihren Körper lösen, sodass sie von weißen Zetteln wie von Hunderten von Flügeln umflattert war.

Nach ein paar Wochen hatte sie die Sache im Griff. Sie konnte nur hoffen, dass es ihr ebenso mühelos gelingen würde, wenn sie unter den fliegenden, davonsegelnden Zetteln nichts trug als ihre Haut.

Jenny war hingerissen. »Eigentlich müsstest du zum Film«, sagte sie. »Du bist die Meisterin des lebenden Bildes. Außerdem ist Film modern – da bekommst du vielleicht eher einen Fuß in die Tür.«

»Was modern ist, bestimmen Männer«, beschied sie Nina. »Außerdem fehlt mir für den Film die Geduld.« Das traf noch immer zu, auch wenn sie der Meinung war, sie habe mit dieser endlosen Zeit des Probens und Wartens, des Zweifelns und Hoffens erstaunliche Geduld bewiesen. Aber geschafft hatte sie es nur, weil sie die ständig neuen Bilder, die in ihrem Kopf entstanden, sofort umsetzen und immer wieder neu variieren konnte. Das Varieté war ihre Welt. Ihr Zuhause. Wenn sie erst den Schlüssel dazu in die Hand bekam, würde sie sich selbst über die Schwelle tragen und sich nicht mehr vom Fleck rühren.

Das Medium Film, das die Massen in regelrecht hysterische Begeisterung versetzte, wollte sie dennoch für ihr Anliegen nutzen und nahm dafür sogar eine noch längere Wartezeit in Kauf: Als habe sich das Schicksal endlich entschlossen, den Wunderweibern in die Hände zu spielen, stellte sich heraus, dass Carlo einen Kameramann kannte, der bereit war, aus einem fahrenden Auto heraus Ninas Ritt über Berlins belebteste Flaniermeile zu filmen. Zwar konnten sie keine Beleuchtungsausrüstung mitführen, aber das würde auch nicht nötig sein, denn jetzt, wo Leuchtreklamen nicht länger verboten waren, war der nächtliche Boulevard Unter den Linden ein einziges Lichtermeer, in dem sich die reitende Frau mit den flatternden weißen Zetteln als eine geisterhafte Verführerin darstellen sollte.

Der Kameramann war begeistert von der Vorstellung und hatte Carlo versprochen, den kurzen Streifen unter dem Titel *Godiva unter Berlins Sternen* im Vorspann mehrerer Kinos unterzubringen. Dort sollte er zwischen der Werbung der Telefonhersteller und Naschwerkfabrikanten laufen, obwohl die Wunderweiber nicht dafür bezahlen konnten.

»Er ist Däne, er hat Devisen genug«, hatte Carlo erklärt. »Für ihn zählt das Abenteuer, und so wird er es auch den Kinobetreibern verkaufen.«

Auf die Frage, woher ausgerechnet er einen dänischen Kameramann kannte, hatte er hingegen herumgedruckst. »Über jemanden, mit dem ich im Landrat sitze«, hatte er schließlich gemurmelt, und Nina musste sich eingestehen, dass sie den Landrat des verschlafenen Templin offenbar unterschätzt hatte. Außerdem konnte sie nur hoffen, dass jener Landratsbeamte ebenso wenig wusste, wer Godiva war, wie Carlo selbst, dem sie das entscheidende Detail des nächtlichen Ritts – die Naturbelassenheit seiner Schwester – wohlweislich verschwiegen hatte.

Der Kameramann wusste es offenbar, denn andernfalls wäre er über die Angelegenheit wohl kaum derartig aus dem Häuschen geraten.

Der Juli war bereits so gut wie vorüber, als von den Werbezetteln bis zu den Kulissen für die Kneipe alles bereit war. Endlich sollte das quälende Warten ein Ende habe, endlich konnten sie den Abend der Uraufführung festsetzen: Nach langer Beratung mit Alfred wählten sie dafür den 15. August.

»Dit is 'n Montag, da is' hier nüscht los«, hatte Alfred gesagt. »Bis uff die Hungerleider, die immer kommen, jähnt die Leere, und ihr könnt mir keene zahlenden Jäste vertreiben.«

»Er meint es nicht so«, beschwichtigte Nina die Übrigen, wusste jedoch, dass Alfred sich Sorgen machte. Seine Stammgäste würden hingerissen sein, daran hegte er keinen Zweifel, nur trugen besagte Stammgäste ihm so gut wie überhaupt kein Geld ins Haus. Wenn die wenige Laufkundschaft, die für Speisen und Getränke tatsächlich bezahlte, sich darüber beklagte, dass sie an den Rand gedrängt sitzen und der Darbietung eines unbekannten Ensembles zusehen musste, würde das sein Einkommen schmälern, und das konnte er sich nicht leisten.

Nicht nur Alfreds *Salamander,* die ganze Stadt tanzte über einem Abgrund, und niemand wagte, in die Tiefe zu blicken. Die Besetzung des Ruhrgebiets, die Millionen von Streikenden, die aus der Staatskasse bezahlt wurden, und das Misstrauen des Auslands hatten der maroden Wirtschaft der Republik längst den Garaus gemacht. Frauen, die mit Handwagen voller Geldscheine vergeblich von Geschäft zu Geschäft zogen, bestimmten inzwischen das Straßenbild. Anfang August starb ohne Vorwarnung Warren Harding, der Präsident der Vereinigten Staaten, der zumindest als Mann des Friedens gegolten und sich zu Gesprächen über eine Minderung der Kriegsschuld bereit gezeigt hatte. Was von dem neuen Präsidenten Calvin Coolidge zu erwarten war, wusste kein Mensch, und die Unsicherheit wuchs weiter.

An einem Morgen, als Nina von ihrer Zeitungstour heimkam, trugen vier grimmig dreinblickende Sanitäter eine Bahre mit einem Menschenkörper, der mit einer verdreckten Decke verhüllt war, aus dem Hinterhaus. Bei der Tür standen drei heulende Kinder mit knochigen Armen und alten Gesichtern, neben ihnen zwei Polizeibeamte, die auf Notizblöcke kritzelten. Aus etlichen Fenstern reckten sich Köpfe.

Sobald Nina das Treppenhaus des Seitenflügels betrat, schwang die Tür der Erdgeschosswohnung auf und Hilde Franke, die Frau des Hausmeisters, trat in den Spalt, den Kittel, in dem Nina sie ausschließlich kannte, über den Morgenmantel gezerrt. »Die Dippold aus'm zweiten Stock«, zischte sie Nina zu. »Hat das Gas aufgedreht, mit drei Gören in der Wohnung. Die hat se inne Stube gesperrt, damit die nüscht abkriegen, und wat soll nu' aus den armen Blagen werden?«

Anni Dippold war Witwe, ihr Mann in Russland gefallen. Nina hatte ein paar Mal beim Einkaufen mit ihr in der Schlange gestanden, und die Frau hatte ihr voller Stolz von ihrem Ältesten erzählt, der in der Dorotheenstadt aufs Gymnasium ging. Ihr Jüngstes, nach dem

Tod des Vaters geboren, war eines von den Kindern, die man Mongoloide nannte, und konnte nicht ohne Aufsicht bleiben. Anni Dippold, die überzeugt war, daran sei der Krieg schuld, übernahm Näharbeiten für Bekannte und Nachbarn, um mehr schlecht als recht über die Runden zu kommen. »Georg kriegt Schulspeisung, und meine zwei Kleinen hätten's bei der Fürsorge vielleicht besser als bei mir«, hatte sie gesagt. »Gott sei Dank war mein Hugo immer sparsam und hat jeden Pfennig auf die Bank getragen. Ohne seine Ersparnisse wüsst' ich nicht, wo wir bleiben sollten.«

Ersparnisse aber waren wie eine Zahl auf einer Tafel, die über Nacht ausgewischt worden ist, denn die Reichsmark stürzte im freien Fall ins Bodenlose. Wo Anni Dippolds Kinder nun bleiben sollten, wusste niemand – bei der Fürsorge vermutlich, wie die Kinder etlicher Eltern, denen das Dasein zu viel abverlangte, um es zu ertragen.

Am Tag nach dem Tod von Präsident Harding kam Jenny von Filmaufnahmen für die Schlangenöl-Firma mit leeren Händen nach Hause. Alles, was man ihr für stundenlange Verrenkungen vor der Kamera gegeben hatte, war ein hastig ausgestellter Schuldschein, der wertlos sein würde, ehe sie ihn einlösen konnte.

»Geld ist nicht nur nichts mehr wert, sondern es gibt auch keins mehr«, verkündete Jenny beißend. »Die Druckereiarbeiter streiken«, haben keine Lust mehr, jeden greifbaren Fetzen Papier mit Nullen zu bedrucken. Verdenken kann ich's ihnen nicht – aber sagt uns auch einer, was wir heute Abend essen?«

Auf die Einnahmen von der Schlangenöl-Firma hatten sie sich verlassen, und hätte ihnen Alfred nicht wieder einmal mit einem Packen Schmalzstullen ausgeholfen, hätten sie zum ersten Mal nicht einmal Viktor ein Abendessen hinstellen können. Er wäre eines von Tausenden Berliner Kindern gewesen, die an diesem Abend hungrig zu Bett gingen. Protestzüge gegen die Regierung Cuno blockierten die Straßen, und das Wutgebrüll zorniger Menschenmassen übertönte den Lärm des Straßenverkehrs. Der Metzgerei, in der Nina an guten Tagen Jennys Leberwurst kaufte, wurden die Scheiben eingeworfen und das Geschäft bis auf die letzte Fleischkonserve geplündert.

Vielleicht hätten sie sich keinen schlechteren Zeitpunkt für ihre Uraufführung aussuchen können und vielleicht keinen besseren. Die vergnügungssüchtigen Reichen und Schönen, die Touristen und Handelsreisenden würden ins *Salamander* wohl kaum kommen, und den Übrigen schien endgültig die Verzweiflung die Lust aufs Amüsement erstickt zu haben. Der Hut, den sie herumgehen lassen wollten, würde höchstwahrscheinlich leer bleiben, und auch die Hoffnung, dass die Getränke in Strömen flossen und Alfred für seine Großzügigkeit mit einem schönen Gewinn belohnt wurde, würde sich kaum erfüllen. Hoffnung aber brauchten sie alle heute mehr denn je, und die *Starry Night, preisreduziert* der Wunderweiber war schließlich die Ausgeburt einer wütenden Hoffnung, die sich weigerte, klein beizugeben.

Bei dem Montag im August würde es bleiben.

»Ein Montag ist gar nicht so schlecht«, sagte Jenny. »Dann kannst du am Freitag und Samstag, wenn in Berlin kein Mensch schlafen geht, deine Reiterei veranstalten und am Sonntag, wenn die Laubenpieper zurück in die Stadt kommen, noch mal.«

»Drei Mal?«, fragte Nina, die nun doch ein wenig Angst vor der eigenen Courage verspürte.

»Klar doch.« Jenny klopfte ihr auf die Schulter. »Falls sie dich wegen Erregung öffentlichen Ärgernisses verhaften, ist das die beste Werbung, die wir kriegen können.«

35

In der Woche vor Ninas Ritten wurde die Stadt zum Vulkan, dem über der brodelnden Lava an allen Ecken und Enden die dünn gewetzte Haut platzte. Verzweiflung, Furcht und Zorn vereinten sich zu einer Mischung, die der kleinste Funke zum Explodieren brachte. Fabrikarbeiter, Straßenbahnfahrer, Postbeamte und Büroangestellte legten die Arbeit nieder, stürmten aus den Gebäuden und zogen in der vor Hitze flimmernden Augustluft durch die Straßen. So breit erstreckten sich die Protestzüge von einem Rinnstein zum andern, dass kein Automobil und erst recht kein Pferdefuhrwerk sich mehr hindurchkämpfen konnte.

»Nieder mit Cuno!«, gellte es vielstimmig durch die Innenstadt, wo Verkehr und Geschäftstätigkeit zum Erliegen kamen.

»Nieder mit den Verrätern im Reichstag!«

»Wir sind Billionäre – und unsere Kinder verhungern!«

»Das Volk schreit – wo sind seine Vertreter?«

Am Donnerstag beschloss die Regierung, sämtliche Reparationslieferungen mit sofortiger Wirkung einzustellen. Das brachte jedoch die aufgebrachten Menschen nicht dazu, an ihre Arbeitsplätze zurückzukehren. Es war so heiß, dass die Luft ohne jeden Windhauch stillzustehen schien. Als hielte die Welt den Atem an und starre auf die Ereignisse, die sich in dieser Zeitkapsel in Berlin überschlugen.

Nina und Jenny hatten es in der stickigen Wohnung nicht länger ausgehalten und waren noch einmal hinunter ins *Salamander* gegangen, um Alfred zu überreden, ihnen ein Bier auszugeben. Nicht einmal das Bier war kalt, und in der Kneipe war es stickiger als oben, aber es war schön, am Tresen nebeneinanderzusitzen und die Erregung, die von ihnen Besitz ergriffen hatte, zu teilen.

»Hoffentlich bekomme ich morgen Abend Palü überhaupt aus Mariendorf hierher«, sagte Nina, der unzählige Gedanken durch den Kopf schossen.

»Darum würde ich mir weniger Gedanken machen«, sagte Jenny. »Wenn das schwarze Höllenpferd einmal schnaubt, springt der wildeste Protestler aus dem Weg. Ich frage mich eher, wie wir dich nach Mariendorf bekommen, um deinen Pegasus abzuholen. Die Straßenbahn wird nicht fahren, und ganz abgesehen davon, dass wir uns keine Taxe leisten können – sie würde gar nicht durchkommen.«

»Wir können uns auch keine Straßenbahn mehr leisten«, erinnerte sie Nina. »Ich habe Hiero gebeten, mir sein Fahrrad zu leihen.«

»Bist du schon mal Fahrrad gefahren?«, fragte Jenny.

»Nein, wieso? Ist das schwierig?«

»Nicht so sehr, wie allein einen Adagio-Akt auszuführen«, erwiderte Jenny. »Das kriegst du schon hin.«

Nina verspürte einen Anflug von Übelkeit »Irgendwie wird es wohl gehen.«

»Genau. Irgendwie geht es bei uns immer. Du bist ja ein mutiges Mädchen, und unser Hiero ist ein noch viel mutigerer Junge, dass er sein heutzutage unersetzliches Fahrrad dir anvertraut.«

»Er und Fridolin nehmen sich am Montagabend frei, um uns zu sehen«, sagte Nina. Jedes Mal wenn sie das Wort *Montagabend* in Gedanken auch nur streifte, schien ihr Herz seinen Schlag zu beschleunigen.

»Verdammt anständig von den beiden«, sagte Jenny. »Wenn wir Frido draußen aufstellen und Hiero in seinem schicken Frack mit Tabletts herumschicken, ist das hier fast so etwas wie ein kleiner *Wintergarten*.«

Etwas Ähnliches hatte Nina auch gedacht. Die Zurückweisung, der zerschlagene Traum, tat noch immer weh, aber am Montag, vor ihren Freunden, Nachbarn und Weggefährten, vor all den Leuten, die in diesen Tagen mit ihnen dem Schicksal trotzten, wollten sie alles geben, was sie hatten. »Hiero wird nicht mit Tabletts herumgeschickt«, sagte Nina. »Ich habe darauf bestanden, dass er am Montag seine Christa mitbringt.«

»Ich denke, diese Christa gibt es gar nicht«, sagte Jenny.

»Ach, irgendwie wird es sie schon geben«, erwiderte Nina. »Zumindest in seiner Fantasie, und er kennt ja Schaustellerinnen genug, die er sich für den einen Abend ausleihen kann.«

»Vielleicht ist sie ein Rehpinscher«, sinnierte Jenny. »Oder sie war früher seine Gouvernante, die er angehimmelt hat, und ist schon seit Jahren tot.«

»Glaubst du, einer wie Hiero hatte früher einmal eine Gouvernante?«

»Das weiß man heutzutage bei keinem so genau, was er früher einmal hatte«, erwiderte Jenny vieldeutig. »Und das Angenehme an uns allen ist ja, dass wir uns gegenseitig keine Fragen stellen. Du und dein Bruder seid die Ausnahmen. Zwei offene Bücher unter lauter Panzerschränken.«

»Ich stelle dir keine Fragen«, sagte Nina. »Aber eines Tages knacke ich die Kombination von deinem Panzerschrank und schicke all die kleinen Gespenster, die du darin hortest, stiften.«

Es war ein seltsam schöner Abend, eine unverhofft intime Ruhe vor dem gewaltigen Sturm. Sie plänkelten noch ein wenig hin und her, tranken ihr Bier bis auf den letzten bitteren Rest aus, und dann sagte Nina: »So, dieses offene Buch wird jetzt versuchen, sich schlafen zu legen, andernfalls kracht es morgen Nacht vom Pferd, und der ganze Wirbel war umsonst.«

Jenny beugte sich vor und tippte ihr mit den Lippen auf die Wange. »Dieser Panzerschrank kommt mit, weil er ja weiß, dass das offene Buch allein in seinem Zimmer nicht einschlafen kann.«

Sie konnte in der Tat nicht schlafen, während Jenny neben ihr und Ypsilantis auf ihr schnarchten und sie unter dem warmen Katzenfell zu ersticken fürchtete. Als sie endlich doch in so etwas Ähnliches wie Schlaf fiel, war es bereits Zeit für ihre Zeitungsrunde, und ihr Wecker schrillte.

Im Mossehaus war der Teufel los. Auch hier kam es seit Tagen zu wilden Streiks, sodass die Ausgaben des *Tageblatts* mit einer Notbesetzung fertiggestellt werden mussten, aber heute glaubte Nina förmlich zu hören, wie die Druckerpressen rotierten. Schon zu dieser frühen Stunde, kurz nach Sonnenaufgang, war es drückend heiß, und dem Arbeiter, der ihren üblichen Packen Zeitungen anschleppte, liefen Bäche von Schweiß die Stirn hinunter.

»Wir könnten Sie heute für einen zweiten Packen gebrauchen«, sagte er. »Auch für einen dritten oder den ganzen Tag lang, wenn Sie wollen.«

»Streiken die Austräger denn auch?«, fragte Nina.

»Das nicht«, antwortete der Arbeiter. »Aber da wird wohl heute eine Ausgabe nach der andern rausmüssen, und wir kommen mit dem Drucken kaum nach.« Er klopfte auf die Titelseite, ehe er Nina den Packen hinwarf.

Mehrheit im Reichstag fordert neues Kabinett, las sie. *Reichskanzler Cuno zurückgetreten.*

Also hatten die Streiks und Proteste Erfolg gehabt. Würde die Lage sich jetzt beruhigen, der Verkehr und die Tagesgeschäfte sich normalisieren? Cuno, der als Wirtschaftsexperte ins Amt gehievt worden war, war zu Fall gekommen, weil er die Inflation nicht hatte aufhalten können, weil Menschen wie Anni Dippold alles verloren hatten, was sie ein ganzes Leben lang angespart hatten – aber würde der neue

Kandidat, den Präsident Ebert ernannte, das Mittel finden, das der Katastrophe Einhalt gebot?

Nina übernahm einen zweiten Packen und war zumindest an diesem Morgen heilfroh, dass sie Zeitungsausträgerin war und nicht Reichskanzlerin.

Als sie nach Hause kam und den anderen das trotz doppelter Bezahlung kümmerliche Frühstück hinstellte, fühlte sie sich zu Tode erschöpft und hätte sich gern ein paar Stunden hingelegt. Aber sie musste sofort wieder aufbrechen, um auf Hieros Fahrrad nach Mariendorf zu radeln und Palü abzuholen. Frau Rottenheimer hatte beim Hauswirt die Erlaubnis erwirkt, das Pferd bis zum Auftritt im Hof des Hauses unterzustellen, auch wenn sie Nina und ihren gesamten Haufen für geisteskrank und reif für die Irrenanstalt in Buch erklärte.

»Was hab ich mir eigentlich dabei gedacht, mir eine Horde Verrückter ins Haus zu holen, die sich benehmen, als wären sie samt und sonders aus Buch entlaufen? Letzte Woche war schon zwei Mal die Polizei da und hat mich befragt, aber was weiß denn ich?«

»Die Polizei?«, fragte Nina. »Unseretwegen?«

»Gott, mir sagen die doch nicht, weswegen sie kommen. Die haben bloß Fragen wegen der Herren vom Militär gestellt, aber ich konnt' ihnen nichts sagen. Ich schreib ja den Herren nichts vor, die kommen und gehen, wie sie wollen. Herr Dareios, der die Zimmer sauber macht, hat sich ja auch gewundert, weil bei denen kein Zeug rumliegt und in der Ecke gepackte Koffer stehen, aber ich hab ihm gesagt: Was geht mich das an? Das sind halt ordentliche Leute.«

Nina fragte nicht weiter. Sie war knapp in der Zeit, und beim Besuch der Polizei war es offenbar um Kleewitz und Litzmann gegangen, nicht um sie. Sie brach auf, musste aber nach wenigen Straßenzügen kapitulieren. Wenn sie geglaubt hatte, als Reiterin müsse sie so einen Drahtesel spielend beherrschen können, so hatte sie sich getäuscht. Das Gefährt schwankte von einer Seite zur andern, als wäre sie schwer betrunken, und wenn sie nicht stürzen und die ganze Aktion zum Scheitern bringen wollte, musste sie absteigen und das Fahrrad zurück in die Jerusalemer Straße schieben, wo sie es im Keller des Seitenflügels diebstahlsicher unterstellen konnte. Alsdann machte sie sich mit der Straßenbahn, die sie den Rest ihres Lohns kostete, ein zweites Mal auf den Weg. Wie sie heute Nacht heimkommen sollte, nachdem sie Palü zurückgebracht hatte, und wie sie ihn morgen von Neuem abholen konnte, stand in den Sternen.

Wenigstens wurde die Bahn nicht länger bestreikt, Die Protestzüge hatten sich aufgelöst, und sie kamen einigermaßen voran. Überall an den Ecken und Kreuzungen standen Zeitungsjungen, die mit lautem Geschrei die Extrablätter des Tages ankündigten. Ninas Kopf dröhnte, und sie hätte sich am liebsten die Hände auf die Ohren gepresst. Wie sollte sie sich auf sich selbst konzentrieren, wie in Gedanken auf ihren großen Auftritt vorbereiten, wenn um sie alles aus den Fugen geriet?

Sogar bis in das entlegene Mariendorf, auf die Trabrennbahn, die sonst wie eine abgeschottete künstliche Welt wirkte, war die Aufregung gedrungen. Es dauerte eine ganze Weile, bis sich die Vollmachten aus Neu-Mahlen fanden und Nina ihr Pferd übergeben wurde.

»Wie fühlt sich das eigentlich an?«, fragte sie in Palüs Pferdeohr, während sie über das glänzende, sonnenwarme Fell an seinem Hals streichelte. »Ein Geschöpf zu sein, das nicht begreift, warum wir uns alle so aufregen, und dennoch vollkommen von uns abhängig ist?« Pferde wie er waren in den Krieg geschickt und von Granaten zerrissen worden, sie wurden an Schlachthöfe verscherbelt, wo landwirtschaftliche Maschinen sie ersetzten, und im Wedding hatte sich angeblich eine hungrige Meute auf das zusammengebrochene Pferd eines Bierkutschers gestürzt und es buchstäblich auf der Straße ausgeweidet.

Nina schauderte. Ehe sie sich auf seinen Rücken schwang, versprach sie Palü, dass sie immer auf ihn achtgeben würde.

»So wie du heute Nacht auf mich achtgibst, einverstanden, schwarzer Freund?

Mit der in wenigen Wochen gewonnenen Sicherheit eines Stadtpferdes trabte Palü an und machte sich auf den Weg durch das Gewimmel des Nachmittags. Seit Tagen hatte Nina sich nicht mehr ruhig gefühlt, aber jetzt, in dieser einen Stunde, die sie in gemäßigtem Tempo durch Berlin ritt, war es, als griffe die ruhige Souveränität ihres Pferdes auf sie über. Ihr Vater hatte ihr das Tier als Fohlen geschenkt, und beinahe kam es ihr vor, als wäre sie in dieser Stunde noch einmal mit ihrem Vater allein. Als spüre sie seine Hände auf ihren Schultern und höre ein entferntes Echo seiner Stimme, mit der er ihr so oft Mut zugesprochen hatte. *Du bist gut, Pippa. Du darfst nie vergessen, wie gut du bist.* Pippa.

Sie war nie wieder Pippa gewesen, und die wundervollen Freunde, die sie hier gewonnen hatte, wussten nicht, dass sie es einmal gewesen war. Jenny glaubte, sie und ihr Bruder wären wie zwei offene Bücher ohne Geheimnisse, und vermutlich entsprach das tatsächlich ihrer Natur. Der Krieg aber hatte ins Leben von Menschen jeglicher Natur Geheimnisse gepflanzt – nicht weil sie etwas zu verschweigen hatten, sondern weil manche Dinge zu sehr wehtaten, um darüber zu sprechen.

Sie liebte ihre Mutter, liebte ihre ganze Familie und war verrückt vor Liebe zu ihren Freunden, aber seit ihr Vater nicht mehr lebte, war sie dennoch immer ein wenig einsam gewesen. Auf sich gestellt. Fremd unter Vertrauten. Bis auf die kurze Zeit, die sie mit Anton verbracht hatte.

Ich wünschte, ich könnte in den nächsten drei Tagen noch einmal Pippa für dich sein, dachte sie zärtlich und traurig in eine Richtung, die sie nicht kannte. *Die Tochter des Glasmachers, die tanzt wie ein Funke, wie ein Vogel, wie ein Schmetterling. Danke, dass du mir den Mut dazu geschenkt hast. Danke, dass du mich liebhattest, in allem, was ich getan, was ich gesagt, was ich gewollt habe, und in allem, was ich bin.*

Als sie in den Hof ritt, kamen ihr aus der Tür des Seitenflügels sechs Polizisten entgegen, die zwei mit Handschellen gefesselte Männer führten. Palü, der den ganzen Weg über die Ruhe selbst gewesen war, scheute, und Nina konnte nichts Genaueres erkennen. Sobald es ihr jedoch gelungen war, das Pferd wieder unter Kontrolle zu bringen, sah sie ihre Wirtin Frau Rottenheimer vollkommen aufgelöst aus dem Haus stürmen.

»Fräulein von Veltheim, Fräulein von Veltheim! Die Polizei hat unsere beiden Herren abgeholt. Die sagen, gegen sie liegt was vor, und wie um alles in der Welt soll ich denn jetzt an meine Miete kommen!«

Wieder wollte Palü steigen, Nina hatte alle Hände voll zu tun, und als sie es endlich geschafft hatte, abzusteigen, wollte sie Frau Rottenheimer bitten, zu warten, bis sie das Pferd beruhigt und versorgt hatte. Dann aber sah sie, was sie noch nie zuvor gesehen hatte: Aus den geröteten Augen der Frau strömten Tränen. »Ich muss aus der Wohnung raus. Wir müssen alle raus. Mir steht das Wasser bis zum Hals.«

Darius kam aus dem Haus, hielt an der einen Hand Viktor und nahm Nina mit der anderen Palü ab. »Ich weiß schon Bescheid, die Polizei war ja seit Stunden hier«, sagte er. »Ich kümmere mich um dein Pferd. Du gehst nach oben, lässt dir von Eugenie erklären, was los ist, und dann schaut ihr, ob ihr der armen Frau ein bisschen helfen könnt.«

»Eugenie?«

»Jenny«, sagte Darius, ehe er den bereits vollkommen beruhigten Palü davonführte. »Die meisten im einstigen russischen Reich geborenen Jennys heißen ihren Geburtsurkunden nach Eugenie.«

In dem ganzen Drama hätte Nina beinahe losgelacht. Ein Name, der weniger zu Jenny passte, war schwerlich vorstellbar.

Sie reichte Frau Rottenheimer ihren Arm und führte sie hinauf in die Wohnung, wo Jenny, Sonia und Podie im Berliner Zimmer versammelt saßen. Auf dem Tisch stand eine Flasche mit einer violetten Flüssigkeit, von der Jenny den größten Teil bereits auf mehrere Saftgläser verteilt hatte.

»Die stand hier ungenutzt rum«, rechtfertigte sie sich. »Und wir können sie brauchen.« Sie schob Nina ein Glas hin. »Veilchenlikör. Schmeckt übler als Leichengift.«

Der einzige Mensch, von dem Nina sich vorstellen konnte, dass er Veilchenlikör trank, war ihre Tante Sperling. Jenny aber war eine Heldin, die keinen Schmerz kannte, und stürzte die Hälfte ihres Glasinhalts todesmutig herunter. Die Grimasse, die sie zog, war gerechtfertigt. Allein der Geruch, der ihr entgegenstieg, verursachte Nina Übelkeit.

»Was ist denn überhaupt passiert?«, fragte Nina.

»Wir wissen auch nichts!« Podie breitete dramatisch die Arme aus, ehe er einen wieder um Sonia legte. »Wir gerade erst sind gekommen, wollten an Herren vom Militär vorbei, da poltert kompletter Sturmtrupp ins Haus und die beiden nimmt mit. Nicht dass es mir täte sonderlich leid, aber ein tüchtiger Schreck es war doch.«

»Hauptmann von Kleewitz und Herr Litzmann sollen einer verbrecherischen Organisation angehören!«, rief Frau Rottenheimer und presste sich die Hände an die Schläfen, raufte sich ihr wirres, strohiges Haar. »Aber das ist doch nicht meine Schuld – wie soll unsereiner sich so was denn denken? Die beiden haben doch einen so ehrenwerten Eindruck gemacht und einwandfreie Leumundszeugnisse vorgelegt.«

»Natürlich ist es nicht Ihre Schuld«, sagte Jenny und wischte sich violette Schmiere von den Lippen. »Schuld haben die zwei Kerle, die gerade hier verhaftet worden sind, sowie ihre Spießgesellen. Trotzdem mag es für die Zukunft ganz nützlich sein, nicht alles, was eine Uniform trägt und nach Autorität riecht, unterwürfigst in den Himmel zu heben, sondern den Kopf zum Selbstdenken zu benutzen. Was will denn einer mit so einer Uniform, weshalb will er die um jeden Preis anbehalten, wo wir doch gar keinen Krieg mehr wollen und alles andere dringender brauchen als Soldaten?« Sie machte eine Pause, fasste Frau Rottenheimer ins Auge. »Weil er eben doch Krieg will. Richtig. Wollen Sie Krieg? Haben Sie vom letzten noch nicht genug? Doch? Na also. So einfach ist das. Einen Grund, Uniformträger anzubeten, gibt's nicht. Wenn Sie das so dringend brauchen, beten Sie lieber uns Weiber an, die nämlich alles tun, um die Miete pünktlich zu zahlen, und die Ihnen jetzt aus diesem Schlamassel wieder raushelfen.«

»Sie?«, fragte Frau Rottenheimer und hörte vor Fassungslosigkeit auf zu weinen.

»Klar«, sagte Jenny. »Haben Sie für uns schließlich auch gemacht – eine Frau wäscht die andere.«

»Aber Sie haben doch kein Geld!«, rief Frau Rottenheimer. »Und solches Künstlervolk wie Sie wird ja auch nie zu welchem kommen.«

»Leute, die kein Geld haben, sind die einzigen, die das, was sie anderen schulden, bezahlen, glauben Sie mir das«, sagte Jenny ungerührt. »Wir bekommen den Karren schon wieder aus dem Dreck, und wir ziehen ganz bestimmt nicht hier aus. Ich bin in meinem Leben schon so oft ausgezogen, dass ich mir das Dach über meinem Kopf am liebsten festschweißen würde, und genau das werde ich diesmal tun: Hier bin ich und hier bleibe ich. Wer uns hier raushaben will, der muss es mit dem Stahlschneider versuchen, darauf können Sie sich verlassen. Und jetzt muss ich meiner Freundin erst einmal erklären, was Sache ist, die kommt vor Ungeduld nämlich gleich um.«

»Da könntest du recht haben«, sagte Nina.

Jenny schob ihr über den Tisch eine Zeitung hin, eine noch nach Druckerschwärze riechende, brandneue Extraausgabe des *Berliner Tageblatts*, dessen Morgenausgabe sie in der Frühe ausgetragen hatte. Dieses Exemplar war jedoch nicht auf dem Titelblatt oder bei einem der seitenweise abgedruckten Artikel über die Regierungskrise, die Inflation und den Rücktritt von Kanzler Cuno aufgeschlagen, sondern beim Lokalteil für Brandenburg. Der lag den Extrablättern für gewöhnlich gar nicht bei, hier aber prangte zwischen diversen Annoncen ein einziger, groß gesetzter Artikel.

Schlag gegen zwei Ortsgruppen der verbotenen Organisation Consul geglückt, las Nina. *Angehöriger des Templiner Landrats gibt Polizei entscheidenden Hinweis.*

Mit zittrigen Fingern zog Nina die Zeitung zu sich und überflog den Artikel. »Heißt das, Kleewitz und Litzmann gehören diesem Geheimbund an, der Matthias Erzberger und Walther Rathenau ermordet hat?«

»Genau dem«, antwortete Jenny.

»Und Carlo hat die beiden entlarvt und es der Polizei gemeldet?«

»So ungefähr.«

Frau Rottenheimer begann wieder zu weinen. Sonia stand auf, ging um den Tisch herum und trat hinter sie, um ihr die schmalen, sehnigen Hände auf die Schultern zu legen.

»Nach allem, was wir uns bisher haben zusammenreimen können, ist es deinem Bruder Carlo wohl spanisch vorgekommen, dass Kleewitz und Litzmann eure zwitschernde Tante unentwegt mit brennendem Interesse über seine Arbeit im Landrat ausfragten«, erklärte Jenny. »Und wenn ihr auch sonst wie zwei offene Bücher seid, seid ihr im Vergleich mit der Zwitschertante ja die reinsten Geheimniskrämer. Nach allem, was wir wissen, ist Carlo der Sache nachgegangen, und als dann ein paar merkwürdige Burschen aufgetaucht sind, die sich ihm als Vermittler von Erntearbeitern anpriesen, hat er zwei und zwei zusammengezählt. Dem Artikel zufolge versuchen Kleewitz, Litzmann und der übrige Consul-Dreck, ihre Kumpane in die ländlichen Strukturen einzuschleusen, um da Männer für einen militärischen Putsch anzuwerben.« Beileibe nicht zum ersten Mal an diesem Tag verspürte Nina Übelkeit.»Und das hat Carlo verhindert?«

Jenny nickte.»Doch kein ganz so offenes Buch, dein kleiner Bruder«, sagte sie, und in ihrer Stimme schwang so etwas wie Anerkennung. Sie schnappte sich die Zeitung und las die letzten Zeilen laut vor:»*Einem Telegramm von Herrn Carl-Otto von Veltheim, Gutsbesitzer und jüngstem Mitglied des Landrats, ist es zu verdanken, dass die Berliner Polizei ein Nest der verbrecherischen, unsere Demokratie gefährdenden Organisation ausheben konnte.*«

Jenny trank den zähflüssigen Rest aus ihrem Glas.»Carl-Otto, wie peinlich«, bemerkte sie.»Weshalb kommt es unserer Presse eigentlich nicht in den Sinn, Personen vor derlei beschämenden Enthüllungen zu schützen, indem sie Namen durch Kürzel ersetzen.«

»Carl hieß mein Seliger«, kam es von der schluchzenden Frau Rottenheimer.»So schlimm ist das ja nun wirklich nicht.«

»Ach, ich dachte, der hieß Theodor.« Jenny sandte ihr ein beinahe warmherziges Grinsen, ehe sie fortfuhr:»Kleewitz und Litzmann müssen die Letzten sein, die verhaftet worden sind. Wir vermuten, sie sind noch einmal hergekommen, um irgendwelche wichtigen Gepäckstücke zu holen, und auf einmal stand die Polizei in der Tür. Wir waren einkaufen. Als wir nach Hause kamen, war das Tohuwabohu bereits voll im Gange.«

Nina atmete tief durch und griff nun doch nach dem Glas mit dem ekelhaft klebrigen Likör, während sie spürte, wie ihr fliegender Herzschlag sich beruhigte. So, wie es aussah, war alles gut gegangen, niemand zu Schaden gekommen als die beiden Schuldigen. Den genauen Ablauf konnte sie sich von Carlo schildern lassen, wenn er am Montag mit der gesamten Familie zu ihrer Aufführung kam, und dann konnte sie ihm auch sagen, wie stolz sie auf ihn war. Auch mit dem Problem des fehlenden Geldes würde sie sich am Montag befassen. Geld fehlte ihnen schon so lange, dass sie sich darüber kaum noch aufregen konnte, und wenn Jenny Alomis erklärte, dass sie hier nicht ausziehen würden, dann würde sich schon eine Lösung finden.

Vielleicht konnten ja Sonia und Podie in die freien Zimmer einziehen. Podie verdiente zurzeit an seiner herrlichen Stimme nicht schlecht, und Sonia war der genügsamste Mensch, den Nina kannte. Vorerst aber würde sie noch einen letzten Schluck von dem scheußlichen Gesöff trinken, um ihre flatternden Nerven endgültig zu beruhigen und sich wieder auf die Aufgabe zu konzentrieren, die vor ihr lag: Diese Nacht war so entscheidend für die Zukunft der Wunderweiber wie damals der Morgen ihrer Vorstellung im *Wintergarten*. Nein, noch entscheidender, befand sie, denn damals hatten sie im Grunde ja gar keine Chance gehabt. Heute hingegen lag es bei ihr und Palü, zu dem sie gleich in den Hof gehen würde, um sich auf ihren großen Augenblick vorzubereiten. Als Darius sich angeboten hatte, sich um ihn zu kümmern, hatte sie erst ablehnen wollen, doch dann waren ihr Velma, Zorah und Ypsilantis eingefallen.

Darius mochte als Dompteur nie in Palästen und vor Sultanen aufgetreten sein, aber er besaß zweifellos ein Gespür für Tiere, das so schnell nicht seinesgleichen fand, und der kleine Viktor, der nicht sein Sohn war, hatte dieses Gespür von ihm geerbt.

Er konnte in einer menschlichen Sprache kein Wort sprechen, aber Nina hatte ihn mit den Spatzen und Tauben im Hof sprechen hören, als erzählten sie einander ihr ganzes Leben.

Bei diesen beiden war Palü bestens aufgehoben und würde für die Aufgabe, die vor ihm lag, in guter Verfassung sein. Nina trank noch einen Schluck, schüttelte sich und stand auf.

Im nächsten Augenblick schrillte die Türglocke. Frau Rottenheimer stand auf, und ein wenig langsamer erhob sich auch Jenny. Nina, von den Ereignissen des Tages noch immer durcheinander, war langsamer. Als sie sich aufrappelte, waren die anderen bereits im Korridor, und sie hörte die Wohnungstür schlagen.

Der Ankömmling hielt sich nicht mit Floskeln auf, sondern stürmte mit polternden Schritten an allen vorbei ins Berliner Zimmer.

Es war Carlo. Während er nach Luft rang, machten die anderen kehrt und schlossen zu ihm auf.

»Hat jemand von euch Tante Sperling gesehen?«, stieß er keuchend hervor. »Wir haben zu spät bemerkt, dass sie aus ihrem Zimmer verschwunden ist. Sie ist am Bahnhof gesehen worden und muss mit dem Frühzug nach Berlin gekommen sein.«

36

ANTON

Er hatte sich unter die Menge der Menschen mischen wollen, die an diesem Sommerabend, der auch nach Untergang der Sonne kaum abkühlte, auf dem Boulevard Unter den Linden nach Zerstreuung suchten. Die Geschwindigkeit, mit der sich im Laufe der letzten vierundzwanzig Stunden die Ereignisse überstürzt hatten, war für die drückende Schwüle viel zu hoch. Ein Bettler, an dem Anton vorbeikam, riss sich das zu Fetzen zerschlissene Hemd vom Leib. Eine blutjunge Schönheit, der ein Chauffeur aus einer Limousine half, ließ ihren seidenen Mantel zu Boden gleiten, wo der Chauffeur ihn auflas.

Auf dem Boulevard fielen sämtliche Lichter in ihr weithin leuchtendes, buntes, blendendes Blinken, sobald das letzte Tageslicht verloschen war. Anton schlenderte die lange Straße hinauf und hinunter, tat so, als betrachte er Schaufenster und Angebote, sich zu vergnügen, und fürchtete dennoch, sich grauenhaft auffällig zu verhalten.

Warum war ein Schauspieler eigentlich immer nur ein Schauspieler, wenn er ein Kostüm trug? Warum versagte die hochgelobte Ausbildung bei den Besten der Besten, sobald er nicht Hamlet, Melchior, Osvald oder Faust zu sein versuchte, sondern schlicht Anton Wendland, ein gewöhnlicher Mann im grauen Anzug, der bei niemandem Aufsehen erregte.

An der Kreuzung zur Friedrichstraße baten ihn zwei strahlende Freundinnen um ein Autogramm. Anton konnte nicht Nein sagen, kritzelte seinen Namen in ihre Alben und ging dann weiter in die Friedrichstraße hinein, als hätte er dort etwas zu schaffen. Mehrere Minuten wartete er im Eingang eines Zinnfigurenhändlers, bis er sich wieder hervorwagte und mit der Umsicht eines geheimen Verschwörers an die Kreuzung zurückkehrte. Der dunkelgrüne Triumph mit geschlossenem Verdeck, der vorhin dort gestanden hatte, wartete noch immer. Man musste sich geradezu hineinbeugen, wie Anton es jetzt tat, um zu sehen, dass hinter dem Steuer ein Mann saß.

»Ah, Anton.« Der Mann war semmelblond und begrüßte Menschen mit einem Lächeln, bei dem einen unweigerlich der Gedanke ansprang, dass die Welt kein so übler Ort sein konnte. »Ist es so weit, sollen wir uns bereit machen?« Sein Deutsch war beinahe akzentfrei, von einer leichten Überbetonung der Gutturallaute abgesehen.

Anton winkte den beiden Männern zu, die es sich auf dem Rücksitz der Limousine bequem gemacht hatten und in ihrer dunklen Kleidung kaum zu erkennen waren.

»Noch nichts zu sehen, Axel«, sagte er zu dem Mann hinter dem Fahrersitz. »Und Carlo von Veltheim habe ich nicht erreichen können. Ich gehe noch einmal bis nach vorn und gebe Ihnen Bescheid. Machen Sie sich aber bitte nicht verrückt. Sollten wir sie heute Nacht tatsächlich verpassen, versuchen wir es eben morgen noch einmal.«

Der semmelblonde Axel Graatkjær, der ein Gott hinter der Kamera war, grinste wie ein Spitzbube. »Verehrter Anton, es gibt Dinge, die verpasst man nicht, wenn man Filme macht – oder man ist das viele Geld, das man einsackt, nicht wert.«

Anton gab ihm recht, obwohl er keine Filme machte. Wenn er diese Nacht verpasste und verpatzte, war er nicht nur das Geld, das er einsackte, sondern auch die Chance, die er sich mit so viel vernagelter Vehemenz und so viel vernagelter Sehnsucht wünschte, nicht wert.

Wie oft er in dieser Nacht den Boulevard Unter den Linden hinauf und hinunter ging, hörte er irgendwann auf zu zählen. Nach etwa zwei Dutzend Wegen gab Axel Graatkjær auf, weil ihm seine Assistenten eingeschlafen waren, und nach gut zwei weiteren Dutzend Wegen glaubte Anton, Blei in seinen Beinen zu haben, und beschloss, ebenfalls nach Hause zu fahren. Etwas musste dazwischengekommen sein, womöglich Chaos und Aufruhr, die den ganzen Tag nach dem Rücktritt des Kanzlers geherrscht hatten.

Morgen ist ein neuer Tag, sagte er sich und hielt eine Autotaxe an. Und selbst wenn auch morgen nichts geschah, wenn Nina sich im letzten Augenblick entschieden hatte, seine ganze versponnene Idee doch zu verwerfen, bedeutete das ja nicht, dass er Grund zur Sorge um sie hatte.

Nur dass sie ohne ihn zurechtkam und er das noch immer nicht ertrug. Er hasste sich dafür. Was sollte eine Frau wie Nina mit einem ewiggestrigen Patriarchen wie ihm?

Aber es ist doch nicht so, weil ich ein ewiggestriger Patriarch bin!, schrie alles in ihm.

Sondern weil ich ohne sie nicht zurechtkomme.

Ist es so falsch, sich zu wünschen, dass der Mensch, den ich liebe, mich braucht?

In der Nacht schlief er schlecht, und anderntags verpatzte er auf der Probe im Schauspielhaus jede einzelne Szene.

»Was ist los mit Ihnen, Wendland?«, fragte Jessner. »Machen Sie sich Sorgen wegen des Schlamassels, in das unsere sogenannten Volksvertreter uns geritten haben, oder sind Sie verliebt?«

»Verliebt«, gestand Anton.

»Gehen Sie nach Hause«, sagte Jessner, »kochen Sie sich eine Suppe und versalzen Sie die, aber vergeigen Sie nicht mein Stück.«

Anton ging nach Hause, ließ das mit der Suppe jedoch bleiben und war bei Einbruch der Dunkelheit wieder Unter den Linden. Carlo von Veltheim hatte er auch an diesem Tag nicht erreichen können, nicht einmal dessen Großmutter, die für gewöhnlich den Hörer abnahm und durch die Leitung bellte, sie gäbe Unbefugten über ihren Enkel keine Auskünfte. Von Neuem trottete er den Boulevard hinauf und hinunter, schob sich durch lärmende, lachende Passantenströme und kam sich vor wie der einzige graue Sperling zwischen den bunten Vögeln der Nacht.

Aber Sperlinge zwitscherten wenigstens und verbreiteten damit eine Stimmung fröhlicher Unverwüstlichkeit. Er musste an Ninas Tante denken, die durchaus das Zwitschernde, Freundliche von Spatzen hatte, ihm aber zart, von einer seltenen Vornehmheit und alles andere als unverwüstlich vorgekommen war.

Ihm selbst hingegen hatte es die Sprache verschlagen. Ihm fiel nicht einmal etwas Vernünftiges ein, um sich bei Axel Graatkjær zu entschuldigen, der die zweite Nacht vergeblich auf eine Sensation für seine Kamera wartete.

»Nehmen Sie es doch nicht so schwer, lieber Anton«, tröstete der andere ihn. »Wir haben schließlich alle unsere Schimären, und nur für die wenigsten manifestieren sie sich.«

»Ich fürchte, hier handelt es sich um keine Schimäre, sondern nur um eine Frau, die nichts mit mir zu tun haben will.«

Axel lachte. »Damit haben Sie wortwörtlich beschrieben, was ich unter einer Schimäre verstehe. Gute Nacht, Anton. Vergessen Sie nicht ganz, dass die Welt sich weiterdreht.«

Anton wartete, bis die letzten Lichter auf dem Boulevard erloschen, ein paar Betrunkene Arm in Arm davontorkelten und nur ein paar weggeworfene Eintrittskarten, Programmzettel, Verpackungen von Eis und Süßigkeiten als Souvenirs der Nacht auf dem Pflaster blieben. Bald würden die Straßenkehrer kommen, die Arbeiter, die auch am Sonntag auf Schicht mussten, die Zeitungsjungen, die lauthals verkündeten, dass die deutsche Republik im Laufe dieses Tages einen neuen Reichskanzler bekommen hatte. Gustav Stresemann hieß der Mann, gehörte der DVP an und musste ein bisschen lebensmüde sein, um es zu wagen, sich inmitten der heillosesten Krise ans Ruder der Regierung zu setzen. Ob er ein guter Mann war, vermochte Anton nicht zu beurteilen, schon gar nicht in seinem derzeitigen Zustand, und selbst ein guter Mann konnte in der augenblicklichen Lage kaum etwas anderes als straucheln.

Jenem Stresemann war es aber immerhin bereits gelungen, die Sozialdemokraten in die Regierung einzubinden, die demokratischen Kräfte zu vereinen. Anton hätte nachlesen können, was er ansonsten in seiner Antrittsansprache verkündet hatte. Frau Brenneisen hatte ihm mehrere Zeitungen auf dem Tisch im Empfang bereitgelegt, aber er ließ sie liegen, ging zu Bett und dachte in der Totenstille seiner Wohnung an Nina von Veltheim.

Wie erschlagen schleppte er sich am Sonntag ins Theater. Kurz hatte er erwogen, sich krankzumelden, doch was sollte er mit dem sinnlos sich hinziehenden Tag anfangen? Natürlich legte er wiederum eine schaurige Leistung aufs Parkett, schleppte sich wie ein Bleiklumpen durch Jessners elegante, hintersinnige Inszenierung. »Ich nehm's Ihnen nicht krumm«, sagte der Regisseur nach dem Ende der morgendlichen Kostümprobe. »Schließlich habe ich ja schon erlebt, dass Sie nicht völlig unfähig sind. Wiedersehen will ich Sie aber erst, wenn Sie sich so weit auskuriert haben, dass Sie mir etwas anderes spielen können als einen herzkranken Romeo.«

Anton trollte sich mit hängendem Kopf in Richtung Garderoben, als er mit einem Mann zusammenstieß, mit dem er es weder an Größe noch an Breite aufnehmen konnte.

Ernst-Egon Neugebauer.

»Herr Wendland! Zu Ihnen wollte ich«, verkündete der Riese aufgekratzt.

Du würdest nicht zu mir wollen, wenn du wüsstest, dass ich in meiner üblen Laune dringend jemanden brauche, dem ich an die Gurgel gehen kann, und dass du gerade das richtige Opfer dafür wärst, dachte Anton.

»Haben Sie einen Augenblick Zeit?«, fragte Neugebauer noch immer mit derselben enervierenden Fröhlichkeit.

»Nein«, sagte Anton und wollte an ihm vorbei.

Der Dicke vertrat ihm den Weg. »Vielleicht sollte ich mich erst einmal vorstellen, auch wenn ich annehme, dass Sie mich kennen. Ernst-Egon Neugebauer, leitender Direktor des *Wintergarten.* Berlins führendes Varieté unter dem Sternenhimmel. Sie wissen schon – vom Guten nur das Beste und so weiter.«

»Ich weiß, wer Sie sind. Und ich habe keine Zeit.« Noch einmal versuchte Anton, an dem Mann vorbeizukommen, und wusste zu diesem Zeitpunkt bereits: Erschöpft und missgelaunt, wie er war, würde er sich nicht länger beherrschen können. Er war kein Mann, der schrie und sich gehen ließ, seine Eltern hatten ihn dazu erzogen, sich zivilisiert zu betragen und seine Gefühle im Zaum zu halten, aber er hatte es satt, ein zivilisierter, wohlerzogener Mann zu sein, der nicht schrie.

Er wollte sich gehen lassen. Ernst-Egon Neugebauer hatte nur noch eine Chance, dem sich ballenden Sturm zu entgehen.

Er nutzte sie nicht. Von Neuem vertrat er Anton den Weg. »Ich verspreche, ich fasse mich kurz, und Sie werden es nicht bereuen, mich angehört zu haben«, sagte er. »Wir planen bei uns im *Wintergarten* einen rezitatorischen Abend mit musikalischer Untermalung. Ein bisschen abseits von unserem üblichen Programm. Um genau zu sein, erfülle ich damit einen Wunsch meiner Frau, und ich lasse es mich auch etwas kosten. Es ist als Überraschung zu unserem Hochzeitstag gedacht, und natürlich sollen all ihre Lieblingsschauspieler vertreten sein. Sie an erster Stelle, Herr Wendland. Meine Mildred himmelt Sie an.«

Und um sich bei ihr lieb Kind zu machen, verschleuderst du Geld, das dir nicht gehört, und heuerst Schauspieler für einen öden Leseabend an, den in deinem Palast der Sensationen kein Mensch sehen will, dachte Anton bebend vor Wut. Um dich bei deiner Frau, die fremde Männer anhimmelt, einzuschmeicheln, wirfst du eine Truppe von großartigen Frauen unter einer genialen Regisseurin aus dem Programm, zerstörst ihr die Karriere, nimmst ihr womöglich so viel von ihrem bewundernswerten Mut, dass sie es jetzt doch nicht noch einmal versucht, dass sie aufgibt, nicht länger daran glaubt, wie begabt sie ist, und in ein Leben zurückkehrt, das ihr nicht entspricht.

Mit seiner Beherrschung war es vorbei. Der Sturm brach los.

»Sie sind ein Idiot, Neugebauer«, hörte er sich sagen. »Und was schlimmer ist: Sie sind ein gottverdammter Feigling. Mein Herz müsste ein Affe sein, wenn ich in Ihrem Saftladen auftrete, in dem das originellste Programm der letzten Jahre abgeblitzt ist, weil der Herr Direktor Angst hat, sein schmutziges kleines Geheimnis könnte ans Licht kommen.«

»Ich muss doch sehr bitten«, stammelte der sichtlich überrumpelte Neugebauer und drehte hektisch am obersten Knopf seiner Weste.

»Nein, müssen Sie nicht«, setzte Anton sofort nach. »Sie haben auf dieser Unterredung bestanden, und jetzt bekommen Sie sie, egal, ob Sie wieder einmal den Schwanz einkneifen und abhauen wollen. Was sind Sie überhaupt? Der verantwortliche Leiter von Berlins schönstem Spielort oder ein schweifwedelnder Pinscher, der kuscht und sich beeilt, seinem Frauchen gefällig zu sein, damit sie ihm nicht eins mit der Leine überzieht?«

Neugebauer wurde blass. Seine Finger drehten an dem Knopf wie der Filmvorführer an der Kurbel.»Ich habe keine Ahnung, worauf sie anspielen«, behauptete er.

»Oh doch, das haben Sie! Ich spreche von Nina von Veltheim und ihren Wunderweibern, von denen Sie sehr wohl wussten, wie gut sie sind, denn ansonsten wäre es mir ein Rätsel, warum man einen Amateur wie Sie in dieser Stellung belässt. Sie haben Fräulein von Veltheim einzig und allein deshalb abgewiesen, weil Rudolf Kante Ihnen gedroht hat, dass es sonst Ärger mit der betuchten Gattin setzt. Und Sie wollen ein Mann sein? Ein Theaterleiter? Gehen Sie doch heim und lassen sich von Ihren Furunkeln kurieren. Armes Berlin, wenn es nicht nur um die Wirtschaft, sondern obendrein um die viel gepriesene Kultur, die uns angeblich retten soll, derart elend steht.«

Als Junge hatte Anton mehr als einmal erlebt, wie Kameraden von ihren Vätern Prügel bekamen, wie sie sich duckten und vor den viel Stärkeren zusammenschrumpften. Sein eigener Vater, der älter war und sich mehr Zeit für ihn genommen hatte als die anderen Väter, hatte ihn nie geprügelt.»Ich habe in meinem Leben keinem Menschen seine Würde genommen, ich fange nicht bei meinem eigenen Sohn damit an«, hatte er Anton erklärt. Eine einzige Ohrfeige hatte er ihm gegeben, und damals war Anton bereits größer gewesen als der Vater, und es war der Vater gewesen, der vor ihm zusammenschrumpfte. Es war an dem Tag geschehen, als Anton ihm gesagt hatte, dass er sein Elternhaus verlassen wolle, um Schauspieler zu werden, und die Ohrfeige hatte erst Jahre später wehgetan, als er erfahren hatte, dass sie das Letzte bleiben würde, was es zwischen ihnen gab.

Ernst-Egon Neugebauer sah aus wie jene geprügelten Jungen seiner Kindheit. Der große Mann war klein geworden, er war eindeutig schwächer als Anton, und er hatte seine Würde verloren. Anton hatte sie ihm genommen und schämte sich.

»Es tut mir leid«, sagte er.»Ich weiß nicht, was in mich gefahren ist – oder doch, ich weiß es, aber es tut nichts zur Sache. Sie hätten mich gehen lassen sollen, Sie haben sich sozusagen einer wandelnden Zeitbombe in den Weg gestellt.«

Mit geradezu hündischer Dankbarkeit sah Ernst-Egon Neugebauer ihn an, und die schreckstarren Finger drehten wieder den Knopf.

»Ich nehme an, Sie wünschen nicht länger, dass ich bei Ihnen auftrete«, sagte Anton. »So oder so hätte ich es nicht getan, weil ich mich für solche bunten Abende nicht eigne. Nichts für ungut also. Und wie gesagt – mein Geschrei tut mir leid.«

Er wandte sich zum Gehen, und diesmal ließ Neugebauer ihn ziehen. Erst als er schon mehrere Schritte weit weg war, rief der Direktor auf einmal: »Herr Wendland!«

Anton drehte sich um.

»Darf ich Sie noch etwas fragen?«

»Sicher.«

»Diese Zauberweiber und Fräulein Veltmeyer – wo finde ich die?«

»Veltheim«, antwortete Anton. »Und Wunderweiber. Finden können Sie sie morgen Abend in einer Budike namens *Salamander.* Der Inhaber war klüger als Sie, der hat sie vom Fleck weg engagiert, und wenn Sie sich nicht beeilen, sind sie nach dem morgigen Abend vermutlich für den Rest des Jahres ausgebucht.«

Er kritzelte Uhrzeit und Adresse auf eine seiner zerknitterten Visitenkarten, dann ließ er Neugebauer stehen und ging in seine Garderobe, um sich umzuziehen. Was er mit dem Rest des Tages anfangen sollte, wusste er nicht. Auf seinem Schminktisch lagen mehrere Zeitungen, die wohl eine aufmerksame Garderobiere ihm hingelegt hatte. Die *Vossische,* das Extrablatt zur Regierungsbildung obenauf. Offenbar hatte Stresemann erklärt, er werde die Streiks und den Widerstand im Ruhrgebiet schnellstmöglich beenden und Verhandlungen mit Frankreich anberaumen. Das würde ihm neue Proteste und Krawalle einbringen und dem rechten Rand Zulauf verschaffen, aber es war das einzig Richtige. Deutschland war wie ein geschlagener Ringer, der vollkommen ausgelaugt am Boden lag. Es musste sich in seine Ecke zurückziehen, sich ausruhen und zusammenflicken lassen, und dazu brauchte es das Wohlwollen der anderen Länder.

Dass er instinktiv bis zum Lokalteil vorblätterte, war der Gewohnheit und der Tatsache geschuldet, dass er sowieso nichts zu tun hatte. Der Name Carl-Otto von Veltheim sprang ihm ins Auge wie ein Funke. Die Meldung war bereits zwei Tage alt, und nun war ihm klar, warum er Carlo nicht hatte erreichen können. Der junge Mann war ein verdammt feiner Kerl, so gerade gewachsen wie ein Birkenstamm. Einer, wie die gebeutelte junge Republik sie brauchte.

Während er gedankenverloren wieder zurückblätterte, gewann Anton den Eindruck, er sehe lediglich Buchstaben, die vor ihm verschwammen. Der Name von Veltheim sprang ihm aber auch jetzt wie ein Funke ins Auge, und dieses Mal fand er sich auf der dritten Seite. Mit einem Schlag war Anton hellwach.

Frau aus der Spree geborgen, lautete die Schlagzeile. *In offenbar selbstmörderischer Absicht ist am Freitag, dem 12. August eine des Schwimmens nicht mächtige Frau von der Gertraudenbrücke in die Spree gesprungen. Wie die Redaktion erst jetzt in Erfahrung bringen konnte, handelt es sich bei der Selbstmörderin um die einundfünfzigjährige Brandenburgerin ...*

Anton knüllte die Zeitung zusammen, sprang auf und rannte aus der Garderobe. Das kragenlose Hemd seines Kostüms hatte er sich bereits bis zur Taille aufgeknöpft, und die ausgefranste Hose, die ihm nur bis zur Mitte der Waden reichte, würde auf der Straße lächerlich wirken, doch das spielte jetzt keine Rolle. Nichts spielte mehr eine Rolle, nichts als Nina und der Wunsch, an ihrer Seite zu sein.

37

NINA

Damals, als Bertram von Brink auf dem falschen Pferd in den Hof ihres Zuhauses geritten war, hatte Nina nicht geweint. Ich darf nicht weinen, hatte sie sich befohlen und hatte alle Kräfte, die sie in sich hatte finden können, darauf konzentriert. Es war, als spanne sie innerlich sämtliche Muskeln an und hielte sie in dieser Spannung, sosehr sie auch schmerzten. Irgendwann hatte sie dann bemerkt, dass die Spannung nicht länger nötig war, dass die Muskeln versteinert waren und die Gefahr des Weinens nicht mehr bestand.

Sie waren noch immer aus Stein. Stein konnte nicht weinen. Carlo weinte, Frau Rottenheimer, die mit dem Weinen ja schon vorher angefangen hatte, hörte nicht mehr auf, Sonia weinte lautlos, und sogar Jenny, von der Nina nicht gewusst hatte, dass sie ein Automobil steuern konnte, wischte sich über die Augen.

Wir wissen so vieles nicht voneinander.

Wir wissen so vieles nicht von den Menschen, die wir lieben.

Von Tante Sperling hätten sie alles wissen können, was sie wollten, denn sie war das wirklich offene Buch unter ihnen gewesen. Immer wieder hatte sie erzählt, dass sie überzeugt war, ihren Lieben nur dann von Nutzen zu sein, wenn sie ihnen eines Tages ihr Sparbuch vermachte, und dass sie sich mit zwielichtigen Militärangehörigen abgab, um ihrem nutzlosen Leben einen Sinn zu verleihen. Sie hatte auch immer wieder ihren Bruder erwähnt und dem Wunsch Ausdruck verliehen, über ihn zu sprechen. Hätte einer von ihnen sich auch nur die geringste Mühe gegeben, hätte er wissen können, dass Tante Sperling unter all ihrem Gezwitscher nichts als einsam und verzweifelt war.

Was nützten offene Bücher, wenn niemand in ihnen las?

Ihr Sparbuch, der einzige persönliche Besitz ihres Lebens, war nun nicht einmal mehr das Papier wert, auf dem das Guthaben gedruckt war. Die Militärangehörigen, die sie mit Kuchen und Veilchenlikör gehätschelt hatte, waren Kriminelle, die Menschenleben auf dem Gewissen hatten, während Tante Sperling nie begriffen hatte, wie jemand einer Fliege etwas zuleide tun konnte. Ihr Bruder schließlich wurde totgeschwiegen. Hatte sie seinen Namen genannt, so waren ihr die anderen über den Mund gefahren oder waren ihren Angelegenheiten nachgegangen, als hätte sie nichts gesagt.

Tante Sperling hatte sich das Leben genommen, weil sie zu dem Schluss gekommen war, dass ihr Leben ohne Sparbuch nichts wert war, dass sie nur Platz und knappe Ressourcen stahl, jedoch von niemandem gebraucht wurde. Am wenigsten von sich selbst, denn dazu, sich selbst zu genügen, waren die Frauen ihrer Generation nicht erzogen worden.

Nina hätte zumindest weinen wollen, seit zwei Tagen wünschte sie sich zu weinen, wie Tante Sperling um ihren Vater geweint hatte, aber der Stein blieb Stein.

Das Automobil, mit dem sie zur Charité, dem Krankenhaus der Berliner Universität, gefahren waren, gehörte Alfred. »Wir können es behalten, so lange wir wollen«, hatte Jenny versichert und anschließend Carlo auf die Polizeiwache gefahren, wo er eine Reihe von Fragen beantworten musste, Tante Sperlings persönliches Eigentum ausgehändigt bekam und erfuhr, was über den Hergang bekannt war. Die Handtasche, ihr Proviantkorb und der winzige Koffer, mit denen sie so oft vor Ninas Haustür gesessen und gewartet hatte, waren knochentrocken und unbeschädigt. Tante Sperling hatte sie fein ordentlich, wie es ihre Art war, neben dem Brückenpfeiler aufgereiht, ehe sie gesprungen war.

»Ein Wunder, dass da nüscht geklaut worden ist«, sagte der Wachmann, der den Einsatz geleitet hatte. »Wie's aussieht, hat die rasende Meute da draußen doch noch eine Spur von Pietät.«

Tante Sperling musste mit dem ersten Zug nach Berlin gekommen sein, nachdem Carlo ihr am Vorabend noch einmal verboten hatte zu reisen und ihm dabei herausgerutscht war, um was für Subjekte es sich bei Hauptmann von Kleewitz und Offiziersanwärter Litzmann handelte.

»Sie hat mir wohl nicht geglaubt«, murmelte er, am Boden zerstört. »Sie wollte sich selbst überzeugen, wollte diesen Verbrechern, denen sie vertraut hat, die Chance geben, sich zu erklären. Der Polizei zufolge war sie mit ihnen in der Wohnung, als die Beamten eindrangen, um die Männer zu vernehmen und anschließend zu verhaften. Als Jenny mit Darius und Viktor heimkam, war sie nicht mehr da. Sie muss voller Entsetzen geflohen sein und ihren Entschluss gefasst haben, ohne noch einmal nachzudenken. Ich befürchte, dass sie schon unterwegs, im Zug, mit jemandem ins Gespräch gekommen sein muss, der ihr die Sache mit ihrem Sparguthaben klarmachte. Sie war ja so gesprächig. Sie freute sich immer auf die Zugfahrt, weil es dort Menschen gab, mit denen sie sich unterhalten konnte.«

»Das hat sie mir auch erzählt«, sagte Nina. »Und ich blöde Gans habe gelacht und sie gefragt, was so interessant an belanglosem Geschwätz in einem Zugabteil sein kann.«

Carlo hatte wieder gehen und sich um alles Erdenkliche kümmern müssen: Er hatte die restlichen Formalitäten mit der Polizei erledigt, hatte Journalisten abgewimmelt, bei Alfred die Aufführung abgesagt, dafür gesorgt, dass Palü zurück nach Mariendorf transportiert wurde, und vor allem hatte er auf Neu-Mahlen angerufen, um seiner Mutter und Oma Hulda so schonend wie möglich beizubringen, was geschehen war. Jenny hatte darauf bestanden, dass er sich in der Wohnung schlafen legte, ehe er zusammenbrach. Sie hatte kurz nach Nina geschaut, aber die hatte abgewinkt. »Mach dir um mich keine Sorgen. Mir ist es jetzt lieber, allein zu sein.«

»Du wirkst so stabil wie ein Felsen«, hatte Jenny erwidert. »Bist du ein Felsen? Oder glaubst du, du müsstest mir einen vorspielen?«

»Um ehrlich zu sein, weiß ich das selbst nicht«, sagte Nina.

»Kann ich verstehen.« Jenny hatte sie auf den Kopf geküsst, irgendetwas gemurmelt und war verschwunden.

Nina hatte jegliches Zeitgefühl verloren. Eine mitfühlende Schwester hatte ihr ein Kissen und eine Decke gebracht und eine andere ein Tablett mit einem Teller Butterbrote und einer dampfenden Tasse Kaffee. Sicher hatte Nina von den Broten abgebissen und den Kaffee getrunken, auch wenn sie sich nicht daran erinnern konnte. Sicher war sie zwischendurch auch immer wieder für eine Weile eingeschlafen, aber daran fehlte ihr ebenfalls jede Erinnerung. Wachen und Schlaf, Traum und Erinnerung glitten ineinander über.

Von Zeit zu Zeit kam jemand, um mit ihr zu sprechen und sie in das Zimmer, vor dessen Tür sie ausharrte, zu führen. Wenn sie anschließend auf ihren Platz zurückkehrte, fühlte sie sich so schwach, dass sie fürchtete, ihre Beine könnten unter ihr nachgeben und sich weigern, das Gewicht ihres Körpers noch länger zu stemmen.

Das Gewicht ihres Lebens.

Wie das Kartenhaus, das Viktor aus von Sonia bemalten Bierdeckeln baute, wenn sie zu viel Zeit mit ihm im *Salamander* verbrachten, war es über ihr zusammengebrochen.

Sie hatte alle Kräfte, alle Gedanken, alle Sorgen darauf konzentriert, sich ihren Traum zu erfüllen, die tanzenden Bilder aus ihrem Kopf auf eine Bühne zu bringen, sie war von ihrem Ziel wie besessen gewesen und hatte das Wichtigste dabei vergessen: die Menschen um sich. Menschen, die eigene Träume, Ziele, Wünsche und Rechte hatten, ihre eigene Angst und ihre eigene Einsamkeit.

Menschen wie den kleinen Viktor, der verloren und sprachlos in einer Kneipe mit Bierdeckeln spielte.

Menschen wie ihren Bruder Carlo, der die gesamte Verantwortung für Neu-Mahlen und die Familie allein trug und obendrein mit einer Bande von Schwerverbrechern und Mördern fertigwurde.

Menschen wie Tante Sperling, die nichts anderes gewollt hatte, als ihr eine Freude zu machen.

Ach bitte, Tantchen, umhäkle mir doch nur noch ein einziges Taschentuch, schrie es in ihr auf. Sie hätte es in Ehren gehalten, hätte es überallhin mitgeschleppt und nachts im Bett, wenn die Angst kam, an sich gedrückt. Wäre ihr jemals bewusst gewesen, mit wie viel Wärme Tante Sperling sie geliebt hatte, hätte sie sich von der Angst gar nicht erst übermannen lassen. Aber die Liebe war ihr nichts wert gewesen, für sie hatte nur der Erfolg gezählt, und warum konnte sie jetzt nicht wenigstens endlich weinen?

Sie war allein. Sie hatte Jenny weggeschickt und sich bei Carlo bedankt, weil er die Erledigungen übernahm, dabei wusste sie doch gar nicht, wie sie das Alleinsein mit den Gedanken, die sie jagten, aushalten sollte.

Ich kann das nicht! Ich bin doch in Wahrheit nie allein gewesen, ich war dazu nie stark genug.

»Kein Mensch ist dazu stark genug, Nina. Und du bist auch jetzt nicht allein, nicht einmal, wenn du es willst.«

Sie zuckte zusammen und blickte auf. Vor ihr, in dem weiten, leeren Schlauch des Krankenhausflurs, stand Anton.

Der Laut, mit dem sie aufsprang, klang nicht menschlich. Im nächsten Augenblick lag sie schon in seinen Armen, brauchte nichts mehr zu denken, nichts mehr zu stemmen, sondern nur sich fallen zu lassen und zu spüren, wie seine Arme sie hielten.

Das also war es gewesen. Die Notwendigkeit, sich auf den Beinen zu halten und irgendwie weiterzuleben, hatte in diesen Jahren all ihre Kraft erfordert, sodass zum Weinen keine mehr übrig gewesen war. Jetzt ging es ganz leicht. Sie konnte weinen wie ein Sturzbach und würde dennoch nicht stürzen und auf den Boden prallen, sie würde nicht liegen bleiben und überrollt werden, sondern war in Antons Armen in Sicherheit. Sie weinte um ihren Vater, der sein Leben verloren, und um seine Schwester, die das ihre nicht länger ertragen hatte, um ihre Unfähigkeit, einem von beiden zu helfen, um die Zukunft, die die beiden noch hätten erleben sollen, und um sie alle, die ohne den Vater und ohne Tante Sperling zurückblieben.

Sie waren wie das Mobile mit den Holztieren gewesen, das der Vater geschnitzt und in der Mitte über ihrem und Carlos Kinderbettchen aufgehängt hatte: Sobald Nina auf ihren eigenen Beinen stehen konnte, hatte sie danach gegriffen und ein Tier – ein Pferdchen mit wehender Mähne – heruntergerissen. Seitdem hing das Mobile schief. Es hätte neu austariert, die übrigen Tiere in eine neue Ordnung gebracht werden müssen, aber niemand hatte sich je darum bemüht.

»Ich bin schuld«, stieß sie heraus, während sie schluchzend nach Atem rang. »Ich habe Tante Sperling mit ihrer Traurigkeit allein gelassen, ich habe die Ohren verschlossen, wenn sie meinen Vater erwähnt hat, weil ich zu schwach war, es auszuhalten. Und sie wünschte sich doch nur, dass wir nicht so tun, als hätte ihr Bruder nie gelebt.«

Anton legte seine Wange auf ihr Haar und streichelte ihren Rücken. »Ich weiß, dass es sich so anfühlt«, sagte er. »Ich habe mich genauso gefühlt, vielleicht fühle ich mich noch immer und für den Rest meines Lebens so, aber es ist trotzdem nicht wahr, Nina. Du bist nicht schuld. Wenn wir unser Bestes geben und trotzdem scheitern, wenn wir von dem Faustschlag, den uns das Leben in den Bauch knallt, in die Knie gehen, macht uns das zu Menschen, aber nicht zu Schuldigen.«

Er roch nach Theaterschminke, und in dem eigenartig steifen Hemd, das er trug, hing der Duft der billigen Seifenlauge, die die Theater für die Kostüme verwendeten. Seit ihrer Kindheit mit den Düften nach Pferden, Heu und Sattelleder hatte es keinen Geruch mehr gegeben, in dem sie sich so sehr zu Hause fühlte.

»Du weißt, wie es sich anfühlt?«, flüsterte sie heiser.

Auf ihrem Kopf spürte sie, dass er nickte. »Meine Frau hat sich das Leben genommen«, sagte er. »Mein Agent hat dafür gesorgt, dass es vertuscht, als Unfall deklariert und so weit wie nur irgend möglich aus der Presse herausgehalten wurde. So kurz nach dem Krieg hätten die Leute keinen Appetit auf Tragödien, hat er mir erklärt, und außerdem komme ein Junggeselle im Liebhaberfach ohnehin besser an. So verschwand Liesa Sentis-Wendland einfach von der Bildfläche.«

Seine Stimme war schwer von den Tränen, die er nicht hatte weinen können. Vielleicht spürten sie beide zugleich, dass ihre Kräfte sie verließen, und setzten sich auf die Bank. Anton legte den Arm um sie, und Nina bettete den Kopf an seine Schulter und hatte das Gefühl, sie klammere sich an ihm fest. »Ist sie ... ist sie auch in die Spree gesprungen?« Die Nacht auf der Gertraudenbrücke fiel ihr ein. Wie furchtbar musste für ihn gewesen sein, worin sie nicht mehr als ein übermütiges Spiel gesehen hatte.

»Nein«, sagte er und strich ihr beruhigend das Haar aus dem Gesicht. »Sie hat Tabletten genommen. Veronal. Ihr Schlafmittel, das sie sich hatte verschreiben lassen, weil sie anders ihr Leben nicht ertrug.«

»Warum nicht, Anton?« Zögerlich hob sie den Kopf und suchte seinen Blick.

Er wich dem ihren nicht aus. In den dunklen Augen flackerte etwas, das Halt suchte. »Genau werde ich es nie wissen«, sagte er. »Vielleicht weil sie Rudi liebte und mit mir verheiratet war. Vielleicht weil sie mich liebte und mich mit Rudi betrog. Vielleicht weil sie uns beide liebte und so nicht leben konnte oder weil sie keinen von uns liebte und wir uns beide nur umeinander, aber um sie und ihre Gefühle einen Dreck scherten.«

Nina nahm seine Hand und drückte sie so fest, dass es ihm wehtun musste. »Du bist nicht schuld«, sagte sie zu ihm, wie er gerade eben zu ihr.

»Sie war auch nicht schuld«, sagte Anton.

»Rudi Kante!«, rief Nina.

Ohne sich von ihrem Blick zu lösen, schüttelte Anton den Kopf. »Wir suchen so verzweifelt nach einem Schuldigen, weil wir glauben, es wäre dann leichter zu ertragen, aber Rudi ist auch nicht schuld. Ich wurde nach der Schlacht von Passchendaele vermisst gemeldet, und von dort, aus dem Schlamm von Passchendaele, ist ja keiner zurückgekehrt. Nur ich. Und Erwin Piscator originellerweise. Liesa und Rudi mussten annehmen, ich sei tot wie Rudis kleiner Bruder Reinhold, den er über alles geliebt hat und der als Schauspieler das war, was wir eine Jahrhundertbegabung nennen. Niemand wird je imstande sein, zu zählen, wie viele Jahrhundertbegabungen da draußen in diesem Schlamm stecken. In Passchendaele, in Verdun, in Lemberg, in Riga – wir sind ein mit Jahrhundertbegabungen gespickter Kontinent.«

Mit einem Finger streichelte Nina seinen Handrücken, und kurz darauf begann er, mit einem Finger ihre Handfläche zu streicheln, dass es sie ein wenig kitzelte.

Nach einer Weile sprach er weiter: »Rudi und Liesa haben einander getröstet. Daraus kann man ihnen keinen Strick drehen. Als ich nach Kriegsende dann doch auf einmal vor seiner Tür auftauchte, musste ich ihm sagen, dass sein kleiner Bruder neben mir im Schlamm erstickt war, dass ich ihn liegen gelassen und mich weiter bis ins Trockene geschleppt hatte, wo ein paar Belgier mich fanden und zusammenflickten. Als ich fertig war, musste er mir sagen, dass hinter der Tür meine Verlobte auf mich wartete, die inzwischen allerdings seine Verlobte war und seit sechs Monaten bei ihm lebte. Wir haben beschlossen, wir sind quitt, sie heiratet mich trotzdem, und er wird mein Trauzeuge. Etwas an dem Plan hat wohl nicht ganz funktioniert. Aber man kann uns nicht vorwerfen, dass wir es nicht versucht hätten.«

Sie sahen sich an. Stumm hob Nina die Hand und streichelte seine Wange. Als er die ihre streichelte, musste er ihre Tränen fühlen, und vielleicht halfen sie ihm, auch wenn er selbst nicht weinen konnte.

»Ihr habt euer Bestes gegeben«, sagte sie. »So wie du es mir vorhin erklärt hast. Danke, dass du mir davon erzählt hast. Ich nehme Rudi Kante nichts mehr übel.«

»Er dir aber schon«, sagte Anton. »Seine Schauspielereltern, um die ich ihn als Junge so beneidet habe, hatten nie Zeit oder Interesse für ihn, und Reinhold war alles an Familie, was er hatte. Ich fürchte, sein Tod hat ihn so tief verwundet, dass er uns beiden immer etwas übel nehmen und das Gefühl haben wird, er rächt seinen Bruder damit.«

Nina nickte. So unlogisch das Gefüge auch zusammengesetzt war – etwas daran erschien ihr durchaus nachvollziehbar. Anton allerdings hatte ebenfalls seine ganze Familie verloren, er musste damals, als er vor Rudis Wohnungstür gestanden hatte, vom Tod seiner Eltern gerade erst erfahren haben. Bei der Vorstellung, wie allein er gewesen war, krampfte ihr Herz sich zusammen, und sie fand ihn unglaublich stark.

Er hatte ihre Anspannung gespürt und zog sie noch einmal an sich. »Ich kann dir nicht versprechen, dass alles wieder gut wird, weil das selbst dann gelogen ist, wenn es vorübergehend stimmt«, sagte er. »Die Beschaffenheit des Lebens bedingt zwangsläufig, dass letzten Endes alles schlecht wird, aber ich verspreche dir, dass dazwischen vieles liegt, das gut ist, das sogar unerträglich wundervoll ist, und dass ich bei allem Nicht-Guten bei dir sein werde, solange du es willst.«

Die kleine Erklärung war schon einmal unerträglich wundervoll, und so fest, wie sie ihn lieb hatte, konnte sie ihn in ihrem erschöpften Zustand gar nicht an sich drücken. Auf einmal fiel ihr auf, wie vollkommen unwirklich es war, dass er hier bei ihr war, auf dieser Bank auf dem Flur eines Krankenhauses, vor dem Zimmer, in dem starr und stumm und totenbleich ihre ewig zwitschernde Tante lag.

»Wie kommt es überhaupt, dass du hier bist?«, brach es aus ihr heraus. »Hat Jenny dich angerufen und dir erzählt, was passiert ist?«

Wenn es so gewesen war, hatte Jenny eindeutig ihre Befugnisse übertreten, aber Nina würde ihr dafür alles andere als böse sein.

»Es hat in der Zeitung gestanden«, sagte Anton. »*Wie die Redaktion erst jetzt in Erfahrung bringen konnte, handelt es sich bei der Selbstmörderin um die einundfünfzigjährige Brandenburgerin Gundula von Veltheim, die in das Krankenhaus der Charité verbracht wurde.* Nach diesem Satz hat mich nichts mehr gehalten. Ich habe mich nicht einmal mehr präsentabel angezogen, von vernünftigem Nachdenken ganz zu schweigen.«

»Woher weißt du denn, dass meine Tante Gundula heißt?«, fragte Nina verdattert.

In seine Augenwinkel und um den Mund trat die Spur eines Lächelns. »Um ehrlich zu sein, war es eher das *von Veltheim,* das es mir verraten hat.«

»Natürlich.« Schwach lachte sie auf. »Ich habe wirklich ein Brett vor dem Kopf.«

»Kein Wunder. Wäre ich in deiner Lage, wäre es eine ganze Kiste.«

Im nächsten Atemzug fiel ihr noch etwas ein: »Um Gottes willen, ich habe völlig diesen Kameramann vergessen, den Carlo kennt! Ich hoffe, Carlo hat daran gedacht, ihm abzusagen, und er hat nicht zwei Nächte lang umsonst Unter den Linden gewartet …« Sie unterbrach sich und fügte hinzu: »Ach, entschuldige, von dieser ganzen Sache mit unserer Aufführung weißt du ja gar nichts, und jetzt ist es auch egal, denn nichts davon wird je stattfinden.«

Von Antons Gesicht glitt das Lächeln. »Doch«, sagte er und schien vor ihr zurückzuweichen. »Doch, ich weiß davon, und doch, das alles wird stattfinden. Und der Kameramann hat zwei Nächte lang Unter den Linden gewartet, aber es macht ihm nichts aus, und er wird es wieder tun, weil er ein verdammt feiner Kerl ist und der Meinung, in seinem Beruf muss man so etwas in Kauf nehmen.«

Er holte Luft und umspannte seine Stirn mit der Hand, wie sie es so oft bei ihm gesehen hatte. Dann sprudelte der Rest wie in einem Atemzug aus ihm heraus: »Es ist nämlich nicht Carlo, der den Kameramann kennt, sondern ich bin es, und jetzt wirst du mich hassen und wieder wegschicken, denn ich habe mich noch einmal in dein Leben eingemischt, obwohl ich dich deswegen schon verloren habe. Glaub mir, ich hasse mich selbst dafür. Ich bin ein unverbesserlicher, vermoderter Patriarch, der den Gedanken nicht erträgt, dass die Frau, die er liebt, ihn nicht braucht.«

Nina brauchte eine Weile, um die Puzzleteile, die er vor ihr ausgestreut hatte, zu sortieren und zusammenzufügen. Dann nahm sie seine Hand, die noch immer die schmerzende Stirn umspannte, zog sie weg und strich ihm stattdessen über die tief eingegrabenen Furchen. Ihr Herz schlug bis in den Hals, es war hellwach und kannte keine Erschöpfung mehr.

»Tante Sperling hat es auch nicht ertragen, dass sie glaubte, wir brauchen sie nicht«, sagte sie. »Und ich ertrage es auch nicht. Ich brauche dich, Anton. Ich habe geglaubt, ich müsste es um jeden Preis allein schaffen, weil du doch von lauter grandiosen Leuten umgeben bist, die alles allein schaffen. Grandiosen Frauen vor allem«, fügte sie leiser hinzu. »Du bist der große Anton Wendland, und ich bin die kleine Nina Kennt-Keiner. Ich habe mich dir so unterlegen, so tief in deinem Schatten gefühlt.«

Diesmal benötigten sie beide eine Weile, und nach ein paar Versuchen gaben sie das Sortieren von Puzzleteilen auf, zogen einander in die Arme und küssten sich. Dass sie sich nach einer kleinen seligen Ewigkeit wieder losließen, lag daran, dass irgendwo auf dem langen Flur des Krankenhauses eine Glocke schrillte und sie bis ins Mark erschreckte.

Anton fing sich gleich wieder, zog Nina von Neuem an sich und strich mit den Lippen über ihre Stirn. »Nach eurer Aufführung wird die ganze Stadt die große Nina von Veltheim kennen«, raunte er. »Und der kleine Anton Kennt-Keiner kann nur hoffen, dass er dann noch ganz tief in ihrem Schatten stehen bleiben darf.«

»Ach, du.« Sie küsste seine Augenlider und wünschte sich eine Sekunde lang nichts weiter, als dass er für immer neben ihr stehen blieb, dass sie das Gefüge aus Licht und Schatten, aus Über- und Unterlegenheit, das Männer und Frauen miteinander erst üben mussten, ausschaukeln konnten, dass es ein neues Gleichgewicht bekam, auch wenn es manchmal schief hing wie das Mobile über ihrem Kinderbett.

»Aber unsere Aufführung wird es nun nie geben, Anton. Nicht mit der armen Tante Sperling da drinnen, die eigentlich schon tot ist, aber immer noch stirbt.«

»Sie hat das Bewusstsein nicht wiedererlangt?«, fragte Anton.

Nina schüttelte den Kopf. »Ich darf nachmittags eine Stunde lang zu ihr, aber sie liegt da wie tot und bemerkt mich nicht. Die Ärzte sagen, es ist ein Wunder und unerklärlich, dass sie überhaupt noch lebt.«

Zwei Radfahrer – Schuljungen, die Handzettel ausfuhren – hatten gesehen, wie Tante Sperling von der Brücke gesprungen war, hatten ohne Zögern ihre Fahrräder zu Boden geworfen und waren hinterhergesprungen. Die Tante aber, die ihr Leben lang so ehrpusselig und gründlich gewesen war, hatte sich zwei Pflastersteine unter die Arme geklemmt und war längst untergegangen, als die zwei heldenhaften Jungen, die keine großen Taucher waren, sie zu fassen bekamen. Bewusstlos und schlaff wie eine Tote war sie gewesen, als man sie die Uferböschung hinaufgezogen hatte, wo eine zusammengeströmte Menschenschar sie ins Gras gebettet und behütet hatte, bis die Sanitäter eintrafen.

Ein Wunder, dass sie noch lebte.

Aber was für ein Leben und was für ein vergebliches Wunder war das.

»Ich wünschte, sie würde nur noch einmal für einen Augenblick zu sich kommen, damit ich ihr sagen kann, wie lieb ich sie habe und wie sehr ich sie vermissen werde.« Neue Tränen erstickten Ninas Worte. »Ich habe geglaubt, diese Aufführung ist alles, was ich will, und jetzt würde ich auf alle Aufführungen der Welt pfeifen, wenn ich dafür Tante Sperling wiederhaben könnte.«

Sacht schloss Anton die Arme um sie und zog ihren Kopf an seine Brust. »Ich habe genau das Gleiche gedacht, als ich Liesa fand«, sagte er. »Aber es ist kein Verbrechen, Träume zu haben, und deine Tante hat um nichts in der Welt gewollt, dass du deinen aufgibst, Nina. Im Gegenteil. Sie war so stolz auf dich, sie hat mit ihrer zauberhaften zwitschernden Stimme unentwegt von dir geschwärmt. Dass ihr Sparguthaben, das sie nie angerührt hat, verloren ist, war vor allem deshalb so schlimm für sie, weil sie damit ein kleines Stück zu deinem Traum beitragen wollte.«

»Das hat sie doch auch so!« Nina weinte. »Sie hat so viel dazu beigetragen – meine kleine Tante aus dem Puppentheater, die in die Wirklichkeit nicht richtig passte.«

Mit bloßen Fingern strich er ihr die Tränen weg, damit neue folgen konnten. »Du musst weitermachen«, sagte er. »Auch für sie. Sobald sie es geschafft hat und du die Kraft dazu findest, musst du die Aufführung auf die Bühne stellen. Die Wunderweiber brauchen dich, Nina. Und sie war doch auch eines.«

Mühsam nickte Nina. »Das wundervollste. Verwunderlichste.«

Sie mussten beide lachen. Als Nina aufblickte, sah sie, dass die Haut unter Antons Augen nass glänzte.

»Weltwunder. Das größte von allen.«

Die Tür des Krankenzimmers öffnete sich, und heraus trat die Schwester, die Tante Sperlings Todesschlaf bewachte und die auch Nina in diesen Tagen mit ihrer ruppigen Fürsorge umhegt hatte. Ihr folgte ein noch junger Mann mit Hornbrille und Bürstenschnitt, vermutlich ein Arzt, den Nina nicht hatte hineingehen sehen.

»Familie von Veltheim?«, fragte der Bürstenschnitt-Arzt.

»Nur dit Fräulein is' Familie«, sagte die Schwester, zeigte auf Anton und verdrehte schwärmerisch die Augen. »Er da ist doch Anton Wendland. Der Melchior aus *Frühlings Erwachen*. Sagense bloß, den hamse nich' jesehen, Herr Doktor?«

»Ähmm, nein.« Der Arzt mit dem Bürstenschnitt räusperte sich. »Für den Kintopp fehlt mir die Zeit, und wie das jetzt zu handhaben ist, weiß ich nicht. Ich nehme an, wenn der Herr Begleiter kein Mitglied der Familie ist, liegt die Entscheidung, ob Sie ihn mit hineinnehmen wollen, bei Ihnen, Fräulein. Ihre Tante Gundula von Veltheim hat das Bewusstsein wiedererlangt. Sie möchte gern ihre Verwandten für die von ihr verursachten Unannehmlichkeiten um Entschuldigung bitten.«

38

CARLO

SEPTEMBER 1923

Sobald die Lichter ausgingen, verwandelte sich die gewöhnliche Berliner Eckkneipe in die unendliche Weite des Universums. Zwar war der Raum zugleich weder richtig ausgeleuchtet noch richtig abgedunkelt, um die Illusion vollständig herzustellen, und die schillernde Pracht der Kulissen kam in der Enge nicht richtig zur Geltung. Doch die Schar der fantastisch gewandeten Frauen – und vereinzelten Männer –, die auf die aus Kisten, Truhen und Tapetentischen zusammengezimmerte Bühne sprangen, machten das mehr als wett. Lebendige Sterne wirbelten durch den Raum, sprengten seine Grenzen und machten ihn weit.

Die musikalische Untermalung wäre eines großen Orchesters würdig gewesen, aber das hinter den Tresen gequetschte Hammerklavier tat es auch. Die Melodien, die erklangen und wieder verebbten, weckten sekundenlange Sehnsucht nach den europäischen Ländern, aus denen sie stammten, Welten, die in den Trümmern des Krieges versunken waren, einst strahlenden Sternen, von deren erloschenem Glanz sich ein Rest noch erahnen ließ.

Carlo fühlte sich in seine Kindheit zurückversetzt, als er staunend und mit offenem Mund vor einer improvisierten Bühne gekauert hatte, fasziniert von den Welten, die seine Schwester scheinbar ohne jede Anstrengung aus dem Hut zauberte. Er war nie ein Abenteurer, sondern ein reichlich zaghafter Junge gewesen, doch in Ninas eigenwilligem Theaterzirkus hatte er alle Abenteuer erlebt, die er brauchte.

Heute erlebte er sein größtes.

Die Frauen waren Tänzerinnen, Artistinnen, Illusionistinnen, Magierinnen und Komikerinnen in einem. Wunderweiber eben. Sie schenkten den Zuschauern, die sich ringsum auf aufgestellte Stühle und Bänke quetschten, ein Feuerwerk, bei dem eine Sensation die nächste jagte und das Unmögliche möglich wurde. Mit ihren Kapriolen, von denen kaum eine von ihnen noch vor wenigen Jahren auch nur zu träumen gewagt hätte, versicherten sie ihren Zuschauern: Wunder sind machbar. Träume sind wirklich. Wenn wir uns unser Leben nicht aus der Hand nehmen lassen, gibt es so gut wie nichts, das wir nicht schaffen könnten.

Wenn Carlo, der immerhin ein Mann vom Land und höchst behütet aufgewachsen war, an die vergangene Nacht dachte, blieb ihm noch immer die Spucke weg, wie der Berliner sagte. Auf ihrem schwarzen Pferd war seine Schwester über den nächtlich erleuchteten Boulevard Unter den Linden galoppiert, wie sie es, auf der Idee von Anton Wendland fußend, gemeinsam erdacht hatten. Was sie nicht gemeinsam erdacht hatten, war Ninas Bekleidung: zahllose Werbezettel, sämtlich mit Zeichnungen der genialen Galizierin Sonia versehen, die sich im Verlauf des Ritts wie Sterne vom Nachthimmel überall verstreuten.

Am Ende, als Nina und Palü aus dem Licht in die Finsternis tauchten, war von den Zetteln keiner mehr übrig, und was blieb, war die purste Nina, die selbst Carlo als ihr Bruder je zu sehen bekommen hatte. Es war nur ein Augenblick, ein Sekunden währender Höhepunkt, dann waren Pferd und Reiterin verschwunden. Diesen Höhepunkt aber, dessen war Carlo sich sicher, würde das sensationsverwöhnte Berlin so schnell nicht vergessen.

Man konnte es anstößig finden. Carlo hatte selbst kurz überlegt, ob es womöglich seine Pflicht war, es anstößig zu finden, doch dann hatte er den Gedanken als absurd verworfen. Anstößig waren Männer, die aus dem endlosen Leid des Krieges nichts gelernt hatten, die aus dem Hinterhalt Menschen erschossen und im Verborgenen Umstürze planten, um den Hass zwischen Völkern neu aufflammen zu lassen. An einer Frau, die ritt wie eine Amazone und ihre einzigartige, das Leben feiernde Revue damit bewarb, war nichts anstößig. Und obendrein hatte Carlo ja immer gewusst: Solange seine Schwester still stand, mochte man sie völlig unscheinbar finden, doch sobald sie von der Sehne schnellte, war nichts mehr unscheinbar an ihr, und kein Mensch, der ihr zusah, würde sie je wieder aus dem Kopf bekommen.

Nina von Veltheim zu Pferd war viel zu schön und zu atemberaubend, um anstößig zu sein.

Der sympathische dänische Kameramann hatte aus seinem Auto gefilmt, was das Zeug hielt, und aus diesem Material würde nun ein kurzer Werbestreifen erstellt werden, der in den Kinos gezeigt werden sollte. Was sich für Nina und ihr Ensemble daraus ergab, stand buchstäblich noch in den Sternen, doch ohne Zweifel hatte sie ein Wunder zustande gebracht.

Als Carlo ihr das vorhin, kurz bevor sie zum Umkleiden in Kneipenwirt Alfreds Hinterzimmer verschwand, gesagt hatte, hatte sie errötend abgewinkt und gelacht: »Ich hatte ja die besten denkbaren Vorbilder.«

Damit hatte sie nicht unrecht, überlegte Carlo, und sein Blick wanderte flüchtig hinüber zu der Bank, auf der sich seine kleine Schwester Otti zwischen ihre Mutter und Oma Hulda quetschte und begeistert auf und ab wippte. Die Leistung dieser beiden Frauen war zwar auf den ersten Blick weniger spektakulär als die von Nina, doch auch sie hatten ihr Leben in die Hand genommen und ein am Boden liegendes Gut in einen zukunftsträchtigen Betrieb verwandelt, was einem kleinen Wunder gleichkam.

Und dann war da noch das größte der Wunder: Tante Sperling, die heute Abend zwar nicht dabei sein konnte, sondern noch eine ganze Weile im Krankenhaus würde bleiben müssen, die es jedoch geschafft hatte, einen tödlichen Fehler zu bereuen und ihn rückgängig zu machen.

»Die is' dem Totengräber erst auf die Schippe jehopst und dann wieder runter«, hatte die rührige Krankenschwester, die sie umsorgte, fassungslos erklärt. »Die Herren Doktoren kapieren selbst nich', wie se dit jemacht hat, weil's medizinisch jesehen nämlich eigentlich nich' möglich is'.«

Tja, so waren sie eben, die Veltheim-Frauen. Sie fanden sich nicht mit Umständen ab, sondern schufen sich ihre Umstände selbst. Und wenn es sein musste, schlugen sie sogar dem Tod ein Schnippchen.

»Probier das aber bitte nie wieder«, hatte Carlo sie beschworen, und Jenny, der er für ihre Begleitung nie genug würde danken können, hatte hinzugefügt:»Wenn Sie sich so nutzlos fühlen, warum züchten Sie da draußen auf Ihrer Datsche keine Wasserschweine? Der zoologischen Wissenschaft zufolge haben die für den Kreislauf der Natur nicht den geringsten Nutzen, aber es wird wohl niemanden geben, der sie nicht vollkommen entzückend findet.«

Tante Sperling hatte gelacht, und daran mussten sie sich festhalten. Ihre Gesundheit war immer zart gewesen, und es stand außer Frage, dass ihr von dem Sprung in die Spree Schäden zurückbleiben würden, aber sie war nicht gestorben, und mit allem anderen würden sie fertigwerden. Mit etwas fertigwerden konnte man schließlich nur, solange das Leben weiterging.

Das Leben geht weiter – so lautete zweifellos auch die Botschaft, die die über Tische und Bänke wirbelnde Künstlerschar in die Menge sandte. Es würde weitergehen für Nina, Sonia und Jenny, für die Wunderweiber und die Familie von Veltheim, für Otti und den kleinen Viktor, der stumm an Carlos Seite saß und gebannt das Geschehen auf der Bühne verfolgte. Auch für die deutsche Republik würde es weitergehen, die sich in ihrer schwersten Krise als zerbrechlich erwiesen hatte, aber auch als zäh. Der neue Kanzler Stresemann hatte den Widerstand im Ruhrgebiet für beendet erklärt und eine Zusammenkunft mit dem französischen Außenminister Aristide Briand vereinbart. Er hatte eine Reform der Währung angekündigt, die einen Neuanfang ermöglichen würde, und hatte zudem erklärt, dass jedem Versuch, die Regierung der Republik zu stürzen, mit eiserner Härte begegnet würde.

Die Demokratie in Deutschland war hier, um zu bleiben, was immer sie auch in Gefahr brachte.

Wie um diesen Gedanken zu besiegeln, hielt der Tenor Franz Podiebrad, der mit seiner herrlichen Stimme und seinem merkwürdig selbst gestrickten Akzent die Verdi-Arie ›Lodern zum Himmel‹ sang, seine brennende Fackel an den Bauch von Jenny Alomis, die im selben Augenblick nach hinten schnellte und ihren Körper zum Ring schloss. Die Flamme erfasste sie, verbreitete sich über das gesamte Rund, und Carlo konnte hören, wie die Menge mit einem Raunen den Atem anhielt. Auch er selbst musste nach Luft schnappen, auch wenn er wusste, dass der Feuerring um Jenny eine Illusion war. Ein Trick, den man durchschaute, wenn man allzu scharf hinsah, aber wer wollte das schon, wenn es so schön war, sich verzaubern zu lassen?

Aus dem Dunkel tauchte der als Traumdeuter Daniel gewandete Darius mit einem Löwen in den Armen auf und ließ das wilde Tier frei. Mit einem einzigen furchtlosen Satz flog der Löwe, in dessen Mähne die Riesenkatze Ypsilantis steckte, durch den brennenden Ring. Gleich darauf erlosch das Feuer, und Jenny schnellte wieder hoch, sprang auf die Füße und verbeugte sich.

Ringsum, von versteckten Helfern bedient, sprangen die Lichter an. Der Applaus, das Trampeln unzähliger Füße und der Jubel brachten die kleine Budike ins Wanken. Es gab keinen Vorhang, hinter dem die Wunderweiber hätten verschwinden können, um bei anhaltendem Beifall immer wieder aufzutauchen. Also traten sie lediglich auf den verstärkten Tapetentisch vor, auf dem sie ihren furiosen letzten Tanz vollführt hatten, blieben stehen, hielten sich an den Händen und verbeugten sich wieder und wieder.

Nach dem dritten oder vierten Mal begann die Souffleuse, die heute aussah wie eine Göttin des Olymp, erst ganz leise, kaum hörbar, zu skandieren: »Ni-na, Ni-na, Ni-na!«

Eine nach der anderen fiel das gesamte Ensemble ein. Die hüpfende Otti schloss sich an, klatschte im Takt in die Hände und riss die Zuschauer mit: »Ni-na, Ni-na, Ni-na!«

Unauffällig blickte Carlo hinunter zu Viktor, der neben ihm saß. Dass dem Vierjährigen etwas fehlte, dass ihm ein Schrecken widerfahren war, der ihm die Sprache verschlagen hatte, noch bevor er sie hätte erlernen können, stand außer Frage, und Carlo war sicher, dass seine Mutter es auch wusste. Ihre Entscheidung, es zu ignorieren und Viktor zu behandeln wie ein gewöhnliches Kind, ein gewöhnliches Mitglied ihrer Gemeinschaft, hatte er jedoch zu respektieren gelernt. Vielleicht machte Jenny es sich zu einfach damit, aber vielleicht war das Leben zu schwer, wenn man sich nicht manches einfach machte, und vielleicht war es das, was zu Jenny und Viktor passte.

Der kleine Junge sah sich um, sah hinüber zu Otti und dann wieder auf die Bühne. Vorsichtig erst, doch dann immer lauter und erstaunlich rhythmisch klatschte er in die Hände, während der Saal johlend nach Carlos Schwester verlangte:»Ni-na, Ni-na, Ni-na!«

Nina hatte die ganze Vorstellung hindurch hinter dem Tresen verbracht. Sie hatte letzte Handgriffe an Kostümen ausgeführt und Darstellerinnen Mut gemacht, ehe sie sie nach draußen auf die Bühne schickte, und andere, die von dort zurückkehrten, mit offenen Armen empfangen. Dort war ihr Platz: verborgen am Bord des Puppenspielers, der im Hintergrund die Fäden zog. Carlo konnte ihren Wunsch, dort zu bleiben, förmlich spüren. Publikum und Ensemble forderten jedoch immer wilder und hartnäckiger, dass sie sich zeigte:»Ni-na, Ni-na, Ni-na!«

Die Lichter gingen wieder aus, bis auf einen Kegel, in dem Sonia und Jenny stehen blieben, während die übrigen Wunderweiber ins Dunkel zurückwichen. Die Menge verstummte. Der Pianist schlug den Deckel des Hammerklaviers auf, und zu den ersten Takten einer Mazurka trat Nina zwischen ihre Freundinnen. Sie trug ein weißes, ihren Körper umschließendes Fransenkleid, umgeben von einem gläsern wirkenden Schleier.

Ein Laut entfuhr Carlo, als er begriff, was das bedeutete. Sie war nicht mehr Nina. Sie war Pippa.

Die gläserne Pippa, die für ihren Vater, den Glasmacher, tanzte wie Vogel, Funke und Schmetterling.

Die Musik begann getragen, beinahe schwerfällig, steigerte aber mit jedem Takt ihr Tempo und gipfelte in Raserei. Sonia und Jenny bewegten sich lediglich wie ein Echo von Nina, die an allen Gliedern zappelte und kein Gewicht zu besitzen, durch keine Schwerkraft gebunden zu sein schien. Ihr Tanz währte keine Minute, und auf dem Höhepunkt traf ihr Blick über den Raum hinweg den von Carlo. Dann war es vorbei. Die Musik verklang mit einem furiosen Wirbel, die Lichter wurden wieder eingeschaltet, und Pippa stand still.

Pippa war frei.

Der Applaus, der einsetzte, glich einem Donnergrollen und klang nicht so, als wollte er so bald wieder aufhören. Statt mit Hüten eilten die Helfer mit Eimern durch den Saal, in die die Zuschauer stopften, was immer sie bei sich hatten: Millionen-Mark-Scheine, Zigarettenschachteln, Konservendosen, Liebesbriefe, verwelkte Spätsommer-blumen, umhäkelte Taschentücher. Bei den Helfern handelte es sich um Ninas Freunde vom Varieté, Fridolin und Hieronymus, die mit Sternen besetzte Zylinder trugen, sowie um einen dritten, ebenso gewandeten Mann, den Hieronymus vor Beginn der Revue schlicht mit dem Satz »Das also ist nun mein Christoph« vorgestellt hatte.

Jener Christoph half allerdings wenig mit, sondern wuselte in der Kneipe herum und ließ sich von so gut wie jedem Anwesenden ein Autogramm geben.

Kellner nahmen Bestellungen auf, und auch wenn der Wirt Alfred keine Chance hatte, überall auf korrekte Bezahlung zu achten, würde er heute Nacht auf seine Kosten kommen. Dass am anderen Ende des Raumes irgendwer kreischte, weil die Brillenschlange aus ihrem Korb entwichen war, tat dem keinen Abbruch. Ein bisschen *Thrill*, wie die Amerikaner es nannten, hob die Stimmung und war gut fürs Geschäft.

Während der Applaus noch immer um sie tobte, schoben sich Anton Wendland und Franz Podiebrad durch die Menge, traten vor den Rand des Tapetentischs und hoben Nina und Sonia von der Bühne. Jubel ertönte und die Begeisterung überschlug sich. Frei von Hemmungen drückte Podiebrad der schmalen Sonia, die er wie ein Federgewicht in den Armen hielt, einen schmatzenden Kuss auf die Lippen und erntete dafür neue Salven von Beifall.

Anton Wendland hatte Nina bereits auf die Füße gestellt. Als er sich niederbeugte, um es seinem Gefährten auf dezentere Weise nachzutun, eilte ein großer, beleibter Mann im Frack herbei, der vor Aufregung beidhändig an den Knöpfen seiner Weste drehte.

»Bitte entschuldigen Sie, Herr Wendland. Wenn ich nur ganz rasch auf ein, zwei Worte mit Fräulein von Veltheim ...«

»Da müssen Sie Fräulein von Veltheim schon selber fragen, Herr Neugebauer«, unterbrach ihn Anton gelassen. Nina nickte. Ihr Gesicht war tränennass, und ihr Lächeln war strahlend schön.

»Ja, also ... ähhh«, brachte Neugebauer heraus, zwirbelte die Finger und hielt den obersten Westenknopf in der Hand. »Wir haben uns ja neulich schon bekannt gemacht ... Neugebauer mein Name, leitender Direktor von Berlins führendem Varieté. Ich möchte Ihnen und Ihrer

Kompanie der Zauberweiber ein Angebot machen. Wenn wir uns vielleicht kurz irgendwohin zurückziehen könnten, wäre es möglich, einen formlosen Vorvertrag sofort zu unterzeichnen. Selbstverständlich bezahlen wir in Devisen, und in zwei Wochen könnten Sie bereits bei uns auftreten – unter dem Sternenhimmel des *Wintergarten!*«

Die Beifallsrufe, die aus drei Ecken ertönten, stammten von Fridolin, Hieronymus und dem Autogrammjäger namens Christoph.

»Mein Ensemble heißt *Wunderweiber*«, sagte Nina würdevoll und noch immer lächelnd. »Über alles andere können wir gerne reden, und natürlich ist uns Ihr Angebot eine Ehre. Wenden Sie sich doch bitte morgen Vormittag ab neun an unseren Agenten.« Sie nickte in Richtung des Wirts Alfred, der hinter seinem Tresen Gläser polierte, als ginge ihn das Ganze nichts an.

Der Rest des Wortwechsels ging im Lärmen unter, und nach einer Weile verschwanden die beiden Paare – Sonia und Podiebrad und Nina und Anton – in der Menge.

Carlo blieb auf dem Beistelltisch, der ihm als Bank diente, sitzen und begriff erst, dass er geweint hatte, als er das Wischen einer kleinen Hand auf seiner Wange spürte,.

»Ma-mi«, sagte Viktor klar und deutlich und zeigte mit ausgestrecktem Arm auf Jenny, die auf dem Tapetentisch zurückgeblieben war und sich gedankenverloren zu den leisen, jazzigen Läufen des Hammerklaviers bewegte. »Allein.«

Sekundenlang war er in Versuchung, den kleinen Kerl an sich zu reißen und in Jubel auszubrechen. Dann aber besann er sich eines Besseren. Sein Herz hämmerte. Zweifelnd sah er Viktor an. »Meinst du wirklich, Kumpel?«

Viktor nickte hoheitsvoll wie ein Befehlshaber.

Carlo blieb nichts anderes übrig, als sich von der Tischkante gleiten zu lassen. Die paar Schritte durch die feiernde Menge kamen ihm endlos vor. Nie zuvor, nicht einmal als Junge auf dem Weidenstamm oder auf dem Polizeirevier, als er die Consul-Leute angezeigt hatte, war er mit solcher Scheu vor einen Menschen getreten.

»Jenny«, sagte er leise und streckte ihr seine Arme entgegen. Eine Bitte.

Eine Frage.

Ein Angebot, das über diesen Abend weit hinausreichte.

Jenny hörte zu tanzen auf und sah zu ihm hinunter. Anders als bei den beiden anderen Paaren gab es zwischen ihnen kaum einen Größenunterschied, und Jennys herrlicher, muskelbepackter Körper war ganz sicher kein Leichtgewicht.

»Bist du dir sicher?«, fragte sie.

Carlo zögerte keine Sekunde. Im Vergleich zu seiner Schwester war er ein Angsthase, der zu allem eine Ewigkeit brauchte. Hatte er sich zum entscheidenden Moment aber erst einmal vorgearbeitet, war der Kampf mit ihm selbst gewonnen. Er hatte auch vor dem Sprung in den See oder vor der Anzeige der Verbrecher nicht gezögert.

»Todsicher«, sagte er, streckte die Arme noch weiter und fing die unglaublich schöne, unglaublich schwere und unglaublich einzigartige Jenny Alomis darin auf. Drei Schritte stolperte er rückwärts, doch das hinderte ihn nicht, die Gunst der Stunde zu nutzen und sie auf den Mund zu küssen. Nicht ganz so lautstark, doch dafür weit ausgiebiger als Franz Podiebrad.

Als sie sich schließlich voneinander lösten, glitt Jenny schlangenhaft aus seinen Armen, hielt ihn mit ihrem Blick jedoch fest und ließ sich von ihm aus dem Rampenlicht führen. Ihr Gesicht war ein einziges Geheimnis, und mit dieser Nacht begann ein Traum, aus dem er sich nicht wecken lassen würde, bis er in all seiner Süße zu Ende geträumt war.

Er führte sie ans Ende des Tresens, wo einer der Kellner Gläser mit billigem, zu Champagner umetikettiertem Schaumwein füllte, reichte ihr eines und stieß mit ihr an.

»Wirst du es mir eines Tages erzählen?«, fragte er.

»Was?«, fragte sie zurück, und in ihren Augen lag eine Herausforderung, auf die er sich unbändig freute.

»Alles«, sagte er.

»Zum Beispiel?«

»Zum Beispiel, ob du dir wirklich den Rücken gebrochen hast und wie du damit so umwerfend tanzt.«

»Woher weißt du denn das?«

»Von Nina.«

»Verräterin.«

Carlo zuckte die Schultern. »Ich bin ihr Zwilling.«

Rau lachte sie auf.

»Ich will alles wissen!«, rief er und hätte hier und jetzt einen Tanz mit ihr beginnen wollen, der ihr all ihre Rätsel entlockte. »Warum du aus Riga fort bist, wovon du träumst, wovor du dich fürchtest und was mit Viktors Vater ist. Wirst du es mir irgendwann anvertrauen, Jenny? Du kannst in mir lesen wie in einem offenen Buch, aber ich kenne von deiner Geschichte höchstens die erste Seite!«

»Lass uns das abwarten, Süßing.« Wieder lachte sie und strich ihm mit beiden Händen das Haar in die Stirn, als schließe sie zwei Buchdeckel. »Ob es wirklich ratsam ist, mich vor dir komplett zu entblättern, scheint mir fraglich. Eine Geschichte, die zu Ende erzählt ist, ist schließlich nicht länger interessant.«

Carlo warf sich das Haar aus dem Gesicht und zog sie an sich, um sie wieder zu küssen. »Das ist schon möglich. Aber diese Geschichte ist nicht zu Ende erzählt. Sie fängt gerade erst an.«

ENDE

GLOSSAR

Adagio-Akt. Akrobatischer Paartanz, bei dem ein Partner den anderen hebt und trägt, sodass dieser verschiedene Beweglichkeitsübungen vorführen kann.

Adlon. Eröffnet 1907 und immer noch Berlins schönstes Hotel. Die Zeiten, in denen ich es mir leisten konnte, dort – strikt zur Recherche – eine Nacht zu verbringen, sind zwar lange vorbei, aber allein die Tatsache, dass ich's gemacht habe, ist viele »Wow!« wert. Wer das Geld zusammenkratzen kann – nur zu, man gönnt sich ja sonst nichts.

Admiralspalast. 1923 aus einem Vergnügungspalast hervorgegangenes Revuetheater in der Berliner Friedrichstraße, das in der Weimarer Zeit ungeheuer erfolgreich war.

Altstädter Ring. Heute *Staroměstské náměstí.* Ältester und wohl berühmtester Platz in der Prager Altstadt, umgeben vom Rathaus, der Nikolauskirche und weiteren historischen Gebäuden.

Amuse-Gueule. Französisch für: *Vergnügen des Gaumens.* Kleine appetitanregende Speise, die zum Auftakt eines Menüs gereicht wird.

Aschinger. 1892 gegründeter Berliner Gastronomiebetrieb, der zunächst mit Stehbierhallen ungeheuren Erfolg hatte und sich zu einer Kette sehr preiswerter Restaurants auswuchs. Berühmt waren die ›Löffelerbsen‹ und die Stände, an denen man Schrippen und Aufschnitt kaufen konnte. Am Alexanderplatz gab es unter anderem eine bekannte Filiale und in der Friedrichstraße derer gleich drei. *Aschinger* war zeitweise Europas größter Gastronomiekonzern.

Backbending. Figur eines Kontorsionisten, in der der Körper – im Gegensatz zum *Frontbending* – in extremer Weise nach hinten gebogen wird. Es gibt nur wenige Kontorsionisten, die beides beherrschen.

Bahnhofsmission. 1894 gründete der evangelische Pfarrer Johannes Burckhardt am Berliner Schlesischen Bahnhof die erste Bahnhofsmission als eine Anlaufstelle, bei der Menschen in Not – in den Anfangsjahren vorwiegend alleinreisenden Mädchen – Hilfe finden konnten.

Bauer, Café. 1877 eröffnetes Berliner Café an der Ecke Unter den Linden/

Friedrichstraße, das besonders Schauspieler und Mitarbeiter der umliegenden Theater anzog.

Bel étage. Schönstes und wohnlichstes Stockwerk eines Hauses, in Berliner Häusern der Gründerzeit häufig das Hochparterre.

Berliner Tageblatt. Im Verlag Rudolf Mosse – und dem berühmten Mossehaus – herausgegebene Tageszeitung, die von 1872 bis 1939 erschien. Während der Zeit der Weimarer Repubilk vertrat die Zeitung eine linksliberale Linie und galt als inoffizielles Blatt der DDP.

Berliner Zimmer. Wohnraum, der Vorderhaus und Seitenflügel oder aber Seitenflügel und Hinterhaus eines Gebäudes verbindet. Seit etwa 1800 in Berliner Häusern häufig zu finden.

Bleichröder, Bankhaus. 1803 von Samuel Bleichröder gegründete, sehr erfolgreiche Privatbank mit Sitz in Berlin, Unter den Linden.

Bolschoi-Theater. 1825 in Moskau eröffnetes Theater. Die Ballettkompanie, die an dem Haus beheimatet ist, gehört zu den berühmtesten der Welt.

Braugerste. Gerste, die – anders als Futtergerste – zum Brauen und damit zur menschlichen Ernährung benutzt wird.

Budike. Typische Berliner Kneipe.

Central-Hotel. Luxuriöses Berliner Hotel, das 1881 nahe dem – später abgerissenen und umgebauten – Bahnhof Friedrichstraße errichtet wurde und mit den großen Hotels der Weltstädte Paris, Rom und London mithalten sollte. Es war Berlins größtes Hotel, besaß eine hundert Meter lange Fassade und beherbergte den berühmten *Wintergarten.*

Central-Theater. Im Bezirk Mitte (Luisenstadt) gelegenes Privattheater, das 1880 aus dem Henne-Theater hervorging und mit Unterbrechungen bis 1933 bestand.

Charité. Universitätsklinik, traditionsreichstes Krankenhaus von Berlin, im Bezirk Mitte gelegen, 1710 als Pesthaus gegründet.

Daglfing, Trabrennbahn. 1902 in München gegründete Trabrennbahn. Streng genommen gehörte Daglfing bis in die 1930er-Jahre allerdings noch nicht zu München.

Dajos Béla. Aus Kiew stammender Orchesterleiter jüdischer Herkunft, der bis zu seiner Emigration 1933 in Berlin ein beliebtes Salonorchester leitete.

Deutsches Theater, Berlin. 1850 – zunächst unter anderem Namen – im Berliner Ortsteil Mitte eröffnetes, bedeutendes Theater, das lange vor allem der leichten Unterhaltung gewidmet war, sich jedoch ab 1905 unter Max Reinhardt, der das Theater im Jahr darauf unterwarf, davon abwandte und neben Klassikern zunehmend Stücke der Moderne aufführte.

Deutsches Theater, Riga. Das 1860 gebaute Gebäude brannte 1882 nieder und wurde bis 1887 wieder aufgebaut. Es beherbergte Rigas führendes Theater. Seit 1919 befindet sich darin die Lettische Nationaloper.

Deutsche Volkspartei. Nationalliberale Partei der Weimarer Republik, die 1918 gegründet wurde.

Diseur/Diseuse. Künstler oder Künstlerin des Kabaretts, der/die Texte rezitiert oder im Sprechgesang wiedergibt. Dabei werden eigene Texte oder die anderer Autoren verwendet.

Dorotheenstadt. Historischer Stadtteil von Berlin, zum heutigen Bezirk Mitte gehörig.

Fahnenjunker. Mit diesem Dienstrang eines Unteroffiziers wurden in der Reichswehr der Weimarer Republik ab 1920 alle Offiziersanwärter bezeichnet.

Film-Kurier. Bedeutende deutsche Filmzeitschrift, die von 1919 bis 1945 erschien.

Funkstunde Berlin. Erster deutscher Hörfunksender. 1923 gegründet, 1934 in den Reichssender Berlin umgewandelt.

Galizien. Historische Landschaft, die sich im Westen der heutigen Ukraine und im Süden des heutigen Polen befindet. Die Hauptstadt Galiziens, das in seiner Geschichte zu wechselnden Staaten und bis zum Ende des Ersten Weltkriegs zu Österreich-Ungarn gehörte, war Lemberg.

Garde du Corps, Regiment der. Kürassierregiment innerhalb der Gardekavallerie, das in Preußen als höchste Eliteeinheit galt. Bestand von 1740 bis 1919.

Gertraudenbrücke. 1895 im Ortsteil Mitte erbaute Spreebrücke, die noch heute in Richtung Spittelmarkt über die Spree führt und unter Denkmalschutz steht.

Glasmacherpfeife. Werkzeug des Glasmachers und des Glasbläsers, der im Gegensatz zu Ersterem an einem Brenner bläst.

Gleichheit, die. Sozialdemokratische Frauenzeitschrift, die von 1892 bis 1923 erschien.

Großes Schauspielhaus. Berlins *Großes Schauspielhaus* lag zwischen dem Schiffbauerdamm und der – heutigen – Reinhardtstraße und wurde 1919 unter Leitung von Max Reinhardt eröffnet. Nach dem Zweiten Weltkrieg wurde das Theater in *Friedrichstadtpalast* umbenannt und neu ausgerichtet.

Habanera. Afrokubanischer Tanz, der Ende des neunzehnten Jahrhunderts nach Europa gelangte und ein wenig dem Tango ähnelt.

Hammerklavier. Obwohl die Bezeichnung Hammerklavier streng genommen alle mit Hämmern betriebenen Tasteninstrumente bezeichnet, wird sie heute zur Abgrenzung nur für ältere, kleinere Instrumente benutzt.

Hoppegarten. 1868 gegründete Galopprennbahn östlich von Berlin.

Jädicke, Café. Lokal in der Berliner Kochstraße, im Zeitungsviertel, wo sich so gut wie ausschließlich Journalisten trafen.

Jessnersche Treppe. Stufenbühne, die der expressionistische Regisseur Leopold Jessner 1919 entwickelte, um einen Bühnenraum ohne räumliche und zeitliche Begrenzung zu schaffen. Die Neuerung löste einen Theaterskandal aus.

Kali. Hindu-Göttin des Todes und der Zerstörung. Ihr Name bedeutet »Die Schwarze«, sie wird häufig mit acht Armen dargestellt.

Kammerspiele. 1906 erwarb Max Reinhardt einen neben seinem *Deutschen Theater* gelegenen Ballsaal, den er zu einem weiteren Theater umbauen ließ. In der intimen Atmosphäre der *Kammerspiele* sollte modernes Theater einem breiteren Publikum zugänglich gemacht werden.

Kapp-Putsch. Am 13. März 1920 von Erich Ludendorff, Wolfgang Kapp und Walther von Lüttwitz durchgeführter Versuch, die demokratische Regierung der Weimarer Republik gewaltsam zu stürzen. Der Putsch stützte sich so gut wie ausschließlich auf noch aktive sowie demobilisierte Angehörige der Reichswehr und wurde nach hundert Stunden im Wesentlichen durch den größten Generalstreik der deutschen Geschichte erfolgreich niedergeschlagen.

Kleiderkarte. Seit August 1916 waren im Deutschen Reich auch sogenannte Web-, Strick- und Wirkwaren über eine Karte mit Marken rationiert.

Kleining. Ungefähr: Kleinchen, häufig für ein Kind verwendet. Das Suffix -ing wird im baltendeutschen Dialekt häufig als Diminutiv verwendet (auch: *Kinding*).

Komische Oper. Das heute *Alte Komische Oper* genannte Haus befand sich von 1904 bis 1944, als es infolge eines Bombenangriffs ausbrannte, in der Friedrichstraße. Wie in der heutigen *Komischen Oper* in der Behrenstraße wurden dort vor allem Stücke der leichten Muse – Operetten usw. – gespielt.

Kommerzienrat. Ehrentitel, der im Deutschen Reich für erhebliche Leistungen – namentlich Stiftungen – in der Wirtschaft verliehen wurde. 1919 wurde dieser Titel wie viele andere abgeschafft.

Kontorsionist. Auch Schlangenmensch genannt. Akrobat, der seinen Körper dazu trainiert hat, sich auf extreme Weise zu verbiegen.

Kostgänger. Untermieter, der nicht nur ein Zimmer mietet, sondern darüber hinaus auch beköstigt wird.

Landauer. Große Kutsche mit vier einander gegenüber angeordneten Sitzen und vier Rädern.

Lessingtheater. Das 1888 gegründete *Lessingtheater* stand im Berliner Bezirk Mitte, am damaligen Friedrich-Karl-Ufer, dem heutigen Kapelle-Ufer. Es wurde 1945 bei einem Luftangriff zerstört.

Lichtbild-Bühne. Seit 1911 erscheinende erste Film-Illustrierte Deutschlands. Der jüdischer Verleger Karl Wolffsohn wurde 1933 von den Nationalsozialisten aus dem Verlag seiner Zeitschrift gedrängt.

Lindenoper. In Berlin gebräuchlicher Name für die 1743 erbaute *Staatsoper Unter den Linden,* die im Laufe ihres Bestehens immer mal wieder umbenannt wurde und seit 1919 *Preußische Staatsoper und Staatskapelle* hieß.

Londoner Ultimatum. Am 5. Mai 1921 wurde in London von Großbritannien, Frankreich, Belgien, Italien und Frankreich die Summe festgesetzt, mit der Deutschland seine Kriegsschuld zu tilgen hatte. Sie belief sich auf 132 Milliarden Goldmark. Die Annahme dieses Ultimatums führte zum Sturz der Regierung Fehrenbach, beschleunigte die Inflation und stärkte die radikalen, demokratiefeindlichen Kräfte.

Lude. Zuhälter.

Lunapark. Berliner Vergnügungspark am Halensee, der von 1909 bis 1933 bestand und in den Zwanzigerjahren zu den beliebtesten Attraktionen gehörte.

Lutter & Wegner. Lokal und Sektkellerei nahe der Spree und dem Gendarmenmarkt, im Berliner Ortsteil Mitte. 1811 gegründet, bewirtet die Gaststätte – nach Zerstörung im Zweiten Weltkrieg – heute wieder Gäste.

Mariendorf, Trabrennbahn. 1913 gegründete Trabrennbahn im Berliner Süden, die sich in den Zwanzigerjahren zur erfolgreichsten Trabrennbahn Deutschlands entwickelte und bis heute das Derby austrägt.

Metropol-Theater. 1892 in der Berliner Behrenstraße eröffnetes Theater, das vor allem Operetten, Revuen und ähnliche Stücke der leichten Muse zur Aufführung brachte. Bedingt durch die Inflation stand das Theater Ende 1921 vor dem Konkurs und musste an einen Konzern verkauft werden, wurde anschließend aber extrem erfolgreich und weltbekannt.

Mojito. Kubanischer Cocktail, der zu Beginn des zwanzigsten Jahrhunderts auch in Europa seinen Siegeszug antrat. Der Mojito besteht aus weißem Rum, Limettensaft, Rohrzucker, Minze und Soda.

Mossehaus. Gebäude des Zeitungsverlegers Mosse, in dem das auflagenstarke *Berliner Tageblatt* erschien. Das Gebäude wurde 1919 im Verlauf des Spartakusaufstands schwer beschädigt und anschließend im Stil der Neuen Sachlichkeit umgebaut.

Nereiden. Figuren der griechischen Mythologie. Die Nereiden, fünfzig Töchter des Nereus und der Doris, waren Nymphen des Meeres.

Neue Rundschau, die. Seit 1890 im S. Fischer Verlag herausgegebene Literaturzeitschrift, die in ihren Anfängen *Freie Bühne für ein modernes Leben* hieß. Die Zeitschrift erscheint in abgewandelter Form bis heute.

Obelisk. Zigarettenmarke des Münchner Fabrikanten Zuban, die es seit Ende des neunzehnten Jahrhunderts gab.

Operation Consul. Paramilitärische, nationalistische, antisemitische, terroristische Vereinigung, die unter der Leitung von Hermann Ehrhardt seit 1920 agierte und für die Morde an Matthias Erzberger und Walther Rathenau verantwortlich ist. Am 21. Juli 1922 wurde im Zuge des Reichsschutzgesetzes die Operation Consul verboten.

Passchendaele. Ort in Belgien, in der Nähe der flandrischen Stadt Ypern, die von deutschen Truppen 1914 in Brand gesteckt, heftig umkämpft, jedoch für die Dauer des gesamten Krieges vornehmlich von britischen Truppen gehalten wurde. Die 1917 ausgetragene Schlacht von Passchendaele, die auf von Gräben durchzogenen, völlig verschlammten Feldern stattfand, steht wegen ihrer zahllosen Toten, von denen viele im Schlamm erstickten, als Symbol für die Sinnlosigkeit des Krieges und für unwiederbringlich verlorene Menschenleben.

Phanar. Stadtteil von Istanbul, dessen meist adlige Oberschicht im Osmanischen Reich aus Griechen bestand. Häufig werden bis heute alle aus Istanbul stammenden Griechen als Phanarioten bezeichnet.

Plänterwald. Waldgebiet im Berliner Südosten (heute Treptow-Köpenick).

Pontosgriechen. Nachfahren der Griechen aus der Landschaft Pontos, die die heute türkische Schwarzmeerküste bewohnten und eine eigene Sprache – Pontisch – sprachen. Sie wurden im zerfallenden Osmanischen Reich verfolgt und schließlich 1929 zwangsdeportiert. Der Name leitet sich vom griechischen Namen des Schwarzen Meeres – *Pontos Euxeinos* – ab.

Poulaki. Griechisch: »Kleiner Vogel«, häufig als Kosename für kleine Kinder verwendet.

Prager Nationaltheater. Heute *Národní divadlo.* 1881 am Moldauufer eröffnetes, bedeutendstes Theater und Opernhaus Prags.

Preußisches Staatstheater. Unter diesem Namen wurde das heutige *Schauspielhaus* in Berlin seit 1918 geführt. (Es hatte zuvor *Königliches Schauspielhaus* geheißen und war 1821 eröffnet worden.) Unter seinem Intendanten Leopold Jessner wurde es in den Zwanzigerjahren zu einer Hochburg modernen, expressionistischen, politischen Theaters. In den Jahren des Nationalsozialismus wurde es dann als Theater Gustav Gründgens' berühmt.

Pygmalion. Sagenhafter Bildhauer der griechischen Antike, der sich in eine selbst erschaffene Statue verliebte und darum betete, dass diese zum Leben erwachte.

Raffke. Berliner Ausdruck für einen geldgierigen Menschen, auch Kriegsgewinnler.

Regiebuch. Von Regisseuren verwendetes Buch, das auf der einen Seite den Text des Stücks, auf der anderen sämtliche nötigen Anweisungen wie Auftritte, Abgänge, Einsätze der Beleuchtung etc. enthält.

Reinhardt-Bühnen. Seit 1902 und mit Unterbrechungen bis zur Machter-greifung der Nationalsozialisten 1933 bestehendes Imperium von pri-vat geführten Berliner Theatern Max Reinhardts. Dazu gehörten unter anderem das *Theater am Schiffbauerdamm*, die *Volksbühne* und das *Große Schauspielhaus.* Reinhardt leitete außerdem Theater in Wien.

Rimmel. Britisches Kosmetikunternehmen, das 1920 gegründet wurde und Ende des neunzehnten Jahrhunderts Wimperntusche in Block-form entwickelte, die mit einem feuchten Bürstchen abgetragen und auf die Wimpern aufgetragen wurde.

Röddelinsee. Brandenburger See bei Templin.

Romanisches Café. Um 1901 oder 1902 eröffnetes Café gegenüber der Ber-liner Kaiser-Wilhelm-Gedächtniskirche, das ab etwa 1915 zu einem Treffpunkt für Berlins Künstler und Intellektuelle wurde.

Schlesischer Bahnhof. Der Schlesische Bahnhof in Berlin wurde als Frank-furter Bahnhof 1842 eröffnet und ist der heutige Ostbahnhof.

Schrebergarten. Kleingarten, in Kolonien angelegt und meist mit einer Laube bebaut, der Stadtbewohnern eine »grüne Oase« samt Obst- und Gemüseanbau bieten sollte. Benannt nach dem Leipziger Arzt Moritz Schreber, der ihn entgegen allen Gerüchten jedoch nicht erfunden hat.

Schwarze Reichswehr. Illegale paramilitärische Verbände, die ab 1919 in der Weimarer Republik begründet wurden und versuchten, die Be-grenzung der deutschen Streitkräfte, wie sie im Versailler Vertrag fest-gelegt war, zu umgehen. Zu großen Teilen wurden diese Verbände von der offiziellen Reichswehr unterstützt und geleitet.

Shimmy. Seit 1918 in den USA bekannter Tanz, der 1920 nach Europa kam. Beim *Shimmy,* den Frauen auch häufig alleine tanzten, wird der gesamte Körper mithilfe der Bauchmuskeln geschüttelt.

Split. Figur, in der die Beine in einen Winkel von hundertachtzig Grad in entgegengesetzte Richtungen gestreckt werden.

Stollwerck. 1839 gegründete Firma zur Produktion von Hustenbonbons, die ab 1860 auch – und dann bald vornehmlich – Schokolade herstellte. 1887 war *Stollwerck* das erste Unternehmen, das für seine Erzeugnisse Verkaufsautomaten aufstellte.

Stölpchensee. Berliner Badesee, im Süden des Bezirks Zehlendorf gelegen.

Topkapi-Palast. Palast in Istanbul, der ab 1435 errichtet wurde und den Sultanen des Osmanischen Reiches als Wohn- und Regierungssitz diente.

UFA-Palast am Zoo. 1919 eröffnetes, bedeutendstes Berliner Uraufführungskino, das im Zweiten Weltkrieg zerstört wurde. An seiner Stelle steht heute der *Zoo-Palast.*

UFA. Universum Film AG. 1917 gegründetes Filmunternehmen mit Sitz in Babelsberg/Potsdam. Die UFA gehört zu den ältesten Filmunternehmen der Welt und entstammt Plänen der Heeresleitung im Ersten Weltkrieg, das massentaugliche neue Medium zu Propagandazwecken zu nutzen. Nach Kriegsende trat die UFA ihren Siegeszug an und wurde zur Säule des deutschen Films in der Weimarer Republik.

Union-Club. 1867 in Berlin gegründete Organisation für Pferdesport, speziell Rennsport und Zucht. Durch hohe Mitgliedsbeiträge wollte der exklusive Club sicherstellen, dass ausschließlich Angehörige der obersten Gesellschaftsschicht beitraten.

Verkaufsrennen. Pferderennen, bei dem alle teilnehmenden Pferde zum Verkauf stehen.

Veronal. Handelsname des Schlafmittels Barbital, das seit 1882 im Umlauf ist.

Vossische Zeitung. Von den Berlinern auch *Tante Voss* genannt. In Vorläufern seit 1704 bestehende und damit älteste und auch eine der wichtigsten Tageszeitungen der Hauptstadt, die nach Hitlers Machtergreifung 1933 dazu gezwungen wurde, den Betrieb einzustellen.

Waganowa-Ballettakademie. 1738 von der Zarin Anna Iwanowna gegründete Ballettschule in Sankt Petersburg, die zum Mariinski-Ballett gehört. Bis die Balletteuse Agrippina Waganowa dort in den Zwanzigerjahren unterrichtete, hieß die Schule allerdings *Kaiserliche Theaterschule.* Ich benutze den heute berühmten Namen dennoch, um Verwirrung zu vermeiden.

Weltbühne, die. 1905 von dem Theaterkritiker Siegfried Jacobsohn unter dem Namen *Die Schaubühne* ins Leben gerufene Theaterzeitschrift, die sich nach Kriegsende auch rasch für politische und gesellschaftliche Themen öffnete und zu einem Forum für die demokratische Linke der Weimarer Republik wurde. Zu den bekanntesten Autoren der *Weltbüh-*

ne zählten Kurt Tucholsky, Carl von Ossietzky, Lion Feuchtwanger und Erich Kästner.

Wermut. Auch Vermouth. Mit Kräutern – unter anderem dem bitteren Wermutkraut – aromatisierter Wein mit einem hohen Alkoholgehalt.

Zuchtrennen. Trab- oder Galopprennen für Pferde desselben Jahrgangs.

Die Bühne war ihr Leben –
und ihr Leben eine Bühne

CHARLOTTE
ROTH

DIE KÖNIGIN
VON BERLIN

Roman

Wo sie auftritt, jubeln die Menschen der geheimnisvollen Carola Neher zu. Berlin liegt ihr zu Füßen in jenen letzten Jahren der Weimarer Republik. In durchfeierten Nächten verdreht sie einem berühmten Mann nach dem anderen den Kopf – doch im Herzen bleibt sie allein. Das ändert sich, als sie dem Dichter Klabund begegnet, ein Suchender und ein Getriebener wie sie selbst.

Ausgerechnet sie, die begehrte Femme fatale, verliebt sich in den scheuen, zurückhaltenden Dichter, der von der gleichen inneren Glut verzehrt wird wie sie selbst. Was keiner für möglich gehalten hätte, tritt ein: Sie heiratet ihn. Doch eine brave Ehefrau wird Carola nicht, denn schon bald lockt sie das wilde Leben – und die Künstler Berlins, darunter Bertolt Brecht, der ihr die Chance ihres Lebens bietet …